L.J. SHEN
Boston Belles
Rake

L. J. SHEN

BOSTON BELLES

RAKE

Roman

Ins Deutsche übertragen von
Anne Morgenrau

LYX in der Bastei Lübbe AG
Dieser Titel ist auch als E-Book und Hörbuch erschienen.

Die Originalausgabe erschien 2022 unter dem Titel
»The Rake«.
Copyright © 2022 by L.J. Shen
Published by arrangement with Brower Literary & Management.

Für die deutschsprachige Ausgabe:
Copyright © 2022 by Bastei Lübbe AG, Köln
Redaktion: Susanne Kregeloh
Covergestaltung: © ZERO Werbeagentur GmbH, München,
unter Verwendung von Motiven von © PixxWerk® / Shutterstock.com und
© Kristy Campbell/Arcangel
Satz: Greiner & Reichel, Köln
Gesetzt aus der der Adobe Caslon
Druck und Einband: GGP Media GmbH, Pößneck
Printed in Germany
ISBN 978-3-7363-1583-9

3 5 7 6 4

Sie finden uns im Internet unter: lyx-verlag.de
Bitte beachten Sie auch: luebbe.de und lesejury.de

Liebe Leser:innen,

dieses Buch enthält potenziell triggernde Inhalte.
Deshalb findet ihr auf der letzten Seite eine Triggerwarnung.

Achtung: Diese enthält Spoiler für das gesamte Buch!

Wir wünschen uns für euch alle
das bestmögliche Leseerlebnis.

Euer LYX-Verlag

Für meinen Bruder, der das hier niemals lesen wird.
Mir sind die Leute ausgegangen,
denen ich meine Bücher widmen könnte.
Also, auf geht's.

Playlist

Empara Mi – *Alibi*

Purity Ring – *Obedear*

Rolling Stones – *Under My Thumb*

Young Fathers – *Toy*

Everybody Loves an Outlaw – *I See Red*

Anmerkung der Autorin

Dieser Geschichte zuliebe habe ich mir hinsichtlich des Umgangs der britischen Monarchie mit Eigentum und Beteiligungen einige kreative Freiheiten herausgenommen.

Anzumerken ist außerdem, dass es – zumindest zurzeit – keine britischen Adelsfamilien namens Whitehall und Butchart gibt.

Rake: 1. Lebemann, ein modisch oder stilvoll gekleideter Mann mit ausschweifendem oder promiskuitivem Lebensstil.

Einige der schönsten Dinge,
die man in seinem Leben willkommen heißen sollte,
kommen in eine Dornenkrone gehüllt daher.

Shannon L. Alder

Prolog

Devon

Kurz vor meiner Zeugung war ich bereits verlobt.

Noch vor der ersten Ultraschall-Untersuchung hatte man meine Zukunft vereinbart, schriftlich niedergelegt und besiegelt.

Bevor ich ein Herz, einen Puls, eine Lunge und ein Rückgrat hatte, Ideen, Wünsche und Vorlieben. Als ich nichts anderes als eine abstrakte Vorstellung war.

Ein Plan für die Zukunft.

Ein Kästchen zum Abhaken.

Ihr Name war Louisa Butchart.

Eigentlich Lou, für alle, die sie kannten.

Allerdings wusste ich von dieser Vereinbarung nichts, bis ich vierzehn wurde. Ich erfuhr erst kurz vor dem vorweihnachtlichen Jagdausflug davon, auf den sich die Whitehalls traditionell mit den Butcharts begaben.

An Louisa Butchart gab es nichts auszusetzen. Jedenfalls nichts, was mir aufgefallen wäre.

Sie war nett, wohlerzogen und hatte einen erstklassigen Stammbaum.

Es war also absolut nichts an ihr auszusetzen bis auf eines: Sie war nicht *meine* Wahl.

Ich schätze, damit fing alles an.

Darum bin ich der geworden, der ich heute bin.

Ein lebenslustiger, Whiskey trinkender, fechtender, skifahrender Hedonist, der sich niemandem gegenüber verantworten musste und mit jeder ins Bett stieg.

Sämtliche Zahlen und Variablen waren da und ergaben die perfekte Gleichung.

Große Erwartungen.

Multipliziert mit erdrückenden Ansprüchen.

Moralisch geteilt durch mehr Geld, als ich jemals verbrennen könnte.

Ich war mit der richtigen Statur, dem richtigen Bankkonto, dem richtigen Grinsen und der richtigen Menge Charme gesegnet. Nur eine unsichtbare Sache gab es, die mir fehlte – eine Seele.

Erstaunlich, dass mir diese Tatsache nicht einmal bewusst war.

Es musste erst ein spezieller Mensch kommen und mir zeigen, was mir gefehlt hatte.

Jemand wie Emmabelle Penrose.

Sie schnitt mich auf, und was herausquoll, war Pech.

Dunkel, klebrig, endlos.

Dies ist das wahre Geheimnis des royalen Lebemannes.

Mein Blut war niemals blau.

Es war tiefschwarz wie mein Herz.

Vierzehn Jahre alt

Bei Sonnenuntergang ritten wir los.

Die Hunde liefen voraus, mein Vater und sein Kamerad, Byron Butchart senior, folgten ihnen dichtauf. Ihre Pferde galoppierten im perfekten Rhythmus. Byron junior, Benedict und ich hingen weit zurück.

Uns Jungs gaben sie die Stuten, denn die waren widerspenstig und schwerer zuzureiten. Die Zähmung junger, temperamentvoller weiblicher Wesen war eine Aufgabe, die sich Männern meiner Klasse von Kindesbeinen an stellte. Schließlich wurden wir in ein Leben geboren, das eine wohlerzogene Ehefrau, pummelige Babys, Krocket und faszinierende Geliebte verlangte.

Kinn und Hacken gesenkt und mit stocksteifem Rücken war ich der Inbegriff eines königlichen Reiters. Obwohl das nicht verhindern konnte, dass ich in den Schwitzkasten gesetzt wurde und mich darin zusammenrollte wie eine Schnecke.

Papa liebte es, mich in das Ding hineinzustoßen, um zu sehen, wie ich mich wand, egal, wie eifrig, wie *verzweifelt* ich ihm zu gefallen versuchte.

Der Schwitzkasten, auch Isolierbehälter genannt, war ein Speiseaufzug aus dem siebzehnten Jahrhundert. Er war geformt wie ein Sarg und vermittelte dieselbe Erfahrung. Da ich bekanntermaßen klaustrophobisch war, griff mein Vater bei Fehlverhalten meinerseits besonders gern zu dieser Strafe.

Fehlverhalten war allerdings etwas, das ich selten bis gar nicht an den Tag legte. Das war der traurige Teil. Ich wollte unbedingt akzeptiert werden. Ich war ein Einserschüler und ein talentierter Fechter. Mit dem Säbel hatte ich es bis zur englischen Jugendmeisterschaft geschafft, wurde aber trotzdem in den Speiseaufzug gesteckt, als ich gegen George Stanfield verlor.

Vielleicht hatte mein Vater immer schon gewusst, was ich vor den Blicken anderer zu verbergen versuchte.

Nach außen hin war ich perfekt.

Doch innerlich war ich durch und durch verdorben.

Mit vierzehn hatte ich bereits mit den Töchtern zweier Bediensteter geschlafen, es fertiggebracht, das Lieblingspferd meines Vaters vorzeitig zu Tode zu reiten, und mit Kokain und Special K geflirtet (damit meine ich *nicht* die Getreideflocken).

Und jetzt gingen wir auf die Fuchsjagd.

Die mir einigermaßen verhasst war. Und *einigermaßen* bedeutet in diesem Fall total. Ich hasste die Jagd als Sport, als Konzept und als Hobby. Das Töten wehrloser Tiere bereitete mir kein Vergnügen.

Vater sagte, Blutsport sei eine großartige englische Tradition, so ähnlich wie Käserennen und Morris Dance. Ich persönlich war der Ansicht, dass manche Traditionen tatsächlich weniger gut alterten als andere. Das Verbrennen von Ketzern auf dem Scheiterhaufen war ein Beispiel, die Fuchsjagd ein weiteres.

Hervorzuheben ist, dass die Fuchsjagd im Vereinigten Königreich illegal war … oder vielmehr *ist.* Aber ich hatte gelernt, dass mächtige Männer eine komplizierte und häufig sehr stürmische Beziehung zu Recht und Gesetz unterhielten. Sie legten es fest und setzten es durch, schenkten ihm jedoch selbst kaum Beachtung. Mein Vater und Byron senior genossen die Fuchsjagd umso mehr, als sie den unteren Schichten verboten war. Diese Tatsache verlieh dem Sport zusätzlichen Glanz, eine ewige Erinnerung daran, dass sie anderer – *besserer* – Herkunft waren.

Über die gepflasterte Straße zu dem großen schmiedeeisernen Tor von Whitehall Court Castle, dem Anwesen meiner Familie in Kent, machten wir uns auf den Weg in den Wald. Mein Magen rebellierte beim Gedanken an das, was ich sehr bald tun würde. Unschuldige Tiere töten, um meinen Vater zu besänftigen.

Das leise Tappen von Mary Janes auf dem Kies erklang hinter uns.

»Devvie, warte!«

Die Stimme klang atemlos und flehend.

Ich lehnte mich auf Duchess zurück, drückte die Knie durch und zog am Zügel. Breitbeinig wich die Stute zurück. Louise tauchte neben mir auf, in der Hand etwas nachlässig Aufgewickeltes. Sie trug einen rosa Pyjama, ihre Zähne waren von einer grauenhaften, bunten Zahnspange bedeckt.

»Hier *ift etwaf* für dich.« Energisch wischte sie sich ein paar braune Haarsträhnen aus der Stirn. Lou war zwei Jahre jünger als ich. Ich befand mich in dem unglücklichen Stadium der Adoleszenz, in dem ich alles, einschließlich scharfkantiger Gegenstände und gewisser Früchte, sexuell verlockend fand. Aber Lou war noch ein Kind mit beweglichen Gelenken und einem Körper im Taschenformat. Ihre Augen waren groß und wissbegierig und saugten die Welt förmlich in sich auf. Mit ihren durchschnittlichen Gesichtszügen und dem jungenhaften Körperbau war sie nicht gerade ein Hingucker, und ihre Zahnspange behinderte ihre Aussprache auf eine Weise, die sie verlegen machte.

»Lou«, sagte ich gedehnt und zog eine Braue hoch. »Deine Mum wird Zustände bekommen, wenn sie merkt, dass du dich aus dem Haus geschlichen hast.«

»Mir egal.« Sie reckte sich auf die Zehenspitzen und gab mir etwas, das in einen ihrer *vernünftigen* Strickpullis eingewickelt war. Ich drehte den Pullover um und war hocherfreut, den gravierten Flachmann meines Vaters darin zu entdecken, schwer von Bourbon.

»Ich weiß, dass du die Fuchsjagd nicht magst, darum habe ich dir etwas mitgebracht, das ... Wie sagt Daddy immer? *Das ihr die Schärfe nimmt*«, erklärte sie lispelnd.

Die anderen ritten weiter in den dichten, moosigen Wald hinein, der Whitehall Court Castle umgab, entweder weil meine Abwesenheit sie nicht interessierte oder weil sie diese überhaupt nicht bemerkt hatten.

»Verrücktes Haus.« Ich trank einen großen Schluck aus dem Flachmann und spürte das heftige Brennen der Flüssigkeit, die mir die Kehle hinunterrann. »Wie hast du das denn in die Finger bekommen?«

Lou strahlte vor Stolz und hielt die Hand vor den Mund, um die Metallklammern zu verbergen. »Ich bin ins Arbeitszimmer von deinem Papa geschlichen. Mich bemerkt sowieso niemand, darum komme ich immer ungeschoren davon!«

Die Niedergeschlagenheit in ihrer Stimme machte mich traurig. Lou träumte davon, nach Australien zu gehen und Wildtierretterin zu werden, von Kängurus und Koalas umgeben zu sein. Ihr zuliebe hoffte ich, dass es dazu kommen würde. Wilde Tiere, wie angriffslustig sie auch sein mochten, waren immer noch besser als Menschen.

»*Ich* bemerke dich aber.«

»Wirklich?« Ihre Augen wurden größer, das Braun dunkler.

»Ehrenwort.« Ich kraulte Duchess hinter dem Ohr. Frauen, hatte ich bereits erkannt, waren lächerlich leicht zufriedenzustellen. »Mich wirst du nie mehr los.«

»Ich will dich nicht loswerden!«, sagte sie aufgeregt. »Ich würde alles für dich tun.«

»Oh, tatsächlich alles?«, fragte ich und lachte in mich hinein. Die Beziehung zwischen Lou und mir entsprach der zwischen einem großen Bruder und seiner kleinen Schwester. Sie tat Dinge, um meine Zuneigung zu gewinnen, und ich versicherte ihr im Gegenzug, dass sie nett und fürsorglich war.

Sie nickte eifrig. »Ich halte immer zu dir.«

»Also gut.« Ich war bereit, den anderen zu folgen.

»Willst du deinen Eltern eigentlich erzählen, dass du Vegetarier bist?«, platzte sie heraus. Woher wusste *sie* das nur?

»Mir ist aufgefallen, dass du beim Dinner vor Fleisch und sogar vor Fisch zurückschreckst.« Sie vergrub die Spitze eines

Mary Janes in den Kieselsteinen, wühlte mit den Zehen darin herum und senkte verlegen den Blick.

»Nein«, sagte ich gleichmütig und schüttelte den Kopf. »Es gibt ein paar Dinge, die meine Eltern nicht wissen müssen.«

Und weil es weiter nichts zu erzählen gab, vielleicht auch, weil ich befürchtete, Papa würde mich in den Speiseaufzug setzen, wenn er mich herumtrödeln sah, sagte ich: »Also, danke für den Drink.«

Ich hob den Flachmann zum Gruß, drückte Duchess meine Reitstiefel an den Bauch und gesellte mich zu den anderen.

»Na sieh mal einer an, wenn das nicht Posh Spice ist.« Benedict, Lous mittlerer Bruder, schob einen Finger unter den Riemen seines Helms, um ihn zu lockern. »Was hat dich so lange aufgehalten?«

»Lou hat uns einen Glücksbringer geschenkt, Baby Spice.« Ich deutete mit dem Flachmann in seine Richtung. Im Gegensatz zu Louisa, die ein bisschen zu eifrig, alles in allem aber recht umgänglich war, handelte es sich bei ihren Brüdern – mangels besserer Beschreibung – um absolute Arschlöcher. Riesige, brutale Kerle, die gern den Mädels in den Hintern kniffen und unnötiges Chaos anrichteten, nur um zu sehen, wie andere hinter ihnen aufräumten.

Byron schnaubte. »Verdammter Mist, ist die armselig.«

»Du meinst wohl fürsorglich. Die Gesellschaft meines Vaters lässt sich nur bei einem gewissen Grad von Trunkenheit ertragen«, sagte ich affektiert.

»Darum geht es nicht. Sie ist geradezu von dir besessen, Arschloch«, fügte Benedict hinzu.

»Mach dich nicht lächerlich«, knurrte ich.

»Sei nicht blind«, schnauzte Byron zurück.

»Hey, sie wird drüber hinwegkommen wie alle anderen auch.« Ich nahm einen weiteren Schluck Bourbon, dankbar, dass mein Vater und Byron senior derart in die Diskussion parlamentsbezogener Themen vertieft waren, dass sie es nicht für nötig hielten, sich umzudrehen und nach uns zu sehen.

»Hoffentlich nicht«, spottete Benedict. »Wenn sie dazu bestimmt ist, eine Vernunftehe mit einem Idioten wie dir einzugehen, sollte sie es wenigstens genießen.«

»Hast du gerade *Ehe* gesagt?« Ich senkte den Flachmann. Ebenso gut hätte er *Beerdigung* sagen können. »Nichts gegen deine Schwester, aber wenn sie auf einen Heiratsantrag wartet, sollte sie es sich bequem machen, denn der wird nicht kommen.«

Byron und Benedict tauschten Blicke und grinsten einander verschwörerisch an. Sie hatten dieselbe Haut- und Haarfarbe wie Louisa, so hell wie frisch gefallener Schnee. Nur dass sie aussahen, als hätte ich sie mit der linken Hand gezeichnet.

»Erzähl mir nicht, du wüsstest nichts davon.« Byron legte den Kopf schief, ein grausames Lächeln machte sich in seinem Gesicht breit. Ich hatte ihn noch nie gemocht. Aber in diesem Augenblick war er mir *besonders* unsympathisch.

»Wovon weiß ich nichts?«, stieß ich zwischen zusammengebissenen Zähnen hervor, denn ich hasste es, dass ich mitspielen musste, um herauszufinden, worum es ging.

»Du und Lou, ihr werdet heiraten. Ist beschlossene Sache, es gibt sogar schon den Ring.«

Ich lachte leise und stieß Duchess die Ferse in die rechte Flanke, damit sie gegen Benedicts Stute prallte und sie aus dem Gleichgewicht brachte. Was für ein unfassbarer Schwachsinn. Während ich noch lachte, fiel mir auf, dass das Lächeln der anderen verblasst war und sie mich nicht mehr mit gespieltem Übermut betrachteten.

»Ihr verarscht mich doch.« Auch mein Lächeln verschwand. Meine Kehle fühlte sich an, als steckte sie voller Sand.

»Nein«, sagte Byron geradeheraus.

»Frag deinen Vater«, forderte Benedict mich heraus. »In unserer Familie ist das seit Jahren bekannt. Du bist der älteste Sohn des Marquis von Fitzgrovia. Louisa ist die Tochter des Dukes von Salisbury. Eine Lady. Eines Tages wirst du selbst ein Marquis sein, und unsere Eltern wollen, dass das königliche Blut in der Familie bleibt, um die Nachlässe intakt zu halten. Eine Ehe mit einer Bürgerlichen wäre ein schwaches Glied in der Kette.«

Die Whitehalls gehörten zu den letzten Adelsfamilien, die den Leuten nicht völlig am Arsch vorbeigingen. Meine Urururgroßmutter Wilhelmina Whitehall war die Tochter eines Königs.

»Ich *will* niemanden heiraten«, stieß ich hervor. Duchess beschleunigte das Tempo und lief in den Wald.

»Nun, offensichtlich nicht.« Benedict zog eine wenig schmeichelhafte Grimasse, als wollte er sagen: *Echt jetzt?* »Du bist vierzehn. Alles, was du willst, sind Videospiele und Poster von Christie Brinkley, vor denen du an dir rumfummelst. Trotzdem wirst du unsere Schwester heiraten. Unsere Väter machen zu viele Geschäfte miteinander, um sich diese Gelegenheit entgehen zu lassen.«

»Und vergiss nicht den Grundbesitz, den die beiden dann behalten können«, fügte Byron hilfreich hinzu und gab seiner Stute brutal die Sporen. »Ich würde sagen, viel Glück beim Kindermachen. Sie sieht aus wie Ridley Scotts *Alien*.«

»Kinder …?« Das Einzige, was mich daran hinderte, mir die Eingeweide aus dem Leib zu kotzen, war die Tatsache, dass ich den hervorragenden Bourbon nicht verschwenden wollte, der gerade in meinem Magen hin und her schwappte.

»Lou sagt, sie will fünf, wenn sie erwachsen ist.« Byron gackerte und amüsierte sich köstlich. »Ich schätze, im Bett wird sie dich ganz schön auf Trab halten, Kumpel.«

»Um nicht zu sagen fertigmachen«, fügte Benedict mit anzüglichem Unterton hinzu.

»Nur über meine Leiche.«

Meine Kehle war wie zugeschnürt, und meine Hände wurden feucht. Ich fühlte mich wie das Opfer eines üblen Scherzes. Mit meinem Vater konnte ich natürlich nicht darüber reden. Es war unmöglich, ihm die Stirn zu bieten, denn ich wusste, dass mich nur ein falsches Wort von dem Aufzug trennte.

Mir blieb also nichts anderes übrig, als wehrlose Tiere zu erschießen und genau der Sohn zu sein, den er haben wollte.

Seine kleine, gut geölte Maschine. Bereit, auf Kommando zu töten, zu ficken oder zu heiraten.

Später an jenem Abend saßen Byron, Benedict und ich in der Scheune vor einem der erlegten Füchse. Der pawlowsche Geruch nach Tod wehte durch den Raum. Mein Vater und Byron senior hatten die wertvollen Füchse zum Tierpräparator gebracht und uns ein Exemplar zur freien Verfügung überlassen.

»Verbrennt ihn, spielt mit ihm, überlasst ihn von mir aus den Ratten zum Fraß«, hatte mein Vater gefaucht, ehe er dem Kadaver den Rücken kehrte.

Es war ein Weibchen. Klein, unterernährt, mit stumpfem Fell. Sie hatte Junge. Ich erkannte es an den Zitzen, die durch das Fell an ihrem Bauch hervorlugten. Ich dachte an die kleinen Tiere, die ganz allein, hungrig und hilflos in dem riesigen dunklen Wald zurückgeblieben waren. Ich dachte daran, wie ich die Füchsin abgeschossen hatte, als Papa es mir befahl. Wie ich ihr eine Kugel direkt zwischen die Augen verpasste. Wie sie mich mit einer Mischung aus Erstaunen und Entsetzen ansah.

Und wie ich den Blick abgewandt hatte, weil es Papa war, den ich am liebsten erschossen hätte.

Benedict, Byron und ich ließen eine Flasche Schampus herumgehen und sprachen über die Ereignisse des Abends, während mich Frankenfuchs von der anderen Seite der Scheune aus vorwurfsvoll anstarrte. Benedict hatte von einem der Diener auch selbstgedrehte Zigaretten bekommen, an denen wir nun herzhaft pafften.

»Komm schon, Kumpel, unsere Schwester zu heiraten ist nicht der Weltuntergang.« Byron ließ das Lächeln eines Bond-Schurken hören, während er über die Füchsin gebeugt stand und ihr einen Stiefelabsatz in den Rücken drückte.

»Sie ist noch ein Kind«, stieß ich hervor. Auf dem hölzernen Hocker sitzend kam es mir vor, als wären meine Knochen hundert Jahre alt.

»Aber sie wird nicht immer ein Kind bleiben.« Benedict stieß den Bauch des Tieres mit dem Rand seiner Stiefelsohle an.

»Für mich schon.«

»Sie wird dich noch reicher machen«, fügte Byron hinzu.

»Meine Freiheit gebe ich für kein Geld der Welt her.«

»Keiner von uns ist frei geboren!«, schimpfte Benedict und stampfte mit dem Fuß auf. »Welche Motivation sollten wir haben, am Leben zu bleiben, wenn nicht die, mehr Macht zu erlangen?«

»Ich habe zwar keine Ahnung, was der Sinn des Lebens ist, aber ich werde todsicher keine Ratschläge von einem dicklichen reichen Jungen annehmen, der bezahlen muss, um die Dienstmädchen zu begrapschen«, knurrte ich und fletschte die Zähne. »Ich suche mir meine Braut selbst aus, und es wird nicht deine Schwester sein.«

Offen gesagt wollte ich *überhaupt nicht* heiraten. Erstens war ich mir sicher, dass ich ein schrecklicher Ehemann sein würde. Faul, untreu und wahrscheinlich auch noch begriffsstutzig.

Aber ich wollte mir alle Möglichkeiten offenhalten. Was, wenn mir *tatsächlich* Christie Brinkley über den Weg lief? Wenn das bedeutete, dass ich ihr an die Wäsche gehen durfte, würde ich sie auf der Stelle heiraten.

Byron und Benedict tauschten verwirrte Blicke. Ich wusste, dass sie ihrer jüngeren Schwester gegenüber nicht loyal waren, schließlich war sie ein Mädchen. Und Mädchen waren in Adelskreisen weniger angesehen, weniger *bedeutend* als Jungen. Sie konnten den Namen der Familie nicht weitergeben und wurden deshalb als Dekoration betrachtet, die auf den Fotos für die Weihnachtskarten nicht fehlen durfte.

Das galt auch für meine kleine Schwester Cecilia. Mein Vater ignorierte ihre Existenz weitestgehend. Ich verhätschelte sie jedes Mal, wenn er sie in ihr Zimmer schickte oder versteckt hielt, weil sie zu rundlich oder zu »langweilig« war, um sich in der High Society zu zeigen. Ich steckte ihr Cookies zu, erzählte ihr Gute-Nacht-Geschichten und ging mit ihr in den Wald, wo wir spielten.

»Komm von deinem dämlichen weißen Pferd runter, Whitehall. Du bist nicht zu gut für unsere Schwester«, stänkerte Byron.

»Kann schon sein, aber ich werde trotzdem nicht mit ihr schlafen.«

»Warum nicht?«, wollte Byron wissen. »Was stimmt nicht mit ihr?«

»Nichts. Alles.« Ich stocherte mit der Stiefelspitze im Heu herum. Inzwischen war ich ziemlich betrunken.

»Würdest du lieber Lou oder die Schnauze dieser Füchsin küssen?«, fragte Benedict, dessen Blick durch die Scheune und über meine Schulter hinweg schweifte.

Ich musterte ihn mit ironischem Blick. »Ich würde lieber keine von beiden küssen, du Megakotzbrocken.«

»Tja, du musst dir aber eine aussuchen.«

»Ach ja?« Ich hickste, griff nach einem herrenlosen Hufeisen und warf damit nach ihm. Ich verpasste ihn um etwa einen Kilometer. »Und warum zum Teufel ist das so?«

»*Weil*«, sagte Byron betont langsam, »ich meinem Vater sagen werde, dass du schwul bist, falls du den Fuchs küsst. Damit wäre die Sache erledigt und du vom Haken.«

»Schwul«, wiederholte ich wie betäubt. »Ja, ich könnte schwul sein.«

Eigentlich nicht, nein. Dazu liebte ich Frauen zu sehr. Frauen jeder Art, jeden Umfangs, jeder Farbe und mit jeder Frisur.

Byron lachte. »Hübsch genug bist du auf jeden Fall.«

»Das ist ein Klischee«, gab ich zurück und bereute es sofort. Ich war nicht in der Verfassung, diesen beiden Schwachköpfen das Wort Klischee zu erklären.

»Ein überzeugter Liberaler.« Byron stieß seinen Bruder gackernd mit dem Ellbogen an.

»Vielleicht ist er ja wirklich schwul«, sagte Benedict nachdenklich.

»Nee.« Byron schüttelte den Kopf. »Er hat schon ein paar Weiber gevögelt, die ich kenne.«

»Ach ja? Machst du es nun oder nicht?«, hakte Benedict nach.

Ich dachte über den Vorschlag nach. Benedict und Byron waren für diese Art von widerwärtigen Tricks bekannt. Sie verbreiteten Lügen über andere, und die Leute kauften sie ihnen ab. Das wusste ich, weil wir dieselbe Schule besuchten. Und was bedeutete ein lächerlicher Kuss auf die Schnauze eines toten Fuchses schon im großen Plan der Dinge?

Dies war meine einzige Hoffnung. Wenn ich mit meinem Vater aneinandergeriet, würde einer von uns sterben. Und so, wie die Dinge im Augenblick standen, würde ich derjenige sein, der draufging.

»Na schön.« Umständlich erhob ich mich von dem Hocker und lief im Zickzack auf Frankenfuchs zu.

Ich bückte mich und drückte meine Lippen auf die Schnauze der Füchsin. Sie fühlte sich gummiartig und kalt an und schmeckte wie gebrauchte Zahnseide. Magensaft stieg mir in die Kehle.

»Oh mein Gott, *Jungs*. Er tut es wirklich.«

Ich hörte Benedict hinter meinem Rücken schnauben.

»Warum habe ich bloß keine Kamera dabei?«, jammerte Byron. Er saß auf dem Boden und hielt sich vor Lachen den Bauch.

Ich richtete mich wieder auf. In meinen Ohren klingelte es. Meine Sicht wurde trüb, ich sah alles wie durch gelben Dunst. Hinter mir schrie jemand. Blitzschnell drehte ich mich um und fiel auf die Knie. Lou war da. Sie stand im offenen Scheunentor, noch immer im rosa Pyjama. Sie hielt sich eine Hand vor den Mund und zitterte wie Espenlaub.

»Du ... du ... du *Perverser!*«

»Lou«, knurrte ich. »Es tut mir leid.«

Und das stimmte, bezog sich aber nicht auf die Tatsache, dass ich sie nicht heiraten wollte, sondern auf die Art, wie sie es herausgefunden hatte.

Benedict und Byron wälzten sich im Heu, boxten einander in die Seite und brüllten vor Lachen.

Sie hatten mir eine Falle gestellt. Sie wussten, dass sie dort im Tor stand und uns zusah. Diesem Arrangement würde ich niemals entkommen.

Rasch drehte Lou sich auf dem Absatz um und stürmte davon. Ihre Tränen flogen ihr über die Schultern wie kleine Diamanten.

Der Schrei, der sich ihrem Mund entrang, war animalisch. Wie der von Frankenfuchs, ehe ich das Tier tötete.

Ich fiel um, übergab mich und brach über den Resten meines Dinners zusammen.

Dunkelheit umfing mich.

Und im Gegenzug versank ich in ihr.

Am Morgen danach reichte mir mein Vater einen Whiskey. Wir befanden uns in seinem großen Arbeitszimmer aus Eichenholz, mit dem goldenen Servierwagen und den burgunderroten Vorhängen darin. Einer der Diener hatte mich wenige Minuten zuvor in sein Büro befördert. Erklärungen waren überflüssig. Er hatte mich einfach über den Flurteppich geschleift und mich meinem Vater vor die Füße geworfen.

»Hier. Gegen den Kater.«

Papa deutete auf den Ruhesessel aus dunklem Leder vor seinem Schreibtisch. Ich setzte mich und nahm den Drink entgegen.

»Du gibst mir *Whiskey*?« Ich schnupperte daran und verzog widerwillig den Mund.

»Katerbier.« Er lümmelte in seinem Chefsessel und glättete sich den Oberlippenbart mit den Fingern. »Das mildert den Entzug.«

Ich nahm einen Schluck von dem Gift und zuckte zusammen, als es sich brennend den Weg in meine Eingeweide bahnte. Ich hatte eine schlaflose Nacht auf dem Heu in der Scheune hinter mir. Immer wieder war ich aufgewacht, von kaltem Schweiß bedeckt, weil ich von winzigen Louisa-Babys geträumt hatte, die mir hinterherliefen. Der Nachgeschmack des toten Fuchses machte es auch nicht besser.

Der Duft von schwarzem Tee und frischen Scones wehte durch die Flure von Whitehall Court Castle. Das Frühstück war noch im Gange. Mein Magen knurrte und erinnerte mich daran, dass Appetit ein Luxus für Männer war, die nicht soeben erfahren hatten, dass sie gegen ihren Willen verlobt waren.

Ich trank den Whiskey auf ex. »Du wolltest mich sprechen?«

»Ich *will* dich nie sprechen. Das ist leider eine Notwendigkeit, die sich aus deiner Zeugung ergibt.« Papa nahm kein Blatt vor den Mund. »Heute Morgen wurde mir etwas recht Beunruhigendes zur Kenntnis gebracht. Lady Louisa hat ihren Eltern erzählt, was gestern passiert ist, und ihr Vater hat mir die Situation geschildert.« Mein Vater – groß, schlank und eindrucksvoll mit sandblondem Haar und sorgfältig gebügeltem Anzug – sprach gedehnt und mit anklagendem Unterton. Eine Aufforderung, mich zu rechtfertigen.

Wir wussten beide, dass er eine persönliche Abneigung gegen mich hegte. Dass er weitere Nachkommen zeugen würde, wäre da nicht die Tatsache, dass ich der Älteste und damit Erbe seines Titels bleiben würde. Ich war zu elegant, zu sehr Bücherwurm, ähnelte allzu sehr meiner Mum. Ich hatte zugelassen, dass andere Jungen mich beherrschten, mich dazu brachten, ein Tier zu besudeln.

»Ich will sie nicht heiraten.«

Ich rechnete mit einer Ohrfeige oder einer Tracht Prügel. Beides hätte mich nicht weiter überrascht. Stattdessen lachte mein Vater nur leise in sich hinein und schüttelte den Kopf.

»Verstehe«, sagte er.

»Muss ich nicht?«, fragte ich und spitzte die Ohren.

»Oh, du *wirst* dieses Mädchen heiraten. Deine Wünsche sind nicht von Bedeutung. Dasselbe gilt übrigens für deine Gedanken. Liebesheiraten sind für die großen ungewaschenen Massen erfunden worden. Menschen, die dazu geboren sind, die undankbaren Regeln der Gesellschaft zu befolgen. Du sollst deine Ehefrau nicht begehren, Devon. Ihr Daseinszweck ist es, dir zu dienen, Kinder zu bekommen und hübsch auszusehen. Ich gebe dir einen guten Rat: Spar dir dein Verlangen für diejenigen auf, die du später entsorgen kannst. Das ist klüger und sauberer. Die Regeln der Bürgerlichen gelten nicht für die Oberschicht.«

Der Drang, seinen Kopf brutal gegen die Wand zu schmettern, war derart stark, dass mir die Finger im Schoß zuckten. Nachdem ich eine Weile geschwiegen hatte, verdrehte er die Augen Richtung Zimmerdecke, als wäre ich derjenige, der sich unangemessen verhielt.

»Glaubst du, *ich* wollte deine Mutter heiraten?«

»Was gibt es an Mum auszusetzen?« Sie war hübsch und halbwegs freundlich.

»Alles.« Er nahm eine Zigarre aus einer Kiste und zündete sie an. »Wenn sie so viel laufen würde, wie sie redet, wäre sie gut in Form. Aber sie war Teil eines Deals. Sie hatte das Geld und ich den Titel. Wir haben dafür gesorgt, dass es funktioniert.«

Ich starrte auf den Boden meines leeren Whiskeyglases. Seine Worte klangen wie der Werbeslogan für die deprimierendste Liebeskomödie aller Zeiten. »Wir brauchen nicht noch mehr Geld, und einen Titel bekomme ich ohnehin.«

»Es geht nicht nur ums Geld, du Idiot.« Er ließ die Handfläche auf den Schreibtisch zwischen uns niedersausen und brüllte: »Das Einzige, was zwischen uns und den Bürgerlichen steht, die uns dienen, sind Stammbäume und Macht!«

»Macht korrumpiert«, sagte ich kurz angebunden.

»Die *Welt* ist korrupt.« Angewidert verzog er die Lippen. Ich wusste verdammt gut, dass ich kurz davorstand, in den Speiseaufzug gezwungen zu werden. »Ich versuche, dir in einfachem Englisch zu erklären, dass deine Hochzeit mit Miss Butchart nicht zur Debatte steht. Außerdem wird sie wohl kaum schon morgen stattfinden.«

»Nein. Weder morgen noch sonst irgendwann«, hörte ich

mich sagen. »Ich werde sie nicht heiraten. Mum wird das nicht dulden.«

»Deine Mutter hat kein Mitspracherecht.«

Seine himmelblauen Augen wurden so dunkel wie ein marmorierter Spiegel. Ich konnte mich selbst in ihnen sehen. Ich wirkte klein und eingefallen. War nicht ich selbst. Nicht der Junge, der auf Pferden ritt, während ihm der Wind übers Gesicht strich. Der einer Dienstmagd eine Hand unter den Rock schob und dafür sorgte, dass sie atemlos kicherte. Der Junge mit der explosiven Schnelligkeit und der blendenden Beinarbeit, der einige der besten Fechter Europas zum Weinen gebracht hatte. Jener Junge konnte das schwarze Herz seines Vaters auf ein spitzes Schwert spießen und es verspeisen, während es noch schlug. Dieser Junge hier konnte es nicht.

»Du wirst sie heiraten und mir einen männlichen Enkel schenken, vorzugsweise einen, der besser ist als du.« Mein Vater nahm den letzten Zug von seiner Zigarre und drückte sie in einem Aschenbecher aus. »Das Thema ist erledigt. Und nun geh und entschuldige dich bei Louisa. Du wirst sie heiraten, nachdem du dein Studium in Oxford abgeschlossen hast – und keine Sekunde später, es sei denn, du willst dein gesamtes Erbe, deinen Namen und die Verwandtschaft verlieren, die dich aus mir unbekannten Gründen nach wie vor toleriert. Täusch dich nicht, Devon. Wenn ich deiner Mutter sage, dass sie dich enterben soll, wird sie ihrem eigenen Kind den Rücken kehren, ohne mit der Wimper zu zucken. Habe ich mich klar ausgedrückt?«

Genau in diesem Augenblick übernahm wie üblich meine Klugheit das Ruder und kribbelte mir wie Säure auf der Haut. Sie sorgte dafür, dass ich mich auf links drehte und jemand anders wurde. Es war sinnlos, mich mit ihm zu streiten. Ich hatte keinerlei Einfluss. Ich konnte mich verprügeln, einsperren, verhöhnen und foltern lassen … oder meine Karten geschickt ausspielen.

Tun, was er und Mr Butchart so häufig taten.

Den Regeln des Systems gehorchen.

»Ja, Sir.«

»Und jetzt entschuldige dich bei ihr.«

»Selbstverständlich, Sir.« Ich neigte den Kopf noch tiefer, die Andeutung eines Lächelns umspielte meine Lippen.

»Und gib ihr einen *Kuss.* Zeig ihr, dass du sie magst. Keine Zunge oder anderes komisches Zeug. Gerade genug, um zu beweisen, dass du zu deinem Wort stehst.«

Galle stieg mir in die Kehle. »Ich werde sie küssen.«

Erstaunlicherweise wirkte er nun noch unzufriedener als zuvor, und seine Oberlippe zuckte, als er mich anschnauzte: »Woher auf einmal dieser Sinneswandel?«

Mein Vater war sowohl gemein als auch bescheuert, eine schreckliche Kombination. Er hatte mehr Temperament als Verstand, was ihn zu zahlreichen geschäftlichen Fehlentscheidungen verleitete. Zu Hause regierte er mit eiserner Faust, die ziemlich häufig in meinem Gesicht landete. Mit den geschäftlichen Fehlern kamen wir besser klar – meine Mutter hatte ohne sein Wissen die Buchführung übernommen, und er war fast immer zu betrunken, um irgendetwas zu bemerken. Und was die Misshandlungen betraf … Sie wusste verdammt gut, dass der Gürtel auch auf sie herabsausen würde, sollte sie mich zu beschützen versuchen.

»Vermutlich hast du recht.« Ich lehnte mich im Sessel zurück und schlug zwanglos die Beine übereinander. »Was macht es schon für einen Unterschied, wen ich heirate, solange ich mich ins Buch der Rekorde vögeln kann?«

Er lachte leise, die Dunkelheit wich aus seinen Augen. Das hier war eher nach seinem Geschmack – einen ungläubigen

Sünder mit einem Mangel an Skrupeln und noch weniger positiven Charaktereigenschaften zum Sohn zu haben.

»Schon mal eine gebumst?«

»Ja, Sir. Mit dreizehn.«

Er rieb sich mit dem Daumen über das Kinn. »Ich habe schon mit zwölf mit einer Frau geschlafen.«

»Großartig«, sagte ich, obwohl die Vorstellung, wie mein Vater mit zwölf von hinten in eine Frau hineinstößt, den Wunsch in mir weckte, mich auf der Couch eines Therapeuten zusammenzurollen und zehn Jahre lang dort liegen zu bleiben.

»Nun denn.« Er klopfte sich auf den Oberschenkel. »Immer frisch voran, junger Bursche. Der englische Adel ist nicht billig zu haben. Man muss ihn schützen, um ihn aufrechtzuerhalten.«

»Dann werde ich meinen Teil dazutun, Papa.« Ich stand auf und bedachte ihn mit einem durchtriebenen Grinsen.

Das war der Tag, an dem ich tatsächlich ein Lebemann wurde.

Der Tag, an dem ich mich in den ausgekochten, seelenlosen Menschen verwandelte, den ich nun im Spiegel sah.

Der Tag, an dem ich mich in der Tat bei Louisa entschuldigte, sie sogar auf die Wange küsste und ihr sagte, sie solle sich keine Sorgen machen. Ich sei betrunken gewesen und hätte einen Fehler begangen. Wir müssten *definitiv* heiraten, und unsere Hochzeit würde ein wundervolles Ereignis. Mit Blumenmädchen und Erzbischöfen und einer Torte, so hoch wie ein Wolkenkratzer.

Die nächsten zehn Jahre spielte ich meine Karten richtig aus.

Schickte ihr Geburtstagsgeschenke, überschüttete sie mit Postkarten und traf mich in den Sommerferien häufiger mit ihr. Ich steckte ihr Blumen ins Haar und versicherte ihr, die anderen Mädchen, die ich vögelte, hätten keinerlei Bedeutung für mich. Ich ließ sie warten und schmachten und sich im Geist eine Zukunft für uns beide zurechtzimmern.

Ich überredete sogar meine Eltern, mir meinen Juraabschluss in Harvard über den großen Teich hinweg zu finanzieren und die Hochzeit um ein paar Jahre zu verschieben, indem ich erklärte, ich würde sofort nach dem Examen zurückkommen und Louisa zur Frau nehmen.

Aber die Wahrheit lautete, dass ich an den Tag, an dem ich einundzwanzig wurde und nach Boston aufbrach, zum letzten Mal einen Fuß auf britischen Boden gesetzt hatte.

Mein Vater hatte mich zum letzten Mal gesehen.

Es war der perfekte Beschiss, exakt.

Ich benutzte seinen Reichtum und seine Verbindungen, bis ich sie nicht mehr brauchte.

Ein Abschluss in Rechtswissenschaft an einer Universität der Ivy League reichte aus, um Sozius einer der größten Kanzleien in Boston zu werden und vierhunderttausend jährlich abzugreifen. Im dritten Jahr hatte ich diesen Betrag verdreifacht, einschließlich Boni.

Und jetzt? Jetzt war ich ein Selfmade-Millionär.

Mein Leben gehörte mir. Ich war es, der es führen, bestimmen und verpfuschen konnte.

Und der einzige Speiseaufzug, in dem ich steckte, befand sich tief in meinem Kopf.

Die Stimmen meiner Vergangenheit hallten noch immer darin wider und riefen mir ins Gedächtnis, dass Liebe nichts anderes als eine Krankheit der Mittelschicht war.

1. KAPITEL

Belle

Gegenwart

»Fehlbildung der Gebärmutter«, wiederholte ich und erwiderte benommen Dr. Bjorns Blick.

Ich kam mir lächerlich vor in meinem engen Bleistiftrock aus rotem Leder und dem bauchfreien weißen Shirt, ein Bein über das andere geschlagen, sodass die hochhackigen Sandalen von Prada an meinen Zehen baumelten. Alles an mir verriet, dass ich eine Frau war. Alles, bis auf die Tatsache, dass ich offenbar keine Kinder bekommen konnte.

»Das ist das Ergebnis des Ultraschalls.« Mein Frauenarzt bedachte mich mit einem mitfühlenden Blick, etwas zwischen einem Zucken und einer Grimasse. »Wir haben ein Kernspintomogramm angeordnet, um die Diagnose zu bestätigen.«

Merkwürdig, dass ich in diesem Augenblick nicht an die Konsequenzen meines Zustands, sondern vielmehr an Dr. Bjorns dichte und seltsam verteilte Körperbehaarung dachte.

Er sah aus wie ein Zwergspitz, wenn auch nicht halb so niedlich, schien Anfang sechzig zu sein und war größtenteils von grau melierten Haaren bedeckt, von den buschigen Augenbrauen und der wilden Mähne bis zu den Flaumbüscheln auf seinen Fingern. Seine lockigen Brusthaare quollen aus dem grünen OP-Kittel hervor, als hätte er ein Kuscheltier darunter versteckt.

»Bitte erklären Sie mir noch einmal, was das bedeutet, Fehlbildung der Gebärmutter.« Ich schlang die Hände um ein Knie und verzog meine mit Lipgloss geschminkten Lippen zu einem Lächeln.

Er räusperte sich und verlagerte auf dem Stuhl das Gewicht. »Nun, Ihre Diagnose lautet Uterus septus, die häufigste Form uteriner Missbildung. Tatsächlich ist das eine gute Nachricht. Wir sind damit vertraut und in der Lage, sie auf verschiedene Art zu behandeln. Ihre Gebärmutter ist zum Teil durch eine Muskelwand geteilt, die das Risiko von Unfruchtbarkeit, wiederholten Fehlgeburten und Frühgeburten mit sich bringt. Hier können Sie es sehen.«

Er deutete auf das Ultraschallbild zwischen uns. Ich war zwar nicht in der Stimmung, mir meine Versagerin von Gebärmutter direkt anzusehen, schaute aber trotzdem hin.

»Unfruchtbarkeit?« Normalerweise wiederholte ich die Worte anderer nicht wie ein Papagei, aber … verdammt noch mal … *Unfruchtbarkeit?!* Ich war noch nicht mal dreißig. Mir blieben mindestens noch fünf Jahre, um prächtige, denkwürdige Fehler mit beliebigen Männern zu machen, ehe ich über Kinder nachdenken musste.

»Korrekt.« Dr. Bjorn nickte, offenbar nach wie vor fasziniert von meiner Gefühllosigkeit. Wusste er nicht, dass ich keine Gefühle hatte? »In Verbindung mit dem PCO-Syndrom könnte das ein Problem darstellen. Ich würde gern über die nächsten Schritte mit Ihnen sprechen …«

»Einen Moment.« Ich wedelte mit einer Hand – French Nails und rote Spitzen – in der Luft herum. »Noch mal zu der Abkürzung. PC-wie bitte?«

»PCO-Syndrom. Polyzystisches Ovarsyndrom. In Ihrer

Akte steht, dass Sie diese Diagnose mit fünfzehn bekommen haben.«

Genau. Als ich damals im Krankenhaus lag, war alles ein bisschen vage geblieben.

»Das klingt auch nicht besonders gut«, versetzte ich.

Er wischte mit dem Daumen über sein Handy. Ich befand mich an einem Tiefpunkt meines Lebens, aber für ihn war es nur ein weiterer Mittwoch. »Das könnte ebenfalls Probleme mit der Fruchtbarkeit verursachen.«

Super. Mein Mutterschoß machte dem von Monica aus *Friends* ernsthaft Konkurrenz. Ich wollte einen Streit vom Zaun brechen und richtete meinen Zorn gegen Dr. Bjorn.

»Was soll das heißen?«, schnaubte ich. »Entwickelt sich eine Fehlbildung der Gebärmutter nicht im Laufe einer Schwangerschaft?«

Mit einem weiteren nachsichtigen Lächeln drehte sich Dr. Bjorn zum Bildschirm vor sich und runzelte die Stirn, wobei seine buschigen Augenbrauen aneinanderstießen, als wollten sie sich zur Begrüßung abklatschen. Er klickte auf die Maus, um sich durch meine Krankengeschichte zu scrollen. Dämliche Maus und dämlich klingende Klicks.

»Tatsächlich steht hier, dass Sie mit fünfzehn einen Spontanabort hatten.«

Einen *Spontanabort.*

Als hätte ich beschlossen, mich auf einen Kaffee mit einer Freundin zu treffen.

Dr. Bjorn sah derart verlegen aus, dass ich nicht überrascht gewesen wäre, wenn er ein Loch in den Teppich gebohrt hätte und ins Parterre gerutscht wäre. Sein Blick fragte mich, ob das stimmte. Sein Mund nicht. Er kannte die Antwort.

»Ups.« Ich lächelte finster. »Stimmt. Hab ich ganz vergessen. In dem Jahr war eine Menge los.«

Dr. Bjorn streichelte seinen pelzigen Arm. »Nun, ich weiß, so etwas ist ziemlich überwältigend …«

Ich stieß ein kehliges Lachen aus. »Bitte, Doktor. Ersparen Sie mir die Flyersprüche von wegen ›Wir sind für Sie da‹, und kommen Sie zur Sache. Was für Möglichkeiten habe ich?«

»Oh, da gibt es viele Optionen!«, verkündete er, offensichtlich wieder munterer. *Damit* kam er klar. Lösungen. Tatsachen. Wissenschaft. »Es gibt durchaus Wege, Ihnen in Zukunft die Mutterschaft zu ermöglichen. Das heißt natürlich, wenn Sie daran interessiert sind.«

Ich war versucht zu sagen, nein, ich bin nicht scharf darauf, Windeln zu wechseln oder von gezeichneten Strichmännchen zu schwärmen. Mutterschaft war eine Methode, Frauen in hochgradig patriarchalen Gesellschaften zu entmachten, hätte ich am liebsten gesagt, und bis zu einem gewissen Grad hatte ich an diese postfeministische Ideologie sogar *geglaubt*. Schließlich war ich selbstständige Inhaberin eines Unternehmens, deren größter Ehrgeiz im Leben darin bestand, anderen ans Bein zu pinkeln. Ich würde ein Glas Mixed Pickles auf den Boden pfeffern und es essen, mitsamt dem Glas, ehe ich einen Mann bitten würde, es für mich zu öffnen.

Aber ich brachte die Worte nicht über die Lippen.

Tatsächlich *wollte* ich Mutter werden. Ich wünschte es mir mit jeder Faser meines Daseins.

Das war weder anspruchsvoll noch ehrgeizig noch erwähnenswert, aber es stimmte. Und aus diesem Grund hatte ich einige Wochen zuvor Dr. Bjorn aufgesucht, um mich der tadellosen Funktionsfähigkeit meiner Fortpflanzungsorgane zu vergewissern, die einsatzbereit sein würden, sobald ich sie einzusetzen beschloss. Überflüssig zu sagen, dass dem nicht so war.

»Ja«, sagte ich schulterzuckend. »Das bin ich wohl.«

Dr. Bjorn legte den Kopf schief und runzelte die Stirn. Er versuchte, den Grund meines Verhaltens zu entschlüsseln. Etwa so, als versuchte er, mir Sonnenkollektoren zu verkaufen, und ich jagte ihn zum Teufel. War ich etwa keine Umweltschützerin?

»In dem Fall besteht der erste Schritt darin, Ihre Eizellen einzufrieren.«

Ich bedachte ihn mit einem süßlichen, ungeduldigen Lächeln.

»Beabsichtigen Sie, Ihre zukünftigen Kinder bis zum Ende auszutragen?«, fragte er.

»Kann ich sie im zweiten Trimester evakuieren?«, fragte ich gähnend und überprüfte den Zustand meiner Fingernägel. »Muss man nicht warten, bis die Kinder gar sind?«

»Ich will damit nur sagen, dass Ihr Alter ein Faktor ist, den Sie in Betracht ziehen sollten. Mit jedem Jahr, das vergeht, steigt das Risiko für eine Fehl- oder Frühgeburt.«

»Was genau wollen Sie mir damit sagen?«, fragte ich ungeduldig.

»Vielleicht möchten Sie über eine Leihmutterschaft nachdenken, wenn Sie später im Leben Kinder haben möchten. Idealerweise und unter Berücksichtigung der Komplikationen sollten Sie versuchen, sofort schwanger zu werden, falls Sie dazu bereit sind. Aber ich möchte Sie natürlich zu nichts drängen.«

Tja, Schätzchen, dafür ist es jetzt ein bisschen zu spät. War ich bisher davon ausgegangen, noch fünf Jahre Zeit zu haben, hatte er mich mit seiner Äußerung auf den Highway in Richtung Mutterschaft geschubst. Denn – ich wiederhole mich – was sollte der Mist? Das hier war nicht mein Leben. Ich wollte warten, bis ich fünfunddreißig war, mir einen attraktiven Samenspender suchen – ich würde sogar einen Haufen Geld für die wirklich teure Mitgliedschaft bei der Samenbank ausgeben, um mir Fotos dieser potenziellen Spender ansehen zu können – und dann ein paar Kinder in die Welt setzen und meine eigene Minifamilie gründen.

»Der nächste Monat scheint mir ein guter Zeitraum zum Schwangerwerden zu sein«, hörte ich mich sagen. »Mal sehen, ob ich meinen Waxingtermin verschieben kann.«

»Miss Penrose«, sagte Dr. Bjorn in mahnendem Ton. Er stand auf, goss ein Glas Wasser ein und reichte es mir. Ich trank es gierig aus. »Ich weiß, dass dies nicht die Neuigkeiten sind, die Sie hören wollten. Sie müssen hier nicht tapfer sein. Es ist in Ordnung, wenn Sie traurig sind.«

Was selbstverständlich nicht der Fall war. Zusammenbrüche waren ein Privileg anderer Menschen. Ich war auf Furchtlosigkeit programmiert. Das Leben erwischte mich ständig auf dem falschen Fuß, aber geschmeidig wie eine Zeichentrickfigur und mit einem Lächeln im Gesicht wich ich ihm jedes Mal aus.

Ich hob meine Chanel-Umhängetasche vom Boden auf. »Wenn ich dieses Jahr noch schwanger werden muss, dann werde ich es eben. Kein Mann? Kein Problem. Ich suche mir einen Samenspender. Ich habe gehört, die sind groß, clever und können gut mit Zahlen umgehen. Was will man mehr vom Vater seines Babys?« Ich gab ein klingendes Lachen von mir und stand auf. Der Gynäkologe blieb sitzen und starrte mich schockiert an.

Ja, ich weiß. Ich bin herzlos. Gefühllos. Und seit fünf Minuten bin ich auch noch klinisch gebärmutterlos.

»Wollen Sie nicht lieber eine Weile darüber nachdenken?«, fragte er.

»Da gibt es nichts nachzudenken. Die Zeit arbeitet gegen mich. Ich suche mir einen Samenspender und sehe zu, dass ich die Sache erledige.«

Außerdem fehlte mir das Geld, um eine Leihmutter zu bezahlen. Und die Schwangerschaft war ein Teil des Deals. In den letzten Jahren hatte ich gesehen, wie aus meinen Freundinnen und Schwestern Kinder herausfielen wie Bonbons aus einem PEZ-Spender. Sie stellten schöne runde Bäuche, ausgefallene kulinarische Gelüste und ein glückseliges Lächeln zur Schau, während sie über die ewige Frage nachdachten: Pastellfarbe oder Tapete für die Kinderzimmer?

Ich wollte all diese Dinge.

Jede einzelne ihrer banalen, alltäglichen Erfahrungen.

Bis auf eine.

Den *Ehemann*.

Heiraten stand nicht auf meiner Liste.

Männer waren wankelmütig, nicht vertrauenswürdig und vor allem … eine Gefahr für mich.

»Nun, in dem Fall …«, Dr. Bjorn reichte mir die Hand und wartete vergeblich, dass ich sie ergriff, »… verschreibe ich Ihnen fünfzig Milligramm Clomifen pro Tag, um den Eisprung auszulösen. Beginnen Sie mit der Einnahme am zweiten Tag Ihres Menstruationszyklus in dem Monat, in dem Sie schwanger werden möchten. Fünf Tabletten, eine pro Tag, fünf Tage lang. Stets um die gleiche Uhrzeit zu nehmen. Trinken Sie genug, und achten Sie auf Ihren Zyklus. Ovulationstests werden Ihr bester Freund sein. Wenn Sie den perfekten Spender gefunden haben, sagen Sie mir Bescheid. Ich möchte mir seine Anamnese durchlesen, um zu beurteilen, ob er der richtige Kandidat für Sie ist.«

»Wunderbar!« Ich drehte mich um und stolzierte aus dem Raum. Bevor er eine weitere schwerwiegende Diagnose über meinen Körper stellen konnte, stürmte ich davon.

Ich winkte der Rezeptionistin zum Abschied zu und verließ das Gebäude, ohne mich später daran erinnern zu können.

Vermutlich hatte ich eine außerkörperliche Erfahrung durchlebt.

Ich steuerte gerade auf meinen flotten BMW zu, als mein Handy klingelte. Ich fischte es aus der Handtasche. Es war Persy, meine Schwester.

»Hey, Pers.« Ich begrüßte sie mit warmer Stimme, ohne jede Spur von Stress. So zu tun, als hätte ich alles unter Kontrolle, war eine Kunstform, die ich bereits vor langer Zeit vervollkommnet hatte.

»Hey, Belle. Wo bist du gerade?«

»Komme gerade aus der Praxis des Gynäkologen.«

»Es gibt doch nichts Besseres, als sich von einem Fremden mit einem Vergrößerungsglas in den Eingeweiden herumstochern zu lassen.« Sie seufzte, vermutlich vor echtem Verlangen. Verdammt, sie und ihr Mann Cillian waren total pervers. »Alles okay da unten?«

Ich hörte, wie Astor, mein Neffe, im Hintergrund Explosionsgeräusche machte. Er liebte es, sich beim Legospielen vorzustellen, wie alles in die Luft ging. Dieses Kind würde mit neunundneunzigprozentiger Sicherheit ein Tyrann werden, und ich würde ihm dabei helfen. Tantchen benötigte ständig neue Eisbrecher, und ein diktatorisch veranlagter Neffe war ein hervorragendes Gesprächsthema.

»Meine Vagina ist in tadellosem Zustand für jemanden, der überarbeitet und unterbezahlt ist.« Ich schob mir meine Designer-Sonnenbrille auf die Nase und lief die Straße entlang. »Brauchst du irgendwas?«

Meine Schwester und ich sprachen mindestens viermal am Tag miteinander, aber normalerweise fragte sie mich nicht, wo ich war. Vielleicht sollte ich auf Astor aufpassen. Da sie ein Neugeborenes hatte – Baby Quinn, der hübscheste kleine Kerl auf diesem Planeten –, brauchte sie häufig Hilfe.

»Nein. Mom kommt vorbei und kümmert sich um die Kinder. Cillian führt mich aus. Zum ersten Mal seit Quinns Geburt. Ich hatte einfach diesen komischen Drang, dich anzurufen und mich zu vergewissern, dass es dir gutgeht. Ich weiß nicht, was mich da überkommen hat«, klagte meine liebe, überaus feinfühlige kleine Schwester.

Persephone »Persy« Fitzpatrick war alles, was ich nicht war – romantisch, mütterlich und ein Mensch, der stets alle Regeln befolgte.

Oh, und die Frau des reichsten Mannes von Amerika. *Keine große Sache.*

Ich blieb stehen und stützte mich mit einer Hand an eine rote Backsteinmauer. Die Salem Street erstreckte sich in all ihrer sommerlichen Pracht vor mir, gespickt mit Bäckereien, bunten Cafés und Blumen, die aus Hängekörben quollen.

»Nein, Pers. Du hast absolut recht. Ich muss deine Stimme hören.«

Unbehagliches Schweigen dröhnte in meinen Ohren. Als Persy klar wurde, dass ich ihr nicht erklären würde, *warum* ich ihre Stimme hören musste, sagte sie: »Kann ich irgendetwas für dich tun, Belle? Egal, was?«

Kannst du ein Kind für mich bekommen?

Kannst du meine Gebärmutter reparieren?

Kannst du meine Vergangenheit auslöschen, die mich so gründlich, so vollständig verkorkst hat, dass ich nichts und niemandem außer mir selbst mehr trauen kann?

»Es reicht, deine Stimme zu hören«, sagte ich und lächelte, obwohl sie mich nicht sehen konnte.

»Ich liebe dich, Belle.«

»Ich dich auch, Pers.«

Ich ließ das Handy wieder in meine Tasche gleiten und lächelte ungezwungen, als wäre alles in bester Ordnung.

Und dann … dann spürte ich, dass meine Wangen nass von wütenden, unaufhaltsamen Tränen waren.

Stand ich etwa mitten auf einer belebten Hauptstraße und weinte heftig?

Worauf ihr euren Arsch verwetten könnt.

Heulen traf es besser. Nach Luft schnappen stimmt auch. Meine Tränen waren heiß und bitter, voller Selbstmitleid und frischer Wut. Ich befand mich in einer derart unfairen Lage, dass es mir den Atem verschlug. Warum passierte das hier? Und warum *mir*? Ich war doch kein schlechter Mensch.

Tatsächlich war ich sogar ziemlich toll.

Ich spendete für wohltätige Zwecke, spielte die Babysitterin für die Kinder meiner Freundinnen und brachte ihnen immer die Kekse mit, die die Pfadfinderinnen verkauften. Sogar die Sorte *Lemon-Ups*, die – geben wir es zu – so schlecht waren, dass man sie in allen fünfzig Staaten verbieten müsste.

Warum musste es ausgerechnet mir schwerfallen, ein Kind zu bekommen – wenn es überhaupt *möglich* war –, während alle um mich herum schwanger wurden, sobald ihr Mann sie bat, ihnen das Salz zu reichen?

Niedergeschlagen, ängstlich und verwirrt stolperte ich geradewegs in den Tempel hinein.

Nein, nicht in den, wo man betet. Sondern in ein Lokal namens *Temple Bar*.

Es war vielleicht nicht besonders clever, sich am helllichten Tag zu betrinken, aber tröstlich war es mit Sicherheit. Außerdem musste ich vorglühen, bevor ich am Abend auf eine Party ging. Und feiern würde ich an diesem Abend *definitiv*.

Ich stieß die Tür auf, stapfte zur Theke und bestellte mir ein großes Glas von irgendeinem Zeug, das mich in Rekordzeit betrunken machen würde.

»Ein After Shock und ein Glas Wein, kommt sofort.« Der

46

Barkeeper hob die Hand zum Gruß, warf sich einen Putzlappen über die Schulter und holte ein dampfendes Glas aus der Spülmaschine.

Ich ließ mich auf einen Barhocker sinken und massierte mir die Schläfen, während ich meine neue Realität zu verarbeiten versuchte. Die da lautete: entweder jetzt ein Baby bekommen oder wahrscheinlich nie mehr.

Touristen und Berufstätige lungerten in grünen Sitznischen aus Holz herum, genossen Guinness-Pints, Dublin Coddle und Irish Stew.

Irische Folksongs schmetterten aus den Lautsprechern, lustig und von übersprudelnder Heiterkeit. Wusste die Welt denn nicht, wie sehr ich litt?

Das Lokal sah aus wie ein echtes irisches Pub, mit kunstvoll verzierten hohen Decken und alkoholgetränkten Wänden.

Ehe ich erneut spontan in Tränen ausbrechen konnte, kam der Barkeeper mit meinen Drinks zurück. Ich hatte seit meinem sechsten oder siebten Lebensjahr nicht mehr geweint, und ich würde jetzt, wo ich herausgefunden hatte, dass ich mit dreißig schwanger werden musste, obwohl ich finanziell nicht abgesichert war, auf keinen Fall damit anfangen, ständig loszuheulen.

Ich trank den After Shock auf ex, knallte das Glas auf die Theke und ging sofort zum Wein über.

Ein großer, dunkelhaariger attraktiver Typ erschien am Rand meines Blickfelds. Er stützte einen Ellbogen auf die Theke, sein Körper drehte sich zu mir.

»Sind Sie nicht Emmabelle Penrose?«

»Sind Sie nicht ein Mann mittleren Alters mit ausreichend Lebenserfahrung, um zu wissen, dass man niemanden stört, der sich zu betrinken versucht?«, fauchte ich ihn an, bereit zur nächsten Runde.

Er lachte in sich hinein. »Temperamentvoll, genau, wie ich Sie mir vorgestellt habe. Ich wollte Ihnen sagen, dass mir Ihr Geschäftsmodell gefällt. Und Ihr Hintern auch. Auf der Reklametafel vor meinem Haus sieht beides großartig aus.« Er beugte sich vor, um mir etwas ins Ohr zu flüstern.

Ich wirbelte auf dem Hocker herum, schloss die Finger zum Todesgriff um sein Handgelenk und drückte es hinunter, wobei ich ihm so weit den Arm verdrehte, dass er zu brechen drohte. Er stöhnte auf und kniff die Augen zu.

»Was ist denn los, zum Teu…?«

Nun war ich es, die sich zu ihm hinüberlehnte. »Was los ist? Ich versuche hier meinen Drink zu genießen, ohne sexuell belästigt zu werden. Ist das zu viel verlangt? Dass ich Besitzerin eines Nachtclubs bin, gibt Ihnen nicht das Recht, mich zu begrapschen. Wenn Sie Zahnarzt wären, würde ich mich ja auch nicht im Restaurant auf Ihren Tisch legen und Sie um eine Füllung bitten. Und jetzt verschwinden Sie.«

Ich schubste den Typen so heftig, dass er an der Theke entlang zu seinem Barhocker stolperte, wobei er Obszönitäten von sich gab. Er griff nach seinem Mantel und stürmte aus dem Pub.

»Wow. War dein Tag so übel wie der Kater, den du morgen früh haben wirst?« Der Barkeeper bedachte mich mit einem schelmischen Lächeln. Er musste etwa Mitte zwanzig sein, hatte fuchsrotes Haar und ein Kleeblatt-Tattoo auf dem Unterarm.

»Mein Tag war schlimmer als jede Alkoholvergiftung, die je auf dem Planeten Erde verzeichnet wurde.« Ich knallte mein Weinglas auf die Theke. »Kannst du mir glauben.«

»Kannst du *nicht*. Sie ist ausgesprochen flatterhaft.« Ein vornehmer englischer Akzent und leises Lachen drei Hocker weiter. Die Person, zu der beides gehörte, saß im Schatten der

Theke, ein großer dunkler Fleck hüllte seine elegante Silhouette ein. Ich musste nicht blinzeln, um zu wissen, wer er war.

In Boston gab es nur einen Mann, der nach Macht, Rauch und einem bevorstehenden Orgasmus klang.

Sag Hallo zu Devon Whitehall.

Auch bekannt als der Bastard, für den ich meine strenge Nur-eine-Nacht-Regel gebrochen hatte.

Es schaffte es, mich dreimal aufzureißen, ehe ich zur Besinnung kam und ihn mir vom Leib schaffte. Seit wir ungefähr drei Jahre zuvor in der Waldhütte meines Schwagers Cillian Sex gehabt hatten, wusste ich, dass Devon Whitehall anders war.

Er war ein gefährlich sanftes Geschöpf, der Gelehrte unter seinen Freunden. Manipulativ und arrogant bildete er eine ganz eigene Liga.

Die Männer um ihn herum wiesen offenkundige Defizite auf – Cillian, mein Schwager, war ein kalter Fisch im Anzug; Hunter, der Mann meiner besten Freundin, war albern und geschwätzig; und Sam, der Mann meiner Freundin Aisling, war … nun, ein *Massenmörder*. Aber Devon hatte kein riesiges Neonschild um den Hals, das einen davor warnte, sich ihm zu nähern. Er war weder geschädigt noch gebrochen oder wütend. Jedenfalls nicht nach außen hin. Dennoch besaß er die Art von Unnahbarkeit, die den Wunsch in einem weckte, zu verglühen wie eine Sternschnuppe, wobei man unweigerlich zu Asche verbrennen würde.

Er war alles, was sich eine Frau nur wünschen konnte, verpackt in einem einzigen Paket.

Und zu diesem Paket gehörte ein fantastischer Körper bis hinunter zu den sehnigen Unterarmmuskeln, die an Michelangelos *Moses* erinnerten und meinen IQ auf Raumtemperatur sinken ließen, sobald ich sie berührte.

Nach dem dritten Mal hatte ich unseren Rendezvous ein Ende setzen müssen, und zwar mit der Begründung, dass *ich keine Idiotin war*. Ich sage gern: Wo ein Willy ist, ist auch ein Weg. Aber Devon war die Sorte Kerl, für die ich womöglich Gefühle entwickeln würde.

Bei diesem letzten Treffen hatte sich Devon nach animalischem Sex mit mir umgedreht, den Kopf auf das Kissen neben mir gelegt und etwas Empörendes und Vulgäres getan. Er war eingeschlafen.

»Äh … Kannst du mir sagen, was das werden soll?«, fragte ich ihn aufgebracht.

Was kommt als Nächstes? Eine Einladung zum Dinner? Kapuzenpullis mit Minnie und Mickey darauf? Schitt's-Creek-Komaglotzen?

»Schlafen«, antwortete er in diesem typischen Tonfall, der besagte, dass alle um ihn herum Idioten waren. Blinzelnd öffnete er die Augen, blau und silbrig wie geschmolzenes Eis. Seine Lippen verzogen sich zu einem teuflischen Grinsen. Ich setzte mich auf und starrte ihn wütend an.

»Schlafen kannst du in deinem eigenen Bett, Bro, aber sicher nicht hier.«

»Es ist drei Uhr morgens. Morgen früh muss ich zum Gericht. Und bitte benutz nicht das Wort ›Bro‹. Übertriebener Gebrauch allgemein üblicher Spitznamen ist ein Anzeichen mangelnder sprachlicher Bildung.«

»Tolle Story, *Bro*. Gibt es auch eine englische Version dieses Satzes?« Und weil ich wirklich müde war, fügte ich hinzu: »Egal. Verschwinde einfach.«

»Willst du mich auf den Arm nehmen?«

Er trug seinen ausdruckslosen Blick, als handelte es sich um einen kompletten Smoking.

»Raus.«

Ich marschierte zur Tür und warf seine Klamotten und Schuhe – Slipper – hinaus. Halb nackt stolperte er in den Flur und sammelte die Designerstücke vom Boden auf. Um die Wahrheit zu sagen: Ich habe mich nicht von der besten Seite gezeigt. Die überwältigende Angst, an die Leine gelegt zu werden, hatte mir die Kehle zugeschnürt.

Nun stand Devon also vor mir, groß und gut aussehend und fickbar. Ich nahm seine Gestalt aus dem Augenwinkel wahr, Hände in den Taschen, das markante Kinn so scharf wie eine Klinge.

»Es ist Verleumdung, mich unzuverlässig zu nennen, Mr Staranwalt.« Ich verzog den Mund und schlüpfte in die Rolle einer nervtötenden Sirene. Ich war nicht in der Stimmung, die schlagfertige, exzentrische Belle zu geben – aber das war die einzige Version von mir, die die Leute kannten.

»Tatsächlich ist es eine Beleidigung. Verleumdung nennt man eine unzutreffende Anschuldigung in schriftlicher Form. Ich könnte sie dir per Textnachricht zukommen lassen, wenn du willst.« Er drehte sich zu dem Barkeeper und warf eine schwarze American-Express-Karte auf die Theke. »Einen Stinger für mich und einen Tom Collins für die Lady.«

»S… sehr wohl, Seine Hoheit«, stammelte der Barkeeper. »Ich meine … Sir. Ähm … also … Wie soll ich Sie ansprechen?«

Devon zog kaum merklich eine Braue hoch. »Mir wäre es ehrlich gesagt am liebsten, Sie sprächen mich gar nicht an. Sie sind hier, um mir Drinks zu servieren, nicht um sich meine Lebensgeschichte anzuhören.«

Woraufhin der Barkeeper verschwand, um uns die Cocktails zu holen.

»Ich kann hier nirgendwo eine Lady entdecken«, murmelte ich in mein Glas Chardonnay.

»Da steht eine direkt hinter dir, und sie ist ziemlich attraktiv«, versetzte er mit ausdrucksloser Miene.

Eine der guten Eigenschaften von Devon Whitehall (und er besaß unglücklicherweise viele) war, dass er sich selbst niemals ernst nahm. Nachdem ich ihn aufs Schändlichste aus meinem Bett vertrieben hatte, hörte er auf, mich anzurufen. Bei unserer nächsten Begegnung auf einer Weihnachtsfeier hatte er mich jedoch herzlich umarmt, mich gefragt, wie es mir ging, und sogar Interesse daran gezeigt, in meinen Nachtclub zu investieren.

Er hatte sich benommen, als wäre nichts passiert. Und vermutlich traf das für ihn auch zu. Ich wusste zwar nicht, warum Devon nie geheiratet hatte, aber ich vermutete, dass er an derselben Beziehungsphobie litt, zu der auch ich neigte. Im Laufe der Jahre hatte ich ihn von einer Frau zur nächsten weiterziehen sehen. Alle waren langbeinig, elegant und Inhaberinnen akademischer Abschlüsse in Fächern, deren Namen ich kaum aussprechen konnte.

Außerdem besaßen sie die Haltbarkeit einer Avocado.

Devon versuchte es nie wieder bei mir, hatte mich aber nach wie vor auf eine schräge Art gern, ungefähr so, wie man an der Schmusedecke seiner Kindheit hängt, obwohl einen auf keinen Fall jemand auch nur in demselben Raum mit dem Ding erwischen soll. In letzter Zeit gab er mir ständig das Gefühl, unerwünscht zu sein.

»Was regt dich eigentlich so auf?«, fragte er und fuhr sich mit den Fingern durch die dichten Haare. Weizenblonde und goldblonde Strähnen.

Ich wischte mir rasch die Augen. »Verschwinde, Whitehall.«

»Mein liebes Mädchen, die Chance, einen Engländer an einem Freitagnachmittag aus einem Pub zu vertreiben, tendiert gegen null. Irgendwelche Wünsche, die ich auch erfüllen kann?« Die zwanglose Freundlichkeit, die er ausstrahlte, erregte Übelkeit in mir. Niemand sollte *dermaßen* perfekt sein.

»In der Hölle verrecken?« Ich legte die Stirn auf die kühle Theke.

Es war nicht ernst gemeint. Mit Devon hatte ich nichts anderes als gute Gespräche, Komplimente und Orgasmen erlebt. Aber ich war tatsächlich aufgebracht. Er ließ sich auf den Hocker neben mir gleiten und drehte das Handgelenk, um auf seine Rolex zu schauen. Ich wusste, dass er mir nicht antworten würde. Manchmal behandelte er mich wie eine Achtjährige.

Unsere Drinks wurden gebracht. Er schob mir den Tom Collins zu und reichte dem Barkeeper schweigend mein Glas Chardonnay.

»Hier, bitte. Damit geht es dir besser. Und hinterher bedeutend schlechter. Aber da ich nicht anwesend sein werde, um mich mit den Konsequenzen herumzuschlagen …« Er zuckte leichthin mit den Schultern.

Ich trank einen Schluck und schüttelte den Kopf.

»Im Augenblick bin ich keine gute Gesellschaft. Du würdest dich besser amüsieren, wenn du eine Unterhaltung mit dem Barkeeper oder einem Touristen anfängst.«

»Liebes, du bist kaum zivilisiert zu nennen und dennoch eine bessere Gesellschafterin als sonst jemand in diesem Postleitzahlengebiet.« Er drückte mir kurz, aber herzhaft die Hand.

»Warum bist du nett zu mir?«, wollte ich wissen.

»Warum nicht?« Erneut klang er, als fühle er sich absolut wohl.

»In der Vergangenheit habe mich dir gegenüber immer schrecklich verhalten.«

Ich dachte an die Nacht, in der ich ihn aus der Wohnung geworfen hatte vor lauter Panik, er könnte irgendwie einen Spalt in meinem Herzen finden, ihn aufhebeln und hineinschlüpfen.

Die Tatsache, dass er hier war, pragmatisch und ungeniert, deutete definitiv auf Liebeskummer hin.

»Ich habe unsere kurze, aber freudvolle Geschichte ganz anders in Erinnerung.« Er nahm einen kleinen Schluck von dem Stinger.

»Ich habe dich rausgeworfen.«

»Hab schon Schlimmeres erlebt«, sagte er mit einer wegwerfenden Handbewegung. Er hatte schöne Hände. *Alles* an ihm war schön. »Kein Grund, es persönlich zu nehmen.«

»Und was *nimmst* du persönlich?«

»Nur wenige Dinge, wenn ich ehrlich bin.« Er runzelte die Stirn und schien ernsthaft über meine Frage nachzudenken. »Körperschaftssteuern vielleicht? Im Grunde ist das eine Doppelbesteuerung, eine empörende Vorstellung, das musst du zugeben.«

Langsam blinzelnd musterte ich ihn und fragte mich, ob ich im Begriff war, eine Spur Unvollkommenheit an dem Mann zu entdecken, zu dem alle aufblickten. Unter den Schichten von guten Manieren und dem gemeißelten Äußeren verbarg sich, so vermutete ich, ein ausgesprochen merkwürdiger Mensch.

»Du interessierst dich für Steuern, aber nicht dafür, dass ich dich gedemütigt habe?«, fragte ich herausfordernd.

»Emmabelle, Liebes.« Er schenkte mir ein Lächeln, das Eis zum Schmelzen gebracht hätte. »Demütigung ist ein Gefühl. Man muss sich ihm ergeben, um es zu empfinden. Du hast mich nie gedemütigt. War ich enttäuscht, dass unsere Affäre schneller ihren Lauf genommen hat, als ich wollte? Natürlich. Aber es war dein gutes Recht, die Sache zu jedem beliebigen Zeitpunkt zu beenden. Und jetzt erzähl mir, was passiert ist«, drängte Devon.

Sein Akzent schien eine direkte Verbindung zu der Stelle

zwischen meinen Schenkeln zu haben. Er klang wie Benedict Cumberbatch beim Einlesen eines erotischen Hörbuchs.

»Nein.«

Er musterte mich kühl und wartete ab. Es ging mir auf die Nerven. Wie selbstsicher er war. Wie wenig er sprach, und wie viel er mit wenigen Worten rüberbrachte.

»Was willst du? Wir kennen uns doch überhaupt nicht«, sagte ich in sachlichem Ton.

»Diese Sichtweise lehne ich ab.« Er ließ ein Blatt Minze, das sein Glas dekorierte, auf seine Zunge gleiten. Es verschwand in seinem Mund. »Ich kenne jeden Zentimeter und jede Rundung deines Körpers.«

»Du kennst mich nur im biblischen Sinne.«

»Ich halte sehr viel von der Bibel. Wirklich gute Lektüre, meinst du nicht? Der Teil, in dem es um Sodom und Gomorrha geht, ist ziemlich actiongeladen.«

»Ich ziehe Romane vor.«

»Das tun die meisten Menschen. Im Roman bekommen die Figuren, was sie verdienen.« Er unterdrückte ein Lächeln. »Allerdings behaupten viele Leute, dass auch die Bibel eine erfundene Geschichte ist.«

»Glaubst du, dass Menschen im echten Leben bekommen, was sie verdienen?«, fragte ich deprimiert und dachte an Dr. Bjorns Diagnose.

Devon rieb sich mit einem Finger das Kinn und runzelte die Stirn. »Nicht immer.«

Er wirkte sehr reif mit seinen einundvierzig Jahren, sehr viel älter als ich. Normalerweise stand ich auf Männer, die das komplette Gegenteil von Devon waren. Jung, draufgängerisch und unbeständig. Typen, bei denen ich mir sicher war, dass sie nicht bei mir bleiben und auch von mir nicht erwarten würden, dass ich bei ihnen blieb.

Austauschbar.

Devon besaß die angeborene Autorität eines Mannes, der immer die Oberhand behielt, dieses königlich-männliche Ethos.

»Warum sollte ich mich von dir abschleppen lassen?«, platzte ich heraus. Ich wusste, dass ich mich wie eine ungezogene Göre benahm und meinen Ärger an ihm ausließ, erlaubte es mir aber dennoch.

Devon fuhr mit der Zeigefingerkuppe über den Rand seines Glases. »Weil ich attraktiv, reich und göttlich im Bett bin und dir niemals einen Ring an den Finger stecken würde. Genau das, was du suchst.«

Angesichts der Art, wie unsere Wege sich getrennt hatten, überraschte es mich nicht weiter, dass Devon meine Bindungsangst bemerkt hatte.

»Also: arrogant, viel älter und zum *creepy* Familienfreund bestimmt.« Ich kreuzte die Finger, um ihn abzuwehren wie einen Vampir.

Devon Whitehall war der Anwalt und beste Freund meines Schwagers Cillian. Ich war ihm bei mindestens drei Familienfeiern pro Jahr begegnet. Manchmal noch öfter.

»Ich bin kein Psychologe, aber wenn es nach Vaterkomplex riecht und wie Vaterkomplex geht ...« Ein Eiswürfel verschwand zwischen seinen vollen Lippen, als er einen Schluck Cognac nahm, und er zerkleinerte ihn zwischen seinen geraden weißen Zähnen, ein verführerisches Lächeln im Gesicht.

»Ich habe keinen Vaterkomplex«, fauchte ich.

»Klar. Ich auch nicht. Und jetzt erzähl mir, warum du geweint hast.«

»Was kümmert es dich?«, stöhnte ich.

»Du bist Cillians Schwägerin. Er ist wie ein Bruder für mich.«

»Wenn jetzt der Teil kommt, in dem du uns als entfernte Verwandte bezeichnest, muss ich kotzen.«

»Das wirst du heute Nacht ohnehin tun bei dem Tempo, mit dem du trinkst. Also?«

Er würde nicht lockerlassen, nicht wahr?

»Ich werde keinen Zentimeter nachgeben, Whitehall.«

»Warum nicht? Ich habe dir dreiundzwanzig gegeben.«

Dreiundzwanzig Zentimeter? Im Ernst? Kein Wunder, dass ich immer noch lebhafte Träume von unseren Begegnungen hatte.

»Zum letzten Mal: Ich werde es dir nicht sagen.«

»Na schön.« Er beugte sich über die Theke, griff nach einer Flasche Cognac und zwei sauberen Gläsern und stellte sie energisch zwischen uns. »Dann finde ich es eben selbst heraus.«

2. KAPITEL

Devon

Eine Stunde zuvor

Ich saß gerade im Konferenzraum von Whitehall & Baker LLP und sprach über mein absolutes Lieblingsthema Provisionen (andere Ps wie Pussys und Poker kamen gleich danach an zweiter Stelle), als meine Welt in winzige Teilchen explodierte.

»Mr Whitehall? Sir?«

Joanne, meine persönliche Assistentin, kam zur Tür hereingestürmt, ihre normalerweise gezähmten grauen Locken standen wild ab, die Lesebrille war verrutscht. Ich hob den Kopf und kehrte Cillian, Hunter und den restlichen Vorstandsmitgliedern von Royal Pipelines den Rücken.

»Wie Sie sehen, Jo, bin ich in einem Meeting.« Amerikaner waren bekanntermaßen ein ungehobeltes und unnötig dramatisches Pack, aber das hier war wirklich ungebührlich.

»Es ist ein Notfall, Sir.«

Was natürlich unmöglich war. Notfälle waren die Sache von Leuten, die etwas zu verlieren hatten. Ich hatte so gut wie keine Familie und nur eine Handvoll Freunde. Die meisten davon saßen gerade mit mir in diesem Raum, und wenn ich ehrlich war, würde ich mir kein Bein ausreißen, um einen davon zu retten. Ich würde nicht mal auf meinen Nachtschlaf verzichten, was das betraf.

Ich saß faul in meinem Lehnstuhl und warf meinen Füller auf den Schreibtisch. »Was ist los?«

Keuchend legte sich Joanne eine Hand auf die Brust und schüttelte den Kopf.

»Es ist ein Anruf«, schnaufte sie. »Etwas Persönliches.«

»Von wem?«

»Ihre Familie.«

»Ich habe keine. Versuchen Sie es noch einmal.«

»Ihre Mutter sieht das anders.«

Mum?

Mit meiner Mutter sprach ich zweimal pro Woche. Einmal am Samstagmorgen und dann noch einmal am Dienstag. Unsere Telefonate wurden von unserer jeweiligen persönlichen Assistentin geplant, und wir wichen nur selten von diesem Zeitplan ab. Natürlich war mein Interesse geweckt.

Cillian und Hunter, die links und rechts von mir saßen, bedachten mich mit neugierigen Blicken. Über mein Familienleben hatte ich ihnen gegenüber nie ein Wort verloren. Zum Teil, weil besagte Familie ein gewaltiges Desaster war. Zwar bestand keine Gefahr, dass die Fitzpatricks einen Brady-Bunch-Preis gewinnen würden, aber Diskretion war entscheidend für mich.

»Sagen Sie ihr, ich rufe zurück.« Ich spießte Cillian mit einem wütenden Blick auf, der besagte: *Mach weiter.*

Joanne rührte sich nicht vom Fleck.

»Tut mir leid, Mr Whitehall, Sir. Ich glaube, Sie haben mich nicht verstanden. Sie *müssen* diesen Anruf annehmen.«

Hunter ließ vernehmlich den Hals knacken und dehnte ihn nach links und rechts. »Nimm den Anruf einfach an, verdammt, damit wir die Tagesordnung abarbeiten können. Ich habe noch zu tun.«

»Tagesordnung?«, wiederholte ich verblüfft. Dieser Mann

war ungefähr so produktiv wie ein Grabräuber in einem Krematorium. »Du kannst ins Klo wichsen. Ich habe ein privates neben meinem Büro.« Ich warf ihm den Schlüssel zu wie eine Frisbeescheibe. Dieser kleine Depp war der bestaussehende Mann, der mir außerhalb eines Marvel-Films je begegnet war. Passenderweise besaß er auch die intellektuellen Fähigkeiten eines zerrissenen Filmplakats. Obwohl ich zugeben musste, dass die Ehe ihm gut bekam. Ich hätte ihm nach wie vor nicht die Aufsicht über eine Atomforschungsanlage anvertraut, aber er war kein rücksichtsloser Scheißkerl mehr.

»Ha.« Hunter warf mir den Schlüssel wieder zu. »Du solltest dich lieber um deine Geschäfte kümmern, ehe meine Faust sich um dein Gesicht kümmert.«

»Kaum zu glauben, dass ich das sage, aber Hunter hat recht«, sagte Cillian gelangweilt. »Bring es hinter dich. Manche von uns tragen Verantwortung, die über die Auswahl der nächsten Sexpartnerin weit hinausgeht.«

Es war sinnlos, zu erwähnen, dass ich mich bereits für Allison Kosinski entschieden hatte. Ich erwartete sie um halb neun in meiner Wohnung.

»Geh!«, brüllten alle wie aus einem Mund.

Angemessen irritiert folgte ich Joanne, die mit eiligen Schritten auf mein Büro zustrebte.

»Wie geht's den Kindern, Jo?«

»Sehr gut, vielen Dank, Euer Ehren … ich meine, Eure Hoheit …« In Gegenwart eines Royals wurden die Leute immer nervös, selbst wenn sie täglich mit ihm zusammenarbeiten. »Geht es Ihnen gut?«

»Ja, in der Tat.«

»Freut mich. Vergessen Sie nicht, dass wir für Sie da sind.«

Aha. Auf »Wir sind für Sie da« folgten niemals gute Neuigkeiten.

Joanne öffnete mir die Tür und eilte zurück an ihren Arbeitsplatz, wobei sie meinen Blick sorgfältig mied.

Für eine Sekunde starrte ich verärgert auf die Telefonzentrale.

Da ist hoffentlich jemand schwer verletzt oder, besser noch, tot.

Ich griff nach dem Hörer, sagte aber nichts. Ich wartete, bis meine Mutter den ersten Zug machte.

»Devvie? Bist du da?«

»Mummy.« Ich mochte den Kosenamen nicht besonders – er ließ mich wie einen Vierjährigen klingen –, aber vornehme Leute sprachen leider häufig, als lägen sie noch in den Windeln.

»Oh, Devvie. Ich bin am Boden zerstört! Bitte, setz dich erst einmal hin.«

Ich blieb stehen und sah mich in meinem Büro um, das auf altmodische Art eingerichtet war – Kassettendecke, Einbauschränke, großer Schreibtisch. »Ja, in Ordnung.«

»Papa ist heute Nacht von uns gegangen.«

Ich wartete darauf, etwas zu fühlen – *irgendetwas* – angesichts der Nachricht, dass mein Vater krepiert war. Aber es gelang mir ums Verrecken nicht.

Edwin Whitehall hatte den größten Teil meiner Kindheit damit verbracht, mir ins Gedächtnis zu rufen, dass ich nicht genügte. Er ließ mir keine andere Wahl, als aus meiner Heimat, meinem Land zu fliehen, und er hatte mir das grundlegendste Privileg überhaupt verweigert – das Recht, mir meine Ehefrau selbst auszusuchen.

Kein Teil meines Selbst betrauerte seinen Tod, und obwohl ich mit Mum und Cecilia nach wie vor in enger Beziehung stand, hatte mein Vater sich geweigert, mich zu sehen, ehe ich Louisa Butchart heiraten würde, worauf meine Antwort lautete: Vielen Dank, ich verzichte gern.

Seitdem amüsierte ich mich bestens.

»Das ist schrecklich«, sagte ich mit ausdrucksloser Stimme. »Ist mit dir alles in Ordnung?«

»Mir …«, sie schniefte, »… geht es gut.«

Tatsächlich klang sie überhaupt nicht gut.

»Kam es unerwartet?« Ich lehnte mich mit einer Hüfte an den Schreibtisch und schob eine Hand in die vordere Hosentasche. Ich wusste, dass sein Tod plötzlich gekommen war. Mum hatte Wert darauf gelegt, mir alles über seine Golfpartien und Jagdausflüge zu erzählen.

»Ja. Ein Herzinfarkt. Ich bin heute Morgen aufgewacht, und er lag neben mir, nicht ansprechbar.«

»Ja, verdammt, aber wann hast du endlich gemerkt, dass er tot ist?«, murmelte ich sehr leise. Glücklicherweise hörte sie es nicht.

»Ich kann es einfach nicht fassen. Papa … tot!«

»Schrecklich«, wiederholte ich mit tonloser Stimme und empfand stilles, unverfrorenes Entzücken. Die Welt war nicht groß genug für Edwin und mich.

»Er hat sich so sehr gewünscht, dich zu sehen«, winselte Mum. »Vor allem in den letzten Jahren.«

Ich wusste, dass das stimmte. Nicht weil er mich vermisst hätte, Gott bewahre, sondern weil ich de facto der Erbe seines Grundbesitzes, seines Geldes und seines Marquistitels war. Alles, was die Whitehalls wertschätzten und wofür sie standen, lag vor meinen Füßen, und er wollte sichergehen, dass ich es nicht in den Dreck trat.

»Mein Beileid, Mummy«, sagte ich nun mit der Aufrichtigkeit eines Gebrauchtwagenhändlers.

»Kommst du zur Beerdigung?«

»Wann findet sie statt?«, fragte ich.

»Nächste Woche.«

»Verdammter Mist.« Ich versuchte, bestürzt zu klingen. »Keine Ahnung, ob ich das schaffe. Ich habe ein Fusionsmeeting nach dem anderen. Aber sobald es mir möglich ist, komme ich auf jeden Fall rüber und unterstütze dich.«

Seit ich in die Staaten gezogen war, besuchten mich Mum und Cece zweimal im Jahr. Ich sorgte jedes Mal dafür, dass sie eine gute Zeit hatten, überhäufte sie mit Geschenken und achtete darauf, dass sie glücklich waren. Aber nach England zurückzukehren, um Edwin die Ehre zu erweisen, war ein moralischer Fehlgriff, mit dem ich nicht leben könnte.

»Irgendwann wirst du hierherkommen müssen, Devon.« Ihr Tonfall wurde härter. »Nicht nur zur Testamentsverlesung, sondern weil Whitehall Court Castle, wie du sehr wohl weißt, nun dein rechtmäßiges Eigentum ist. Ganz zu schweigen davon, dass du nun, nach Edwins Tod, offiziell ein Marquis bist. Der begehrteste Junggeselle Englands.«

Der begehrteste Junggeselle Englands, so ein Quatsch. In eine königliche Familie aufgenommen zu werden war nur unwesentlich schlimmer, als in die Mafia einzuheiraten. Carmela Soprano musste sich wenigstens nicht damit auseinandersetzen, dass Fotografen der *Daily Mail* den Inhalt ihres Mülleimers ablichteten.

»Ich werde kommen, um den reibungslosen Übergang der Immobilien und Fonds zu gewährleisten«, sagte ich. »Und natürlich, um für dich und Cece da zu sein. Wie hat sie es aufgenommen?«

»Nicht gut.«

Meine Mutter wohnte in Whitehall Court Castle, so wie meine Schwester Cecilia und ihr Mann Drew. Ich hatte vor, ihnen das Schloss zu übertragen – ich würde sowieso nie in dem blöden Ding leben – und ihnen monatlich einen Betrag zu überweisen, damit sie ein angenehmes Leben führen konnten.

»Ich komme, so schnell ich kann.« Was, nur fürs Protokoll, allzu bald der Fall sein würde.

Es war ein Jahr her, dass ich meine Mutter zuletzt gesehen hatte. Ich fragte mich, wie sie zurzeit aussah. War sie immer noch auf tragische Art schön und von Kopf bis Fuß in schwarze Seide gehüllt? Hatte sie die Gewohnheit aufrechterhalten, nachmittags eine Tasse Tee mit ihren vornehmen Freundinnen zu trinken und sich ein halbes Shortbread-Cookie zu erlauben, das sie später auf dem Laufband abarbeiten würde?

»Es ist zwanzig Jahre her«, sagte sie.

»Ich kann zählen, Mummy.«

»Und auch wenn wir uns häufig gesehen haben … Es ist nicht dasselbe, wenn du nicht hier bist.«

»Auch das weiß ich. Und es tut mir leid, dass ich gehen musste.« Tat es nicht. Boston gefiel mir ausgezeichnet. In der Stadt herrschte kulturelle Vielfalt, sie war von Natur aus rau und von Geschichte durchdrungen, genau wie London. Aber hier jagten mir keine Paparazzi nach, und es gab auch keine Oberschicht-Tanten, die ihre Töchter vor meiner Haustür abluden in der Hoffnung, ich würde eine von ihnen zu meiner rechtmäßig angetrauten Ehefrau machen.

»Hast du eine Freundin?« Mum klang so sehr nach niedergeschlagener Witwe, wie ich nach Céline Dion klang. Das muss der Schock sein, dachte ich.

»Freundinnen. Mehrzahl. Deine Freunde haben dich zweifellos über den großen Teich hinweg darüber informiert, dass ich allgemein als Lebemann bekannt bin.«

Das stimmte. Ich liebte Frauen. Unbekleidet liebte ich sie sogar noch mehr. Und ich legte Wert darauf, sie zu behandeln wie die Morgenzeitung – ein Durchgang reichte, und sie mussten täglich ausgetauscht werden.

»Dasselbe traf auf deinen Vater zu, jedenfalls bis zu einem gewissen Punkt«, sagte Mum nachdenklich.

Ich griff nach einem Humidor aus Holz und drehte ihn in meiner Hand herum. »Dieser Punkt kam erst, nachdem er geheiratet hatte, also trauere nicht zu sehr um ihn.«

Sie protestierte mit einem Wimmern, wechselte dann aber das Thema, denn sie wusste, dass es zu spät war, mich davon zu überzeugen, dass mein Vater etwas anderes als ein Monster war. »Louisa ist wieder Single. Du hast sicher davon gehört.«

»Habe ich nicht.« Ich legte den Humidor wieder auf den Schreibtisch, während mir der Duft gealterter Tabakblätter und bernsteinfarbenen Moschus in die Nase stieg.

Louisa war das Thema, über das ich mit meiner Mutter am liebsten gar nicht gesprochen hätte, obwohl es ziemlich oft auf den Tisch kam. Ich war schwer in Versuchung, mir das Kabel der Telefonzentrale um den Hals zu legen und es zuzuziehen. »Ich führe über niemanden von zu Hause Buch.«

»Die Tatsache, dass du es immer noch Zuhause nennst, spricht Bände.«

Ich lachte leise. »Hoffnung ist wie Eiscreme. Je mehr du davon verschlingst, desto übler ist dir hinterher.«

»Nun«, sagte Mutter fröhlich und weigerte sich, ihre Niederlage anzuerkennen. »Louisa ist tatsächlich wieder allein. Sie hat ihren Verlobten vor einem Jahr bei einem Polounfall verloren. Es war einfach scheußlich. Auch Kinder waren dort, um sich das Spiel anzusehen.«

»Um Himmels willen«, stimmte ich zu. »Polo ist ja schon für Erwachsene langweilig, wie öde muss es da erst für Kinder sein. Grauenhaft.«

»Oh, Devvie«, schimpfte Mum. »Als es passierte, war sie am Boden zerstört, aber jetzt … Nun, ich glaube beinahe, es ist Schicksal, oder?« Sie schniefte.

Entdeckte diese Frau gerade etwas Positives an der Tatsache, dass ein Mann bei einem brutalen Unfall in aller Öffentlichkeit zu Tode gekommen war? Ladys und Gentlemen, wenn Sie gestatten: meine Mutter, Ursula Whitehall.

»Ich freue mich, dass du das Gute in den beiden Todesfällen siehst, die Louisa und mich rein theoretisch wieder in dasselbe Postleitzahlengebiet bringen könnten«, sagte ich mit einem halben Lächeln.

»Sie hat die ganze Zeit auf dich gewartet, und zwar ungeduldig.«

»Da bin ich skeptisch.«

»Wenn du hierherkommst, kannst du dich selbst davon überzeugen. Das Mindeste, was ihr zusteht, ist eine angemessene Entschuldigung.«

Das war eine Wahrheit, die ich nicht leugnen konnte. Ehe ich mit achtzehn in ein Flugzeug nach Boston gestiegen war, hatte ich Louisa versprochen, zu ihr zurückzukommen. Das war nie geschehen, obwohl sie in den ersten vier Jahren geduldig gewartet und mir Ausdrucke von Hochzeitskleidern und maßgefertigten Ringen geschickt hatte. Irgendwann wurde dem armen Mädchen klar, dass unsere Verlobung nicht zur Ehe führen würde, und sie hatte sich anderweitig orientiert. Aber dazu hatte sie ein bis zwei Jahrzehnte gebraucht.

Sie hatte eine Entschuldigung meinerseits verdient, und die würde sie auch bekommen, aber der Gedanke, ich sei ihr eine komplette Ehe schuldig, war absurd.

»Du weißt doch«, sagte meine Mutter verschwörerisch, wobei sie ihre Stimme um eine Oktave senkte, »der letzte Wunsch deines Vaters war es, dass du Louisa heiratest.«

Du weißt doch, hätte ich gern in demselben Tonfall erwidert, *dass mir das völlig egal ist.*

»Ich habe zwar Verständnis für deinen Schmerz, aber es fällt mir extrem schwer, um Edwins willen Zugeständnisse zu machen. Vor allem jetzt, wo er nicht mehr da ist, um sie anzuerkennen«, sagte ich sanft.

»Du musst dich niederlassen, mein Lieber, und deine eigene Familie gründen.«

»Das wird nicht passieren.«

Aber Ursula Whitehall würde nicht zulassen, dass sich etwas dermaßen Erbärmliches wie Realität ihrer gelungenen Rede in den Weg stellte. Vor meinem geistigen Auge sah ich sie bereits auf die Rednertribüne steigen.

»Ich höre sehr oft über Bekannte an der Ostküste von dir. Sie sagen, du bist scharfsinnig und gerissen und lässt dir niemals eine gute Gelegenheit entgehen.

Und sie sagen auch, dass dein Privatleben ein Scherbenhaufen ist. Dass du in Sam Brennans heidnischer Kaschemme ganze Nächte mit Glücksspiel und Trinken verbringst und dich mit dümmlichen Frauen umgibst, die halb so alt sind wie du.«

Der erste Vorwurf traf ins Schwarze. Der zweite hingegen war eine glatte Lüge. Ich hielt mich strikt an die Fünfjahres-Regel. Ich nahm mir Geliebte, die fünf Jahre jünger oder älter waren. Tatsächlich hatte ich diese Regel nur einmal gebrochen, und zwar mit der auf köstliche Art empörenden Emmabelle Penrose. Man konnte mir vieles nachsagen, aber ein schmieriger Typ war ich nicht. Es gab nichts Erbärmlicheres, als mit einer Frau herumzulaufen, die als die eigene Tochter durchgehen konnte. Dankenswerterweise glaubte niemand, der noch ganz bei Trost war, dass ich meiner Tochter erlauben würde, sich wie Emma Penrose zu kleiden.

»Ich verstehe, dass du empört bist, Mummy, aber ich werde mich nicht zu einer Heirat überreden lassen.«

Durch die riesige Glastür konnte ich sehen, wie Cillian, Hunter und der Rest des Vorstands von Royal Pipelines nach und nach den Konferenzraum verließen. Hunter zeigte mir auf dem Weg nach draußen den Mittelfinger, während Cillian mir mit einem knappen Kopfnicken bedeutete, dass wir später weiterreden würden.

Durch den Anruf hinkte ich meinem Zeitplan eine Stunde hinterher. Das war mehr Zeit, als ich meinem Vater in drei Jahrzehnten gewidmet hatte. Ich würde ihm eine gesalzene Rechnung direkt in die Hölle schicken. Währenddessen redete meine Mutter langatmig weiter.

»... verlierst den Kontakt zu deinen Wurzeln, deiner Abstammung. Ich nehme an, eine Menge Dinge werden wieder zum Vorschein kommen, sobald du es zurück nach Hause schaffst. Wenn du willst, schicke ich dir einen Privatjet.«

Der Jet gehörte den Butcharts, nicht den Whitehalls, und ich war nicht dumm genug, mir von Leuten einen Gefallen tun zu lassen, denen ich auf keinen Fall etwas schuldig sein wollte.

»Ist nicht nötig. Ich nehme einen Linienflug, zusammen mit den anderen Proleten.«

»Die erste Klasse ist so gewöhnlich, es sei denn, es handelt sich um Singapore Airlines.« Wenn es etwas gab, das meine Mutter von der Tatsache ablenken konnte, dass sie soeben Witwe geworden war, dann ein Gespräch über Reichtum.

»Ich fliege in der Businessclass«, sagte ich sarkastisch. »Schulter an Schulter mit anständigen Durchschnittsmenschen.«

Ich wusste, dass in den Augen meiner Mutter ein Flug in der Businessclass einer Fahrt in einem Papierboot ähnelte, bei der ihr Überleben ausschließlich durch Sonnenstrahlen und rohen Meeresfisch gesichert war.

»Oh Devvie, ich hasse die Vorstellung, dass du so etwas tust.« Vor meinem inneren Auge sah ich, wie sie nach den Perlen um ihren Hals griff. »Wann können wir mit dir rechnen?«

»Ich melde mich in den nächsten Tagen.«

»Bitte, beeil dich. Wir vermissen dich sehr.«

»Ich vermisse euch auch.«

Als wir auflegten, fühlte ich mich, als hätte mir jemand eine tiefe Fleischwunde zugefügt.

Meine Mutter und meine Schwester hatten mir gefehlt.

Whitehall Court Castle nicht.

Für den Rest des Tages nahm ich mir frei. Entgegen der allgemeinen Auffassung war ich nicht mit meiner Arbeit verheiratet. Tatsächlich war ich nicht einmal mit ihr verlobt. Ich führte eine lockere Beziehung mit der Firma, die ich gegründet hatte, und nutzte jede Gelegenheit, Zeit außerhalb des Büros zu verbringen.

Der Verlust meines Vaters, auch wenn ich vergessen hatte, wie er aussah, war ein ausgezeichneter Vorwand, um mir frei zu nehmen.

Wolken glitten träge am Himmel dahin und blickten neugierig auf mich und meinen nächsten Schritt hinunter. Da ich die Natur nicht warten lassen wollte, schlenderte ich in die *Temple Bar*, ein irisches Pub in der Straße, in der sich auch mein Büro befand. Ich saß an der Theke, als Emmabelle Penrose durch die klebrigen Holztüren hereingestürmt kam. Tränen liefen ihr übers Gesicht, und sie sah aus wie ein Zugwrack wenige Sekunden nach einer gigantischen Explosion.

Emmabelle war die schönste Frau auf dem Planeten Erde. Das war keine Übertreibung, sondern eine Tatsache. Ihre langen, dichten Haare sahen aus, als nähmen sie jeden Sonnenstrahl in sich auf, dem sie ausgesetzt wurden, und fielen ihr in Strähnen in verschiedenen Blondtönen über die Schultern. Die Lider ihrer Katzenaugen von der Farbe eines Heidelbeerslushies wirkten schwer. Ihre Lippen sahen aus, als wären sie von einer Biene gestochen oder kurz zuvor wild geküsst worden.

Ganz zu schweigen von ihrem Körper. Ich neigte zu der Annahme, dass er eines Tages womöglich den Dritten Weltkrieg auslösen würde.

Sie war jung. Elf Jahre jünger als ich. Als ich ihr drei Jahre zuvor zum ersten Mal begegnet war – ich stellte gerade Persy, ihrer jüngeren Schwester, die Papiere für den Ehevertrag mit Cillian zu –, hatte ich einen Blick auf die schlafende Emmabelle erhascht und den nächsten Monat mit Fantasien darüber verbracht, wie ich das Bett der blonden Nymphe erobern würde.

Noch verlockender wurde Belle durch die Tatsache, dass sie genau wie ich die Institution der Ehe ablehnte und ihre romantischen Angelegenheiten mit derselben Sachlichkeit behandelte wie vermutlich auch ihre Finanzen. Ich fand ihr Feuer, ihren Intellekt und ihr unangepasstes Naturell erfrischend. Nicht erfrischend fand ich hingegen die Art, wie sie mich mitten in der Nacht aus ihrer Wohnung geworfen hatte, kurz nachdem wir begonnen hatten, miteinander zu schlafen.

Miss Penrose mochte Aphrodite höchstpersönlich sein, die an der Küste von Zypern aus der Gischt stieg, aber ich war immer noch ein Mann mit Selbstachtung und einer gewissen gesellschaftlichen Stellung.

Ich vergab, aber ich vergaß nicht.

Wenn ich sie jetzt allerdings genauer betrachtete, wirkte sie ein wenig … *aufgelöst*.

Als wäre sie kurz davor, in ihr Glas Chardonnay zu heulen.

Kaum eine Minute, nachdem sie die Bar betreten hatte, machte sich ein Mann an sie heran, und ich saß in der Ecke, lachte in mich hinein und sah zu, wie sie ihm beinahe den Arm brach.

Aber in meine Belustigung mischte sich ein ziemlich nervtötendes Gefühl von Verantwortlichkeit, das innerlich an mir zu nagen begann. So unattraktiv mir die Vorstellung auch vorkam, dieser nervtötenden, zänkischen Frau zu helfen, so klar war mir, dass Persy – Cillians Frau und Belles Schwester – mich durch Dantes neun Höllenkreise jagen würde, wenn sie herausfand, dass ich sie einfach ignoriert hatte.

Außerdem war Emmabelle nicht der Typ, der sich wegen eines abgebrochenen Fingernagels in einen Nervenzusammenbruch hineinsteigerte. Als Anwalt war ich immer schon neugierig auf Menschen gewesen. Warum war diese knallharte Frau dermaßen aufgelöst?

Ich näherte mich ihr, überschüttete sie mit Komplimenten und beruhigenden Worten und versuchte, ihr die entscheidende Information zu entlocken. Wie erwartet verweigerte Belle jede Kooperation. Diese Frau war dorniger als ein Rosengarten. Und genauso schön.

Ich beschloss, ihre Zunge mithilfe des inoffiziellen internationalen Wahrheitsserums zu lösen. Alkohol.

Nach dem dritten Cognac drehte sie sich zu mir, und ihre großen türkisblauen Augen leuchteten, als sie sagte: »Ich muss sofort schwanger werden, wenn ich ein leibliches Kind haben will.«

»Du bist dreißig«, sagte ich und nippte noch immer an dem Stinger, den ich mir zu Beginn des Abends bestellt hatte. »Du hast noch jede Menge Zeit.«

»Nein.« Belle schüttelte heftig den Kopf und hickste. Vermutlich war dies der Tag der hysterischen Frauen, und offenbar konnte ich ihnen nicht entgehen. »Ich habe … ein medizinisches Problem. Es muss so früh wie möglich passieren. Aber ich habe niemanden, mit dem ich ein Kind bekommen könnte. Und finanzielle Sicherheit habe ich auch nicht.«

Eine praktische, wenn auch makabre Idee nahm in meinem Geist Gestalt an. Es war eine Zwei-Fliegen-mit-einer-Klappe-Situation.

»Der Teil mit dem Vater ist keine große Sache.« Belle schniefte und machte Anstalten, noch einen Schluck von ihrem Drink zu nehmen. Ich nahm ihn ihr weg und drückte ihr stattdessen ein großes Glas Wasser in die Hand. Wenn sie ein Fruchtbarkeitsproblem hatte, war beginnender Alkoholismus ein Schritt in die falsche Richtung. »Ich könnte mir jederzeit einen Samenspender holen. Aber nachdem das *Madame Mayhem* viele Monate lang nur kostendeckend gearbeitet hat, fängt es jetzt endlich an, nennenswerten Profit zu machen. Ich hätte die Anteile meiner Geschäftspartner nicht übernehmen sollen.«

Belle war alleinige Inhaberin eines Nachtclubs in der Innenstadt. Wie ihr Schwager mir erklärt hatte, war sie eine clevere Geschäftsfrau mit Killerinstinkt und befand sich auf der Überholspur zu siebenstelligen Gewinnen. Die Übernahme der Geschäftsanteile der beiden Partner hatte eine Kerbe in ihr Bankkonto geschlagen.

»Na ja, Babys kosten Geld«, sagte ich und schnalzte bedauernd mit der Zunge, um die Grundlagen für das zu schaffen, was ich ihr gleich vorschlagen würde.

»Uff.« Widerstrebend nippte sie an ihrem Wasser und legte dann die Unterarme auf die Theke. »Kein Wunder, dass keiner mehr als zwei haben will.«

»Ganz zu schweigen davon, dass du irgendwann wieder arbeiten musst. Du arbeitest nachts, nicht wahr? Jemand wird auf das Schätzchen aufpassen müssen. Entweder ein kostspieliger Babysitter oder der Vater.«

Ich würde zur Hölle fahren, aber ich würde es wenigstens stilvoll tun.

»Ein Vater?« Sie musterte mich ungläubig, als hätte ich ihr vorgeschlagen, ihr Kind einer Straßengang anzuvertrauen. »Ich sagte doch bereits, dass ich einen Samenspender benutzen werde.«

Hatte sie sich bereits einen ausgesucht?

Emmabelle Rose zu schwängern war die perfekte Lösung für meine drängenden Probleme.

Ich würde ihr keinen Heiratsantrag machen, nein. Keiner von uns wollte heiraten, und Belle war vermutlich schwerer zu zähmen als ein Honigdachs auf Crack. Aber irgendwie würde ich mich schon mit ihr einigen. Ich würde sie finanziell absichern. Und im Gegenzug würde sie mein Kainsmal sein. Mein Ausweg aus der königlichen Familie.

Meine Mutter würde aufhören, mir auf den Geist zu gehen, Louisa würde nichts mehr mit mir zu tun haben wollen, und andere Frauen würden aufhören, sich einzubilden, sie könnten mich überreden, eine Familie zu gründen. Ganz zu schweigen davon, dass ich mir tatsächlich einen Erben wünschte. Der Titel eines Marquis sollte nicht gleichzeitig mit mir sterben. In dem Versuch, fortschrittlicher zu werden, hatte das britische Parlament kürzlich einen Gesetzesentwurf eingebracht, nach dem auch außerehelich geborene Kinder nunmehr rechtmäßige Erben waren. Es war, als hätte mir das Universum eine Botschaft geschickt.

Emmabelle war eine makellose Kandidatin für meinen Plan.

Unverbindlich. Rücksichtslos in der Verteidigung ihrer Unabhängigkeit. Besitzerin einer Gebärmutter.

Außerdem – das musste gesagt werden – war das Schwängern dieser Frau nicht die schwierigste Aufgabe, mit der ich je betraut worden war.

Während ich im Geist bereits das Kleingedruckte einer entsprechenden Vereinbarung entwarf, hinkte Belle noch vier

Schritte hinterher und beklagte ihr unzureichendes Bankkonto.

»… muss ich mir wahrscheinlich etwas bei meiner Schwester leihen. Ich meine, will ich das? Nein. Aber in diesem Fall muss ich meinen Stolz hinunterschlucken. Ich habe immer jedes Darlehen zurückgezahlt, Devon. Wenn ich weiß, dass ich jemandem etwas schuldig bin, kann ich nachts nicht schlafen. Sogar wenn dieser Jemand meine Schwester ist …«

Ich drehte mich auf dem Hocker um, sodass ich ihr ins Gesicht sehen konnte, und schnitt ihr das Wort ab. »Ich werde dir ein Baby machen.«

Die Frau war dermaßen betrunken, dass sie träge blinzelte und mich ansah, als hätte sie meine Anwesenheit gerade erst bemerkt.

»Du … äh … willst *was*?«

»Ich gebe dir, was du willst. Ein Kind. Finanzielle Sicherheit. Die ganze Palette. Du brauchst ein Baby, Geld und einen zweiten Elternteil. Ich kann dir all das geben, wenn du mir einen Erben schenkst.«

Sie lehnte sich auf dem Hocker zurück und musterte mich kritisch.

»Ich will nicht heiraten, Devon. Ich weiß, bei Persephone hat das geklappt, aber dieses Monogamie-Ding ist einfach nicht meins.«

Nicht meins. Sie hat gesagt: nicht mein Ding. Nimm deine Sachen und verschwinde.

Mein Schwanz zwang mich, noch zu bleiben.

Ich griff nach dem Glas Wasser, das vor ihr stand, und setzte es ihr an die Lippen.

»Ich biete dir keine Ehe an, Darling. Im Gegensatz zu Cillian bin ich nicht daran interessiert, der Welt mitzuteilen, dass mich jemand gezähmt und mir die Krallen gezogen hat. Alles, was ich will, ist eine Frau, mit der ich ein Kind haben kann. Getrennte Haushalte. Getrennte Leben. Überleg es dir.«

»Du bist wohl high.« Das klang absurd aus dem Mund einer Frau, die vor Kurzem nicht einmal in der Lage gewesen war, die Finger an ihrer rechten Hand zu zählen.

»Dein Kind wird möglicherweise Seine oder Ihre Hoheit, wenn du einwilligst«, zischte ich.

Es gab in Boston keine verdammte Menschenseele, die nicht von meinem Adelstitel wusste. Die Leute behandelten mich, als wäre ich der Thronfolger, dabei würden tatsächlich ungefähr dreißig Leute in der Monarchie ihr vorzeitiges – und unwahrscheinliches – Ende finden müssen, ehe ich zum König gekrönt werden würde.

Ich stellte mein Glas ab, winkte den Barkeeper heran und bestellte ihr etwas Fettiges in einem Brötchen, um ihren bevorstehenden Kater zu mildern. Draußen vor dem Pub senkte sich die Nacht auf die Straßen von Boston. Die Uhr tickte. Ich wusste, dass Emmabelle ihre Nächte entweder bei der Arbeit im *Madame Mayhem* oder in irgendwelchen Clubs verbrachte.

»Und dieses Kind würde ein Marquis werden?« Sie kaute auf einer Locke ihres blonden Haares herum, eher amüsiert als nachdenklich.

»Oder eine Marquise.«

»Würde es zu Festen des Königshauses eingeladen werden? Zu einer Taufe? Muss ich dann alberne Hüte tragen und einen Knicks machen?«

»Vielleicht, wenn du dich selbst bestrafen willst, indem du auf solche Einladungsschreiben antwortest.«

»Ich habe keinen einzigen lustigen Hut«, sagte sie und zog die Nase kraus.

»Wenn wir uns fortpflanzen, schenke ich dir einen«, sagte ich grob und verliebte mich mit jeder Sekunde mehr in die

Vorstellung. Sie war perfekt. Und mit perfekt meinte ich: ein Fiasko. Wenn ich sie schwängerte, würde man mich nicht mal mehr mit der Kneifzange anfassen. Vor allem Louisa Butchart nicht. »Hör zu, wir hatten schon mal Sex miteinander, darum wissen wir, dass der Teil mit der Empfängnis Dynamit wäre. Ich bin reich, ortsansässig, verfüge über gute Gesundheit und einen hohen IQ. Ich würde Kindesunterhalt zahlen, dich in ein schönes Haus setzen und beim Aufziehen des Kindes helfen. Wir könnten den Weg des gemeinsamen Sorgerechts gehen oder du räumst mir ein Besuchsrecht an den Wochenenden und in den Ferien ein. Auf jeden Fall bestehe ich darauf, regelmäßig Zeit mit dem Baby zu verbringen, weil ich ihm eine astronomische Erbschaft und einen Adelstitel hinterlassen werde.«

Sie legte den Kopf schief und betrachtete mich, als wäre *ich* der Unvernünftige von uns beiden.

»Denk darüber nach. Auf die Art bekommst du alles, was du brauchst – mehr als nur einen Samenspender, sondern einen Vater für das Kind und Cash für deine Mühe. Außerdem vermeidest du alles, was du nicht willst, nämlich einen Ehemann, auf den du dich festlegen und dem gegenüber du dich verantworten müsstest.«

»Bist du verrückt?« Sie rieb sich die Stirn. Ich dachte ernsthaft darüber nach, für den Fall, dass wir bereits zu dem Teil mit der DNA-Abstammung übergegangen waren, ohne dass es mir aufgefallen wäre.

»Möglich wäre es, aber so was muss ja nicht erblich sein.«

»Ich kann das nicht mit dir machen!«, rief sie und hob die Hände.

»Warum nicht?«

»Erstens bin ich keine Goldgräberin.«

»Bist du nicht«, stimmte ich zu, als der Barkeeper einen Teller mit einem Cheeseburger und Chips in Belles Richtung schob. »Was schade ist. Goldgräber sind Draufgänger mit einem Plan.«

»Unsere Familien würden durchdrehen«, sagte sie, den Mund voller Würzsoße, Rindfleisch und Ketchup, und leckte sich die Finger ab. Nichts war so sexy wie Belle Penrose, wenn sie ein Fleischgericht genoss. Höchstens Belle Penrose, wenn sie *mein* Fleisch genoss.

Es würde ein Vergnügen sein, dieser Frau ein Kind zu machen.

»Bei deiner bin ich mir da nicht sicher, aber meine Familie ist geistig sowieso nicht ganz gesund«, sagte ich gleichmütig und zupfte ein paar Fusseln von meinem Peacoat. »Aber Scherz beiseite. Ich bin Anfang vierzig, du in den Dreißigern. Wir sind beide die unabhängigsten Individuen in unserer Gruppe von Freunden. Alle anderen um uns herum haben geerbt oder ihre gesellschaftliche Stellung per Heirat erhalten. Niemand könnte geringschätzig über dieses Arrangement denken.«

»Ich sage dir, wie ich darüber denken würde.« Belle schob sich ein paar Chips in den Mund und kaute nachdenklich. »Für mich würde es alles nur komplizierter machen. Ein Samenspender könnte keinerlei Anspruch auf mein Kind erheben. Ich müsste ihn nie um seine Zustimmung bitten. Auf welche Schule ich das Kind schicke, wie ich es aufziehe, welche Kleidung es trägt. Die Kontrolle läge ganz bei mir. Ich verzichte nicht gern auf meine Macht.«

»Süße.« Ich nahm eine Selbstgedrehte aus der Blechschachtel in meiner Tasche, schob sie mir zwischen die Lippen und zündete sie an. »In deinem Leben steht nur sehr wenig in deiner Macht. Wer etwas anderes behauptet, riskiert ein gebrochenes Herz. Wenn du wirklich nicht nach den Regeln der Sterblichen spielen willst, solltest du dein Schicksal an meines knüpfen.«

»Du darfst hier drin nicht rauchen, du Idiot.« Sie legte den halb gegessenen Burger auf den Teller und drehte sich zu dem Barkeeper, neugierig, wie er reagieren würde.

»Die Realität sagt etwas anderes.« Ich hätte auf die Theke pinkeln können, ohne dass jemand mit der Wimper gezuckt hätte. Ich drehte mich ebenfalls zu dem Barkeeper und blies ihm eine Rauchwolke direkt ins Gesicht.

»Hab ich recht, Brian?«, zischte ich.

»Ja, Mylord, und mein Name ist Ryland.« Er senkte den Blick.

Belle legte den Kopf schief und musterte mich skeptisch. »Was ist der Trick dabei?«

»Es gibt keinen. Respekt bekommt der, der ihn von Geburt an gewöhnt ist.«

»Ist das dein einziges Verkaufsargument, Einstein? Denn kein Teil meines Selbst wünscht sich einen Nachkommen, der so herablassend und verwöhnt ist wie du.«

Herzlich lächelnd – wir durchschauten alle beide, dass es sich um Bullshit handelte – sagte ich: »Nenn mir deinen Preis.«

»Hör erst mal auf, sie ›es‹ zu nennen.«

»Woher willst du wissen, dass du ein Mädchen bekommst?« Ich war äußerst amüsiert. Ich hatte Emmabelle nicht für eine emotionale, verträumte Frau gehalten, aber man lernt ja nie aus.

»Ich weiß es einfach.«

»Ach ja?«, versetzte ich. »Werden wir den genetisch privilegiertesten Menschen auf diesem Planeten zeugen, oder was?«

Belle stand auf, griff nach ihrer Designertasche aus dem Second-Hand-Shop und zeigte mir den Mittelfinger. »Oder was. Such dir eine andere Frau, die dir ihre Gebärmutter leiht. Ich gehe jetzt hier raus und trinke, bis dieses Gespräch sich selbsttätig aus meinem Bewusstsein löscht. Es hat auf keinen Fall einen Platz in meinen grauen Zellen verdient.«

Sie verschwand und ließ mich mit der Rechnung, einer Idee, die ich allmählich zu lieben begann, einem Handy mit einem Dutzend verpasster Anrufe aus England sowie einer frustrierten Allison Kosinski zurück, die die zweite Hälfte des Abends vor meiner Wohnung verbracht hatte, in High Heels, einem Mantel mit nichts darunter … und in der Erwartung, gefickt zu werden.

Mist.

3. KAPITEL

Belle

Vierzehn Jahre alt

ZUM ERSTEN MAL VERKNALLT.

So nennt man das.

Ich fange an zu begreifen, warum.

Es fühlt sich an, als wäre ich auf die Oberfläche des Ozeans geknallt.

Keine Arschbombe. Eher, wie wenn man längs aufschlägt.

Ihr wisst schon, man durchbricht die Oberfläche und hat dabei das Gefühl, auf Beton zu treffen.

Es tut saumäßig weh.

Es tut weh, seine braunen Augen zu sehen. Die Art, wie er sie rasch abwendet, wenn sich unsere Blicke auf dem Flur oder quer durch den Klassenraum treffen.

Es tut weh, wenn er lacht, es klirrt in meinen Knochen, und dann spüre ich sein Glück, das sich warm und klebrig wie Honig in meinem Körper ausbreitet.

Es tut weh zu sehen, wie andere Mädchen mit ihm sprechen, und ich möchte sie einfach an den Schultern packen und ihnen ins Gesicht schreien, dass er mir gehört. Weil es stimmt. Das ist der Grund, warum sein Lächeln, seine Blicke und die hochgezogenen Augenbrauen allein mir vorbehalten sind.

Ich weiß nicht, ob es normal ist, auf diese Art zu empfinden. Als hielte dieser eine Mensch den Schlüssel zu meinen Stimmungen in der Hand.

Das Seltsame daran ist ... so was passt eigentlich nicht zu mir. Ich bin nicht verrückt nach Jungs. Ich bin eher ... keine Ahnung, ein verrückter Junge.

Ein jungenhaftes Mädchen. Ein Schlingel. Ständig nur Dummheiten im Kopf. Streiche spielen, auf Bäume klettern, Mom anbetteln, damit ich vor dem Abendessen noch draußen bleiben und ein paar Minuten weiterspielen kann. Dies ist meine erste Begegnung mit Gefühlen, die nichts mit meiner Familie zu tun haben.

Ich war noch nie verknallt. Darum weiß ich nicht, ob diese Art zu fühlen in Ordnung ist.

Eins steht fest.

Die neunte Klasse wird lang werden.

Denn die Person, in die ich verknallt bin ...

... ist Mr Locken, mein Coach.

4. KAPITEL

Belle

Vor etwas mehr als zehn Jahren war ich mit meiner Schwester Persy und meinen besten Freundinnen Sailor und Aisling auf einem Wohltätigkeitsball, den die Fitzpatricks ausgerichtet hatten.

Als wir sahen, wie eine unserer Mitschülerinnen von der Highschool von einem älteren Mann vorgeführt wurde wie ein wertvolles Pferd, schlossen wir an Ort und Stelle einen Pakt. Wir versprachen einander, nur aus Liebe zu heiraten.

Nicht wegen Geld, nicht wegen der Umstände, nicht wegen irgendwelcher Hintergedanken.

Wir hielten dieses Versprechen in unterschiedlichem Maß.

Sailor, die ewige Streberin, hatte Wort gehalten. Sie führte eine Liebesehe wie aus dem Bilderbuch, voller Herzemojis und pausbäckiger Babys, mit einem geläuterten Hurenbock als Ehemann, der den Boden anbetete, auf dem sie ging.

Persy heiratete Cillian Fitzpatrick, Hunters Bruder. Die beiden waren das, was ich gern einen Katastrophenexpress nenne. Anfangs war ihre Beziehung rein geschäftlich gewesen. Aber ich wusste, dass meine Schwester den ältesten der Fitzpatrick-Brüder immer schon geliebt hatte. Er hingegen verliebte sich Hals über Kopf in sie, und zwar auf die Art, wie man sonst in einen Abgrund stürzt. Schnell und heftig, ohne auf dem Weg nach unten irgendwo Halt zu finden.

Aisling geriet in die giftigen Klauen von Bostons Lieblings-monster und stellte fest, dass sie für jeden tödlich waren, nur für sie nicht. Sam Brennan hatte keinerlei Gottesfurcht, aber würde jemand seiner Frau auch nur ein Haar krümmen, er nähme die ganze Stadt auseinander.

Und dann war da noch ich.

Ich wusste, dass ich niemals heiraten würde, dennoch hatte ich mich an dem Pakt beteiligt. Nicht weil ich glaubte, dass ich meine Meinung ändern würde, sondern weil ich begriff, dass meine Schwester, Aisling und Sailor diese Bestätigung brauch-ten.

Die Bestätigung, dass mit mir alles in Ordnung war. Dass nichts kaputt war. Dass ich fähig war, mich zu verlieben, ob-wohl das nicht stimmte.

Oder vielleicht doch. Ich wusste es nicht, dann ich war nie in Versuchung gewesen, mich auf eine derartige Farce einzu-lassen.

»Ma'am? Hausherrin? Sind Sie noch bei uns?« Sailor schnippte vor meinem Gesicht mit den Fingern, um mich aus meiner Träumerei zu holen. Wir hatten uns in meiner Woh-nung zu viert auf die Couch geworfen und genossen unser wö-chentliches Essen zum Mitnehmen. Diesmal peruanisch. Ich, Sailor, Persy und Aisling, die jüngste Schwester von Cillian und Hunter.

»Ihr Gehirn hatte einen Kurzschluss.« Aisling strich sich ihr rabenschwarzes Haar aus dem Gesicht und nahm mir das Handy aus der Hand, während sie Paella mit Meeresfrüchten mampfte.

»Sie ist bestimmt überwältigt. Gib mir bitte mal den Wein. Ich übernehme.«

Aisling hockte neben mir. Persy, deren blondes Haar sich wie ein Fächer aus seidigen Bändern auf meine Schulter gelegt hatte, saß auf meiner anderen Seite und spähte über meinen Kopf hinweg auf den Bildschirm, während Aisling mein Handy durchscrollte. Auf dem Couchtisch saß Sailor – rothaarig, sommersprossig und jugendlich frisch –, füllte unsere Weingläser nach und verschlang dabei Ceviche.

Meine Wohnungseinrichtung sollte ein Ausdruck meiner Persönlichkeit sein. Und die war genau wie das bisschen Platz, das ich beanspruchte, schizophren und lustig und musste dringend mal gründlich geschrubbt werden.

Angesichts der Palmentapete, der dunkelgrünen Decke und der leuchtend orangefarbenen Couch konnte mir niemand einen konservativen Geschmack vorwerfen. Ich besaß Pop-Art-Gemälde, eine Sammlung von Vasen aus aller Welt und Drucke feministischer Zitate, die ich besonders unwiderstehlich fand.

Und riesige Werbeplakate, auf denen ich nur einen String und ein Lächeln trug und in einem riesigen Glas ein Champagnerbad genoss. Auch diese klebten auf jeder Reklametafel in Boston.

Madame Mayhem: das Ende deiner Moral.

»Ich kann nicht fassen, dass ihr beiden trinkt.« Sailor starrte Persy und Aisling an, die stillende Mütter waren. Vor allem Aisling war der Typ Frau, der nicht einmal bei Rot über die Straße gehen konnte, ohne Ausschlag zu bekommen. Ihr Sohn Ambrose war noch winzig klein.

»Ich kann nicht fassen, dass du noch nie eine Milchpumpe benutzt hast.« Aisling »Ash« Fitzpatrick nahm schulterzuckend einen weiteren Schluck Wein. »Und mich halten die Leute für einen Nerd.«

»Bist du auch!«, sagten wir alle wie aus einem Mund.

Ash war erst spät zur Gruppe der Boston Belles gestoßen. Persy und ich kannten Sailor bereits seit der Schule, aber

Aisling wurde erst ein Teil der Gang, nachdem Sailor Hunter begegnet war. Sie war der Gutmensch von uns vieren. Die Ärztin. Die reinrassige, gutbetuchte Tochter einer Familie von Ölproduzenten, die hingegangen war und Bostons brutalsten und furchteinflößendsten Mafiaboss geheiratet hatte.

»Ich weiß, Muttermilch wird als flüssiges Gold bezeichnet, aber das hier?« Persy hob ihr Glas und schnalzte mit der Zunge. »Das hier ist unbezahlbar. Ich muss es genießen, solange es geht.«

»Warum das denn?«, fragte Sailor stirnrunzelnd.

Persys rußschwarze Wimpern verbargen ihre Augen, als sie den Kopf senkte und lächelte.

»Cillian und ich wollen in ein paar Monaten ein drittes Kind ansetzen.«

»Ihr zwei seid ja die reinsten Karnickel«, witzelte ich.

»Du weißt doch, wie es ist, wenn man sich unbedingt ein Kind wünscht«, gab Persy zurück.

Schmerz durchfuhr mein Inneres. Seit Dr. Bjorn mir mitgeteilt hatte, dass meine Gebärmutter nutzloser war als das G in dem Wort Lasagne, war ich jeden Abend ausgegangen und hatte mich betrunken. Ich hatte versucht, den Schmerz wegzufeiern, ihn zu ertränken. Mir war unbegreiflich, wie ich mich über Nacht von einer Hölle auf High Heels in einen Hormonklumpen hatte verwandeln können. Ich konnte mein altes Selbst nicht mit dem neuen unter einen Hut bringen. Warum wollte ich plötzlich ein Kind? Kinder waren chaotisch, teuer und brachten einen um den Schlaf.

Aber sie gehörten zu einem. Sie waren Familie. Die Konstante im Leben. Der Kompass.

Mich überraschte, wie meine Freundinnen und meine Schwester die Nachricht aufgenommen hatten, dass ich mich in Sachen Schwangerschaft in einem Wettlauf gegen die Zeit befand. Sie waren derart unterstützend, derart begeistert, dass ich mir selbst ein bisschen weniger leidtat.

Persy erklärte sich bereit, so oft wie möglich die Babysitterin für mich zu spielen (»Ich habe schon zwei zu Hause, da macht ein weiteres auch keinen Unterschied mehr.«). Ash bot mir an, Nachtdienste zu übernehmen (»Ich bin Ärztin, die Nächte durchzumachen ist überhaupt kein Problem für mich.«). Und Sailor sagte, sie würde mir ihren gesamten Vorrat an Babyklamotten und Möbeln vermachen (»Meine Art, Hunter klarzumachen, dass wir auf keinen Fall ein drittes Kind bekommen werden.«).

Blieb also nur noch die mickrige, unbedeutende Aufgabe, schwanger zu werden.

Auf keinen Fall würde ich auf Devon Whitehalls Angebot eingehen. Ich hatte null Lust, mein Kind in eine veraltete Institution spießiger, inzüchtiger weißer Menschen zu zwingen.

Weshalb wir uns jetzt durch die Profile von Samenspendern scrollten, um zu sehen, ob jemand dabei war, der mich reizen könnte. Was deprimierend war, denn die wichtigen Eigenschaften von Menschen sind nichts, was man auf einer Einkaufsliste für den Supermarkt findet. Man musste einen Menschen erleben, um ihn richtig einzuschätzen. Das war der Grund, warum Online-Dating fast immer ätzend war.

Blond und schüchtern alias Spender Nummer 4322, geboren 1998, dessen Lieblingstier der Delfin war, verfügte möglicherweise über großartige Gene, aber was, wenn er ein schrecklicher Mensch war?

»Wie wär's mit diesem hier?« Ash hielt mir das Display des Handys vors Gesicht. Es gab kein Bild von dem Typen, nur einen weiteren grauen, gesichtslosen Avatar, dafür aber eine sehr detaillierte Beschreibung und einen Profilnamen, den er sich ausgesucht hatte.

»*Grillmaster?* Echt jetzt?«, fragte ich gedehnt. »Wenn er in der Fähigkeit, Burger umzudrehen, das eine besondere Talent sieht, das sich hervorzuheben lohnt, muss ich passen. Wenn ich für Sperma bezahle, will ich für mein Geld auch etwas bekommen.«

Und das Sperma war nicht billig. Ich versprach mir selbst, etwas Erstklassiges zu erstehen. Zu einem vierstelligen Preis. Mein Kind verdiente nur das Allerbeste.

»Der Mann ist eins neunzig groß und hat Grübchen. In der Beschreibung steht, er sieht aus wie der junge Sean Connery«, rief Persy aus.

»Wie findest du den hier?« Sailor deutete auf ein anderes Profil. »Multiethnisch. Groß. Athletisch. Wahnsinnig hoher IQ. Bester Freund seiner Mom.«

Stirnrunzelnd nahm ich ihr das Handy ab. »Na klar. Seine Blutgruppe ist AB negativ, das heißt, wenn etwas passiert – Gott behüte! –, wird es verdammt schwer, einen Blutspender für mein Kind zu finden. Außerdem nennt er sich *Come Together*. Ich meine, geht es noch ironischer? Er wird der Einzige sein, der kommt, wenn wir unser hypothetisches Baby zeugen, verdammter Scheißkerl.«

»Okay, Ms Griesgram. Ich glaube, du gehst mit zu vielen Vorurteilen an die Sache heran.« Sailor zog eine Augenbraue hoch.

»Ach was, du wirst schon den Richtigen finden, Belly-Belle, das verspreche ich dir.« Persy kämmte mir liebevoll die Haare, während Ash den Kopf schüttelte und immer noch mein Handy durchscrollte.

Wir sahen uns noch ungefähr vierzig Minuten lang Profile an, ehe wir den perfekten Kandidaten fanden. Er nannte sich *Freundlicher Spitzenreiter*, war ein Meter fünfundachtzig groß und Ostasiat mit einem Master in Politikwissenschaft. Er träumte davon, mit Nikola Tesla zu Mittag zu essen, und sein Profil war verbindlich, lustig und intelligent, ohne allzu gewollt zu wirken.

»Der Typ ist perfekt.« Sailor klopfte auf den Couchtisch, auf dem sie saß. »Ehrlich, wenn ich könnte, würde ich mich von ihm schwängern lassen.«

»Hast du nicht eben noch gesagt, du willst kein Kind mehr?«, neckte sie Persy, die mir die Haare zu Zöpfen flocht.

Sailor hob beide Hände und sagte: »Ich versuche nur, unser Mädchen hier zur Zustimmung zu einem Spender zu bewegen, bevor unsere Eizellen allesamt an Altersschwäche sterben.«

»Von diesem Typen gibt es nur eine begrenzte Anzahl von Spenden, du musst dich also beeilen«, ermahnte mich Ashley, während sie auf meinem Handy alle Informationen zu dem Mann durchging.

Ich wusste, dass sie recht hatte. Ich wusste auch, dass der *Sympathische Spitzenreiter* vermutlich die beste Wahl war. Er wirkte tatsächlich humorvoll und schien ein einnehmendes Wesen zu haben. Bodenständig und intelligent. Und dennoch … Die Vorstellung, ihn als Vater meines Kindes auszuwählen, begeisterte mich nicht.

Ich meine, was wusste ich denn wirklich über diesen Typen, abgesehen von seinen Referenzen und dem, was er mir wahrscheinlich bei unserem ersten Treffen erzählen würde?

War er nett zu Fremden?

Kaute er schrecklich laut?

Hielt er Ananaspizza für ein akzeptables Gericht in einer zivilisierten Gesellschaft?

Es gab eine Menge kritischer Fragen, deren Antworten ich nie erfahren würde.

Und da war noch etwas, worüber ich ständig nachdachte, obwohl es der sicherste Weg in die Katastrophe war.

Devon Whitehalls Vorschlag.

»*Oh-oh.* Wir verlieren sie schon wieder. Ich komme mir vor wie in einer schlechten Folge von *Grey's Anatomy.*« Sailor warf sich eine Tempuragarnele in den Mund.

»Die waren alle schlecht und aus medizinischer Sicht äußerst ungenau«, meldete sich Aisling zu Wort.

»Belle.« Persy stützte ihr Kinn auf meine Schulter, ihre babyblauen Augen glänzten besorgt. »Ist alles in Ordnung?«

Ich stellte mein Weinglas ab. »Ich habe vergessen zu erwähnen, dass es eine weitere Option gibt.«

Aisling legte den Kopf schief. »Du weißt schon, dass Gott dir nicht denselben Gefallen wie der Jungfrau Maria tun wird, oder?«

»Logo. Ich bin eine derart schlechte Christin, dass mich eher der Klapperstorch besuchen käme als der Heilige Geist«, sagte ich und verdrehte die Augen.

»Also, worum geht es?« Sailor setzte sich aufrecht hin, wischte mit der Fingerkuppe den Rest ihres Essens aus dem Behälter und führte es an ihre Lippen.

Ich spielte mit einer Locke meiner geflochtenen Haare. Auf meinem Pyjama aus pinkfarbenem Satin stand: *Du siehst aus, als bräuchte ich einen Drink.*

»Devon Whitehall hat mir seine Dienste angeboten … und seinen Schwanz. Im Wesentlichen hat er gesagt, dass er sich einen Erben wünscht, aber nicht heiraten will. Im Gegenzug will er mir finanziell unter die Arme greifen und als zweiter Elternteil fungieren. Voll peinlich, oder?«

»*Holy Shit.*« Sailor schlug sich die Hand vor den Mund. »Ist der nicht ein Duke oder so was Ähnliches?«

»Ein Marquis«, stellte ich richtig, als hätte ich eine Ahnung, was das bedeutete. »Ich glaube nicht. Jedenfalls noch nicht.«

»Allerdings ist er tatsächlich Millionär, clever und ein Musterexemplar an Sexyness. Warum siehst du dir eigentlich die Profile von Collegestudenten an, wenn du ein solches Angebot auf dem Tisch hast?«, fragte Aisling streng. »Das sieht dir überhaupt nicht ähnlich, Belle. Normalerweise bist du die diejenige mit Köpfchen.«

Stimmt, hätte ich gern gesagt. Und weil ich clever bin, käme ich im Traum nicht auf die Idee, einem Mann wie Devon die Schlüssel zu meinem Leben zu geben.

»Außerdem besteht damit eine realistische Chance auf eine Vaterfigur für dein Baby«, fügte Persy hinzu.

»So einfach ist das nicht.« Ich machte ein mürrisches Gesicht und ließ meinen Essensbehälter neben Sailor auf den Couchtisch fallen. »Ich will doch nur deshalb allein ein Kind bekommen, weil ich verhindern will, dass sich jemand in meine Angelegenheiten einmischt und mir vorschreibt, wie ich mein Kind zu erziehen habe.«

»Wäre es wirklich so schrecklich, wenn du dir hin und wieder eine zweite Meinung anhören müsstest?«, fragte Aisling leise. »Kinder sind harte Arbeit. Du wirst jede Hilfe brauchen, die du bekommen kannst.«

»Und außerdem«, ließ sich Persy vernehmen, »ist Elternschaft so ähnlich wie ein Bürojob: Wer schon länger im Geschäft ist, ist dein Vorgesetzter. Du wirst unerbetene Ratschläge bekommen, ob es dir gefällt oder nicht. Ich meine, Mom hat mich den ganzen Winter über nicht mit Astor im Park spazieren gehen lassen, weil sie befürchtete, dass er eine Lungenentzündung bekommen würde.«

»Ihr habt gut reden«, sagte ich und trank noch einen Schluck Wein. »Ihr seid alle in einer Beziehung mit einem Mann, der verrückt nach euch ist. Da fällt die Entscheidung, Kinder in die Welt zu setzen, natürlich leicht. Aber ich kenne Devon nicht,

Devon kennt mich nicht, und ich will vermeiden, dass im Hinblick auf mein zukünftiges Kind ein Fremder mit Geld und einem zweifelhaften Ruf das Sagen hat.«

Innerlich sah ich allerdings bereits Dollarzeichen und vornehme Privatschulen für meinen Sprössling. Ich hatte dem männlichen Geschlecht aus guten Gründen abgeschworen. Was mich nicht davon abhielt, auf Devons Schwanz – und auf seiner Kreditkarte – zu reiten, während ich ihn mir ansonsten vom Leib hielt.

»Entschuldige, Belle, aber das ist doch totaler Schwachsinn.« Sailor schüttelte den Kopf. »Was soll er dir denn vorschreiben? Tu doch nicht so, als stündest du auf Homeschooling oder wolltest dein Kind vegan ernähren oder heidnisch erziehen. Du wirst dieses Kind auf die Art aufziehen, auf die auch jedes andere Kind in Amerika aufwächst. Nur mit mehr Geld und mit einem Daddy, bei dessen Akzent Frauen weich in den Knien werden.«

»Was ist, wenn wir uns verkrachen?«, fragte ich herausfordernd.

»Jetzt halt mal die Luft an.« Sailor schnaubte, dann nahm sie die leeren Essensbehälter und ging damit zur Kochnische hinüber. »Der Mann hat ein Vermögen gemacht, indem er Leute dazu gebracht hat, ihn zu mögen, während er sie gleichzeitig beschissen hat. Er ist ein routinierter Diplomat. Warum solltet ihr euch miteinander streiten?«

»Aber ich werde unseren Pakt brechen«, sagte ich endlich.

Sailor ließ die Behälter in meinen Mülleimer fallen, während Aisling die Weingläser in der Spüle abwusch. Persy saß nach wie vor neben mir.

Meine Schwester flüsterte mir ins Ohr: »Liebesgeschichten sind nicht wie Musicals. Man braucht keinen perfekt aufgebauten Beginn, Mittelteil und Ende, damit sie funktionieren.

Liebe fängt manchmal irgendwo in der Mitte an und manchmal sogar erst am Ende.«

»Ich bin nicht wie du.« Ich drehte mich zu ihr, um sie anzusehen, und hatte die Stimme gesenkt, damit die anderen uns nicht verstanden. »Hör mal, Pers, ich …«

Ich wollte gerade sagen, dass ich niemals heiraten, mich verlieben, den wenig reizvollen Traum vom weißen Gartenzaun leben würde, da legte mir meine Schwester einen Finger auf den Mund und schüttelte mit feierlicher Miene den Kopf.

»Sag es nicht. Du kannst, und du wirst. Nichts ist stärker als die Liebe. Nicht mal Hass. Nicht mal der Tod.«

Meine Schwester irrte sich, aber das sagte ich ihr nicht.

Der Tod war stärker als alles andere.

Er war der Pfad zu meiner Rettung gewesen. Und zu meiner Wiedergeburt.

Meine Seele war der Preis dafür gewesen.

Meine Seele und jede Hoffnung auf Liebe.

Später an jenem Abend lag ich im Bett, begann mich zu langweilen und schickte Devon eine Textnachricht. Ich hatte seine Telefonnummer noch von unseren Dates drei Jahre zuvor, bei denen ich auf seinem Gesicht nach Orgasmustown geritten war, ehe ich ihn hinauswarf.

Belle: Warum willst du eigentlich ein Kind?

Seine Antwort kam zwanzig Minuten später. Wahrscheinlich war er damit beschäftigt, eine seiner fohlenbeinigen Freundinnen mit Doktortitel zu unterhalten.

Devon: Ist dort die Volkszählung?

Der Scheißkerl hatte meine Nummer entweder gelöscht oder er hatte sie nie gespeichert. Das zog mein Ego definitiv ein paar Stufen runter.

> **Belle:** Hier ist Belle. Beantworte meine Frage.
> **Devon:** Warum sollte hinter meinem Wunsch nach meinem Erben ein abwegiger Wunsch stecken?
> **Belle:** Weil du clever bist, und cleveren Leuten traue ich nicht.
> **Devon:** Dummen Leuten zu vertrauen ist schlimmer. Schlaue Leute sind wenigstens berechenbar.
> **Belle:** Über dich weiß ich nur, dass du adlig bist. Und reich.
> **Devon:** Den meisten Frauen reicht das, um sich mir bereitwillig zu unterwerfen.
> **Belle:** Ich bin nicht die meisten Frauen, Devon. Nicht mal deine engsten Freunde kennen dich wirklich. Wenn wir die Sache wirklich durchziehen – *falls* wir das tun –, will ich nicht im Dunkeln tappen.

Er ließ mich einige Minuten warten. Ich fragte mich, ob er mir damit etwas beweisen wollte – dass er seine Beschäftigung an diesem Abend nicht beenden würde, um sich mit mir zu unterhalten – oder ob er tatsächlich mit einer anderen Frau zusammen war. Es war mir egal, ob er gerade Sex mit dem gesamten Team der Miami Heat Dancers hatte oder sich in Sam Brennans Kaschemme ins Grab und zu einer fragwürdigen Spermienanzahl soff und rauchte.

> **Devon:** Ich lasse dich auf keinen Fall im Dunkeln tappen. Ich würde dich bei vollem Tageslicht sexuell missbrauchen.

Ich drehte mich auf der Matratze auf den Bauch. Meine Finger flogen über das Display.

Devon: Wer würde das hier nicht haben wollen? <image attached>

Natürlich glaubte ich, der spießige Angeber hätte mir ein Schwanzfoto geschickt. Doch als ich das Bild öffnete, war es ein Foto von einem Baby mit einem Schopf weißblonder Haare und strahlend blauen Augen in einem Matrosenanzug. Das Outfit schien ein Kleid zu sein, und das Baby sah aus wie ein Engel, sodass ich ihm am liebsten in die dicken weichen Schenkelchen gebissen hätte.

Belle: HALT DIE KLAPPE.

Darauf folgte keine Antwort. Verdammt, warum musste er auch alles wörtlich nehmen?

Belle: Bist du das?
Devon: Das bin ich.

Er war das niedlichste Baby der Welt, das stand fest. Aber aus irgendeinem Grund verbot mir mein mental herausgefordertes Selbst, ihm dieses schlichte Kompliment zu machen.

Belle: Blau und Weiß sind nicht deine Farben, Bro. Und in dem Kleid hast du dicke Fesseln.

Ich wusste, dass er lachte, und ich wusste auch, dass er nicht LOL schreiben würde. Devon war über Abkürzungen und Akronyme erhaben. Einmal hatte er ein Stück Seife nach Hunter geworfen, als der einen Fremden als *rando* bezeichnet hatte, und von ihm verlangt, sich den Mund damit auszuwaschen, weil er das Englisch der Queen besudelt hatte.

Devon: Ich habe meinen Cardioplan längst aufgefrischt. Hauptsächlich mit Fechten.

Belle: Warum hast du noch kein Kind? Ich wollte es unbedingt wissen.

Devon: Ich brauche jemanden, der alles erbt, was ich auf dieser Welt hinterlassen werde.

Belle: Schon mal was von Charity gehört?

Devon: Klingt wie der Name einer Stripperin.

Belle: Haha. Jetzt mal im Ernst.

Devon: Barmherzigkeit beginnt zu Hause. Frag Dickens.

Belle: Bin mir ziemlich sicher, dass der ein bisschen zu tot zum Antworten ist. Ist das alles, worum es geht? Das Geld?

Ich hatte keine Ahnung, seit wann ich ein Gewissen besaß, aber so war es nun mal. Mit welchem Recht verurteilte ich ihn, wenn ich mich (möglicherweise) wegen seiner Kröten und der Einladungen zu königlichen Hochzeiten auf dieses Arrangement einlassen würde?

Devon: Nein. Außerdem mag ich Kinder ziemlich gern. Ich finde sie unterhaltsam, einfühlsam und im Allgemeinen gesitteter als die meisten Erwachsenen.

Belle: Wenn wir das hier wirklich tun (und noch mal: DAS HEISST NICHT, DASS ES DAZU KOMMT), würde ich nach der Empfängnis nie wieder mit dir schlafen. Ich würde nicht mit dir zusammen sein, dich nicht heiraten, dir nichts von dem geben, was sich Männer von der Mutter ihrer Kinder wünschen.

Irgendwie ließ ich mich immer weiter auf die Vorstellung ein, ein Kind mit ihm zu zeugen. Das Geld war ein sehr wichtiger Faktor, aber außerdem gefiel mir, dass er nicht einfach ein grauer Avatar in einem Meer von Samenbankspendern war. Ich hatte Bezugspunkte, mit denen ich mein zukünftiges Baby später vergleichen konnte. Ich wusste, dass er ein talentierter Fechter war, dass er Gespräche über Geld geschmacklos fand und ein Grammatikfanatiker war. Ich wusste, dass er American Football schrecklich und die Beschäftigung mit Weltgeschichte hinreißend fand. Dass er Skifahrer war, einen AGA-Herd und alte Barbourjacken besaß. Ich wusste, wie er nach dem Sex roch. Seine verschwitzte Männlichkeit, der Duft nach teurem Leder und Sandelholz.

Und ich wusste, dass er mir absolut nichts schuldig war und ein Kind mit jeder anderen Frau an der Ostküste haben könnte. Die meisten würden ihm zu Füßen liegen, nur um eine Chance zu bekommen.

Devon: Verstanden und als unerheblich bewertet. Länger als fünf Monate Sex mit derselben Person ist abschreckend für alle Beteiligten.

Wer redete denn so? Ich meine … *WTF?!*

Belle: Du bist schon ziemlich alt.
Devon: Du schindest Zeit.
Belle: Wenn du mich schwängerst, werden dich alle für einen Fiesling halten.
Devon: Kann schon sein, aber ich wäre nicht der fieseste Adlige, sie würden sich also bald wieder beruhigen.
Belle: Also, wie stellst du dir das Ganze vor?
Belle: (FALLS WIR ES TUN, ICH SAGE NICHT, DASS ES DAZU KOMMT.)
Devon: Wir könnten diesen Monat anfangen. Ich muss mich um ein paar Geschäfte in England kümmern, aber danach

müsste ich frei haben. Ruf mich einfach an, wenn es so weit ist.

Belle: Du musst mir einen Test auf sexuell übertragbare Krankheiten vorlegen, damit ich weiß, dass du sauber bist.

Devon: Faxe ich dir rüber.

Faxen. Dieser Mensch benutzte noch ein Telefax. Er war dermaßen altmodisch, dass es mich nicht gewundert hätte, wenn er mir die Ergebnisse per Brieftaube zustellen würde.

Devon: Ich setze einen Vertrag auf, in dem wir Fragen wie Sorgerecht, Finanzen usw. regeln. Ich werde eine gewisse Mitwirkung fordern, um sicherzugehen, dass der Vertrag beide Parteien zufriedenstellt.

Belle: Wir tun es also wirklich?

Devon: Warum nicht?

Belle: Äh … Moment …

Belle: WEIL DAS VÖLLIG IRRE IST?

Devon: Längst nicht so irre, wie sich von einem völlig Fremden schwängern zu lassen, und doch tun die Leute so etwas ständig. Evolution, Liebes. Letztlich sind wir nur bessere Primaten, die unbedingt einen Fußabdruck auf dieser Welt hinterlassen wollen, um nicht vergessen zu werden.

Belle: Hast du mich gerade eine Primatin genannt? Wow, Whitehall, wahnsinnig romantisch.

Er antwortete nicht. Vielleicht war Devon gar nicht so alt, auch wenn ich mir im Vergleich zu ihm sehr jung vorkam.

Belle: Eine Frage noch.

Devon: Ja.

Belle: Was ist dein Lieblingstier?

Ich war mir sicher, er würde Delfin oder Löwe sagen. Etwas Abgeschmacktes, Vorhersehbares.

Devon: Roter Handfisch.

Wow, super. Noch mehr bizarres Zeug.

Belle: Warum?
Devon: Sie sehen aus wie besoffene Hooligans, die in einer Kneipe eine Schlägerei provozieren wollen. Die Hände sind gruselig. Und ihre Schwächen erfordern Mitgefühl.
Belle: Du bist gruselig.
Devon: Stimmt, aber du findest mich interessant, Liebling.

5. KAPITEL

Belle

Am nächsten Tag hielt ich auf dem Weg zur Arbeit bei *Walgreens*, um einen Test zur Vorhersage des Eisprungs und Kautabletten mit pränatalen Vitaminen zu kaufen. Als ich an einer Reklametafel mit meinem nackten Selbst vorbeikam, warf ich mir vier Stück in den Mund und las die Anweisungen auf dem Test. Ich stieß die Tür zum Backoffice des *Madame Mayhem* auf.

Der Nachtclub war nur einen Steinwurf vom Chinatown Gate im Stadtzentrum von Boston entfernt. Er war eingerahmt von zwei eleganten Stadthäusern, einem Reisebüro und einem Obst-und-Gemüseladen. Ich hatte ihn gemeinsam mit zwei Geschäftspartnern spottbillig erstanden und aus dem erfolglosen Restaurant eine trendige Bar gemacht. Zwei Jahre zuvor war der Typ, dem der Waschsalon nebenan gehörte, bankrottgegangen, und ich hatte ihn überredet, uns das Grundstück zu einem reduzierten Preis zu verkaufen. Immer wieder war ich im Rathaus vorstellig geworden, um die Genehmigung zum Abriss der Mauern zwischen den beiden Gebäuden zu erwirken. Am Ende war das neue, verbesserte *Madame Mayhem* dabei herausgekommen – groß, gewagt und pikant.

Genau wie ich.

Nun war ich stolze Eigentümerin eines der verruchtesten Etablissements der Stadt. Aber das Lokal war nicht nur ein

99

angesagter Nachtclub mit einer obszön teuren Cocktailkarte, sondern bot außerdem Varietévorstellungen mit dem kompletten Equipment von Shows aus dem New Orleans der Fünfzigerjahre an, Frauen und Männer in feinen Dessous und jeden Donnerstagabend einen Amateurwettbewerb, in dem werdende Exhibitionisten zur Schau stellen konnten, was sie hatten.

Auf dem Papier machte ich großen Profit. Aber seitdem ich meine beiden Partner ausgezahlt und das Lokal komplett renoviert hatte, war mein persönliches Einkommen recht bescheiden. Es war nicht allzu schlimm, aber doch schlimm genug, dass ein Baby ein spürbares Loch in meine Ersparnisse reißen würde.

Allerdings war ich eine gute Arbeiterin, die sich von einem kleinen Schluckauf nicht beirren ließ. Tagsüber arbeitete ich im Backoffice, nachts ging ich meinen Barkeepern zur Hand.

»Belly-Belle«, begrüßte mich Ross, sobald ich in meinen grauen Schuhkarton von Büro schlüpfte. Er stellte mir eine Tasse Kaffee auf den Schreibtisch und ließ sich auf dem Rand nieder. Mein bester Freund aus Schultagen war zu meinem leitenden Barkeeper und zum Personalchef des *Madame Mayhem* geworden. Außerdem war er inzwischen auch noch absolut heiß. »Boston ist es nicht gewöhnt, dich bekleidet zu sehen. Wie geht es dir?«

»Viel Leben und wenig Geld. Was liegt an?« Ich trank einen Schluck Kaffee, während mir die Handtasche noch am Unterarm baumelte. Vor der Arbeit musste ich noch auf einen der Teststreifen pinkeln.

Ross zog eine Schulter hoch. »Wollte mich nur vergewissern, dass nach dem Desaster letzte Woche alles okay ist.«

»Letzte Woche gab es ein Desaster?« Ich war damit beschäftigt gewesen, mein Körpergewicht in Form von Alkohol zu mir zu nehmen, um Dr. Bjorns schlechte Nachrichten zu vergessen, darum war meine Erinnerung ziemlich verschwommen.

»Frank«, erklärte er.

»Wer zum Teufel ist Frank?« Ich blinzelte. Ross bedachte mich mit einem wütenden Blick, der besagte: Du machst wohl Scherze.

»*Ach jaaa*, dieser Schwachkopf.« Frank war ein ehemaliger Barkeeper. In der Woche zuvor hatte ich ihn dabei erwischt, wie er im Hinterzimmer eine der Tänzerinnen sexuell belästigte. Ich feuerte ihn auf der Stelle. Frank hatte sich bereit erklärt zu verschwinden, allerdings nicht ohne mir klarzumachen, dass ich in seinen Augen eine abgewrackte, dauernd betrunkene Schlampe war. Zu meinem Glück war ich immer zum Kampf bereit, vor allem mit einem Mann. Als er mich anschrie, schrie ich also noch lauter zurück. Und als er eine Lampe nach mir warf … nun, da warf ich einen Stuhl nach ihm und zog die Kosten für den Ersatz von seinem letzten Gehalt ab.

»Das ist für dich, du Sauerstoff verschwendendes Stück Dreck. Und jetzt sieh zu, dass du aus der Stadt verschwindest, denn diese Stadt wird dich verschwinden lassen, sobald ich meinen Freunden, den Clubbesitzern, erzählt habe, was du gemacht hast!«

Und das war noch nicht alles. Außerdem hatte ich sein Mitarbeiterbild an die lokalen Zeitungen geschickt und ihnen mitgeteilt, was er getan hatte.

Zu hart? Pech gehabt. Sollte er beim nächsten Mal eben keine Kollegin mehr begrapschen.

»Das ist längst vergessen«, sagte ich und winkte ab. Ich hatte keine Zeit, über Frank zu reden. Ich musste mich vergewissern, ob meine Eizellen ihren Job machten, verdammt.

»Wir müssen die Lücke füllen, die er hinterlässt.« Ross saß

noch immer auf meinem Schreibtisch, als ich bereits auf dem Weg ins Badezimmer war.

»Ja, okay, aber sorg dafür, dass der Neue einer kompletten Sicherheitsüberprüfung unterzogen wird.«

Ich betrat das Badezimmer, ging in die Hocke und pinkelte auf den Eisprungtest. Anstatt ihn beiseitezulegen und wie ein erwachsener Mensch auf das Ergebnis zu warten, blickte ich finster auf den Stick und betete darum, gleich zwei kräftig rosafarbene Linien zu sehen und nicht nur eine blasse.

Als tatsächlich zwei Linien auf dem Stick erschienen, machte ich mit meinem Handy ein Foto davon und schickte es an Devon. Untertitel: *Es ist so weit.*

Ich ging hinaus, setzte mich an den Schreibtisch und versuchte mich auf die Exceltabellen vor mir zu konzentrieren. Immer wieder schweifte mein Blick seitwärts zu meinem Handy, denn ich wartete auf Devons Antwort. Nachdem er eine volle Stunde nicht zurückgeschrieben hatte, drehte ich das Handy um, sodass das Display nicht mehr zu sehen war.

Reg dich ab, verdammt noch mal, schimpfte ich mich innerlich aus. Der Mann hatte eine Karriere. Jede Stunde seines Arbeitstages war gebührenpflichtig. Natürlich konnte er nicht einfach alles stehen und liegen lassen, zum *Madame Mayhem* rasen und mir ein Kind machen.

Etwa zwei Stunden nach meiner Textnachricht kam Ross erneut in mein Büro gestiefelt. Er knallte eine teuer aussehende Flasche Champagner auf meinen Schreibtisch. An ihrem Hals baumelte eine kleine goldene Karte.

»Dom Pérignon?« Argwöhnisch zog ich eine Braue hoch. Diese spezielle Edition kostete ungefähr einen Riesen pro Flasche. »Den führen wir nicht. Wo hast du ihn her?«

»Das ist die Frage aller Fragen. Mach den verdammten Umschlag auf, dann wissen wir's.« Ross deutete mit dem Kinn auf die Karte, die sich auf den zweiten Blick als winziger Umschlag entpuppte. Grauen erfüllte mich. Das hier sah verdammt nach Romantik aus, und damit hatte ich nichts am Hut. Mir war es lieber, wenn Devon uns mit Primaten verglich.

»Woher weißt du, dass der für mich ist?« Ich beäugte ihn misstrauisch.

»Oh Mann, bitte. Der einzige Drink, den ich von meinen Dates bekomme, ist eine Limo aus dem Getränkespender. Also mach schon. Von wem kommt der Schampus?«

Mit flinken Fingern öffnete ich den geheimnisvollen Umschlag. Zwei Eintrittskarten lugten aus der Öffnung. Ich nahm eine heraus und bemerkte, dass meine Finger zitterten.

»Opernkarten?«, hörte ich Ross verwundert fragen. »Was für Lügen erzählst du den armen Kerlen auf Tinder nur? Dieser Typ kennt dich offensichtlich überhaupt nicht.«

Das ist doch der reine Hohn. Er weiß genau, dass ich mich nicht auf Dates einlasse, verdammt.

»Ich habe gesagt, ich liebe Oprah, nicht Opern. Wahrscheinlich hat er sich verhört.« Ich gähnte demonstrativ. Auf keinen Fall würde ich Ross von Devon erzählen. Es war niederschmetternd genug, meine Unfruchtbarkeit vor meinen Freundinnen einzugestehen. Ich war eine sehr stolze Frau.

»Wie kommt es, dass *ich* nie von einem Mann irgendwohin eingeladen werde, wo es schön ist?« Ross schmollte.

»Du gibst deine Ware zu schnell her«, murmelte ich und starrte immer noch auf die Eintrittskarte in meiner Hand wie auf eine Leiche, die ich loswerden musste.

»Dasselbe gilt für dich. Und du lässt dich nicht mal auf ein erstes Date mit ihnen ein.«

»Wenn du willst, kannst du meine Karte haben.«

Ich würde mir an diesem Abend keine Oper ansehen. Ich hatte zu tun. Uns fehlte ein Barkeeper.

Ich rief mir ins Gedächtnis, dass Devon mir den Schampus aus demselben Grund geschickt hatte, aus dem er auch alles andere tat – um zu manipulieren, zu spielen, die Leute aus dem Gleichgewicht zu bringen. Wahrscheinlich fand er es lustig, mir das Gefühl zu geben, wir wären zusammen. Ich musste die Sache sofort richtigstellen.

Belle: Hallo, du Schnecken essender, Weste tragender, an Regatten teilnehmender vornehmer Typ, du. Ich kann dich heute nicht in die Oper begleiten, aber nach Mitternacht kannst du jederzeit bei mir vorbeikommen. Ich treffe die hohen Töne, versprochen. – B.

Auch diese Nachricht blieb unbeantwortet.

Ich arbeitete bis zum Abend und kümmerte mich dann zusammen mit sechs weiteren Barkeepern um die Theke, bekleidet mit einem Kleid mit geraffter Spitze und einem Korsettoberteil. Der Duft meines eigenen Schweißes war mir in den Jahren, in denen ich an meiner Karriere gebastelt hatte, dermaßen vertraut geworden, dass ich ihn inzwischen genoss.

Ich servierte Drinks, schnitt Limetten und eilte in den Lagerraum, um weitere Cocktailschirmchen zu holen. Ich tanzte auf der Theke, flirtete mit Männern und Frauen und ließ mehrmals die Klingel ertönen, um eine Trinkgeldrunde anzukündigen.

Der burgunderrote Vorhang vor der vorderen Bühne hatte sich gehoben und gab den Blick auf eine Smoking tragende Live-Band frei. Jazzklänge tränkten die hohen Wände. Die Burlesquetänzerinnen streiften langsam in High Heels und salbeigrünen Paillettenkleidern über die Bühne. Die Leute johlten, klatschten und pfiffen. Mit einer Kiste mit Cocktailschirmchen im Arm blieb ich stehen, Schweiß tropfte mir von der Stirn, und ich betrachtete sie lächelnd.

Meine Entscheidung, das *Madame Mayhem* zu kaufen, war weder zufällig noch spontan gefallen. Sie entsprang meinem Wunsch, die Vorstellung zu verbreiten, dass es keine Sünde darstellte, ein sexuelles Wesen zu sein. Sex war nichts Schmutziges. Er konnte unverbindlich und dennoch schön sein. Meine Tänzerinnen waren keine Stripperinnen. Niemand durfte sie berühren – man konnte nicht einmal in ihre Richtung atmen, ohne aus dem Lokal zu fliegen –, sondern sie besaßen die Kontrolle über ihre Sexualität und taten, was ihnen gefiel, verdammt.

Meiner Meinung nach bestand wahre Stärke genau darin.

Als ich wieder hinter die Theke trat, war es beinahe elf. Ich wusste, dass ich bald meine Sachen packen musste, wenn ich es vor Mitternacht nach Hause schaffen und noch genug Zeit haben wollte, um zu duschen und mir die Beine zu rasieren und damit in der Rolle von Devon Whitehalls Sexpartnerin glaubwürdig zu wirken.

»Ross«, brüllte ich über die Musik hinweg, stolperte über den klebrigen Boden hinter die Theke und richtete einen Zapfhahn in ein Glas, um einen Wodka mit Cola light für einen Gentleman im Anzug zuzubereiten. »In zehn Minuten bin ich weg.«

Ross hob den Daumen, um mir zu signalisieren, dass er mich gehört hatte. Seine andere Hand nahm einer Frau, die an der Theke lehnte und deren Brüste aus einem neongelben Sport-BH herausquollen, einen Fünfzig-Dollar-Schein ab.

Ich wollte gerade die Bestellung einer Horde Frauen aufnehmen, die Schärpen mit Sprüchen für einen Junggesellinnenabschied trugen *(Game Over, Endstation Traualtar und Braut Security)*. Als ich mich vorbeugte, schoss eine Hand aus der Dunkelheit auf mich zu, griff nach meinem Unterarm und drückte so fest zu, dass es schmerzte.

Ich drehte den Kopf in die Richtung, aus der die Hand kam, und wollte ihr meinen Arm entreißen, als ich bemerkte, dass mich die Person, die an besagter Hand hing, mit todbringendem Blick anstarrte.

Sein Gesicht war dermaßen vernarbt, dass ich sein Alter nicht hätte erraten könnten, selbst wenn ich gewollt hätte. Es war zum größten Teil tätowiert, er war von Kopf bis Fuß in schwarze Kleidung gehüllt, und sah absolut nicht aus wie unsere übliche Klientel.

Er wirkte auf mich wie Luzifer … und er machte keine Anstalten, mich loszulassen.

»Ich schlage vor, dass Sie Ihre Hand sofort von meinem Arm nehmen, es sei denn, Sie hängen nicht besonders daran«, stieß ich zwischen zusammengebissenen Zähnen hervor, denn mir kochte das Blut.

Der Mann setzte ein scheußliches, fauliges Lächeln auf. Nicht dass er schlechte Zähne hatte. Im Gegenteil, sie waren groß, weiß und glänzten, als hätte er sie kürzlich erst behandeln lassen. Was mir Unbehagen bereitete, war das, was sich hinter ihm befand.

»Ich habe Ihnen eine Nachricht zu überbringen.«

»Wenn sie vom Teufel ist, sagen Sie ihm, er soll persönlich zu mir kommen, falls er die Eier dazu hat«, fauchte ich und entriss ihm mit aller Kraft meinen Arm. Er senkte die Hand, und ich brauchte all meine Selbstbeherrschung, um nicht mit dem Zitronenmesser zuzustechen.

»Sie sollten besser genau zuhören, Emmabelle, wenn Sie nicht wollen, dass Ihnen sehr schlimme Dinge zustoßen.«

»Sagt *wer*?« Ich lachte in mich hinein.

»Wenn Sie nicht …«

Er hatte gerade zu reden begonnen, da materialisierte sich aus dem Dunkel des Clubs eine große, elegante Gestalt und stieß den Kerl weg, als wöge er nicht mehr als ein Strohhalm. Der narbige Angreifer landete auf dem Boden. Devon erschien in meinem Blickfeld, bekleidet mit einem kompletten Designersmoking, das Haar zurückgegelt, die Wangenknochen so scharf wie Klingen. Er trat auf den Mann – absichtlich – und blickte finster auf seine Halbschuhe hinab, als müsste er sie von Schmutz befreien.

»Ich war gerade beschäftigt«, sagte ich und ließ die Zähne blitzen.

»Tut mir leid, darauf kann ich leider keine Rücksicht nehmen.«

»Bist du dazu überhaupt in der Lage?«

»Im Allgemeinen? Ja. Bei Frauen, die mich warten lassen? Weniger.«

Mit einer raschen Bewegung beugte sich Devon über die Theke und warf mich über seine Schulter, dann drehte er sich um und ging auf die Eingangstür zu. Ich hob den Kopf und erblickte Ross, der mir ins Gesicht starrte wie ein Hirsch in die Scheinwerfer, die auf ihn zukommen, und dabei dastand wie gelähmt, eine Flasche Bier in der einen, einen Flaschenöffner in der anderen Hand.

»Soll ich die Security rufen? Oder die Polizei? Oder Sam Brennan?«, krähte Ross aus der Tiefe der Bar über die Musik hinweg.

Devon ging einfach weiter.

»Nein, ist schon okay. Ich bringe ihn selbst um. Aber besorg uns nähere Informationen über diesen Kriecher.« Ich wollte gerade auf die Stelle des Fußbodens zeigen, an der ich das Narbengesicht zuletzt gesehen hatte, stellte aber fest, dass er verschwunden war.

Ich wehrte mich nicht gegen Devon. Wenn man sechs Stunden am Stück auf den Beinen war und gearbeitet hat, ist es nicht die schlimmste Strafe der Welt, getragen zu werden. Stattdessen ging ich verbal zum Angriff über. »Warum bist du aufgebrezelt wie ein Oberkellner?«

»So was nennt man Anzug. Es ist eine angemessene Form der Bekleidung. Obwohl die Männer, an denen du Gefallen findest, oftmals orangefarbene Overalls tragen, nach allem, was ich gehört habe.«

»Wer hat dir das denn erzählt? Persy?«, kreischte ich. »Ich habe nur ein einziges Mal mit einem Ex-Knacki geschlafen. Und das beruhte auf einem Schneeballsystem. Es ist ungefähr so, wie mit einem Politiker zu vögeln.«

»Ich habe auf dich gewartet«, sagte er mit ausdrucksloser Miene und eisiger Stimme.

»Warum?«, fragte ich verärgert und widerstand dem Drang, ihm in den Hintern zu kneifen. »Ich habe dir bereits gesagt, dass ich nicht mit dir in die Oper gehe.«

»Nein, hast du nicht«, erwiderte er trocken und vergrub die Finger tiefer in der Rundung meines Hinterns. »Mein Champagner und die Eintrittskarten sind heil bei dir angekommen, und da ich seitdem nichts von dir gehört habe, nahm ich an, wir würden uns heute Abend treffen.«

Das war nicht möglich. Ich hatte ihm eine Nachricht geschickt.

Oh. *Oha.* Die hatte ihn offenbar nicht erreicht. Das Netz meines Anbieters hatte sehr schlechten Empfang. Vor allem in dem unterirdischen Bunker, der sich mein Büro nannte.

»Ich habe dir eine Nachricht geschickt. Sie ist nicht angekommen. Glaubst du etwa, diese Alpha-Männchen-Nummer macht mich an?« Ich schnaubte. Denn, und das könnt ihr mir glauben, sie machte mich *total* an. Was ich allerdings nie im

Leben zugeben würde. Aber verdammt. Ich hatte eine heiße Minute erlebt, seit er angefangen hatte, mich mit derart forschem Selbstbewusstsein zu behandeln.

»Nicht jeder bedient sich deiner Theatralik, um zu überleben, meine liebe Emmabelle. Was du von mir hältst, geht mich absolut nichts an.« Devon stürmte aus meinem Club hinaus in die kühle, frische Nachtluft und näherte sich mit großen Schritten seinem Wagen. »Du sagst, du willst ein Kind, aber andererseits stolzierst du herum, trinkst und arbeitest dir die Finger wund. Einer von uns weiß, wie du schwanger werden kannst, und ich fürchte, diese Person bist nicht du.«

Was für ein unverschämtes Arschloch. Er herrklärte mir also Sex. Wäre ich nicht tatsächlich leicht angetrunken und sehr erschöpft von meinem Arbeitstag gewesen, hätte ich ihn womöglich erstochen.

Devon riss die Beifahrertür seines dunkelgrünen Bentleys auf, drückte mich auf den Sitz und schloss den Sicherheitsgurt. »Jetzt sag mir, wer dieser Mann war. Der deinen Arm festgehalten hat.«

Er schloss die Tür und umrundete den Wagen, ehe ich antworten konnte, dann schlüpfte er neben mich. Ein Hauch seines schweren, unwiderstehlichen Duftes stieg mir in die Nase.

»Ich habe keine Ahnung. Ich wollte es gerade herausfinden, als du hereingestürmt kamst, um den Retter zu spielen.«

»Kommt das öfter vor? Dass dich Männer bei der Arbeit begrapschen?« Er ließ den Motor an und raste über die eisbedeckten Straßen zu meiner Wohnung. Mein Herz hatte kein Recht, einen Schlag auszusetzen, weil er sich an meine Adresse erinnerte. Was in meiner Brust vor sich ging, war hoffentlich mein gottverdammter Herzschlag.

»Was glaubst du denn?«, fragte ich frech.

»Ich glaube, dass sich manche Männer wegen deiner Branche berechtigt fühlen, dich anzufassen«, antwortete er völlig aufrichtig.

Tatsächlich kam das häufig vor. Vor allem, wenn ich auf der Theke tanzte oder mit meinen Tänzerinnen auf die Bühne ging. Aber ich verstand es, Grenzen zu setzen und die Leute in ihre Schranken zu weisen.

»Das stimmt.« Ich lächelte. »Ich muss ständig irgendwelche Männer abwehren. Was glaubst du, woher ich diese kleinen Schätze hier habe?« Ich küsste meinen Bizeps.

Als er schwieg, öffnete ich das Handschuhfach und begann, in seinen Sachen zu wühlen. So etwas tat ich oft. Leute provozieren. Die Art, wie Menschen sich verhielten, wenn sie zornig waren, verriet eine Menge über sie. Ich fand ein kleines, in Stein graviertes Fossil und holte es heraus.

»Ich bin nicht beeindruckt von dem, was ich heute Abend gesehen habe.« Ruhig wie der Dalai Lama nahm mir Devon das Fossil aus der Hand und ließ es zwischen uns fallen.

»Um Himmels willen!« Ich legte mir eine Hand aufs Dekolleté und benutzte meinen besten falschen britischen Akzent. »Herrjemine. Ich muss sofort damit aufhören und Gouvernante oder Nonne werden. Was immer Ihnen recht ist, *Mylord*.«

»Du machst mich wütend.« Verärgert kratzte er sich den perfekten Wangenknochen.

»Und du hast mir im Weg gestanden«, versetzte ich, griff erneut nach dem kleinen Fossil und spielte daran herum. »Ich kann meine Kämpfe allein ausfechten, Devon.«

»Du bist kaum in der Lage, dich selbst am Leben zu erhalten.« Seine eisige Miene verriet mir, dass er keine Witze machte. Er glaubte das tatsächlich.

In dem Haus, in dem ich wohnte, stieg Devon die Treppen zu meiner Wohnung hinauf, anstatt den Fahrstuhl zu benutzen.

Noch immer trug er mich. Noch mehr bizarres Zeug. Wie kam es, dass keiner seiner Megafans in dieser Stadt jemals mitbekam, wie seltsam er war?

»Gleich da vorn ist ein Fahrstuhl. Lass mich runter, Mr Höhlenmensch.«

»So was benutze ich nicht«, sagte er kurz angebunden.

»Du benutzt keinen Fahrstuhl?«, fragte ich und genoss es, seine Bauch- und Brustmuskeln an meinem Körper zu spüren.

»Korrekt. Und ich meide auch ansonsten beengte Räume, denen ich nicht mühelos entkommen kann.«

»Was ist mit Autos? Flugzeugen?« Da ging er dahin, mein Mile-High-Traum mit einem Adligen. Es war eine schöne Zeit. Und auch eine sehr spezielle.

»Die Logik schreibt mir vor, beides zu benutzen, aber ich versuche es nach Möglichkeit zu vermeiden.«

»Warum?« Ich war verblüfft. Für einen Mann, der nur aus Vernunft bestand, fand ich diese Angst äußerst irrational.

Seine Brust bebte, als er leise lachte. Belustigt blickte er auf mich herab. »Das geht dich nichts an, Liebling.«

Als wir meine Wohnung erreichten, stellte ich überrascht fest, dass Devon es nicht eilig hatte, mir die Klamotten vom Leib zu reißen und wilden, zügellosen Sex zu haben. Stattdessen holte er ein Bündel Dokumente aus einem eleganten Aktenkoffer, legte sie auf den Couchtisch und nahm Platz. Ich lümmelte mich in einen bunten Fernsehsessel und starrte ihn wütend an.

»Was machst du da?«, fragte ich, obwohl es ziemlich offensichtlich war, dass er genug Papierkram hervorzauberte, um die Freiheitsstatue aus Papiermaché nachzubilden, und ihn auf den Tisch legte.

Devon machte sich nicht mal die Mühe, den Blick von den Akten zu lösen. »Ich kümmere mich um unseren rechtlich bindenden Vertrag. In der Zwischenzeit kannst du dir ruhig die Oper anhören, die du heute Abend verpasst hast. *La Bohème.*«

Er reichte mir sein Handy, das bereits eine Aufnahme abspielte.

»Wie bist du reingekommen? Du hast mir zwei Eintrittskarten geschickt.«

»Ich wollte sichergehen, dass du einen Platz hast, falls eine verloren geht, darum habe ich die ganze Reihe gekauft.«

Holy Fuck. Das war unfassbar schmalzig, aber auf eine bescheuerte Art, weil er nach wie vor davon ausging, dass ich meinen Kram nicht geregelt bekam.

Ich entriss ihm das Handy. »Woher willst du wissen, dass ich mir deine Nachrichten nicht ansehe?«

»Woher willst du wissen, dass es mein privates Handy ist und nicht das, das ich für die Arbeit benutze?«, versetzte er.

Mit dem Blick fragte ich ihn: *Na und?*, denn unser derzeitiger Altersunterschied schien nicht auszureichen. Ich musste mich einfach wie ein Teenager benehmen.

»Sieh es dir an.« Er deutete mit dem Kinn auf das Handy, völlig unbeeindruckt von meinen bösen Blicken.

»Du hast das ganze Ding aufgenommen?«

Nur wenige Leute besaßen das Geschick oder das Talent, mich zu schockieren, aber ihm gelang es. Normalerweise war ich es, die einen Skandal verursachte.

Devon griff nach einem roten Filzstift, las das Material vor sich durch und schenkte mir keinerlei Aufmerksamkeit. »Korrekt.«

»Aber warum? Ich meine, ich hab dich echt gefickt.«

»Und ich werde dich gleich um den Verstand ficken. Was sagst du dazu?« Seine Miene blieb undurchdringlich. »Und jetzt sieh dir bitte die Oper an, während ich mir den Vertrag noch einmal durchlese.«

In den nächsten vierzig Minuten tat ich nichts anderes. Ich sah mir die Oper an, während er arbeitete. In den ersten zehn Minuten warf ich ihm verstohlene Blick zu. Es war schön zu wissen, dass ich bald unter diesem mächtigen und kultivierten Mann liegen würde.

Doch als die Oper zehn Minuten gelaufen war, passierte etwas Merkwürdiges. Ich begann … nun, in gewisser Weise tauchte ich in die Geschichte ein. *La Bohème* war die Geschichte einer armen Näherin und ihrer Künstlerfreunde. Das ganze Ding war auf Italienisch, und obwohl ich kein Wort dieser Sprache verstand, fühlte ich alles, was die Heldin fühlte. Diese Oper … die Art, wie die Musik an meinen Gefühlen zog wie an den Fäden einer Marionette – das hatte Kraft.

Irgendwann nahm mir Devon sein Handy ab und schob es sich wieder in die Hosentasche. Er saß nun näher bei mir.

»Hey!« Ich bedachte ihn mit einem aufreizenden Blick. »Ich war noch beschäftigt. Mimi und Rodolfo haben beschlossen, bis zum Frühling zusammen zu bleiben.«

»Das Ende ist großartig«, versicherte er mir und holte einen teuer aussehenden Füller aus seiner Aktentasche. »Es hätte dir sehr gefallen, wenn du mit mir in die Oper gegangen wärst.«

»Ich will den Schluss noch sehen.«

»Spiel deine Karten richtig aus, und du *wirst* ihn sehen. Komm, gehen wir den Vertrag zusammen durch.«

»Und dann?« Ich zog eine Braue hoch und verschränkte die Arme vor der Brust.

»Und dann, meine liebe Emmabelle«, sagte er mit einem teuflischen Lächeln, »werde ich dich um den Verstand vögeln.«

Eine Stunde und dreiundzwanzig Minuten. So lange dauerte es, bis Devon und ich sämtliche Klauseln des Vertrags durchgegangen waren, den er für uns aufgesetzt hatte.

Dann ging er dazu über, mir seinen Test auf sexuell übertragbare Krankheiten zu zeigen – der Mann war blitzsauber – und zu verkünden, dass er auf meinen Test verzichten würde, um eine respekt- und vertrauensvolle Arbeitsbeziehung zu begründen.

Mir gefiel, dass er unser Arrangement als Arbeit bezeichnete. Es fühlte sich klinisch und unverbindlich an.

Das Problem war: Als wir mit den juristischen Dokumenten fertig waren, war es mitten in der Nacht, und ich hatte mich neben ihm auf der Couch zusammengerollt und gähnte in ein Dekokissen. Ich trug noch immer das Corsagenkleid, das ich bei der Arbeit angehabt hatte, und sah aus wie eine mittelalterliche Prostituierte, die im Begriff war, den ältesten Sohn des Königs zu verderben.

»Ist das deine Geheimwaffe? Die Leute dermaßen zu erschöpfen, dass sie sich freiwillig unterwerfen?« Ich schnurrte in das Kissen und kämpfte gegen die unerträgliche Schwere meiner Lider an.

Ich hörte, wie Devon die unterzeichneten Verträge wieder in seiner ledernen Aktentasche verstaute und den Reißverschluss zuzog.

»Unter anderem.« Sein Kiefer zuckte, und ich glaubte, etwas Kaltes und Gefühlloses über sein Gesicht huschen zu sehen.

Für ein paar Sekunden ließ ich den Blick auf ihm ruhen.

»Hm«, sagte ich und drückte das Kissen, an dem ich lehnte und um das ich mich zusammengerollt hatte wie eine Katze. »Ich glaube, du hast gerade dein Gegenstück gefunden. Ich beuge mich niemandem.«

»Hattest du schon mal einen festen Freund?«, fragte er.

»Nein.«

»Dachte ich mir.«

»Und du?« Ich schlief schon halb, als ich ihm diese Frage stellte.

»Einen Freund nicht. Ein paar Freundinnen. Aber mit keiner hat es länger als ein halbes Jahr gehalten.«

»*Dachtichmir*«, lallte ich und begann zur Demonstration umwerfender Attraktivität und zarter Weiblichkeit, leise in meine Armbeuge zu schnarchen.

»*Sweven.*« Seine tiefe Stimme hing wie eine dunkle Wolke über meinem Kopf. »Hoch mit dir.«

»Du willst nach Schweden?« Jetzt sabberte ich auf mein Kissen. Die kalte, klebrige Spucke klebte an meiner Wange.

Er lachte in sich hinein. »Nicht Schweden … *Sweven.*«

»Oh.« Pause. Ich schlief zwar noch, redete aber dennoch irgendwie mit ihm. »Was ist das?«

»Ein Traum, eine Vision. Etwas, das einen im Schlaf überkommt. Du bist eine Fantasie, Emmabelle. Zu gut, um wahr zu sein. Zu schlecht, um erlebt zu werden.«

»Ich Glückliche«, stöhnte ich. Hoffentlich würde er mich nicht bitten, ihn zu heiraten. Ich war erschöpft und übernächtigt genug, um es in Erwägung zu ziehen.

»Zeit für eine Dusche.«

»Morgen«, murmelte ich.

»Es ist bereits morgen«, erwiderte er. »Und Google hat mir verraten, dass das Zeitfenster für deinen Eisprung nur zwölf bis vierundzwanzig Stunden beträgt. Hüpf unter die Dusche, damit wir unseren Vertrag erfüllen können.«

Schnell und geräuschlos hob mich Devon im Flitterwochenstil hoch und trug mich durch meine Wohnung. Endlich, dachte ich, die Augen noch immer geschlossen. Der Bastard brachte mich in mein Bett. Wir würden es morgen tun oder am Tag danach oder …

Verdammt, was war das?

Ich riss die Augen auf, weil eiskaltes Wasser auf meine Haut prasselte wie Nadeln. Als ich mich orientiert hatte, stellte ich fest, dass ich auf dem Boden meiner Dusche lag. Beide Duschköpfe regneten auf mich herab. Ich sah mich hektisch um und entdeckte Devon auf der anderen Seite der Glastür, wo er mit seiner schmalen Hüfte an die Wand gelehnt stand, die Hemdärmel aufgekrempelt bis zu den Ellbogen, sodass mir beim Anblick der Adern auf seinen Unterarmen das Wasser im Mund zusammenlief.

Das selbstgefällige Lächeln des Teufels lag auf seinem Gesicht.

Ich wand mich aus meinem bereits ruinierten Kleid, das schwer vor Nässe war, und es landete mit einem Klatscher neben mir auf dem Boden.

»Ich bring dich um!« Wie eine nasse Katze kratzte ich mit den Fingernägeln über die Tür, inzwischen komplett wach – und *nackt*. Ich wollte sie aufstoßen und mich auf ihn stürzen. Er ging zur anderen Seite der Glastür und zog an dem Griff, sodass sie geschlossen blieb.

»Umbringen kannst du mich später noch. Erst mal brauche ich dich sauber und wach.«

»Wenn ich hier rauskomme, steche ich dir ein Messer ins Gesicht, das ist die einzige Berührung, zu der es zwischen uns kommen wird.« Hinter der Glastür fletschte ich die Zähne.

Ich konnte mich nicht erinnern, dass er bei unseren gelegentlichen sexuellen Begegnungen auch nur halb so nervtötend gewesen war. Hatte er eine beschissene Persönlichkeitstransplantation hinter sich oder so?

»Wütender Sex ist der beste.« Devon strich sich mit dem Daumen über die Unterlippe und brachte mich damit beinahe um den Verstand.

»Ich friere mich tot!« Jetzt versuchte ich, mit ihm zu verhandeln.

»Ich schreibe dir einen schönen Nachruf.«

»Wie kannst du nur so herzlos sein!« Ich schlug mit der Faust gegen die Glastür.

»Kann ich eben.« Er lächelte höflich wie der Wirt eines Restaurants mit einem Michelin-Stern. »Außerdem entstehen Diamanten durch Druck.«

»Lass die Klinke los.«

»Erst wäschst du dich.«

»*Oder?*« Ich hatte ein wahnsinniges Bedürfnis nach Rache für das, was er mir antat. Mein Geist fing an, Überstunden zu schieben. Damit würde er nicht durchkommen. Auf keinen Fall.

»*Oder* dies ist heute Abend die einzige Art, wie du nass wirst. Und Drohungen beiseite: Wir wissen beide, dass du hiervon seit der Nacht vor vielen Jahren träumst, in der du mich rausgeworfen hast.«

Bei seinen Worten senkte ich den Blick auf seine Hose. Auf das beeindruckende Zelt, das sich meiner Aufmerksamkeit entgegenreckte. Ich sah ihm wieder ins Gesicht und sagte: »Tut mir leid, Kumpel. Die Zeit mit dir gehört nicht zur Liste meiner zwanzig denkwürdigsten Ficks.«

Devon grinste, kleine Glücksfältchen schmückten seine saphirblauen Augen. »*Lügnerin.*«

Er kehrte mir den Rücken zu und schlenderte aus dem Badezimmer, gelassen und selbstbewusst. Ich nutzte die Gelegenheit, um aus der Dusche zu springen und mich ihm in den Weg zu stellen. Rückwärts schob ich ihn wieder ins Bad, wobei mein Körper seinen Smoking durchnässte.

»Nicht so schnell, Mr Marquis. Ich glaube, du bist dr…«

Ehe ich den Satz beenden konnte, hatte er mich an die Wand gedrückt und verschloss mir mit einem strafenden, nahezu brutalen Kuss den Mund.

Seine Hände wanderten über meinen Rücken hinunter zu

meinem Po und packten ihn mit kräftigen Fingern. Er drückte mich an seine Erektion unter dem Stoff seiner Hose. Die Luft um uns herum summte vor Wut und Frustration und Finsternis. Wir waren beide ausgehungert.

Er löste seinen Mund von meinem, drückte mir einen Daumen auf die Lippen und öffnete sie auf kraftvolle, erotische Weise.

»Na, na, Sweven, nicht so aufgeregt. Mir war klar, dass ich dich wecken muss, um in dir zu sein, und es ist von vorrangiger Bedeutung für mich, dich zu berühren, bevor ich in ein Flugzeug nach England steige.«

»Wann fliegst du?« Meine Zunge umkreiste seinen Daumen. Er öffnete den Mund, sein Adonisgesicht nahm einen leicht betrunkenen Ausdruck an.

Ich knöpfte ihm die Hose auf. Mein Körper wurde heiß wie ein unter Strom stehender Draht.

»Morgen.«

»Warum?«

»Geschäfte.« Er senkte den Mund auf meine Brüste und nahm eine Brustwarze zwischen die Lippen. Lächelnd blickte er zu mir auf, dann verschwand die Knospe in seinem Mund, als er daran saugte.

»Und wenn wir das Zeitfenster für meinen Eisprung verpassen?« Ich ließ den Kopf zurückfallen, ein leises Stöhnen entrang sich meinem Mund. Ich schob ihm die Finger ins Haar, denn auch diesmal war ich überwältigt von der intensiven Lust, die es mir bereitete, in seinen Armen zu liegen.

Devons Mundwinkel zuckten. »Dann steht zu befürchten, dass wir einen weiteren Monat miteinander schlafen müssen. Denk dran, du hast nur fünf Monate, bis ich deinen hübschen Hintern absserviere.«

Sein Schwanz sprang aus der Hose, als seine Fingerknöchel

meine Mitte streiften. Ich wusste, dass er es mir nicht mit den Fingern besorgen würde. Das war nicht Devons Stil. Die Art, wie er fickte, hatte etwas unerhört Korrektes. Wenn er mich nahm, fühlte es sich gleichzeitig sauber und schmutzig an. Genau deshalb war ich anfangs – im Bett – wie besessen von ihm. Mein Körper zitterte vor Vorfreude wie Jahre zuvor, als er mich in Cillian Fitzpatricks Hütte an die Wand gedrückt und mit der Behauptung herausgefordert hatte, er würde es schaffen, mich fünfmal in einer Nacht kommen zu lassen. Er hatte sein Versprechen gehalten. Mehr als das.

Devon schloss die Faust um seinen dicken, geschwollenen Schwanz, fuhr damit über meine Mitte und klopfte sanft auf meine Klitoris. Wir sahen dabei aufmerksam zu, unser heißer Atem vermischte sich.

Er drang mit der Spitze in mich ein und stellte fest, dass ich klitschnass war. Sein Blick wanderte an mir empor. Wir lächelten einander an. Ich nickte, gab ihm die Erlaubnis.

Er schob seinen Schwanz in mich hinein, umfasste die Rückseite meiner Schenkel, drückte mich an die Wand und begann, mich zu ficken. Die kalte Fläche hinter mir drückte sich zwischen den Schulterblättern an meinen Rücken.

Aber es war mir egal.

Mir war egal, dass Devon noch vollständig bekleidet war.

Mir war egal, dass es mitten in der Nacht war und ich laut genug stöhnte, um Leute in Wisconsin aus dem Schlaf zu reißen.

Es. War. Mir. Egal. Mich kümmerte nichts mehr außer dem Moment, den wir miteinander teilten.

Die intensive Lust, ihn in mir zu spüren, bereitete mir Freude, aber was mich geradezu rasend machte, war die Möglichkeit, ein neues Leben zu erschaffen.

Wir kamen beide gleichzeitig; Wellen der Lust rasten durch

meinen Körper. Es war anders als früher. Der Orgasmus war großartig, aber als er in mir kam und ich spürte, wie sich die heiße, klebrige Flüssigkeit in mir ausbreitete, sahen wir einander in die Augen, bebten einer in den Armen des anderen und lächelten uns an. Die Tatsache, dass er dermaßen präsent war, berauschte mich.

Vorsichtig ließ er mich auf die Füße hinab und trat einen Schritt zurück. Bei einem meiner Streifzüge im Internet hatte ich gelesen, dass man sich aufs Bett legen und die Beine in die Luft strecken sollte, um die Chancen auf Empfängnis zu erhöhen. Plötzlich hatte ich es eilig, genau das zu tun.

»Also.« Ich schwenkte die Hüften, als ich einen Morgenmantel von einem Kleiderbügel nahm und mich darin einhüllte. Ich fühlte mich weniger würdevoll, als ich aussah, denn mir liefen Spuren seines Spermas an der Innenseite der Oberschenkel hinab. »Danke für deine Dienste. Ich wäre dir sehr verbunden, wenn du jetzt freundlicherweise aus meiner verdammten Wohnung verschwinden könntest.«

Erneut benutzte ich den falschen britischen Akzent, der hoffentlich eine Abneigung gegen mich wecken würde.

Seine Hose hing ihm in den Knien. Er zog sie hoch, steckte das Hemd hinein und richtete sich in aller Ruhe wieder her.

»Wie ich bereits sagte, werde ich den Rest der Woche in England verbringen …«, setzte er an, aber jetzt war ich es, die ihn überrumpelte.

»Hey, Bro, vor nächstem Monat werde ich dich nicht brauchen, wenn überhaupt. Teil deinen Zeitplan mit jemandem, der sich dafür interessiert.«

Ich schob ihn auf die Wohnungstür zu. Normalerweise war es gar nicht so einfach, einen großen, muskulösen Mann von der Stelle zu bewegen. Aber da Devon noch mit seiner Hose beschäftigt war, verlor er das Gleichgewicht und taumelte ein kleines Stück zurück.

»Du bist so kultiviert wie eine streunende Katze«, sagte er, wirkte aber überaus zufrieden.

»Ich bin nicht diejenige, die einen Menschen im Halbschlaf unter die kalte Dusche gesteckt hat.« Erneut schubste ich ihn.

Er tat so, als wollte er mir in die Hand beißen, und ich schob ihn weiter. »Ich bereue nichts, Sweven. War mir ein Vergnügen, dich zu ficken.«

»Und eine einmalige Angelegenheit war es außerdem«, rief ich ihm in Erinnerung, während ich die Tür in seinem Rücken öffnete und ihm den finalen Stoß versetzte. »Versuch bloß nicht, Träume wahr werden zu lassen. Solche Leute sind wir nicht.«

Draußen, im Flur des Gebäudes, lachte er schnaubend und schloss die Schnalle seines Gürtels. Er bedachte mich mit dem verheerendsten Grinsen, das ich je gesehen hatte. Ich musste mir ins Gedächtnis rufen, dass er nur ein Flirt und außerdem ein Lebemann war. Ein Mann, der trotz seines schönen Gesichts in Sachen Frauen ein hässliches Vorstrafenregister aufwies.

»Du hast gar keine Ahnung, was für ein Mensch ich bin, Sweven. Aber du wirst es bald herausfinden.«

6. KAPITEL

Devon

Die schlechte Nachricht war, dass ich versehentlich rechtzeitig zur Beerdigung meines Vaters gekommen war.

Die gute bestand darin, dass ich mich so sehr über das Wiedersehen mit Mum und Cece freute, dass nicht einmal die Tatsache, dass ich meinem Vater die Ehre erwies, meiner guten Laune einen Dämpfer versetzen konnte.

Ursprünglich hatte ich geplant, am Tag nach der Beerdigung einzutreffen. Sie mussten sie um einen Tag vorverlegt haben, da sie sich auf diese Art keine Gedanken um meinen Zeitplan machen mussten. Ich tauchte erst zum letzten Akt auf, als der Sarg in die Erde gelassen wurde.

Mein Vater wurde hinter Whitehall Court Castle neben einer aufgegebenen Kirche beerdigt, wo auch meine Vorfahren bestattet waren – und wo vermutlich auch ich irgendwann meine ewige Ruhe finden würde.

Das Haus meiner Kindheit war eine gewaltige Burg. Mit Türmchen im Stil des Mittelalters, einer neugotischen Architektur, Granit und Marmor und mit einer gottlosen Anzahl an Bogenfenstern. Die Burg war umgeben von einem hufeisenförmigen Garten an der Vorderseite und der entweihten alten Kirche an der Hinterseite. Es gab zwei Scheunen, vier Cottages für die Bediensteten und einen gepflegten Fußweg, der zu einem wilden Wald führte.

An klaren Tagen konnte man vom Dach des Schlosses die französische Küste sehen. Erinnerungen an mein jüngeres, schlankes und gebräuntes Selbst, das die Sonne herausfordert, mich bei lebendigem Leib zu verbrennen und mich mit dem Stein verschmelzen zu lassen, auf dem ich lag, rasten mir durch den Kopf.

Mit großen Schritten näherte ich mich der Traube von schwarz gekleideten Menschen und hakte im Geist die Anwesenheitsliste ab.

Mum war da, würdevoll und elegant wie immer. Sie tupfte sich mit einem zusammengeknüllten Papiertaschentuch die Nase.

Meine Schwester Cecilia war mit ihrem Mann Drew Hasting gekommen, dem ich mehrmals begegnet war, als sie mich in den Staaten besuchten. Obwohl ich die Hochzeit in Kent geschwänzt hatte, ließ ich es mir nicht nehmen, dem Paar eine hübsche Einzimmerwohnung in Manhattan zu schenken, damit es mich regelmäßig besuchen konnte.

Cecilia und Drew waren beide rundlich und hochgewachsen. Für fremde Augen sahen sie vermutlich aus wie Zwillinge. Sie standen Schulter an Schulter, ohne einander zur Kenntnis zu nehmen. Obwohl ich mir meiner Schwester zuliebe große Mühe gegeben hatte, Hasting zu mögen, konnte ich unmöglich darüber hinwegsehen, wie erschreckend unscheinbar sein ganzes Wesen war.

Obwohl er einen guten Stammbaum hatte und aus einer gut vernetzten Familie kam, war er in den Herrenclubs in ganz England als langweiliger, geistig unterbelichteter Mensch bekannt, der einen Job nicht mal behalten konnte, wenn der ihm nachgelaufen kam.

Byron und Benedict standen am anderen Ende der Menschenmenge. Sie waren beide Mitte vierzig und wirkten aufgedunsen und faltig. Es war, als hätten sie die Zeit seit meiner Abreise in die Staaten damit verbracht, sich rauchend und trinkend in ihren gegenwärtigen Zustand zu versetzen.

Und dann war da noch Louisa Butchart.

Mit neununddreißig hatte Louisa es geschafft, angenehm fürs Auge zu sein. Ihre Haare waren so dunkel wie meine Seele, kurz und glänzend, ihre Lippen leuchteten scharlachrot, und sie hatte einen zarten, anmutigen Körperbau. Ihre schlanke Figur steckte in einem zweireihigen schwarzen Mantel.

Eine Frau, die jeder achtbare Mann in meiner gesellschaftlichen Stellung und mit meinem Titel gern im Arm halten würde.

Ich musste zugeben, dass Louisa einen Mann wie mich eines Tages mit Sicherheit sehr glücklich machen würde, wäre da nicht die Tatsache, dass ich sie rein aus Prinzip zurückweisen musste.

Ich steckte mir eine Selbstgedrehte in den Mundwinkel und zündete sie an, während ich auf das gähnende Loch in dem üppigen grünen Gras zusteuerte. Als ich mit der Brust leicht gegen Cecilias Rücken stieß, blieb ich stehen. Ich beugte mich vor und flüsterte ihr ins Ohr: »Hallo, Schwesterchen.«

Cecilia drehte sich zu mir um, ihre blauen Augen schimmerten erschrocken. Ich hielt den Blick auf den Sarg gerichtet, während ein Haufen Erde nach dem anderen darauf landete und ihn allmählich unseren Blicken entzog. Für einen Moment war ich mir überdeutlich der Tatsache bewusst, dass die Aufmerksamkeit der Trauergäste sich von dem Sarg auf mich verlagert hatte. Ich konnte es ihnen nicht verübeln. Wahrscheinlich hielten sie mich für ein Hologramm.

»Devvie!« Cecilia schlang mir die Arme um die Schultern und vergrub das Gesicht an meinem Nacken. »Du hast uns so gefehlt! Mummy hat gesagt, du kommst erst morgen.«

Ich schloss sie in die Arme und gab ihr einen Kuss auf den Scheitel. »Mein liebes Mädchen, ich werde immer für dich da sein.«

Selbst wenn ich dafür dem Wichser die Ehre erweisen muss, der mir das Leben geschenkt hat.

»Um Himmels willen! Beinahe hätte ich einen Herzinfarkt bekommen!«, rief meine Mutter. Sie humpelte auf mich zu, ihre Absätze sanken in den schlammigen Grund. Die Luft roch nach englischem Regen. Nach Zuhause. Ich nahm sie in die Arme, drückte sie und gab ihr einen Kuss auf die Wange.

»Mummy.«

Die Trauergemeinde begann, sich um uns zu scharen und uns neugierig zu mustern. Ich war auf eine kleinliche Art zufrieden, weil ich wusste, dass ich Edwin mal wieder die Show gestohlen hatte, sogar bei seiner letzten Reise.

Mum zog den Kopf zurück und legte ihre eisigen Hände an meine Wangen, während in ihren Augen Tränen glitzerten. »Du bist so attraktiv. So ... so groß! Wenn ich dich ein paar Monate nicht gesehen habe, vergesse ich immer, wie dein Gesicht aussieht.«

Unwillkürlich entfuhr mir ein Laut zwischen Knurren und Lachen.

Ich war dermaßen fest entschlossen gewesen, zu Lebzeiten meines Vaters nicht mehr nach England zurückzukehren, dass ich beinahe vergessen hatte, wie sehr ich Mutter und Cecilia vermisste.

»Hast du es also geschafft, hm? Gut für dich, Kumpel.« Drew klopfte mir auf den Rücken.

Während ich noch meine Mutter umarmte, spürte ich, wie mir jemand zögerlich eine Hand auf den Arm legte. Als ich den Kopf drehte, erblickte ich Cecilia, die schüchtern lächelte. Ihre Haut war rosig und so zart wie das Glas einer Glühlampe.

»Du hast mir gefehlt, Bruder«, sagte sie leise.

»Cece«, knurrte ich, denn was ich empfand, war beinahe Schmerz. Ich löste mich aus der Umarmung meiner Mutter und drückte meine Schwester an mich. Ihre blonden Locken kitzelten mich an der Nase. Überrascht stellte ich fest, dass sie immer noch nach grünen Äpfeln, Winter und Wald roch. Nach einer Kindheit mit zu vielen Regeln und zu wenig Lachen.

Reue drohte mich zu zerreißen.

Im Grunde hatte ich meine kleine Schwester im Stich gelassen, hatte zugelassen, dass sie sich als Teenager allein durchschlagen musste.

Mum hatte recht. Die Rückkehr nach England ließ tatsächlich alte Erinnerungen und ungelöste Probleme wiederauftauchen.

»Bleibst du eine Weile hier?«, fragte Cece mit flehender Stimme.

»Für ein paar Tage.« Ich streichelte ihr übers Haar, und über ihren Kopf hinweg nahm ich Augenkontakt mit Drew auf, der von einem Fuß auf den anderen trat und alles andere als glücklich schien, einen weiteren Mann im Haus zu haben. »Mindestens«, fügte ich vielsagend hinzu.

Cece erschauerte in meinen Armen, und auf einmal war ich wütend auf mich selbst, weil ich mich nicht stärker an ihrem Leben beteiligte. Als Heranwachsende hatte sie mich gebraucht, und ich war immer für sie da gewesen. Dennoch hatte der Hass auf meinen Vater dazu geführt, dass ich ihre Hochzeit drei Jahre zuvor verpasst hatte.

»Bist du glücklich mit ihm?«, flüsterte ich in ihr Haar, sodass nur sie mich hören konnte.

»Ich …«, setzte sie an.

»Sieh mal einer an«, ertönte Benedicts Stimme, Byron im Schlepptau. Er drückte meine Schulter. »Ich hätte gedacht, eher können Schweine fliegen, als dass Devon Whitehall noch einmal britischen Boden betritt.«

Ich löste mich von Cecilia und schüttelte ihm und seinem Bruder die Hand.

»Tut mir leid, aber die einzigen Schweine, die ich kenne, befinden sich hier auf der Erde, und sie sehen aus, als sollten sie dringend einen Ausflug in eine Entzugsklinik machen.«

Benedicts Lächeln erstarb. »Sehr lustig.« Er biss die Zähne zusammen. »Ich habe Probleme mit der Schilddrüse, nur zu deiner Information.«

»Und du, Byron?«, fragte ich, an seinen Bruder gewandt. »Welche Probleme hindern dich daran, wie ein nüchternes, funktionierendes Mitglied der Gesellschaft auszusehen?«

»Nicht jeder ist so eitel, dass er übertriebenen Wert auf seine Erscheinung legt. Wie ich höre, hast du es inzwischen aus eigener Kraft zum Millionär geschafft.« Byron strich sich den Anzug glatt.

Ich drückte meine Zigarette aus und warf den Stummel in Richtung Grab. »Ich komme zurecht.«

»Es ist harte Arbeit, für seine Leistungen bekannt zu sein. Da bin ich lieber für meinen Nachnamen und mein Erbe bekannt.« Benedict gackerte. »Wie dem auch sei, schön, dass du wieder bei uns bist.«

Die Sache war die: Ich war nicht zurückgekommen, sondern nur auf Besuch. Ein Zuschauer in einem Leben, das nicht mehr meins war.

Ich hatte mir anderswo ein Leben aufgebaut. Ich war der Familie Fitzpatrick verbunden, die mich unter ihre Fittiche genommen hatte. Mit meiner Anwaltskanzlei, dem Fechten und den Frauen, die ich umwarb. Mit einer neuen Wendung in meiner Geschichte, Emmabelle Penrose, einer Frau, die mehr Dämonen als Kleider im Schrank hatte.

Während mich die Leute von allen Seiten bestürmten und etwas über mein Leben in Amerika hören wollten, über meine Freunde, Geschäftspartner, Mandanten und Eroberungen, fiel mir auf, dass sich eine Person von mir fernhielt und auf der anderen Seite des mit Erde gefüllten, flachen Grabes blieb.

Louisa Butchart beobachtete mich aus sicherer Entfernung unter ihren Wimpern hervor. Sie hatte die Lippen leicht gespitzt und den Rücken durchgedrückt, als wollte sie mit ihren neuen Vorzügen protzen.

»Jetzt komm.« Mutter hakte mich unter und zog mich in Richtung des weitläufigen Herrenhauses. »Du wirst noch sehr viel Zeit haben, dich mit Lou zu unterhalten. Ich kann es kaum erwarten, mit dir vor der gesamten Dienerschaft anzugeben.«

Aber es gab nichts zu diskutieren.

Louisa Butchart stand eine Entschuldigung von mir zu.

Und mehr nicht.

Eine Stunde später saß ich an einem großen Tisch in einem der beiden Speisezimmer von Whitehall Court Castle. Ich befand mich am Kopfende, umgeben von meiner Familie und von Freunden aus Kindertagen.

Mich erstaunte, dass sich in den Jahren, in denen ich fort gewesen war, nichts in diesem Haus geändert hatte. Bis zu dem karierten Teppich, den Möbeln aus geschnitztem Holz, den Armleuchtern und der Blumentapete. Die Wände waren durchtränkt von Erinnerungen.

Iss dein Gemüse oder ende im Aufzug.

Aber, Papa ...

Von wegen Papa. Meine Söhne werden nicht zu weichlichen, dicklichen Männern heranwachsen wie Butcharts Kinder. Iss dein Gemüse auf, oder du verbringst die Nacht in der Kiste.

Aber dann muss ich brechen!

*Auch gut. Dich zu übergeben würde deiner korpulenten Figur
nur guttun.*

Als ich mich umsah, empfand ich unwillkürlich Mitleid mit
Cece und Mutter – mehr noch als mit mir selbst. Ich war wenigstens losgezogen und hatte mir ein anderes Leben erarbei-
tet. Sie hingegen waren geblieben, schwer belastet durch den
gottverdammten Zorn und die unendlichen Forderungen meines Vaters.

»Also, Devon, erzähl uns doch bitte von deinem Leben in
Boston. Ist es dort so schrecklich und grau, wie immer behauptet wird?«, fragte Byron und kaute geräuschvoll auf Shepherd's
Pie und Hackbraten herum. »Ich habe gehört, es unterscheidet
sich kaum von Birmingham.«

»Ich vermute, die Person, die dir das erzählt hat, war auch
noch nie dort«, sagte ich und schluckte einen Bissen über-
backenes Lammhackfleisch hinunter, ohne es zu schmecken.
»Ich genieße die vier Jahreszeiten der Stadt ebenso wie ihre
kulturellen Einrichtungen.« Letzteres war Sams Herrenclub,
in dem ich spielte, focht und mich zu Tode rauchte.

»Und was ist mit den Frauen?«, hakte Benedict nach, der
inzwischen beim fünften Glas Wein angekommen war. »Wie
schneiden sie im Vergleich zu den Engländerinnen ab?«

Über den Tisch hinweg begegnete ich Louisas Blick. Sie
wich mir nicht aus, zeigte aber keinerlei Gefühl.

»Frauen sind Frauen. Sie sind lustig, notwendig und ins-
gesamt eine schlechte Geldanlage«, sagte ich gedehnt. Ich
hoffte, damit rüberzubringen, dass ich immer noch derselbe
nutzlose Kater war, der aus England geflohen war, um einer
Ehe zu entgehen.

Benedict lachte. »Nun, wenn niemand über den riesigen
Elefanten im Raum sprechen will, kann ich es auch selbst tun.

Devon, hast du unserer Schwester nichts zu sagen, nachdem du sie einfach hängen gelassen hast? Vier Jahre lang hat sie auf dich gewartet.«

»Benedict, *es reicht*«, fauchte Louisa und reckte spröde das Kinn. »Wo bleiben deine Manieren?«

»Wo bleiben *seine*?«, fragte er leise. »Wenn Mum und Dad es nicht können, muss ihn jemand von uns zur Rede stellen.«

»Wo sind der Duke of Salisbury und seine Gattin?«, fragte ich, und erst jetzt fiel mir auf, dass sie an der Beerdigung nicht teilgenommen hatten.

Eine Sekunde lang herrschte Schweigen, dann räusperte sich meine Mutter und sagte: »Sie sind leider von uns gegangen. Ein Autounfall.«

Herrgott noch mal. Warum hatte sie mir das nicht erzählt?

»Mein Beileid«, sagte ich und musterte Louisa anstatt ihrer Brüder, die in meinen Augen nicht auf derselben Stufe der Evolution angesiedelt waren wie ich.

»Solche Dinge geschehen.« Byron winkte ab. Er war eindeutig zu begeistert von seinem neuen Status als Duke, um sich Gedanken über den Preis seines Titels zu machen.

Darauf folgte erneut ein Moment der Stille, ehe Benedict erneut das Wort ergriff: »Weißt du, sie hat all ihren Freundinnen erzählt, du würdest zu ihr zurückkommen. Louisa. Das arme Mädchen hat sich überall in London Lokale für die Verlobungsparty angesehen.«

Louisa biss sich auf die Innenseite ihrer Wange, ließ den Wein in ihrem Glas kreisen und blickte hinein, ohne zu trinken. Am liebsten wäre ich mit ihr an einen abgelegenen, nicht öffentlichen Ort verschwunden. Um mich für das Chaos zu entschuldigen, das ich in ihrem Leben angerichtet hatte. Um ihr zu versichern, dass ich mich selbst ebenso verraten hatte wie sie.

»*Oh Gott*, weißt du noch?« Byron stieß ein gackerndes Lachen aus und schlug seinem Bruder auf den Rücken. »Sie hat sogar einen Verlobungsring ausgesucht, alles, was dazugehört. Sie hat unseren Vater bezahlen lassen, weil sie nicht wollte, dass du sie für allzu fordernd hältst. Du hast sie ganz schön verarscht, Kumpel.«

»Das war nicht meine Absicht«, stieß ich mit zusammengebissenen Zähnen hervor und fand weder an dem Essen noch an der Gesellschaft Geschmack. »Wir waren beide noch Kinder.«

»Ich glaube, darüber sollten Devon und Louisa unter vier Augen sprechen.« Meine Mutter tupfte sich die Mundwinkel mit einer Serviette ab, obwohl keine Spur von Speiseresten in ihrem Gesicht zu sehen war. »Es ist unangemessen, dieses Thema in Gesellschaft anzuschneiden, ganz zu schweigen davon, dass es sich um das Dinner anlässlich der Beerdigung meines Gatten handelt.«

»Außerdem gibt es noch eine Menge anderer Gesprächsthemen«, rief Drew, Ceces Ehemann, mit aufgesetzter Begeisterung aus und lächelte mich an. »Devon, was ich dich schon länger einmal fragen wollte – was hältst du vom britischen Hypothekenboom? Das Inflationsrisiko ist recht hoch, meinst du nicht?«

Ich machte den Mund auf, um zu antworten, da mischte sich Byron ins Gespräch ein, indem er sein Glas hob wie ein tyrannischer Herrscher.

»Bitte, niemand hier interessiert sich für den Immobilienmarkt. Du sprichst mit Leuten, die das Wort Hypothek nicht mal buchstabieren können, ganz zu schweigen davon, dass sie jemals eine hätten abzahlen müssen.« Er knallte das Weinglas auf den Tisch, und der karminrote Inhalt ergoss sich über das weiße Tischtuch. »Warum reden wir stattdessen nicht über all die Versprechen, die Devon Whitehall im Lauf der Jahre gebrochen hat? Unserer Schwester gegenüber. Seiner Familie gegenüber. Darüber, wie Lord Handsome schließlich von der Realität eingeholt wurde und dass er nun ein paar größere Zugeständnisse machen muss, wenn er behalten will, was von seinem vorherigen Leben noch übrig ist.«

Louisa stand auf und warf ihre Serviette auf ihren noch gefüllten Teller.

»Bitte entschuldigt mich.« Ihre Stimme zitterte, aber sie bewahrte auf vollendete Weise die Fassung. »Das Essen war vorzüglich, Mrs Whitehall, aber ich fürchte, die Gesellschaft meiner Brüder war es nicht. Ihr Verlust tut mir schrecklich leid.«

Sie drehte sich um und stolzierte davon.

Meine Mutter und ich tauschten Blicke.

Ich wusste, dass ich die Situation in Ordnung bringen musste, obwohl ich sie nicht hervorgerufen hatte.

Aber zuerst musste ich mich um die beiden Clowns kümmern, die meinen Esstisch mit Beschlag belegt hatten.

Ich spießte Benedict und Byron mit einem wütenden Blick auf.

»Obwohl ich Mitgefühl wegen des kürzlichen Verlusts eurer Eltern mit euch habe, ist dies das letzte Mal, dass ihr auf diese Art mit mir sprecht. Ob es euch gefällt oder nicht, ich bin hier der Hausherr. Ich suche mir aus, wen ich bewirte, und vor allem suche ich mir auch aus, wen ich nicht bewirte. Ihr habt die rote Linie überschritten und eure Schwester und meine Mutter aufgeregt. Wenn ihr das noch einmal tut, bekommt ihr eine Kugel in den Hintern. Ich mag ein Lebemann sein und kaum Skrupel haben, aber wie wir alle wissen, bin ich ein verdammt guter Schütze, und eure Ärsche sind ein leichtes Ziel.«

Byrons und Benedicts selbstzufriedenes Grinsen löste sich in Luft auf und wurde durch finstere Blicke ersetzt.

Ich stand auf und stürmte in die Richtung, in die Louisa gegangen war. Hinter meinem Rücken hörte ich, wie die Butchart-Brüder eine halbherzige Entschuldigung für ihr Benehmen herunterleierten und dem Wein die Schuld für ihre schlechten Manieren gaben.

Ich fand Louisa in meinem alten Wintergarten mit den exotischen Pflanzen, großen Fenstern und mintgrün gestrichenem Holz. Ihre Fingerkuppen strichen über eine Kollektion bunter Rosen in einer teuren Vase. Ein Geschenk von einem französischen Viscount, überreicht noch im 19. Jahrhundert.

Anstatt die samtigen Blüten zu berühren, spielte Louisa an den Dornen herum. Voller Ehrfurcht blieb ich auf der Schwelle stehen. Sie erinnerte mich an Emmabelle. Eine Frau, die sich eher vom Schmerz als von dem Vergnügen verzaubern ließ, das ein schönes Objekt ihr bereiten konnte.

Louisa pikste sich in die Kuppe ihres Zeigefingers. Ohne Eile löste sie sie von dem Dorn, saugte das Blut ein und zeigte keinerlei Anzeichen von Schmerz.

Ich schloss die Tür hinter mir. »Louisa.«

Sie blickte nicht auf, ihr Hals war gebeugt wie der eines anmutigen Schwans. »Devon.«

»Ich glaube, eine Entschuldigung ist angebracht.« Ich fuhr mit einem Finger über eine Holzplatte und stellte fest, dass sie mit einer dicken Staubschicht bedeckt war. Herr im Himmel. Normalerweise war alles in Whitehall Court Castle makellos sauber. Hatten meine Mutter und Cece etwa finanzielle Probleme?

»Bei mir oder bei deiner Familie?« Erneut begann Louisa, die Dornen zu liebkosen, und ich ertappte mich dabei, dass ich den Blick nicht von ihr abwenden konnte.

Sie wirkte sehr ruhig. Nahm alles hin, auch nach so vielen Jahren noch.

Ich ging weiter in den Raum hinein, die überwältigende Luftfeuchtigkeit und der schwere, süße Duft der Blüten waren erstickend. »Vermutlich beides.«

»Nun, ich habe dir bereits verziehen. Ich bin nicht der nachtragende Typ. Obwohl ich nicht weiß, ob dasselbe auch für Cece und Ursula gilt.«

»Wir kommen gut miteinander aus«, versetzte ich.

»Das mag sein, aber sie sind sehr einsam und traurig, seit du gegangen bist.«

Der Selbsthass schnürte mir die Kehle zu.

»Was ist mit meiner Schwester und meiner Mutter los?«, fragte ich und nahm vor ihr auf der Armlehne einer grün bezogenen Couch Platz. »Wenn ich sie sehe, wirken sie immer glücklich und scheinen mit ihrem Leben zufrieden.«

Allerdings hatte ich es mir auch zur Gewohnheit gemacht, sie in den besten Apartments unterzubringen, sie in die nobelsten Restaurants auszuführen und ihnen verschwenderische Shoppingtouren zu spendieren, wenn sie zu Besuch kamen.

»Mr Hasting ist absolut pleite. Er hat keinen Cent mehr in der Tasche und leistet keinen Beitrag zu diesem Haushalt, was nun, wo das Geld deines Vaters im Testament zurückgehalten wird, zu einem Problem werden könnte.« Louisa zog ihre schmalen Augenbrauen hoch und streifte mit dem Finger, in den sie sich bereits gestochen hatte, über einen Dorn. »Cece geht es ziemlich schlecht mit ihm, aber sie hält sich für zu alt oder nicht hübsch oder fähig genug, um sich von ihm scheiden zu lassen und sich einen anderen zu suchen. Die Ehe deiner Mum mit Edwin war nicht gerade ideal, und ich vermute, sie fühlt sich sehr einsam, vor allem in den letzten zehn Jahren.«

Ich stand auf, schlenderte auf die Fensterwand zu und stützte mich mit einem Ellbogen dagegen. Eine Schar Enten watschelte über den Rasen. »Bekommt Mum in irgendeiner Form Unterstützung?«

Warum kannte ich die Antwort auf diese Frage nicht selbst?

»In den letzten Jahren hat sie keine Besucher mehr empfangen. Es scheint sinnlos. Ihre jüngere Tochter ist mit einem Dummkopf verheiratet, und ihr älterer Sohn ist der verrufenste Lebemann, den Großbritannien je hervorgebracht hat, sie hat also nie etwas Gutes zu verkünden. Allerdings versuche ich, bei ihr vorbeizuschauen, wann immer ich in Kent bin.«

Nicht einmal bei diesen Worten wirkte Louisa besonders vorwurfsvoll oder feindselig. Sie war das genaue Gegenteil von Emmabelle Penrose: sanft und nachgiebig.

»Cece hat keine Kinder bekommen«, überlegte ich laut.

»Nein.« Louisa blieb vor mir stehen, ihr bescheidenes Dekolleté berührte meine Brust. Ich bemerkte, dass die Haut ihrer Finger von Dornen zerstochen und verletzt war. »Ich bezweifle, dass Hasting an etwas anderem als Spielen und Jagen Geschmack findet. Kinder stehen nicht besonders weit oben auf seiner To-do-Liste.«

Ihr Körper presste sich fester an meinen. Das Spiel zwischen uns hatte sich verändert; Louisa war nicht mehr das schüchterne kleine Mädchen, das mich anbettelte, Krumen meiner Aufmerksamkeit auf ihren Weg zu werfen.

Lauf doch wieder weg, sagte ihr Blick, *wenn du dich traust.*

Kein Teil meines Selbst wollte sich von ihr entfernen. Sie war attraktiv, aufmerksam und interessiert. Aber meine Gedanken kreisten um Sweven. Die Frau, die sich in meine Träume stahl wie ein Dieb und sie mit Verlangen und Bedürfnissen überschwemmte.

»Und was ist mit dir, Lou?« Ich schloss die Finger um ihren Nacken und zog sie sanft ein paar Zentimeter von mir weg. Unter meiner Berührung bekam sie eine Gänsehaut. »Ich habe gehört, dass du deinen Verlobten verloren hast. Das tut mir leid.«

»Ja, nun.« Louisa leckte sich über die Lippen und strich mir mit einem finsteren Lachen den Anzug glatt. »Vermutlich kann man sagen, dass ich mit Männern noch nie besonders viel Glück hatte.«

»Was mit uns passiert ist, hat nichts mit Glück zu tun. Ich war ein selbstsüchtiger Idiot, der vor der Verantwortung davongelaufen ist. Du warst nur ein Kollateralschaden, nicht das eigentliche Ziel.«

»Ich habe nie Groll gegen dich gehegt, weißt du«, sagte sie mit leiser, gefasster Stimme. Das überraschte mich. Wäre ich an ihrer Stelle, wären vermutlich Köpfe gerollt. »Zorn ist ein sinnloses Gefühl. Dabei kommt niemals etwas Gutes heraus.«

»Das ist eine schöne Art, die Dinge zu sehen.« Ich lächelte wehmütig und dachte: *Wenn die Leute ihren Zorn loslassen könnten, stünden wir Anwälte ohne Job da.*

»Jetzt bist du wieder da.« Der Blick ihrer dunklen Augen traf auf meinen, forderte mich erneut heraus.

Ich nahm ihre Hand, die in Herznähe auf meiner Brust lag, und drückte ihre kalten Fingerknöchel an meine warmen Lippen. »Nicht für immer.« Ich schüttelte den Kopf und hielt ihrem Blick stand. »Niemals für immer.«

»Sag niemals nie, Devon.«

Nachdem ich Benedict und Byron, beide betrunken, in ihre Range Rovers gesetzt und die Fahrer angewiesen hatte, nicht anzuhalten, bevor sie auf der anderen Seite der Insel angekommen waren, gab ich Louisa zum Abschied einen Kuss. Ich versprach, sie anzurufen, wenn ich das nächste Mal nach England kam, ein Versprechen, das ich unbedingt halten wollte.

Als unsere Gäste gegangen waren, schlich ich mich in den Garten und rauchte drei Selbstgedrehte nacheinander, während ich nachsah, ob ich Textnachrichten oder Anrufe aus den Staaten erhalten hatte. Vor allem von einer bestimmten, sehr erotischen Frau. Nein, nichts.

Sie ist einfach zu kaputt, verdammt, und bei dir besteht auch nicht die Gefahr, dass dir in nächster Zeit jemand einen Preis für geistige Gesundheit überreicht. Durch die hintere Küche stapfte ich zurück in das weitläufige dunkle Herrenhaus, kam an Drew vorbei, der in einem der Wohnzimmer schnarchend vor dem Fernseher hing, und an Cece, die an dem großen Piano saß und es schweigend betrachtete, ohne zu spielen.

Fick sie, mach ihr ein Kind, und dann vergiss sie.

Elend an allen Fronten, verdammt.

Ich machte mich auf den Weg zu dem Zimmer, das mein Vater als Büro benutzt hatte. Meine Mutter war dort.

Sie schien hinter dem viktorianischen Schreibtisch in ihrer natürlichen Umgebung zu sein und kritzelte etwas auf den Rand einiger Dokumente, während sie Zahlen in den Taschenrechner neben ihr tippte. Ihr Anblick rief mir etwas in Erinnerung, das ich seit Jahren wusste: Hinter den Kulissen des Whitehall-Imperiums war tatsächlich meine Mutter die treibende Kraft. Mein Vater war ein Lebemann mit einem Adelstitel, während Ursula die clevere, tatkräftige Tochter ihres Vaters war. Tony Dodkin war zwar nur ein gewöhnlicher Earl, aber er war ein Mathematikgenie und ein Immobilienmogul, der sich verdammt gut auskannte. Mum ähnelte ihm. Sie war extrem leistungsfähig.

Was die Frage aufwirft, warum sie nicht wusste, dass er mich misshandelte. Aber es würde nicht viel nützen, erneut in dieser alten Wunde zu bohren.

»Devvie, mein Lieber.« Sie stieß einen kleinen Seufzer aus,

legte ihren Füllhalter ab und hob lächelnd den Kopf wie eine Blume, die sich der Sonne entgegenstreckt. »Setz dich zu mir.«

Ich nahm vor dem Schreibtisch Platz und blickte auf das Porträt hinter ihr: Papa und ich als kleiner Junge von vier oder fünf Jahren. Wir sahen beide äußerst unglücklich und deplatziert aus, das Einzige, das uns verband, war unsere DNA, die kantigen nordischen Gesichtszüge und die eisigen Augen.

»Der Wintergarten ist staubig«, sagte ich gedehnt.

»Tatsächlich?« Sie leckte sich über die Fingerkuppe, bevor sie eine Seite des vor ihr liegenden Dokuments umblätterte. »Nun, dann muss ich die Reinigungskräfte anweisen, sich morgen besonders gründlich um den Raum zu kümmern.«

»Hast du finanzielle Probleme?«

Noch immer blickte sie stirnrunzelnd auf die Zahlen, die auf dem Papier standen. »Oh, Devvie. Müssen wir über Geld sprechen? Das ist sehr gewöhnlich. Du bist gerade erst angekommen. Ich möchte, dass wir morgen einen Brunch einnehmen und Versäumtes nachholen. Vielleicht erwischen wir ein Pferderennen.«

»Wir werden all das tun, Mummy. Aber ich muss wissen, ob für euch gesorgt ist.«

»Wir werden überleben.« Sie blickte auf und musterte mich mit einem unsicheren Lächeln.

»Wann genau wird das Testament verlesen? Morgen oder übermorgen?«

»Nun …« Sie schrieb in einem Dokument einen Satz zu Ende und legte den Stift ab. »Ich befürchte, die Testamentsverlesung wird sich beträchtlich verzögern.«

»Beträchtlich?« Ich zog eine Braue hoch. »Warum?«

»Mr Tindall hält sich zurzeit im Ausland auf.«

Harry Tindall war der Anwalt des Vertrauens meines verstorbenen Vaters.

»Und du hast vergessen, mir das zu sagen, bevor ich ins Flugzeug gestiegen bin?«

Sie lächelte gedankenverloren und blickte auf mein Haar, als wollte sie mir mit mütterlicher Hand darüberstreichen. »Nun, man könnte sagen, mir bot sich die Gelegenheit, dich zu sehen, und da ich nur ein Mensch bin, bin ich der Versuchung erlegen. Es tut mir leid.« In ihren Augen glänzten ungeweinte Tränen. »Sehr sogar.«

Das besänftigte meinen Ärger. »Mum, ich bin für dich da.«

Ich griff über den Schreibtisch hinweg nach ihrer Hand. Sie fühlte sich zart und zerbrechlich an.

»Ich werde dir Geld überweisen, damit du die Zeit bis zur Testamentsverlesung überbrücken kannst«, hörte ich mich sagen.

»Nein, Liebling, wir können unmöglich …«

»Natürlich kannst du. Du bist meine Mutter. Das ist das Mindeste, das ich für dich tun kann.«

Für einen Moment sahen wir einander nur an, registrierten jede Falte, jede Unebenheit, die im vergangenen Jahr neu hinzugekommen war.

»Wie ich höre, lässt Drew sehr zu wünschen übrig, was seine Aufgabe betrifft, Cecilia glücklich zu machen.« Ich machte es mir in meinem Sessel bequem und kreuzte auf dem Schreibtisch die Knöchel.

Meine Mutter griff erneut nach ihrem Füllhalter und schrieb etwas auf den Rand der Akte, kaute auf ihrer Unterlippe, wie sie es zu tun pflegte, wenn mein Vater etwas im Schilde führte und sie genau wusste, dass sie es war, die das Chaos hinterher beseitigen würde. »Durchaus.«

»Kann ich irgendetwas tun?«

»Nein, du kannst nichts tun, eigentlich nicht. Damit muss deine Schwester allein zurechtkommen.«

»Cece ist es nicht gewöhnt, sich um solche Dinge zu kümmern.« Die Untertreibung des *fucking* Jahrhunderts. Als wir noch Kinder waren, geriet ich fast täglich in Teufels Küche, nur um meiner Schwester den Arsch zu retten.

Mum zupfte sanft an ihrer Unterlippe und ließ sich meine Worte durch den Kopf gehen. »Trotzdem, es ist an der Zeit, dass sie lernt, für sich selbst einzustehen. Das Einzige, das du jetzt für uns tun kannst, ist, uns skandalöse Schlagzeilen zu ersparen. Die können wir weiß Gott nicht gebrauchen.«

In diesem Augenblick wirkte meine Mutter derart gebrochen, so müde und ausgehöhlt von den Tragödien, die das Leben ihr zugemutet hatte, dass ich es nicht über mich brachte, sie völlig zu zermalmen. Nicht wenn nur noch so wenig Hoffnung für sie übrig war.

Das war der Grund, warum ich ihr nicht sagen konnte, dass ich vorhatte, unehelich eine leicht überdrehte Nachtclubbesitzerin zu schwängern, die im Übrigen nackt auf sämtlichen Reklametafeln an der Ostküste zu sehen war.

Aber bislang war Belle noch nicht schwanger. Welchen Sinn hatte es also, meiner Mutter davon zu erzählen? Dieses Thema konnte ich auch in drei, vier oder fünf Monaten noch aufgreifen, wenn sich der Staub auf dem Grab meines Vaters gelegt hatte.

Kein Grund, meine Mutter mit weiteren schlechten Nachrichten zu belasten.

»Keine skandalösen Schlagzeilen …« Ich erwiderte ihr Lächeln. »Versprochen.«

7. KAPITEL

Devon

Devon: Immer noch Eisprung?

Belle: Nach sechs Tagen? Sehe ich aus wie eine afrikanische Treiberameise?

Laut Google produzierte die durchschnittliche afrikanische Treiberameise jeden Monat drei bis vier Millionen Eier und galt als das fruchtbarste Tier auf dem Planeten Erde.

Devon: Aus dieser Perspektive nicht. Geh auf die Knie, heb den Hintern in die Luft und halt einen Krümel Brot in der Hand, damit ich mich vergewissern kann.

Belle: Warum fragst du eigentlich?

Devon: Ein weiterer Versuch heute Abend, schwanger zu werden, könnte nicht schaden, stimmt's?

Belle: Im Prinzip nicht, aber die Chance ist gering.

Devon: Gering, aber vorhanden.

Belle: Wartest du auf eine Einladung?

Devon: Von dir, du ungezogenes Aas? Nein. Ich bin schon unterwegs.

Belle: Das hier hört auf, sobald ich schwanger bin.

Devon: Klar.

Belle: Ich meine es ernst. Ich fühle mich jetzt schon von deiner Anwesenheit in meinem Leben belästigt.

Devon: Ist vermutlich sinnlos, dich zu fragen, woher dein Männerhass rührt, oder?

Belle: Ja, um die Frage kurz und ehrlich zu beantworten.

Devon: Verstehe. Sobald du ein Kind erwartest, bin ich weg.

Belle: EIN KIND ERWARTEN.

Belle: Du machst mich ganz verlegen.

Belle: Ich warte im *Madame Mayhem* auf dich.

Devon: Ich springe kurz rein. Zieh schon mal dein Höschen aus.

Ich machte mir nicht mal die Mühe zu duschen, nachdem ich auf dem Boston Logan International Airport gelandet war.

Ich fuhr im Taxi direkt zum *Madame Mayhem* und verließ mich auf meine guten Freunde namens Kaugummi und Deo.

Auf der langen Reise von England nach Amerika hatte ich an nichts anderes denken können als daran, mich in diese sinnliche, hitzköpfige Frau zu vergraben. Ich wusste nicht genau, was mich an Emmabelle derart faszinierte, aber wenn ich wild drauflos raten sollte, würde ich sagen, es lag an der Tatsache, dass sie wirklich und wahrhaftig unabhängig war. Im Gegensatz zu ihrer Schwester und ihren Freundinnen verließ sie sich nicht auf einen reichen Mann, und im Gegensatz zu mir schien sie völlig unbeeindruckt, wenn sie der einzige Single im Raum war, sogar, wenn es peinlich wurde.

Sie war geradeheraus, unerschütterlich und selbstbewusst.

Und sie war eine Klassefrau.

Im Taxi auf dem Weg zu Belle überwies ich meiner Mutter eine hübsche Summe Geld. Als ich das Handy gerade wieder in die Tasche stecken wollte, tauchte auf dem Display eine Nachricht auf:

Unbekannte Rufnummer: Bist du noch zu Hause? Lou. X

Louisa und ich hatten unsere Telefonnummern ausgetauscht, ehe sie Whitehall Court Castle nach der Beerdigung meines Vaters verließ. Da ich meinen Fehler nicht wiederholen und sie ein zweites Mal ghosten wollte, fügte ich sie zu meinen Kontakten hinzu und antwortete ihr.

Devon: Bin in Boston, aber ich komme zur Testamentsverlesung wieder nach Großbritannien. Lunch?
Louisa: Und Drinks.
Devon: Dazu sage ich niemals Nein.
Louisa: Gut. Dann mache ich auf jeden Fall diesen Rémy Martin Cognac auf.

Beim *Madame Mayhem* angekommen ignorierte ich die dreihundert Meter lange Warteschlange, knallte dem Türsteher ein paar Hunderter vor die Brust und schlenderte in den Laden, wobei ich eine lange Reihe verdrossener Menschen hinter mir ließ.

Ich sah, dass Belle erneut hinter der Theke stand, Bier servierte und sich das blonde Haar über die Schulter warf. Sie trug ein cremefarbenes Top, das wie ein zerrissenes Mieder aussah, und eine kirschrote Lederhose, die ich bald mit meinen Zähnen zerstören würde.

Das war's wohl mit meinem Versprechen, keine Skandale zu provozieren. Es war gut, solange es dauerte … also maximal ein paar Tage.

Ohne sie aus den Augen zu lassen, machte ich mich auf den Weg durch den Club und schob mich an Leuten vorbei, die tanzten und sich betrunken gegenseitig ins Ohr lachten.

Belle war derart von der Bedienung ihrer Gäste in Anspruch genommen, dass sie mich nicht einmal ansah, als sie fragte: »Was kann ich dir bringen, Schätzchen?«

Schätzchen.

Diese Frau war eine nationale Peinlichkeit. Was um alles in der Welt trieb mich dazu, ihr ein Kind zu machen?

»Bück dich, geh auf alle viere, trag nichts außer einer sinnlichen Miene und fleh mich an, dich zu ficken.«

Ihr Kopf fuhr herum, und ein schockierter Ausdruck huschte über ihr schönes Gesicht. Ihr wütender Blick verwandelte sich in ein amüsiertes Lächeln.

»Ich habe hier noch zwanzig Minuten«, sagte sie, während sich ihre Hände hinter der Theke zu schaffen machten. Im Gegensatz zu Louisa schien sie es nicht besonders eilig zu haben, mich zu bewirten.

»Nein, hast du nicht. In höchstens zehn Minuten erwartest du mich in deinem Büro, splitternackt und in der Stellung, in der ich dich haben will.«

»*Sonst?*« Sie schnaubte und richtete drohend den Hebel für die Diätcola auf mich.

»Sonst …« Ich griff über die Theke nach dem Hebel und zielte damit auf ihren Ausschnitt, direkt zwischen ihre Brüste. Dann senkte ich die Stimme um eine Oktave und ließ meinen Mund nah an ihrer Ohrmuschel schweben. »… sorge ich dafür, dass du die Nacht mit deinem guten Freund, dem Vibrator, verbringst.«

»Der macht wenigstens keine leeren Versprechungen«, flüsterte sie zurück.

Ich drückte auf den Knopf und ließ Diätcola zwischen ihre Brüste plätschern. Blasen quollen aus ihrem Push-up-BH. Sie schrie auf und stieß mich weg.

»Was fällt dir ein, du Arschloch?«

»Im Gegensatz zu den anderen armen Schweinen, die du dir als Liebhaber nimmst, bin ich dir gewachsen«, sagte ich völlig trocken.

»Deine Vorstellung von Selbstbehauptung besteht also darin, mir zur Strafe Sex vorzuenthalten?« Sie lachte empört und bückte sich, um nach einem Tuch zu greifen und sich die Brust abzutrocknen. »Ich glaub, du bist auf Droge, Bro. An Sex komme ich überall und wann immer ich will.«

»Da hast du völlig recht. Aber dir geht es nicht um Sex, Sweven. Du willst ein Kind, und ich weiß, dass ich der Einzige bin, der dafür infrage kommt.« Ich trat einen Schritt zurück und blickte auf meine Uhr. »Ich habe eine Telefonschalte mit Tokio. Wir sehen uns in zehn Minuten.«

»Für diese Nummer wirst du bezahlen«, drohte sie und schlug mit dem Tuch auf die Theke.

Sie stieß noch weitere Drohungen aus, aber ich war bereits weg und nahm den Anruf an, den Joanne auf mein Handy weitergeleitet hatte.

Das Gespräch dauerte nur vier Minuten. Während Emmabelle ihre Sachen packte, schrieb ich eine E-Mail an den Anwalt meines verstorbenen Vaters, Mr Tindall, um mich zu erkundigen, wann die Testamentsverlesung stattfinden würde. Besorgnis nagte an mir. Mum und Cece steckten in Schwierigkeiten.

Ich ließ Emmabelle absichtlich acht weitere Minuten warten, ehe ich die Tür zu ihrem Büro aufstieß. Sie erwartete mich auf ihrem Schreibtisch, der mit Papieren und Umschlägen übersät war und auf dem ein Laptop stand, genau, wie ich es von ihr verlangt hatte: nackt und auf allen vieren. Sie blickte zur Wand, und die blonden Haare fielen ihr in dichten Strähnen über den Rücken.

Beim Geräusch der Tür fuhr ihr Kopf herum.

Ich schnalzte missbilligend mit der Zunge. »Hintern hoch und Augen zur Wand.«

»Ich hab zwar schon besseren Dirtytalk von meinen Zierpflanzen zu Hause gehört, aber ich amüsiere mich zu gut, um dich rauszuwerfen.« Sie drehte sich wieder zur Wand.

Ich schloss die Tür ab und begab mich in aller Seelenruhe weiter in den Raum hinein. Ihr Hintern ragte hoch in die Luft, ihre rosa Mitte glänzte bereits. Sie war bereit für mich, und ich würde mir alle Zeit der Welt lassen, um sie zu genießen.

Vor ihr blieb ich stehen und bewunderte schweigend ihre perfekten Rundungen. Emmabelle Penrose war derart exquisit, dass sie keinen Tag in ihrem Leben arbeiten müsste, wenn sie wollte. Sie könnte in eine reiche Familie einheiraten. Aber sie tat es nicht.

»Immer noch da?« Sie stöhnte. Insgeheim amüsierte ich mich über ihre schlechte Grammatik, obwohl mir exakt diese Eigenschaft bei jedem anderen auf die Nerven ging.

»Geduld, Geduld.« Ich fuhr ihr mit den Fingerknöcheln seitlich über den Po. Die Berührung war derart kurz und flüchtig, dass sich die Haut ihres Körpers leicht rötete und sie den Rücken wölbte, als hätte ich meinen Schwanz in sie hineingeschoben.

»Hör auf, mich anzutörnen«, stöhnte sie. »Mach mir endlich ein Kind.«

»Mit Vergnügen.« Ich biss ihr sanft in eine Pobacke, und meine Zähne versanken in ihrem Hinterteil wie in einem saftigen Pfirsich.

Von hinten zog ich mit den Daumen ihre Lippen auseinander und leckte sie, benutzte meine Zungenspitze, um sie verrückt zu machen.

»Aaahh«, brachte sie langsam heraus und ließ den Kopf sinken, als ihre Arme zu zittern begannen.

Ich legte ihr eine Hand auf den unteren Rücken, um ihren Oberkörper hinunterzudrücken, und zog sie noch weiter auseinander, leckte sie mit langen, festen Zungenschlägen. Ich nahm ihre Süße in mich auf, sah, wie sie den Kopf hin- und herwarf und die kleinen Seufzer der Lust unterdrückte, nur um mich zu ärgern. Ihre Knie zitterten. Sie war flüssiges Feuer, jeder Zentimeter ihres Körpers glühte vor Erregung.

»Oh … Mist … fuck … *fuck*«, murmelte sie. Die zukünftige Mutter meines Kindes, Ladies and Gentlemen.

»Gnädige Frau«, sagte ich mit sarkastischem Unterton, schloss die Finger fester um ihren Po und leckte sie noch leidenschaftlicher. Sie kam so heftig, dass sie mit dem Bauch auf dem Schreibtisch landete.

»Verdammt.« Sie presste ihre verschwitzte Stirn auf die Tischplatte. »Das ist mir noch nie passiert. Das war schnell.«

»Besser du als ich.« Ich gab ihr einen gönnerhaften Klaps auf den Po.

»Meine Fresse, Bro. Hast du einen Trick angewendet? Das war echt intensiv.«

Anstatt auf ihre Bemerkung zu antworten, drehte ich sie auf den Rücken, umfasste sie in den Kniekehlen und zog sie über den Schreibtisch, bis ihr Hintern auf dem Rand lag. Dann schlang ich mir ihre nackten Beine um die Taille.

Sie öffnete meine Gürtelschnalle. Die Begeisterung, mit der sie dabei vorging, verriet mir, dass sie mehr als froh über meine Rückkehr auf amerikanischen Boden war.

»Wirst du jemals ganz nackt sein, wenn wir miteinander schlafen?«, neckte sie mich, während sie mit der Zunge Muster auf meinen Hals malte.

»Du bist doch diejenige, die es gern unverbindlich halten möchte.« Mein gelangweilter Tonfall passte nicht zu der monströsen Erektion, die die Frau vor mir soeben aus meiner Hose befreit hatte. Und auch nicht zu der heftigen sexuellen Erregung, die mich durchströmte.

»Hast ja recht«, sagte sie und lachte.

Ich quälte sie noch ein paar Minuten, ehe ich ins Ziel preschte.

Sie sagte »Oooh!« und »Aaah!«.

Unser Zusammensein fühlte sich besser an als beim letzten Mal und all die Male davor. Das war das Problem mit Emmabelle Penrose. Sie schmeckte einfach sündhaft gut, und ich war weithin dafür bekannt, dass ich niemals Nein sagte, wenn die Versuchung an meine Tür klopfte.

Sie kam noch einmal, bevor ich mich endlich in sie ergoss. Ich ließ mich auf sie sinken, erschöpft vom Jetlag, der mich auf einmal einholte.

»Bro«, sagte Belle, nachdem ich einige Sekunden keuchend auf ihr gelegen hatte. »Du bist schwer. Geh runter von mir.«

Ich löste mich von ihr und setzte mich auf den Stuhl vor ihrem Schreibtisch. Diesmal weigerte ich mich, das Zimmer zu verlassen wie ein gewöhnlicher Callboy. Ich musste mir diesem Wildfang gegenüber irgendwie Autorität verschaffen.

Ich legte demonstrativ die Beine auf ihren chaotischen Schreibtisch, zündete mir eine Selbstgedrehte an und fläzte mich träge in den Sessel.

»Willst du mich gar nicht fragen, wie meine Englandreise verlaufen ist?« Ich blies eine Rauchwolke gen Himmel und sah zu, wie sie sich um sich selbst schlängelte.

Sie hüpfte von dem Tisch herunter und zog sich unter der Lampe an, ohne sich an dem grellen, wenig schmeichelhaften Licht zu stören. »Nein. Ist mir scheißegal, was du mit wem anstellst, wenn ich nicht dabei bin.«

»Mein Vater ist gestorben.« Ich ignorierte ihr vulgäres Verhalten.

Das verschlug ihr die Sprache. Sie presste sich demonstrativ eine Faust auf die Lippen, als wollte sie ihre Worte wieder in ihr Inneres zurückstopfen. »Da bin ich wohl ins Fettnäpfchen getreten. Tut mir wirklich leid, Dev.«

»Mir nicht«, sagte ich gleichmütig. »Aber danke.«

»Wie … äh … wie kommst du damit zurecht?« Sie schob ein Bein in ihre Lederhose.

»Ziemlich gut, wenn man bedenkt, dass ich ihn mit jeder Faser meines Körpers gehasst habe.«

»Ich bin überrascht, dass Cillian und Sam nicht darüber gesprochen haben.« Belle beobachtete aufmerksam, wie ich reagieren würde. Cleveres Mädchen. Wir wussten beide, dass ich mit meinen Kumpels nichts Privates teilte. Vermutlich fragte sie sich, warum ich mich ausgerechnet ihr anvertraute. Zufällig stellte ich mir dieselbe verdammte Frage, denn was mitfühlendes Zuhören betraf, war sie noch eine Spur kälter als die Antarktis.

»Ich sorge dafür, dass mein Privatleben privat bleibt«, sagte ich und stieß Rauchringe aus, durch die ich Pfeile schickte.

»Trotzdem …« Belle hob ihr Haar an, das im Rücken ihres Tops steckte, und kam auf mich zu stolziert, wobei sie mit der Hüfte an den Schreibtisch stieß. »Einen Elternteil zu verlieren ist immer hart. Sogar wenn man sich nicht mit ihm versteht, dann manchmal ganz besonders. Es ruft einem die eigene Sterblichkeit ins Gedächtnis. Das Leben ist eine chaotische Angelegenheit.«

»Genau wie dein Schreibtisch«, versetzte ich, um das Thema zu wechseln. »Warum sieht der eigentlich aus, als wäre eine Filiale von Office Depot darauf explodiert?«

Sie lachte. »Ich bin ein chaotischer Mensch, Devon. Willkommen in meinem Leben.«

»Das stimmt nicht.« Ich stieß mich ab, nahm meine Slipper von ihrem Schreibtisch und wühlte in den zerknitterten, fleckigen Umschlägen herum, die darauf lagen. »Du bist hochgradig berechnend und sehr ehrgeizig. Du bist auf einer fünf Meter hohen Reklametafel zu sehen, wie du in einem riesigen Champagnerglas badest, und du besitzt ein Unternehmen, das du morgen verkaufen und von dessen Erlös du bequem leben könntest. Trotzdem stapeln sich hier Unmengen ungelesener Briefe. Erklär mir die Logik.«

Um meine Worte zu bekräftigen, hob ich ein Bündel von etwa einem Dutzend Umschlägen hoch. Sie schienen allesamt von Hand geschrieben und an sie persönlich gerichtet zu sein. Sweven riss sie mir aus der Hand und ließ sie in den Papierkorb zu unseren Füßen fallen. Ein hexenartiges Grinsen entstellte ihr Gesicht. Ich wusste, dass ich einen wunden Punkt getroffen hatte.

»Warum sollte ich? Es handelt sich nicht um Rechnungen; im Gegensatz zu manchen Dinosauriern, die immer noch Faxgeräte benutzen, bezahle ich meine nämlich online. Und sie kommen auch nicht von Freunden, denn die würden zum Hörer greifen und mich anrufen. Neunundneunzig Prozent dieser Briefe stammten von ultrakonservativen Irren, die mir mitteilen wollen, dass ich in der Hölle schmoren werde, weil ich einen Nachtclub führe. Warum also sollte ich mir die Lektüre dieser Briefe antun?«

»Ist das alles, worum es in diesen Schreiben geht?«, hakte ich nach. »Reine Hassbriefe?«

»Jeder einzelne.« Sie griff nach einem weiteren Bündel und zog ein Blatt aus einem Umschlag. Sie räusperte sich theatralisch, dann las sie vor:

»Liebe Ms Penrose, mein Name ist Howard Garrett, ich bin zweiundsechzig, Mechaniker, und lebe in Telegraph Hill. Ich schreibe Ihnen heute in der Hoffnung, dass Sie Ihre Gewohnheiten ändern und zur Einsicht kommen, denn ich bin der Ansicht, dass Sie allein für die Korrubtionsbereitschaft‹ – er hat

Korruption falsch geschrieben – ›und Verführbarkeit unserer Jugend verantwortlich sind.

Meine Enkelin hat Ihr Etablissement neulich besucht, nachdem sie in einem Stadtmagazin eine Werbeanzeige mit nackten Frauen dafür gesehen hatte. Drei Tage später besuchte sie mich zu Hause und erwähnte beiläufig, sie sei nun lesbisch. Ein Zufall? Ich glaube nicht. Falls Sie sich dessen nicht bewusst sein sollten: Homosexualität ist ein kriegerischer Akt gegen Gott ...‹ Soll ich noch weiterlesen ...?« Sie stützte das Kinn auf ihre Fingerknöchel und setzte eine falsche Engelsmiene auf. »Oder gab's in deinem Gehirn schon einen Kurzschluss?«

»Der klingt wie ein Steinzeitmensch.«

»Vielleicht seid ihr ja Nachbarn.« Sie grinste.

»Das sind Dutzende Briefe. Kommen die alle von religiösen alten Knackern, die über Sex schimpfen?«, fragte ich nach.

Belle war ein Bündel an Komplikationen. Ihr Job, ihre Persönlichkeit, ihr Verhalten. Und dennoch brachte ich es nicht fertig, aus unserer Vereinbarung auszusteigen.

»Ja, so ist es.« Sie setzte einen finsteren Blick auf, nahm mir die Zigarette aus den Fingern, paffte ein paarmal und gab sie mir zurück. »Ich bin ein großes Mädchen. Ich kann selbst auf mich aufpassen.«

»Es ist keine Sünde, wenn ein anderer auf einen aufpasst.«

»Ich weiß.« Sie grinste verschlagen und zwinkerte mir zu. »Wenn es das wäre, würde ich nämlich alles daransetzen, dass es jemand tut.«

»Wusstest du, dass es einen Vogel namens Schuhschnabel gibt, der Severus Snape unheimlich ähnlich sieht?«

»Wusstest du, dass das Chinesische Wasserreh aussieht wie Bambi mit Schnurrbart?« Sie erwiderte mein Lächeln, und sofort war die Spannung zwischen uns wie weggeblasen, einfach so.

Belles Handy begann auf dem Tisch zu tanzen, das Display leuchtete grün und zeigte einen eingehenden Anruf an. Sie reckte den Hals, um den Namen zu entziffern, dann seufzte sie und ging ran. »Hey.«

Sie ließ sich vom Schreibtisch gleiten und entfernte sich rasch und so weit, wie es in diesem winzigen Büro eben möglich war, von mir. Ich erkannte, dass meine Anwesenheit bei diesem Gespräch nicht erwünscht war, was natürlich nur dazu führte, dass ich mir einen Ort suchte, von dem aus ich das Gespräch noch bequemer mithören konnte.

»Ja, mir geht's gut, danke. Und selbst?«, fragte sie kurz angebunden.

Ich war überrascht, wie nachgiebig und höflich sie klang. Überhaupt nicht wie sie selbst. Von dem Energiebündel, das mich Sekunden zuvor noch geneckt hatte, war nichts mehr zu sehen.

Sie blieb vor einem Satz Fotos stehen, die an einem Korkbrett neben dem Fenster hingen, und betastete geistesabwesend die bunten Reißzwecken. Es sah aus, als handele es sich um ihre Familienmitglieder, aber aus der Entfernung konnte ich das nicht erkennen.

»Nein, nein, jetzt ist ein guter Zeitpunkt. Warum? Ist etwas passiert?«, fragte sie.

Es entstand eine Pause, weil sie der Person am anderen Ende der Leitung zuhörte. Sie antwortete mit einem unbehaglichen Lachen. »Hm, ja, sag ihr, dass ich ihre Einladung annehme. Was für einen Wein soll ich mitbringen?«

Schweigen.

»Ja, es ist wirklich alles in Ordnung. Ich bin nur bei der Arbeit.«

Schweigen.

»Beschäftigt.«

Schweigen.

»Ich habe dir das Angelzubehör besorgt. Nein, du musst mir das Geld nicht zurückgeben. Wir sind doch eine Familie. Ich bringe alles mit, wenn ich komme.«

Etwas an ihrem Gespräch mit dem geheimnisvollen Fremden ließ mir das Blut in den Adern gefrieren. Sie klang fremd, weit weg. Ehe sie den Anruf annahm, hatte sie ihre Persönlichkeit abgelegt wie eine Schlange ihre Haut.

Endlich beendete sie das Gespräch und richtete sich zerstreut das Haar.

»Wer war das?«

»Mein Dad.« Sie steuerte auf die Tür zu und stieß sie auf. Sie deutete mit dem Kopf in Richtung Flur. »Raus.«

»Sind deine Eltern noch verheiratet?«, fragte ich und hatte es absolut nicht eilig, meinen Platz hinter ihrem Schreibtisch zu verlassen. Ich war den beiden bei einigen Familienfeiern begegnet, etwa bei Cillians und Persys Hochzeit und bei der Taufe von deren Söhnen, aber ich hatte keinem von beiden nähere Beachtung geschenkt. Tatsächlich waren sie so langweilig, wie ihre Tochter außergewöhnlich war.

»Glücklich sogar.« Sie tippte ungeduldig mit dem Fuß auf. »Aber das ist eine andere Geschichte, die ich jemandem erzählen sollte, der … nun, mit dem ich tatsächlich befreundet bin. Wir sind fertig, Devon. Verschwinde.«

Um sie zu reizen, ließ ich mir beim Aufstehen alle Zeit der Welt und fragte mich zum tausendsten Mal, warum ich das tat. Ja, sie war atemberaubend, intelligent und willensstark. Andererseits behandelte sie mich und jeden anderen Mann, von dem ich wusste, absolut scheußlich. Sie taute einfach nicht auf. Selbst wenn wir körperlich zusammen waren, war sie innerlich so weit entfernt, dass sie auch auf dem Mond sein könnte.

»Seine Ehe ist vielleicht glücklich, aber seine Tochter ist es nicht, wenn er sie anruft«, sagte ich und schlenderte zur Tür.

Mit einem Satz stand Belle auf der Schwelle und versperrte mir den Weg. Ein bösartiges und zugleich schmerzerfülltes Lächeln zeichnete sich um ihre Lippen herum ab.

»Ähm, Devvie … Ich hab ganz vergessen, es dir zu sagen: keine Gespräche über die Familie.«

Grinsend – sie hätte mich lieber nicht antreiben sollen – drehte ich mich um, ging zu der Pinnwand hinüber und nahm sie blinzelnd in Augenschein. Mich in die Achillesferse der Leute zu krallen, bis sie die Wahrheit herausschrien, war meine Spezialität. Einerseits wollte ich ihr das nicht antun – sie war keine Mandantin –, andererseits war Belle eine Frau, die wusste, welche Knöpfe sie bei mir drücken konnte. Und ich besaß nur wenige.

Mein Verdacht stellte sich als richtig heraus.

Emmabelle besaß Bilder von sämtlichen Familienmitgliedern: ihre Mutter, ihre Schwester, ihre Neffen, es gab sogar ein paar Fotos von der rothaarigen Banshee, die sie als ihre Freundin bezeichnete.

Aber kein einziges von ihrem Vater.

»Die Vaterkomplex-Theorie wird immer heißer, Sweven«, sagte ich, erneut auf dem Weg zur Tür.

»Kann schon sein, aber vielleicht bin ich hier nicht die Einzige mit einem Vaterkomplex. Du scheinst mir übertrieben froh zu sein, dass dein Vater gestorben ist.«

»Die Party steigt morgen Abend. Zieh dir was Lustiges an«, scherzte ich.

»Wow. Ich bin zwar keine Wahrsagerin, aber ich kann in deiner Zukunft eine Menge Therapie sehen, Kumpel.«

»Ich bin äußerst zufrieden damit, wie ich heute bin. Du hingegen hast ein dickes, fettes Geheimnis, Emma, und täusch dich bloß nicht – ich werde es enthüllen.«

Wie immer knallte sie die Tür in der Sekunde zu, in der ich draußen war.

Und wie immer lachte ich.

Erst als ich nach Hause kam, bemerkte ich Belles Rache für den kalten Drink, den ich ihr in den Ausschnitt gegossen hatte.

Alles in allem war es eine nette kleine Überraschung.

Ein getragenes Höschen, in die Vordertasche meiner Hose gestopft.

In meinem Arbeitszimmer zog ich es heraus und betrachtete grinsend die rosafarbene Spitze. Ich lehnte mich in meinem Sessel zurück, legte den Kopf in den Nacken und beschnupperte es gründlich. Ich zog mir das Teil über den Kopf, stöhnte vor Lust und bekam gerade eine Erektion, als ein Notizzettel herausfiel.

Ich hob ihn auf.

Hey Dev,
du hast gerade an den Eiern von meinem besten Freund Ross geschnüffelt. Ich hoffe, du hast es genossen.
Sweven

8. KAPITEL

Belle

Vierzehn Jahre alt

»Widerlich.«

Ich verkünde es dem Universum, denn ganz ehrlich: Es stimmt. Die eigenen Eltern auf den Vordersitzen ihres Honda-Accord-Kombis rummachen zu sehen wie Teenager bringt die Peinlichkeit auf das nächste Level.

Persy scheint das anders zu sehen, denn sie sitzt neben mir auf der Rückbank und seufzt romantisch. »Lass sie doch.«

»Nein, deine Schwester hat recht. Alles hat seinen Ort und seine Zeit, und das ist hier nicht der Fall.« Dad löst sich von Mom und drückt ihr einen letzten Kuss auf die Schulter, ehe er die Hände ablegt, wo ich sie sehen kann – auf dem Lenkrad.

Um alles noch schlimmer zu machen (und ihr müsst zugeben, dass es schon ziemlich furchtbar ist, wenn ich zusehen muss, wie meine Eltern Spucke austauschen, ohne dass ich irgendwohin flüchten kann), stehen wir in der Schlange vor dem Drive-in, um unsere Burger und Milchshakes in Empfang zu nehmen. Als hätte ich nach dieser Knutschsession noch Appetit.

Burger und Shakes sind am Sonntagabend das Hauptnahrungsmittel und eine zehn Jahre alte Tradition der Familie Penrose. Jede Woche holen wir das Essen, fahren zum Piers

Park und vernichten fettige Pommes frites und Milchshakes, während wir die tanzenden Lichter von Boston betrachten.

Wenn ich in ungefähr einer Trillion Jahren selbst heirate, werde ich diese Tradition mit meinem Mann und den Kindern fortführen, das habe ich bereits beschlossen.

Der Wagen vor uns verlässt den Drive-in, und wir sind dran. Dad fährt das Fenster herunter, rupft ein Bündel Bargeld aus seinem abgenutzten Portemonnaie und wedelt dem uniformierten Teenager hinter der Glasscheibe damit vor der Nase herum.

»Hier, bitte, Sweetheart. Und ich bezahle auch für die Leute hinter uns.«

Das macht er jede Woche.

Er bezahlt für die Leute hinter uns.

Manchmal ist es eine alleinerziehende Mutter in einem ramponierten Wagen.

Manchmal, so wie heute, ist es eine Gruppe halbstarker Collegetypen. Ihre Wagenfenster sind offen, und aus ihrem Buick LeSabre dringt eine dicke, nach Gras riechende Rauchwolke.

»Das ist sehr nett von Ihnen, Sir«, sagt der Kassierer und beugt sich vor, um ihm die braunen Papiertüten mit unserem Essen und die Getränke zu überreichen.

Mom lässt ein atemloses Kichern hören.

»Kleine Freundlichkeiten haben große Wirkungen.« Dad legt einen Arm auf die Lehne des Beifahrersitzes, auf dem Mom sitzt. Er strahlt sie an, als hätten sie gerade ihr erstes Date und er wollte sie beeindrucken. Ich wünschte, Coach Locken würde mich auf diese Art anstrahlen.

Ich glaube, er hätte es beinahe getan. Ein Mal.

Locken ist mein Leichtathletik- und Cross-Country-Trainer. Und zufällig bin ich der Star in seinem mittelmäßigen Team. Ich hätte nicht einmal daran gedacht, in dieses Team hineinzuschnuppern, bevor er in der ersten Woche der neunten Klasse in den Unterrichtsraum hineinspazierte und uns quasi anflehte, mal vorbeizuschauen.

Das ist jetzt ein paar Wochen her, und ich gebe mir wirklich große Mühe, ihn auf mich aufmerksam zu machen. Das Beinahe-Strahlen ist mein Durchbruch.

Es passierte letzte Woche in der Cafeteria. An jenem Tag hatte er die Mittagsaufsicht. Er sah krass aus in seiner blauen Windjacke – auf der unser Schullogo prangte –, der Khakihose und coolen Sneakers. Er ist sehr viel größer als die anderen Jungs, sogar als die Zwölftklässler, und er hat Bartstoppeln und Grübchen in den Wangen.

»Starr ihn nicht so an«, schimpfte Ross, mein bester Freund, und zog an unserem Esstisch den Kopf ein. »Er ist ein erwachsener Mann, verdammt.«

»Als hätte dich das jemals davon abgehalten.« Ich warf mit einem Pommesstäbchen nach ihm. Erst zwei Wochen zuvor hatte Ross mir gegenüber sein Coming-out gehabt. Nicht dass mich das schockiert hätte. Als wir uns zusammen *Magic Mike* ansahen, war mir bereits aufgefallen, dass wir beide auf Channing Tatum standen.

»Ich gucke nur und fasse nicht an.« Ross fing die Fritte auf wie eine Gewehrkugel. Ich glaube, er hat schon in der Vorschule auf sein Gewicht geachtet.

»Ich fasse Mr Locken auch nicht an«, sagte ich und deutete mit einer Babykarotte auf Ross.

»Noch nicht.« Er beugte sich vor, schnappte sich die Karotte mit den Zähnen und kaute. »Du bekommst immer, was du willst. Irgendwie finde ich das ein bisschen beängstigend.«

Erneut warf ich Coach Locken einen verstohlenen Blick zu, und siehe da, er lächelte mich an.

Er lächelte nicht nur ... er strahlte.

Ich wollte gerade aufstehen und zu ihm gehen, da trudelte der Rest des Cross-Country-Teams in der Cafeteria ein. Lauter Kerle. Es gab auch ein Laufteam für Mädchen, aber ich war so lächerlich viel besser als sie, dass der Coach beschlossen hat, mich mit den Jungs trainieren zu lassen. Die machte ich zwar auch fertig, aber sie waren mir wenigstens ein bisschen dichter auf den Fersen.

Ich pflanzte mich auf die Bank und verfluchte sie innerlich alle. Unter diesen Umständen konnte ich kein Gespräch mit Steve Locken anfangen. Die anderen würden denken, dass ich meine Beziehungen spielen ließ, um den kürzesten Weg zu nehmen.

»Ich glaube, du brauchst Gott.« Ross schüttelte den Kopf, als er die Sehnsucht in meinem Gesicht sah.

Bei Steve Locken gibt es nur ein Problem.

Okay, zwei, wenn man die Tatsache bedenkt, dass er neunundzwanzig und mein Lehrer ist.

Außerdem ist er verheiratet.

»Belly-Belle? Zeit zum Aussteigen.« Dad dreht sich auf dem Fahrersitz um und tätschelt mir das Knie. Erschrocken fahre ich hoch. Oh Shit. Stimmt ja. Ich bin auf einem Sonntagsausflug mit meiner Familie. Ich sehe aus dem Fenster. Wir sind beim Piers Park angekommen.

Morgen ist Montag, das bedeutet morgendliches Leichtathletik-Training im Wald.

Es bedeutet mehr Zeit mit Coach Locken.

Was wiederum Glückseligkeit bedeutet.

»Ah, sieh dir dieses selige Lächeln auf ihrem Gesicht an. Ich sehne mich nach der Zeit, als ich jung war«, sagt Dad und holt mich aus meiner Träumerei. »Woran denkst du, Liebes?«

»An nichts.« Ich löse den Sicherheitsgurt.

An alles, denke ich beim Aussteigen aus dem Wagen.

9. KAPITEL

Belle

Wie sich herausstellte, war der Ovulationstest, für den ich bei *Walgreens* gutes Geld hingelegt hatte, so nötig wie UV-Schutz am Ende eines ausgedehnten Sommerurlaubs in der Sonne.

Denn in dem Monat nach Devons Rückkehr aus England hatten wir an jedem einzelnen Tag Sex. Ihr wisst schon, für alle Fälle.

Tatsächlich hatten wir manchmal sogar zweimal täglich Sex, was absolut unnötig war, aber einfach wahnsinnig viel Spaß machte. Mir war klar, dass ich damit aufhören würde, sobald ich schwanger war, warum also nicht?

(Die Antwort auf die Frage *Warum nicht?* ist übrigens auf medizinischen Websites zu finden. Dort wird erklärt, dass die Spermienanzahl und ihre Qualität abnehmen, wenn Paare es jeden Tag miteinander treiben. Der Witz geht auf eure Kosten, denn Devon und ich waren kein Paar.)

Wir trafen uns morgens nach seinen Fechtstunden und bevor er zur Arbeit ging. Oder während seiner Mittagspause. Oder wenn ich beim Abarbeiten meiner täglichen zehntausend Schritte zufällig an seinem Büro vorbeikam und beschloss, reinzuschauen und Hallo zu sagen.

Dann wiederum nachts, wenn ich mit der Arbeit fertig war.

Wir vögelten in jeder Stellung und zu jeder Tages- und Nachtzeit.

Devon war immer charmant, herzlich und unnahbar. Er nahm all meine Macken und Fehler einfach hin, sogar wenn ich mich absichtlich unerträglich benahm, um ihn daran zu erinnern, dass ich nicht für die Ehe geeignet war. Gleichzeitig erschreckte mich seine Unnahbarkeit zu Tode. Nie zuvor war ich einem Typen begegnet, der so wenig Kontakt zu seinen eigenen Gefühlen hatte.

Aufgrund der Telefonate, die er in meinem Beisein führte, ging ich davon aus, dass er auf eine wichtige Nachricht aus England wartete. Etwas wegen seines Erbes. Er telefonierte mit seiner Mom. Häufig. Er turtelte derart liebevoll mit ihr, dass ich froh war, weil er der Vater meines Kindes sein würde.

Sogar wenn er mit seiner Schwester sprach, tat er es in einem ruhigen, liebevollen Ton, der mich innerlich ganz weich werden ließ. In gewisser Weise war es wirklich grausam von ihm, so nett zu sein. Bei einem solch perfekten Typen konnte eine Frau leicht jede Vorsicht vergessen. Aber diese Frau würde zum Glück nicht ich sein.

Auch nette Männer sind nur Männer. Komm ihnen nicht zu nah.

Obwohl ich mir Devon so gut es ging vom Leib hielt, wusste ich, dass er intime Einblicke in mein Leben bekam. In meine Familie. In meine Geschichte.

Das gefiel mir nicht.

Weshalb ich von Euphorie, gepaart mit Kummer, erfüllt war, als ich nach den ersten vier Wochen unserer Vereinbarung in den Kalender schaute und feststellte, dass meine Regel seit einem Tag überfällig war.

Möglicherweise war ich schwanger.

Mit dem Erben eines Marquis.

Ich zögerte den Schwangerschaftstest noch um zwei Tage hinaus, was mir übermenschliche Anstrengung abverlangte.

In erster Linie fürchtete ich mich. Vor einem negativen Ergebnis – was, wenn meine Hormone nicht taten, was sie sollten? – und vor einem positiven Ergebnis – ein Baby! Ich kann mich nicht um ein ganzes verdammtes Baby kümmern! Ich schaffe es kaum, für ein Chia Pet zu sorgen. Tatsächlich hatte ich mich um mein letztes Chia Pet überhaupt nicht gekümmert. Aisling hatte es mir irgendwann weggenommen und es zu retten versucht, aber es war bereits zu spät.

Am dritten Tag biss ich schließlich in den sauren Apfel, marschierte in den *Walgreens* und erwarb einen Schwangerschaftstest. Ich gönnte mir den besten. Den raffinierten Test mit 99,99 % Sicherheit, der einem das Ergebnis vorbuchstabierte. Auf dem Weg zur Kasse dämmerte mir, dass nichts so furchteinflößend war wie ein Schwangerschaftstest. Jede Frau, die einen kaufte, wünschte sich sehnlichst ein bestimmtes Ergebnis. Eine Schwangerschaft ließ sich nicht mit Vollkornbrot vergleichen, denn man konnte ihr nicht gleichgültig gegenüberstehen.

Entweder wollte man *unbedingt* schwanger sein.

Oder man wollte *auf keinen Fall* schwanger sein.

Es gab keinen Mittelweg.

Als die Kassiererin den Test über den Scanner zog, bemerkte ich, dass sie mir auf den nackten Ringfinger starrte. Missbilligend zog sie eine Braue hoch.

Tja, mein Kind wird dem englischen Hochadel angehören, du arrogante Kuh.

Mit einem extrabreiten Lächeln im Gesicht sagte ich: »Ist das nicht gruselig?«

»Kommt auf Ihre Verhältnisse an«, antwortete sie barsch.

»Ja. Die sind gar nicht so übel. Ich muss nur noch herausfinden, wer der Vater ist.«

Sie wurde blass. Ich lachte, schnappte mir die Plastiktüte und machte mich eilig auf den Weg zur Arbeit. Dort schloss ich mich in der Toilette ein und versuchte, nicht daran zu denken, wie oft mich Devon in den Wochen, in denen wir ein Baby zu zeugen versucht hatten, auf meinem Schreibtisch, im Sessel und auf dem Fußboden vernascht hatte.

Während ich über der Toilette hockte, um auf den Teststreifen zu pinkeln, beschloss ich, mich zu beschäftigen, indem ich mich in den Chat mit meinen Mädels einloggte, bis mein Pipi sich endlich an dem Schwangerschaftstest entlanggearbeitet hatte.

Die Gruppe war immer sehr aktiv, darum musste ich nichts anderes tun, als hineinzuspringen.

Sailor: Hunter will im Sommer unbedingt nach Cancún. Seid ihr dabei?

Persy: Klar. Nenn mir einfach die Daten, und ich sage Cillian, wann er sich frei nehmen soll.

Aisling: Kann ich für Sam und mich noch nicht sagen. Wir wollen für ein paar Wochen in die Schweiz. Ich muss mir eine Klinik ansehen.

Persy: Oh ja. Cillian meinte, er würde sich euch in Zürich anschließen. Irgendein Meeting mit seinen Bankern?

Nun sehe sich das einer an. Sie schmiedeten bereits Pläne für den Sommer, als wären wir nicht mitten im Winter.

Sailor: Was ist mit dir, Belle? Bereit für Margaritas am Pool mit den Fitzpatricks?

Belle: So gern ich mich bei diesem wichtigen Paar-a-thon als drittes Rad am Wagen fühlen würde: Manche von uns müssen tatsächlich Unternehmen leiten.

Sailor: Tante Rosa ist zu Besuch, verstehe. Reiß dich mal zusammen, sonst merkt man's.

Sie lag dermaßen falsch, dass es schon komisch war. Zumindest hoffte ich das.

Persy: Komm schon, @BellePenrose. Du hast schwer gearbeitet. Bist eingeladen.

Ich wollte nicht eingeladen werden. Ich wollte unabhängig genug sein, mich niemals auf den Anstand anderer verlassen zu müssen. Das war etwas, das meine Schwester, die von jeher eine Romantikerin war, nicht recht verstand. Es störte sie nicht, wenn andere sich um sie kümmerten, weil es in ihrer Natur lag, sich ebenfalls um andere zu kümmern. Selbst als sie Cillian heiratete, tat sie es nicht wegen seines Geldes. Eigentlich nicht.

Belle: Das ist lieb von dir, Pers, aber ich habe wirklich eine Menge Arbeit.
Persy: Sag hinterher nicht, ich hätte es nicht versucht.
Sailor: Keine Sorge, Pers. Wir nehmen sie uns abwechselnd vor, wenn wir sie sehen.
Belle: Ah, genau wie auf dem College. Nur dass ihr nicht das komplette Baseball-Team seid.
Aisling: Hattest du schon mal einen flotten Dreier, Belle?
Aisling: (Bevor du fragst: Ja, ich bin rot geworden.)
Belle: Eher einen umgekehrten Harem.

Ich checkte den Zeitstempel vom Anfang des Chats und stellte fest, dass sechs Minuten vergangen waren. Ich atmete tief durch, nahm den Schwangerschaftstest vom Waschtisch im Vorraum der Toilette und schloss die Augen.

Alles wird gut.

Du wirst schwanger werden.

Du tust es mit einem Mann, der Berge versetzen würde, um zu bekommen, was er will, und er will einen Erben.

Ich drehte den Test um und öffnete die Augen.

Schwanger.

Das Keuchen, das sich meiner Kehle entrang, ließ die Wände erzittern. Ich war schwanger, das stand zweifelsfrei fest. Dieses Wissen brachte Freude, Furcht und Entzücken mit sich.

Ich war schwanger.

Ich würde Mutter werden.

Es passierte wirklich.

Vielleicht. *Das Problem war aber nicht die Empfängnis, sondern das Baby zu behalten, schon vergessen?*, warnte mich eine Stimme in meinem Inneren.

Für einige Minuten wusste ich nicht, wohin mit mir. Ich lief in der kleinen Toilette auf und ab, blieb vor dem Spiegel über dem Waschbecken stehen, kniff mir in die Wangen und schrie leise wie Macaulay Culkin in *Kevin – Allein zu Haus.*

Eine Mutter.

Ich.

Ich würde niemanden mehr brauchen.

Niemanden außer meinem Baby. Wir würden füreinander da sein. Endlich würde ich jemanden haben, für den ich sorgen konnte, jemanden, der auf mich aufpassen würde, so wie es Persy und ich füreinander getan hatten, bevor sie Cillian heiratete und ihre eigene, eng verbundene Familie gründete.

Als ich mich endlich zusammenreißen konnte, machte ich mit meinem Handy ein Foto von dem Schwangerschaftstest und schickte es Devon. Eine Bildunterschrift war überflüssig. Ich wollte seine Reaktion sehen.

Die beiden blauen Häkchen, die anzeigten, dass Devon die Nachricht erhalten und geöffnet hatte, erschienen auf dem Display.

Und dann … nichts.

Zehn Sekunden.

Zwanzig Sekunden.

Nach dreißig Sekunden wurde mir unbehaglich zumute. Ich fühlte mich fast in der Defensive.

Was zum Teufel war sein Problem?

Ich fing an, eine beleidigende Nachricht voller Obszönitäten und mit einer großen Portion Vorwürfe zu schreiben, als mein Display einen Anruf anzeigte.

Devon Whitehall.

Ich räusperte mich und ahmte seinen nichtssagenden, nervtötenden Tonfall nach: »*Was is'?*«

»Wir sind ein gutes Team, Sweven.« Devons Lachen hallte durch die Leitung und drang mir in die Magengrube. In meinem Herzen machte es kurz halt und brachte meinen Puls ins Stolpern.

Die Freude in seiner Stimme traf mich unvorbereitet. Von dieser Adonisstatue von Mann hatte ich überhaupt keine Gefühlsregung erwartet.

»Na ja, wir haben wirklich hart und lang daran gearbeitet«, sagte ich frech.

»Du hast dick vergessen.« Ich hörte, wie er sich eine Zigarette ansteckte.

»Den Teil würde ich niemals vergessen. Genau daran werde ich mich beim Gedanken an dich erinnern, wenn ich alt und runzlig bin und wenn du schon lange tot und neben deinem geliebten Faxgerät begraben bist.«

»Das Faxgerät wird kremiert. Es möchte, dass seine Asche im Ozean verstreut wird, und du weißt doch, dass ich ihm nichts abschlagen kann.« Verdammt, er war witzig, wenn auch auf ziemlich sonderbare Art.

»Ein Baby«, flüsterte ich erneut und schüttelte den Kopf. »Ist das zu glauben?«

»Muss ich erst noch verdauen.« Er lachte in sich hinein. Aber er klang nicht so überwältigt wie ich, was auch immer das bedeuten mochte. »Nun, es war in der Tat ein Vergnügen, Geschäfte mit dir zu machen.« Im Hintergrund hörte ich das geschäftige Treiben in seinem Büro. »Selbstverständlich werde ich dir von jetzt an monatlich einen Betrag von zwanzigtausend Dollar überweisen. Im zweiten Trimester sprechen wir über deine Unterkunft und die Ausstattung der Kinderzimmer in unseren jeweiligen Wohnungen. Obwohl ich selbstverständlich wöchentliche Updates von dir erwarte, wie vertraglich festgelegt.«

Ähm … okay.

Im Grunde sagte Devon nichts Falsches. Im Gegenteil. Ich hatte ihm mitgeteilt, dass ich nichts mehr mit ihm zu tun haben wollte, sobald ich schwanger war, und er hielt sich an die Bedingungen. Die wir an dem Abend unterschrieben hatten, an dem ich ihn allein mit seinen Opernkarten sitzenließ. Aber ich wurde das merkwürdige Gefühl nicht los, dass er mich abgelegt hatte wie eine alte Socke.

Du wolltest abgelegt werden wie eine alte Socke. Tatsächlich hast du dich kopfüber in den Wäschekorb gestürzt.

»Klar doch.« Ich gähnte hörbar und tat so, als machte mir sein geschäftsmäßiges Gehabe absolut nichts aus. »Sind Updates per E-Mail okay? Ich würde sie dir ja faxen, aber ich bin unter fünfundsiebzig.«

»E-Mail ist super. Wir sollten auch ein wöchentliches Telefonat vereinbaren.«

Na, *das* klang doch schon persönlicher.

»Ich bin dabei«, stimmte ich ein bisschen zu schnell zu.

Was zur Hölle ist los mit mir? Die Hormone, beschloss ich. Außerdem würde ich feiern, indem ich mein Körpergewicht in Kuchenform zu mir nahm. Ich aß jetzt für zwei, auch wenn der Mensch in meinem Inneren derzeit kleiner als ein Reiskorn war.

»Joanne, meine Sekretärin, wird sich wegen passender Tage und Uhrzeiten mit dir in Verbindung setzen.«

Okay, streicht das. Absolut unpersönlich.

»Ich werde wahrscheinlich jede Woche zum Arzt gehen müssen, weil mein Uterus feindselig eingestellt und meine Eierstöcke polyzystisch sind.«

Im Geist machte ich mir eine Notiz, mein Tinder-Profil um diese Information zu ergänzen, falls ich irgendwann wieder in die Datenbasis für One-Night-Stands zurückkehren sollte. Sie ließ mich wie einen richtig guten Fang wirken. *Nicht.*

»Sweven …«, sagte Devon. Als er mich mit diesem albernen Spitznamen ansprach, fühlte ich mich, als hätte er mir Honig in die Gedärme gegossen. »Ich verspreche, dass ich der Vater sein werde, den dieses Kind verdient. Ein besserer Vater, als wir beide je hatten.«

Sein Kommentar wirkte auf meine kuscheligen Gefühle, als hätte er einen Eimer mit Eisstücken darauf geleert. Über meinen Dad hatte ich ihm nichts erzählt. Zu dieser Annahme war er allein durch das zweiminütige Telefonat gekommen. Aber das war Bullshit. Mein Vater und ich verstanden uns sehr gut.

Großartig sogar.

Wenn er starb, würde ich mit Sicherheit ein paar Tränen zerdrücken, ganz im Gegensatz zu dem kalten, gefühllosen Devon, der geradezu erleichtert wirkte, als sein Dad den Löffel abgab.

Da ich nicht noch mehr Gefühl zeigen wollte, als ich es bereits getan hatte, stieß ich nur ein kehliges Lachen aus.

»Sprich für dich selbst, Devon. Mein Vater ist die Bombe dot com.«

»Ich mag ja fünfundsiebzig sein, aber du wirst mich niemals dabei erwischen, dass ich so etwas sage.«

»Dass du *was* sagst?«, forderte ich ihn heraus.

Er lachte in sich hinein. »Netter Versuch.«

»Wie wäre es mit einem Augenblick Zen?«, schlug ich vor. »Lass uns über bizarre Tiere reden. Hast du schon mal einen Eigentlichen Streifentenrek gesehen?«

»Nicht dass ich wüsste.«

»Sie sehen aus wie gebleichte Stinktiere, die gerade nach einer Partynacht mit viel Ecstasy aufgewacht sind und sich um ihr Wurzelfrühstück kümmern müssen.«

»Wie wäre es mit Schraubenziegen?«, fragte er. »Die sehen aus wie die Frauen in den Werbespots für BaByliss-Glätteisen. Ich wünsche dir einen schönen Tag, Sweven. Vielen Dank für die gute Nachricht.«

Nachdem wir aufgelegt hatten, schrieb ich sofort eine E-Mail an Dr. Bjorn, in der ich ihn über die jüngste Entwicklung informierte und ihn fragte, ob ich noch etwas anderes tun musste als gut essen und schlafen, mich ausruhen und den ganzen anderen Hokuspokus, über den ich bereits in den Dutzenden Schwangerschaftsartikeln gelesen hatte, die ich mir täglich zu Gemüte führte.

Ich eröffnete eine neue Chatrunde mit den Mädels, wobei mir vor Aufregung die Finger zitterten. Es war zu früh. Das wusste ich. Und es war absolut unverantwortlich, wenn man bedachte, dass es sich um eine Hochrisiko-Schwangerschaft handelte. Aber ich war noch nie gut darin gewesen, Befriedigungen hinauszuzögern.

Belle: Es gibt Neuigkeiten. Treffen morgen im Boston Common?

Aisling: Unbedingt.

Persy: Ich glaube, ich weiß, was es ist, und ich bin aufgeregt.

Sailor: Dann bis morgen.

Ich brauchte Devon nicht.

Ich hatte die Boston Belles.

10. KAPITEL

Belle

Vierzehn Jahre alt

Das erste Mal ist unschuldig.

Eigentlich kann man es überhaupt nicht als erstes Mal bezeichnen.

Das neunte Schuljahr hat längst begonnen mit seinen Prüfungen, Hausaufgaben und Mädchencliquen. Ich halte mich vom weißen Rauschen fern und konzentriere mich auf das Ziel: am schnellsten laufen, dafür sorgen, dass meine kleine Schwester Persephone und ihre Freundin Sailor in der Schule nicht schikaniert werden, und davon träumen, Coach Locken zu küssen.

Bei einem unserer erschöpfenden Leichtathletik-Trainings spüre ich einen heftigen Schmerz im Knie.

Ich renne weiter – ich bin keine Drückebergerin. Aber als Locken einen Pfiff mit der Trillerpfeife ausstößt, die er ständig im Mund hat, bleibe ich stehen und humpele mit den anderen Querfeldeinläufern zu ihm zurück. Ich versuche, mein Humpeln zu überspielen, weil ich die menschliche Natur zu verstehen beginne. Wenn die Leute Schwäche riechen, fallen sie sofort über einen her.

»Scheiße, Mann. Das sieht echt übel aus.« Adam Handler verzieht das Gesicht und deutet mit dem Kinn in Richtung meines Knies. Ich senke den Blick, während ich weiter auf den Coach zueiere. Scheiße, in der Tat. Mein Knie ist rot und geschwollen.

»Schon gut«, versetze ich abwehrend. »Es tut überhaupt nicht weh.«

»Was ist los, Penrose?« Mr Locken stemmt die Fäuste in die Hüften. Seine Stimme klingt liebevoll, sanfter als die Tonart, die er den Jungs gegenüber an den Tag legt. Niemand spricht ihn darauf an. Und warum auch? Ich bin das einzige Mädchen im Team, also glauben alle, der Coach wolle mir lediglich das Gefühl geben, willkommen zu sein.

Nur ich kenne die Wahrheit.

Die Wahrheit ist, dass er mich in letzter Zeit immer öfter anstrahlt.

Und dass ich unverwandt zurückstrahle.

Ich weiß, dass es falsch ist. Ich weiß, dass er verheiratet und seine Frau schwanger ist. Ich bin nicht blöd. Aber ich will nicht, dass mehr daraus wird. Ich will nur seine Aufmerksamkeit genießen, das ist alles. In gewisser Weise – auf eine wirklich neurotische, verkorkste Weise – glaube ich sogar, dass ich seiner Frau einen Gefallen tue. Solange er mich im Auge behält, besteht nicht die Gefahr, dass er seine Triebe auslebt. Wenigstens wird er sie nicht betrügen.

Trotzdem ist es bescheuert. Ich kenne sie nicht und bin ihr nichts schuldig. Und außerdem findet das alles sowieso nur in meinem kranken Kopf statt. Vielleicht sieht er mich überhaupt nicht an.

»Alles gut, Coach.« Ich lächle unter Schmerzen, um ihm zu zeigen, dass ich tapfer bin.

»Sieht aber nicht so aus, als wäre es gut. Komm mal her.«

Ich gehorche. Die Jungs umringen mich. Zahnstocherbeine und Ohren, die von ihren Haaren bedeckt sind, ragen aus ihren Körpern hervor. Alle zucken zusammen und deuten auf mein Knie.

Das gibt Ärger, wie mein Dad so gern sagt.

Coach Locken lässt sich auf ein Knie nieder und betrachtet stirnrunzelnd mein Bein. Ich spüre seinen Atem auf meiner Haut. Er ist heiß und feucht. Schauer der Erregung rasen mir über den Rücken.

»Ich hole dir einen Eisbeutel. Warte in meinem Büro.«

»Nein, wirklich, es geht mir gut«, protestiert mein bescheuerter Mund, obwohl mein Gehirn mir befiehlt, die Klappe zu halten und die Situation auszunutzen. Ich war noch nie mit Coach Locken allein.

»Nichts ist gut, wenn du wegen eines Läuferknies die gesamte Saison auf der Bank sitzt. Dann verliere ich meinen Crosslauf-Star und du dein Stipendium.« Locken steht bereits mit dem Rücken zu mir, weil er die Jungs in die Umkleide treibt.

Humpelnd begebe ich mich zu seinem Büro am Ende des Flurs. Die Tür steht offen. Ich nehme vor seinem Schreibtisch Platz und wimmere leise, denn verdammt noch mal, es tut wirklich weh. Auf der Suche nach Ablenkung sehe ich mich um. In den Regalen stehen massenhaft Bücher übers Laufen, ein paar Trophäen und gerahmte Fotos, auf denen er Arm in Arm mit berühmten Athleten zu sehen ist. Auf seinem Schreibtisch aus hellem Holz steht das Verlobungsfoto mit seiner Frau. Sie befinden sich in einer Art Heufeld und küssen sich, ihre Hand neigt sich zur Kamera, damit sie den Diamantring erwischt. Sie ist klein und brünett und … ich weiß nicht … sie sieht gut aus. Sie scheint ein netter Mensch zu sein, ganz anders, als ich gehofft hatte. Auf einmal überkommen mich schreckliche, widerwärtige Schuldgefühle, weil ich mir dauernd ausmale, wie er mich küsst.

Das hier ist albern. Ich sollte aufstehen und gehen.

Mit dem Crosslaufen aufhören, wo ich schon mal dabei bin. Volleyball ist sowieso eher mein Ding.

Ich stütze die Hände auf die Armlehnen und will aufstehen, da betritt er das Büro und schließt die Tür. Er ist kräftiger, als ich ihn in Erinnerung hatte. Größer. Er füllt den Raum aus. Das erinnert mich an meinen Dad, und ich bin verrückt nach meinem Dad. Aber im Gegensatz zu meinem Vater sieht Mr Locken noch immer jungenhaft aus, sodass der Gedanke, ihn zu küssen, nicht gruselig ist.

Ich lehne mich auf dem Stuhl zurück. Alles ganz normal.

Coach Locken hebt einen Eisbeutel hoch und wirft ihn mir zu. »Drück ihn drauf.«

Ich tue, was er mir sagt. Die Kälte auf meinem Knie fühlt sich angenehm an. Ich stöhne. »Hoffentlich bekomme ich ein Stipendium. Ich mag die Rennerei überhaupt nicht.«

Er lacht, und zu meiner Überraschung zieht er seinen Stuhl vor und bringt ihn vor meinem in Stellung. Mein Herz schlägt tausendmal pro Minute.

»Wie fühlt es sich jetzt an?«, fragt er. Seine Stimme ist tief und ein bisschen schroff.

»Ja. Gut.« Ich komme mir so dumm vor, so jung, so kindisch. Ich wünschte, ich könnte etwas Niveauvolles sagen. Etwas, das ihn total überraschen … und ihm klarmachen würde, dass ich kein Kind mehr bin.

»Lass mal sehen.« Zur Aufforderung klopft er sich aufs Knie.

Ich richte den Blick auf ihn, bin unsicher, was er von mir will. Er will mir bestimmt nicht sagen, dass …

»Leg deinen Fuß auf meinen Schoß. Ich will mir die Verletzung mal genauer ansehen.«

Ich gehorche, und mir schwillt vor Stolz die Brust. Ich bin

mir ziemlich sicher, dass er das keinem der Jungs in meinem Team angeboten hätte.

Sein Schoß fühlt sich straff und muskulös an. Steinhart. Mein Bein ist lang und dünn, und wenn man genau hinsieht, ist die Haut von einem feinen Flaum blonder Härchen bedeckt. Er beugt sich vor und nimmt den Eisbeutel weg. Er runzelt die Stirn.

»Sieht nicht besser aus.«

»Tut aber nicht mehr weh«, lüge ich.

»Versuch mal, das Bein zu drehen.«

Ich versuche es. Vergeblich. Ich meine, es geht, aber es tut saumäßig weh.

Coach Locken stößt einen resignierten Seufzer aus.

»Es wäre hilfreich, die Blutzirkulation anzuregen. Darf ich?« Er hebt die Hände – schöne Hände, registriere ich – und lässt sie in der Luft schweben, während er mich fragend ansieht.

Er will mich berühren? Wirklich?

»Nur um den Blutfluss zum Knie wieder in Gang zu bringen«, erklärt er.

Logisch. Klar. Ich muss mit diesen schmutzigen Gedanken aufhören. Das ist total peinlich.

Ich schlucke und sehe ihm in die braunen Augen.

Er sieht ein bisschen wie Matthew Broderick in *Ferris macht blau* aus. Wahnsinnig heiß. Heiß auf eine Art, dass man ihm vertrauen kann, weil die Welt noch von ihm erwartet, dass er sich benehmen wird.

Ehrlich gesagt weiß ich überhaupt nicht, warum mir das so unheimlich ist. Ist ja nicht so, als ob er mich sexuell belästigen würde. Er hat mich ausdrücklich gefragt, ob es in Ordnung ist. Ein Vergewaltiger würde sich einfach ohne Erlaubnis auf mich stürzen. Ich interpretiere viel zu viel in Coach Lockens Verhalten hinein.

Ich nicke und beobachte ihn aufmerksam, als er mein Knie zu massieren beginnt. Es fühlt sich harmlos an. Ich bin in einem Alter, in dem mich Sachen wie Küssen und Fummeln neugierig machen, aber Penisse finde ich noch mega abtörnend. Sie sind irgendwie sehr … speziell. So nach dem Motto: Setz dich wieder. Du musst da nicht rumstehen wie ein Stripper-Pole, nur weil sich eine den BH auszieht.

Um die Durchblutung zu fördern, massiert er mit beiden Daumen mein Knie. Der zuvor heftige Schmerz lässt nach. Ich spüre, wie sich meine Muskeln unter seiner Berührung entspannen.

»Besser?«, fragt Locken.

Erneut nicke ich. Schlucke. Starre auf seine Finger. Auf den Ehering. Auf die Art, wie seine Hände sich nun um meine Kniekehle schließen, diese empfindliche Stelle massieren, und ohne es zu wollen beginne ich zu kichern und mich zu winden.

»Deine Muskeln sind wirklich verspannt.« Seine Stirnfalten werden tiefer. Dieser verdammte Ehering brennt wie Feuer auf meiner Haut. Warum muss der an seinem Finger stecken? Er hätte bis nach meinem Abschluss warten und dann mit mir zusammen sein können. Ich meine, was sind vier Jahre im Vergleich zu einem ganzen Leben?

»Du musst mehr Dehnübungen machen, Penrose. Deine Muskeln verkürzen sich. Ist wahrscheinlich genetisch.«

»Vermutlich vonseiten meiner Mutter«, stimme ich ihm zu. Auf Mom kann ich zählen, sie vererbt mir kurze Muskeln.

Seine Finger wandern zu meinem Schenkel empor. Jetzt fühlt es sich nicht mehr ganz so harmlos an. Mein Körper prickelt. Aber da ist noch etwas anderes. Ein Kloß aus Angst sitzt mir in der Kehle.

»J… ja«, stammle ich und fülle die Stille, die nun unbehaglich geworden ist. »Ich sollte mehr dehnen. Ich werde es in meine Abendroutine aufnehmen.«

»Das ist wichtig.«

Mein Bein fühlt sich unter seinem Griff locker und nachgiebig an. Mich stört nicht einmal, dass er sehen kann, dass ich mich nicht rasiert habe.

»Oh Gott, das tut so gut.« Ich werfe den Kopf in den Nacken und stöhne.

Er lacht in sich hinein. »Dein Glück, dass du so talentiert bist, Penrose. Diese Spezialbehandlung bekommt nicht jeder.«

Aber liegt es an meinem Talent, dass er das für mich tut?

Sein Zeigefinger streift einmal den Saum meiner kurzen Sporthose, nah an meiner Leistengegend. Beinahe wäre ich zurückgezuckt, aber jetzt lässt er mich los und steht auf. Sein Lächeln ist schüchtern, aber ruhig. Er sieht mir unverwandt in die Augen.

»Besser?«

Nervös und verlegen greife ich nach dem Eisbeutel neben mir und springe auf. »Besser.«

»Sag mir Bescheid, wenn du wieder Hilfe brauchst. Jederzeit. Diamanten muss man manchmal ein bisschen reiben, damit sie strahlen können.«

An demselben Tag durchsuche ich Dads Badezimmer, finde ein Rasiermesser und rasiere mir die Beine bis hinauf zur Leistenbeuge.

Die nächsten zwei Monate würde ich mir von ihm das Knie … den Schenkel … massieren lassen.

Und mir einreden, ich täte es für das Stipendium.

11. KAPITEL

Belle

Am nächsten Tag traf ich mich mit Aisling, Sailor und Persy im Boston Common.

Die drei jungen Mütter trafen mit ihren Kinderwagen, Babys und dem Senf ein, den sie zu meiner Lage dazugeben wollten.

Ihr Anblick erinnerte mich plötzlich daran, dass ich bald aus einer Welt der Tangas und Nachtclubs in die Wunderwelt der Bambus-Brustpads, der Spucktücher und Windeln umziehen würde.

Die Kinderwagen meiner Freundinnen passten zu ihrer jeweiligen Persönlichkeit.

Sailor schob einen Babyjogger. Sportlich, effizient und schwarz. »Ein begehrtes Modell«, hatte sie einmal vor mir geprahlt, als ich großartige Laune hatte und vorgab, mich dafür zu interessieren.

Persephone hatte den Zwillingskinderwagen von Bugaboo für Astor und Quinn, sehr gepflegt in gebrochenem Weiß, obwohl sie Astor an einer Art Hundeleine hielt und ihn wie einen betrunkenen Chihuahua durch den Park streunen ließ.

Dann war da noch Aisling mit ihrem Silver Cross Balmoral Nostalgiekinderwagen. Er wirkte stilvoll, teuer und geschniegelt – genau wie die Frau, der er gehörte. Ambrose schien sich darin wie zu Hause zu fühlen.

In unsere Mäntel gehüllt schlenderten wir durch den von Bäumen gesäumten öffentlichen Park, vorbei am Freedom Trail und den Denkmälern für die Soldaten und Seemänner.

Der Himmel war eine Eisgardine, über die dunkelblaue Wolken zogen wie am Morgen der Pulk von Berufstätigen durch das Stadtzentrum.

»Wusstet ihr, dass im siebzehnten Jahrhundert eine Frau namens Ann Hibbins im Boston Common wegen des Vorwurfs der Hexerei hingerichtet wurde?«, fragte Sailor, die den Kinderwagen mit Xander darin schob. »Sie haben sie vor aller Augen aufgehängt.«

»Himmel, Sailor.« Aisling schlug ein Kreuzeichen und warf unserer Freundin einen Seitenblick zu. »Was für ein Funfact am frühen Morgen.«

Persy lachte. Ein Anflug von Melancholie überkam mich. Devon hätte diese Spitze genossen, aber ich konnte ihm nicht einfach ohne Anlass schreiben. Es war nicht vorgesehen, dass wir uns über Dinge unterhielten, die nichts mit dem Baby zu tun hatten. Meine Regel, hinter der ich nach wie vor stand. Aber es nervte.

»Und wenn schon!«, rief Persephone. »Also, ich würde ja gern was über Frauen hören, die wegen Hexerei gehängt werden, aber Belle hat uns etwas zu sagen.«

»Danke für die geschickte Überleitung, Sis.«

Da ich als Einzige keinen Kinderwagen schieben musste, hielt ich Rooney, Sailors Tochter im Kleinkindalter, an einer der genannten Leinen, während das Mädchen Tauben von dem gepflasterten Fußweg zu verscheuchen versuchte. Sie sah aus wie ein winziger betrunkener Mann, der auf Streit aus war. Ich war bereit.

»Es ist noch ziemlich früh, aber ich wollte euch trotzdem

sagen, dass in dieser Röhre ein Braten steckt.« Ich deutete auf meinen Bauch.

Die Mädels ließen ihre Kinderwagen stehen und stürzten sich mit entzückten Schreien auf mich, um mich zu drücken. Rooney und Astor, die keine Ahnung hatten, was vor sich ging, aber die Aufregung spürten, schoben sich zwischen unsere Beine und drückten mich ebenfalls, wobei sie kreischten: »Tante Belle! Tante Belle!«

Ich nahm sie alle in die Arme und lachte leicht verlegen. Später am Abend würde ich meine Eltern anrufen und es ihnen sagen. Sie würden nicht superglücklich sein, dass ich ein uneheliches Kind erwartete, aber ich wusste, dass sie von mir inzwischen nichts Besseres mehr erwarteten. Ihnen war klar, dass ich nicht der Typ Frau war, der heiraten wollte. Sie bildeten sich nicht mehr ein, dass ich in die Fußstapfen meiner jüngeren Schwester treten würde.

»Hast du dich mit Devon etwa einen Monat lang im Badezimmer eingeschlossen? Das ging aber schnell!« Sailor griff wieder nach ihrem Kinderwagen, ihre grünen Augen funkelten fröhlich.

»Ich weiß nicht, ob ich dieses Gespräch wirklich führen möchte, schließlich beträgt das Durchschnittsalter dieser Gruppe ungefähr zweieinhalb Jahre.« Ich zeigte auf die Kinderwagen und die Babys und Kleinkinder darin.

»Die Kinder haben keine Ahnung, wovon wir reden«, sagte Aisling steif. »Mein Sohn ist so klein, dass er noch farbenblind ist.«

»Aber Rooney und Astor sind ja auch noch da«, rief ihr Persy lächelnd ins Gedächtnis. »Warten wir damit bis zu unserem wöchentlichen Fast-Food-Abend.«

»Bei dem Belle keinen Wein trinken wird.« Sailor strahlte triumphierend. »Das bedeutet mehr Wein für uns.«

»Ausgehen wird sie in nächster Zeit auch nicht mehr.« Diese Wende des Schicksals schien Persy besonders glücklich zu machen. »Und das bedeutet, dass ihr niemand etwas in ihren Drink kippen kann.«

Nicht dass das jemals passiert wäre, aber meine Schwester machte sich nun mal ständig Sorgen.

»Wie dem auch sei, ich hoffe, du weißt, dass wir für dich da sind. Wenn du etwas brauchst, sag es einfach. Allerdings glaube ich, dass Devon während der Schwangerschaft gern eine wichtige Rolle spielen will.« Persephone senkte das Kinn und musterte mich durchdringend.

»Devon soll sich einfach verpissen. Er hat von Anfang an gewusst, was Sache ist.« Dann stutzte ich. »Moment mal …«, sagte ich, während wir unseren Spaziergang fortsetzten, »… woher weißt du das?«

»Devon hat es nicht mehr ausgehalten und gestern Abend Cillian angerufen, um die frohe Botschaft zu verkünden.« Ihr breites Grinsen drohte Persys Gesicht in zwei Teile zu spalten. »Und Cillian hat es mir gesagt.«

Insgeheim nahm ich mir vor, Devon wegen seines Mangels an Diskretion mithilfe des Schwangerschaftstests auf Lebenszeit zu verstümmeln.

»Das ist absoluter Blödsinn. Gibt es für solche Sachen keine Anwaltsordnung oder so?«, beklagte ich mich. Dabei war es im Grunde gar nicht übel zu erfahren, dass Devon gerade die gesamte westliche Welt darüber in Kenntnis setzte, dass er ein großartiger Vater werden würde. Und das nach seiner eisigen Reaktion auf die Neuigkeit, dass ich schwanger war.

»Er ist nicht dein Anwalt, Dummchen.« Sailor tat so, als tippte sie mir an die Schläfe. »Allerdings bin ich mir ziemlich sicher, dass er das eines Tages sein muss, bei den Gaunereien, in die du dich ständig verwickeln lässt.«

»Außerdem hat er Cillian vermutlich gebeten, es nicht weiterzuerzählen, und Cillian konnte einfach nicht anders. Mein Bruder würde ohne mit der Wimper zu zucken Staatsgeheimnisse verraten und den Staat Texas verschenken, um die Zustimmung seiner Frau zu erhalten.« Aisling richtete lächelnd den Blick auf Persephone.

Persys Wangen verfärbten sich, und sie senkte den Kopf. Aisling hatte recht. Gegen seine Frau konnte Cillian sich nicht wehren, und auch Hunter und Sam waren nicht besonders gut darin, ihrer jeweiligen Gattin etwas abzuschlagen.

Ich schüttelte den Kopf. »Ist egal. Ich bin nur froh, dass es nicht so lange gedauert hat. Ich meine, die eigentliche Herausforderung besteht zwar darin, die Schwangerschaft aufrechtzuerhalten. Schwanger zu werden war der leichtere Teil. Aber trotzdem.«

»Hmm, Mädels? Ich will keine Spaßbremse sein, aber bilde ich mir das ein, oder ist dahinten ein Typ im schwarzen Mantel, der uns folgt?« Sailor hob eine Augenbraue.

»Wo denn?« Verwirrt blickte Aisling nach links und rechts.

»Auf drei Uhr.«

Aisling und Persephone blieben sofort stehen und versuchten, sich unauffällig umzuschauen. Ich war weniger raffiniert. Ich drehte abrupt den Kopf und blickte aus schmalen Augen einen Mann an, der hinter einem Baum wenige Meter von uns entfernt stand. Er war groß und breitschultrig. Er trug einen Hut und war von Kopf bis Fuß schwarz gekleidet, sodass ich nicht erkennen konnte, wie er aussah.

»Ist das hier etwas, wovon du Sam erzählen solltest?«, fragte Persy an Aisling gewandt.

Aisling runzelte die Stirn und zog die Brauen zusammen. »Nein, ich glaube nicht. Im Augenblick hat er mit niemandem offenen Streit. Seit er die Russen auseinandergenommen hat, herrscht Ruhe. Vielleicht ist es für seinen Geschmack sogar zu ruhig. Wenn er der Meinung wäre, dass ich auf irgendeine Art in Gefahr bin, würde er mich nicht zur Tür hinausgehen lassen, ohne dass mich mindestens zwei seiner Männer begleiten.«

Das stimmte. Sam würde eine ganze Armee rekrutieren, um Aislings Sicherheit zu gewährleisten. Dass sie keine Bodyguards hatte, hieß, dass Sam ein friedliches Jahr erlebte.

»Was ist mit dir?« Sailor drehte sich zu Persephone. Obwohl der Mann meiner Schwester geschäftlich eine makellos weiße Weste hatte, ließ sich nicht leugnen, dass die Entführung eines Familienmitglieds eine lukrative Sache wäre.

Persy schüttelte den Kopf. »Der Fitzpatrick-Clan arbeitet mit einer Securityfirma zusammen. Alles ehemalige Geheimdienstagenten. Wir wissen immer und für jedes Szenario, wie hoch das Risiko ist, einschließlich der Gefahr einer Entführung. Im Augenblick ist es gering, weil die Aktien von Royal Pipelines an der Wall Street gerade in den Keller gehen.«

»Du Arme«, gurrte ich. »Wovon willst du nächsten Monat bloß deine Hypothek abzahlen?«

Aller Augen richteten sich auf mich. Erneut blickte ich über die Schulter. Der Mann war verschwunden, aber ich hätte gewettet, dass er sich nur einen anderen Baum gesucht hatte, um sich dahinter zu verstecken.

»Was ist?«, schnaubte ich. »Wer sollte denn bitte schön hinter *mir* her sein?«

Tatsächlich fiel mir dazu eine konkrete Person ein, aber die war sehr tot.

»Vielleicht einer dieser Spinner, die dir Briefe schreiben?«, gab Sailor zu bedenken. »Du bist eine der verrufensten Frauen von Boston, Belle.«

»Auf keinen Fall, verdammt. Diese Typen kommen kaum mit einem Festnetzanschluss klar, ganz zu schweigen von der

Planung eines sauber ausgeführten Mordes.« Dennoch zog ich die rothaarige Rooney näher zu mir heran, nur für alle Fälle. »Ich wette, das ist einfach ein ekelhafter Typ, der sich einen runterholt, sobald wir weg sind.«

»Mommy, was heißt runterholen?«, fragte Rooney glucksend, und Sailor fragte mich mit dem Blick: *Bist du jetzt endlich zufrieden?*, was mein Gesichtsausdruck wiederum mit *Ja, sehr* beantwortete.

»Hör mal … Der Typ ist gerade wieder in meinem Blickfeld, und er schaut eindeutig dich an, Belle.« Persephones Stimme war wie eine scharfe Klinge, die mir über die Haut fuhr.

Die Härchen in meinem Nacken richteten sich auf. Meine Handflächen begannen zu schwitzen. Im Geist ging ich die Probleme durch, die ich im Lauf der Jahre mit anderen gehabt hatte, aber nichts davon schien wichtig genug, um … *das hier* zu rechtfertigen.

Aller Logik nach waren Aisling mit ihrem Mafiaprinz von Ehemann und Persy, die mit einem der reichsten (und grausamsten) Männer auf dieser Welt verheiratet war, erstklassige Angriffsziele. Aber sie hatten beide recht, denn gerade *weil* sich ihre Männer ihrer Situation bewusst waren, trafen sie Sicherheitsvorkehrungen, die es unmöglich machen sollten, ihren Frauen etwas anzutun.

»Gibt es etwas, das du uns verschweigst?«, säuselte Aisling in ihrem besten Ton einer Friedensstifterin. »Du kannst uns alles sagen. Du weißt, dass wir immer auf deiner Seite sind.«

Aber ich konnte nicht.

Denn es gab nichts zu erzählen.

»Es ist alles in Ordnung«, sagte ich und versuchte erneut, einen Blick hinter mich zu erhaschen.

Ich sah gerade noch, wie ein schwarzer Peacoat hinter einer Statue verschwand.

Oh, fuck.

»Halt mal bitte.« Ich drückte Sailor Rooneys Leine in die Hand und lief dem Mann hinterher. Ich rannte zu der Statue, die Wut brannte in meinen Adern wie Säure. Egal, hinter wem dieser Mann her war, er würde mir eine Menge Fragen beantworten müssen.

Ich stürmte hinter die Statue und sah, dass er daran gelehnt dastand und Bilder auf seinem Handy durchscrollte. Bilder von meinem Rücken, wie ich feststellte, als ich auf seinem Display einen Blick auf meinen roten Peacoat erhaschte.

»Süßes Ding, was? Du solltest sie erst mal von vorne sehen.« Ich holte aus, wollte ihm mit der Faust mitten ins Gesicht schlagen. Er riss die Augen auf, stöhnte laut und rannte weg. Meine Faust sauste durch die Luft, ohne zu treffen.

Ich rannte hinter ihm her, Persy war mir dicht auf den Fersen.

»Belle!«, rief sie atemlos und verzweifelt. »Komm zurück. Das kannst du nicht machen.«

Natürlich konnte ich das machen.

Es war sogar meine *Pflicht*.

Vor langer Zeit hatte ich geschworen, niemals zuzulassen, dass ein Mann eine Frau verletzt, nur weil er aufgrund seiner Körperkraft dazu in der Lage ist.

Während meine Schwester mir folgte, nahm ich Fahrt auf. Auch der Typ beschleunigte seine Schritte. Währenddessen hatte Persy offenbar beschlossen, zum ersten Mal seit ihrer Geburt ihre sportliche Seite zu zeigen. Sie schaffte es, mich einzuholen und mich am Mantelkragen zurück zu den anderen zu zerren.

»Lass mich in Ruhe, Pers!«, brüllte ich. »Dieses Arschloch hat die Stirn, Fotos von mir zu machen, und ich will wissen, warum.« Ich schüttelte sie ab, streckte mein schlimmes Knie durch und rannte schneller. Aber Persy war hartnäckig. Woher kam nur auf einmal all diese Kraft?

»Das kannst du nicht machen!« Sie sprang vor mich und bildete auf diese Art eine Barriere zwischen mir und dem Mann, der inzwischen so weit weg war, dass ich ihn nicht mehr einholen konnte.

Dieser Typ war möglicherweise derselbe, der etwas mehr als einen Monat zuvor im *Madame Mayhem* an mich herangetreten war. *Verdammt.*

Persy packte mich an den Schultern, ihre Augen drohten aus den Höhlen zu treten. »Jetzt hör mir mal zu. Ich weiß, dass du tapfer bist, ein harter Knochen, aber du musst kapieren, dass es nicht mehr nur um dich geht. Du hast einen kleinen Menschen in dir, und an den musst du denken. Kapiert?«

Sätze des Gesprächs mit Doktor Bjorn blitzten in meinem Geist auf.

Hochrisiko.

Gefahr einer Fehlgeburt.

Wir werden Sie engmaschig überwachen müssen.

Ich nickte grimmig, denn ich wusste genau, dass sie recht hatte.

Was zum Teufel hatte ich mir nur dabei gedacht, auf diese Art durchzustarten?

»Okay«, sagte ich unwirsch. »Okay. Aber ich kann diesen Scheißkerl nicht einfach so davonkommen lassen.«

»Das verlange ich auch nicht von dir«, versicherte Persy mir. »Ich werde mit Cillian reden. Mal sehen, was sich machen lässt.«

Aber ich würde nicht zulassen, dass ein Mann – nicht einmal mein Schwager – den Babysitter für mich spielte. Ich wollte mich selbst um meine Angelegenheiten kümmern.

»Nein, ich regle das allein.«

»Aber nicht, indem du dich ihm ohne Unterstützung näherst«, sagte Persephone.

Ich nickte zustimmend, hielt mich mit Worten jedoch zurück. Gott steckte im Kleingedruckten.

Persy umarmte mich. »Na also, das ist meine Lieblingsschwester.«

»Du meinst, deine einzige Schwester.« Ich stöhnte, meine Wange an ihren wahnsinnig geschwollenen, mit Milch gefüllten Busen gedrückt.

Sie tätschelte mir den Kopf. »Das auch.«

12. KAPITEL

Devon

Drei Tage nachdem Emmabelle mir von ihrer Schwanger-schaft erzählt hatte, ging ich ans Telefon und hielt den wö-chentlichen Plausch mit meiner Mutter. Sie klang atemlos und entzückt. *Aber das wird nicht von Dauer sein*, dachte ich. Der Freudenexpress würde anhalten, sobald ich ihr von meiner be-vorstehenden Vaterschaft erzählte.

Während ich überglücklich war, Vater zu werden, stimm-te es mich verdrießlich, meine Mutter enttäuschen zu müs-sen. Schlimmer noch, jetzt, wo Sweven schwanger war, ließ sie mich nicht mehr in ihr chaotisches Bett, das dringend mal ge-waschen werden müsste.

Es war, als würde ich für mein gutes Benehmen bestraft werden.

»Hallo, Devvie-Darling. Wenn du wegen Harry Tindall an-rufst, muss ich dir leider mitteilen, dass er noch auf den Cay-man Islands ist, aber ich habe eine Nachricht erhalten, wonach er recht bald zurückkommen soll.«

»Danke, Mum. Aber da ist noch etwas, worüber wir spre-chen müssen.« Ich schritt die Länge meiner Wohnung ab – ein Loft in Back Bay –, nach einem erschöpfenden Workout nur mit einem Handtuch um die Hüften bekleidet.

»Als da wäre?«, fragte Mum. »Was hast du auf dem Herzen, mein Schatz?«

Ich blieb vor dem Kamin im Wohnzimmer stehen und legte den Schalter für das elektronische Feuer um.

»Sitzt du, Mum?« Ich behandelte sie auf dieselbe Art, wie sie mich beim Tod meines Vaters behandelt hatte. Ich hörte, wie sie sich in einen Ledersessel sinken ließ.

»Ja.« Ihre Stimme klang angespannt. »Ist etwas Schlimmes passiert?«

»Atme.«

»Atmen wird überbewertet. Bitte sag's mir einfach.«

»Ich werde bald Vater.«

»Ich … äh … wie bitte?« Sie wirkte aufrichtig überrascht.

»Vater, ich werde Vater«, wiederholte ich. »Ich bekomme mit jemandem ein Kind.«

Ich hörte einen dumpfen Aufprall – offenbar hatte sie das Telefon fallen lassen –, gefolgt von einem Rascheln, als sie den Hörer aufhob. Als sie wieder zu sprechen begann, atmete sie schwer und unregelmäßig. »Willst du mir damit sagen, dass du der Vater eines *Bastards* wirst?«

»Oder einer Bastardin«, sagte ich leichthin. »Ja, wahrscheinlich eine Bastardin. Die Kindsmutter hat gesagt, sie glaubt, dass es ein Mädchen wird, und im Allgemeinen täuscht sie sich nicht.«

»Aber … aber … wie? Wo? Wann?«

War die Frage nach dem Wo wirklich nötig? Ich hatte keine Ahnung, ob es passiert war, als Belle auf dem Schreibtisch in ihrem Büro lag oder als ich in ihrer Dusche in sie eingedrungen war.

Ich steuerte auf die Küche meiner dreihundertsiebzig Quadratmeter großen Wohnung zu. Nie zuvor hatte ich in einem Gebäude etwas derart Großes und Verschwenderisches gesehen, vor allem in Back Bay nicht. Die Wohnung war mit derselben akkuraten Sorgfalt und auf dieselbe altmodische Art gestaltet wie mein Büro. Jede Menge geschnitztes Eichenholz, teure Stoffe, Fußleisten aus Bronze und ein purpurrot gestrichener Fries.

Und am wichtigsten: Es war ein großer, offener Raum mit sehr wenigen Wänden. Genau, was ich mir gewünscht hatte, da ich an heftiger Klaustrophobie litt.

»Ihr Name ist Emmabelle. Unsere Verbindung war eher zwangloser Natur, wir waren nie offiziell ein Paar. Sie wird das Kind behalten.«

Als das Schweigen am anderen Ende der Leitung mir verriet, dass meine Mutter erheblich mehr Informationen brauchte, fügte ich vorsichtig hinzu: »Emmabelle ist in der Varietébranche tätig. Im Internet kannst du ein Bild von ihr finden. Sie hat als Gastkolumnistin einige Artikel über sexuelle Befreiung geschrieben und für einen Erotikkalender posiert. Ich glaube, ihr beiden würdet euch glänzend verstehen.«

Natürlich glaubte ich das nicht, aber es kam mir auch nicht richtig vor, sie so kurz nach dem Tod meines Vaters zu enttäuschen.

»Warum sollte ich ihr je begegnen?«, erwiderte Mutter schroff.

»Weil sie die Mutter deines geliebten Enkelkindes sein wird«, sagte ich leichthin.

»Was auch immer aus ihr herauskommen wird, ich werde es auf keinen Fall als meinen Enkel betrachten.« Sie war so wütend, dass ihre Stimme zitterte.

Obwohl ich nicht erwartet hatte, dass meine Mutter eine Party für mich steigen lassen würde, hatte ich doch nicht damit gerechnet, dass sie dieser Angelegenheit derart ablehnend gegenüberstehen würde. Schließlich war ich meinem Bündnis mit ihr und Cecilia treu geblieben und hatte ihnen jahrelang finanziell unter die Arme gegriffen. Das Einzige, das ich von ihr erwartete, war, dass sie die Art akzeptierte, wie ich mein Leben lebte.

Und dazu gehörte nicht, dass ich unwillige Frauen im Keller einsperrte und sie bis auf die Knochen verspeiste. Uneheliche Kinder zu bekommen war heutzutage allgemein üblich.

Ich riss den Kühlschrank auf und begann, mir ein Truthahnsandwich zuzubereiten. »Dann siehst du dein Enkelkind eben nicht. Pech für dich.«

»Vielleicht ändere ich mit der Zeit meine Meinung«, erklärte sie, nun mit sanfterer Stimme. »Ich will nur nicht, dass dir ein einziges uneheliches Kind deine gesamte glänzende Zukunft ruiniert. Wir leben im einundzwanzigsten Jahrhundert. Wir sind durchaus in der Lage, diese Sache unter Verschluss zu halten.«

»*Warum* sollte ich sie unter Verschluss halten wollen?«

»Weil du vielleicht irgendwann heiraten möchtest.«

Ich hatte mir geschworen, niemals zu heiraten, aber vermutlich hatte Mum bereits genug schlechte Nachrichten für ein Telefonat erhalten.

»In dem unwahrscheinlichen Fall, dass es dazu kommt, werde ich meiner Frau gegenüber offen und ehrlich damit umgehen.«

»Nicht jede Frau wird darüber glücklich sein.«

»Wie wär's, wenn wir aufhören, um den heißen Brei herumzureden? Sag, was du sagen willst.«

»*Louisa*, Devvie.«

Bei dem Namen klingelten mir die Ohren. Ich musste daran denken, wie mein Vater mich gezwungen hatte, sie zu küssen, und ich biss die Zähne zusammen.

»Was ist mit ihr?« Ich kickte die Kühlschranktür zu und klatschte Truthahnfleisch auf Weizenbrot, sparsam mit Mayo light und einem Klecks Senf bedeckt. »Glaubst du, sie wird mein Arrangement mit der Burlesquenymphe, die ich geschwängert habe, akzeptieren?«

»Du meinst eine Stripperin?« Meine Mutter rang empört nach Luft. »So nennt ihr doch heutzutage eine Stripteasetänzerin, nicht wahr?«

»Von mir aus«, sagte ich und gähnte demonstrativ. »Nenn sie, wie du willst.«

Mein Inneres verwandelte sich in Lava, knisternd vor Hitze. Ich hatte gelogen. Und diese Lüge würde Sweven nicht gefallen. Darum war es gut, dass Mum ihr Enkelkind nicht sehen wollte, denn wenn sie jemals versuchen würde, vor den Augen des Kindes verächtlich auf Belle hinunterzuschauen … So wahr ihr Gott helfe, in dem Fall würde sie kein Gesicht mehr *haben*, mit dem sie auf andere hinabschauen konnte.

»Nun, es gibt immer Wege, etwas zu umgehen, Devvie. Die moderne Zivilisation hat die Gattung der Lebemänner nicht ausgelöscht. Wir High-Society-Frauen haben nur neue Wege gefunden, die Diskretion zu wahren.«

»Ich kann Louisa nicht heiraten«, sagte ich und knallte mit einer Wildheit, als wäre sie persönlich für meinen derzeitigen Stress verantwortlich, eine Scheibe Käse auf mein Sandwich. »Woher kommt das auf einmal? Du hast mich in dieser Sache nie bedrängt. Nur Papa hat das getan, und er hat dafür mit dem Verlust seines einzigen Sohnes bezahlt. Ich kann Louisa nicht nur nicht heiraten, ich kann mich nicht einmal mehr mit ihr sehen lassen. Für die britischen Medien wäre es ein gefundenes Fressen, wenn sie herausfänden, dass ich bald der Vater des unehelichen Kindes einer gewöhnlichen Amerikanerin sein werde, während ich der Tochter eines Dukes hinterherlaufe.«

Der *Daily Londoner* beschäftigte ein ganzes Team von Journalisten, das die Mitglieder der königlichen Familie auf Schritt und Tritt verfolgte. Diese Sache würde sich auf keinen Fall geheim halten lassen.

»Wir sind mit diesem Thema noch nicht fertig«, teilte meine Mutter mir in geschäftsmäßigem Ton mit. »Wann soll das kleine Ding denn kommen?«

»Ich glaube, sie ist erst in der sechsten oder siebten Woche, *das kleine Ding* wird also noch eine Weile auf sich warten lassen.«

»Dann hat sie sehr früh erfahren, dass sie schwanger ist. Fast als hätte sie die Sache von Anfang an geplant«, dachte meine Mutter laut nach.

Ich erzählte ihr nicht, dass Emmabelle und ich vereinbart hatten, dieses Kind zu bekommen. Obwohl ich meine Mutter liebte, ging sie das nichts an.

»Nicht jeder ist so hinterlistig wie die Whitehalls, Mutter.«

Ich legte auf, biss in mein Sandwich und kaute, ohne etwas zu schmecken.

Was auch immer meine Mutter als Nächstes plante, ich würde ihr entschieden entgegentreten.

»Willst du mich umbringen?«, fragte mich Bruno, mein Fechtpartner, am nächsten Tag, als ich ihm die Klinge durch die Maske hindurch beinahe ins Gehirn bohrte. Ein *corps-à-corps*, Körperkontakt zwischen zwei Kontrahenten, war beim Fechten nicht erlaubt. Und dies war das dritte Mal, dass mir das passierte. »Was bedrückt dich?«, fragte Bruno hinter seiner Maske aus rostfreiem Stahl.

Ohne ihn einer Antwort zu würdigen, ging ich erneut zum Angriff über, wobei ich an das Gespräch mit meiner Mutter und die Funkstille seitens Belle dachte.

Fechten war wie körperliches Schach. Es erforderte nicht nur flinke Glieder und schnelle Instinkte, sondern auch ein gewisses Maß an Geisteskraft. Darum war es mein Lieblingssport. Ich stürmte vorwärts, während Bruno vorsichtiger geworden war und die Fechtbahn verließ.

»Devon.« Er stolperte von der Matte und riss sich die Maske vom Kopf. Sein Gesicht war verschwitzt, seine Augen geweitet. »Devon, hör endlich auf!«

Erst in diesem Augenblick, als er sich klein und verängstigt in eine Ecke des Raums geflüchtet, den Säbel gesenkt hatte und am ganzen Körper zitterte, wurde mir klar, dass ich ihn beinahe getötet hätte.

»Du machst gerade irgendwas durch, Mann. Sieh zu, dass du deinen Scheiß geregelt kriegst.«

Und damit stürmte er davon. Stirnrunzelnd nahm ich meine Maske ab.

Ich habe meinen Scheiß noch nie geregelt gekriegt, du Idiot.

Vom Training aus fuhr ich zu Sams Club. Im Etablissement meines Kumpels Sam Brennan, dem *Badlands*, waren die besten Spieltische, Whiskey und Kokain zu Hause.

Es handelte sich nicht um einen Underground-Club, sondern um einen, der für die allgemeine Öffentlichkeit zugänglich war, die Klientel der Pokerzimmer im hinteren Bereich war allerdings handverlesen.

Ich hielt mich so oft wie möglich dort auf. Mindestens dreimal pro Woche, manchmal auch öfter.

Sam, Hunter, Cillian und ich hatten uns in eins der gemütlichen Spielzimmer zurückgezogen. Wir saßen um einen mit grünem Filz bezogenen Tisch herum und spielten Karten. Ein Sortiment halb geleerter Brandy- und Whiskeygläser befand sich links und rechts von unseren Ellbogen.

»Glückwunsch zur Schwängerung der ultimativen Femme fatale.« Hunter bedachte mich hinter seinem Blatt hervor mit seinem Zahnpastalächeln. Wir spielten Rommé, was meinen wachsenden Verdacht, dass Sweven tatsächlich einen alten Sack in mir sah, nur noch verstärkte.

Ein sarkastisches Lächeln machte sich in meinem Gesicht breit. »War überhaupt kein Problem.«

»Problem? Nein. Seltsam? Ja. Ich hätte nicht gedacht, dass ihr überhaupt noch miteinander vögelt«, sprach Hunter seine Gedanken laut aus.

Ich hatte keinerlei Interesse, über Emmabelle Penrose zu sprechen. Weder mit Cillian und Hunter – zwei Männer, die ich nach wie vor als Mandanten betrachtete – noch mit Sam Brennan, den ich trotz seines hartnäckigen Flehens niemals als Mandanten akzeptieren würde.

»War es ein Unfall?«, bohrte Cillian nach, sog an seiner Zigarre und bedachte mich mit einem eiskalten, feindseligen Blick. Nicht weil zwischen uns etwas vorgefallen wäre. Es handelte sich um seinen üblichen Gesichtsausdruck. Andeutungsweise zufrieden wirkte er nur in Gesellschaft seiner Frau und seiner Kinder. Zu jedem anderen Zeitpunkt konnte man ihn leicht mit einem Serienkiller verwechseln, der dazu aufgelegt war, sich seinem Lieblingshobby zu widmen.

»Das geht dich nichts an«, sagte ich gut gelaunt und hob eine Karte von dem Stapel in der Mitte des Tisches ab.

»Es war bestimmt ein Unfall. Niemand ist so blöd, seine Zukunft freiwillig an diese Wölfin zu knüpfen.« Sam trank einen Schluck Guinness und sah sich gelangweilt in dem Raum um.

»Soweit ich weiß, hat deine Frau einen Mann mit genug Blut an den Händen geheiratet, um den Mystic River in Massachusetts damit zu füllen. Was verrät uns das über ihren IQ?« Ich zog eine Braue hoch.

»Es verrät uns, dass ihr IQ göttlich ist, genau wie alles andere an ihr. Deiner hingegen ist bestenfalls zweifelhaft. Meine Frau in meiner Anwesenheit zu beleidigen ist eine gute Methode, wenn du dich zwei Meter unter der Erde wiederfinden willst.«

»Du solltest deine Gefühle unter Kontrolle bekommen, mein Lieber. Sie könnten sich eines Tages als große Belastung erweisen.« Ich tätschelte ihm gönnerhaft die Hand, meine Stimme war so ausdruckslos wie meine Miene. Sam Brennan vergaß immer wieder, dass ich nicht zu seinen Jüngern gehörte. Aller Augen waren neugierig auf mich gerichtet.

»Bist du in den Wildfang etwa verknallt?« Hunter musterte mich mitleidig. »Verdammt, Dev. Du verteidigst doch sonst ohne hunderttausend Doller Vorschuss *niemanden*.«

Cillian lächelte süffisant. »Er hatte einen guten Lauf.«

»Und einen kurzen, wenn er weiterhin auf diese Art mit mir redet«, sagte Sam und kaute leidenschaftslos auf seiner E-Zigarette herum.

Egal, was Außenstehende darüber dachten: In unserem Universum war dies ein angenehmer Abend.

»Ich weiß echt nicht, ob ich das könnte, Mann.«

Hunter schüttelte den Kopf. Dieser gut aussehende Scheißkerl war cleaner als die Testergebnisse des Papstes in Sachen Geschlechtskrankheiten. Seit Jahren hatte er keinen alkoholischen Drink mehr zu sich genommen, genauer gesagt, seit er mit seiner Frau zusammengekommen war.

»Ich habe es ausgesprochen gern mit ihr getan und kann mir kaum vorstellen, dass es irgendeinem heißblütigen Kerl anders gehen könnte.« Ich betrachtete meine Karten und trommelte mit den Fingerkuppen auf den Tisch. Auf einmal fand ich die Aussicht, die ganze Nacht hier zu verbringen, nicht mehr sehr verlockend.

Ich wollte zu meinem Handy greifen und Belle anrufen, sie lachen hören, diese scharfen, lustigen Peitschenhiebe. Aber ich wusste, dass das nicht infrage kam.

»Ist doch verrückt, nicht an der Seite der Frau zu sein, die dein Kind bekommt. Dir entgehen eine Menge Erfahrungen. Die Tritte, die kleinen Drehungen, die das Baby vollführt, wenn es seine Position verändert. Das erste Ultraschallbild. Ich schwöre bei Gott, als ich Rooney das erste Mal auf diesem Schwarz-Weiß-Bildschirm gesehen habe, hätte ich mir fast in die Hose gemacht. Sie zeigte mir den Mittelfinger und hatte die Beine gespreizt.« Hunter ließ ein stolzes Lachen hören, als hätte er soeben bekannt gegeben, dass seine Tochter für den Nobelpreis nominiert worden war.

»Das Treten ist super«, stimmte Sam mit barscher Stimme zu und nahm eine weitere Karte aus der Mitte des Tisches. »Aisling ist immer aufgeblieben, bis ich von der Arbeit kam, und hat dann ein großes Glas Wasser getrunken, damit ich fühlen konnte, wie Ambrose kickte.«

»Seit wann benehmt ihr euch eigentlich wie ein Haufen alter Jungfern?« Ich krempelte die Ärmel auf. Es wurde immer heißer hier drin, aber vielleicht lag es auch daran, dass die Jungs mir auf die Nerven gingen.

Ich glaubte tatsächlich, dass es nicht gut war, von der Schwangerschaft kaum etwas mitzubekommen. Aber ich hatte keine Wahl. Ich blickte zu Cillian hinüber, der die ganze Zeit geschwiegen hatte. Von allen Männern am Tisch ähnelte er mir charakterlich am meisten – abgesehen von der Tatsache, dass ich tatsächlich noch so etwas wie ein Herz und einen beschissenen, aber immerhin funktionierenden moralischen Kompass besaß.

»Das ist doch alles Schwachsinn, oder?«, fragte ich ihn verstimmt. »Schwangere Frauen sind hormongesteuert, fordernd und nicht ganz bei Trost. Mein Vater hat meine Mutter immer zu ihren Eltern geschickt, wenn sie schwanger war, um bloß nichts mit ihr zu tun haben zu müssen.«

Alle Blicke huschten zu mir. Ich bemerkte, dass mir nach Jahren – Jahrzehnten – des Stillschweigens tatsächlich etwas Persönliches über meine Familie herausgerutscht war.

Cillian kriegte sich als Erster wieder ein.

»Du hast recht. Eine schwangere Frau kann all das sein«, sagte er und fuhr schulterzuckend fort: »Aber sie trägt auch den Menschen in sich, der dir auf dieser Welt am meisten bedeutet. Die Wahrheit ist, dass du dich zweimal in eine Frau verliebst. Beim ersten Mal willst du ihr ein Kind schenken. Und das zweite Mal verliebst du dich, wenn sie eines bekommt und dir klar wird, dass du ohne sie nicht leben kannst.«

Später an diesem Abend stolperte ich aus dem *Badlands* und ertappte mich dabei, dass ich den Weg zum *Madame Mayhem* einschlug. Die beiden Etablissements lagen nicht sehr weit voneinander entfernt, und die kalte Winterluft kam mir gerade recht.

Während des Kartenspiels hatte ich darüber nachgedacht, und mir war klar geworden, dass ich bei Emmas Schwangerschaft eine aktive Rolle spielen wollte. Hatte Sweven nicht gesagt, dass sie eine Hochrisiko-Schwangerschaft hatte? Es war wichtig, dass ich auf dem Laufenden blieb, falls sie etwas brauchte.

Außerdem wollte ich all die Dinge haben, die meine Kumpels hatten.

Sich drehende Babys.

Ungeborene Kinder, die einem bei den Ultraschall-Untersuchungen den Mittelfinger zeigen.

Große Gläser kaltes Wasser (ich hatte vergessen, in welchem Zusammenhang die erwähnt worden waren, ich geb's zu).

Beim *Madame Mayhem* angekommen fiel mir wieder ein, wie zutreffend der Name des Lokals doch war. Zwischen blutroten

Wänden tobte das Chaos. Drei Leute standen hinter der Theke. Eine davon war Emmabelle, der das Haar an den Schläfen klebte, während sie hin und her lief. Das Lokal quoll vor Gästen förmlich über. Auf keinen Fall entsprach die Besucherzahl der maximalen Aufnahmekapazität. Bei dem Versuch, an die Theke zu kommen, stapelten sich die Gäste förmlich aufeinander. Das Verhältnis zwischen Angebot und Nachfrage war verrutscht. Die Dinge liefen aus dem Ruder. Dieses verrückte Huhn hätte sich längst frei nehmen sollen, um sich und ihre Schwangerschaft zu schützen, aber sie war nun mal nicht der Typ, der die Kontrolle abgab. Tja, dann waren wir ja schon zu zweit.

Die Burlesquetänzerinnen auf der Bühne kamen mit ihren Bewegungen durcheinander, weil der Tumult sie zu sehr ablenkte, und die Band spielte falsch.

Ohne weiter darüber nachzudenken, schlüpfte ich hinter die Theke, zog mein Tweedjackett aus, krempelte die Hemdärmel auf und begann, die Leute zu bedienen.

»Wo ist der Bierkühlschrank?«, rief ich über die Musik hinweg und benutzte meinen Hintern, um die Mutter meines ungeborenen Kindes zur Seite zu schieben. »Und saubere Gläser.«

»Was machst du denn hier?«, brüllte Sweven zurück. Sie war schweißgebadet. Es war bemerkenswert, dass sie sich nicht im Geringsten darüber zu freuen schien, von mir gerettet zu werden.

»Dich vor dem Zusammenbruch bewahren.« Ich nahm mehrere Bestellungen gleichzeitig auf, ließ Bierflaschen aufploppen und tat mein Bestes, Cocktails nach Rezepten zu mixen, an die ich mich noch erinnern konnte.

»Ich brauche keine …«, fing sie mit ihrem Ich-bin-eine-unabhängige-Frau-hör-mich-brüllen-Geschwafel an. Unvermittelt drehte ich mich zu ihr um und legt ihr einen Finger auf die Lippen.

»Hilfe. Ich weiß. Daran zweifle ich keine Sekunde, denn sonst hätte ich dir kein Kind gemacht. Bedürftigkeit finde ich ehrlich gesagt ziemlich abschreckend. Aber du bist auch die Mutter meines zukünftigen Kindes, und ich werde nicht zusehen, wie du dich zu Tode arbeitest. Verstanden?«

Wütend starrte sie mich an.

»Hast. Du. Mich. Verstanden?«

»Ja.« Noch immer blickte sie mich finster, aber verblüfft an.

Die nächsten anderthalb Stunden servierte ich fruchtige Cocktails, füllte Schälchen mit Wasabi-Erbsen auf, knöpfte den Leuten zu viel Geld für Bio-Limonade ab und bekam sogar einen Betrag an Trinkgeld, den ich sonst in den ersten fünfzehn Sekunden eines Beratungsgesprächs erzielte.

Als die Lage sich später beruhigte, fasste ich Belle am Arm und zog sie in ihr Büro. Sobald sie sicher dort angekommen war, schloss ich die Tür, ging zu einem Minikühlschrank, nahm zwei Flaschen Wasser heraus, drehte eine davon auf und gab sie ihr.

Ich hasste ihr Büro. Es war klein und dermaßen beengt, dass mir schwindelig wurde und schlimme Erinnerungen in mir aufstiegen.

»Ich habe keinen Durst«, sagte sie frech.

»Du trinkst jetzt dieses Wasser«, gab ich mit zusammengebissenen Zähnen zurück. »Sonst erzähle ich deiner Schwester, dass du nichts tust, um deine Schwangerschaft zu schützen.«

»Du würdest mich verraten?« Ihre Augen wurden schmal.

»Ohne zu zögern, Schätzchen.«

Widerstrebend begann sie, an dem Wasser zu nippen.

»Warum bist du hier, Devon?« Sie lehnte sich an ihren Schreibtisch, der erstaunlicherweise noch chaotischer aussah, als ich ihn in Erinnerung hatte.

Musste ich einschreiten? War dies ein Zustand, der behandelt werden musste?

»Ich hatte heute Abend ein interessantes Gespräch mit den Jungs. Danach habe ich beschlossen, dass ich bereits während der Schwangerschaft anwesend sein will, nicht erst nach der Entbindung. Das erste Trimester ist besonders kritisch, stimmt's? Ich kann nicht zulassen, dass du herumrennst und für fünf arbeitest. Ich möchte mich um dich kümmern, und das Erste, das ich zu tun beabsichtige, ist, zwei oder drei weitere Barkeeper einzustellen. Du hast viel zu wenig Personal.«

»Glaubst du, das weiß ich nicht?«, fragte sie, trank das restliche Wasser auf ex und wischte sich über die Stirn.

Ich war überrascht, dass sie darüber keinen Streit mit mir anfing. Andererseits war sie ziemlich grün im Gesicht und schien überhaupt nicht ihr übliches nymphenhaftes Selbst zu sein.

»Das Problem ist, dass ich wahnsinnig hohe Ansprüche habe, und niemand, den Ross und ich bisher interviewt haben, war uns gut genug. Ich muss sichergehen, dass ich Leute einstelle, die gut zu meinen Tänzerinnen und den anderen Barkeepern passen.«

»Aber du kannst dir nicht die Finger wund arbeiten.«

»Ach nein?« Sie ließ ihren Kopf von einer Seite zur anderen rollen, als wäre er nicht fest mit ihrem Nacken verbunden. Allmählich machte ich mir Sorgen, dass diese Frau sich umbringen würde, nur um ihren Standpunkt zu verdeutlichen. »Bisher mache ich meine Sache doch ziemlich gut, findest du nicht?«

»Aber um welchen Preis?« Ich machte einen Schritt auf sie zu und musste all meine Selbstbeherrschung aufbringen, um sie nicht zu berühren. Es kam mir unnatürlich vor, sie nicht anzufassen, wenn wir zusammen waren, aber daran würde ich mich wohl oder übel gewöhnen müssen. Ich musste mich an unsere Vereinbarung halten. »Und warum willst du unbedingt arbeiten? Hat diese Erfahrung dich nichts gelehrt? Es gibt im Leben mehr als nur Arbeit.«

Ein höhnisches Lachen kam aus ihrem Mund. »Du hast gut reden, du bist ein verdammter Royal, Bro. Du hast schon bei deiner Geburt förmlich in Geld geschwommen.«

Es war sinnlos, ihr zu erklären, dass ich seit meinem einundzwanzigsten Lebensjahr keinen Zugriff auf das Vermögen meiner Familie mehr hatte und dass *Bro* tatsächlich kein Wort, sondern eine Beleidigung für die englische Sprache war.

»Du kannst weder mir noch dir selbst etwas vormachen, Sweven. Wir alle treffen unsere Entscheidungen auf der Grundlage unserer Gefühle und etikettieren sie nachträglich mit Vernunftgründen. Was auch immer du mir da weismachen willst, ich kaufe es dir nicht ab. Du musst dich auf die wichtigen Dinge konzentrieren. Überlass mir die Suche nach neuen Angestellten für dich. Ich werde mit diesem Ross reden. Ich fühle mich ihm sowieso ziemlich nah, schließlich habe ich vor ein paar Wochen an seinen Eiern geschnüffelt.«

Sie lachte leise und fiel in sich zusammen wie eine Burg, die aus einer Decke gebaut war. Auf einmal sah sie müde und jung aus. *Zu* jung.

»In Ordnung?« Ich senkte das Kinn.

Sie nickte. »Also gut. Aber das heißt nicht, dass du so tun kannst, als würdest du den Laden hier schmeißen. Es ist eine einmalige Sache, okay?«

»Ja, eine einmalige Sache«, stimmte ich zu, obwohl ich in meinem Inneren wusste, dass es nur eine von vielen Gelegenheiten sein würde.

Und ich wusste auch, dass ich sie noch nicht zum letzten Mal gevögelt hatte.

13. KAPITEL

Belle

Am nächsten Morgen rannte ich zur Toilette und erbrach das Wenige, das ich im Magen hatte.

Seit dem Anfang der Woche hatte ich mit morgendlicher Übelkeit zu kämpfen.

Das Problem war, dass ich nur drei Dinge bei mir behalten konnte, ohne nähere Bekanntschaft mit der Kloschüssel zu machen: Reiswaffeln, Ingwerbonbons und Diätcola.

Ich war zwar keine Ernährungsberaterin, aber ich war mir ziemlich sicher, dass diese drei Dinge keine ausgewogene, vitamin- und mineralstoffreiche Diät für mich und mein Baby darstellten.

Allerdings ergaben sie einen schönen Diätplan, mit dessen Hilfe ich die fünf zusätzlichen Pfunde verlieren würde, mit denen ich mich seit drei Jahren herumschlug.

Ich drückte die Stirn auf die Klobrille und gab mich dem erbärmlichen Genuss hin, dass sie mir die heiße Stirn kühlte. Ich war verschwitzt und erschöpft. Die Haare klebten mir im Nacken und hingen in feuchten Strähnen herab.

Ich blinzelte. Weiße Punkte tanzten vor meinen Augen, als ich mich auf den limettengrünen Fußboden in meinem Badezimmer zu konzentrieren versuchte.

»Bitte, Baby Whitehall, lass mich heute eine Scheibe Toast mit etwas Käse essen. Du brauchst die Proteine und ich die

Abwechslung. Ich verstehe, dass die morgendliche Übelkeit die Methode ist, mit der die Natur den Frauen klarmacht, dass sie verdammt noch mal die Finger von ungesundem Zeug lassen sollen, aber ich verspreche dir, dass ich Kaffee, Alkohol, rohes Fleisch oder Sashimi in den kommenden neun Monaten nicht einmal ansehen werde. Verflixt, ich werde Lutschbonbons und Essiggurken einwerfen, Hauptsache, du gönnst mir eine Pause.«

Baby Whitehall, das nach einer Tabelle im Internet derzeit die Größe einer Kidneybohne hatte, fand mein Flehen nicht überzeugend. Tatsächlich überkam mich gleich darauf ein weiterer Kotzanfall.

Mit letzter Kraft griff ich nach meinem Handy und schrieb Devon eine Textnachricht.

Belle: Du hast doch gesagt, du möchtest mehr miteinbezogen werden. Ich überlege, einen Termin bei meinem Gyn zu machen.

Devon: ?

Belle: Ich kann mich nicht weiter als zwei Meter vom Badezimmer entfernen.

Devon: Groß oder klein?

Belle: Mittel

Belle: (Kotzen)

Devon: Joanne wird einen Termin für dich vereinbaren und dir ein Taxi schicken.

Ah, seine zuverlässige Sekretärin. Denn als er sagte, er wolle miteinbezogen werden, meinte er damit, dass er mich kontrollieren wollte, bis ich ein gesundes, pausbäckiges Baby für ihn ausgebrütet hatte.

Belle: Schon gut. Das mache ich selbst.
Devon: Halt mich auf dem Laufenden.
Belle: Fick dich.

Die letzte Nachricht schickte ich allerdings nicht ab. Sie stank förmlich nach Emotionen, und damit gab ich mich nicht ab.

In Selbstmitleid schwelgend schleppte ich mich durch meine Schuhschachtel von Wohnung, sah mich deprimiert darin um und fragte mich, wo in aller Welt ich hier ein komplettes Baby unterbringen wollte. Das Baby an sich würde nicht allzu viel Platz wegnehmen, aber für ihre Sachen würde ich ein extra Zimmer brauchen.

Und heutzutage besaßen Babys alle möglichen Sachen.

Meine Schwester und all meine Freundinnen hatten Kinder und benötigten für die Spielzeuge und Möbel mehrere Hektar Land. Kinderbetten, Wickeltische, Kommoden, Hochstühle, Korbwiegen, Beißringe. Die Liste war unendlich lang, und mir fiel es bereits schwer, Platz für meine Kaffeetassen zu finden.

Zu erschöpft, um mich um die Wohnungsfrage zu kümmern, zog ich mir in der ersten Tageshälfte eine Netflix-True-Crime-Doku nach der anderen rein (denn nichts reizt eine fürsorgliche werdende Mutter mehr als die Chronik eines Serienmörders). Ein Klopfen an der Tür ließ mich hochfahren.

Stöhnend schwang ich die Füße von der Couch. Ich öffnete die Tür, und erst als die Erinnerung an den Stalker im Boston Common wiederauftauchte, kam mir in den Sinn, dass ich besser gefragt hätte, wer davor stand.

Tja, Scheiß mit Reis.

Ich hatte vorgehabt, Sam Brennan anzurufen und ihn zu fragen, was er derzeit für einen Bodyguard zum Schutz einer Bitch berechnete, aber mein Schwangerschafts-Alzheimer hatte mich fest im Griff. Außerdem war in den letzten Tagen nichts Ungewöhnliches mehr vorgefallen.

»Sweven?« Ein pickliger Jüngling in der Uniform eines exklusiven Filialgeschäfts lächelte mich an und hielt ungefähr eine Fantastilliarde braune Tüten in Händen.

Puh. Kein Serienmörder.

»Ich scheine neuerdings auf diesen Spitznamen zu hören, ja.« Ich blickte nach rechts und links, um mich zu vergewissern, dass er allein war und nicht zufällig einen Serienmörder mitgebracht hatte.

»Ich habe eine Lieferung für Sie. Direktsäfte, Körbe mit exotischen Früchten und Fertiggerichte von OrganicU für eine Woche. Wo soll ich die Sachen hinstellen?«

Ich deutete mit dem Kopf in Richtung Küche und ging voran.

Der Vater meines Babys war ein Arschloch, aber wenigstens ein fürsorgliches.

Ich ging zur Arbeit und sah aus, als hätte mich ein wütender Biber dorthin geschleift. Blutunterlaufene Augen, das knotige Haar nachlässig zum Dutt zusammengenommen und ein Kleid, das ich liebevoll mein Periodenkleid nannte. *Aus Gründen.*

Als ich in den Club schlenderte, bemerkte ich Ross, der mit drei Leuten zusammenstand, die ich nicht kannte. Sofort machte mein Herz einen Satz. Ich war generell kein Freund von Fremden, und erst recht nicht nach den Vorfällen mit dem seltsamen Typen in meinem Club und dem anderen, der mich im Common verfolgt hatte.

»Oh, gut. Dornröschen ist da.«

Ross drehte sich um und reichte mir strahlend meinen Kaffee. Ich stellte ihn auf die Theke, allein der Geruch weckte in mir den Wunsch, jedes Stück Pizza zu erbrechen, das ich je im Leben verzehrt hatte.

»Ich bin nur drei Minuten zu spät«, sagte ich, ließ meine Clutch auf den Tresen fallen und mich selbst wenig anmutig in einen Sessel. »Nichts für ungut, aber ... ähm ... Wer zum Teufel sind diese Leute?«

»Deine neuen Angestellten, angeheuert von einem Dritten. Zauberhaft, nicht wahr?«

Dieser Dritte war, so nahm ich an, Devon Whitehall. Der Mann, der es fertigbrachte, ein Helikoptervater zu sein, ehe das Baby überhaupt geboren war.

Die erste neue Mitarbeiterin hieß Morgan und war eine kleinwüchsige Giftnudel mit Nasenring, Kurzhaarschnitt und genug Haltung, um ganz Vegas zu erleuchten. Sie stellte sich als staatlich geprüfte Barkeeperin mit fünfjähriger Erfahrung in Troy und Sparrow Brennans mit einem Michelin-Stern ausgezeichneten Restaurant vor und versicherte mir ausdrücklich, sie sei extra eingestellt worden, um Doppelschichten zu schieben.

Die zweite hieß Alice und war eine Frau in den Vierzigern mit zwanzig Jahren Erfahrung als Geschäftsführerin einer Bar in New York. Alice raue Hände legten die Vermutung nahe, dass sie geübt darin war, Fieslinge und Querulanten aus Bars zu werfen, sollte sich die Notwendigkeit ergeben.

Der dritte Neue war ein Mann namens Simon Diamond (Künstlername, *anyone?*). Er war ungefähr so groß wie ein RAM-Truck. Simon beäugte mich, als wäre ich eine Gefangene, die er an der Flucht hindern musste. Als ich ihn nach seinem beruflichen Hintergrund fragte, servierte er mir eine halbgare Erklärung. »War zehn Jahre lang Türsteher.«

»Und wofür sind Sie hier zuständig?« Ich trank einen Schluck Kaffee, den ich sofort wieder in die Tasse kleckern ließ. Schlechte Idee. Ganz schlechte Idee. Baby Whitehall ließ sich von meinem nicht eingehaltenen Versprechen, kein Koffein mehr anzurühren, absolut nicht beeindrucken.

»Für dies und das. Eigentlich für alles.«

»Ein Alleskönner, hm? Nun, das wird jedoch nicht nötig sein.«

»Man hat mich bereits für die nächsten neun Monate bezahlt, Ma'am. Mich werden Sie nicht mehr los.«

Ich wusste nicht, was ich beunruhigender fand. Die Tatsache, dass er mir seine Anwesenheit aufzwang, oder die Tatsache, dass er mich Ma'am nannte.

Ich hatte *auch* keine Ahnung, wie Devon diese Leute dazu gebracht hatte, für mich zu arbeiten. Sie waren eindeutig überqualifiziert. Ich war mir ziemlich sicher, dass er ihnen viel zu viel gezahlt hatte, um sie für die Tatsache zu entschädigen, dass sie Männern mittleren Alters, die herkamen, um einen Blick auf die Burlesquetänzerinnen zu riskieren, eine Menge Gin-Tonic servieren würden.

»Belle, Süße, ein wenig mehr Wertschätzung und ein bisschen weniger Bissigkeit wären schön.« Ross materialisierte sich vor dem Backoffice und kam zur Theke geschlendert. Er wirkte verärgert und ein bisschen verlegen. Ich hatte gar nicht bemerkt, dass er weggegangen war. »Devon hat mich auf den neuesten Stand gebracht und mir erzählt, dass du jetzt für zwei essen musst.«

Er legte mir eine Hand auf die Schulter und schaute auf mich herab. »Warum in aller Welt hast du mir nichts davon erzählt? Ich dachte, wir sind eng befreundet.«

»Sind wir auch.« Ich leckte mir über die Lippen, denn ich war es nicht gewöhnt, zur Rede gestellt zu werden, sah jedoch ein, dass Ross zu Recht gekränkt war. »Es tut mir leid, Ross. Es ist nur, weil … na ja, es gibt ein paar allgemeine Gesundheitsprobleme. Es ist eine Hochrisiko-Schwangerschaft, darum wollte ich es nicht zu früh bekannt machen.«

»Oh.« Ich spürte, wie er auftaute, dennoch war er nicht glücklich, dass ich es ihm verschwiegen hatte.

»Man sollte Devon knebeln. Mich wundert, dass er kein Transparent für den Times Square in Auftrag gegeben hat.« Leidenschaftslos sah ich mich in meinem Lokal um. Da gerade von Werbebannern und Reklametafeln die Rede war: Die Tage des nackten Posierens waren vorbei. Baby Whitehall würde genug Material für ihren zukünftigen Therapeuten haben, auch ohne dass ich meine Nacktheit zu dem Mix hinzufügte.

»Gib ihm ein bisschen Zeit. Vielleicht ist er noch nicht dazu gekommen.«

Ich zeigte Ross den Mittelfinger. Er drückte ihn sanft zurück in meine Faust, aber in seiner Stimme lag kein Zorn. »Den hier lasse ich dir durchgehen, weil du in den letzten Wochen offenbar viele Veränderungen durchgemacht hast.«

Ich kaute auf meiner Unterlippe herum und beschloss, für einen Moment auf die Rolle der Nervensäge zu verzichten. Ich meine, dies war *Ross*. Mein Ross. »Danke.«

»Gern geschehen.«

»Du bist ihm also begegnet.« Ich setzte kein Fragezeichen ans Ende des Satzes. Innerlich begann ich mich aufzulösen.

»Ja.« Ross nickte nachdenklich, während Morgan, Alice und Simon so taten, als sähen sie sich in dem Lokal um und unterhielten sich miteinander.

»Und ... was denkst du?«

»Ich denke ...« Er berührte mein Haar und spielte liebevoll damit. »Ich denke, der Typ ist heißer als der Schwanz des Teufels, spricht wie ein Duke in einer Netflix-Serie und ist völlig verrückt nach dir. Mit diesem Arrangement bin ich einverstanden.«

»Danke, dass du mir den Segen gibst, um den ich nicht gebeten habe.«

»Gern geschehen. Und da wir gerade beim Thema sind … Ich weiß, dass du es irgendwie vermasseln wirst, weil du gegen Beziehungen allergisch bist, aber bitte, Belly-Belle, bi-ii-itte, könnten wir ihn noch ein bisschen behalten?« Er schlug die Hände zusammen und setzte einen flehenden Blick auf wie ein Kind, das eine streunende Katze entdeckt hat und sie adoptieren will.

»Nein.« Ich holte einen kleinen Spiegel aus meiner Clutch und checkte meinen roten Lippenstift. Mit dem kleinen Finger fuhr ich die Konturen nach. »Er hat seine Arbeit getan.«

»Dann solltest du ihm das sagen. Er hat mir gedroht, mir höchstpersönlich in den Arsch zu treten, falls ich dich heute Abend hinter der Theke arbeiten lasse. Also werde ich dafür sorgen, dass du bis maximal sechs Uhr im Büro arbeitest und dann nach Hause gehst.«

»Sechs Uhr?«, rief ich. »Es ist bereits vier!«

»Zwanzig nach. Vergiss nicht, du bist zu spät gekommen.« Ross nahm mir den kleinen Spiegel aus der Hand und überprüfte sein Aussehen. Mit hochgezogenen Augenbrauen begutachtete er den Zustand seines gebotoxten Gesichts. Meiner Meinung nach konnte er mindestens noch drei Monate warten, ehe er seinem Hautarzt einen Besuch abstatten musste.

»Du kannst mich nicht aus meinem eigenen Lokal werfen.« Ich holte mir den Spiegel zurück und schob ihn in die Clutch.

»Wetten, dass? Mr Whitehall hat mich gebeten, dich an Paragraf 12.5 eures Vertrags zu erinnern – übrigens finde ich es total scharf, dass ihr einen habt. Da steht drin, dass er berechtigt ist, dich zu verklagen, falls du euer ungeborenes Kind in Gefahr bringst.«

Holy Shit. Hätte ich mich doch bloß von dem *Sympathischen*

Spitzenreiter schwängern lassen. Dem wäre es völlig egal, ob ich mich unter einer Brücke zu Tode saufe.

Es war sinnlos, mich mit Ross oder Devon zu streiten. Nicht weil ich jemand wäre, der sich eine Gelegenheit zum Streiten entgehen ließ, sondern weil ich tatsächlich ein paar Stunden Schlaf gebrauchen konnte. Ich war erschöpft. So ungern ich es zugab, Devon hatte recht – ich *brauchte* Ruhe.

Widerwillig zog ich mich in mein Büro zurück. Während ich mein MacBook einschaltete, bemerkte ich einen Stapel Briefumschläge auf dem Rand meines Schreibtisches. Mir fiel ein, dass Devon mir geraten hatte, sie zu öffnen, um nachzusehen, ob nicht doch etwas anderes als Hasspost dazwischen war.

Vielleicht hatte ich in der Lotterie gewonnen?

Vielleicht war auch Fanpost dabei, in der stand, dass ich wundervoll war, weil ich die extravaganten, lustigen und sexuell freizügigen Wunder des Burlesquetanzes feierte?

Mit einem Ruck holte ich den Stapel zu mir heran und begann, ihn durchzusehen.

Ein Haufen bereits bezahlter Rechnungen, zwei wütende Briefe wegen meines maßgeblichen Anteils am Verderb der Bostoner Jugend und ein Dankesschreiben von einer Frau, die einige Monate zuvor eine Show im *Madame Mayhem* gesehen und daraus die Inspiration gezogen hatte, ihren Job als Meeresbiologin aufzugeben und sich der Tanzcrew von *Ein Sommernachtstraum* anzuschließen.

Ich griff nach einem weiteren Brief, dieser war gedruckt.

An: Emmabelle Penrose.

Ich riss den Umschlag auf.

Der Brief war kurz und enthielt als Absenderadresse ein Postfach in Maryland.

Emmabelle,

fürchtest du schon um dein Leben?
Das solltest du.
Wenn du den Dingen um dich herum mehr Aufmerksamkeit schenken würdest, hättest du bemerkt, dass ich dich schon seit langer Zeit beobachte.
Und meine Rache plane.
Ich weiß, wo du wohnst, wo du arbeitest, mit wem du deine Zeit verbringst.
Dies ist der Teil, bei dem du Angst bekommst. Zu Recht. Ich werde erst ruhen, wenn du tot bist.
Niemand kann dir helfen.
Nicht der Mann deiner besten Freundin, Sam Brennan.
Nicht deine bescheuerte Schwester, Persephone, oder ihr milliardenschwerer Ehemann.
Nicht mal der schicke Typ, mit dem du dich in letzter Zeit abgibst.
Sobald ich meine Entscheidung getroffen hatte, war dein Schicksal besiegelt.
Du kannst mit diesem Brief zur Polizei gehen. Tatsächlich ermutige ich dich sogar dazu.
Damit hättest du nur noch mehr Grund zur Sorge, die dein ohnehin verkorkstes Leben ganz auseinanderbrechen lassen würde.
Ich werde dich töten für das, was du mir angetan hast.
Und es wird mir nicht einmal leidtun.

Der Mensch, dem du alles genommen hast

Mein Magen zog sich zusammen, verkrampfte sich um den bescheuerten Direktsaft, den ich zum Frühstück getrunken hatte.

Also war der Mann im Boston Common tatsächlich meinetwegen dort.

War er die Person, die glaubte, dass ich ihr Leid zugefügt hatte, oder war er nur gekommen, um zu spionieren?

Wie dem auch sei, irgendjemand war hinter mir her.

Hinter meinem *Leben*.

Ein unsichtbarer Feind.

Eine Schlinge legte sich um meinen Hals.

Wer konnte das sein?

Bei der Bestandsaufnahme musste ich mir eingestehen, dass ich alles andere als der netteste Mensch auf dem Planeten Erde war, aber auf keinen Fall hatte ich Erzfeinde. Ich hatte niemanden verletzt, zumindest fiel mir niemand ein. Mit Sicherheit nicht so sehr, dass eine derartige Wut gerechtfertigt wäre.

Vor langer Zeit hatte es einen Vorfall gegeben. Aber die einzige Person, die davon betroffen war, lebte nicht mehr.

Gut, dass ich eine Pistole besaß, die ich von nun an überallhin mitnehmen würde, nur für alle Fälle. Außerdem besaß ich Kenntnisse in Krav Maga und die Haltung einer knallharten Schlampe. Ich würde diesen Menschen mit eigenen Händen erwürgen, sollte er jemals in meine Nähe kommen.

Außerdem konnte ich nicht an die große Glocke hängen, was hier mit mir passierte. Indem ich Devon und meinen besten Freundinnen von diesem Brief erzählte, würde ich nur noch mehr Chaos anrichten.

Der Vater meines Kindes versuchte ohnehin bereits, die Kontrolle über mein Leben zu übernehmen, und ich wollte ihm nicht noch mehr Spielraum für eigenmächtige Entscheidungen einräumen.

Nein, das hier war eine weitere Herausforderung, der ich mich offen stellen würde.

Außer mir selbst gab es noch jemanden, auf den ich aufpassen musste, und für diesen Menschen würde ich notfalls auch töten.

Mein Baby.

14. KAPITEL

Belle

Der Zeitpunkt für die Vorsorgeuntersuchung beim Gynäkologen war genau richtig. Ich konnte es kaum erwarten, etwas über Baby Whitehalls Leben in meiner feindseligen Gebärmutter zu erfahren und außerdem ungefähr fünftausend verschreibungspflichtige Medikamente gegen meine morgendliche Übelkeit zu bekommen, die mich inzwischen drei Kilo gekostet hatte … natürlich unfreiwillig.

Joanne, Devons Sekretärin, rief mich morgens an, um mir mitzuteilen, dass sie ein Taxi für mich bestellt hatte. Sie klang wie die liebenswürdigste Person auf Erden, Jennifer Aniston eingeschlossen.

»Also, ich weiß zwar nicht genau, worum es geht, aber ich hoffe natürlich, dass unser Freund Lord Whitehall Sie gut behandelt«, sagte sie, und ich hörte sie am anderen Ende der Leitung glucksend lachen.

»Ma'am, er behandelt mich sogar *zu* gut.«

»So was gibt es gar nicht!«, schrie sie mich an. Ich konnte fast hören, wie sie überlegte, was sie als Nächstes sagen sollte. Und zwar Folgendes: »Noch mal, ich habe keine Ahnung, warum ich diesen Termin für Sie mache, aber … Ich hoffe wirklich, dass die Sache hält. Er ist ein fantastischer Mann. Stark, selbstsicher, robust und rasiermesserscharf. Er verdient eine gute Frau.«

Stimmt, dachte ich bitter. Wirklich schade, dass ich diese Frau nicht für ihn sein kann.

Als ich eine Stunde später in das Taxi stieg, eine übergroße Sonnenbrille im Gesicht und in einen Mantel aus Webpelz gehüllt, war ich überrascht, Devon auf dem Beifahrersitz zu sehen. Er trug einen schicken Anzug und einen Peacoat und war damit beschäftigt, E-Mails in sein Handy zu tippen.

»Sweven.« Er schob das Handy in die Jackentasche, während er sich zu mir drehte und mit diesem affektierten Hugh-Grant-Akzent sprach, der typisch für ihn war. *Fick mich.*

»Arschloch«, feuerte ich zurück, noch immer sauer, weil er sich in meine Geschäfte eingemischt hatte. »Du kommst also mit. Haha. Ich hätte wissen müssen, dass du versuchen würdest, auch in dieser Situation die Kontrolle zu übernehmen.«

»Gefallen dir deine neuen Mitarbeiter?« Er ignorierte die Spitze. Wie immer. Warum ging er nicht auf Abstand? Warum schrieb er mich nicht ab wie jeder andere Mann, den ich bis zur Unterwerfung erschöpft hatte?

»Frag mich in einer Woche noch mal.«

»Ich werde mir einen Wecker stellen.« Ich konnte nicht erkennen, ob es sarkastisch gemeint war oder nicht.

»Dafür werde ich mich rächen, nur damit das klar ist.« Ich lehnte den Kopf an den kühlen Sitz und schloss die Augen, um die Übelkeit zu lindern.

»Du siehst schrecklich aus, Liebling.«

»Pfff … danke.« War ich nicht der reinste Wonneproppen?

»Ich wollte damit sagen, dass du erschöpft aussiehst. Wie kann ich dir helfen?«

»Du kannst mir vom Hals bleiben.«

»Sorry, dazu riechst du zu gut.«

Ich lächelte müde. »Meine Einstellung wird dich nicht abschrecken, stimmt's?«

Er zuckte mit den Schultern und bedachte mich mit einem schiefen Grinsen, das mein Herz immer langsamer schlagen ließ, bis es beinahe zum Stillstand kam. »Viele erlesene Dinge haben Dornen. Damit halten sie sich unerwünschte Aufmerksamkeit vom Leib.«

»Du glaubst wirklich, du kannst mich noch mal flachlegen, hm?« Ich blinzelte.

»Eindeutig«, sagte er.

Als wir bei Dr. Bjorns Praxis ankamen, stand mein Gyn unter dem bizarren Eindruck, Devon sei ein Ex-Freund von mir, und wir hätten unsere Romanze wiederaufleben lassen. Natürlich hatte er keinen Grund, so etwas zu denken. Er tat es einfach.

»Nichts sehe ich lieber, als wenn zwei alte Flammen wieder Funken sprühen und beschließen, ein Kind zu machen …« Er führte uns in einen Untersuchungsraum und klatschte begeistert in die Hände.

»Das einzige Bild mit Bezug zu Feuer, das auf diesen Mann passt, ist die Vorstellung, wie ich ihn in Brand stecke«, versicherte ich dem glücklichen Doktor.

Devon lachte leise und rieb mir in beruhigenden Kreisen den Rücken. Wir machten uns auf den Weg durch den Flur, der mit Bildern von schlafenden Babys in Körben tapeziert war. Wenn man genauer darüber nachdachte, hatten Babys und Katzenkinder in Sachen Aneignung eine Menge gemeinsam.

»Wie Sie sich denken können, spielen ihre Hormone bereits verrückt.« Devon benahm sich absichtlich chauvinistisch, um mich zu ärgern.

Aber ich würde ihm nicht zeigen, wie sehr.

»Erwarten Sie keine Hochzeitsglocken, Dr. Bjorn«, sagte ich. Devon musste unbedingt begreifen, dass ich nicht leicht zu haben war. Ich stand jetzt schon am Rand einer Panikattacke, einfach nur weil er in meiner Nähe war.

Manche Frauen wollten nach einer traumatischen Erfahrung nicht berührt werden.

Ich hingegen … Mein Körper war sehr empfänglich für männliche Aufmerksamkeit. Mein Verstand, mein Herz und meine Seele lehnten das Konzept Mann allerdings vollständig ab.

Wir betraten einen kleinen Raum mit Wandschränken aus Holz, einem Untersuchungsstuhl und weiteren Tabellen zu den Themen Säuglinge und sexuell übertragbare Krankheiten.

»Zur Kenntnis genommen, Ms Penrose. Also, Mr Whitehall, wollen Sie uns bei der vaginalen Ultraschall-Untersuchung Gesellschaft leisten?« Mein Gyn fragte Devon, nicht mich. Die beiden verstanden sich wirklich ausgezeichnet.

Aber … sollte nicht ich es sein, die diese Entscheidung traf?

»Nein, will er nicht«, sagte ich in dem Augenblick, in dem Devon verkündete: »Aber mit dem größten Vergnügen.«

Dr. Bjorn blickte von einem zum anderen. »Bitte entschuldigen Sie. Wenn ein Mann mit seiner Partnerin zum Ultraschall kommt, ziehe ich daraus im Allgemeinen eine gewisse Schlussfolgerung. Tut mir leid, wenn ich zu weit gegangen bin. Ich lasse Sie nun mit der Entscheidung allein und bin in ein paar Minuten wieder da. Bitte behalten Sie Ihr Kleid an und legen Sie die Kleider von der Taille abwärts ab, bevor Sie sich auf den Untersuchungsstuhl setzen, Ms Penrose.«

Devon und ich versuchten für einige Sekunden, uns gegenseitig niederzustarren, ehe er gedehnt fragte: »Und was ist dein Problem?«

»Es ist eine vaginale Untersuchung.«

»Ach ja? Ich habe deine Vagina schon aus jedem Blickwinkel betrachtet. Ich habe sie gefickt, geleckt, befingert und mit ihr gespielt.«

»Dies ist ein Wendepunkt in meinem Leben, du Höhlenmensch«, schnauzte ich ihn an.

»Ein intimer Moment für uns beide. Das da drin ist *mein* Kind.« Er deutete auf meinen Bauch.

»Und meine Vagina«, rief ich ihm in Erinnerung.

»Meine Güte, bist du kindisch.« Endlich – *endlich* – regte er sich über mein Benehmen auf. Aber es war nur halb so befriedigend, wie ich erwartet hatte.

»Nun, ich bin ja auch zehn Jahre jünger als du.«

»Hör zu.« Er seufzte und schüttelte den Kopf, als wäre ich ein widerspenstiges Kind. »Ich verspreche dir, nicht auf … heikle Stellen zu schauen. Ich will nur das Baby sehen. Mein Baby.«

»Da gibt es nichts zu sehen«, sagte ich und hob beide Hände. »Zu diesem Zeitpunkt ist es nicht größer als eine Bohne.«

»*Unsere* Bohne«, stellte er richtig.

Devon hatte recht, und ich fand es schrecklich, dass er recht hatte. Ich fand es auch schrecklich, dass ich ihm nichts abschlagen konnte. Nicht die Mitarbeiter, nicht den Besuch beim Arzt und auch sonst nichts. Denn die Wahrheit lautete … Sachen in Begleitung erledigen zu können war gar nicht mal so übel.

»In Ordnung. Aber wenn du auf meine Pflaume starrst, werde ich deine Nüsse zerquetschen, das schwöre ich bei Gott.«

Er musterte mich stirnrunzelnd. »An deinen Analogien musst du noch arbeiten.«

»Ich wollte sagen, ich hau dir eine in den Sack.«

»Sehr subtil.«

Der vaginale Ultraschall verlief so gut, wie er nur verlaufen konnte. Devon und ich sahen den kleinen Punkt in meiner Gebärmutter, unbeweglich und stolz. Wir betrachteten ihn beide mit Ehrfurcht und Staunen.

»Die kleine Bohne sieht gut aus. Sorgen Sie dafür, dass Sie sich ausruhen und wenig Stress haben.« Dr. Bjorn war es, der das sagte. Natürlich zu Devon.

»Verstanden, Doc.«

»In Ordnung, dann nichts wie raus hier, wir sehen uns im Sprechzimmer.«

An diesem Punkt starrte ich Devon wütend an und sagte: »Wenn du erlaubst?«

Ich ertappte ihn dabei, wie er mich anblickte, als hätte ich gerade einen Zaubertrick vorgeführt, den er noch nie gesehen hatte. Große himmelblaue Augen, die vor Stolz und Rührung glänzten. Und das machte mich fertig. Es machte mich fertig, dass ich nicht die Arme um ihn schlingen, ihn küssen und ihm sagen konnte, dass ich dasselbe empfand.

Alles. Den Schock. Die Aufregung. Die Ehrfurcht.

Stattdessen zog ich die Brauen hoch, als wollte ich sagen: *Na und?*

»Ja. Natürlich.« Devon stand auf und sah sich um, als gäbe es noch einen Grund für ihn, zu bleiben. »Ich wollte nur … äh … Ja, wir sehen uns im Sprechzimmer des Doktors, wenn du dich angezogen hast.«

Dr. Bjorn verschrieb mir ein paar Tabletten, die die morgendliche Übelkeit lindern sollten, und versicherte uns, dass wir unsere Sache gut machten. Ich wusste nicht, ob Devon dieser Einschätzung zugestimmt hätte, hätte er von der Glock gewusst, die in meiner Clutch lag, und hätte er gewusst, dass ich jederzeit bereit war, mich auf eine körperliche Auseinandersetzung mit einem Stalker einzulassen.

Wir verließen den Untersuchungsraum, und ich rief den

Fahrstuhl, während Devon die Treppe nahm. Ich versuchte ihn nicht zu überreden, mit mir im Aufzug zu fahren. Schließlich konnte ich es selbst nicht ausstehen, wenn man mich aus meiner Komfortzone riss oder bestimmte Knöpfe drückte, darum versuchte ich, seine Vorlieben zu berücksichtigen.

Im Erdgeschoss trafen wir uns wieder und standen dann voreinander auf der Straße, umrahmt von Wolkenkratzern und Fußgängern.

Auf einmal hatte ich eine Vision. Ich sah vor mir, wie wir Händchen hielten. Einander anlächelten. Diesen Moment genossen wie ein ganz normales Paar.

Devon räusperte sich und wandte den Blick ab. »Ich sollte jetzt besser wieder ins Büro fahren.«

»Ja.« Ich richtete meinen Pferdeschwanz. »Ich auch. Ich muss meine neuen Mitarbeiter anlernen.«

»Das ist bestimmt mühsam«, sagte er höflich.

»Ein notwendiges Übel«, versetzte ich.

Halt mich auf. Sag mir, dass ich nicht gehen soll. Lass uns noch ein bisschen hierbleiben.

Hoppla. Ich hatte keine Ahnung, woher diese Gedanken kamen.

»Okay, bis später dann.« Ich machte einen Schritt zurück und betrat die Straße.

Ich hatte mich gerade in entgegengesetzter Richtung in Bewegung gesetzt, als Devons Stimme die Luft zerriss.

»Vielleicht …«

Wie angewurzelt blieb ich stehen, meine Seele steckte mir im Hals. *Ja?*

»Hättest du Lust auf einen Brunch? Du hast gehört, was der Doktor gesagt hat. Du musst bei Kräften bleiben. Ich kann dir die Tabletten holen, während du auf deine Bestellung wartest. Weiter unten an der Straße ist ein Café.«

»Ja.« Ich drehte mich abrupt um. Ich zitterte am ganzen Körper. Vor Aufregung. Entsetzen. Furcht. »Ja, ich muss etwas essen.«

»Ja. Okay. In Ordnung.«

Keiner von uns bewegte sich. *Schon wieder.* Wenige Wochen zuvor hatten wir gevögelt, als gäbe es kein Morgen, und *jetzt* waren wir verlegen? War das hier noch mein Leben?

»Jederzeit gern.« Ich verschränkte die Arme über der Brust, schob eine Hüfte vor und grinste. »Heute, morgen, übermorgen.«

Er lachte leise und stürmte auf mich zu. Er legte mir eine Hand auf den unteren Rücken, und ich schwöre, ein Stromschlag kam aus seinen Fingern und explodierte zwischen meinen Beinen.

Was zur Hölle …

… zur Hölle …

… zur Hölle.

»Das Böhnchen ist total niedlich, hm?«, fragte ich, während wir zum nächstgelegenen Café gingen. Die Leute schauten zweimal hin, wenn sie mich sahen – wahrscheinlich erkannten sie mich von den Reklametafeln –, aber sie starrten auch *ihn* an. Jeder wusste, dass ein Mitglied des britischen Königshauses in Boston lebte.

»Schick«, stimmte er zu. »Eine attraktivere Bohne habe ich noch nie gesehen.«

»Ich stehe nicht besonders auf Gemüse.« Oh mein Gott, was redete ich denn da?

Devon lachte. »Du kleine Spinnerin.«

»Dev?«

»Hmm?«

»Jetzt wäre ein guter Zeitpunkt, mir zu erzählen, warum du diese schreckliche Klaustrophobie hast.«

»Frag mich später noch mal.«

»Wie viel später?«

»Wenn ich dir vertraue.«

»Dazu kommt es vielleicht niemals«, gab ich zu bedenken.

»Genau.«

Wir kamen bei einem malerischen Café mit Erkerfenstern und Topfpflanzen auf den Tischen an. Als die Wirtin uns zu unserem Tisch führte und dabei den Blick anerkennend über Devons Körper wandern ließ, stöhnte ich innerlich auf.

Ich fragte mich, ob dasselbe passiert wäre, wenn man meinen Bauch schon sehen könnte.

Dann rief ich mir in Erinnerung, dass das ohnehin egal war, weil wir kein Paar waren.

»Sind Sie nicht ein Lord? Ich meine, ein Duke?« Die Kellnerin scharwenzelte um ihn herum.

Devon gönnte ihr ein höfliches, aber kurzes Lächeln. »Ein Marquis«, stellte er richtig.

Nachdem er einen Stuhl hervorgezogen hatte, auf dem ich Platz nehmen sollte, ging der Vater meines Kindes dazu über, die gesamte Speisekarte zu bestellen, ohne auch nur einen Blick darauf zu werfen.

»Wir haben siebenundzwanzig Gerichte auf der Speisekarte«, gab die Kellnerin zu bedenken und klimperte mit den Wimpern. War ich neben diesem Scheißkerl etwa unsichtbar?

»Gut. Mein Date hat gern Abwechslung«, sagte Dev. Ich hatte das Gefühl, dass er auf meine sexuellen Eroberungen anspielte.

»Soll das Essen in einer bestimmten Reihenfolge serviert werden?« Die Kellnerin hatte sich inzwischen beinahe an ihn gelehnt, und erneut bekam ich Lust, die Gabel vom Tisch zu nehmen und ihr damit zwischen die Augen zu stechen.

»Fragen Sie mein Date. Wo wir gerade dabei sind: Könnten Sie sie freundlicherweise im Auge behalten? Sie ist sehr gut darin, mich zu beunruhigen.«

Er nahm mir das Rezept und den Führerschein ab und eilte zu der Apotheke auf der anderen Straßenseite, um die Tabletten gegen meine morgendliche Übelkeit zu besorgen.

Als er zurückkam, bemerkte ich, dass die Tüte, die er trug, sehr viel größer war, als sie hätte sein sollen.

»Hast du den ganzen Laden aufgekauft?« Ich zog eine Braue hoch und nahm einen Schluck von einem grauenhaft grünen und beleidigend gesunden Saft.

Dieses Baby müsste bei seiner Geburt eigentlich fit für einen Triathlon sein, denn ich machte nun wirklich *alles* richtig.

Devon drehte die Tüte um und ließ ihren Inhalt auf den Tisch fallen.

»Wusstest du, dass es dort einen Gang nur mit Produkten für Schwangere gibt?«

»Ja«, sagte ich in sachlichem Ton.

»Hm, ich nicht. Deshalb habe ich einfach alles gekauft, was sie im Angebot haben. Wir haben jetzt Nahrungsergänzungsmittel, etwas gegen Sodbrennen, morgendliche Übelkeit, Verstopfung und ein Mittel für eine ausgeglichene Vagina.«

»Du meinst für einen ausgeglichenen PH-Wert. Wenn meine Vagina unausgeglichen wäre, würde ich sie zum Pussypsychiater schicken.«

Devon spuckte den Schluck Kaffee aus, den er genommen hatte, als er sich setzte. Er lachte und lachte. Ich konnte es als Blubbern in meiner eigenen Brust spüren.

»Meine Mutter wird dich lieben«, spottete er mit ausdruckslosem Gesicht.

Überraschenderweise ertappte ich mich dabei, dass ich laut gackerte, obwohl ich mir große Mühe gab, es nicht zu tun.

Nicht nur weil der Gedanke, dass ich jemals seiner Mutter begegnen würde, geistesgestört war, sondern auch weil er recht hatte. Seine Familie würde vermutlich kollektiv einen Herzanfall erleiden, sollte sie mich jemals kennenlernen.

»Hast du ihr von den neuen Umständen erzählt?«, fragte ich.

»Ja.«

»Und?«

»Sie war nicht sonderlich beeindruckt«, gab er zu.

»Und …?«, hakte ich nach, und mir sank ein wenig der Mut.

»Ich bin über vierzig und in der Lage zu tun, was mir gefällt, verdammt. Und was ich wollte, warst du. Fall erledigt.«

Es gab noch sehr viel mehr, was ich ihn gern gefragt, was ich gern gewusst hätte, aber ich hatte kein Recht, weiter in ihn zu dringen. Nicht nachdem ich eine dicke, unübersehbare Grenzlinie zwischen uns gezogen hatte.

»Okay, erzähl mir etwas über deine Angst vor Fahrstühlen, Autos, Flugzeugen und so weiter«, sagte ich, als ich mich über ein paar Eier Benedict hermachte.

Er lächelte. »Netter Versuch. Aber in der letzten halben Stunde ist es dir nicht gelungen, mein Vertrauen zu gewinnen. Um ehrlich zu sein: Ich glaube auch nicht, dass es je dazu kommen wird.«

»Warum nicht?«

»Vertrauen legt man nicht in die Hände eines Menschen, der sich selbst nicht vertraut. Ich habe nichts dagegen, dir meine Geschichte zu erzählen, Emmabelle, aber Schwächen sollte man auf dieselbe Art austauschen, wie Länder Kriegsgefangene gegeneinander austauschen. Unsere Ängste sind eine ziemlich scheußliche und trostlose Angelegenheit, hab ich recht? Man sollte keine Informationen herausgeben, ohne neue dafür zu bekommen.«

»Ach nee.« Lächelnd bestrich ich ein Stück Karottenkuchen mit Butter, obwohl das überhaupt keinen Sinn ergab. »Du bist also tatsächlich nicht perfekt?«

»Nicht mal annähernd. Kein Gedanke.« Sein Lächeln war ansteckend.

Ich senkte den Kopf und versuchte, mich auf das Essen zu konzentrieren.

»Nun, ich bin auch noch nicht bereit, dir zu vertrauen«, gab ich zu.

»Wäre das so schlimm?«, fragte er. »Einem anderen Menschen zu vertrauen?«

Ich dachte eine Weile darüber nach, dann nickte ich. »Ja, ich glaube schon.«

Er hielt meinem Blick stand. Ich hatte das Gefühl, einen schrecklichen Fehler zu begehen, konnte aber dennoch nicht aufhören.

»Soll ich auf dich warten, Emmabelle?«, fragte er leise. »Habe ich überhaupt Grund, auf dich zu warten?«

Sag Ja, du Idiotin. Gib ihm etwas, woran er sich festhalten kann, damit du etwas zum Festhalten hast.

Trotzdem kam das Wort aus meinem Mund, hart und stumpf wie ein Stein. »Nein.«

In den nächsten anderthalb Stunden redeten wir über alles Mögliche, nur nicht über unsere Angst vor beengten Räumen oder, in meinem Fall, Beziehungen.

Wir sprachen über unsere Freunde, unsere Kindheit, über Politik, die Erderwärmung und unsere persönlichen Lieblings-ärgernisse – zu seinen gehörte die Tatsache, dass viele Leute das Wort *buchstäblich* benutzen, obwohl das, was sie sagen, tatsächlich *nicht* buchstäblich gemeint ist. Ich ärgerte mich, wenn Leute dasselbe Messer für Erdnussbutter und Gelee benutzten oder wenn sie behaupteten, ich würde etwas bestimmt nicht glauben, obwohl es sich um etwas handelte, das *absolut* glaubhaft war.

»Menschen sind einfach erbärmlich!« Ich hob beide Hände, während ich das Fazit aus unserem Gespräch zog. Devon beglich die Rechnung für den Brunch, und wenn mich mein kurzer Blick nicht täuschte, hinterließ er außerdem ein wahnsinnig hohes Trinkgeld.

»Ja, unentschuldbar«, pflichtete er mir bei. Ich war froh, dass das Gespräch gut gelaufen war, obwohl ich ihm gesagt hatte, er brauche nicht auf mich zu warten. »Aber zurechtkommen muss man trotzdem mit ihnen.«

»Danke, dass du nicht ganz so schrecklich bist, puh!« Ich boxte ihm freundschaftlich gegen den Bizeps. Ganz schlechte Idee. Bei der Berührung seiner kräftigen Muskeln unter der Kleidung hätte ich mich am liebsten sofort auf ihn gestürzt.

Devon blickte von der Rechnung auf und drückte mir einen Daumen auf die Stirn. »Liebling, hast du Fieber? Ich glaube, du hast mir gerade tatsächlich ein Kompliment gemacht.«

»Na ja, du hast ja auch für ein Wahnsinnsessen bezahlt. War nicht ernst gemeint«, sagte ich verschnupft. *Gut gemacht, Belle. Hast deine innere Fünfjährige gechannelt.*

»Allmählich taust du auf.« Er grinste.

Ich gab ein würgendes Geräusch von mir und schnappte mir meine Clutch. »In diesem Leben nicht mehr. Wie gesagt, warte nicht darauf, dass ich meine Meinung in Bezug auf uns ändere.«

Er begleitete mich zu einem Taxi, das mich zum *Madame Mayhem* bringen sollte, und wartete neben mir, während der Fahrer zehn Minuten lang im Kreis fuhr, bis er uns endlich fand und sich wortreich damit entschuldigte, dass er erst vor Kurzem aus New York nach Boston gezogen sei.

Devon steckte den Kopf zum Fenster auf der Beifahrerseite hinein und wies den Fahrer an, langsam zu fahren, weil seine Frau schwanger sei und sich sonst übergeben müsse, was dazu führte, dass ich mich vor Begeisterung und Entsetzen am liebsten an Ort und Stelle erbrochen hätte.

Devon richtete sich wieder zu voller Größe auf und strich mir mit dem Daumen sanft unter dem Kinn entlang. Die Geste war derart liebevoll und zärtlich, dass mir ein Schauer über den Rücken lief und meine Haut zu prickeln begann. Er beugte sich vor, und ich nahm einen Hauch seines Duftes wahr. Würzig und schwer. Ein Duft, an den ich mich gewöhnt hatte und dem ich jedes Mal nachschnupperte, wenn er mein Büro oder mein Bett verlassen hatte.

Ich ertappte mich dabei, dass ich die Flächen seines Gesichts bewunderte. Meine Fingerkuppen juckten vor Verlangen, ihn zu berühren. Das Wissen, dass ich seine DNA in mir trug, gab mir einen Kick, wie ich es in fünfzehn Jahren Clubbing nicht erlebt hatte.

Er legte den Kopf schief, und für einen Augenblick glaubte ich, er würde mich küssen. Ich fühlte mich von ihm angezogen wie die Motte vom Licht und reckte mich auf die Zehenspitzen. Mein Mund öffnete sich wie von selbst, sein Körper kam näher, hüllte mich ein. Mein Herz begann zu hämmern.

Es passierte.

Wir brachen die Regeln.

Als Devon nur noch Zentimeter von mir entfernt war, griff er an meiner Schulter vorbei, öffnete die Wagentür und trat beiseite, um mir Platz zum Einsteigen zu machen.

Heiliger peinlicher Mist.

Beinahe hätte ich ihn heftig geküsst, dabei wollte er mir nur in das Taxi helfen.

»Ich wünsche dir einen schönen Tag, Emmabelle.« Er trat einen weiteren Schritt zurück und wirkte lässig und nüchtern. *Fuck.*

»Ja!« Meine Stimme versagte. Hallo, dreizehnjährige Belle. »Ich dir auch.«

Während der Taxifahrt zur Arbeit rief ich mir immer wieder ins Gedächtnis, dass all das ganz allein meine Schuld war. Ein Techtelmechtel mit einem älteren Mann hatte seinen Preis; für etwas Ähnliches hatte ich zuvor bereits teuer bezahlt.

So fängt es an, schimpfte ich die Samen der Hoffnung aus, die in mir Wurzeln geschlagen hatten. Lieb und unaufdringlich, das reinste Zuckerlecken. Bis er dein Leben zerstört.

Aber mich würde niemand mehr zerstören.

Dann erinnerte ich mich an eines der Zitate, das in meiner Wohnung an der Wand hing.

Es ist okay.
Du hattest nur vergessen, wer du bist.
Willkommen zurück.

15. KAPITEL

Devon

Etwa zwanzig Minuten nachdem Harry Tindall, der Anwalt meines Vaters, aus seinem exotischen Urlaubsparadies zurückgekehrt war, betrat ich englischen Boden.

Ich verließ Sweven schweren Herzens. Nicht etwa weil sie mir fehlen würde (obwohl ich rührenderweise annahm, dass es dazu kommen würde), sondern weil sie eine Expertin darin zu sein schien, sich selbst in Schwierigkeiten zu bringen.

Ich tröstete mich mit der Tatsache, dass ich einige Vorkehrungen zu ihrer Sicherheit getroffen hatte.

Außerdem rechnete ich damit, nur wenige Stunden in England zu bleiben.

Die Testamentsverlesung fand in Tindalls Kanzlei in Knightsbridge statt. Eine offizielle Angelegenheit, die in der Woche hätte erledigt werden sollen, in der mein Vater das Zeitliche gesegnet hatte. Na ja, besser spät als nie.

Es überraschte mich, dass meine Mutter und Cecilia, die wahrscheinlich pleite waren, nichts dagegen hatten, auf Harrys Rückkehr aus dem Urlaub zu warten. Andererseits schickte ich ihnen Geld und rief Mum jeden zweiten Tag an, um mich zu vergewissern, dass es ihr gutging.

Noch im Büro-Outfit kam ich bei Harrys Kanzlei an. Mum, Cece und Drew waren bereits dort und saßen vor Tindalls Schreibtisch.

»Es dauert wahrscheinlich nur ein paar Minuten«, sagte seine Sekretärin. Die Joanne ähnelnde Frau im Tweedkostüm brachte Erfrischungen in Tindalls Büro. Noch ehe die Platte mit Gebäck und der frische Kaffee auf dem massiven Tisch des Sitzungszimmers gelandet waren, stürzte sich Drew auch schon darauf.

Meine Mutter umarmte mich fest. »Schön, dich zu sehen, Devvie.«

»Danke gleichfalls, Mummy.«

»Wie geht es dieser Frau?«

Diese Frau war Emmabelle Penrose, und obwohl ich ihr verübelte, dass sie mich nicht reiten wollte wie ein ungezähmtes Pferd, konnte ich das Entzücken nicht leugnen, das ich jedes Mal empfand, wenn wir Zeit miteinander verbrachten.

»Belle geht es recht gut, danke.«

»Ich kann nicht glauben, dass du Vater wirst.« Cecilia streckte die Arme aus, um mich ungestüm zu drücken.

»Ich schon. Es ist an der Zeit, dass ich einen Erben zeuge. Wenn Edwins Tod uns eines ins Gedächtnis gerufen hat, dann die Tatsache, dass es wichtig ist, jemanden zu haben, dem man sein Vermächtnis hinterlassen kann.«

Aber das war nicht der Grund, warum ich derart begeistert war, Vater zu werden. Vielmehr wollte ich all die Dinge tun, die ich meine Freunde mit ihren Kindern unternehmen sah. Die T-Ball-Spiele, die Ausflüge zum Schlittschuhlaufen und die sonnengetränkten Sommer am Cape, den gestohlenen Quickie unter der Dusche, wenn die Kinder im Nebenzimmer die Zeichentrickserie *Bluey* schauten.

Ich wünschte mir Familienglück, um nicht nur mein Vermögen und meinen Titel, sondern auch Lebenserfahrung, Moralvorstellungen und Zuneigung weiterzugeben.

Gebräunt und gut erholt kam Mr Tindall herein.

Nach einer Runde Händeschütteln, halbherzigen Beileids-bekundungen und einem entsetzlich langweiligen Monolog über seinen Inselurlaub öffnete der Anwalt endlich die Akte, die den letzten Willen meines Vaters enthielt.

Ich nahm Mums Hand und drückte sie zur Beruhigung. Sie fühlte sich feucht und kalt an.

Um die Testamentsverlesung anzukündigen, räusperte sich Tindall, wobei sein Kinn heftig wackelte. Er war ein sehr gro-ßer Mann, dessen Gesicht dazu neigte, sich dunkelrosa zu ver-färben, wenn er die Fassung verlor. Nicht gerade ein Hingucker erster Güte.

»In diesem Fall möchte ich vorausschicken, dass das Testa-ment recht unkonventionell ist, jedoch in Übereinstimmung mit Edwins Wunsch, die Werte und Prinzipien der Familie Whitehall zu bewahren, verfasst wurde. Abgesehen davon hoffe ich, dass Sie sich respektvoll und vernünftig verhalten werden, da das Testament, wie Sie alle wissen, unwiderruflich ist.«

Mum, Cecilia und Drew wanden sich auf dem Stuhl, ein eindeutiges Indiz dafür, dass sie eine ziemlich klare Vorstellung davon hatten, was in dem Testament stehen könnte. Mich hin-gegen kümmerte das nicht sonderlich. Ich besaß mein eigenes Vermögen und war nicht von dem eines anderen abhängig.

Aber als Harry Tindall mit der Testamentsverlesung be-gann, wurde ich immer verwirrter.

»Whitehall Court Castle geht auf Devon, meinen ältesten Sohn, über …«

Der Grundbesitz ging an mich, den Sohn, den er abgelehnt, ohne jeden Zweifel verabscheut und seit zwanzig Jahren nicht mehr gesehen hatte.

»Der Wertpapierbestand in Höhe von zwei Komma drei Millionen Pfund geht auf Devon über …«

Dasselbe galt für sein gesamtes Kapital.

»Der Fuhrpark soll ebenfalls Devon gehören …«

Langer Rede kurzer Sinn: Mir sollte alles gehören, schlicht und ergreifend. Ich wappnete mich für die Pointe. Ich wurde als Alleinerbe des Grundbesitzes und sämtlicher Geldmittel aufgeführt, aber die Sache musste auf jeden Fall einen Haken haben. Je länger Tindall sprach, desto tiefer sank meine Mutter in ihren Sessel. Cecilia hatte den Blick abgewendet, dicke Tränen liefen ihr über die Wangen, und Drew schloss die Augen und legte den Kopf in den Nacken, als wäre er am liebsten woanders.

Und dann fand ich es. Das Kleingedruckte. Die brutale Herausforderung.

Als er zum letzten Satz kam, hob Mr Tindall die Stimme.

»Alle Liegenschaften und Fonds werden für Devon Whitehall, Marquis von Fitzgrovia, an dem Tag seiner Eheschließung mit Lady Louisa Butchart freigegeben. Bis zu diesem Zeitpunkt werden sie von Tindall, Davidson und Co. erhalten und gepflegt. Für den Fall, dass Mr Whitehall die Vereinbarung ablehnt und/oder Miss Butchart nicht innerhalb einer Frist von zwölf Kalendermonaten ab Verlesung dieses Testaments ehelicht, werden die vorbezeichneten Liegenschaften und Fonds freigegeben und auf die Wohlfahrtsorganisationen übertragen wie oben von Edwin Whitehall erwähnt.« Tindall blickte auf und zog eine Augenbraue hoch. »Hier beginnt eine Liste, auf der die *Masters of Foxhounds* stehen, die sich dem Schutz des Jagdsports verschrieben haben, und weitere fragwürdige karitative Einrichtungen. Für den Fall, dass Devon und Louisa nicht heiraten. Aber so weit wird es natürlich nicht kommen, da bin ich mir sicher.«

Verdammte Scheiße.

Edwin Whitehall hatte weder seiner Ehefrau noch seiner

Tochter und seinem Schwiegersohn etwas hinterlassen. Selbst aus dem Grab heraus versuchte er mich noch in die Ehe mit Louisa zu mobben, und nun hatte er auch den Rest meiner Familie in dieses Chaos mit hineingezogen.

Eine ferne Erinnerung an ein Gespräch mit Edwin tauchte wieder auf. Ich war vierzehn Jahre alt.

»Nun sei ein braver Junge und entschuldige dich bei Louisa. Die Sache ist beschlossen. Du wirst sie heiraten, wenn du dein Studium in Oxford abgeschlossen hast, keine Sekunde später. Sonst verlierst du dein gesamtes Erbe und deine Familie. Habe ich mich klar ausgedrückt?«

Nur war ich am Ende nicht nach Oxford gegangen, sondern hatte stattdessen in Harvard studiert.

Jahrzehnte zuvor hatte er es laut und deutlich ausgesprochen: Entweder ich tat, was er sagte, oder ich war raus.

Nun hatte er den perfekten Aufruhr verursacht. Meine Mutter wusste, dass sie all ihre Habe verlieren würde, wenn ich Lou nicht heiratete. Und finanziell hatte sie ohnehin bereits zu kämpfen. Darum war sie an diesem Tag derart zugeknöpft und nervös. Darum hatte sie die Nachricht von Emmabelles Schwangerschaft dermaßen verstört.

»Unerhört«, sagte ich so freundlich wie möglich und trank einen Schluck Kaffee.

»Allerdings«, jammerte Drew. »Mein Schatz und ich erben nicht einmal gebrauchtes Toilettenpapier.« Er zermalmte das Plätzchen in seiner Hand zu Staub.

»Oh, halt den Mund, ja?«, blaffte Mutter ungeduldig. Zum ersten Mal überhaupt bekam ich mit, dass sie sich direkt an ihren Schwiegersohn wandte, und man konnte wohl mit Fug und Recht behaupten, dass ihr jeder Kriegsverbrecher lieber gewesen wäre als der jüngste Familienzuwachs. »Cecilia wird versorgt sein. Ich würde meine Tochter niemals im Stich lassen.«

»Cecilia?«, fragte Drew mit wehleidiger Stimme und schoss von seinem Stuhl hoch, war aber nicht Manns genug, tatsächlich aus dem Büro zu stürmen. »Und was ist mit mir?«

»Ich kann dieses Testament nicht ernst nehmen«, sagte ich, suchte mir aus dem Sortiment von Erfrischungen einen Apfel aus und lümmelte mich in den Stuhl. Ich beäugte Tindall, während ich die rote Frucht an meinem Anzug von Armani rieb.

Er bedachte mich mit dem gehässigen Lächeln eines Mannes, der wusste, dass ich das sehr wohl konnte und tatsächlich auch tun sollte.

»Es tut mir leid, Devon. Sie sollten besser als jeder andere wissen, dass Recht und Gerechtigkeit nichts miteinander zu tun haben. Das Testament ist unwiderruflich, so unvernünftig es Ihnen auch erscheinen mag. Edwin war anwesend und bei klarem Verstand, als er es verfasste. Ich habe drei Zeugen, die das bestätigen können.«

»Er bricht mit einer jahrhundertealten Tradition«, bemerkte ich. Ich würde der erste Sohn seit dem siebzehnten Jahrhundert sein, dem eine leere Schatztruhe übergeben wurde. »Andererseits sind Traditionen nur Gruppendruck, ausgeübt von toten Menschen.«

»Was auch immer Tradition bedeuten mag, sie wird bleiben«, sagte Tindall verächtlich.

»Es gibt noch einen anderen Weg.« Mum näherte sich mir und legte mir zögernd eine Hand auf den Arm. »Du *könntest* Louisa besser kennenlernen …«

»Ich werde Vater«, sagte ich und drehte mich stirnrunzelnd in ihre Richtung.

Meine Mutter hob eine zierliche Schulter. »Heutzutage gibt es überall moderne Familien. Hast du schon mal die Talkshow von Jeremy Kyle gesehen? Ein Mann kann mit mehr als einer Frau Kinder zeugen. Manchmal sogar mit mehr als dreien.«

»Holst du dir deine Lebensweisheiten etwa neuerdings bei Jeremy Kyle?«, fragte ich gedehnt.

»Devvie, es tut mir leid, aber du darfst nicht nur an dich selbst denken. Cece und ich sind auch noch da.«

»Und ich«, meldete sich Drew zu Wort. Als hätte es mich gestört, wenn er an Ort und Stelle aus den Latschen gekippt und von Satan höchstpersönlich am Ohr in die Hölle gezerrt worden wäre.

»Die Antwort ist Nein.« Die Eiseskälte in meiner Stimme ließ keinen Raum für Diskussionen.

Ich war meinem Vater jahrelang aus dem Weg gegangen, und zwar auch, weil er meine Entscheidung bezüglich Lou nicht akzeptieren konnte, und nun bestand die Gefahr, dass ich Mum und Cecilia deswegen verlor. Denn obwohl ich reich und in der Lage war, sie mit meinem eigenen Geld zu versorgen, raubte ich ihnen doch Grundstücke und ein Vermögen in Millionenhöhe, indem ich mich weigerte, Louisa zu heiraten.

»Devon, bitte …«

Ich stand auf und stürmte aus der Kanzlei und aus dem Gebäude. Draußen zündete ich mir eine selbstgedrehte Zigarette an und schritt über den gekiesten Weg. Dunkelheit senkte sich auf Londons Straßen. Harrods war mit hellen goldenen Lichtern übersät.

Der Anblick erinnerte mich an ein berühmtes Stück Geschichte. Harrods hatte während des Ersten Weltkriegs Sets aus Spritzen und Tütchen mit Kokain und Heroin verkauft, vor allem für verwundete Soldaten, die entweder wieder gesundgepflegt werden konnten oder eines schmerzvollen Todes starben.

Ich erinnerte mich gut an diese Geschichten, und ich erinnerte mich sehr gern daran. Mums Familie gehörte zu den Händlern, die das Nobelkaufhaus mit diesem Produkt belieferten. Auf diese Art waren ihre Vorfahren stinkreich geworden.

Mums Familie besaß zahlreiche Mohnfelder, eine Blume, die bekanntlich die Erinnerung an all diejenigen symbolisiert, die im Ersten Weltkrieg ums Leben gekommen waren. Denn diese Blume ist in der Lage, überall zu blühen, selbst in äußerster Bedrängnis.

Ich dachte, dass Emmabelle Penrose dieser Blume ziemlich ähnlich war. Süß, aber unmoralisch. Facettenreich.

»Du meine Güte, du hast dich einfach von deinen Emotionen überwältigen lassen. Dieses Schauspiel da drin war das reinste Amigehabe. Dein Vater würde sich im Grab umdrehen.« Mum trat in die eisige Kälte des Londoner Winters hinaus, eingemummelt in einen schwarz-weiß karierten Peacoat.

Ich zog heftig an meiner Selbstgedrehten und schickte einen Rauchschweif in den Himmel. »Ich hoffe, er dreht sich den ganzen Weg hinab in die Hölle, falls er noch nicht dort angekommen ist.«

»Devvie, um Himmels willen«, schimpfte meine Mutter und richtete mir energisch den Jackenkragen. »Es tut mir leid, dass du in dieser Lage bist, Liebling.«

»Muss es nicht. Ich habe Edwin nicht in die Hände gespielt, als er noch am Leben war, und ich werde es auch jetzt nicht tun.«

»Das wirst du sehr wohl. In ein paar Tagen, maximal Wochen, wenn du dich beruhigt hast, wird dir klar werden, dass es für alle das Beste ist, wenn du Louisa heiratest. Für dich, für Cece, für die Butcharts …«

»Und für dich natürlich.« Ich grinste finster.

Blinzelnd betrachtete sie die alten Gebäude vor uns und wirkte bedrückt und entmutigt. »Liege ich denn so falsch, wenn ich glaube, dass ich ein Anrecht auf einen Teil meines eigenen Vermögens habe?«

»Nein.« Ich schnipste die Zigarette weg und sah zu, wie sie in der Kanalisation verschwand. »Aber du hättest ihm ausreden müssen, das Testament zu ändern.«

»Ich hatte ja keine Ahnung«, murmelte sie und senkte den Blick auf das, was Belle »geile frische Nägel« genannt hätte. Die Mutter meines zukünftigen Babys verzierte mit dem größten Vergnügen alle möglichen Ausdrücke mit diesem Wort.

»Ist das so?« Ich betrachtete sie aufmerksam.

»Ja.«

In diesem Augenblick wurde mir etwas klar. Ich drehte mich zu ihr und musterte sie aus schmalen Augen. »Moment mal. Jetzt verstehe ich.«

»Was verstehst du?«

»Warum Byron und Benedict mich während des Dinners mit Louisa aufgezogen haben, als ich bei Edwins Beerdigung aufgetaucht bin.«

»Devvie, ich würde mir wirklich wünschen, dass du ihn Pap…«

»Warum sie dort war. Warum sie so verzeihend und mitfühlend und nachgiebig war. Ihr wusstet alle, dass ich in die Ecke gedrängt werden würde, damit ich sie heirate, und ihr habt mitgespielt.«

»Oh, natürlich habe ich es gewusst.« Mum seufzte müde, lehnte sich an das Gebäude und schloss die Augen. Auf einmal wirkte sie alt. Nicht mehr wie die glamouröse Frau, mit der ich aufgewachsen war. »Edwin hat mir von dem Testament erzählt, nachdem er es rechtsgültig hinterlegt hatte. Ich konnte nichts dagegen tun. Unsere gemeinsamen Mittel sind im Verlauf der letzten zehn Jahre geschrumpft, und alles, was uns noch geblieben ist – sein Fuhrpark und der Grundbesitz –, hat er dir vererbt. Im Grunde bin ich arm. Das kannst du mir nicht antun. Du kannst dich nicht weigern, Louisa zu heiraten.«

Und dann tat sie etwas Schreckliches.

Etwas, das ich nicht ertragen konnte.

Sie ging auf die Knie, gleich dort auf der Straße, und ihre Augen funkelten wie Diamanten in der Nacht.

Mit trotziger Miene und bebenden Schultern blickte sie zu mir auf.

Ich wollte mich auf Augenhöhe mit ihr herablassen, bei ihr sein, sie schütteln und ihr erklären, dass ich es nicht konnte. Ich konnte nicht der Sohn sein, den mein Vater sich gewünscht hatte. Ich hatte es noch nie gekonnt.

»Es tut mir leid, Mum«, sagte ich und ging fort.

Am übernächsten Abend kamen Sam und Cillian bei mir vorbei.

Ich tat nicht viel, um sie zu unterhalten, denn

a) hatten diese beiden miesen Scheißkerle nichts Unterhaltsames an sich.

Und b) Je länger ich mit Leuten zusammen war, desto stärker fühlte ich mich genötigt, mich zu benehmen wie ein ganz normaler Mensch und meine aufbrausende Art, meine seltsamen Grübeleien und meine Klaustrophobie vor ihnen zu verstecken.

Zum Beispiel benutzte ich stets den Fahrstuhl, wenn ich Royal Pipelines besuchte. Ich musste zwar vorher zur Beruhigung eine halbe Valium nehmen, aber ich schaffte es.

Wenn wir ins *Badlands* gingen, musste ich nachdenken, ehe ich etwas sagte, egal, worum es ging, und ich musste mich selbst daran erinnern, dass ich eine Fassade aufrechtzuerhalten hatte. Dass ich ein Weiberheld war, ein Lebemann, ein Mann mit bestimmten Vorlieben und Ansprüchen.

Bei meinen Kumpels konnte ich nie wirklich ich selbst sein, und obwohl ich sie als Menschen sehr mochte, konnte ich niemals wirklich offen zu ihnen sein, wenn es um meine Familie ging.

»Das Testament ist hieb- und stichfest. Ich habe es so oft gelesen, dass mir immer noch die Augen tränen«, knurrte ich in meinen alkoholischen Drink. Ich saß in meinem Arbeitszimmer vor den einzigen beiden Männern, von denen ich wusste, dass sie sich aus ernsthaften Schwierigkeiten herauswinden konnten, allerdings auf sehr unterschiedliche Art.

Nun musste ich mit ihnen über meine Familie sprechen, auch wenn ich ihnen nur die Kurzversion gab.

»Auf einmal ergibt es Sinn, dass du uns nie etwas über deine Familie erzählt hast.« Cillian stand vor dem raumhohen Fenster, von dem aus man einen Panoramablick auf den Charles River und die Skyline von Boston hatte. »Deine Eltern scheinen noch schlimmer als meine zu sein.«

»So weit würde ich nicht gehen.« Sam nahm einen Schluck von seinem Drink und saß vor mir in einem Designersessel. »Und was passiert, wenn die wohltätigen Organisationen, sagen wir mal, beschließen, auf die fetten Spenden zu verzichten?«

»Dann gehen Geld und Grundbesitz an verschiedene Verwandte, von denen keiner zum engeren Kreis der Familie gehört. Ganz ehrlich, jeder Whitehall, dem ich je begegnet bin, ist entweder ein Säufer, ein Grobian oder beides.«

Ganz zu schweigen davon, dass ich Sam Brennan auf keinen Fall etwas schuldig sein wollte, in welcher Form auch immer. Noch war es ihm nicht gelungen, mich in Geschäfte mit ihm zu locken, und ich wollte, dass es dabei blieb.

»Gibt es bei solchen Sachen kein Erstgeburtsrecht?«, fragte

Sam. »Die Krone selbst sollte dir das Land gewähren. Das weiß ja sogar ein Depp wie ich.«

»Hintertürchen«, erklärte ich bitter. »Ich bin kein enger Verwandter der Königin, darum gelten für mich auch nicht alle Gesetze.«

Nur diejenigen, die nach dem Geschmack meines Vaters waren.

»Sag mir noch mal, warum du diese Lilian nicht heiraten willst.«

»Louisa«, stellte ich richtig und drehte mir ein paar Kippen, um meine Hände beschäftigt zu halten. »Weil ich vor den Forderungen meines Vaters nicht den Kopf einziehen werde, nicht zu seinen Lebzeiten und schon gar nicht jetzt, wo er im Grab liegt. Ganz zu schweigen davon, dass mein Vater einen Muster-Ehevertrag aufgesetzt hat, um sicherzugehen, dass im Fall einer Scheidung *sie* alles bekommt.«

»Selbst wenn du seiner Forderung nachgibst: Er wird es nie erfahren«, knurrte Sam in seinen Whiskey. »Er ist tot, faktisch und auch in jeder anderen Hinsicht.«

»Aber *ich* wüsste es.«

»Ehen haben verschiedene Gesichter.« Vom Fenster aus ging Cillian mit großen Schritten zur Hausbar und sah meine Alkoholika durch. »Du könntest sie heiraten und dich trotzdem mit anderen Frauen treffen.«

»Und sie unglücklich machen?« Ich lachte heiser in mich hinein.

»Das kann dir doch egal sein«, sagte Sam schulterzuckend.

»Ich bin unfähig, jemanden unnötigerweise leiden zu lassen.« Ich hob einen Eiswürfel hoch und rieb damit geistesabwesend über den Rand meines Glases.

»Nicht unfähig, sondern unwillig«, sagte Cillian gedehnt. »Jeder von uns ist zu allem fähig, was er tun muss, um zu überleben.«

»Die Sache ist die: Nicht ich muss diese Angelegenheit überleben, sondern meine Mutter und meine Schwester.« Ich ließ den Würfel in mein Glas fallen. »Würdest du jemanden nur wegen Geld heiraten?«

Sam lachte sarkastisch, seine grauen Augen funkelten boshaft. »Früher hätte ich jemanden für ein Stück Toast geheiratet, wenn es nötig gewesen wäre. Aber das Universum hat für mich gesorgt, und ich habe mir meine Braut ausgesucht, weil ich sie wollte, nicht weil ich sie brauchte.«

Cillian verzog das Gesicht. »Du sprichst von meiner Schwester.«

»Erinnere mich nicht daran.« Sam trank seinen Whiskey aus. »Bei dem Gedanken, dass Ambrose denselben Genpool hat wie du, bekomme ich immer noch Hautausschlag, weil ich kein Chlor hineingetan habe.«

»Merkwürdig.« Cillian schnalzte mit der Zunge. »Ich kann mich nicht erinnern, dass du aus einer Generationenfolge von Neurochirurgen und Heerespiloten stammst.«

Ich musste Cillian nicht fragen, ob er bereit wäre, jemanden zu heiraten, den er nicht liebte. Genau das hatte er Jahre zuvor getan und sich am Ende in die Frau verliebt.

Ich fuhr mir mit den Fingerknöcheln über das Kinn. Ich überlegte, wie Emmabelle reagieren würde, wenn ich ihr sagte, dass ich heiraten wollte, und mir wurde klar, dass sie sich vermutlich lachend darüber hinwegsetzen und mich fragen würde, ob sie bei der Hochzeit einen schicken Hut tragen musste.

Warte nicht auf mich.

»Na ja, meine Mutter hat das Geld bitter nötig. Und Cece würde sich gern von ihrem Mann scheiden lassen und einen Neustart wagen, nehme ich an. Außerdem will ich, dass der Grundbesitz in der engeren Familie bleibt.«

»Dann weiß ich nicht, warum du noch zögerst.« Cillian

nahm eine Flasche Brandy aus einer eindrucksvollen Reihe von Flaschen und goss sich zwei Fingerbreit ein. »Heirate die Frau. Und mach dir hinterher einen Fluchtplan.«

»Es ist kompliziert«, knurrte ich und dachte an den Muster-Ehevertrag.

»Dann schraub es mal auf unser geistiges Niveau herunter, Einstein«, drängte Cillian.

»Ich will das Erbe, aber nicht die Frau.« Tatsächlich wollte ich nichts von beidem, sondern nur, dass Mum und Cecilia versorgt waren.

»Wie gesagt, du musst nicht für den Rest deines verfickten Lebens mit ihr herumturteln.« Sam stürzte seinen Drink hinunter und stand auf. Für ihn war die Unterhaltung beendet. »Steck ihr einfach einen Ring an den Finger, verdammt. Bonuspunkte, falls es dir gelingt, sie zu schwängern, denn dann hast du einen Erben.«

»Ich habe bereits jemanden, dem ich mein Erbe vermachen kann. Mein Kind mit Emmabelle.«

Von der anderen Seite des Raumes warf mir Cillian einen mitleidigen Blick über die Schulter zu. »Du willst einem Bastard deinen Titel überlassen? Im Ernst?«

Ich sprang auf, und meine Beine trugen mich zu ihm, ehe ich überhaupt merkte, was passierte. Ich packte ihn am Kragen, knallte ihn gegen die Hausbar und fauchte ihn an: »Nenn mein ungeborenes Kind noch einmal Bastard, und ich werde dafür sorgen, dass du einen Satz neue Zähne brauchst, verdammt.«

Brennan sprang auf. Er schob sich zwischen uns und drängte uns in entgegengesetzte Ecken des Raumes.

»Immer mit der Ruhe. Cillian hat nicht ganz unrecht. Vielleicht besteht der Grund, warum du diese Laura auf keinen Fall heiraten möchtest, ja darin, dass du auf die Mama deines Babys stehst.«

»Louisa«, stieß ich grimmig hervor.

»Nein, Belle. Das weiß sogar ich. Reg dich ab, Mann.« Sam schüttelte den Kopf.

»Der Name der anderen Frau ist Louisa.«

Mit gleichmütiger Miene trank Cillian seinen Whiskey, während Sam einen Schritt zurücktrat, zuversichtlich, dass wir kein zweites Mal aufeinander losgehen würden.

Die beiden starrten mich an.

»Was ist?«, fragte ich und musterte sie aus schmalen Augen. »Verdammt, was guckt ihr so?«

Cillian grinste. »So fängt es immer an.«

»*Was* fängt immer so an?«

Er und Sam wechselten amüsierte Blicke.

»Es ist schon passiert.«

»Sie hatte nie eine Chance«, sagte Cillian und legte den Kopf schief.

»Arme Livia.« Sam lachte leise.

Diesmal korrigierte ich ihn nicht.

16. KAPITEL

Belle

Vierzehn Jahre alt

»Drecksack.« Dad spuckt auf den Fußboden.

Oh Mann. Dafür wird er von Mom eins auf den Deckel kriegen. Regungslos liegt er nach einem langen Arbeitstag in seinem Ruhesessel vor dem Fernseher.

Mom ist irgendwo im Haus und hat einen Zusammenbruch. Keinen großen, nur eine Miniversion. Seit ... ja, seit wann ist sie eigentlich ein solches Fiasko? Seit vor mehr als einem Jahr Tante Tilda gestorben ist. Tante Tilda hat meine Mom groß-gezogen. Der Altersunterschied zwischen den beiden betrug zehn Jahre. Die Tante hat ihr bei unserer Erziehung geholfen, also bin ich natürlich auch deprimiert. Aber Mom ... na ja, manchmal ist es, als lebte sie auf einem anderen Planeten.

»Daddy, achte auf deine Sprache.« Persephone schnalzt em-pört mit der Zunge. Sie sitzt auf dem Teppich und arbeitet an ihrem Zweitausend-Teile-Puzzle, ihr straff geflochtener Zopf hängt ihr über die Schulter. Sie sieht total gesund aus. Ich wünschte, ich wäre sie.

»Tut mir leid, Sweetheart. Wenn ich solche Sachen sehe, rege ich mich auf.«

Ich hebe den Blick von meinen Hausaufgaben, die ich auf dem Sofa erledige. Der lokale Nachrichtensender läuft, und sie reden über einen Geografielehrer, der bei einer Affäre mit einer Elftklässlerin der Highschool erwischt wurde, an der er arbeitete. Sie zeigen sein Polizeifoto. Er kann nicht jünger als fünfundfünfzig sein.

»Solche Leute sollten in der Hölle schmoren.« Dad steht auf und stapft wütend durch das Wohnzimmer.

Ich rede mir ein, dass es keine große Sache ist.

Dass es nichts mit mir und Coach Locken zu tun hat.

Außerdem … Was denke ich mir überhaupt, verdammt? Der Coach und ich haben uns weder geküsst noch umarmt oder uns sonst wie auf unangemessene Weise berührt. Er hilft mir, meine Knieverletzung und den verkürzten Oberschenkelmuskel zu behandeln. Es ist nicht seine Schuld, dass ich kaputt bin.

Und seien wir doch ehrlich: Dads Laune liegt nicht allein an diesem Nachrichtenbeitrag. Er macht sich tierische Sorgen um Mom und versucht sie zu einer Therapie zu überreden. Aber Mom sagt dann nur, dass wir alle satt und sauber sind und das Haus in bestem Zustand ist. Was auch stimmt. Sie ist eine großartige Mom, sogar wenn sie traurig ist.

»Ich hoffe, ihr wisst, dass ihr es eurem Dad erzählen müsst, falls euch so etwas zustößt.« Dad zeigt auf den Fernseher.

»Ja, Daddy«, sagen Persy und ich wie aus einem Mund.

Später am Abend bekomme ich eine Textnachricht von Coach Locken. Das ist nichts Ungewöhnliches. Manchmal muss das Training neu terminiert oder wegen des Wetters an einen anderen Ort verlegt werden.

Nur dass er seine Nachricht zum ersten Mal nicht in die Crosslauf-Gruppe mit den anderen Läufern schreibt. Er schickt sie direkt an mich.

Coach Locken: Zeitänderung Morgentraining. Treffen um sieben am Eingang zum Castle-Rock-Reservat. Sei pünktlich.

17. KAPITEL

Belle

Die Wochen folgten aufeinander wie die Seiten eines guten Buchs.

Das einzige äußere Anzeichen für meine Schwangerschaft waren die heftigen Übelkeitsanfälle, mit denen ich jeden Tag aufwachte, gepaart mit den wöchentlichen Besuchen bei Dr. Bjorn, bei denen wir Baby Whitehall (oder Mr Bean, wie Devon sie zu nennen beliebte) dabei zusahen, wie sie in meiner seltsam geformten polyzystischen Gebärmutter prächtig heranwuchs und sich nicht die Bohne um die feindselige Umgebung scherte, in der sie sich befand.

Braves Mädchen.

Devon begleitete mich unweigerlich zu all meinen Terminen. Jedes Mal brachte er mir etwas mit. Frisches Gebäck und eine Flasche Wasser, Vitamin-Gummibärchen oder Ingwerbonbons. Er verpasste keines unserer wöchentlichen Telefonate, bei denen wir Pläne für die Zeit nach der Geburt des Babys schmiedeten.

»Ich möchte, dass sie ein großes Zimmer bekommt«, sagte ich einmal zu ihm.

»Deine ganze Wohnung geht nicht mal als mittelgroß durch«, sagte er, verkopft wie immer. »Du könntest in mein Wohngebäude ziehen.«

Ich zuckte innerlich zusammen. Nicht weil ich nicht in seiner Nähe sein wollte, sondern weil ich bereits vor mir sah, wie ich mit der Faust sämtliche Wände kaputtschlug, wenn ich ihn dabei erwischte, wie er mit einem seiner Aufrisse nach Hause geschlichen kam. »Nee, ich suche mir was anderes.«

»Sweven?«

»Ja?«

»Erzähl mir etwas über ein bizarres Tier.«

Das taten wir in letzter Zeit häufig. Über seltsames Zeug reden. Es war tragisch, dass Devon nicht nur brutal gut aussah, sondern auch noch schrullig und hinreißend tollpatschig war. Er war überhaupt nicht der arrogante Blödmann, für den ich ihn gehalten hatte, als wir das erste Mal miteinander rummachten.

Ich hatte mich auf das Kissen sinken lassen, mir eine Hand unter den Kopf geschoben und blickte nun lächelnd an die Decke. »Schon mal einen Helmkasuar gesehen?«

»Negativ.« Ich konnte sein Lächeln hören, und meine Brust begann zu schmerzen.

Ich hatte die Augen geschlossen und schluckte hart.

»Das ist ein australischer Vogel. Er sieht aus wie eine überhebliche weiße Frau, die den Vorgesetzten sprechen will, weil sie festgestellt hat, dass in ihrem fettfreien Caffè Latte zwei Pumpstöße normaler Vanillesirup anstelle des zuckerfreien gelandet sind.«

Vergnügt prustete er los. »Ich google es gerade. Oh Gott, du hast recht. Dieses Gesicht …«

»Du bist dran.«

Er dachte kurz nach, dann sagte er: »Ich fand immer schon, dass Nacktmulle wie geschrumpfte Penisse aussehen. Die von mies bestückten Typen, möchte ich hinzufügen.«

Ich lachte so heftig, dass ich mir ein bisschen in die Hose machte.

Auf diese Worte folgte Stille.

»Soll ich immer noch nicht auf dich warten, Belle?«

Mein Körper fühlte sich schwer und schmerzerfüllt an, aber ich weinte nicht. Ich weinte niemals wegen eines Mannes. »Nein«, sagte ich leise.

Und das war's.

Mit der Zeit verging auch die Angst, mein Stalker könnte mich brutal ermorden. Ich hatte wochenlang nichts von ihnen (oder ihm) gehört, obwohl ich inzwischen meine Briefe las, mich aufmerksam umsah und immer meine Pistole bei mir trug. Und Simon, den ich Si nannte, nur um ihn zu ärgern, hatte es sich zur Aufgabe gemacht, mir zu folgen wie mein Schatten, wohin ich auch ging, vor allem aber, wenn ich mich im *Madame Mayhem* aufhielt. Zwischen den Zeilen las ich, dass seine Aufgabe nicht darin bestand, mir im Club zu helfen, sondern darin, dafür zu sorgen, dass ich am Leben blieb. Überraschenderweise regte ich mich nicht sonderlich darüber auf. Ich war eine unabhängige Frau, ja, aber ich war auch keine komplette Idiotin. Ich wusste jede Hilfe zu schätzen, die ich bekommen konnte, um meine Sicherheit zu gewährleisten, bis ich Genaueres darüber wusste, wer mir auf den Fersen war.

Devon war in mehr als einer Hinsicht hilfreich für mich, denn er zog bei all meinen Launen und Wünschen mit.

Als ich ihm mitteilte, dass ich das Geschlecht des Kindes nicht erfahren wollte, protestierte er kein einziges Mal, obwohl ich wusste, dass er die Sorte Mann war, die gern über alles Bescheid wissen wollte.

Bis zu dem Tag, an dem er mich zu unserem wöchentlichen Gyn-Termin abholte und drei Minuten zu spät kam. Das war neu. Normalerweise war ich diejenige, die ihn ein paar

Minuten warten ließ, während ich im ersten Stock mein Zeug zusammensuchte.

Ich stieg ins Taxi und lächelte ihn an. Er erwiderte mein Lächeln und sah ein bisschen … *daneben* aus. So als hätte sich eine Schicht Eis auf sein Gesicht gelegt.

»Mir ist noch ein anderes bizarres Tier eingefallen gestern, nachdem wir uns unterhalten hatten«, sagte ich und schloss den Sicherheitsgurt.

»Erzähl.« Er lehnte sich zurück und zog interessiert eine Braue hoch.

»Marabus. Sie haben eine Art durchnässten Sack unter dem Schnabel hängen.«

Er lachte leise, und in diesem Moment sah ich sie.

Die leichten rosa Kratzer an seinem Hals.

Mir drehte sich der Magen um. Vor Schwäche wurden mir die Knie weich. Ich musste durch die Nase atmen und mich an die Tür lehnen.

»Wie ich sehe, warst du beschäftigt«, sagte ich und starrte ihm aus schmalen Augen auf den Hals.

»Ich bin immer beschäftigt, Liebling. Das nennt man Erwachsensein. Solltest du mal ausprobieren.« Aber er besaß die Frechheit – eigentlich die Kühnheit –, ein wenig zu erröten.

»Gut, dass wenigstens einer von uns ein bisschen Sex bekommt, auch wenn dieser Eine nicht ich bin.«

Ich sollte den Mund halten. Ich hatte absolut kein Recht, auf diese Art mit ihm umzugehen, nachdem ich verkündet hatte, dass wir niemals ein Paar sein würden.

Er richtete seinen Kragen auf und schien sich unbehaglich zu fühlen, was alles nur noch schlimmer machte. Er benahm sich in dieser Hinsicht nicht wie ein Arschloch, also konnte ich mir auch keinen Wutanfall erlauben.

»Erzähl mir alles darüber«, verlangte ich.

»Nein«, sagte er gedehnt und musterte mich aus schmalen Augen.

»Tu es, Devon. Ich will es hören.« Ich verschränkte die Arme vor der Brust und wusste nicht, warum ich ihm das antat. Und mir selbst. Aber die Antwort war klar – ich wollte, dass es schmerzte. Vor allem wollte ich mich selbst bestrafen, weil es mich überhaupt interessierte. Er presste die Lippen zu einer Linie zusammen, ehe er zu reden begann.

»Ich hatte gestern unerwartet zwei Stunden Zeit. Eine alte Freundin war zu einem Medizinkongress in Boston. Wir sind zum Dinner in ihr Hotel gegangen …«

»Lass mich raten: Ihr seid schließlich noch zum Dessert geblieben?« Ich lächelte bösartig.

Seine Miene war ausdruckslos. Unempfänglich. Ich würde gleich in Tränen ausbrechen. Oder einfach nur *ausbrechen*, verdammt. Vielleicht würde meine Haut aufreißen und Eifersuchtsglibber aus mir herausquellen. Vielleicht würde mir am Ende wieder einfallen, was ich in letzter Zeit offenbar vergessen hatte – dass Männer entsetzliche Kreaturen waren, dazu geschaffen, einen zu verletzen.

»Du hast mit ihr geschlafen.« Ich sagte es sachlich wie eine Feststellung und hoffte, er würde es leugnen oder behaupten, er habe sie geküsst und sei dann gegangen, weil es sich falsch anfühlte. Oder er würde mir versprechen, dass so etwas nie wieder vorkäme, weil er es nicht einmal genossen habe … weil er die ganze Zeit nur an mich gedacht hatte.

Aber er sagte nur: »Ja.«

Der Taxifahrer rutschte unbehaglich auf dem Sitz herum, beunruhigt, weil sein Wagen möglicherweise zum Tatort werden würde, wenn ich Devon ermordete. Armer Kerl. Ich würde sein Trinkgeld verdoppeln müssen.

»Hat sie dir einen geblasen?«, fragte ich in geschäftsmäßigem Ton.

Der Taxifahrer erstickte fast an seiner Spucke.

Devon zupfte einen unsichtbaren Fussel von seinem todschicken Anzug und wirkte gelangweilt und verschlossen. »Sweven …«

»Nenn mich nicht so, Arschloch. Wag bloß nicht, jetzt meinen Spitznamen zu benutzen.«

»Ich habe den Verdacht, dass du in ein paar Minuten aus dem Eifersuchtsnebel auftauchen wirst, der dich jetzt einhüllt, und dann wirst du das hier bereuen. Lass uns das Thema wechseln«, sagte Devon selbstsicher. Er hatte recht. Was mich noch verrückter machte.

»Nicht, ehe du mir geantwortet hast. Hat. Sie. Dir. Einen. Geblasen?«

Seine blassen Augen musterten nüchtern mein Gesicht. »Ja.«

»Und hast du es genossen?«

»Ja.«

Ich stieß ein kehliges Lachen aus. Die Welt um mich herum geriet aus den Angeln. Gleich würde mir schlecht werden.

»Du hast gesagt, ich soll nicht auf dich warten. Tatsächlich sogar zweimal. Die Logik verlangt, dass du keine Macht über meine Gefühle und keinen Anspruch auf meine Zuneigung hast.«

Seine *Zuneigung*. Ausgerechnet ich musste mit dem einzigen Vollpfosten in Boston herummachen, der wie ein Aussteiger aus einem Roman von Jane Austen redete.

»Fick die Logik«, sagte ich.

»Aber gern. Allerdings wird die nicht das Einzige sein, das ich ficke.«

»Dein Handy klingelt«, sagte ich trocken.

Er holte es heraus und blickte stirnrunzelnd auf das Display. *Tiffany.*

Er ließ den Anruf auf die Voicemail gehen.

Tiffany rief ein zweites Mal an. Er presste die Lippen aufeinander und ließ sie auf die Voicemail gehen … *noch einmal.*

Das Taxi hielt vor der Praxis meines Gynäkologen. Ich gab dem Fahrer fünfzig Dollar Trinkgeld und stürzte ins Freie, Devon folgte mir auf dem Fuß. Das Handy in seiner Hand leuchtete erneut auf. Diesmal stand der Name Tracy auf dem Display.

Ich stieg die Stufen zu der Praxis im zweiten Stock hinauf, ohne bewusst mitzubekommen, was ich tat, denn ich wusste, dass Devon Fahrstühle mied, und ich wollte eigentlich nicht, dass wir getrennte Wege gingen.

»Schläfst du nur mit Frauen, deren Vorname mit T anfängt?«, fragte ich höflich.

»Tracy ist eine Sozia in der Kanzlei.«

»Ich wette, mit ihr hast du auch gebumst.«

»Sie ist sechzig.«

»Genau wie du.« Im Ernst? Ich besaß die geistige Reife eines Cupcakes.

Erneut bedachte er mich mit einem mitleidigen Blick, ehe wir die Praxistür erreichten.

Das hier, rief ich mir in Erinnerung, war eine wertvolle Lektion. Eine gute Sache. Wenn überhaupt, hatte die letzte halbe Stunde nur bewiesen, dass ich – wie üblich – recht hatte.

Dass Devon immer noch ein Mann war, nach wie vor unfähig, seine Juwelen in der Hose zu behalten, und noch immer eine große Gefahr für mich.

Sicher, er war nett – zivilisierter als die Männer, denen ich im Lauf der Jahre begegnet war – und allzu elegant. Aber trotzdem ein Mann.

Devon packte mich am Arm, drehte mich herum und drückte mich an die Tür, wobei er mir dicht auf den Leib rückte. Ich sah ihn an, spürte seinen Körper, sehnte mich danach, hasste und liebte ihn. Alles gleichzeitig.

»Lass mich in Ruhe!«, knurrte ich.

»Nie im Leben, Liebling. Und jetzt sag es mir … Warst du mit niemandem zusammen, seit wir es wieder miteinander treiben?«

Nein, war ich nicht. Ehe ich schwanger wurde, hatte ich meine sexuellen Begegnungen auf Devon beschränken wollen, um sicherzugehen, dass er der Vater meines Kindes sein würde. Und danach konnte ich mir einfach nicht mehr vorstellen, mit irgendeiner Zufallsbekanntschaft ins Bett zu gehen. Schließlich hatte ich ein Kind in mir.

Ich überlegte, ob ich behaupten sollte, ich hätte ständig Sex. Das wäre typisch Belle gewesen.

Aber als ich den Mund aufmachte, konnte ich es einfach nicht.

Aus irgendeinem Grund entlockte er mir immer die Wahrheit, selbst wenn die Wahrheit unangenehm war.

»Nein«, gab ich zu und fügte dann lauter hinzu: »Ich war nach dir mit niemandem mehr zusammen.«

Ein Knurren kam über seine schönen Lippen, und er schloss für eine Sekunde die Augen. Als er sie wieder öffnete, loderte ein Feuer in ihnen. »Ich könnte dich küssen, Emmabelle Penrose.«

Ich zwang mich zu lächeln und stieß die Tür in dem Augenblick auf, in dem Tiffany ihn ein weiteres Mal anrief.

»Tu es nicht, Devon Whitehall.«

Eines Tages, als ich mir zärtlich meinen flachen Dreimonatsbauch hielt und bei *buybuy BABY* Reihen von Wickeltaschen und Kindersitzen beäugte und dabei einen unseligen grünen Saft schlürfte, sah ich, wie an der Kasse eine gestresst wirkende hochschwangere Frau einen Zusammenbruch erlitt.

Sie beugte sich vor und stützte die Hände auf das Kassenband, vor sich ein Berg unverzichtbarer Babysachen. Eine Wickeltasche, Spucktücher und Lätzchen. Dinge, die jede junge Mutter brauchte, um die verrückte Reise namens Mutterschaft zu überleben. Erst glaubte ich, sie bekäme Wehen. *Oh Mist. Ab der achtunddreißigsten Woche gehe ich einfach nicht mehr aus dem Haus*, dachte ich. Bei meinem Glück würde mir die Fruchtblase in einem vollbesetzten Fahrstuhl platzen. Und dann würden wir auch noch zwischen zwei Etagen stecken bleiben.

Der Bauch der Frau hatte einen Kipppunkt erreicht, an dem ihr Nabel, der durch den Stoff ihres Shirts drückte, beinahe nach unten zeigte. Tränen liefen ihr übers Gesicht, beschwert von Mascaraklümpchen.

»Es tut mir leid. Es tut mir wirklich leid. Ich weiß nicht, was über mich gekommen ist.« Mit dem Ärmel wischte sie sich den Rotz aus dem Gesicht. »Ich bringe ein paar Sachen zurück. Es dauert nur einen Moment.«

»Lassen Sie sich Zeit, Liebes.« Die Kassiererin sah aus, als wäre sie am liebsten unter den Fliesen verschwunden, so unbehaglich war ihr zumute.

»Na ja … Ich glaube, ich komme auch ohne Spucktücher zurecht. Alte T-Shirts tun es ja auch, nicht wahr?«

Ich legte die Brustwarzensalbe, die ich mir gerade ansah, wieder ins Regal zurück und ging rasch zu der Kassiererin, nahm die Kreditkarte aus meinem Portemonnaie und knallte sie auf den Ladentisch. »Nein. Bringen Sie nichts zurück. Ich bezahle.«

Die schwangere Frau sah mich kläglich an. Sie rieb sich behutsam den Bauch, als wollte sie ihr ungeborenes Kind trösten.

Bei genauerer Betrachtung wurde mir klar, dass sie höchstens neunzehn sein konnte. Ein frisches, junges Gesicht und rosige Wangen. Beinahe hätte ich mitgeweint. In was für einer schrecklichen Situation befand sich diese Frau!

»Ich weiß nicht, warum ich überhaupt hierhergekommen bin«, sagte sie, und ihr Kinn bebte.

»Sie sind gekommen, um etwas für Ihr Baby zu kaufen.« Meine Fingerkuppen berührten sanft die Rückseite ihres Arms. »Wie es sich gehört. Machen Sie sich keine Gedanken. Sie werden das Geschäft mit allen Vorräten verlassen, die Sie brauchen.«

»Sind Sie … sind Sie sicher?« Sie zuckte zusammen.

»Aber absolut.«

Ein verlegenes Lächeln breitete sich auf ihrem Gesicht aus. Sie trug löchrige Leggings und ein Shirt, das ihr am Bauch klebte wie Frischhaltefolie. Ich wünschte, ich könnte ihr ein paar der Umstandskleider schenken, die ich von dem frevelhaften Budget gekauft hatte, das Devon mir jeden Monat überwies. Ich brauchte noch keine. Mein Bauch war hart, aber flach.

»Danke.« Sie schniefte. »Mein Freund hat vor ein paar Monaten seinen Job verloren und noch keinen neuen gefunden. Das macht uns echt kaputt.«

»Oh je, das tut mir leid.« Ich nahm eine Geschenkkarte aus dem Gestell an der Kasse. »Welcher Arbeitgeber tut einem Mitarbeiter so etwas an? Bitte buchen Sie zweitausend Dollar auf diese Karte«, sagte ich und deutete auf das Stück Plastik.

Ich wollte sicher sein, dass dieses Mädchen verlässlich mit Windeln und Babykleidung versorgt war, bis ihr Liebster einen neuen Job hatte. Andernfalls würde ich nachts keinen Schlaf mehr finden.

Ihre Reaktion bestand in noch heftigerem Weinen, diesmal vor Erleichterung. Dann sagte sie, unterbrochen von Schluckauf und Schniefen: »Ja, das war echt beschissen. Wir haben uns auf diesen Job verlassen. Es hat ihn sehr verändert ... dass er gefeuert wurde, meine ich. In letzter Zeit verliert er immer öfter die Beherrschung. Er ist nervös wegen der Krankenhausrechnung, aber was soll ich denn machen? Das Baby im Badezimmer bekommen?« Wütend zog sie die Brauen zusammen. »Schließlich war er es, der behauptet hat, wir hätten gut genug aufgepasst. Was natürlich Bullshit war. Wenn wir aufgepasst hätten, wäre ich nicht schwanger.«

»Dazu gehören immer zwei.« *Und drei, um eine Seifenoper daraus zu machen*, dachte ich bitter und war mit den Gedanken bei Tiffany.

»Ja, nicht wahr?« Ihre Augen weiteten sich. »Wenigstens habe ich einen Job bei der Kleiderkammer hier im Ort gefunden. In letzter Zeit geht er kaum noch aus dem Haus. Er trinkt nur und sieht fern und ... ach verdammt, tut mir leid.« Ihre Wangen liefen dunkelrot an. Sie zog leicht den Kopf ein und schüttelte ihn. »Das ist natürlich nicht Ihr Problem. Sie sind zu freundlich zu mir.«

»Ach was, ich schütte jedem mein Herz aus, der es hören will, machen Sie sich also keine Gedanken. Mein Versicherungsmakler kennt die Ergebnisse meiner Blutuntersuchungen, und die Verkäuferin vom Lebensmittelladen gegenüber von meiner Wohnung spielt meine Therapeutin, weil ihr nichts anderes übrig bleibt.« Ich überreichte ihr die Tüten mit den Dingen, die sie benötigte, und dazu meine Visitenkarte. »Rufen Sie mich an, wenn Sie etwas brauchen ... egal, ob etwas für das Baby oder einfach eine Schulter, um sich auszuweinen.«

Sie nahm alles dankbar entgegen und ließ mich nicht aus den Augen.

»Das muss ein Zeichen dafür sein, dass alles besser wird. Wissen Sie, vor einer halben Stunde hat mich mein Freund aus heiterem Himmel gefragt, ob ich hierherfahren wollte. Er nimmt mich nie irgendwohin mit. Das hier kann nur Schicksal sein.«

»Das Schicksal ist wie ein Stalker. Es findet einen immer«, sagte ich und zwinkerte ihr zu.

Zwanzig Minuten und fünf zweifelhafte Erwerbungen später (brauchte ich wirklich einen Strampler mit integriertem Mop und einen Ventilator für den Babypo?) begab ich mich von *buybuy BABY* zu meinem Wagen, schwang die Tüten in den Händen und überlegte, wie viele Kugeln Eis ich mir und Baby Whitehall gönnen würde.

Drei, beschloss ich. Eine für mich, eine für sie und dann noch eine für mich, weil Momma verdammt lange keinen Sex mehr gehabt hatte und dringend einen Stimmungsbooster brauchte.

Als ich den Kofferraum aufmachte – auf dem neuerdings das amtliche Kennzeichen BURSQGIRL prangte –, um die Taschen einzuladen, bemerkte ich, dass mein Wagen ... anders aussah. Ich senkte den Blick und schnappte nach Luft, während ich rückwärts taumelte.

Alle vier Reifen waren aufgeschlitzt worden.

Ich knallte den Kofferraum wieder zu und ließ hektisch den Blick über den Parkplatz schweifen, um zu sehen, wer sich sonst noch dort aufhielt. Durchaus möglich, dass das Arschloch, das dies getan hatte, noch in der Nähe war und sich an meinem Elend weidete.

Am anderen Ende des Parkplatzes hupte jemand. Mit hämmerndem Herzen drehte ich den Kopf in die Richtung, aus der das Geräusch kam. Ein ramponierter roter 1996er Camaro fuhr an mir vorbei, der Arm des Fahrers war auf den Fensterrahmen gestützt. Die Frau auf dem Beifahrersitz erkannte ich sofort – es war das verzweifelte Mädchen, dem ich eine halbe Stunde zuvor an der Kasse geholfen hatte. Sie starrte in ihren Schoß, während ihr Tränen über die Wangen liefen.

Aber was mir den Atem verschlug, war der Mann auf dem Fahrersitz.

Frank.

Frank, den ich Monate zuvor gefeuert hatte.

Das verbitterte, brutale, sexuell belästigende Arschloch, mit dem ich aneinandergeraten war.

Ein Puzzleteilchen rastete ein.

Frank.

Er war der Hundesohn, der mich verfolgte.

Und er hatte eine schwangere Freundin, von der ich nichts gewusst hatte, als ich ihn entließ.

Das Erste, was mir in den Sinn kam, als ich ihn mit der Hand zwischen den Beinen der Burlesquetänzerin erwischte, war selbstverständlich: *Ich wette, der Typ ist ein großartiger Familienmensch, der kurz davor steht, Vater zu werden.*

Und jetzt? Jetzt war er pleite und steckte in ernsten Schwierigkeiten.

Aber dasselbe galt für mich.

Weil er meinen Tod wollte.

Frank grinste mich höhnisch an und zeigte mir den Mittelfinger, als er von dem Parkplatz hinunterraste.

Ich war versucht, ihm zu folgen, wollte aber weder mich selbst noch seine Freundin in Gefahr bringen. Trotzdem würde ich mich um die Sache kümmern, jetzt, wo ich wusste, wer mein Stalker war.

Ich holte mein Handy aus der Handtasche und rief Devon an. Meine Hände waren kalt und zittrig, und ich musste mehrere Anläufe unternehmen, um seinen Namen in meiner Kontaktliste zu finden.

Zum ersten Mal rief ich ihn aus einem anderen Grund als

unserem vereinbarten wöchentlichen Telefonat an. Ein Vertragsbruch, wenn man so wollte.

Außerdem war es das erste Mal, dass ich ihn freiwillig anrief, seitdem ich herausgefunden hatte, dass er mit *Tiffany* vögelte. Und ja, die Kursivierung ist notwendig.

Er meldete sich beim ersten Klingeln.

»Geht's dem Baby gut?«

Ich schnappte nach Luft, denn meine Sauerstoffvorräte schwanden rasant dahin, als mir bewusst wurde, was meine jüngste Entdeckung tatsächlich bedeutete. Verdammter Mist. Frank war es gewesen, der mir diese Reihe von Hinweisen und Drohungen hatte zukommen lassen, und dies war die jüngste. Wusste ich überhaupt, wo er wohnte? Nein, wusste ich nicht. Sein letzter Gehaltsscheck war postwendend zum *Madame Mayhem* zurückgekommen. Er musste umgezogen sein, nachdem ich die Reporter auf ihn gehetzt hatte.

»Dem Baby geht es gut.« *Glaube ich.*

»Was ist los?« Devon klang ehrlich besorgt.

»Ich … Jemand hat mir die Reifen aufgeschlitzt. Ich brauche eine Mitfahrgelegenheit.«

Und einen Drink.

Und eine Schulter zum Ausweinen.

Einen eleganten, schicken, wahnsinnig gut aussehenden Beinahe-Prinzen, der alles besser machen wird.

Nicht unbedingt in dieser Reihenfolge.

»Warum sollte jemand so etwas tun?«, fragte er.

Auf keinen Fall würde ich ihm erzählen, was wirklich los war. Bloß nicht. Er würde mich in einen Turm einsperren und nie wieder herauslassen.

»Keine Ahnung, ein paar Punks vielleicht?«

»Wo bist du?«

»*buybuy BABY.*«

»Die Gegend dort ist für ihre hohe Kriminalitätsrate bekannt«, sagte Devon ungeduldig und schaffte es erneut, dass ich mir vorkam wie ein kleines Kind. »Schick mir die Adresse. Bin schon unterwegs.«

»Äh ... hm ...«, stellte ich meine fantastische Wortgewandtheit unter Beweis.

»Was ist?«, fragte er, weil er offenbar spürte, dass ich ihm etwas verschwieg.

Erneut sah ich mich um. Es war keineswegs sicher, dass Frank nicht zurückkommen und mir eine Kugel in den Kopf jagen würde, nachdem er seine Freundin irgendwo abgesetzt hatte.

»Können wir ... ähm, kannst du am Handy bleiben, bis du hier bist?«

»Sweven.« Er seufzte, und seine Stimme war ein bisschen weniger eisig. »Natürlich.«

Ich war dermaßen glücklich, meinen Spitznamen zu hören, dass ich beinahe geweint hätte.

Er blieb am Telefon, fragte mich nach meinen Einkäufen (der Putzstrampler beeindruckte ihn nicht sonderlich) und danach, welche Burlesqueshow demnächst im *Madame Mayhem* laufen würde (Suicide Girls Blackheart), um mich von dem abzulenken, was mir zugestoßen war.

Es sprach für Devon, dass er alles stehen und liegen ließ und eine Viertelstunde später auftauchte, seinen Bentley in zweiter Reihe parkte und ihn zuknallte, ehe er auf mich zustürzte.

»Ist alles in Ordnung mit dir?« Er nahm mich in die Arme, und ich vergrub den Kopf an seiner Schulter und ließ mich in eine nahezu schmerzhafte Umarmung sinken. Aus einem mir unbekannten Grund begann ich sofort, in seinen Tom-Ford-Anzug zu heulen und ihn mit Foundation und buntem Lidschatten zu verschmieren. Ich hatte sehr lange nicht geweint. Das passte einfach nicht zu mir.

Devon massierte mir mit kreisförmigen Bewegungen den Nacken und hauchte mir federleichte Küsse auf den Scheitel.

»Warum tut jemand so etwas, Belle?«

»Ich … ich weiß es nicht«, brachte ich hicksend heraus.

Aber ich wusste es sehr wohl.

Schlimmer noch, ich würde Frank nicht mal die Polizei auf den Hals hetzen. Selbst wenn er für den Brief verantwortlich war und hinter dem Mann steckte, der mich wenige Monate zuvor gestalkt hatte, was nachweislich der Fall war. Die beiden anderen Männer sahen anders aus, und vordergründig schien keiner von ihnen mit Frank in Verbindung zu stehen.

Tatsächlich hatte zwischen ihm und mir monatelang Stillschweigen geherrscht. Nun wusste ich, dass er hinter all dem steckte. Natürlich würde er nicht dumm genug sein und einfach weitermachen. Vielleicht war es sein letzter Auftritt gewesen, bevor er aufgab. Außerdem hatte er ohnehin bereits genug Probleme am Hals. Er brauchte einen Job und musste seine größer werdende Familie versorgen. Hoffentlich eine, in der er sich von anderen Frauen fernhielt.

»Ich dachte, mit dir stimmt irgendetwas nicht. Körperlich, meine ich«, drang Devons Stimme durch die Wolke aus Selbstmitleid und Adrenalin, die mich umgab. Er führte mich sanft zum Beifahrersitz, ließ mich einsteigen und schloss die Tür.

Ich ließ den Sicherheitsgurt einrasten und blickte mit zusammengebissenen Zähnen, damit mein Kinn nicht zitterte, aus dem Fenster.

»Ich bin froh, dass du angerufen hast«, fügte er hinzu.

Warum eigentlich …?

Ja, warum hatte ich *ihn* angerufen statt Persy oder Sailor, Aisling oder Ross? Selbst meine Eltern hätten die Reise in die

City auf sich genommen, um mich abzuholen. Auf der Liste der Personen, die kommen und mir helfen konnten, war Devon diejenige, die am meisten zu tun hatte und mir am wenigsten nahestand.

Dennoch hatte ich beschlossen, dass er mich retten sollte.

»Wo soll ich dich hinbringen?«, fragte Devon.

»Zu meiner Wohnung.«

»Nicht zu Persy?«

»Nein.«

Ich war zu angeschlagen, zu wund, um mir von Pers ihre perfekte Familie mit dem perfekten, sie anbetenden Ehemann und den perfekten Kindern, die sie voller Ehrfurcht und Bewunderung ansahen, vorführen zu lassen.

Devon trat aufs Gas, denn er merkte, dass ich nicht gerade gesprächig war.

»Das war bestimmt irgendein dummes Kind«, sagte ich, obwohl mir klar war, wie das auf ihn wirken musste.

»Wie das dumme Kind, das dich im Boston Common verfolgt hat?« Devon umklammerte das Lenkrad so fest, dass seine Fingerknöchel weiß wurden.

»Wer hat dir davon erzählt?« Ruckartig drehte ich den Kopf und sah ihm ins Gesicht.

»Jemand, dem an deiner Sicherheit liegt.«

»Ein Spitzel«, widersprach ich.

»Nenn ihn, wie du willst. Du hast meine Frage immer noch nicht beantwortet.«

»Meine Antwort lautet: Wir leben im 21. Jahrhundert, und Frauen können selbst für sich einstehen. Wir kümmern uns um unser eigenes Wohlergehen und können sogar wählen, welch ein Skandal!«

»Wenn deine Wahl lautet, einen Stalker zu ignorieren, solltest speziell du vielleicht besser nicht wählen dürfen.«

Tatsächlich waren es sogar drei verschiedene Männer. Aber es war nicht der richtige Zeitpunkt, um das zur Sprache zu bringen.

»Ich habe immer eine Waffe dabei.«

»Und das soll mich beruhigen?«, fragte Devon in sarkastischem Ton, um zu unterstreichen, wie dumm meine Worte klangen. »Wir sind hier nicht im Wilden Westen, Emmabelle. Du kannst nicht einfach jemanden auf der Straße erschießen, wenn du glaubst, dass er dir nachstellt. Du musst zur Polizei gehen.«

Zum ersten Mal erlebte ich ihn ansatzweise ärgerlich, und es war total faszinierend. Für eine Sekunde vergaß ich all meine Probleme.

Ich legte den Kopf schief und musterte ihn durchdringend. »Ich habe ein Geheimnis«, raunte ich. »Ich arbeite nicht daran, dich glücklich zu machen, Devon.«

Er bedachte mich mit einem Blick, der meine Seele schrumpfen ließ. Dieser Blick verriet mir, dass er allmählich die Nase voll hatte von mir, und ich konnte es ihm nicht verdenken. Ich behandelte ihn mies. Meine Angst vor ihm war tragischerweise so groß, dass ich ihn ständig zurückwies.

»Ich will damit nur sagen, dass ich schon klarkomme«, murmelte ich und betrachtete meine bunt lackierten, spitzen Fingernägel.

»Hast du mich deswegen angerufen?«, fauchte er. »Um mir zu sagen, dass du klarkommst?«

Unser erster Streit. Super. Wie sollte ich ihm erklären, dass ich es nicht leiden konnte, wenn sich jemand in meine Angelegenheiten einmischte? In mein Leben? Dass ich mich nicht auf andere verlassen konnte?

»Mein Fehler. Nächstes Mal rufe ich jemand anders an.«

»Nein, das tust du nicht. Ich bin der Einzige, der in der Lage ist, länger als einen Abend mit deiner Art von Bullshit zurechtzukommen.«

Vor meiner Wohnung hielt er an, stieg aus, umrundete den Wagen und öffnete mir die Beifahrertür, und seine Miene verriet mir, dass er mich gern in garnelengroße Stückchen schneiden und an Haie verfüttern würde.

»Danke fürs Mitnehmen. Du bist ein guter Begleiter.« Ich schlüpfte aus dem Wagen und steuerte auf den Eingang meines Wohnhauses zu, wobei ich mir vorkam wie ein unartiges Kind, das in sein Zimmer geschickt wird.

Devon folgte mir wortlos. Ich hütete mich, ihn wegzuschicken. Erstens wollte ich in diesem Moment nicht allein sein, und zweitens war ich es, die ihn angerufen hatte.

Als wir bei meiner Wohnung ankamen (super, mal wieder Treppensteigen), verschwand Devon in meinem Schlafzimmer, um mit Joanne zu telefonieren. Er bat sie, dafür zu sorgen, dass mein Wagen abgeschleppt wurde. Außerdem bat er sie, ihn mit Simon zu verbinden. Ach, der gute alte Si, der Bodyguard, der so tat, als erledigte er Dinge, die niemanden im Club interessierten, zum Beispiel die Ablage oder Schachteln, die in verschiedene Müllbehälter sortiert werden mussten.

Die Tatsache, dass er sich einmal auf mich gestürzt hatte, um mich zu beschützen, weil Ross versehentlich einen Bierkasten hatte fallen lassen, war ein verräterisches Zeichen.

»… ist nicht, wofür ich Sie bezahle, verdammt. Steigern Sie sich, sonst sorge ich dafür, dass Ihr nächster Job ein Niedriglohnjob ist.«

Es folgte ein Augenblick Stille.

»Dann machen Sie es besser!«, brüllte Devon.

Als er ins Wohnzimmer zurückkam, fiel sein Blick auf mich. Er sah aus wie ein Adler, der sich auf seine Beute konzentrierte. »Du zitterst und schwitzt.«

»Tu ich nicht.« Die Tatsache, dass mir beim Reden die Zähne klapperten, war allerdings nicht hilfreich. Gottverdammt. Es war nur Frank. Notfalls konnte ich ihn ausschalten.

Falsch. Du musst aufhören, eine Pussy zu sein, und endlich zur Polizei gehen. Seine Freundin ist also schwanger. Na und? Bist du etwa derjenige, der ihr das Kind gemacht hat?

»Komm. Ich lasse dir ein Bad ein.« Devon kam auf mich zu und reichte mir die Hand. Das ungezwungene Lachen und die höflichen Manieren, die er normalerweise an den Tag legte, waren verschwunden. Wenn ich genauer darüber nachdachte, war es den ganzen Tag lang so gewesen, und zwar von dem Augenblick an, in dem er ans Telefon gegangen war und mich dann abgeholt hatte.

Erschreckenderweise musste ich feststellen, dass Devon aufgehört hatte, mit mir zu flirten.

Er hatte mich aufgegeben. *Uns.*

Na schön. Das war doch genau, was ich wollte. Ich war froh, dass er aufhörte, sich zu verstellen.

Als ich auf der Couch sitzen blieb, hob er mich hoch und trug mich zum Badezimmer.

»Ich hasse es, wenn du perfekt bist«, stöhnte ich.

»Dito, Schätzchen. Vor allem, wenn ich meine Perfektion auf dich verschwende.«

Er setzte mich auf den heruntergeklappten Toilettensitz, ließ mir ein heißes Bad ein, krempelte die Hemdärmel bis zum Ellbogen hoch und enthüllte seine Unterarme, die denen von Michelangelos *Moses* in nichts nachstanden.

Uff. Mir fehlte Sex.

Mein Magen wurde heiß und verkrampfte sich, in meinem Inneren baute sich immer mehr Spannung auf.

Was war ein Leben ohne Sex? Nur Arbeit und Steuern und jede Menge Abwasch.

Es war total unfair, dass ich während der Schwangerschaft keine Lust auf Sex mit jemandem hatte, der nicht der Vater meines Kindes war.

Ich konnte diese Entscheidung nicht einmal verstandesmäßig begründen. Vielleicht befand sich in meinem Körper tatsächlich ein kleiner Rest von Traditionalismus, ein Abfallprodukt der Tatsache, dass ich den größten Teil meines Lebens mit Persy unter einem Dach verbracht hatte.

Mit dem Blick folgte ich jeder Bewegung seiner von Venen überzogenen Arme, als er eine Badekugel in die Wanne fallen ließ.

»Und, hast du in letzter Zeit mit einer interessanten Frau geschlafen?« Ich verlagerte auf dem Toilettensitz das Gewicht und beäugte seine schlanken, aber kräftigen Finger.

Wurde ich etwa gerade … scharf? Die Reibung der Oberfläche unter mir ließ meine Brustwarzen hart werden. Ich legte ein Kleidungsstück nach dem anderen ab, während Devon das Gesicht verzog, als röche etwas in meinem Badezimmer ganz abscheulich.

»Ich dachte, du hättest mit der Selbstquälerei inzwischen aufgehört.«

»Ach komm.« Lachend ließ ich meine Bluse auf den Boden fallen. Obwohl es noch nicht zu sehen war, fühlten sich meine Brüste bereits schwer an und waren von blauen Adern durchzogen. Und viel größer, als er sie in Erinnerung haben konnte. »Ich weiß, dass du immer noch mit anderen schläfst. Lass es mich stellvertretend durch dich erleben. Ich habe vergessen, wie sich das anfühlt.«

»Du hast genug Erfahrung für die ganze Ostküste, Liebling«, sagte er trocken. »Wirf ein bisschen Ginkgo ein und nutze die Kraft deiner Fantasie.«

»Was macht ihr beiden, wenn ihr erst einmal im Bett liegt?

Erzähl es mir, ich habe es vergessen«, säuselte ich, ohne seinem Ärger Beachtung zu schenken.

Er sah mich an, als hätte ich den Verstand verloren. Und in diesem Augenblick hatte ich das auch.

»Du hast doch nicht etwa getrunken, oder?«, fragte er besorgt.

Ich lachte. »Nein. Ich bin nur … ein bisschen aufgeweicht.«

»Klingt wie ein Code für verstört.«

»Komm schon …« Ich lächelte. »Ich versuche doch nur, nett zu sein.«

»Habe ich gemerkt. Wir sind seit fast acht Minuten zusammen in einem Raum, und du hast noch nicht versucht, mich zu erstechen.«

Er drehte den Wasserhahn zu, erhob sich und trat einen Schritt zur Seite. »Komm, ich helfe dir in die Wanne.«

»Du kannst gern mit reinkommen, falls dir danach ist.« Ich unternahm einen plumpen Verführungsversuch, denn ich war zu scharf, um mir Stolz leisten zu können.

Devon schenkte mir null Beachtung und drückte mir die Hand auf den unteren Rücken, um mich zur Badewanne zu führen.

Ich verdrehte die Augen. »Ist das ein Nein?«

»Du hast mir ausdrücklich und wiederholt befohlen, es nicht mehr bei dir zu versuchen«, rief er mir trocken in Erinnerung.

»Na ja, vielleicht habe ich meine Meinung geändert!«

Himmel, konnte eine Frau denn keine endgültige Aussage machen und sie dann aufgrund von Geilheit widerrufen? Und da heißt es immer, Amerika sei das freieste Land der Welt.

»Warum steigst du nicht in die Wanne, und wir reden darüber, wenn du dich wieder beruhigt hast?«, schlug Devon vor.

»Ich *bin* ruhig!«, protestierte ich mit schriller Stimme und schlug mir wie ein Kleinkind auf die Schenkel.

»Offensichtlich«, versetzte er.

Endlich stieg ich in die Badewanne und ließ mich langsam in das heiße Wasser gleiten. Mit geschlossenen Augen ließ ich die Wärme auf mich wirken und spürte den kitzelnden Seifenschaum auf meinem Körper.

Der Duft nach Erdbeere und Zitrusfrüchten wurde von der Feuchtigkeit in dem Raum noch verstärkt. Hinter mir nahm Devon auf dem Rand der Badewanne Platz und begann, mir die Schultern zu massieren.

»Du bist erregt«, stellte er fest. Seine Finger kitzelten die kurzen Haarsträhnen, die sich aus meinem hohen Dutt gelöst hatten. Seine Hand glitt tiefer, auf meine Brüste zu, umkreiste das empfindsame Gebiet, kam ihm langsam näher.

»*Erregt*«, wiederholte ich kichernd. »Du bist echt alt.«

»Und du bist echt schwanger.«

»Wie meinst du das?«

»Du hast Gelüste. Bedürfnisse«, erklärte Devon.

»Ja«, gab ich seufzend zu, vorübergehend entwaffnet durch die Massage, das Schaumbad und das Wissen, dass ich bei ihm in Sicherheit war.

»Was hält dich eigentlich davon ab, durch die Betten zu turnen?«, fragte er mit tödlich gleichmütiger Stimme.

»Äh … die Tatsache, dass ich schwanger bin?«

»Dem Baby schadet das nicht. Dr. Bjorn hat es selbst gesagt.«

Ja, Dr. Bjorn, der Bellon (Belle + Devon) abfertigte, erinnerte uns ständig daran, dass wir ruhig miteinander schlafen konnten und es sogar sollten.

»Ich will meinen Körper mit niemandem teilen.«

»Mit niemandem?«, fragte er mit gespielter Naivität, während er seine Finger selbstsicher meinen schweren, empfindsamen Brüsten näherte.

»Du hast mir deinen Stempel für die nächsten Monate bereits aufgedrückt.« Provozierend schnippte ich ihm Schaumbläschen ins Gesicht. »Ich fände es nicht besonders empörend, wenn wir miteinander ins Bett gingen.«

Devons Finger glitten zur Rückseite meines Halses und beschrieben langsam köstliche Kreise auf meiner Haut. »Wie wär's mit einem Deal? Du beantwortest mir ein paar Fragen, und wenn ich mit deinen Antworten zufrieden bin, verschaffe ich dir Erleichterung.«

»Ein hübsches grandioses Ego hast du da. Ich besitze immer noch Vibratoren, weißt du«, stöhnte ich.

Aber er hatte recht. Mein Körper stand in Flammen. Ich wollte ihn am Kragen packen und zu mir ins Wasser ziehen.

»Weißt du, es ist in Ordnung, gelegentlich jemanden zu brauchen«, flüsterte Devon, und sein warmer Atem strich über meine Ohrmuschel. Er war mir derart nah, dass ich seine Hitze auf meiner Haut spürte. Jedes Härchen an meinem Körper hatte sich aufgerichtet. Meine Brustwarzen schmerzten, und meine Schenkel rieben unter Wasser aneinander.

Ich war kurz davor, eine Hand dazwischenzuschieben und die Sache selbst zu erledigen.

Ich drehte den Kopf, und unsere Blicke trafen sich. Blau auf blau. Seine Augen kristallklar wie der Morgenhimmel. Meine eine Spur dunkler und mit kleinen violetten Punkten um die Iris herum.

»Es ist nie in Ordnung, jemanden zu brauchen«, krächzte ich.

»Das ist eine schreckliche Art zu leben, Sweven. Ich werde immer für dich da sein, was auch geschehen mag.«

»Wie viele Fragen?« Ich schniefte.

»Das hängt ausschließlich von deinen Antworten ab.«

Ich nickte zustimmend.

»Frage Nummer eins: Warum hast du mir vor Monaten nicht erzählt, dass dir im Boston Common ein Mann gefolgt ist?« Devon schloss sanft die Hände um meine Brüste und ließ die Daumen um die Brustwarzen kreisen, sodass ich am ganzen Körper zu beben begann.

Mir stockte der Atem. »Ich wollte nicht, dass du dich noch mehr in mein Leben einmischst als ohnehin schon.«

»Zweite Frage: Gab es danach weitere Anzeichen, dass jemand hinter dir her ist?«

Ich wollte nicht zugeben, dass es diese Anzeichen tatsächlich gab. Wollte nicht, dass er weitere Simons auf mich ansetzte. Außerdem glaubte ich wirklich, dass die Sache mit Frank inzwischen erledigt war. Der Vorfall auf dem Parkplatz würde sich nicht wiederholen. Warum hätte er sich sonst zu erkennen geben sollen?

Als Devon mein Zögern bemerkte, ließ er eine Hand von meiner Brust über meinen Bauch hinabgleiten, bis sein kleiner Finger ganz leicht meine Leiste streifte. Ich keuchte und wand mich auf schamlose Weise. Wie sollte ich in diesem Zustand ein Gespräch führen?

»Das ist Erpressung«, stieß ich hervor.

»Ich habe nie behauptet, fair zu sein. Und jetzt beantworte meine Frage.« Er biss mir sanft ins Ohr.

»Ja. Kurz nach der Sache im Boston Common kam ein Brief an. Mit der Drohung, mich umzubringen. Seitdem trage ich immer eine Pistole bei mir.«

»Warum bist du an diesem Punkt nicht zur Polizei gegangen?«

»Ich wollte keine schlechte Presse für das *Madame Mayhem*, und weder du noch deine Familie sollte mich auf dem Kieker haben. Hassmails bekomme ich jeden Tag. Und inzwischen sind mehrere Monate ohne weitere Anzeichen vergangen.«

»Weißt du, wer es sein könnte?«

Seine Hand schloss sich um meine Pussy, aber er drang nicht in mich ein. Ich empfand nur den köstlichen Druck, mit dem er mich berührte, während ich mich vergeblich an ihn zu drängen versuchte.

»J… ja«, stammelte ich und war dem Orgasmus näher, als ich es sein sollte, denn schließlich hatte er mich bisher kaum berührt.

»Wer?«, bedrängte mich Devon.

»Ein Mann namens Frank. Er war mal Barkeeper bei mir. Ich habe ihn vor ein paar Monaten gefeuert, weil er eine Tänzerin begrapscht hat. Ich habe ihn heute auf dem Parkplatz gesehen.«

»Warum bist du dann in diesem Augenblick nicht auf dem Polizeirevier?«

»Er ist fast noch ein Kind, und seine Freundin ist schwanger. Sie haben kein Geld. Er wollte nur Dampf ablassen. Wahrscheinlich hat er einen Freund in den Common geschickt, der mir ein bisschen Angst machen sollte.« Allerdings erklärte das immer noch nicht den Mann im *Madame Mayhem* an dem Tag, an dem Devon mich nach Hause gebracht hatte. »Ich glaube nicht, dass ich noch einmal von ihm hören werde.«

»Du bist verrückt, und du hast mein Baby im Bauch«, sagte er in sachlichem Ton, mehr zu sich selbst als zu mir.

Seine Hand lag noch immer auf mir, schenkte mir aber nicht die ersehnte Erlösung. Warum zögerte er meinen Orgasmus derart hinaus? War das nicht ein Verbrechen gegen die Menschlichkeit?

»Ich komme schon klar«, stieß ich hervor. »Ich passe schon verdammt lange auf mich selbst auf. Hab nie irgendwelche Probleme gehabt.«

»Ein paar kleine Regeln, dann kannst du wieder anfangen,

272

mich in meinem Bett zu unterhalten«, stellte Devon klar und ließ mich wissen, dass ich noch nicht vom Haken war.

Ich schwieg, denn ich wollte es hinter mich bringen, er sollte mich endlich dort berühren. Es war erbärmlich, aber extreme Zeiten erforderten extreme Mittel. Ich musste mich ablenken. Es war eine Copingstrategie, okay?

»Regel Nummer eins – du weichst Simon bei der Arbeit nicht von der Seite.«

»Bodyguard Si?« Ich stieß ein kehliges Lachen aus. »Meinetwegen.«

»Nein. Nicht meinetwegen. Du bist kein Teenager mehr, Emmabelle. Antworte mir mit Ja oder Nein.«

Verflucht.

»Okay. Ja!«

»Regel Nummer zwei …« Sein kleiner Finger streifte meine Öffnung. Mein Körper glühte vor Erregung. Begierig spreizte ich die Schenkel für ihn. Endlich kam dort etwas in Gang, das keine Batterien benötigte.

»Geh nicht allein aus dem Haus. Lass dich immer von jemandem begleiten. Von deinen Freundinnen, deinen Eltern, von Simon oder auch von mir.«

Eine dreiste Forderung, aber egal, schließlich musste ich nichts tun, was ich nicht wollte. Er würde wohl kaum rund um die Uhr auf mich aufpassen können.

»Klar.« Als er seine Hand noch immer nicht bewegte, stöhnte ich und fügte hinzu: »Oh, klar. Ja oder Nein. Ja.«

»Letzte Bedingung …« Devons Finger erforschten meine Öffnung, kamen ihr näher als bisher. Nur ein Stoß, und er würde mich vollständig ausfüllen. Seine andere Hand bearbeitete nach wie vor meine Brüste. »Zieh zu mir. Nur vorübergehend. Ich kann dich beschützen. Wir suchen dir übergangsweise eine Wohnung in meinem Haus. Die Security ist spitzenmäßig, da muss ich mir keine Sorgen mehr um dich machen.«

Ich schlug die Augen auf, und in meinem Kopf begannen die Alarmglocken zu schrillen.

»Mit dir zusammenziehen?«, fragte ich langsam.

Ich spürte, wie seine Nase an meiner Halsbeuge schnüffelte.

»Komm schon, Sweven. Du bist mutig genug, jemandem ins Gesicht zu schießen, der hinter dir her ist. Da wirst du doch ein paar Monate Wohngemeinschaft mit dem Vater deines Kindes aushalten.«

Es war ein Wagnis. Sein Zeigefinger schlüpfte in mich hinein, und ich keuchte, wölbte den Rücken, und meine Brustwarzen ragten aus dem Wasser heraus. Devon beugte sich über mich, nahm eine in den Mund und begann, eifrig daran zu saugen.

»So süß. So verdammt süß.« Seine ebenmäßigen weißen Zähne streiften die empfindsamen Spitzen. »Es wird sich für dich lohnen«, murmelte er und ließ die Zunge um die Brustwarze kreisen, ehe er daran zu knabbern begann. Gleichzeitig fickte er mich unter Wasser gnadenlos mit dem Finger.

Ich drückte mich seiner Hand entgegen, auf der Suche nach der Erlösung, die kurz bevorstand.

»Du wirst mich niemals zähmen«, warnte ich ihn.

»Das habe ich auch nicht vor.« Er leckte mir über den Hals und verschloss meinen Mund mit einem glühend heißen Kuss. Vor lauter Zunge, Wassertröpfchen und Begierde glaubte ich in Flammen aufgehen zu müssen. »Ich mag dich genau so, wie du bist. Klingt unwahrscheinlich angesichts deines dickköpfigen Naturells, ich weiß, aber es stimmt.«

»Ich bin ein einziges Fiasko«, keuchte ich.

»Sei *mein* Fiasko.«

Die Vorstellung war verführerischer, als ich zugeben konnte. So verlockend wie ein Leuchtfeuer in einem Meer aus Dunkelheit.

Ich verlor die Selbstbeherrschung und kam unter seinen Fingern. Ich krampfte mich derart heftig um ihn zusammen, dass er mir in den Mund lachte, und meine Muskeln strafften sich durch die Zuckungen.

Nach einigen Sekunden löste er sich von mir und zog eine Braue hoch.

»Nur ein paar Monate«, sagte ich klagend … eher zu mir selbst als zu ihm.

Schließlich hätte ich sowieso nicht gewusst, wo ich in meiner derzeitigen Wohnung ein Baby unterbringen sollte.

»Nur ein paar Monate«, wiederholte er und biss mir spielerisch in die Unterlippe.

Das Funkeln in seinen Augen sagte alles.

Ich hatte mich bereit erklärt, ihm zu gehören, nur für eine Weile.

Und ich würde aufgeben, was ich am meisten schätzte.

Absolute Freiheit.

18. KAPITEL

Belle

Vier Tage später zog ich in Devons Loft.

Es war das erste Mal, dass ich seine Wohnung zu sehen bekam. Während unserer langen und chaotischen Beziehung war ich es gewesen, die den Ton angab, darum hatte ich immer verlangt, dass er zu mir kam.

Oh, wie sind die Mächtigen gefallen.

Ich hatte keine Ahnung, was mir bevorstand, aber irgendwie passte die Wohnung perfekt zu dem Bild, das ich mir von ihm gemacht hatte.

Eine große offene Fläche mit Möbeln und Farben, die vermutlich auch Queen Elizabeth bevorzugt hätte. Die fehlenden Wände und gewaltigen Flure überraschten mich. Die Wohnung sah aus wie ein umfunktioniertes Lagerhaus. Ich hatte mir Devon immer in einem weitläufigen, dunklen Herrenhaus vorgestellt, übersät mit Familienporträts und teuren, aber atemberaubend hässlichen Antiquitäten. Dann fiel mir wieder ein, dass er geschlossene Räume nicht ausstehen konnte. Er war ein wenig klaustrophobisch.

Im Vergleich zu meiner winzigen Wohnung war es eindeutig eine Verbesserung.

Ich war an diesem Tag besonders nett zu Devon. Seit Frankgate war er jeden Tag zu mir in die Wohnung gekommen und hatte dafür gesorgt, dass *ich* kam.

Auf seinem Schwanz, seiner Zunge, seinen Fingern.

Was es auch sei, er steckte es in mich hinein.

Ich hatte das Thema Ausschließlichkeit nicht angesprochen, mir aber im Geist eine Notiz gemacht, ihm mitzuteilen, dass ich nicht damit einverstanden war, wenn er seine Wurst in jede Soße tauchte, die bei dem All-You-Can-Eat-Dating-Büfett Bostons angeboten wurde.

Ich verbrachte die vier Tage vor dem Umzug mit dem Versuch, Persy, Aisling, Sailor und Ross davon zu überzeugen, dass ich definitiv – *definitiv* – nicht in einer Beziehung mit Devon war.

Zum Glück machte es mir die Frank-Story leicht, ihnen zu erklären, wie ich zu seiner Mitbewohnerin geworden war.

Alle hielten Devon für einen Traummann, weil er mir Asyl bot, mich hingegen für eine komplette Idiotin, weil ich ihm nicht zu Füßen lag und ihn anflehte, mich zu heiraten.

Die Lage schien sich allmählich zu beruhigen.

Ich würde sogar so weit gehen zu behaupten, dass ich es mir in einem von Devons leer stehenden Räumen bequem machte.

Seit ich bei ihm eingezogen war, schlich er sich jede Nacht in mein Zimmer, aber hinterher schickte ich ihn immer ins Schlafzimmer zurück und blieb meiner Behauptung treu, ich könne mit einem Mann neben mir nicht einschlafen.

Während dieser Zeit bei ihm bekam ich Bruchstücke von Gesprächen zwischen ihm und seiner Mutter mit. Sie rief ihn häufig an, manchmal mehrmals am Tag. Er blieb stets höflich, zurückhaltend und freundlich, obwohl ich sagen muss, dass Ursula Whitehall sich wie eine schreckliche Nervensäge anhörte.

»Nein, Mum, ich habe meine Meinung nicht geändert.«

»Nein, ich weiß nicht, wann ich das nächste Mal nach England komme. Reicht das Geld nicht, das ich euch geschickt habe?«

»Nein. Ich habe nicht das Verlangen, mit ihr zu sprechen. Ich habe mich entschuldigt. Das sollte genug sein.«

Diese pikante Aussage weckte in mir den Wunsch, ihm Fragen zu stellen, aber dann rief ich mir ins Gedächtnis, dass all das mich nichts anging.

Drei Tage nach meinem Einzug bei Devon ging er zur Arbeit, und ich blieb allein in der Wohnung zurück.

Ich saß in der Essecke an dem Tisch aus alabasterfarbenem Marmor und genoss ein exotisches Nussmüsli … Na gut, es waren Froot Loops. Ich aß also Froot Loops und kümmerte mich um meine eigenen Angelegenheiten. Ich trug nichts als ein Oversize-Shirt mit der Aufschrift *Snaccidents Happen*. Danke Etsy, dass du mich mit einer Fülle an Inspirationen, Lebensmottos und Schamlosigkeit versorgst. Es klingelte an der Tür. Ohne weiter nachzudenken, ging ich hin und machte auf. Ich meine, sein Haus war doch jetzt mein Haus, oder nicht?

Außerdem: Vielleicht war es ein Bote, der noch mehr leckeres Zeug bringen wollte. Mein Kumpel hier war bei ungefähr fünfhundert angesagten Lieferdiensten angemeldet.

Vor mir stand eine große, storchartig aussehende Frau mit dunklen Locken und einem Outfit wie Kate Middleton. Sie trug Stilettos, ein geschmackvolles Make-up und einen irritierten Ausdruck im Gesicht. Sie roch wie ein exklusives Kaufhaus.

Und sie starrte mich an, als hätte ich ihr den Ehemann gestohlen oder so.

»Hallo.«

Britischer Akzent. Bestimmt Devons Schwester. Oder vielleicht seine Mutter nach einem sehr *(sehr)* guten Facelifting.

»Hi.« Ich stützte mich mit dem Ellbogen an den Türpfosten und dachte im Stillen: Wenn das Tiffany ist, gebe ich ihr fünf Stufen Vorsprung, bevor ich Miststück ihr eine klatsche.

»Ich nehme an, Sie sind die Stripperin, die er versehentlich geschwängert hat und die nun unserem Familienglück im Wege steht?«

Äh … wie bitte?

»Ja, genau die bin ich!«, rief ich vergnügt, als ich mich von dem Schlag erholt hatte, denn ich war nicht bereit, die geringste Spur von Schwäche zu zeigen. »Und Sie sind …?«

»Seine *Verlobte*.«

19. KAPITEL

Devon

An diesem Tag gab ich nur vor zu arbeiten.

Nach Hause zu kommen und mich in Emmabelle zu vergraben schien mir wichtiger, als meinen Mandanten aus den Schwierigkeiten herauszuhelfen, in die sie sich selbst hineingeritten hatten.

Ich wusste, dass die Sache zwischen uns vorübergehender Natur war. Frauen wie Sweven waren nicht für die Rolle der Hausgöttin gemacht. Aber wie jeder gewöhnliche Sterbliche stand auch ich darauf, mit Göttinnen zu spielen, obwohl ich genau wusste, wie solche Geschichten endeten.

Außerdem musste ich unbedingt dafür sorgen, dass sie in Sicherheit war, solange mein Baby sich in ihrem Körper befand.

Und Mum raubte mir den letzten Nerv, indem sie mich anflehte, nach England zu fliegen und mich mit Louisa zum Tee zu treffen. Das bedeutete, dass ich bald nach Großbritannien aufbrechen und meiner Familie erklären musste, dass ich niemanden heiraten würde, nur weil mich mein toter Erzeuger unter Druck setzte.

Ich stieg die Treppen zu meinem Loft hinauf, immer zwei Stufen auf einmal.

Ich tippte den Code ein, stieß die Tür auf und rief: »Liebling, ich bin wieder da!«

Und blieb wie angewurzelt stehen.

Belle saß in meiner Frühstücksecke und trug immer noch das lächerliche übergroße Shirt, das sie bereits angehabt hatte, bevor ich zur Arbeit gegangen war.

Sie war nicht allein.

»Hallo, *Devvie*.« Swevens Lächeln war zuckersüß, aber ihre Augen schleuderten giftige Dolche nach mir. »*Erwischt.*«

Ihr gegenüber saß Louisa und trank in kleinen Schlucken grünen Tee.

Mist.

Louisa stand auf und kam auf mich zu, wobei sie verführerisch die Hüften schwang. Sie drückte mir einen langen Kuss auf die Wange, ihr ganzer Körper war mir zugewandt.

»Darling, du wirst vermisst. Deine Mutter hat mir deine Adresse gegeben. Sie ist ganz verstört. Sie hat mich gebeten, hierherzukommen und persönlich mit dir zu sprechen.«

Ein dreister Schachzug. Sogar ein bisschen … geistesgestört, wenn ich das sagen darf. Aber hier standen mehrere Millionen Dollar in Form von Grundbesitz und Erbstücken auf dem Spiel, und Mum hatte weder flüssiges Kapital noch andere Einkommensquellen.

Was Louisa betraf, war ich es, der davongekommen war.

Die gute Partie.

»Du hättest anrufen können.« Ich setzte ein bezauberndes Lächeln auf und beugte mich vor, um ihr einen Kuss auf die Fingerknöchel zu hauchen.

»Dasselbe könnte ich sagen«, gab Louisa schlagfertig zurück. Mein eisiges Willkommen schien ihr nicht das Geringste auszumachen. Sie war clever, aber im Gegensatz zu Belle wirkte sie nicht feindselig. »Wann ist eine gute Zeit zum Reden?«

»Jetzt«, meldete sich Belle auf ihrem Platz in der Frühstücksecke zu Wort, griff in die Müslipackung, holte einen

Froot Loop heraus und warf ihn sich in den Mund. »Jetzt ist ein bombiger Zeitpunkt, um mir zu sagen, was zum Teufel hier los ist. Und bitte spar nicht an den Details, Liebling.«

»Mit Worten kann sie wirklich umgehen.« Louisa richtete den Blick auf mich und zog eine Braue hoch.

»Sie sollten erst mal sehen, wie ich mit meinen Fäusten umgehen kann«, sagte Belle mit sonnigem Lächeln. Mir blieb die Spucke weg.

Louisa blinzelte, ruhig und gefasst. »Lassen Sie sich von meinem Äußeren nicht täuschen. Ich fürchte mich nicht davor, mir die Hände schmutzig zu machen.«

Wenn ich auf eine der beiden Frauen hätte wetten müssen, hätte ich gesagt, dass Louisa lieber die Beine in die Hand nehmen sollte, weil Emmabelle Penrose sie wahrscheinlich in Staub verwandeln konnte.

Andererseits war Lou definitiv erwachsen geworden, und ich musste zugeben, dass mir diese verbesserte Version von ihr gefiel.

Da ich eine drohende Schlägerei unter Frauen witterte, schlenderte ich auf Belle zu und setzte mich neben sie. Ich nahm ihre Hand und küsste sie sanft auf den Handrücken. Sie zog sie zurück, als hätte ich sie gebissen.

Es war an der Zeit, die Suppe auszulöffeln, auch wenn es eine furchtbar versalzene Pampe war, von der mir beinahe schlecht wurde. Ich drehte mich zu Belle und erklärte: »Wie du weißt, ist mein Vater vor Kurzem gestorben. Als ich zur Testamentsverlesung in England war, stellte sich heraus, dass er alles mir hinterlassen hat, allerdings unter der Bedingung, dass ich Louisa heirate. Ich habe dieses Ansinnen sofort abgelehnt. Es tut mir leid, dass ich dich im Ungewissen gelassen habe. Der einzige Grund dafür war die Tatsache, dass du dich bereits mit mehr als genug Schwierigkeiten herumschlagen musst. Das

Thema war … es ist«, korrigierte ich mich, »beendet, soweit es mich betrifft.«

»Wie viel hat er dir hinterlassen?«, fragte Belle geschäftsmäßig.

»Dreißig Millionen Pfund in Grundbesitz und Erbstücken«, meldete sich Lou neben uns zu Wort. »Obwohl Whitehall Court Castle unbezahlbar ist. Und mit unbezahlbar meine ich, dass der Nächste in der Reihe der Erben für das Schloss der englische Staat ist. Sie werden ein Museum daraus machen. Es hat in der Geschichte Englands eine wichtige Rolle gespielt.«

»Das ist ein Haufen Kohle.« Belle steckte sich einen weiteren einzelnen Froot Loop zwischen die üppigen Lippen und nickte nachdenklich. Ihre Miene und ihre Körperhaltung verrieten keine Spur von Gefühlen, fiel mir auf.

Louisa drehte sich zu mir und fing an, mit perfektem amerikanischem Akzent den Text des Songs *Gold Digger* von Kanye West anzustimmen.

Belle lachte.

»Dieses Gespräch ist sinnlos«, sagte ich und rieb mir die Stirn.

Insgeheim begann ich jedoch, meine eigene Behauptung infrage zu stellen. Was hinderte mich daran, Louisa zu heiraten? Sie sah fantastisch aus, war wohlerzogen, belesen und kultiviert. Sie war intelligent und immer noch in mich verliebt. Ich würde reicher werden, sämtliche Probleme meiner Familie lösen und eine Ehe zu meinen Bedingungen führen. Vor allem aber wäre ich in der Lage zu heiraten, etwas, das ich bislang vermieden hatte.

»Das sehe ich anders.« Louisa spielte mit dem Anhänger des Teebeutels in ihrer Tasse. »Es gibt eine Menge zu besprechen, und allmählich wird die Zeit knapp.«

»Das verstehe ich nicht. Wir haben uns bereits darauf geeinigt, dass die Sache zwischen uns nicht exklusiv ist.« Belle zog die Nase kraus. »Was hält dich davon ab, diese widerwärtige, aufgeblasene, ach so stilvolle Frau zu heiraten?« Sie deutete auf Louisa, als wäre die eine Statue. »Nichts für ungut.«

»Schon gut, kommt ja nur von Ihnen«, gab Louisa verärgert zurück.

»Dabei würden alle gewinnen«, fügte Belle hinzu.

Nicht alle, dachte ich. Ich nicht.

Belle ließ ein Lächeln aufblitzen, das ich noch nie bei ihr gesehen hatte. Es wirkte verwundet. Beinahe hässlich. Sie stand auf und musterte Louisa von Kopf bis Fuß mit einem Blick, bei dem die meisten Menschen erfroren wären.

»Ich glaube, ihr beiden habt eine Menge zu klären, und ganz ehrlich: Wenn ich sehen wollte, wie sich ein Haufen Briten beim Thema Sex und Beziehungen windet, würde ich mir *Sex Education* im Fernsehen anschauen. Da gäbe es wenigstens etwas zu lachen.«

Und damit nahm sie die Müslipackung vom Tisch, verschwand in ihrem Zimmer und knallte die Tür hinter sich zu.

Louisa drehte sich zu mir. »Liebling, diese Frau ist nicht vollständig kultiviert. Wie kommt es nur, dass du sie attraktiv findest? Wie alt ist sie? Vierundzwanzig? Fünfundzwanzig? Sie ist beinahe noch ein Mädchen.«

»Sie ist die lästigste, nervigste und anstrengendste Frau, die mir je begegnet ist, aber dennoch eine Frau«, erwiderte ich. Ich holte meine Blechdose mit Selbstgedrehten heraus, änderte dann aber meine Meinung und legte sie auf den Tisch in der Frühstücksecke.

Seitdem Sweven bei mir wohnte, konnte ich in meiner Wohnung nicht mehr rauchen. Ich musste an sie und das Baby denken.

Louisa stand auf, kam langsam auf mich zu und schlang mir die Arme um die Schultern.

Es fühlte sich gut an, von einer Frau umarmt zu werden, die nicht ständig kurz davor war, Streit vom Zaun zu brechen, weil ich in ihrer Nähe zu atmen wagte.

»Lou«, sagte ich leise und strich ihr mit einer Hand über den Rücken. »Ich weiß diesen letzten Rettungsversuch zu schätzen, aber es wird nicht funktionieren.«

»Warum?«, fragte sie, und ihre dunklen, tiefgründigen Augen bewegten sich in ihren Höhlen. »Du warst immer ein sehr intelligenter, findiger Mann. Realistisch und pragmatisch. Warum willst du nicht in eine Welt des Reichtums und der Adelstitel heiraten? Sogar deine kleine Freundin hier hält es für unklug, sich diese Chance entgehen zu lassen.«

Ich griff nach ihren Armen und löste sie sanft von meinen Schultern. »Ich wünschte, ich könnte dir geben, was du willst.«

»Warum kannst du es nicht?« Ihre Stimme brach.

»Edwin«, sagte ich nur. Ich würde ihn niemals gewinnen lassen.

»Er wird es nicht erfahren.« Louisas Augen füllten sich mit Tränen. »Und er kann dich nicht mehr verletzen. Hör zu, ich weiß, dass du ihm nicht in die Hände spielen willst. Aber er ist nicht hier, um uns zuzusehen. Er ist in dem Wissen gestorben, dass du ihm die Stirn geboten hast.«

Ich lächelte traurig. »Du kennst mich einfach zu gut.«

Selbst nach all den Jahren stimmte das noch. Louisa wusste, was mich antrieb. Was mich zusammenhielt.

Sie senkte den Blick und atmete tief durch. »Cecilia steht wegen Selbstmordgefährdung unter Beobachtung.«

»Nein. Das kann nicht sein.« Ich hob den Kopf.

Lou nickte.

»Kannst du ihr das verübeln? Ihr Leben ist praktisch zu

Ende. Sie will nicht mit Drew zusammenbleiben, aber du hast ihr jede andere Möglichkeit genommen, als du dich geweigert hast, mich zu heiraten. Ursula und sie wollten dich überreden, das Gebäude im Battersea-Komplex zu veräußern, damit sie von dem Geld leben können, nachdem Edwin ihre Ersparnisse und den Wertpapierbestand verschleudert hat.«

Die Nachricht traf mich exakt da, wo sie treffen sollte. Mitten ins Herz.

»Deine Mutter steckt in einer tiefen Depression. Es gibt niemanden, der die happigen Rechnungen bezahlt. Ich weiß, dass du dich nicht um sie kümmern kannst, Devon. Du kommst hervorragend allein zurecht, aber du kannst auch selbst für dich sorgen. Wenn wir heiraten, hat all das ein Ende. Ich bin bereit, über deinen kleinen Fehltritt mit dieser … *Belle* hinwegzusehen.« Sie schauderte, als sie den Namen aussprach. »Mach eine ehrenwerte Frau aus mir. Damit wären alle glücklich. Übrigens auch deine Stripperin. Ich habe gerade einige Stunden mit ihr verbracht. Sie empfindet nicht das Geringste für dich, Devvie. Sie hat mir die ganze Zeit erzählt, dass sie es kaum erwarten kann, hier herauszukommen. Um wieder *Dates* zu haben.«

Ach, Sweven fehlten also ihre Dates?

Meine Sinne wurden von frischem, weiß glühendem Zorn überschwemmt.

Sie war also nur deshalb hier in meiner Wohnung, weil eine Todesdrohung über ihr schwebte und weil ich ihre sexuellen Bedürfnisse befriedigen sollte.

Sie war eine selbstsüchtige, gefühllose Frau, und sie wäre die Erste, die das zugeben würde.

Es war absolut bescheuert, dass ich mich weigerte, über eine Ehe mit Louisa auch nur nachzudenken, und das aus dem einfachen Grund, dass mein Vater, der inzwischen nur noch ein Haufen Knochen in einem Anzug war, entzückt gewesen wäre.

»Ich werde darüber nachdenken«, sagte ich und rieb mir das Kinn.

Louisa trat einen Schritt zurück. Ich ließ den Blick über ihren Körper wandern. Sie war in der Tat ein hinreißendes Geschöpf. Nicht auf wilde Art exotisch und aufregend wie Belle, aber dennoch überzeugend.

Es war gut, sich daran zu erinnern, dass sich Louisa niemals in eine Lage bringen würde, in der sie Morddrohungen erhielt. Sie würde sich nicht weigern, sich mit der Polizei in Verbindung zu setzen, noch würde sie eine Waffe mit sich herumtragen oder Froot Loops zum Frühstück, Mittagessen und Dinner in sich hineinstopfen.

»Kann ich eine Weile hierbleiben? Ich habe mich ein bisschen umgesehen und festgestellt, dass du mehrere Gästezimmer hast«, murmelte Lou.

Die Vorstellung, mit Emmabelle und Louisa unter einem Dach zu wohnen, war in etwa so verlockend wie die, von einem Blinden kastriert zu werden. So etwas konnte leicht in einem Doppelmord enden, und offen gesagt wollte ich nicht, dass die Mutter meines Kindes im Gefängnis niederkommen musste.

»Nimm dir ein Hotelzimmer.« Ich machte einen Schritt auf sie zu und fuhr ihr mit dem Daumen über die Wange. »Ich zahle.«

»Nein danke. Ich habe mein eigenes Geld.« Sie lächelte höflich, aber ihre Miene verriet mir, dass sie gekränkt war. »Morgen Abend zum Dinner? Zeigst du mir Boston?«

»Klar.« Ich unterdrückte ein Stöhnen. »Lass mich nur kurz meinen Terminkalender checken.«

Sofort schmiegte sie sich an mich und blickte lächelnd zu mir auf. Ihre Augen leuchteten mit derselben Intensität wie damals, als wir noch Kinder waren.

Louisa.

Sie würde mich niemals betrügen.

Niemals eine Spur von Untreue zeigen.

Sie wäre leicht abzurichten.

»Ich bleibe in der Nähe.« Sie umfasste mein Handgelenk und drückte ihre Wange in meine Hand wie ein verwöhntes Kätzchen.

»Wir bleiben in Verbindung.«

»Himmel, Devvie, ich bin so froh, dass wir miteinander gesprochen haben. Deine Mutter wird entzückt sein.«

Für Belle galt offensichtlich dasselbe.

Ich begleitete Louisa zur Tür, gab ihr zum Abschied einen Kuss auf die Wange und schloss die Tür hinter ihr.

Vielleicht war es an der Zeit, eine Tür zufallen zu lassen und eine andere zu öffnen.

Belle

Sie war weg.

Aber nicht bevor er ihr mit dem Daumen über die Wange gestrichen hatte.

Nicht bevor er mit demselben unnahbaren Amüsement auf sie hinabgeblickt hatte, mit dem er auch mich ansah.

Ich beobachtete sie heimlich durch den Spalt in der angelehnten Tür des Gästezimmers.

Ich hatte den ganzen Tag damit zugebracht, Louisa zu versichern, dass Devon mir absolut nichts bedeutete und ich es kaum erwarten konnte, mein normales Leben wieder aufzunehmen. Alles nur, um das Gesicht zu wahren.

Aber nichts davon stimmte.

Gib es zu. Du empfindest etwas für den Vater deines Kindes, und du bist der Situation nicht gewachsen.

Ich umfasste meinen Bauch und warf mich auf mein Bett, das nach Devon roch. Betrug war Betrug. Und das hier erinnerte mich an meine Vergangenheit. Dasselbe Gefühl von Hilflosigkeit, mit dem man sein Herz in die Hände eines Mannes legt und zusieht, wie er es in winzige Scherben zerschlägt.

Ich rollte mich auf dem leinenen Laken des Doppelbetts zusammen und kochte.

Ich musste hier raus. Und wieder in meine Wohnung ziehen. Zum Glück zahlte ich nach wie vor die Miete.

Ich hatte es ein paar Wochen lang probieren wollen, nur um zu sehen, ob Devon und ich miteinander zurechtkommen würden. Was, wie sich herausstellte, der Fall war.

Es gab nur eines, was uns im Weg stand – seine *Verlobte*.

Vielleicht war sie das im Augenblick noch gar nicht, aber sie hatte recht mit dem, was sie mir an diesem Nachmittag in seiner Abwesenheit erzählt hatte.

»Devon tut immer das Richtige, und das einzig Richtige ist es, mich zu heiraten. Geben Sie auf, Emmabelle. Das Spiel ist aus. Er hat keine Wahl.«

Hinter mir hörte ich jemanden leise an die Tür klopfen. Ich rührte mich nicht und schwieg.

»Darf ich?«, fragte Devon barsch von der anderen Seite der Tür.

Es klang absolut nicht, als wollte er sich entschuldigen. Eher schien er auf Streit aus zu sein. Tja, offenbar war es sein Glückstag.

»Es ist deine Wohnung.«

Er hatte ihr erzählt, ich sei Stripperin. Andernfalls hätte sie es nicht gesagt. Wahrscheinlich hatte er damit geprahlt, dass ich Besitzerin eines Burlesque-Clubs war. Viele Männer fanden meinen Job verrucht und attraktiv. Nicht attraktiv in dem

Sinne, dass sie mich eines Tages heiraten wollten. Eher attraktiv im Sinne von Sieh-dir-nur-den-Freak-an-den-ich-ficke.

Ich spürte, wie sich hinter mir der Rand der Matratze senkte. Seine imposante Gestalt nahm das gesamte Bett ein, und ich konnte nichts dagegen tun.

»Ich möchte dich noch einmal ausdrücklich darauf hinweisen, dass Louisa und ich derzeit weder ein Paar noch verlobt sind. Ich hätte niemals mit dir geschlafen, wenn ich mit einer anderen zusammen wäre.«

Ich lachte schnaubend und weigerte mich, ihm ins Gesicht zu sehen. »Bitte. Du hast selbst zugegeben, dass du es mit anderen getrieben hast, nachdem ich schwanger geworden bin.«

»Es mit jemandem treiben ist nicht dasselbe, wie eine Partnerin zu haben.«

»Okay, erzähl deinen anderen Affären, dass du endlich eine Aufpasserin gefunden hast.«

»Ich habe keine anderen Affären«, sagte er gereizt, als wäre ich diejenige, die sich unvernünftig verhielt. War ich das? »An dem Tag, an dem deine Reifen aufgeschlitzt wurden, habe ich aufgehört, die Anrufe anderer Frauen anzunehmen. Wofür hältst du mich?«

»Oh, die Antwort auf *diese* Frage willst du bestimmt nicht hören.«

Schweigen erfüllte den Raum. Draußen hörte ich Vögel zwitschern und Autos hupen. Mitten am Tag klangen ganz normale Geräusche sehr deprimierend, wenn die eigene Welt zusammenbrach.

»Heirate sie, Devon.«

Am Ende würde dies der perfekte Beweis dafür sein, dass er genauso war wie die anderen Männer in meinem Leben. Untreu und unzuverlässig.

»Das willst du?« Er formulierte es als Frage. Die noch dazu heikel war.

Wollte er meinen Segen? Um sich gut zu fühlen?

Dieser Mann würde mich zerstören, aber ich hatte schon vor langer Zeit gelernt, dass Zerstörung auch eine Kehrseite hatte.

Sie bildete die Grundlage für den Wiederaufbau.

»Ja«, hörte ich mich sagen. »Nichts würde mich glücklicher machen, als zu sehen, wie du eine andere heiratest. Vielleicht hörst du dann endlich auf, mir hinterherzulaufen. Allmählich wirkt es ein bisschen verzweifelt, weißt du. Ein Mann in deinem Alter.«

»Du bist nicht mehr so jung, wie du glaubst«, sagte er in mitleidigem Ton.

»Du ziehst es also in Betracht«, sagte ich anklagend.

Fuck, ich wusste selbst nicht mehr, was ich dachte. Was ich sagte.

Warum bedrängte ich ihn auf diese Art?

»Ja«, sagte er leise.

Innerlich zerbrach ich in tausend Teile.

Das passiert, wenn du dich öffnest, und sei es nur ein kleines bisschen.

»Nun …« Ich lächelte und hoffte, dass er die Tränen nicht sah, die mir über die Wangen strömten. »Dann will ich dir nicht im Weg stehen.«

Ich spürte, wie sich der Bettrand wieder hob, als er aufstand und zur Tür ging.

»Verstanden, Sweven.«

Zwei Wochen lang war ich gereizt und streitlustig.

Ich steckte meine Wut in alles, was ich tat. Ich hämmerte im Büro auf der Tastatur herum, als ich die Tabellenkalkulationen bearbeitete. Brüllte Ross aus den dämlichsten Gründen an, wenn er es wagte, über etwas anderes als die Arbeit mit mir zu reden.

Als meine Mutter aus dem Vorort mit kleinen gelben Babyklamotten zu Besuch kam, schrie ich sie an, es brächte Unglück, Sachen für das Baby zu kaufen, bevor es auf der Welt war.

Und ich bin mir ziemlich sicher, dass ich überallhin joggte, anstatt zu gehen, einfach weil derart viel Adrenalin durch meine Adern strömte.

Louisa hatte ich seit jenem Tag nicht mehr gesehen, aber ich musste davon ausgehen, dass sich Devon mit ihr traf.

Er kam abends nicht mehr um Punkt sechs Uhr nach Hause wie sonst.

Tatsächlich sah ich ihn kaum noch. Wenn unsere Wege sich kreuzten, was üblicherweise frühmorgens passierte, sobald ich aufgewacht war und mich auf die Suche nach einem Snack machte, während er gerade vom Fechten zurückkam, nickte er mir kurz zu, blieb aber nicht lange genug, um sich der täglichen verbalen Misshandlung zu unterziehen, die ich ihm verabreichte.

Was ich vor allem empfand, war ein schneidendes, schreckliches Gefühl von Verlust. Ich bereute die zahlreichen Gelegenheiten, bei denen ich ihn schlecht behandelt hatte, denn ich wusste, dass ich mir all das selbst zuzuschreiben hatte. Vom ersten Tag an hatte ich mich unmöglich benommen. Und jetzt, als ich eine Option für ihn sein wollte, war es zu spät.

Ich war mir sicher, dass Louisa noch in Boston war. Sie lungerte mit dem Ziel hier herum, ihn zu ihrem Mann zu machen.

Er hielt sich zu jeder Tages- und Nachtzeit außerhalb der Wohnung auf, wahrscheinlich, um sie neu kennenzulernen, das alte Band zu verstärken und sein zukünftiges Leben mit ihr zu planen.

Eines Morgens in der Küche hielt ich es nicht mehr aus.

Als er sich einen Proteinshake zubereitete und ich mir ein großes Glas Matchasaft einschenkte, drehte ich mich zu ihm um und fragte: »Wie geht es eigentlich Louisa?«

»Ganz gut«, sagte er mit steinerner Miene.

Dies war der Teil, wo ich normalerweise einen Stachel gesetzt, etwas Beleidigendes gesagt hätte, aber ich war dermaßen erschöpft, deprimiert und wütend auf mich selbst, dass ich fragte: »Seid ihr beiden …?«

Er zog eine Augenbraue hoch und wartete auf den Rest der Frage.

Die Zeiten waren längst vorbei, in denen er mir die Dinge leichter gemacht hatte.

»Seid ihr zusammen?« Ich spie die Frage förmlich aus.

»Ist ungewiss. Frag mich in ein paar Wochen noch mal.«

Ich wollte mich übergeben, dabei litt ich gar nicht mehr unter morgendlicher Übelkeit.

»Devon, es tut mir leid.«

Es tat mir leid, wie ich ihn behandelt hatte.

Es tat mir leid, dass ich nicht zur Polizei gegangen war, obwohl ich wusste, dass es klug gewesen wäre.

Es tat mir leid, dass ich zu verkorkst war, um etwas Gutes zu behalten, wenn es mir gegeben wurde.

»Aber, Schätzchen, wir waren uns doch einig, dass es überaus langweilig ist, mehr als fünf Monate lang mit ein und derselben Person zu vögeln.« Süffisant grinsend streckte er eine Hand aus, um mein Gesicht zu liebkosen. »Die Zeit ist um.«

Der Abend, an dem sich unser neuer Status quo veränderte, war ein ganz normaler Freitag.

Ich machte mich gerade bereit, das *Madame Mayhem* zu verlassen und in Devons Wohnung zurückzufahren.

Vor Louisas Ankunft in Boston hatte ich versucht, meine Arbeitszeit im Club zu reduzieren. Diesmal blieb ich bis spätabends, weil ich wusste, dass Devon höchstwahrscheinlich nicht zu Hause sein würde.

Ich war gut damit gefahren, so oft wie möglich mit Si herumzuhängen und dafür zu sorgen, dass Persy, Sailor und Aisling mich stets begleiteten, wenn ich in der Stadt unterwegs war, darum hatte meine Wachsamkeit ein wenig nachgelassen.

Es war beinahe elf Uhr abends, als ich das Backoffice abschloss. Ich schlenderte durch den schmalen Durchgang zu meinem Wagen, die Handtasche mit der Pistole darin an die Brust gedrückt.

Obwohl sie aus offensichtlichen Gründen nicht geladen war, fühlte ich mich bedeutend sicherer, wenn ich die Waffe bei mir hatte.

Die Scheinwerfer an meinem Wagen blitzten auf, als ich ihn mit der Fernbedienung aufschloss.

Ich ging noch einige Schritte, blieb zwischen den Containern mit Gewerbeabfällen stehen und ärgerte mich, dass ich Simon an diesem Tag früher nach Hause geschickt hatte.

Plötzlich landete von hinten ein beängstigendes Gewicht auf mir.

Ich stolperte vorwärts, tastete nach der Pistole in meiner Handtasche, aber der Angreifer war schneller.

Er packte mich am Arm und drückte mich in der Dunkelheit mit dem Rücken an meinen Wagen. Ich schnappte nach Luft.

»Lass mich los!«, knurrte ich und stand dicht vor einem Mann, der eine schwarze Sturmhaube trug.

Frank konnte es nicht sein, weil der Typ größer und schlanker als mein ehemaliger Mitarbeiter war.

Aber möglicherweise handelte es sich um den Mann aus dem Park. Der Mann, von dem ich seit Monaten nichts gehört hatte.

»Ich glaube nicht, Süße. Wir werden ein langes, konstruktives Gespräch darüber führen, warum du diese Stadt verlassen musst.«

Die Stadt verlassen? Was war aus dem Plan geworden, mich zu töten? War meine Strafe zu Verbannung herabgestuft worden?

Er packte mich mit behandschuhten Händen und versuchte, mich an eine nahegelegene Wand zu drücken. Ich nutzte die Chance und trat ihm in die Eier. Mein Knie krachte direkt dazwischen.

Er krümmte sich. Ich trat ihm gegen die Brust, und er fiel hin. Ich bückte mich und zog ihm die Sturmhaube vom Kopf.

Es *war* der Mann aus dem Boston Common.

Was zum Teufel sollte das?

»Hat Frank dich geschickt?« Ich drückte ihm einen Pfennigabsatz gegen den Hals und drohte, ihm bei der nächsten falschen Bewegung den Kehlkopf zu zerquetschen.

»Wer zum Teufel ist Frank?« Er sah mir fragend ins Gesicht.

Jetzt wurde es kompliziert. Wie viele Leute hatte ich in diesem Jahr verärgert? Das hier war einfach lächerlich.

»Wer *bist* du?«

»Du musst Boston verlassen.«

»Sag mir, wer dich geschickt hat.« Ich verstärkte den Druck des Absatzes auf seinen Hals.

»Deine Fruchtblase ist geplatzt«, sagte er.

Was? Warum wusste dieser Typ, dass ich schwanger war? Es war mir nicht ohne Weiteres anzusehen.

Ich senkte den Blick. Er nutzte die Gelegenheit, drehte sich um, rollte über den Boden und kam mühelos auf die Füße.

In dem Versuch, mich in Sicherheit zu bringen, riss ich die Beifahrertür auf, zog sie hinter mir zu und betätigte die Türverriegelung, wobei ich hysterisch keuchte.

Er schlug mit aller Kraft auf das Wagenfenster ein, als er mich erneut anzugreifen versuchte.

»Verdammte Schlampe!«

»Wer bist du?« Mit zitternden Fingern drehte ich den Zündschlüssel. »Was willst du von mir?«

»Verschwinde aus Boston!« Er versetzte meinem Wagen einen Fußtritt. »Fahr los und schau nicht zurück!«

Ich trat das Gaspedal durch und fuhr einen der Müllcontainer um, als ich mich auf den Weg zur Main Street machte. Ich fuhr am *Madame Mayhem*, an Chinatown, am geschäftigen Treiben des Stadtzentrums von Boston vorbei nach Back Bay, während das Herz in meiner Brust hämmerte wie wild.

Ich überlegte, Pers oder Sailor oder Aisling anzurufen, wollte mich letztlich aber nicht ihren bohrenden Fragen aussetzen. Der einzige Mensch, mit dem ich wirklich sprechen wollte, war Devon, aber mit ihm hatte ich es mir an dem Abend verscherzt, an dem ich ihm gesagt hatte, er solle Louisa heiraten. Vielleicht konnten wir reden, wenn wir zu Hause waren.

Ich könnte ihm erzählen, was passiert war, und wir könnten uns darüber unterhalten.

Du könntest aber auch das einzig Richtige tun und die Dinge selbst in die Hand nehmen.

Und darum stand ich schließlich vor einem Polizeirevier. Ich wusste, dies war es, was Devon sich wünschen würde. Und ich gestand mir endlich ein, dass ich lernen musste, auf mich selbst aufzupassen, bevor ich ein Kind zur Welt brachte.

Ein paar Minuten saß ich schwer atmend auf dem Fahrersitz, versuchte, meine Atmung zu normalisieren und meinem Körper eine Chance zu geben, weniger stark zu schwitzen.

Mein erhöhter Puls konnte für Baby Whitehall nicht gesund sein.

»Es ist alles okay, es geht uns gut.« Ich tätschelte mir den Bauch und hoffte, dass sie mir glaubte.

Endlich stieg ich aus dem Wagen, betrat das Polizeirevier und stand vor einem Empfangsmitarbeiter, der, ich schwöre bei Gott, Männchen auf das Buch malte, das vor ihm lag, und gähnte, sodass mein Blick auf das Kaugummi in seinem Mund fiel.

»Ich würde gern Beschwerde erstatten.«

Oder hieß es Anzeige erstatten? Ich hatte so etwas noch nie gemacht. Polizeireviere kannte ich nur aus dem Kino und aus Fernsehserien.

»Worum geht's?« Direkt vor meinem Gesicht ließ er eine Kaugummiblase platzen. Nett. Professionell.

»Um Stalker.«

»Plural?« Er zog eine Braue hoch.

»Leider.«

»Nehmen Sie Platz. Es kümmert sich gleich jemand um Sie.«

Aber es kümmerte sich niemand. Tatsächlich wartete ich eine halbe Stunde, ehe eine Polizistin kam, die meine Anzeige aufnahm. Meine Geschichte über den Mann im Club, den Typen im Park, über Frank und die Geschehnisse an diesem Abend schien sie nicht im Geringsten zu interessieren.

»Rufen Sie mich an, wenn Sie etwas Neues haben.« Sie reichte mir ihre Karte und gähnte, ehe sie sich von mir verabschiedete.

Okay. Das war eine glatte Enttäuschung.

»Das ist alles?«, fragte ich und blinzelte.

Sie zuckte mit den Schultern. »Was haben Sie erwartet? Feuerwerk und Bodyguards?«

Ich habe erwartet, dass du kompetent bist. Aber wenn ich das laut aussprach, würde ich nur rechtliche Scherereien bekommen, und Devon hielt mich ohnehin schon für unfähig, mir auch nur ein Omelett zuzubereiten, ohne sein *Flat* abzufackeln.

Auf dem gesamten Rückweg musste ich mir gut zureden, um nicht zu dem Polizeirevier zurückzufahren und der Polizistin die Meinung zu geigen.

Ich parkte in der Tiefgarage in Devons Gebäude. Er besaß zwei Stellplätze, benutzte aber keinen davon. Er zog es vor, unter freiem Himmel zu parken, sogar wenn es eiskalt war.

Ich fuhr mit dem Fahrstuhl nach oben, stieg auf seiner Etage aus und betrat gerade den Flur zu seinem Loft, als ich hinter der Tür irgendwelche Gerätschaften klirren hörte. Ich blickte auf die Uhr. Es war beinahe ein Uhr nachts. Mein Mitbewohner hielt sich garantiert nicht an die *Nach-achtzehn-Uhr-nicht-mehr-essen*-Regel.

Sofort schlug mein Herz einen Purzelbaum, diesmal vor Hoffnung.

Das ist gut. Er ist zu Hause.

Am Tag zuvor war er um diese Zeit weg gewesen. Vermutlich im *Badlands* oder mit Louisa zusammen ... oder beides.

Ich tippte den Code ein und stieß die Tür auf. Schmetterlinge flatterten in meiner Brust.

Diesmal würde ich ernsthaft versuchen, mich nicht wie eine wild gewordene Kuh aufzuführen. Was auch immer zwischen Devon und Louisa lief, er war immer noch der Vater meines Kindes, und wir mussten miteinander auskommen.

Devon saß am Esstisch und lächelte Louisa an, die ihm gegenüber saß und sich ein kühles Glas Wein an die Wange hielt, während sie ein erotisches Lachen hören ließ.

Oh nein. Nein, nein, nein, nein, nein.

Ein paar Sekunden lang blieb ich wie erstarrt an der Tür stehen und sah ihnen zu.

Der Schmerz in meiner Brust war unerträglich. Sie wirkten vertraut. Intim. Wie ein Paar. Ihr Zusammensein ergab Sinn. Wie ich es auch drehte und wendete, Devon und ich waren ein ungleiches Paar. Der Prinz und die Prostituierte.

»Ach, sieh mal, deine kleine Freundin«, rief Louisa mit vorgetäuschter Sympathie aus, als hätte sie mich innerhalb von zwei Wochen schätzen gelernt.

Devon drehte nicht einmal den Kopf, um mich anzusehen. Sein Blick blieb konzentriert auf sein Essen gerichtet.

»Nacht, Emmabelle.«

Emmabelle. Nicht Sweven.

»Danke, Dev. Ich kann selbst aus dem verdammten Fenster sehen.«

»Entzückend«, murmelte Louisa. »Wie geht es Ihnen, Emmabelle? Sie sollten früher nach Hause kommen und dem Baby ein wenig Ruhe gönnen.«

»Ich wusste gar nicht, dass Sie Ärztin sind«, sagte ich übertrieben freundlich.

»Oh, das bin ich nicht.« Louisa lächelte.

Ich erwiderte ihr Lächeln auf eine Art, die besagte: *Warum hältst du nicht einfach deine Klappe?*

»Ich wollte nur helfen!« Sie lehnte sich an Devons Schulter. Ich bemerkte, dass er sie weder wegschob noch die Geste unangenehm zu finden schien.

Himmel, war das schrecklich. Wahrscheinlich würde ich vor Eifersucht sterben? Der erste Mensch auf der Welt, der an diesem Gefühl zugrunde geht.

»Wir haben ein bisschen Spargel und Steak übrig gelassen. Ich habe es Ihnen auf einen Teller gelegt. Er steht im Kühlschrank«, bemerkte Louisa.

Wow. Sie machte sich gut als verständnisvolle Vorzeigefrau. Sie hatte nicht nur für ihn gekocht, sondern es außerdem mit ein paar einfachen Tricks geschafft, mich zur Nebenfigur zu degradieren.

»Fantastisch. Nun, ich will nicht stören bei der Aushandlung der weißesten Hochzeit der Weltgeschichte, komplett mit durch Inzucht gezeugten Kindern und am Ende garantierter Untreue«, zwitscherte ich, bereits auf dem Weg zum Gästezimmer. »Genießt den restlichen Abend!«

Als ich mich auf das Bett geworfen hatte, holte ich die Karte heraus, die die Polizistin mir gegeben hatte, und starrte zornig blinzelnd darauf.

Die Polizei würde mir nicht helfen.

Meine Geschichte ergab überhaupt keinen Sinn.

Ich zerriss die Karte in kleine Stücke.

Ich würde mich selbst beschützen.

20. KAPITEL

Belle

Vierzehn Jahre alt

Der Morgen zieht mit prächtigen Rosa- und Blautönen am Himmel auf.

Coach Locken und ich sind die einzigen Menschen am Stausee von Castle Rock.

»Ich dachte mir, du könntest mit den anderen Crossläufern an deinen Zeiten arbeiten. Ich habe dir die guten Trainingslager für den Sommer herausgesucht.«

Ich spüre, wie mein Gesicht eine leuchtend rosa Schattierung annimmt, die mindestens fünfmal dunkler ist als die Morgendämmerung über unseren Köpfen.

Coach Locken sieht heute Morgen besonders gut aus. Glatt rasiert und in einer grauen Trainingshose, die seine muskulösen Beine betont, dazu ein blaues Hoodie, das sich an seine Muskeln schmiegt. Ich habe diesen gruseligen Erdkundelehrer im Fernsehen gesehen, aber es tut mir leid, die beiden sind einfach nicht zu vergleichen. Mir fallen mindestens fünfzig Mädchen in der Schule ein, die mit Coach Locken im Ringersaal verschwinden und die Beine für ihn breitmachen würden. Dieser andere Lehrer war alt und dick.

»Ich werde Sie nicht enttäuschen, Coach.«

Und dann bin ich weg.

Laufen im Wald ist mir am liebsten. Ich mag die Kühle, die frische Luft. Die ungewohnten Geräusche.

Ich laufe eine Runde von zweitausend Metern. Drei Runden. Der Coach drückt auf die Stoppuhr. Er steht am Rand der Strecke, und wenn ich mich umsehe, ehe ich zwischen den dicht nebeneinander stehenden Bäumen verschwinde, bemerke ich, dass sein Blick auf meinen Beinen verweilt.

Ich will nicht lügen, ich trage eine superkurze Sporthose. Und das ist kein Zufall. In letzter Zeit setzen sich meine Tagträume von Küssen mit Coach Locken auch nachts fort. Ich wache dann immer verschwitzt und feucht zwischen den Beinen auf. Ich versuche, mich mit kalten Duschen und Filmen mit anderen heißen Typen abzulenken, aber das funktioniert nicht. Er ist der einzige Junge (okay, eigentlich Mann), der mir wirklich gefällt.

All meine Freundinnen küssen bereits und machen rum. Ich bin die Einzige, die noch nicht so weit ist. Aber selbst wenn ich mir einen Freund zum Küssen suchen wollte, wüsste ich doch, dass es sich nicht so gut anfühlen würde wie die Finger von Coach Locken auf meinen Knien und Schenkeln, welchen Sinn hätte das Ganze also?

Du bist einfach auf ihn fixiert, rede ich mir ein, als ich die erste Runde laufe und ihn in der Ferne sehen kann. *Wenn du ihn einmal geküsst hast, wird diese Besessenheit nachlassen.*

Und dann suche ich erneut nach Ausreden. Was macht es schon, dass er verheiratet ist? Dass seine Frau schwanger ist? Was sie nicht weiß, kann ihr nicht wehtun.

Ein Kuss hat überhaupt nichts zu bedeuten. Wahrscheinlich tut er mir einen Gefallen und denkt nie wieder daran. Und ich kann mich endlich von ihm lösen und jemanden in meinem Alter kennenlernen.

Aber dann fällt mir wieder ein, was mein Dad über diesen

Erdkundelehrer gesagt hat, und mein Magen verkrampft sich dermaßen, dass er schwer vor Entsetzen wird. Ich stelle mir vor, wie Dad eine Frau küsst, die nicht Mom ist, und mir wird beinahe übel. Es ist falsch.

So ein Mensch will ich nicht sein … ein Mensch, der das Leben eines anderen … falsch macht.

Aber wenn Coach Locken beschließt, seine Frau zu betrügen, dann ist zwischen den beiden nicht alles in Ordnung. Eine gute Beziehung kann man nicht zerstören, oder?

Die zweite Runde ist ein Klacks für mich. Ich bin tief in Gedanken versunken, laufe auf Autopilot, und meine Beine tragen mich in Lichtgeschwindigkeit über die Strecke. Ich muss nicht mal meine Atmung steuern. Aber auf der dritten Runde machen meine Knie nicht mehr mit. Diesmal ist es mehr als ein dumpfer, anhaltender Schmerz. Diesmal spüre ich auch ein scharfes Ziehen im Fuß. Der Krampf ist unerträglich. Den Rest des Weges humple ich, bis ich bei meinem Coach ankomme.

»Was ist passiert?«, höre ich ihn fragen, ehe ich ihn sehe, während ich den letzten Hügel auf der Runde hinter mir lasse. »Vor der letzten Runde warst du auf dem besten Weg, deinen Rekord zu brechen.«

»Ich habe einen Krampf im Fuß«, rufe ich zurück.

»Okay. Lass mal sehen.«

Er bietet mir seinen Arm an, als ich bei ihm angekommen bin, und ich stütze mich darauf, als wir rasch zu seinem Wagen gehen. Es ist der einzige, der am Ufer des Sees geparkt ist. Dad setzt mich immer beim Training ab, ehe er zur Arbeit fährt – nicht ohne sich zu vergewissern, dass andere Kids und der Coach dort sind –, und normalerweise nimmt mich die Mutter oder der Vater eines anderen Crossläufers später mit zur Schule.

Es ist ein großer silberfarbener SUV. Er öffnet den Kofferraum, der ungefähr so groß ist wie mein Zimmer. Überall sind Sportsachen verstreut.

»Hüpf rein.« Er deutet mit dem Kinn auf den Wagen. Aber ich kann nicht. Mein Fuß ist zu nichts mehr zu gebrauchen. Verständnisvoll lächelnd streckt der Coach die Hände aus. »Darf ich?«

Ich nicke. Er schiebt mir die Arme unter die Rückseite der Oberschenkel und hebt mich auf den Rand des offenen Kofferraums. Er greift nach meinem verletzten Fuß, zieht mir den Laufschuh und die Socke aus und fängt an, den Fuß zu massieren, indem er die Daumen hineinbohrt, während er den Fuß streckt und ihn hin und her dreht.

»Verdammter Mist«, stöhne ich und senke den Oberkörper, sodass ich quer in dem Kofferraum liege. »Das ist ja schlimmer als eine Geburt.«

Dabei muss ich an seine schwangere Frau denken, und die Erregung, die seine Berührungen in mir hervorrufen, lässt rapide nach.

»Achte auf deine Sprache, junge Dame«, sagt er, klingt aber eher wie ein Freund, nicht wie ein Lehrer.

»Tut mir leid, aber es tut *mofo* weh.«

Weiß er überhaupt, was dieser Slangausdruck bedeutet?

»Perfektion hat ihren Preis.«

»Ich muss unbedingt dieses Stipendium bekommen.«

»Die Chancen stehen gut. Willst du hier in der Stadt bleiben oder irgendwo anders aufs College gehen?«, fragt er.

»An die Westküste vielleicht.« Blinzelnd schaue ich an die Decke seines SUVs. »Kalifornien.«

Goldene Strände und glühend heiße Sonne, klingt ganz so, als wäre es mein Ding. Ich wette, Santa Barbara und ich kommen bestens miteinander klar.

»Tatsächlich? Als Kind habe ich eine Zeit lang in Fresno gewohnt. Wenn du umziehst, gebe ich dir die Telefonnummer meiner Tante. Du weißt schon, damit du dich nicht so allein fühlst. Was sagt denn dein Freund dazu, dass du auf die andere Seite des Landes ziehen willst?«

»Ich habe keinen Freund«, antworte ich ein bisschen zu atemlos und ein bisschen zu schnell.

»Ross Kendrick ist nicht dein Freund?«, fragt Locken unschuldig und krempelt die Ärmel hoch.

Ach, komm schon. Ross Kendrick steht nicht auf Mädchen und verheimlicht das auch nicht. Einen Oscar wird Coach Locken für seine Schauspielkunst wohl kaum bekommen.

»Wie geht es Ihrer Frau?«, wechsle ich das Thema. Es ist die eine Sache, verbotenes Terrain zu streifen, eine andere ist es, sich hineinzubegeben. »Bekommen Sie einen Jungen oder ein Mädchen?«

»Einen Jungen.« Offenbar ist er nicht scharf darauf, die Frage zu beantworten, seine Stimme klingt ein wenig unwirsch. »Sie ist zu ihrer Mutter gezogen. Es ist kompliziert.«

»Okay.«

Ein paar Sekunden später hören wir einen Knall. Er kommt von meinem Fuß.

»Ahh. Sie haben mich gebrochen«, sage ich lachend.

»Noch nicht«, sagt er ganz leise, aber ich höre es trotzdem. Ich höre es, und auf einmal erfüllt mich das verzweifelte Verlangen nach seiner Berührung.

»Lass das Fußgelenk kreisen. Dehn die Ferse.«

Ich ziehe das Knie an die Brust und tue, was er sagt. Ich weiß, was er zu sehen bekommt, wenn ich in dieser Stellung bin. Meine Laufshorts rutschen hoch, und er kann meinen Slip sehen. Weiße Baumwolle.

»Ist schon viel besser. Danke.«

»Eine Massage für die verkürzten Muskeln?«, fragt er, und seine Stimme klingt auf einmal seltsam belegt. »Wir haben noch zwanzig Minuten Zeit, bevor der Unterricht beginnt.«

»Klar.«

Diesmal legt er meine Fersen aneinander und drückt mir so weit wie nur möglich die Knie auseinander. Mit gespreizten Beinen sitze ich vor ihm, während seine Finger an der Innenseite meiner Schenkel emporwandern. Die Dehnung ist brutal, aber ich brauche sie.

Dennoch weiß ich, dass er mich absolut nicht auf diese Art berühren sollte und dass wir eine Grenze überschritten haben. Die unsichtbare rote Linie, die das zufällig Unangemessene von einer Handlung trennt, die ihn ins Gefängnis und mich lebenslang in Therapie bringen könnte.

»Danke«, stöhne ich. Es fühlt sich unglaublich gut an. Die Dehnung. Seine Hände. Alles.

Ich werde in die Hölle kommen.

»Yep.«

Seine Daumen berühren den Saum meiner Shorts, während er Kreise auf meiner Haut zeichnet. Einmal. Zweimal. Beim dritten Mal weiß ich, dass es kein Zufall ist. Ich weiß, dass wir am Rand von etwas stehen. Ich weiß, dass dieses Etwas nicht passieren dürfte.

Er hebt meinen Fuß an und dehnt meinen hinteren Oberschenkelmuskel, bis mein Fuß eine Stelle neben meinem Kopf berührt. Als er sich über mich beugt, spüre ich, wie sich sein Penis durch die Kleidung an meinen Schoß presst. Ich habe das Gefühl, dass er pulsiert. Mein Mund wird trocken.

»Ihre Frau lebt also jetzt bei ihrer Mom?«, frage ich laut. Ich weiß nicht, warum ich das tue. Vielleicht, um ihn abzulenken. Vielleicht, um mich abzulenken. Vielleicht, um uns beide daran zu erinnern, dass es sie gibt.

»Ja. Wir verstehen uns gerade nicht besonders gut. Es ist nicht … Eigentlich sind wir nicht mehr zusammen.«

Er entlässt meinen Oberschenkel aus der Dehnung. Seine Daumenkuppen berühren nun den Saum meines Slips unter den Shorts. Er hält inne. Ich schlucke heftig. Schließe die Augen.

»Emmabelle.«

Es ist das erste Mal, dass er mich nicht *Penrose* nennt. Ich antworte nicht. Ich atme nicht. Ich finde es schrecklich, dass sich ein Teil von mir das hier wünscht. Ich hasse es, dass mein Slip schon wieder feucht ist.

»Ich kann es dir richtig gut besorgen, Süße. Aber du darfst mit niemandem darüber reden, okay?«

Meine Worte sind verschwunden. In meiner Kehle zusammengeschrumpft. Ich weiß, dass ich Nein sagen sollte. Ich will Nein sagen. Aber aus irgendeinem Grund höre ich mich selbst Ja sagen. Ich will ihm gefallen.

»Ich bekomme eine Menge Probleme, wenn jemand davon erfährt. Aber ich weiß, dass du es willst. Und … na ja, ich will es auch schon seit einer ganzen Weile.«

Eine Sekunde vergeht, ohne dass einer von uns etwas sagt oder tut. Seine Daumen an den Seiten meines Slips fühlen sich komisch an. Fremd. Aber auch … aufregend. Als ich glaube, dass er mir die Shorts und den Slip ausziehen und in mich eindringen wird – auf die Art, wie ich es einmal in einem Porno gesehen habe –, zieht er beides zur Seite. Ein kühler Hauch streift meine Vagina, und ich weiß, dass sie völlig entblößt vor ihm liegt.

Ich öffne ein Auge und sehe, wie er mich betrachtet und sich die Lippen leckt.

»Fuck«, sagt er.

»Ich … ich bin noch Jungfrau.«

Aber was ich wirklich sagen will, ist, dass es auch noch eine Zeit lang dabei bleiben soll. Ich bin nicht wie Persy. Ich will nicht bis nach der Hochzeit warten, ehe ich meine Unschuld verliere, aber ich möchte, dass es etwas bedeutet. Um nicht in einigen Jahren zurückblicken und mich daran erinnern zu müssen, dass ich sie jemandem geschenkt habe, der ein Kind mit einer anderen erwartete.

»Ja, ich weiß. Ich werde dir nicht wehtun, Süße.«

Und ehe ich weiß, wie mir geschieht, geht er vor mir in die Hocke, vor seinem offenen SUV, und saugt meine Vagina in seinen Mund. Ich schäme mich. Es fühlt sich unangenehm an. Ich will ihn wegstoßen, aber ich möchte auch keine Heulsuse sein, vor allem nicht nachdem er so gut zu mir war. Weil er mir ständig besonders viel Aufmerksamkeit schenkt, mir die Beine massiert und sich um mein Knie kümmert.

Ich schließe fest die Augen und rufe mir ins Gedächtnis, dass niemand davon erfahren wird.

Persy nicht. Meine Eltern nicht. Auch nicht Ross und Sailor, meine besten Freunde. Und die anderen Crossläufer schon gar nicht. Wenn mitten im Wald ein Baum umstürzt und niemand es hört … Ist es dann überhaupt passiert?

Das hier ist unser kleines Geheimnis.

Das ich mit ins Grab nehmen werde.

Zwischen meinen Beinen ist es nass. Ich weiß nicht, ob ich das mag oder nicht. Ich meine, mir gefällt die Aufmerksamkeit, aber … ich weiß nicht. Das andere nicht unbedingt.

Nach einer gefühlten Ewigkeit, die wahrscheinlich nur zehn Minuten dauert, hört er auf, wendet sich von mir ab, und ich sehe, wie sich der Bizeps in seinem Hoodie abwechselnd an- und wieder entspannt. Er holt sich einen runter. Er ist fertig. Ich sehe nichts, weil er mir den Rücken zukehrt. Er wischt sich mit Feuchttüchern oder so was ab und wendet sich wieder dem

Kofferraum zu. Ich sitze bereits wieder auf dem Rand und lasse die Beine baumeln, als wäre nichts gewesen.

Wir sind cool. Alles ist okay. Er ist eigentlich nicht mehr mit seiner Frau zusammen, und das hier ist einvernehmlich geschehen. Es ist ganz anders als in dem Fernsehbericht. Und außerdem: Wenn das wirklich schlimm ist, warum fühlt es sich dann dermaßen gut an?

»Hey.« Er grinst.

»Hi.«

Dann küsst er mich, mit Zunge und so, und ich schmecke mein eigenes moschusartiges, erdiges Aroma und seinen Speichel – ein Mix von Dingen, die ich noch nie gekostet habe.

In dem Augenblick beschließe ich, dass Sünde gar nicht so übel schmeckt.

21. KAPITEL

Devon

Sekunden nachdem Sweven mit einem lauten Knall die Tür zu ihrem Zimmer zugeschlagen hatte, drehte sich Louisa zu mir und sagte: »Weißt du, ich bin nicht dumm.«

»Dafür habe ich dich auch nie gehalten«, erwiderte ich leichthin und nahm einen Schluck Wein.

»Du hast mich immer noch nicht berührt. Nicht einmal geküsst.«

Inzwischen lagen sechs Dates hinter uns. Sie waren durchaus angenehm, obwohl ich mir Mühe gab, in ihrer Gegenwart den seriösen Devon zu spielen. Wir sprachen nicht über bizarre Tiere, und sie neckte mich nicht mit meinem Alter, meiner Sprache oder meinem Akzent ... und wenn ich es mir recht überlegte, auch nicht mit dem Leben, das ich führte.

»Auf meinen Anstand halte ich mir einiges zugute«, sagte ich leichthin.

»Du bist der größte Sünder von allen, und das wissen wir beide.« Sie bedachte mich mit einem ungeduldigen Lächeln. »Wenn du mich wolltest, hättest du mich längst genommen.«

Ich lehnte mich im Sessel zurück und sah ihr nachdenklich ins Gesicht.

Man würde Louisa ihr Alter bald ansehen; ihre Haut war dünner geworden und schmiegte sich zart an ihre Knochen, was ihr ein elegantes, leicht unterernährtes Aussehen verlieh. Von Sweven, deren volle Wangen rosig und von Sommersprossen übersät waren, trennten sie Welten.

Louisas Schönheit besaß eine Vorgeschichte und Falten, sie hatte etwas zu erzählen.

Ihre Schönheit war sehr viel interessanter als die einer Sexbombe, die aussah wie mit Photoshop bearbeitet.

»Ich stehe auf dich«, gab ich zu.

»Offenbar nicht genug, um aktiv zu werden«, entgegnete sie im Plauderton.

Mit ihr war alles leicht, und genau darin lag die Versuchung, der Bitte meiner Mutter nachzugeben.

»Warum bist du dann hier?«, fragte ich.

»Ich habe die Hoffnung noch nicht aufgegeben. Ist das dumm von mir?« Sie hielt das Weinglas am Stiel fest und drehte es auf dem Tisch nach links und rechts.

»Dumm? Nein. Unwahrscheinlich? Immer.«

»Vielleicht gelingt es mir noch, dich umzustimmen«, sagte Louisa nachdenklich und nippte an ihrem Rotwein. Kerzenlicht tanzte über die Flächen ihres Gesichts und ließ ihr Lächeln sanfter wirken. »Wenn ich dir vor einem Jahr prophezeit hätte, dass wir zusammen hier sitzen und über eine mögliche Affäre reden, hättest du mir nicht geglaubt.«

»Stimmt, hätte ich nicht.«

»Und trotzdem sind wir jetzt hier.«

»Ja, das sind wir.«

Erneut blickte ich verstohlen zu Swevens Tür.

Diesmal lauschte sie nicht und beobachtete uns auch nicht.

Am Ende jener Woche fand eine Gala statt.

Die achtundsiebzigste Ausgabe des jährliche Boston Balls, eine Spendenaktion für die Gerald-Fitzpatrick-Stiftung, eine steuerbefreite gemeinnützige Organisation. Für viele symbolisierte das Fest den offiziellen Frühlingsbeginn.

Die Erlöse aus dem Ball, die normalerweise etwa drei Millionen Dollar betrugen, kamen diversen örtlichen Einrichtungen zugute, die mir nichts bedeuteten und von denen ich auch nichts wissen wollte.

Aber der Ball war eine hervorragende Sofortabschreibung für meine Firma und noch dazu ein großartiger Anlass, meinen Anzug von Ermenegildo Zegna zu tragen.

Außerdem trug die Teilnahme am Boston Ball zu meinem beruflichen Erfolg bei.

Es ließ sich kaum ein besserer Ort finden, um sämtlichen Mitgliedern des Bostoner Clubs der Privatinsel-Besitzer zu begegnen, die überwiegend aktuelle oder zukünftige Mandanten von mir waren.

Als ich dort im O'Donnell-Ballsaal stand und mich umsah, empfand ich gegen meinen Willen einen Anflug von Stolz.

Ich war das genaue Gegenteil meines Vaters geworden.

Ein hart arbeitender, gesetzestreuer Mann, der weder durch Frauen noch durch Alkohol ins Wanken geriet.

Der O'Donnell-Ballsaal war eine fünfhundert Quadratmeter große Location in der Boylston Street, mit hohen Fenstern, eleganten architektonischen Details im Tudorstil, schwarzen Holzbalken, naturfarbenen Kronleuchtern und Vorhängen aus champagnerfarbener Seide.

Kellner schwebten durch den Raum, vorbei an Frauen in Ballkleidern und Männern in todschicken Anzügen. Ich stand in einer Traube von Leuten, zu der Cillian, Hunter, Sam und Sams Stiefvater Troy gehörten, und hielt nach Emmabelle Ausschau.

Ich wusste, dass sie kommen würde. Persephone hatte bei der Organisation des Events geholfen, und Sweven feierte grundsätzlich jede gesellschaftliche Leistung ihrer jüngeren Schwester.

»... sagte, eine Privatbank zu eröffnen ist eine ebenso lächerliche Idee, als ginge man auf einen Kreuzzug zur Rettung der Haarfrösche. Ich würde mich niemals in seine Firmen einkaufen«, hörte ich Cillian zu Troy sagen.

Wenn Cillian hier war, konnte auch seine Frau nicht weit sein. Und wenn Persephone vor Ort war, hielt sich garantiert auch Belle in unmittelbarer Nähe auf.

»Ich habe ja nur zwei Millionen reingesteckt«, rief Hunter abwehrend aus. »Auf die Art bin ich in den Vorstand gelangt und konnte Erfahrungen sammeln. Wenn sie floppt, dann floppt sie eben. Ist doch kein Beinbruch.«

»Devon? Was hältst du von James Davidsons neuer Bank?« Sam bezog mich in die Unterhaltung mit ein, und sein verschlagenes Grinsen verriet mir, dass er wusste, dass ich kein Wort des Gesprächs mitbekommen hatte.

Ich tippte mit dem Zeigefinger auf das Champagnerglas in meiner Hand.

Ich versuchte, mir darüber klar zu werden, was ich dachte, denn stärker als auf das Gespräch hatte ich mich darauf konzentriert, meine Mitbewohnerin zu finden. »Ich glaube, Davidson verhunzt alles, was er in die Hand nimmt, und das habe ich auch zu Hunter gesagt, als er mit dem Vorschlag zu mir kam. Glücklicherweise braucht Hunter sein Geld so dringend wie ich eine weitere hormongesteuerte Frau, also ist es, wie er sagt: kein Problem.«

»Übrigens, wie geht es Emmabelle?«, fragte Hunter. »Sieht man es ihr schon an?«

Als ich sie wenige Tage zuvor das letzte Mal gesehen hatte, hatte ich den Eindruck. Sie war in der Küche an mir vorbeigegangen, und ich glaubte, einen Blick auf einen gerundeten

Bauch zu erhaschen. Ich konnte es nicht mit Sicherheit sagen. Aber da ich mir im Hinblick auf mein Privatleben nicht in die Karten schauen ließ, hatten die anderen keine Ahnung, dass Belle und ich nicht miteinander sprachen.

»Ein bisschen vielleicht.«

»Und? Nutzt du ihre schwangerschaftsbedingten Gelüste aus?«, fragte Sam mit hochgezogener Braue.

Ich hob mein Champagnerglas zum Gruß. »Die Antwort ist dieselbe.«

»Na ja …« Cillian hatte offenbar seine Freude daran, mit dem kleinen Finger auf einen Punkt hinter meiner Schulter zu zeigen. »… dann willst du vielleicht sichergehen, dass du der Einzige bist, der in den Genuss dieser Gelüste kommt, denn Davidson scheint bereits an seinem nächsten privaten Vorhaben zu arbeiten.«

Ich folgte Cillians Blickrichtung, drehte mich um und sah Emmabelle in einem hellblauen Cinderellakleid in einer Ecke des Saals stehen, die blonden Haare elegant frisiert.

Sie lachte über etwas, das James Davidson gesagt hatte, und ihre Finger spielten mit ihrem Collier.

Genau der Davidson, der einen miesen nicht einmal dann von einem guten Deal unterscheiden könnte, wenn ihm dabei ohne Betäubung ein Bein amputiert würde.

Mit seinem dichten braunen Haar, den großen weißen Zähnen und dem trägen, schwachen Verhalten eines Menschen, der für seinen Besitz nie hatte arbeiten müssen, war er auf eine spießige Art attraktiv.

Und er war komplett von der grellen, schockierend lebhaften Frau verzaubert, die vor ihm stand.

Ich blinzelte und richtete den Blick auf ihre Körpermitte. Zu meiner Enttäuschung verbarg ihr Kleid ihren Bauch recht geschickt. Aber es spielte sowieso keine Rolle. Wenn Belle an diesem Abend mit Davidson schlafen wollte, würde sie nichts und niemand davon abhalten.

»Ist James Davidson nicht verheiratet?« Überrascht stellte ich fest, dass meine Frage eher wie ein Stöhnen klang.

»Frisch geschieden«, stellte Hunter rechts von mir richtig.

Er stieß mich mit der Schulter an, während wir beide Belle beobachteten, die kehlig über etwas lachte, das Davidson sagte.

Was mochte sie zum Lachen gebracht haben? Der Typ war trockener als eine Reiswaffel.

»Seine Ex hat sich gerade einen neuen Cadillac und ein Paar Titten gekauft, um ihn zu verspotten, aber wie ich höre, zieht er gerade zu hübscheren und fetteren Weiden weiter.«

»Diese Weide wird nicht Emmabelle sein.«

Cillian schnalzte mit der Zunge. »Ich bezweifele, dass sie diese Aktennotiz erhalten hat.«

»Sie ist nur höflich zu ihm«, sagte ich. Es klang jämmerlich.

»Ja, die Mutter deines Kindes ist für ihre guten Manieren bekannt.« Sam lachte in sich hinein.

»Außerdem berühren höfliche Menschen andere nicht an der Brust«, sagte Hunter und lachte.

Mist. Sie berührte *tatsächlich* seine Brust.

Ich neigte nicht zu Gewalt, aber ich war mir ziemlich sicher, dass ich im Begriff war, etwas zu tun, wofür ich im Staatsgefängnis landen würde.

»Was denkst du?«, fragte ich Sam.

Auf der anderen Seite des Saals schüttelte Emma den Kopf, als ein Kellner sich ihr mit einem Tablett Champagner näherte, während sich James über sie beugte und ihr etwas ins Ohr flüsterte.

»Ich glaube, wenn ich an deiner Stelle wäre, würden James inzwischen sechs Zähne fehlen, und seine Lunge wäre punktiert«, sagte Sam gedehnt.

Das reichte mir zur Bestätigung, dass ich nicht überreagierte. Obwohl ich das andererseits sehr wohl tat, denn ich war mit einer anderen Frau zusammen, auch wenn ich die im Prinzip nicht anfasste.

Ich bewegte mich schnell, als ich den riesigen Raum durchquerte, ich streifte Schultern und hatte die Finger fest um das dünne Champagnerglas geschlossen.

Ich wollte James umbringen und Emmabelle in einen Elfenbeinturm sperren. Obwohl: Konnte ich es ihr wirklich verübeln? Sie glaubte, ich würde mich in wenigen Wochen, vielleicht sogar Tagen, mit einer anderen verloben.

Was für einen Anspruch hatte ich auf diese Frau? Keinen.

Ich blieb vor ihnen stehen und lächelte, als wäre alles in bester Ordnung.

»Belle, Liebling, ich habe dich gesucht.« Demonstrativ küsste ich sie auf beide Wangen, reagierte aber nicht, als James mir die Hand reichen wollte.

All meine Höflichkeit ging flöten, als sein Blick auf dem landete, was mir gehörte.

»Tatsächlich?« Sweven musterte mich gelangweilt von Kopf bis Fuß. Erneut fand ich ihre Gleichgültigkeit mir gegenüber hinreißend. »Ehrlich gesagt hätte ich gedacht, dass du nach wichtigeren Dingen auf der Suche bist, nach deinem Rückgrat zum Beispiel.«

»Vielleicht finde ich ja deine guten Manieren, wenn ich schon mal dabei bin«, stieß ich hervor.

»Na, ich weiß nicht. Bei der Suche nach Dingen warst du bisher nicht besonders erfolgreich. Mein G-Punkt kann das bezeugen.«

Das war eine glatte Lüge. Ihren G-Punkt würde ich sogar finden, wenn er mit fünf anderen in einer Reihe läge, und das wusste sie verdammt genau.

»Devon, kennen Sie dieses Juwel?« James deutete mit seinem Schampusglas auf Sweven wie auf ein Gemälde, über dessen Kauf er nachdachte.

Ich wollte ihn in Grund und Boden stampfen und dann weitermachen, bis er in den Tiefen der Hölle angekommen war. »Sie ist wirklich sehr lustig.«

»Fabelhaft«, sagte ich todernst. »Und ja, ich kenne sie gut.«

»Offensichtlich nicht gut genug.« Belle holte ihr Handy aus ihrer Handtasche, entschlossen, mir zu beweisen, dass sie die Szene, die ich ihr machte, eher langweilig als peinlich fand.

»Gut genug, um sie zu schwängern.« Ich drehte mich zu James und nagelte ihn mit einem eisigen Blick an Ort und Stelle fest. »Schließen Sie daraus, was Sie wollen.«

»Sie sind schwanger?« James senkte den Blick auf ihre Taille.

Er wurde blass. Seine Augen flackerten. Vielleicht hatte er geglaubt, mit Ehefrau Nummer zwei den Jackpot zu knacken.

Belle zuckte mit den Schultern und ließ die ganze Sache einfach an sich abperlen. »Wir wollen beide ein Kind. Das heißt nicht, dass wir ein Paar sind.«

»Wir wohnen zusammen«, sagte ich mit einem boshaften Grinsen.

Wie eine besorgte Tante tätschelte sie mir den Arm. »Nur weil du darum gebettelt hast.«

»Gebettelt? Nein. Aber ich habe dich tatsächlich auf unkonventionelle Art dazu überredet.«

»Du spuckst ganz schön große Töne, Süßer. Du weißt genau, dass Menschen ständig Sex haben, ohne dass das zu einer Ehe oder zu Babys führt. Und ja, manchmal führt es nicht mal zu einem Anruf.«

»Du kannst das zwischen uns kleinreden, so viel du willst, die Fakten sprechen eine andere Sprache. Du trägst mein Kind in dir, lebst unter meinem Dach und lässt es dir einmal in der Woche von mir besorgen.«

An diesem Punkt entschuldigte sich James Davidson und gab vor, auf der anderen Seite des Saals jemanden entdeckt zu haben.

Ich blieb bei Sweven, die mich anstarrte, als wollte sie meine Eier am nächsten Morgen zum Frühstück verspeisen.

»Fuck, was sollte das?«

»Fuck ist, dass du vor meinen Augen mit einem der schlimmsten Scharlatane von Boston flirtest, und ich kann nicht riskieren, dass seine unterdurchschnittliche Intelligenz und seine schreckliche, verdrehte Logik in die Nähe meines Kindes kommen. Stell dir nur vor, er würde sein Stiefvater!«

Mir war überdeutlich bewusst, wie scheinheilig ich mich anhörte.

Belles blaue Augen weiteten sich, sie wirkte eher verärgert als schockiert. »Willst du mich jetzt veräppeln?«

»Jetzt nicht, aber vielleicht später. Unsere Situation ist gerade nicht besonders lustig.«

»Du heiratest eine *andere*!«, rief sie und schlug mir mit der Faust gegen die Brust. Fest.

Allmählich zogen wir die falsche Art von Aufmerksamkeit auf uns.

Pech für Belle, dass sie endlich ihren Meister gefunden hatte. Es war mir ziemlich egal, was die Leute von mir hielten. Die meisten waren durch meine Titel und den britischen Akzent dermaßen geblendet, dass sie mir sogar einen Mord durchgehen lassen würden.

»Wenn du deine Karten richtig spielst, darfst du mir auch weiterhin das Bett wärmen.« Ich wusste, der Spruch würde sie wahnsinnig machen.

Und so war es. Sie schlug mir ins Gesicht. *Fest.* Ich reagierte nicht.

»Wir gehen jetzt irgendwohin, wo uns keiner sieht, damit ich dir sauber den Kopf abreißen kann«, sagte sie im Befehlston.

Ich drückte ihr eine Hand auf den unteren Rücken und führte sie zu einer Bibliothek im Zwischengeschoss in einer Ecke des Saals. Es war ein kleiner Raum, von einer Wand zur anderen kunstvoll mit einem schwarzen, sternübersäten Himmel bemalt, der einem das Gefühl gab, irgendwo im Weltall zu sein.

Eine Gruppe Geschäftsmänner lungerte dort herum und unterhielt sich ungezwungen, während sie ihre Drinks schlürften.

»Raus!«, blaffte ich.

Sie hasteten davon wie früher die Hasen, wenn mein Vater seine Bluthunde von der Leine gelassen hatte. Die Leute in dieser Stadt wussten, dass ich ein guter Freund und ein schrecklicher Feind war.

Ich drückte Sweven an eine Wand, mein Blick fiel auf ihre üppigen Lippen.

Sie konnte mir nicht ausweichen. Konnte nirgendwohin.

»Hier«, zischte ich verführerisch an ihren Lippen. »Reiß mir den Kopf ab. Ich werde ihn sogar vorher ein bisschen lockern, um dir das Leben leichter zu machen.«

Stöhnend versuchte sie, mich wegzuschieben. »Du heiratest bald eine andere, also lass mich verdammt noch mal los, bevor ich dich an den Eiern packe und dafür sorge, dass das Kind in mir das Einzige ist, das du jemals haben wirst.«

Ich lachte höhnisch und legte eine Hand an ihre Wange. Sie schlug sie weg.

»Du hast Angst, stimmt's? Davor, dass ich ihr einen Ring

anstecke.« Ich fühlte mich geschmeichelt, obwohl ich immer noch nicht verstand, warum sie so verdammt stur und kalt war.

»Ich wüsste nicht, was mir gleichgültiger wäre. Ich sage dir lediglich, dass ich für niemanden der kleine Seitensprung bin.« Sie machte Anstalten, sich unter meinem Arm hindurch zu ducken, aber ich reagierte sofort und versperrte ihr den Weg zur Tür.

»Wer hat dir nur dermaßen übel mitgespielt?«, fauchte ich und wollte es tatsächlich wissen.

Ich hielt sie an den Armen fest, wollte sie nicht loslassen, wusste aber auch nicht, wie ich zu ihr durchdringen sollte.

»Ich versuche mein Bestes, verdammt, aber ich lande immer wieder in derselben Sackgasse. Du willst den Schwanz, das Geplänkel, die Gespräche, aber keine Gefühle. Und wenn ich meine Gefühle einer anderen schenke, flippst du aus. Also, ich frage dich noch einmal: Wer. Hat. Dir. Das. Angetan?« Ich zitterte vor Wut. Ich würde den Wichser fertigmachen. Ihn umbringen. »Wer ist schuld, dass du nicht in der Lage bist, eine gesunde Beziehung mit einem Mann zu führen?«

»Geht dich nichts an!« Sie spuckte mir ins Gesicht. Ich sparte mir die Mühe, den Speichel abzuwischen. Sie versuchte mal wieder davonzulaufen. Ich versperrte ihr den Weg – mal wieder.

»Nicht so schnell. Sag mir, was ich tun muss, um an dich heranzukommen.«

Ich war völlig überfordert.

Wir kämpften beide um die Kontrolle über eine Situation, über die keiner von uns Macht besaß.

Sie reckte das Kinn, ein durchtriebenes Lächeln schmückte ihre Gesichtszüge einer Aphrodite.

»Es gibt nichts, was du sagen oder tun könntest, damit ich mehr in dir sehe, als du tatsächlich bist. Ein verwöhnter, reicher kleiner Junge, der von zu Hause weggelaufen, dem goldenen Käfig aber nie wirklich entkommen ist. Jetzt hast du endlich etwas gefunden, das du nicht haben kannst – mich. Und wenn dich das umbringt … tja, dann stirb.«

Ich knallte die Handflächen an die Wand und nahm sie zwischen meinen Armen gefangen.

Ich war dermaßen frustriert, dass ich kurz davor war, den Raum zu zerstören. Ihn auseinanderzunehmen.

Und wo zum Teufel war eigentlich mein Champagnerglas?

»Du bist unmöglich!«, brüllte ich.

»Du bist ein Arschloch.« Sie gähnte mir direkt ins Gesicht.

»Ich bereue den Tag, an dem ich dir dieses Arrangement angeboten habe. Davor hatte ich wenigstens ein bisschen Respekt und Mitgefühl für dich übrig.«

»Kannst du dir beides schenken.« Emmabelle schob mich weg, ihr Ton war geschäftsmäßig. »Du glaubst, du bist viel besser als deine Familie, stimmt's? Aber dass du für deinen Lebensunterhalt arbeitest, macht noch keinen Märtyrer aus dir. Warte zu Hause nicht auf mich. Ich schlafe heute Nacht bei Pers.«

»Warum um alles in der Welt solltest du das tun?«

»Damit du Zeit und Ruhe hast, endlich deine tolle neue Freundin zu vögeln!«, schrie sie mich an. Emmabelle zeigte mir den Mittelfinger, als sie aus dem Raum stürmte, und der Saum ihres Kleides schwang um ihre zarten Fesseln.

Ich lief ihr hinterher. Natürlich tat ich das. Inzwischen war ich unfähig, auch nur *eine* vernünftige Entscheidung zu treffen, wenn es um diese Frau ging.

Aber ihre Fähigkeit, mich aus dem Gleichgewicht zu bringen, faszinierte mich nicht mehr. Nun empfand ich nur noch Ekel und Empörung für uns beide.

Ich war zu alt für diesen Mist.

Emmabelle blieb für einen Moment stehen. Drehte sich um. Öffnete erneut den Mund.

»Du genießt die Gesellschaft deiner feinen Louisa, als lebtest du nicht mit der zukünftigen Mutter deines Kindes unter einem Dach. Aber okay, wenn du unbedingt rumvögeln willst, suche ich mir eben auch Unterhaltung. Und es gibt nichts, was du dagegen tun könntest. Komm mir heute Abend zu nah, und ich breche dir die Nase.«

Ein weiteres Mal hörte ich ihr Kleid rauschen, dann war sie weg.

Ich blieb stehen.

Zum ersten Mal überhaupt kam ich zu dem Schluss, dass es vielleicht nicht richtig, nicht konstruktiv, nicht *lustig* für mich war, Emmabelle Penrose nachzulaufen.

Es gab nur mich und den großen dunklen Raum. Ich wartete, bis sich meine Atemzüge normalisierten, dann sah ich mich um.

Das Leben war eine einsame Angelegenheit, auch wenn man nie ganz allein war.

Das war der Grund, warum sich Menschen verliebten.

Die Liebe war anscheinend eine hervorragende Ablenkung von der Tatsache, dass alles nur vorübergehend und nichts dermaßen wichtig war, wie wir gern glauben wollen.

Erst als ich bereits eine Minute dort gestanden hatte, bemerkte ich etwas Verblüffendes.

Ich befand mich ganz allein in einem kleinen, abgeschlossenen, beengten Raum und bekam keine Panikattacke.

Die Liebe geht manchmal wirklich seltsame Wege, dachte ich, schlenderte gemächlich aus dem Raum und nahm mir ein weiteres Glas Champagner von einem Tablett.

Und es ist besser, nicht herauszufinden, welche es sind.

22. KAPITEL

Devon

Für den Rest des Abends ging Sweven mir aus dem Weg.

Sie flatterte zwischen den Gruppen von Gästen hin und her wie ein Schmetterling, ließ ihr heiseres Lachen erklingen und zeigte ihre weißen, spitzen Zähne.

Ich drehte ebenfalls meine Runden zwischen Mandanten und Partnern und tat so, als wäre ich innerlich nicht halb tot. Die Zeit schien zu schmelzen wie ein Gemälde von Salvador Dalí, und jedes Ticken der Uhr an meinem Handgelenk brachte mich näher an den Punkt, an dem ich einfach allem den Rücken kehren würde.

Meinen Aufgaben.

Meinen Verbindlichkeiten.

Allem, was ich mir aufgebaut und als Mauer gegen das benutzt hatte, was in England auf mich wartete.

Irgendwann an diesem Abend hakte sich Persephone bei mir unter und entriss mich einer besonders nervtötenden Unterhaltung über Strapse.

»Na, Kumpel?« Ihr lavendelblaues Abendkleid schwebte über den Marmorboden.

Sie war so zerbrechlich wie eine Eierschale und so blass wie der Mond um Mitternacht. Lieb und gelassen, war sie das Gegenteil ihrer feuerwehrartigen älteren Schwester; ich erkannte, warum sie zu Cillian passte, der kaltschnäuzig und gefühllos war. Sie erhöhte seine Temperatur, während er sie herunter-kühlte. Yin und Yang.

Aber Belle und ich ergänzten einander nicht. Sie war Feuer, ich war Beton. Keine gute Kombination. Ich war robust, stabil, ausgeglichen, während sie im Chaos erst richtig aufblühte.

»Wie geht es den Kindern?«, fragte ich Persephone höflich, schon jetzt gelangweilt von dem Gespräch.

Was würde ich darum geben, in diesem Augenblick mit Sweven über bizarre Tiere reden zu können.

»Es geht ihnen sehr gut, aber ich bezweifele, dass du darüber reden willst.« Sie bedachte mich mit einem schiefen Grinsen und zog mich in die Mitte eines Kreises aus Menschen, der aus Aisling, Sailor und ihr selbst bestand.

Ich ließ es zu, denn wenn ich mir aussuchen konnte, ob ich mir von einer Schar Frauen den Kopf abreißen lassen oder über Strapse reden wollte, würde ich mich jederzeit für die Frauen entscheiden.

Ich blickte von einer zur anderen.

»Scheint so, als wäre ich das Opfer irgendeiner Interven-tion«, sagte ich gedehnt und zog eine Braue hoch.

»Scharfsinnig wie immer, Mr Whitehall«, sagte Sailor und kippte Whiskey in sich hinein, als wäre es Wasser. *Eindeutig die Tochter ihres Vaters.*

Als einzige Frau auf diesem Ball trug sie einen Anzug. Das hatte sie super hingekriegt. »Wir wollen mit dir reden.«

Und zwar über Louisa, davon war ich überzeugt.

Ich verschränkte die Arme vor der Brust und wartete, dass sie weiterreden würde.

»Wir wollen wissen, was du tun wirst, um für Belles Sicher-heit zu garantieren. Schließlich haben wir ihr Vertrauen miss-braucht, indem wir dir von diesem Mann im Boston Common erzählt haben. Jetzt wollen wir sicher sein, dass unsere Entscheidung gerechtfertigt war.« Aisling bohrte ihren Blick in meinen.

Darüber wollten sie reden?

»Belle wohnt jetzt bei mir, und ich habe Simon die Verantwortung für sie übertragen. Ich überwache sie, so gut ich kann, ohne ihr eine Fußfessel anzulegen.«

»Wäre eine elektronische Fußfessel absolut tabu?«, fragte Sailor mit größtem Ernst.

»Ja, es sei denn, ich will ein paar Gliedmaßen verlieren«, antwortete ich ebenso ernst.

»Simon ist sicher ganz toll, aber er ist nur im Club in ihrer Nähe. Ich finde nach wie vor, du solltest Sam um Hilfe bitten«, sagte Aisling, und zwar nicht zum ersten Mal.

»Als ich Belle gegenüber das Thema Sam angesprochen habe, sagte sie, sie habe alles unter Kontrolle und wolle nicht, dass er sich einmischt«, entgegnete ich sofort. »Gegen ihren Willen zu handeln würde ein frühes Grab für mich bedeuten. Ich meine, wie hast du dich gefühlt, als Cillian Sams Männer auf dich angesetzt hat?« Ich drehte mich zu Persephone, die lachsrosa anlief und den Blick auf ihre Füße senkte.

»Nicht gut«, gab sie zu. »Aber am Ende habe ich mich damit abgefunden.«

»Dein Dreckskerl von Ehemann hat Glück, weil du so verträglich wie ein Pfirsich bist. Aber ich glaube, wir sind uns alle einig, dass deine Schwester eher so etwas wie eine unreife Grapefruit ist.«

Aisling runzelte die Stirn. »Belle ist hitzköpfig, aber manchmal muss man etwas für jemanden tun, auch wenn dieser Jemand glaubt, es nicht nötig zu haben.«

»Du redest wie ein wahrer Tyrann. Der Apfel fällt nicht weit vom Stamm.«

Sweven war unerreichbar und unvernünftig.

Und ich musste dafür sorgen, dass sie am Leben blieb.

Yay, ich bin am Arsch.

»Wenn wir nur eine Ahnung hätten, wer es sein könnte.« Sailor tippte sich nachdenklich an die Schläfe.

»Sie glaubt, dass es das Arschloch ist, das sie vor einiger Zeit gefeuert hat«, sagte ich.

»Frank?« Persephone zog die Nase kraus.

Ich zuckte mit den Schultern, obwohl ich mich an den Namen erinnerte. Natürlich tat ich das. Jeder Mann in meiner Lage würde sich daran erinnern.

»Das ergibt Sinn. Er ist das einzige lose Ende, das mir einfällt«, sagte Sailor und rieb sich das Kinn.

Darauf folgte kurzes Schweigen, das ich mit einer Frage zu füllen beschloss.

»Hat sie euch etwas über unsere Situation erzählt?«

»Was für eine Situation?«, fragte Persephone beunruhigt. »Ich hoffe, du behandelst sie gut.«

»Ach bitte!« Sailor schnaubte. »Wenn hier jemand unfair behandelt wird, dann er.«

»Sie ist … schlecht gelaunt«, sagte ich ausweichend.

»Keine Sorge, das liegt nicht daran, dass du eine andere heiratest.« Sailor wirkte äußerst belustigt und schob eine Hand in die Vordertasche ihrer Zigarettenhose.

Sie wussten also über Louisa Bescheid.

Belle hatte es ihnen nicht verschwiegen. Es interessierte sie jedoch nicht genug, um näher darauf einzugehen.

»Glaubt ihr im Ernst, dass es okay für sie ist, wenn ich eine andere Frau heirate?«

Ich klang wie eine Teenagerin, die ihre beste Freundin für immer fragt, ob sie Chancen bei Justin Bieber hat oder nicht.

Wenn ich vorhatte, auf mein Rückgrat und Belles Manieren

aufzupassen, sollte ich auch gleich nach meiner Männlichkeit sehen.

»Von ihr aus kannst du auch fünf Frauen heiraten. Gleichzeitig«, sagte Sailor entschieden. »Belle hat mit Beziehungen nichts am Hut. Mit Moral übrigens auch nicht.«

»Sie war noch nie verliebt«, seufzte Persephone sehnsüchtig. »Und wollte noch nie heiraten.«

»Menschen verändern sich«, sagte ich halbherzig.

»Dieser hier nicht«, sprach Aisling meine schlimmste Befürchtung aus.

»Wenn du darauf wartest, dass sie dir ihre Liebe gesteht, und deshalb deine Hochzeit auf später verschiebst, lass es.« Aisling legte mir eine Hand auf die Schulter und schenkte mir ein zaghaftes Lächeln. »Belle Penrose hat gerade genug Liebe für sich selbst, ihr Baby und ihre Familie in sich.«

23. KAPITEL

Belle

Vierzehn Jahre alt

Der Winter kommt und geht. Es gibt ein wenig Aufregung um mich. Ich gewinne ein paar Wettkämpfe vor Ort, und in der Lokalzeitung erscheint sogar ein kleiner Artikel über mich, weil ich den Countyrekord gebrochen habe. Dad hat den Ausschnitt an unseren Kühlschrank gehängt, denn andere in Verlegenheit zu bringen ist offenbar seine bevorzugte Nebenbeschäftigung.

Im März bringt Brenda, Coach Lockens Frau, einen gesunden Jungen zur Welt. Inzwischen ziehen wir die komplette Waldroutine zweimal wöchentlich durch. Er leckt mich, dann küssen wir uns, dann holt er sich einen runter, ehe er mich mit zur Schule fahren lässt. Einmal, an seinem Geburtstag, hat er mich überredet, ihm das Sperma von den Fingern zu lecken, als wären sie Lollis. Er hat drei Fotos davon gemacht. Danach habe ich die ganze Nacht geweint. Ich muss immer noch daran denken, dass er sie auf seinem Handy hat, und jedes Mal, wenn mir das wieder einfällt, könnte ich kotzen.

Als wir es in seinem Büro tun – was nur selten vorkommt –, nehme ich zur Kenntnis, dass das Foto von Brenda nicht mehr auf seinem Schreibtisch steht. Er nimmt auch seinen Ehering ab, aber nur, wenn wir allein im Wald trainieren.

Der Coach sagt, sie hätten sich vor ein paar Monaten getrennt. Brenda wollte nicht mehr von ihm angefasst werden, seit sie schwanger war, und sie hatte gemeine Sachen über seinen Job gesagt. Dass er nicht genug Geld verdient und so.

Er sagt, er wünschte, ich wäre seine feste Freundin. Dann könnte er mit mir ins Kino gehen oder in ein nettes Restaurant, einfach Zeit mit mir verbringen.

Ehrlich gesagt glaube ich allmählich, dass dieses Brenda-Chick ihren Steve (er hat mir verboten, ihn so zu nennen, wenn wir nicht allein sind) nicht verdient. Jedenfalls fühle ich mich wegen unserer Affäre längst nicht mehr so schlecht.

Aber dann bekommt Brenda das Kind, und alles ist anders.

Der Coach fehlt drei Tage nacheinander. Am dritten Tag wird er vermisst. In der Cafeteria unterhalten sich die beiden Lehrer, die die Mittagsaufsicht haben, darüber, dass Brenda in einem örtlichen Krankenhaus entbunden hat. Und ich frage mich, warum tut sie so etwas, wenn sie extra nach New Jersey gezogen ist, um bei ihrer Mutter zu leben?

»Hast du das Baby gesehen? So süß! Er ist seinem Daddy wie aus dem Gesicht geschnitten«, gurrt Miss Warski und sticht mit einem Plastiklöffel auf ihren Joghurt ein.

»Ja, Steve hat doch allen in der Gruppe die Bilder geschickt, schon vergessen? Und halt dich fest: Er hat seiner Frau zur Geburt das beste Geschenk ever gemacht – ein nagelneues Auto.«

»Einen Kia Rio, stimmt's?«

»Ja. Ich überlege, ob ich mir auch einen kaufen soll …«

Seine Frau?

Ein Geschenk zur Geburt?

Ich dachte, sie wären nicht mehr zusammen.

Stünden kurz vor der Scheidung.

Den Rest des Tages verbringe ich wie im Nebel und verbiete mir, ihm eine Textnachricht zu schreiben.

Ross schleicht sich heraus und kauft mir eine Flasche Gatorade. Er fragt mich nicht, warum ich dermaßen aufgeregt bin. Warum ich rote Augen und ein aschfahles Gesicht habe.

Aber stärker als der Kummer ist die große Scham, die ich empfinde.

Dieser Mann, dem ich mein Vertrauen geschenkt habe, hat mich zum Narren gehalten.

An diesem Tag bricht etwas in mir entzwei.

Und ich weiß nicht, ob ich es jemals reparieren kann.

24. KAPITEL

Devon

Belle hielt Wort und kam in dieser Nacht nicht nach Hause.

Was mich dazu veranlasste, am nächsten Morgen auf dem Weg zur Arbeit Louisa anzurufen.

Lou wohnte im *Four Seasons* und verbrachte ihre Zeit mit Shopping und der Hoffnung, dass ich endlich den Arsch hochkriegen würde.

Die gute Nachricht für sie war, dass mein Arsch sich zentimeterweise vom Sofa hob.

Louisa ging beim ersten Klingeln dran. Sie klang atemlos.

»Hallo? Devon?«

»Passt es gerade nicht?« Ich fuhr in meinem Bentley um eine Ecke und suchte nach einem Parkplatz am Straßenrand. Eine Tiefgarage war meiner Meinung nach eine lächerliche Idee. Wer noch am Leben war, hatte keinen Grund, sich unter die Erde zu begeben.

»Oh doch, es passt sehr gut.«

Ich hörte den leisen Aufprall eines Handtuchs, das fallen gelassen wurde, und das Quietschen einer sich öffnenden Tür, während im Hintergrund ein Fitnesstrainer eine Anweisung gab: »Und nun wieder in die Position des herabschauenden Hundes …«

»Hi. Hey. Hallo.« Louisa lachte über ihre eigene Verlegenheit. Ich parkte in eine Lücke am Straßenrand ein.

»Ist alles in Ordnung?«, fragte sie.

Bald *würde* alles in Ordnung sein.

Es war an der Zeit, eine Person zu wählen, die auch mich wählte.

»Hättest du vielleicht Lust, heute Abend mit mir zu essen?«

»Klar. Soll ich einen Tisch für uns reservieren?«, fragte Louisa überaus freundlich. »In der Salem Street gibt es einen großartigen Italiener, den ich immer schon mal ausprobieren wollte, obwohl ich auch gern bereit bin, mich nach deinen Diätbeschränkungen zu richten.«

Die Worte meines Vaters spukten mir durch den Kopf.

Liebesheiraten sind für die großen ungewaschenen Massen da. Menschen, die geboren wurden, um die undankbaren Regeln der Gesellschaft zu befolgen. Du sollst deine Ehefrau nicht begehren, Devon. Ihr Daseinszweck ist es, dir zu dienen, Kinder zu bekommen und hübsch auszusehen.

Das war ein Argument, das man gelten lassen konnte. Die Familie Whitehall existierte seit sehr vielen Jahren und hatte eine Menge Traditionen. Wer war Edwin, dass er das Ende dieser Linie diktieren konnte? Ich würde nicht zulassen, dass der Mann mich um mein rechtmäßiges Erbe brachte.

»Nein.« Ich stieg aus dem Wagen und rannte zur Eingangstür meines Büros. »Ich dachte mir, wir könnten in deinem Hotelzimmer speisen. Es gibt da ein paar Dinge, über die ich mit dir sprechen muss.«

»Ist alles in Ordnung?«, fragte sie besorgt.

»Ja.« Ich stieg die Treppe zur Kanzlei hinauf. »Ja, alles in bester Ordnung. Ich hatte nur gerade eine Art Erleuchtung.«

»Ich mag Erleuchtungen.«

Diese hier wirst du lieben.

»Devon ...« Sie zögerte.

Ich stieß die Glastür zu meinem Büro auf. Joanne wartete

bereits mit Ausdrucken meines Tagesprogramms und einer frisch gebrühten Tasse Kaffee auf mich. Ich riss ihr beides aus der Hand.

»Ja, Lou?«

»Du hast mich schon lange nicht mehr Lou genannt. Seit Jahrzehnten nicht.«

Erneut Schweigen.

»Soll ich … soll ich meine schönsten Seidendessous tragen?«

Ich hörte beinahe, wie Louisa sich auf die Unterlippe biss.

Ich trank einen Schluck Kaffee und lächelte grimmig.

»Noch besser wäre es, Liebling, wenn du unter deinem Kleid einfach gar nichts trügest.«

Meine Mutter rief mich an diesem Tag mehrmals an und schlich um das Thema Louisa herum, ohne es tatsächlich anzusprechen.

Sie fragte nach Emmabelle, wollte wissen, ob wir noch zusammenwohnten. Als ich die Frage bejahte, wirkte sie bedeutend weniger fröhlich.

»Wenn Louisa und ich eine Zukunft haben sollen, müssen das Baby und Emmabelle einen großen Teil meines Lebens ausmachen«, sagte ich knapp.

»Aber du würdest nicht nach England zurückkehren«, gab Mum zurück. »Sie würde dich für immer an Boston binden.«

»Ich liebe Boston.« Das tat ich wirklich. »Diese Stadt ist jetzt mein Zuhause.«

Whitehall Court Castle war nie mehr gewesen als Mauern, zwischen denen eine Menge schlechter Erinnerungen wohnten.

Während der Mittagspause ging ich zu Tiffany & Co. und suchte einen Verlobungsring aus, eins Komma fünf Karat Kissenschliff.

Zurück im Büro trug ich Joanne auf, einen riesigen Blumenstrauß zu kaufen und dabei keine Kosten zu scheuen.

»Machen Sie endlich dieser Penrose den Hof, Mylord, Sir?«

Offenbar gegen ihren Willen platzte Joanne hinter dem Bildschirm ihres Computers damit heraus, während sie auf einer Selleriestange herumkaute, ihr fünfter Versuch mit *Weight Watchers* in diesem Monat. »Es ist höchste Zeit. Ein Kind braucht ein verlässliches Zuhause, wissen Sie. Eine Mutter und einen Vater. So war das jedenfalls, als ich noch ein Kind war, Eure Hoheit.«

Joanne bestand darauf, mich wie ein Mitglied des Königshauses anzusprechen, obwohl sie keine Ahnung hatte, wie sie mich nennen sollte. Und sie glaubte, die Blumen seien für Emmabelle. Warum auch nicht? Sie hatte Swevens wöchentliche Termine beim Gynäkologen vereinbart und mir Taxis bestellt, in die ich mich gesetzt und Belle abgeholt hatte.

»Sie sind nicht für die kleine Penrose«, versetzte ich und stürmte in mein Büro.

Joanne sprang auf und folgte mir, ihre kurzen Beine bewegten sich mit einer Kraft, die sie nicht mehr an den Tag gelegt hatte, seit sie sich einen halben Tag frei nehmen musste, weil ihre Tochter in den Wehen lag.

»Wie meinen Sie das, sie sind nicht für die kleine Penrose?«, wollte sie wissen.

Ich ließ mich hinter meinem Schreibtisch nieder und fuhr den Laptop hoch. »Nicht dass es Sie etwas anginge, aber ich umwerbe eine andere Frau.«

»Sie umwerben eine … Devon, macht man das drüben bei Ihnen in England etwa so? Denn hier ist Bigamie verboten.«

Devon? Was war nur mit Eurer Hoheit Lord Sir passiert?

»Belle und ich sind nicht verheiratet.« Ich versuchte sie mit einer Hand zu verscheuchen.

»Nur weil Sie nicht gefragt haben!«, rief sie.

»Sie hat kein Interesse.«

Es fiel mir leichter, das einer Sechzigjährigen mit fünf Kindern und sieben Enkeln zu gestehen, die Ferrero Rocher für den Gipfel der Raffinesse hielt, als meinen Kumpels und deren Frauen gegenüber.

»Dann *sorgen* Sie dafür, dass sie Interesse hat.«

Ich lachte finster. »Das habe ich versucht, glauben Sie mir.« Zumindest auf meine ganz spezielle Art.

»Wenn sie kein Interesse an Ihnen hätte, hätte sie nicht zugelassen, dass Sie ihr ein Kind machen, mein Lieber. Natürlich hat sie Interesse. Sie müssen ihr nur einen kleinen Schubs geben. Wenn Sie mit einer anderen ausgehen, haben Sie keine Chance mehr bei der jungen Frau, selbst wenn die neue Beziehung zerbricht. Und sie wird zerbrechen.«

»Louisa ist ein Juwel. Sie ist hübsch, gepflegt und extrem elegant.«

»Das sind gute Eigenschaften für eine Couch, Milord, nicht für eine Frau.«

»Für eine Ehefrau sehr wohl.«

Ich machte es absichtlich kompliziert. Aus irgendeinem Grund wünschte ich mir zutiefst, dass mir jemand wegen dem, was ich bald tun würde, die Leviten las, und ich wusste, dass Joanne Klartext reden würde.

Ich hatte es weiß Gott verdient, angeschrien zu werden.

Zwei rote Flecken färbten ihre Wangen, und sie zuckte zurück, als hätte ich sie geschlagen.

»Moment mal.« Jo hob eine Hand. »Haben Sie gerade … *Ehefrau* gesagt?«

»Ja.«

»Aber … Sie *lieben* Emmabelle.«

»Gott, ihr Amerikaner liebt es wirklich, mit diesem Wort

um euch zu werfen«, sagte ich, nahm eine selbstgedrehte Zigarette aus einer Dose und steckte sie mir in den Mund. »Ich bin allerhöchstens an ihrer Kameradschaft interessiert. Aber sie ist unerreichbar für mich. Ich muss mich anders orientieren.«

»Wenn Sie eine andere Frau heiraten, Eure Hoheit, muss ich kündigen, so leid es mir tut.«

»Mit welcher Begründung?«

»Nun … mit der Begründung, dass Sie ein riesiger Scheißkerl sind.«

Wenn Joanne mich – oder sonst jemanden im Universum – mit solchen Worten charakterisierte, musste ich in der Tat ein verdammter Dreckskerl sein.

Ich konnte nicht anders, ich musste lachen. »Besorgen Sie die Blumen, und machen Sie sich wieder an die Arbeit, Joanne. Und wenn Sie kündigen wollen, legen Sie mir die Kündigung auf den Schreibtisch.«

Sie drehte sich um und stampfte aus meinem Büro, unverständliche Worte murmelnd.

Für den Rest des Tages unternahm sie keinen Versuch mehr, mich in Small Talk zu verwickeln, wenn ich aus meinem Büro kam, und sie überfiel mich auch nicht mit neuen Fotos von ihren Enkeln oder gab mir einen Snack, den sie extra von zu Hause für mich mitgebracht hatte – üblicherweise ein gesunder Erdnussbutter- oder Müslikeks.

Als ich um sechs Uhr mein Büro verließ, stand auf ihrem Schreibtisch ein riesiger Strauß weißer Rosen, Pfingstrosen und Butterblumen, und daneben lag ein Zettel.

Mr Whitehall,

Sie sind dabei, alles für nichts aufzugeben. Herzlichen Glückwunsch!

PS: Betrachten Sie dies als mein offizielles Kündigungsschreiben. Ich höre auf.

J.

Ich warf den Zettel in den Papierkorb, nahm die Blumen und lief die Treppe hinunter.

In der vorderen Hosentasche begann mein Handy zu klingeln. *Mum.*

In England war es unfassbar spät. Oder extrem früh, je nachdem, wie man es betrachtete.

Aus einer Laune heraus nahm ich das Gespräch an, obwohl ich wusste, dass das keine gute Idee war.

»Was gibt's schon wieder?«, knurrte ich.

»Devvie!«, rief sie begeistert. »Entschuldige. Ich werde dich nicht lange beanspruchen. Ich würde sehr gern eine Verlobungsfeier für euch ausrichten. Der Frühling ist eine schöne Zeit, um zu feiern. Kannst du dir irgendwie ein Wochenende frei nehmen und mit Lou in ein Flugzeug steigen?«

Die Tatsache, dass Ursula wie selbstverständlich davon ausging, dass Louisa und ich bereits verlobt waren, passte mir überhaupt nicht.

Bei dem Gedanken, mich in einem geschlossenen Raum mit den Butchart-Brüdern und einem weiteren Dutzend hochnäsiger Royals aufhalten zu müssen, hätte ich außerdem am liebsten auf einem anderen Planeten um Asyl gebeten.

»Bei der Arbeit ist es gerade hektisch.«

»Du heiratest nur einmal«, erwiderte Mum.

»Im 21. Jahrhundert nicht notwendigerweise.«

»Ich hoffe, es geht nicht schon wieder um diese schreckliche Frau. Wenn sie in Schwierigkeiten gerät, ist es ihre Schuld, nicht deine.«

Diese schreckliche Frau hatte einen Namen, und ehrlich gesagt stand es meiner Mutter nicht zu, ihn laut auszusprechen. Aber auf einmal wurde mir etwas klar.

Nein. Geh nicht darauf ein. Das kann nicht sein.

»Warum sollte sie in Schwierigkeiten geraten?«, fragte ich und riss die Fahrertür meines Bentleys auf, um in den Wagen zu steigen. Ich stellte das Handy auf Lautsprecher und warf es auf die Mittelkonsole. »Was weißt du?«

Was, wenn sie diejenige war, die Sweven schikanierte?

Sie verfügte über alle wichtigen Voraussetzungen: ein Motiv, Groll und Torschlusspanik.

Sie wusste, wo ich wohnte, und damit auch, wo Emmabelle wohnte.

Und die Informationslücken konnte ein Privatdetektiv für sie füllen.

Aber war sie zu etwas Derartigem in der Lage?

»Ich weiß gar nichts«, stieß meine Mutter hervor und versuchte, beleidigt zu klingen. »Ich habe das nur gesagt, weil du mir erzählt hast, dass sie eine Stripperin ist. Die neigen nun mal dazu, in Teufels Küche zu geraten. Die Lebensführung sagt eine Menge über einen Menschen aus. Und was willst du damit überhaupt andeuten?«

»Was verheimlichst du mir?«, konterte ich.

»Ich verheimliche gar nichts. Aber ich kenne dich, und du bist von Natur aus fürsorglich. Ich will nicht, dass du ihretwegen auf etwas verzichtest.«

»Allmählich glaube ich, du weißt mehr, als du vorgibst.«

Daraufhin atmete sie hörbar aus.

»Du bist regelrecht paranoid geworden. Ich mache mir Sorgen um dich. Du drehst durch. Es würde dir guttun, nach Hause zu kommen. Bitte, denk darüber nach.«

Wie erwartet war das Dinner perfekt.

Die Umgebung, der Raum, das Essen und die Frau. Alles verdiente fünf Sterne.

In der prächtigen Suite, in der sie untergebracht war, saß Louisa mir in einem perfekt zu dem Anlass passenden schwarzen Abendkleid gegenüber.

Wir aßen gebratenen Hummer mit Süßkartoffeln.

Die Balkontüren standen offen, die Frühlingsbrise wehte herein und mit ihr ein Duft nach Blüten.

Es erinnerte mich an Europa. An träge Sommerferien an der Küste in Südfrankreich.

An unverarbeitetes Fleisch und Käse, der so stark roch, dass uns die Tränen kamen, an gebräunte Haut und Schlösser, in denen man sich verlaufen konnte.

Und ich merkte, dass ich Zuhause vermisste.

So sehr, dass es wehtat.

»Weißt du, ich habe versucht, über dich hinwegzukommen. Und für eine Weile ist mir das sogar gelungen«, gestand Louisa und fuhr mit der Fingerkuppe über den Rand ihres Weinglases. »Frederick war ein unglaublicher Mann. Er hat mir beigebracht, an mich selbst zu glauben, eine Fähigkeit, die ich nicht mehr zu besitzen schien. Ich lief immer mit dem schrecklichen Gefühl herum, versagt zu haben. Schließlich war es mein einziger Lebenszweck, dich zu heiraten, und irgendwie hatte ich es geschafft, dich zu vergraulen.«

»Lou«, stöhnte ich und fühlte mich schrecklich, denn in gewisser Weise tat sie genau das noch immer. Indem sie um mich kämpfte.

»Nein, warte. Lass mich ausreden.« Sie schüttelte den Kopf. »Als ich ihn kennenlernte, verbrachte er ein ganzes Jahr damit, Schicht für Schicht meine Unsicherheiten abzulösen, weil er herausfinden wollte, wer ich wirklich war. Das war schwer …

339

und es war ein langer Prozess. Er hatte keine Ahnung, warum ich so geworden war. Warum sich meine Wunden nicht schließen wollten. Aber er war lieb und geduldig.«

Ich knackte den Hummer mit der Zange und fühlte mich dem toten Tier verwandt. Und Frederick, der ein guter Typ zu sein und etwas Besseres verdient zu haben schien.

Außerdem überkam mich ein seltsames Gefühl von Offenbarung. Frederick hatte die Fähigkeit und das Durchhaltevermögen besessen, bei Lou zu bleiben, als sie unzugänglich für ihn war – warum sollte mir bei Emma nicht dasselbe gelingen?

»Anfangs träumte ich beim Zusammensein mit ihm immer davon, dass du zurückkommen würdest und ich dir meine neue Beziehung unter die Nase reiben könnte. Meinen perfekten Mann. Aber nach einer Weile habe ich nicht mehr an dich gedacht. Er reichte mir. Tatsächlich ...« Sie zögerte. »... reichte er nicht nur, sondern er war mein Ein und Alles. Es hat schrecklich wehgetan, ihn zu verlieren. Und da wurde mir klar, dass ich vielleicht verflucht bin.« Louisa stützte das Kinn auf die Fingerknöchel und lächelte.

Ich schaute ihr in die Augen und sah Kummer. Großen Kummer. Da saßen wir, würden uns bald verloben, um später zu heiraten, und sehnten uns noch immer nach anderen Menschen.

Der einzige Unterschied war, dass der Mensch, den ich wollte, noch am Leben war.

Und Louisa betrachtete mich als Ersatz. Ein Trostpreis.

»Du bist nicht die Einzige, die Narben von dieser Erfahrung davongetragen hat. Ich fühlte mich schrecklich wegen dem, was ich dir angetan habe. Dass ich dich einfach im Stich gelassen habe. Ich habe geschworen, niemals eine andere zu heiraten. Das Versprechen habe ich eindeutig gehalten«, sagte ich und schob den Teller mit dem Hummer weg. Mir war der

Appetit vergangen. »Ich hatte nie eine feste Freundin. Meine Beziehungen hatten ein ähnliches Mindesthaltbarkeitsdatum wie Milch: weniger als einen Monat. Ich dachte mir, wenn ich dein Leben ruiniert habe, ist es nur fair, wenn ich auch mein eigenes zerstöre.«

Sie griff über den runden Tisch und nahm meine Hände in ihre.

»Jetzt haben wir eine Chance, Devvie. Lass uns die verlorene Zeit aufholen. Es ist noch nicht zu spät. Nichts steht uns mehr im Weg.«

Eine Sache stand uns sehr wohl im Weg. »Ich werde bald Vater.«

»Wir können uns gemeinsam darum kümmern. Du hast gesagt, ihr wollt euch das Sorgerecht teilen, nicht wahr? Ich kann hierherziehen. Ursula wäre es lieber, du kämst zurück, aber ich bin mir sicher, dass sie uns dennoch ihren Segen geben wird. Ich kann dir helfen, das Kind großzuziehen. Wir können eigene Kinder bekommen. Ich bin Emmabelle gegenüber nicht feindselig eingestellt. Ich glaube nur, dass sie nicht gut zu dir passt. Ich werde die Frau sein, die du brauchst, Devvie. Das weißt du.«

Sie sagte lauter richtige Dinge.

Sprach die richtigen Themen an.

»Du wirst gut mit diesem Kind umgehen müssen«, sagte ich, und meine Stimme bekam einen eisigen Unterton. »Ich wollte das Baby ebenso sehr wie Emmabelle. Wir hatten einen Pakt.«

»Ich werde dieses Kind behandeln, als wäre es mein eigenes.«

Louisa führte ihre Hand an meinen Mund und lehnte ihre Wange an meine Handfläche.

»Ich verspreche es. Du weißt, dass ich meine Versprechen niemals breche.«

Ich konnte mich nicht erinnern, aufgestanden zu sein, aber irgendwann hatte ich es getan. Auch Louisa kam auf die Füße, ihr heißer Körper an meinen gepresst, ihr Mund, der meinen berührte.

Mit beiden Händen fuhr ich ihr flüchtig über den Rücken. Wir küssten einander.

Belle wollte mich nicht, meine Familie stand am Rand des Bankrotts, und wäre es wirklich so schlimm, jemanden zu haben, mit dem ich alt werden konnte? Jemand, der auf meiner Seite stand?

Aber unterm Strich genoss ich es nicht.

Weder die Küsse noch die Art, wie sich ihr Körper besitzergreifend um meinen schloss.

Ich war komplett weich, mein Schwanz sah einfach keinen logischen Grund, warum er diese Vereinigung mit Louisa reizvoll finden sollte.

Je weicher ich war, desto verzweifelter versuchte Louisa, mich zu erregen, indem sie mich heftiger, tiefer, gröber küsste. Über dem Stoff meiner Hose schloss sie die Hand um meinen Schwanz und drückte ihn herausfordernd, wobei sie den Kopf hin und her warf.

Galle stieg mir in die Kehle.

Nicht gut.

Ich trat einen Schritt zurück, damit sie damit aufhörte und ich Zeit schinden konnte. Um den Verlobungsring hervorzuholen und ihn ihr anzustecken vielleicht.

Aber ich brachte es ums Verrecken nicht fertig, diesen Ring aus meiner Tasche zu holen. Den letzten Schritt zu tun. Ihr die Frage zu stellen, die ich nicht mehr zurücknehmen konnte.

Ich will nicht das perfekte Leben mit Louisa. Ich will das totale, heiße Chaos mit Belle.

Währenddessen verstand Louisa mein Zurückweichen als Aufforderung, sich auszuziehen. Sie schlüpfte aus ihrem schwarzen Kleid und enthüllte wohlgeformte Beine und einen gepflegten Körper, der nach fünf Stunden Pilates pro Woche aussah.

Ihre dunklen Augen waren auf meinen Schoß gerichtet, und sie runzelte die Stirn, als sie dort noch immer keine Wölbung erkennen konnte.

»Mist. Na ja, das ist nur ein kleines Hindernis …«

»Nenn ihn ja nicht klein.«

Sie kicherte, kam erneut auf mich zu und begann, mich zu küssen.

Ich schluckte den sauren Geschmack von Erbrochenem hinunter und versuchte, mich auf die vor mir liegende Aufgabe zu konzentrieren.

Sie war eine schöne Frau. Nicht weniger hübsch als die Frauen, mit denen ich normalerweise ins Bett ging.

»Vielleicht kann ich …« Louisa schob mir eine Hand in die Hose, dann in den Slip und fing an, mich mit kalten, knochigen Fingern zu reiben. Aus der Ferne drang das höhnische Gelächter meines Vaters an meine Ohren.

»Ist das okay?«

»Großartig«, zischte ich und blieb weicher als ein rohes Aufbackbrötchen. »Fantastisch.«

Aber ich fühlte nichts außer großer Frustration, als sich ihre Lippen verzweifelt auf meinem Mund bewegten. Sie rieb meinen Schwanz derart gründlich, dass es mich nicht gewundert hätte, wenn hinter meinem Reißverschluss ein Flaschengeist Gestalt angenommen hätte.

»Warte«, stöhnte ich in ihren Mund und schob sie sachte weg. Sie drängte sich noch energischer an mich.

»Ich werde dir einen blasen«, sagte sie. Louisa ging auf die

Knie, nun vollkommen nackt, und machte sich an meinem obersten Hosenknopf zu schaffen.

Ich trat beiseite, denn ich befürchtete, der Verlobungsring würde mir aus der Tasche fallen.

»Nicht, Liebling.« Ich liebkoste ihr Gesicht, während ich ihr meine Hüften entzog.

Mir kam der unglückliche Gedanke, dass ich nicht in der Lage war, mit Louisa zu schlafen. Egal, wie sehr ich es mir wünschte – und das tat ich.

Ich wollte über Emmabelle hinwegkommen. Mich neu orientieren. Aber es ging nicht.

»Hast du dir den Magen verdorben? Das liegt bestimmt am Hummer.«

Sie stand rasch auf, stürzte ins Badezimmer und kam in einem crèmefarbenen Morgenrock aus Satin wieder heraus. »Meeresfrüchte können riskant sein, wenn man das Lokal nicht kennt.«

Wir befanden uns im *Four Seasons*, nicht in einer Hütte auf einer abgelegenen Insel.

Ich lächelte skeptisch. »Ich fahre jetzt besser nach Hause.«

Und nehme mein weiches Würstchen im Schlafrock einfach mit.

»Oh.« Sie wirkte bekümmert.

»Lou«, sagte ich leise.

»Es ist nur, weil … *sie* wird dort sein.«

»Das geht nun mal mit der Tatsache einher, dass sie bei mir wohnt.«

»Habe ich etwas Falsches gesagt?«

Ich dachte an das, was sie mir über Frederick erzählt hatte, darüber, was für ein Mensch er war. Und ich konnte ihr die Wahrheit nicht vorenthalten.

»Ja. Als du mir von Frederick erzählt hast, ist mir klar geworden, dass ich dir niemals werde geben können, was für dich seit deiner Beziehung mit ihm selbstverständlich ist. Ich muss erst mal meine Gedanken sortieren.«

Ich legte ihr den Arm um die Taille, zog sie an mich und gab ihr einen Kuss auf den Mund.

»Pass auf dich auf, Lou.«

»Du auch auf dich, Devvie.«

Beim Nachhausekommen war mir immer noch schwindelig. Meine Glieder waren schwer angesichts der Erkenntnis, dass ich offenbar gegen alle Frauen auf dieser Welt immun war, nur nicht gegen die eine, die mich zurückwies.

Ich stapfte die Treppe hinauf und verfluchte mich zum tausendsten Mal in dieser Woche, weil ich nicht wie jeder logisch denkende Mensch einfach den Fahrstuhl benutzen konnte.

Als der Anfall von Selbsthass wegen meiner Klaustrophobie vorüber war, begann ich mich für meinen verräterischen Körper zu verachten. Was in aller Welt stimmte nicht mit ihm? In der Vergangenheit hatte ich bereits eine Erektion bekommen, wenn auch nur der schwache Duft einer Frau durch die Luft wehte. Jetzt hingegen hatte mein Schwanz auf einmal Prinzipien, Gefühle und Moralvorstellungen. Hatte er die Mitteilung nicht erhalten, dass er tatsächlich ein Schwanz war, das am wenigsten niveauvolle Organ des menschlichen Körpers, abgesehen vom Anus?

Ich schob mich durch die Wohnungstür, betrat das riesige dunkle Wohnzimmer und kickte die Fechtausrüstung beiseite, die mir im Weg lag.

Wenn Emmabelle mal wieder außer Haus war, weil sie lange arbeitete oder sich von einem männlichen Freund unterhalten ließ, dann würde ich … ich würde …

Nichts dagegen tun, verdammt noch mal. Es stand nicht in meiner Macht.

Hoffen wir, dass der Monat, in dem du sie gevögelt hast, die Sache wert war, Bro. Denn das hier ist deine Zukunft.

Ich durchquerte das Wohnzimmer und ging an ihrem Schlafzimmer vorbei, ehe ich mich in mein eigenes Bett zurückzog.

Ihre Tür stand halb offen. Beschämt stellte ich fest, dass sich mein ganzer Körper vor Erleichterung entspannte, als ich bemerkte, dass in ihrem Zimmer Licht brannte.

Unfähig zu widerstehen, blieb ich auf dem Stückchen Boden stehen, das uns voneinander trennte, und beobachtete sie.

Sie stand vor einem prächtigen Ganzkörperspiegel.

Sie hatte sich ihr Hoodie bis über die Brust heraufgezogen. Ihr Bauch war nackt. Sie hielt ihn zärtlich umfangen und betrachtete staunend ihr Spiegelbild.

Ich senkte den Blick und tat dasselbe.

Zum ersten Mal war es wirklich und wahrhaftig offensichtlich, dass Emmabelle Penrose schwanger war.

Die harte, runde Form ihres Bauches machte das unmissverständlich klar. Er sah großartig aus. Weich und warm, ausgefüllt von dem Baby, das zu uns gehörte.

Man sah es ihr an.

Ich schloss die Augen, legte den Kopf an den hölzernen Türrahmen und holte tief Luft.

»Du bist so umwerfend schön, dass ich dich manchmal fressen möchte, nur damit dich kein anderer bekommt.«

Die Worte verließen meinen Mund, ehe ich sie aufhalten konnte.

Beim Klang meiner Stimme drehte sie sich um.

Die Liebe und das Erstaunen in ihrer Miene lösten sich auf und machten einem durchtriebenen Lächeln Platz.

»Es überrascht mich, dass Louisa dich heute Abend von der Leine gelassen hat. Ärger im Fegefeuer?«

Das war vermutlich ihre Version des Wortes Paradies, wenn es um Louisa und mich ging.

»Hör auf«, sagte ich kurz angebunden.

»Womit soll ich aufhören?«, gurrte sie.

»Hör auf, dich wie ein verzogenes Gör zu benehmen. Hör auf, mich wegzustoßen. Hör auf, diesen wundervollen Moment zu zerstören, weil deine Furcht vor Männern dermaßen groß ist, dass du sie einfach schikanieren musst, wenn die Gefahr besteht, dass sie einen Riss in deine perfekt konstruierte Mauer machen.«

»Na schön.« Belle zog sich den Kapuzenpulli wieder über den Bauch hinunter.

»Nein.« Ich stieß mich vom Türrahmen ab und schlenderte in aller Ruhe auf sie zu. »Ich will es sehen.«

Emmabelle öffnete den Mund – wahrscheinlich, um mir zu sagen, dass ich Louisa ein Kind machen sollte, wenn ich unbedingt einen schwangeren Bauch sehen wollte –, aber ich legte ihr einen Finger auf den Mund, bevor die Worte herauskamen.

»Es ist auch mein Kind.«

Schweigend zog sie den Pulli hoch bis zu den Brüsten.

Ich stand vor ihr und betrachtete das Wunder ihres schwangeren Bauches.

»Darf ich ihn berühren?« Ich erkannte meine eigene Stimme nicht wieder.

»Ja.« Auch ihre Stimme zitterte, fiel mir auf. Die Luft um uns stand still, als hielte auch sie den Atem an.

Meine Fingerkuppen kreisten auf beiden Seiten über ihren Bauch. Er war steinhart. Wir blickten beide auf ihn hinunter, als warteten wir auf etwas. Eine Minute verging. Zwei. Dann fünf.

»Ich möchte nicht aufhören«, sagte ich.

»Ich möchte nicht, dass du aufhörst«, sagte sie leise. Wir redeten nicht mehr über ihren Bauch.

Ich hob den Kopf, und unsere Blicke trafen sich in dem Spiegel. »Warum tust du dann alles in deiner Macht Stehende, um mich zu vertreiben?«

Sie zuckte mit den Schultern, ein hilfloses Lächeln im Gesicht. »So bin ich nun mal gepolt.«

»Das ist Bullshit.«

»Trotzdem stimmt es.«

»Erzähl mir, was dir passiert ist«, verlangte ich zum tausendsten Mal und dachte an Frederick und daran, wie er Schicht um Schicht Louisas Abwehr abgetragen hatte. Hatte ich überhaupt begonnen, auch nur Swevens erste Schicht abzustreifen? Wie viele würden noch folgen? Und was zum Teufel war dieser Frau nur zugestoßen?

Nicht einmal meine Bros, die beim besten Willen nicht als nette Typen zu bezeichnen waren, hatten jemals eine Frau derart gebrochen zurückgelassen.

Sie trat einen Schritt vor und schloss die Lücke zwischen uns.

Ich war steinhart und kurz davor, dieser Frau die Klamotten vom Leib zu reißen.

»Hör auf, dich in meine Angelegenheiten einzumischen, Devon. Du hast bereits in meine Trickkiste geschaut. Mehr gibt es da nicht zu sehen.«

»Du bist mehr als ein dummes Partymäuschen, auch wenn du ständig versuchst, dich als solches zu verkaufen. Irreführende Werbung.«

»Ha«, sagte sie trocken. »Du hast eben das Kleingedruckte nicht gelesen.«

Ein gemeines Grinsen verzog meine Lippen. »Du bist echt

fantastisch und stachelig wie eine Rose, und du bist all das wert, was du mir zumutest.«

»Nein!« Sie stieß mir mit beiden Händen vor die Brust. Jetzt war sie wütend, sie hatte Angst. Ich hatte auf einen Knopf gedrückt. »Das bin ich nicht. Sag so was nicht. Ich bin Unkraut. Eine Hure und nicht zum Heiraten geeignet.«

»Du bist großartig, verdammt noch mal«, sagte ich gedehnt und lachte ihr leise ins Gesicht. »Brillant. Einzigartig. Die klügste Frau, die ich kenne.«

Erneut schubste sie mich. Ich wurde härter. »Ich bin zu nichts zu gebrauchen.«

»Unsinn. Du bist fantastisch, verdammt.«

»Ich werde eine schreckliche Mutter sein.«

Den letzten Satz stieß sie aus, als drohte sie in einer Welle der Verzweiflung zu ertrinken.

Sie fiel vor mir auf die Knie und ließ den Kopf hängen. »Himmel. Was habe ich mir nur dabei gedacht? Ich kann das nicht. Ich bin nicht Persy. Oder Sailor. Das hier ist nicht mein Leben.«

Ich ließ mich ebenfalls auf den Boden sinken, um auf Augenhöhe mit ihr zu sein, und nahm ihr Gesicht in beide Hände.

Mein Herz begann zu stolpern. Verdammt, wahrscheinlich würde ich gleich einen Infarkt bekommen. Nun, es war mir ein Vergnügen. Buchstäblich.

»Sieh mich an, Sweven.«

Sie hob den Kopf und sah mir blinzelnd ins Gesicht. In ihren Augen glänzten Tränen.

»Ich suche mir immer das Beste aus. Anzüge, Autos, Immobilien, Restaurants. So bin ich nun mal. Du kannst mir glauben, wenn ich dir sage, dass ich dich nicht leichtfertig als Mutter meines Kindes ausgewählt habe. Du bist klug, unabhängig, clever, kreativ, lustig und, so wahr mir Gott helfe, ein bisschen durchgeknallt. Aber du bist auch verantwortungsbewusst, stabil, stark und vernünftig. Du wirst eine großartige Mutter sein. Die beste auf der ganzen Welt.«

Ihre Brust hob und senkte sich, und sie sah aus, als würde sie gleich zu schluchzen beginnen.

»Was ist denn jetzt los, Liebling?«

»Du hast hübsch vergessen«, stöhnte sie.

Wir fingen beide an zu lachen. Sie verlor das Gleichgewicht und fiel nach hinten. Ich umarmte sie, zog sie an mich und ließ mich selbst auf den Teppich fallen, sodass mein Körper ihr als Kissen diente. Unsere Beine waren ineinander verschlungen.

»Tut mir leid, Liebling, aber du bist absolut nicht hübsch.«

Sie tat so, als wollte sie mir einen Schlag gegen die Brust versetzen. Ich griff nach ihrem Handgelenk und biss sanft hinein.

»Sondern wunderschön …«

Im Nullkommanichts landeten ihre Lippen auf meinen, heiß, feucht und verlangend. Ihre Zunge spielte mit meiner, strich neckend um sie herum.

Ich zog ihr den Hoodie über den Kopf, vorsichtig, um ihr nicht wehzutun.

Ihre Hände waren überall. Ihr Mund auch. Ich wollte nicht einmal atmen, denn sie sollte keine Zeit haben, es sich anders zu überlegen.

Ehe Belle sich versah, war sie nackt. Ich war noch vollständig bekleidet, als ich sie an das Bettgestell drängte, die Zunge über ihre Kniekehle und über die Innenseite ihres Oberschenkels gleiten ließ und eine empfindliche Stelle reizte, was sie heftig erschauern ließ.

Meine Lippen fanden die süße Stelle zwischen ihren Schenkeln, und ich sog und knabberte und leckte, bis sie kam, ich drang mit der Zunge in sie ein, um zu spüren, wie sich ihre Muskeln gierig darum schlossen. Zischend atmete sie aus, ihre

Augen waren geweitet, als erinnerte sie sich an etwas. Ich fand das seltsam. Die Art, wie sie reagierte. Aber dann schüttelte sie den Kopf und schloss die Augen. »Mach weiter.«

Ich richtete mich auf und küsste ihren Bauch, drückte heiße Küsse auf ihre Brüste und arbeitete mich auf dieselbe Art weiter bis zu ihrem Hals, ihren Lippen.

»Devon. Bitte. Fick mich.«

»Alles zu seiner Zeit, Sweven.«

Sie machte Anstalten, meine Hose zu öffnen. Ich konnte spüren, dass mein Schwanz bereits am Stoff des Slips klebte.

Belle befreite mich aus der Enge meiner Kleidung und flüsterte mitten in unserem schmutzigen Kuss: »Sag das noch mal.«

»Was denn?«, fragte ich, während ich in sie eindrang, gleich dort auf dem Boden, und feststellte, dass sie feucht und bereit für mich war.

»Meinen Spitznamen. Sag ihn.«

Sie passte sich dem Rhythmus meiner Stöße an.

»Sweven.« Ich küsste sie auf den Mund.

Stoß.

»Noch einmal.«

»Sweven.«

Stoß.

»Sweven. Sweven. Sweven.«

Stoß. Stoß. Stoß.

Ich drückte meine Stirn an ihre, während ich mich schneller und heftiger in ihr bewegte.

»Ich komme gleich.«

»Komm in mir.« Sie grub mir die Fingernägel in die Haut, hinterließ ihr Zeichen auf mir, sorgte dafür, dass Louisa es erfuhr. »Ich will dich fühlen, alles von dir.«

Ich umklammerte sie fester. Ihre Muskeln bebten, als ich spürte, wie ich mich in ihr ergoss.

Wir waren beide verschwitzt und erschöpft, als ich von ihr herunterrollte und schwer atmend an die Decke blickte.

Sie sprach als Erste. »Ich bin als Kind missbraucht worden. Bis heute hat niemand davon erfahren.«

All meine Muskeln spannten sich an.

Instinktiv, noch bevor ich mich zu ihr drehte, um sie anzusehen, griff ich nach ihrer Hand und wartete auf das, was kommen würde.

Sie starrte weiterhin an die Zimmerdecke und mied meinen Blick.

Als mir klar war, dass sie nicht in der Stimmung war, mir mehr zu erzählen als diese Minimalversion der Ereignisse, fragte ich zögerlich: »Wer war es?«

Sie lächelte grimmig. »Der übliche Verdächtige.«

»Wie lange ging das?«

»Ich weiß es nicht mehr. Ich war zu … keine Ahnung, ich habe es verdrängt.«

»Warum hast du es geheim gehalten?« Ich stützte mich auf die Ellbogen. Bevor sie es mir erzählte, wusste ich bereits, dass ihre Familie und ihre Freunde von nichts eine Ahnung hatten.

Ich dachte an das seltsame Gespräch zwischen Belle und ihrem Vater, und in meinem Kopf sang es: *Auf keinen Fall, verdammt, nein, das kann nicht sein.* Ihr Vater hatte sie nicht missbraucht. Denn wenn er es getan hatte, würde ich ihn töten müssen, und für ein Leben im Gefängnis war ich nicht gemacht.

»Mist, ich fasse einfach nicht, dass ich es dir erzählt habe.« Sie schniefte, die erste Träne fiel auf ihre Wange und rollte auf ihr Ohr zu.

Ich hielt die Luft an, und zum ersten Mal in meinem Leben betete ich zu Gott. Dass sie nicht aufhören würde. Dass sie hinter den hohen Mauern hervorkommen würde, mit denen sie sich umgeben hatte, dass sie die Tür öffnen und mich hereinlassen würde.

»Ich war immer schon die Burschikose, die Unruhestifterin. Ich wollte einfach nicht für noch mehr Probleme sorgen. Dumm, ich weiß, aber ich war es leid, die Überbringerin schlechter Nachrichten zu sein. Diejenige, die ständig alle anderen in Schwierigkeiten brachte. Ihn zu konfrontieren hätte das Risiko mit sich gebracht, dass alle erfahren, was passiert war. Und darum habe ich es einfach … runtergeschluckt. Eine Zeit lang jedenfalls. Und dann ist noch etwas passiert …« Sie verstummte, schloss erneut die Augen und versuchte, den Kloß in ihrer Kehle hinunterzuschlucken.

Belle war nicht wie andere Frauen. Sie war der Typ, der seine Geheimnisse mit ins Grab nahm. Aber das hier war bereits genug. Es bedeutete mir unglaublich viel, dass sie beschlossen hatte, ausgerechnet mir davon zu erzählen.

»Die beiden Männer, die ich am meisten geliebt und denen ich vertraut habe, haben mich im Stich gelassen, jeder auf seine Art. Dieser Mangel an Vertrauen, das Sich-nicht-Einlassen, das du spürst … Das ist meine Art, deinem Geschlecht zu sagen, dass es mich am Arsch lecken kann, Devon. Wenn ich beschließe, jemandem zu vertrauen, und noch einmal verletzt werde, wäre das mein Ende. Darum kämpfe ich gegen meine Gefühle an und versuche, dir zu widerstehen. Was auch immer du fühlst, ich fühle es zehnmal so stark. Aber das ist es mir nicht wert. Entweder töte ich meine Gefühle oder meine Gefühle töten mich.«

Ich fuhr ihr mit dem Daumen über das sonnengebleichte Haar und schob ihr eine Strähne hinter das Ohr. »Sweven, Liebling, was ist schon so ein kleiner Tod in der Gesamtschau der Dinge?«

Diese oftmals unausstehliche, nervtötende Frau verstand

mich zutiefst. Meine Ticks, mein exzentrisches Verhalten. Meistens war die Zeit, die wir miteinander verbrachten, frustrierend und mies. Aber wenn sie gut war, wenn die Mauern einstürzten, dann war sie das Beste, das ich je erlebt hatte.

Zum ersten Mal, seit sie angefangen hatte, mir ihre Geschichte zu erzählen, sah Emmabelle mir ins Gesicht. »Genug von mir. Also, Dev, woher kommt deine Klaustrophobie? Wahrheit gegen Wahrheit. Du hast versprochen, es mir zu erzählen, wenn ich dein Vertrauen gewonnen habe, und ich glaube, jetzt ist es so weit. Erzähl mir, was passiert ist.«

Und das tat ich.

Vergangenheit

Als ich das erste Mal hineingesteckt wurde – im Alter von vier Jahren –, war der Speiseaufzug etwa so groß wie ein Fach im Bücherregal.

Auf dieselbe Art, wie für ein Baby der Mutterschoß groß genug ist, um seine Glieder darin zu bewegen, bot mir der Aufzug genug Platz. Er war aber immer noch so klein, dass ich mich zusammenkauern musste.

Im Alter von zehn Jahren waren meine Beine zu lang und meine Arme zu schlaksig, um noch richtig hineinzupassen.

Und mit vierzehn hatte ich das Gefühl, mit fünfzehn anderen Devons in eine Sardinenbüchse gesteckt zu werden. Ich konnte kaum atmen.

Das Problem war, dass ich weiterwuchs, der Speiseaufzug hingegen immer gleich groß blieb. Ein erbärmliches kleines Loch.

Ich hatte es nicht immer gehasst.

Als kleiner Junge hatte es mir sogar gefallen.

Ich verbrachte meine Zeit mit Nachdenken. Darüber, was

354

ich werden wollte, wenn ich groß war (Feuerwehrmann). Und später dachte ich an Mädchen, die mir gefielen, und an Tricks, die ich im Fechtunterricht gelernt hatte, oder ich überlegte, wie es sich wohl anfühlen würde, ein Käfer, ein Schirm oder eine Teetasse zu sein.

Eines Tages, ich war elf, ging alles den Bach runter.

Um meinen Vater zu ärgern, hatte ich etwas besonders Ungezogenes getan. Ich hatte mich in sein Büro geschlichen, seinen Feuerhaken gestohlen und ihn beim Kampf gegen einen Baum als Schwert benutzt.

Dieser Feuerhaken war antik und kostete mehr als mein Leben, hatte mir mein Vater erklärt, als er mich mit dem Ding erwischte, das in zwei Hälften zerbrochen war (der Baum hatte natürlich gewonnen).

Ich musste den ganzen Abend im Speiseaufzug verbringen.

Mummy und Cecilia waren nicht da, sie besuchten Verwandte oben in Yorkshire. Ich hatte sie begleiten wollen (ich war nie gern mit Papa allein), aber Mummy sagte, ich könne es mir nicht erlauben, ein ganzes Wochenende Fechttraining mit dem Säbel zu verpassen.

»Außerdem siehst du Papa viel zu selten. Ein bisschen Zeit für euch beide zusammen ist genau, was der Doktor verordnet hat.«

Da saß ich nun in dem winzigen Aufzug und dachte darüber nach, wie es wohl wäre, eine Flasche zu sein, die einen Brief über das Meer trägt, oder ein rissiges Straßenpflaster oder ein Kaffeebecher in einem vielbesuchten Londoner Café.

Damit hätte die Sache erledigt sein sollen.

Ein weiterer Abend im Speiseaufzug, danach ein von Stille durchdrungener Morgen mit zahlreichen Gängen zum Klo, weil ich es hatte zurückhalten müssen, solange ich in dem Käfig gefangen war.

Aber die Sache war nicht erledigt.

Denn an diesem speziellen Tag setzte ein derart heftiges, schreckliches Gewitter ein, dass der Strom ausfiel.

Mein Vater stürmte zu den Kotten der Bediensteten, in denen die Stromversorgung noch funktionierte. Dort würde er die Nacht verbringen und sich möglicherweise von einem der Dienstmädchen unterhalten lassen. Ich wusste, dass er so etwas tat, wenn Mummy nicht zu Hause war.

Eine Sache vergaß er.

Mich.

Ich bemerkte das Leck in dem Aufzug, weil mir unaufhörlich Wasser ins Gesicht tropfte und mich schließlich aus dem Schlaf riss.

Zusammengekrümmt lag ich da, mein Körper drückte sich an alle vier Wände. Ich sehnte mich verzweifelt danach, mich zu bewegen, meine Muskeln zu dehnen, den Hals zu recken.

Als ich verwirrt die Augen aufschlug, reichte mir das Wasser bereits bis zur Taille.

Ich fing an, gegen die Tür zu hämmern. Zu weinen, zu schreien, mit den Fingernägeln über das hölzerne Ding zu kratzen, um es aufzubrechen.

Meine Nägel brachen ab, und ich kratzte mir die Finger blutig, um dort herauszukommen.

Und das Schlimmste war: Ich wusste genau, dass ich keine Chance hatte.

Meine Familie war nicht zu Hause.

Mein Vater hatte mich dem sicheren Tod überlassen. Ob er es absichtlich getan hatte, wusste ich nicht, und zu diesem Zeitpunkt war mir das auch völlig egal.

Wenn ich starb, konnten sie es mit einem anderen Jungen versuchen. Mein Vater würde endlich den Sohn bekommen, den er sich immer gewünscht hatte. Stark und knallhart, einer, der sich niemals fürchtete.

Das Wasser reichte mir bis zum Hals, als aus dem Flur dumpfe Geräusche kamen. Schritte.

Zu diesem Zeitpunkt war ich nahezu betrunken vor Erschöpfung und hatte mich mit meinem Schicksal bereits abgefunden. Alles, was ich wollte, war ein schneller Tod.

Aber nun schöpfte ich wieder Hoffnung. Ich schlug und schrie und planschte, um auf mich aufmerksam zu machen, und schluckte dabei eine Menge Wasser.

»Devon! Devon!«

Das Wasser erstickte die Stimme. Mein Kopf ging unter, aber ich konnte sie immer noch hören.

Endlich konnte ich die Tür aufdrücken. Literweise strömte das Wasser hinaus – und mit ihm ich.

Wie ein Backstein fiel ich dem Menschen vor die Füße, der nun mein Retter war. Der Heilige, der mir Gnade geschenkt hatte. Ich würgte und schlug wild um mich wie ein Fisch auf dem Trockenen. Vor Erleichterung pinkelte ich mir in die Hose, aber das würde wahrscheinlich niemand bemerken.

Ich hob den Kopf und erblickte Louisa.

»Lou«, stieß ich hervor.

Meine Stimme war derart heiser, dass sie kaum zu hören war.

»Oh, Devvie. Oh Gott. Wir wollten uns doch treffen, hast du das vergessen? Du bist nicht zur Scheune gekommen, darum habe ich jemanden geschickt, um dich zu holen. Der Fahrer wollte den Wagen nicht verlassen, darum habe ich ihn gebeten, mich herzufahren. Die Haustür war abgeschlossen, aber dann fiel mir wieder ein, dass du mir gesagt hast, wo die Ersatzschlüssel sind ...«

Louisa fiel auf die Knie und nahm mich in die Arme. Ihre

Stimme schwebte über meinem Kopf wie eine Wolke, während ich mehrmals das Bewusstsein verlor und wieder zu mir kam.

»Ich habe dir versprochen, immer zu dir zu halten«, hörte ich sie sagen. »Ich bin so froh, dass ich noch rechtzeitig gekommen bin.«

Wir standen mitten im Flur und umarmten uns. Mit meinem Körper, der sehr viel schwerer war als ihrer, lehnte ich mich an sie, und sie nahm es hin, ohne sich zu beschweren. Von der Treppe her kamen erneut dumpfe Geräusche, und aus dem dunklen Flur tauchte der Schatten meines Vaters auf, groß, böse und eindrucksvoll.

»Was hast du gemacht, du dummes Mädchen?«, knurrte er zornig. »Er sollte sterben.«

Gegenwart

Sweven weinte.

Ausnahmsweise versuchte sie es nicht einmal zu verbergen.

Tränen liefen ihr über die Wangen, einige schlüpften in ihren Mund, andere rollten an ihrem Hals hinunter.

»Ich kann nicht glauben, dass dieser Scheißkerl dir das angetan hat. Kein Wunder, dass du abgehauen bist und dich geweigert hast, zu tun, was er von dir verlangt hat. Meine Güte. Es tut mir so leid. Es tut mir so schrecklich leid.«

Sie bebte am ganzen Körper. »Du hast dem Tod ins Auge gesehen, Devon.«

»Ohne zu blinzeln.« Ich drückte ihre Fingerknöchel auf meine Lippen und genoss das Privileg, sie zu berühren. »Du hast mir erzählt, was dir ein Loch ins Herz gebohrt hat, und jetzt weißt du, warum ich auch eins habe. Dies ist der Grund, warum ich nie geheiratet habe. Warum ich keine Familie gegründet habe. Etwas in mir wusste, dass es einfach ... falsch war, all die Dinge zu bekommen, die ich Lou vorenthalten hatte. Ich verdanke ihr mein Leben.«

»Sie hat getan, was jeder anständige Mensch tun würde.«

»Ist das so?«, fragte ich gleichmütig. »Vielleicht bin ich in meinem Leben nur wenigen anständigen Menschen begegnet.«

»Es ist keine Sünde, nicht allein sein zu wollen.«

»Warum hast du dir dann genau dasselbe angetan?«, murmelte ich in ihre Hand.

Sie wich zurück und machte auf dem Teppichboden einen Schneeengel. Mit ihrem Schmollmund und bei dem angestrengten Versuch, möglichst wenig zu schniefen, wirkte sie halb wie ein Mädchen, halb wie eine Frau.

Ein schwangeres Traumbild im Schwebezustand zwischen zwei Welten.

Zu weise für ihr Alter und zu ängstlich, um sich zu verlieben.

»Sieh nur, was du getan hast. Jetzt kann ich Louisa nicht einmal mehr anständig hassen«, seufzte Belle. »Schließlich hat sie dich gerettet.« Sie benutzte diesen falschen, übertriebenen britischen Akzent, mit dem sie sprach, um ihre Gefühle zu verstecken, wenn sie verletzt war.

Ich lachte, rollte mich auf sie, küsste ihr Gesicht und leckte die salzigen Tränen ab. Mein Knie drückte ihre Beine auseinander, während ich mit dem Daumen über ihre Brustwarze strich.

Es war typisch ich, mich in die verrückteste Frau auf diesem Planeten zu verlieben.

25. KAPITEL

Belle

Vierzehn Jahre alt

Vier Tage nach der Geburt seines Sohnes, Stephen Locken junior, kommt Coach Locken wieder zur Schule. Seine Brust wirkt breiter, sein Lächeln ebenfalls, und ich weiß nicht, woran es liegt, aber ich könnte schwören, dass er erwachsener aussieht. Seine unerwartete Reife widert mich an.

Ich tauche beim Training auf. Es gibt keinen Grund, sich ein erstklassiges Stipendium entgehen zu lassen, nur weil dieser Typ ein Arschloch der Güteklasse A ist. Aber wenn er glaubt, dass ich mich noch einmal von ihm lecken lasse, steht ihm eine unangenehme Überraschung … und wahrscheinlich ein Tritt in die Eier bevor.

Das Training verläuft reibungslos, wenn man bedenkt, dass ich am liebsten jedes Mal umfallen und mich übergeben möchte, wenn ich seinen Blick auf meinen Beinen spüre. Ein paarmal ertappe ich Locken dabei, wie er meinen Blick sucht, aber ich wende mich ab, um ihm auszuweichen.

Als das Training vorbei ist, lässt er alle gehen und versetzt mir einen Klaps auf die Schulter wie ein netter Onkel. »Penrose, komm zu mir ins Büro.«

»In fünf Minuten habe ich Mathe, Coach. Können wir hier reden?«, frage ich sehr laut und straffe den Rücken.

Alle bleiben stehen und starren uns an. Ross zieht eine Braue hoch. Während ich noch unter dem Dunstschleier des Teenageralters ruhte, hat das Team längst bemerkt, dass zwischen dem Coach und mir etwas läuft, das wird mir in diesem Augenblick klar. Mein Gesicht fühlt sich von innen heiß an.

Zum ersten Mal sehe ich den Coach verwirrt und leicht verstört. Er erholt sich rasch wieder.

»Ja. Klar. Komm, setzen wir uns auf die Bank.«

Und das tun wir. Wir sitzen in angemessenem Abstand voneinander, aber mir ist immer noch übel. Ich möchte ihm mit der Faust ins Gesicht schlagen. Ich hasse es, mir dumm vorzukommen, und ich habe das Gefühl, dass er mich ausgenutzt hat. Ich spiele am Saum meiner Shorts herum.

»Glückwunsch zu Stephen junior«, platze ich heraus. »Und zu dem Kia Rio.«

Ich kann den Zorn in meiner Stimme nicht verbergen, und wisst ihr was? Scheiß drauf. Muss ich nicht. Er hat mich angelogen.

»Ach, darum geht's also.« Er kratzt sich die Bartstoppeln und sieht aus, als hätte er eine Woche lang nicht geschlafen. »Du wusstest, dass ich Vater werde, Emmabelle.«

»Ich wusste nicht, dass du noch mit ihr zusammen bist.« Allein darüber zu sprechen ist bizarr. Ich komme mir vor wie eine Erwachsene in einer Fernsehsendung, aber ich habe erst seit drei Monaten regelmäßig meine Periode, der Vergleich ist also ein bisschen weit hergeholt.

»War ich auch nicht«, sagt er mit Nachdruck, und am Zucken seiner Hände erkenne ich, dass er mich in die Arme nehmen und meine Aufmerksamkeit beanspruchen will, aber er tut es nicht. »Ich war drei Monate lang nicht mit ihr zusammen. Es war von Anfang an unser Plan, dass Brenda in Boston entbinden sollte. Und als sie eine Woche vor dem errechneten Geburtstermin zurückkam ... Nun, eins führte zum anderen, und wir haben beschlossen, es noch einmal miteinander zu versuchen. Für Stephen.«

»Hast du mit ihr geschlafen?«, frage ich. Ich weiß nicht, mit welchem Recht ich ihn danach frage.

Er wendet den Blick ab und beißt die Zähne zusammen.

Ich schnaube, lache dann freudlos. »Natürlich hast du mit ihr geschlafen.«

»Was sollte ich denn tun?«, stößt er zwischen zusammengebissenen Zähnen hervor. »Schließlich ist meine Freundin dazu nicht bereit.«

Seine Freundin. Das bin ich nun also. Obwohl ich denke, dass ich mich darüber freuen sollte, empfinde ich nichts als dumpfes Bedauern. Wie konnte ich nur so dumm sein, mich auf ihn einzulassen?

»Ich bin nicht deine Freundin. Ich weiß nicht mal, ob ich deine Crossläuferin bin. Aber aus dieser Nummer bin ich definitiv raus.« Ich stehe auf.

»Penrose«, faucht er leise. »Setz dich auf deinen Hintern. Wir sind hier noch nicht fertig.«

Ich tue, was er mir sagt, aber nicht – und das ist echt die Krönung –, weil ich mir seine faulen Ausreden anhören will, sondern weil ich muss. Er ist mein Coach. Und jetzt fallen mir allmählich die Ähnlichkeiten zwischen Locken und diesem Kriecher von Erdkundelehrer auf.

»Hör zu, diese Sache zwischen mir und Brenda ... Die wird nicht halten. Ich will dich. Das habe ich klar gesagt.«

»Ich will nicht zwischen dir und der Mutter deines Kindes stehen.«

Während ich die Worte ausspreche, merke ich, dass ich sie nicht nur sage, weil ich mir wegen dem, was ich mit ihm, einem verheirateten Mann, getan habe, wie ein verdammtes Miststück vorkomme. Die ganze Sache hat einfach ihren Glanz verloren. Vor ein paar Tagen, als ich mittags in der Cafeteria saß und den Hals reckte, um Bruchstücke von Informationen über ihn und seine Frau aufzuschnappen, dämmerte mir, dass all das einfach ein riesiger Fehler war.

Welche Sorte Mann schläft mit seiner Schülerin?

Welche Sorte Mann betrügt seine schwangere Frau?

Einer, der nichts taugt.

»Du drängst dich nicht dazwischen. Ich will dich. Ich liebe dich. Ich habe die ganze Woche nur an dich gedacht.« Lockens Tonfall hat etwas Dringliches. Ich drehe den Kopf und sehe ihn an, erhebe mich aber trotzdem von der Bank. Von Weitem sieht es wahrscheinlich seltsam aus, falls uns jemand sieht. Dass ich mich von ihm entferne und nicht umgekehrt.

Seine Liebeserklärung kommt nicht an.

»Tut mir leid. Das beruht nicht auf Gegenseitigkeit.«

»Ich weiß, dass das nicht stimmt.« Tatsächlich weiß ich nicht, was ich fühle. Ich weiß nur, dass ich bis über beide Ohren in der Bredouille stecke. Ich muss mich schnell aus der Situation befreien.

»Dieses Gespräch ist noch nicht vorbei«, warnt er mich und steht ebenfalls auf. Er sieht sich um wie ein Einbrecher in der Nacht, ehe er aus dem Fenster eines fremden Hauses steigt.

Ich kehre ihm den Rücken, gehe fort und denke: *Doch, das ist es.*

26. KAPITEL

Belle

Der Mann würde mich vollständig zerstören, und ich konnte nichts tun, als ihm von meinem Platz in der ersten Reihe dabei zuzusehen.

Ich wusste es in dem Augenblick, in dem er mir die Hände auf den Bauch legte.

Baby Whitehall strampelte, als es passierte. Es fühlte sich an, als breiteten in meinem Bauch ein paar Schmetterlinge zum allerersten Mal die Flügel aus.

Das Baby wusste, dass sein Dad es zum ersten Mal berührte, und es reagierte auf ihn.

Danach ging alles sehr schnell.

Die Küsse.

Die Knutschflecken.

Nackte Haut an nackter Haut.

Die Geheimnisse.

Es fühlte sich an, wie von einer Klippe zu fallen.

Fallen, endloses Fallen.

Und dennoch nicht nach etwas greifen, um dem, was da gerade passierte, ein Ende zu setzen.

Das tiefe Wasser fühlte sich nicht besonders kalt an, wenn man nie wieder hinaussteigen wollte.

Aus diesem Grund war es ein gefährliches Spiel, sich zu verlieben.

Es schenkte einem das Schlimmste, was eine Frau wie ich haben konnte.

Hoffnung.

Am nächsten Abend fuhr ich ausnahmsweise nicht sofort nach Hause, nachdem ich im *Madame Mayhem* den Papierkram erledigt hatte. Ich befand mich in einer seltsamen Stimmung. Ich war nervös.

Auf keinen Fall wollte ich nach Hause kommen und feststellen, dass Devon noch mit Miss Schickimicki unterwegs war.

Die Alternative, dass er zu Hause war und mich um ein Gespräch unter Erwachsenen bat, war genauso furchterregend.

Was konnte ich ihm schon sagen? Der Tag zuvor hatte nichts geändert.

Ich war immer noch ich, und er war er. Wir hatten nach wie vor Löcher im Herz.

Seine Familie würde mich niemals akzeptieren und zudem Bankrott gehen, wenn er Louisa nicht heiratete.

Und ich? Ich war noch immer das Mädchen, das die Augen schloss, um zu träumen, stattdessen aber Mr Locken vor sich sah.

Anstatt nach Hause zu fahren, traf ich mich mit Aisling, Sailor und Persephone in Persys Villa zu einem Abend mit frittierten Muscheln und Bier.

Bei Mineralwasser zu bleiben war schwer, aber unabdingbar. Die Schwangerschaft brachte Ekel vor zahlreichen Dingen mit sich, vor Kaffee, rotem Fleisch und den meisten Sorten Fisch. Aber nach einem Glas Wein sehnte ich mich dennoch hin und wieder.

»Und? Was für Symptome hast du in deiner Schwangerschaft?« Sailor kippte ihren Drink wie ein irischer ... nun, wie ein Matrose eben. »Als ich mit Rooney schwanger war, wurde meine Vagina blaurot. Es war schrecklich.« Sie zögerte. »Ich meine, vor allem für Hunter. Ich war nicht in der Lage, sie mir anzusehen. Im wahrsten Sinne des Wortes.«

Persy schlug sich eine Hand vor den Mund. »Vielen Dank auch, Mrs Too-Much-Information.«

Sailor zuckte mit den Schultern und zog eine Fritte durch ein Schälchen Ketchup.

»War doch nur ein Witz. Irgendwie gefiel es ihm. Er hatte das Gefühl, mit einem Alien zu schlafen.«

»Ich habe mir immer in die Hose gemacht. Ständig«, sagte Aisling ungeniert und schob sich eine frittierte Muschel in den Mund. Ich spuckte mein Wasser aus und bespritzte meine Freundinnen damit. Na ja, wir waren unter uns.

»Ambrose hat starken Druck auf meine Blase ausgeübt. Anfangs ist es nur passiert, wenn ich gehustet oder geniest habe. Aber im letzten Drittel musste ich mich nur bücken, um meine Socken anzuziehen, und *schwupps* hatte ich mir in die Hose gemacht. Ich glaube, ich war die einzige Schwangere auf dem Planeten Erde, die dennoch täglich Binden benutzte. Wenn ich mir im Walmart welche gekauft habe, guckte mich die Kassiererin immer komisch an nach dem Motto: ›Sie wissen schon, dass Sie die nicht brauchen, oder?‹, und ich hätte sie am liebsten angeschrien, dass ich Ärztin bin.«

»Was ist mit dir?« Ich wandte mich an meine perfekte Schwester, die zwei perfekte Schwangerschaften gehabt und schöne Babys zur Welt gebracht hatte, die vom ersten Tag an durchschliefen. Persy, Gott segne sie, war zu Unvollkommenheiten einfach nicht in der Lage.

Sie zog die Nase kraus und errötete.

»Was denn?«, fragte Sailor und grinste herausfordernd. Eine Fritte hing ihr wie eine Zigarette im Mundwinkel. »Na los, erzähl schon.«

Persy schob sich nervös eine Haarsträhne hinters Ohr. »Na ja, eigentlich war es kein Symptom im engeren Sinne ...«

Nun beugten wir uns alle mit geweiteten Augen zu ihr über den Esstisch, weil wir es unbedingt wissen wollten.

»Es ist nur ... dass ich in beiden Schwangerschaften wirklich sehr scharf war.«

»Du meinst, du brauchtest jeden Tag eine Dosis Vitamin P?«, fragte Sailor und zog eine Braue hoch.

Persy lachte. »Ja. Und ich wollte es ... ein bisschen härter. Cillian war hin- und hergerissen, weil er mir einerseits geben wollte, wonach ich verlangte, andererseits aber auch sicher sein wollte, dass wir nichts Unkluges taten.«

Wir nickten und dachten darüber nach.

»Jetzt bist du dran.« Persy warf kichernd mit einer Fritte nach mir.

Es fühlte sich an wie damals, als wir Teenager waren. Die Behaglichkeit, die entstand, wenn wir zusammen waren. Ich wusste, dass wir einander immer haben würden. Und das war sehr tröstlich für mich in dieser Zeit, in der ich wegen Devon gefühlsmäßig sehr durcheinander war.

»Ich glaube, mein Hauptsymptom ist Wahnsinn«, gestand ich. Ich kaute geräuschvoll auf meinem Maiskolben herum, obwohl ich wusste, dass ich es später bereuen würde, wenn ich mich zwei Stunden lang mit Zahnseide bearbeiten musste. »Weil ich glaube, dass ich ... irgendwie anfange, Devon zu mögen. Ich meine, ihn *wirklich* zu mögen.«

Besteck klapperte. Persy ließ ein Stück frittierte Muschel fallen, ohne Anstalten zu machen, es wieder aufzuheben, weil sie mich nur anstarrte. Sailor und Aisling tauschten Blicke, als überlegten sie, ob sie Fieber bei mir messen sollten oder nicht.

Persy räusperte sich als Erste und sagte mit Bedacht: »Ein bisschen ausführlicher, bitte.«

Ich erzählte ihnen alles. Von dem Testament, dem Erbe und den Problemen, die es mit sich brachte. Von Devons Mutter und Schwester, von dem Bankrott. Ich erzählte ihnen von seinen spätabendlichen Treffen mit Louisa und davon, dass ich ihn in ihre Arme getrieben hatte.

Dass ich meine Karten auf die schlechteste Art ausgespielt hatte.

Ich erzählte ihnen alles bis auf die dunklen Geheimnisse, die Devon und ich einander anvertraut hatten. Die Löcher in unseren Herzen erwähnte ich nicht.

Als ich fertig war, herrschte Schweigen am Tisch.

Sailor schien sich als Erste wieder zu fangen. Sie lehnte sich auf dem Stuhl zurück, die grünen Augen geweitet, und atmete hörbar aus. »Verdammt.«

Ich vergrub das Gesicht in meinen Händen. Kein guter Ratschlag fing je mit dem Wort *verdammt* an.

Persys Angestellte begannen, unsere Teller abzuräumen, um dann wieder von der Bildfläche zu verschwinden. Zum tausendsten Mal fragte ich mich, wie meine Schwester, die aus derart bescheidenen Verhältnissen stammte, sich an diese Art von Reichtum hatte gewöhnen können.

»Noch mehr hilfreiche Rückmeldungen?« Ich zog die Augenbrauen hoch.

»Es ist nur, weil du bisher noch nie an jemandem echtes Interesse gezeigt hast.« Sailor blickte Aisling und Persy Hilfe suchend an, sah, dass die beiden noch mit der Verarbeitung der Informationen beschäftigt waren, und fügte hastig hinzu: »Und darum habe ich ihm geraten, es nicht einmal bei dir zu versuchen und einfach Louisa zu heiraten, um sich den Liebeskummer zu ersparen. Es tut mir leid, Belle. Als du neulich darüber gesprochen hast, schien es dir nichts auszumachen, dass die beiden heiraten wollen.«

Ich hätte mich am liebsten übergeben, lächelte aber vage.

Ich sollte aufstehen und gehen. Auf dem Heimweg könnte ich vielleicht Devon anrufen. Er würde kommen, selbst wenn er mit Louisa zusammen war. Er war diese Sorte Mann.

Aisling rieb sich die Schläfe, ihre dichten dunklen Augenbrauen waren zusammengezogen. »Das ist falsch. Es ist total falsch. Du weißt doch, dass du um ihn kämpfen musst, oder?«

Sie hatte gut reden. So lieb Aisling auch war, wenn es um Liebe ging, konnte sie gefährlich werden. Sie hatte mit Zähnen und Klauen um ihren Mann gekämpft, nachdem sie sich jahrelang nach ihm verzehrt hatte.

»Um das Leben seiner Familie zu ruinieren?« Ich ließ den Kopf auf den Tisch sinken.

»Seine Schwester und seine Mutter sind nicht dein Problem«, sagte Sailor rundheraus.

»Außerdem ruiniert er sein und Louisas Leben, wenn er sie heiratet, obwohl er in dich verliebt ist«, meldete sich endlich Persy zu Wort.

Erneut wurden wir von den Bediensteten unterbrochen. Diesmal brachten sie das Dessert und den Tee. Es gab Englische Creme, Zitronenbaiser und große Stücke Nugat.

Wir warteten, bis sie wieder weg waren, erst dann redeten wir weiter.

»Bist du verrückt?«, rief ich flüsternd, während ich meinen Löffel tief in die Vanillecreme steckte. »Er ist nicht in mich verliebt.«

»Hm, die ist köstlich«, murmelte Aisling, nahm ihren Löffel aus dem Mund und deutete damit auf die Englische Creme. »Und meiner bescheidenen Meinung nach, als Person mit dem höchsten IQ in diesem Raum, ist er sehr wohl in dich verliebt.«

»Sehr bescheiden.« Sailor steckte sich ein Stück Nugat in den Mund. »Allerdings bin ich deiner Meinung. Du musst ihm eine Chance geben, sich zu bewähren, Belle. Wenn er wüsste, was du für ihn empfindest, würde er sich um Louisa überhaupt nicht mehr kümmern.«

»Ich weiß nicht, was für eine Beziehung die beiden haben.« Ich nahm mir einen Zitronenbaiser.

Okay. Vielleicht hatte ich doch ein Schwangerschaftssymptom, denn ich wollte alles essen, was nicht niet- und nagelfest war.

»Höchste Zeit, mal nachzufragen«, sagte Sailor.

»Das Problem bei Männern ist doch …«, Persy nippte an ihrem Tee, ihre Miene wirkte geistesabwesend, »… dass sie manchmal einen kleinen Schubs brauchen, um zu merken, dass das, was sie brauchen und wollen, sich direkt vor ihrer Nase befindet, und zwar in Gestalt ein und derselben Frau.«

»Amen.« Aisling hob ihre Teetasse und tat, als wollte sie anstoßen.

»Ich bin anders als ihr, Mädels«, sagte ich kopfschüttelnd. »Ich bin nicht fähig, einen anderen Menschen glücklich zu machen. Sobald ich mich verletzlich fühle, ist es aus. Ich mache irgendetwas Schlimmes und versuche, mein Gegenüber wegzustoßen. Darum kann ich ihm all die Dinge nicht versprechen, die ihr euren Männern geschenkt habt. Familie, Kinder … ihr wisst schon, bedingungslose Liebe und solches Zeug.«

An den Mienen meiner Freundinnen und meiner Schwester erkannte ich, dass es mir nicht gelungen war, mit Takt und Feingefühl rüberzubringen, worum es mir ging.

»Ist das alles, wofür wir zu gebrauchen sind? Unsere Männer glücklich machen?«, fragte Sailor mit einem freudlosen Lächeln im Gesicht. »Aber ich bin ja nur eine ehemalige olympische Bogenschützin und betreibe einen der größten Ernährungsblogs in diesem Land. Was verstehe ich schon davon, wie man ein Geschäft führt oder ein Leben neben der Ehe führt?«

Sailor war tatsächlich all das. Aber sie hatte auch in eine reiche Familie eingeheiratet und stammte aus einer solchen, sodass sie niemandem etwas beweisen musste.

»Und ich bin nur Ärztin.« Aisling nippte erneut an ihrem Tee. »Definitiv nicht so weltbewegend wichtig oder einflussreich wie du.«

Persephone, die keinen Beruf ausübte, war die Einzige, die schwieg, darum wandte ich mich an sie und sagte: »Tut mir leid, so habe ich es nicht gemeint.«

»Sondern?« Sie lehnte sich zurück und wirkte völlig gefasst und ungerührt. »Oh, ich habe zwar keinen geregelten Arbeitstag mehr, aber ich richte Benefizveranstaltungen aus, bei denen Millionen von Dollar für Kinder mit besonderen Bedürfnissen, für Frauenhäuser und gegen Tierquälerei zusammenkommen. Ich finde das ausgesprochen erfüllend und brauche von niemandem eine Erlaubnis, um mich als Feministin zu bezeichnen.«

Okay, vielleicht hatten sie alle recht.

»Eine Frau ist eine Frau.« Persy legte mir eine Hand auf die Schulter, und ich fragte mich, wann wir die Rollen getauscht hatten. Sie war die Kluge und Weltgewandte geworden und ich diejenige, die dringend Rat brauchte.

»Eine Frau ist ein Wunder. Wir sind darauf programmiert, alles zu tun und zu sein, was wir wollen. Stell dein Licht nicht unter den Scheffel. Was auch immer Devon in dir gesehen hat, es ist immer noch irgendwo in dir. Such gründlich genug danach, und du wirst es finden«, fügte Persy hinzu.

Konnte ich wirklich retten, was ich mit Devon hatte?

Die Whitehalls wollten, dass ich von der Bildfläche verschwand. Und Louisa würde eine fürstliche Nervensäge sein, entschuldigt das Wortspiel.

Aber was außer ihnen stand noch zwischen Devon und mir?

Nichts. Oder vielmehr niemand – bis auf eine einzige Person. Ich selbst.

Ich verließ Persephones Haus und fuhr wie auf Autopilot zu Devons Wohnung zurück, die in demselben Viertel in Back Bay lag.

Während ich mir mit den Fingern aufs Bein trommelte und über das Gespräch mit den Mädels nachdachte, bog ich nach rechts erst auf die Beacon Street, dann auf die Commonwealth Avenue und schließlich auf die Arlington Street ab.

Als ich an einer roten Ampel hielt, tauchte wie aus dem Nichts ein Motorrad auf und fuhr an der Autoschlange vorbei. Der Fahrer stellte sich zwischen mich und den Buick vor mir und versperrte mir die Sicht. Sein Gesicht war unter einem schwarzen Helm verborgen, und er trug eine schwarze Lederjacke.

Ich stieß einen Schrei aus, mein rechter Fuß schwebte über dem Gaspedal, und am liebsten hätte ich den Drecksack überfahren, ehe er eine Pistole auf mich richten konnte.

Aber der Typ holte nur etwas aus der Vordertasche seiner Jeans – einen Zettel – und knallte ihn mir auf die Windschutzscheibe.

Der Text war in *Times New Roman* geschrieben.

Verschwinde aus Boston, BEVOR ich dich töte.
Dies ist meine letzte Warnung.

Es reichte.

Ich würde jetzt jemanden umbringen, verdammt.

Inmitten des Verkehrs stellte ich meinen Wagen auf Parken, griff nach der Pistole in meiner Handtasche und stieß die Fahrertür auf.

Der Typ mit dem Helm schüttelte den Kopf, ließ seine Maschine aufheulen und fuhr davon, ehe meine Hand den Ärmel seiner Lederjacke berührte.

Ich nahm das Stück Papier von meiner Windschutzscheibe, steckte es ein und versprach mir, dass ich ihn oder sie leiden lassen würde, wer auch immer dahintersteckte.

Als ich nach Hause kam, traf ich auf Devon.

Er schien schon eine Weile in der Wohnung zu sein, hatte offenbar gerade geduscht und trug nun eine Designer-Jogginghose und ein weißes Shirt mit V-Ausschnitt.

Ich erzählte ihm nicht sofort, was passiert war.

Er wirkte glücklich und erfreut, Zeit mit mir zu verbringen.

Außerdem würde ich allein damit klarkommen. Die Polizei war tabu. Sie war nutzlos, und angesichts der widerstrebenden Reaktionen, die sie an den Tag gelegt hatten, als ich Anzeige erstattete, hatte ich nicht vor, mich noch einmal an sie zu wenden. Stattdessen würde ich am nächsten Tag Sam Brennan in seiner Wohnung aufsuchen und ihm klarmachen, dass er mir seine Dienste anbieten würde, ob ihm das nun gefiel oder nicht, denn andernfalls würde ich ihn bei seiner Frau verraten.

Die erschütternde Erfahrung, die ich an diesem Abend gemacht hatte, konnte mich nicht aus dem Gleichgewicht bringen. Auf eine Begegnung dieser Art folgten normalerweise mindestens einige Wochen Funkstille seitens desjenigen, der mich einschüchtern wollte.

»Hallo, mein Lieblingsmensch auf der ganzen Welt«, hieß mich Devon mit warmer Stimme willkommen. Ich schmolz zu einer Pfütze aus Hormonen und lehnte mich an ihn, ehe er in die Hocke ging, um einen Kuss auf die pinkfarbene Bluse über meinem Bauch zu drücken.

»Oh. Du meintest *sie*«, flüsterte ich.

Er richtete sich zu seiner beeindruckenden vollen Größe auf und zwinkerte mir zu. »Und die Frau, in deren Bauch sie sich befindet.«

»Dann sind wir uns also einig, dass es ein Mädchen ist.« Ich streifte meine High Heels ab. Die Schwangerschaft war großartig, aber das hieß nicht, dass ich mich mit Sandalen von Birkenstock oder – so wahr mir Gott helfe – Crocs anfreunden würde.

»Wir sind uns fast immer einig«, sagte er leichthin.

Ich ging in die Küche, füllte ein großes Glas mit Leitungswasser, trank es in gierigen Schlucken und schob den Motorradfahrer in eine hintere Ecke meines Verstandes, fest entschlossen, mir von dieser Begegnung nicht den Abend ruinieren zu lassen.

»Ich bin froh, dass du heute Abend nicht mit deiner Freundin zusammen bist«, sagte ich.

Ups. Na ja, egal. Jetzt hatte ich mir selbst den Abend ruiniert.

Warum nur hatte ich nicht einfach gesagt: »Ich bin froh, dass du nicht mit Louisa zusammen bist«, wie es jeder normale Mensch getan hätte. Armer Devon. Selbst wenn wir letztlich ein Paar werden sollten, würde er irgendwann anfangen, mich zu hassen.

»Ich glaube, ich sehe ihr gerade ins Gesicht.«

Ähm ... was?

Unbeirrt kam er auf mich zugeschlendert. Mein Herz begann erneut zu rasen, diesmal aus einem völlig anderen Grund. Jemandes Freundin zu sein – Devons Freundin – war eine Option, die ich niemals für mich in Betracht gezogen hatte.

Ich musste zugeben, dass es gar nicht übel klang.

Er nahm mir das Glas aus der Hand und stellte es auf die Marmortheke hinter mir, dann nahm er meine Hände in seine.

Es durchfuhr mich wie ein leichter Stromschlag. Die Berührung fühlte sich derart gut und richtig an, dass ich am liebsten aus meinem Körper gekrabbelt und irgendwohin gerannt wäre, wo ich vor ihm in Sicherheit wäre.

»Sag mir, dass gestern ein Fehler war.« Es war ein Befehl und keine Frage. »Sag mir eine Million Mal, dass es nicht hätte passieren dürfen, und ich würde dir trotzdem nicht glauben.«

Ich schluckte heftig und starrte auf den Fußboden. Verletzlichkeit brachte mich um, aber ich musste sie zulassen. »Nein, war es nicht.«

»War das wirklich so schwer?«, fragte er leise.

»Ja«, antwortete ich mit ausdrucksloser Stimme.

Er lachte. Ein tiefes, erotisches Grollen, das aus seiner Brust kam.

»Zur Beruhigung vielleicht eine Anekdote über ein bizarres Tier?«, schlug er vor und hielt noch immer meine Hände.

»Ja, bitte.«

»Schnabeltiere sehen aus, als hätte ihnen jemand eine Wärmflasche an die Schnauze geklebt. Du weißt schon, die Dinger, die sich unsere Großmütter im Winter unter die Bettdecke gesteckt haben, um es warm zu haben.«

Ich fing an zu lachen und konnte nicht mehr aufhören, mit bebenden Schultern und allem, was dazugehört.

»Da wir gerade von bedauernswerten Gesichtern sprechen: Die Saiga-Antilope sieht aus, als hätte sie einen halbsteifen, unbeschnittenen Penis im Gesicht.«

»Was haben Sie denn gegen unbeschnittene Penisse, Miss Penrose? Ich bin zufällig stolzer Besitzer eines solchen.« Er drückte mich an seinen muskulösen Körper, und ich musste noch heftiger lachen.

»Nichts, Mr Whitehall. Absolut nichts.«

Seine Lippen berührten meine, und der Abstand zwischen uns verringerte sich auf null.

Ich klammerte mich an ihn. Sein Mund roch nach Spearmint und Eis. Mein eigener schmeckte nach Zitronenbaiser, Vanillecreme und Pommes frites.

Rasch zog er mich aus, ich tat dasselbe mit ihm, und gefühlt zum ersten Mal seit Jahren stand er dort in der Küche völlig nackt vor mir.

»Ich träume schon lange davon, dich mal wieder so zu sehen.« Ein weiteres Geständnis kam über meine Lippen.

»Seit ich dich das erste Mal gesehen habe, gibt es keine Sekunde mehr, in der ich mir nicht wünsche, dich nackt zu sehen, Sweven.«

Ich trat einen Schritt zurück und betrachtete bewundernd seine Figur.

»Du bist schön«, sagte ich.

»Du brichst mir das Herz.«

Und dann lagen wir auf dem Boden und liebten uns.

Als wir fertig waren, erschöpft und befriedigt, zog er mich zur Couch, wo er mich in die Arme nahm. Ausgebreitet wie eine Decke lag ich auf seinem Körper.

Es gefiel mir.

»Möchtest du etwas gucken?«, flüsterte er an meinem Haar und schaltete den Fernseher ein.

»Was denn?«

»Was möchtest du gern sehen?«

»Geld, das mir oder meinen Barkeepern überreicht wird, wenn ich ehrlich sein soll.«

»Nimm mal den Fuß vom Gas, Liebling. Du hast es doch längst geschafft.«

»Hmm.« Ich dachte ernsthaft darüber nach. »Wenn ich zu

Hause bin und ein bisschen Zeit habe, sehe ich mir normalerweise die kitschigsten Sendungen an, die das Fernsehen zu bieten hat. So was wie *Finger weg!*, *The Circle USA*, *Toddlers and Tiaras*. Wenn die geringste Gefahr besteht, dass ich mich bilden oder mir eine Meinung über etwas bilden könnte, schalte ich um. Und du?«

Ich spürte, wie seine Brust an meinem Rücken vor Lachen bebte.

Er war überall warm. Köstlich.

»Im Allgemeinen sehe ich mir die BBC-Nachrichten und den Sportkanal an. Manchmal auch *TopGear*.«

»Du bist dermaßen britisch.«

»Yes, Madame.«

»Warum bist du hier, wenn du deine Heimat noch immer so sehr liebst und sie vermisst?«

Ich drehte den Kopf, um ihn anzusehen. Um seine Augen herum bildeten sich Fältchen, als er auf mich herabblickte und mit einer Strähne meines Haares zu spielen begann.

»Ich weiß es nicht«, sagte er aufrichtig, und mir wurde schwer ums Herz. »Da mein Vater nicht mehr lebt, könnte ich jetzt vermutlich dorthin zurückgehen, wäre da nicht die Tatsache, dass ich nun in Amerika ein Kind großzuziehen habe.«

»Du hattest also vor, nach England zurückzugehen?«

»Nein«, sagte er, aber ich wusste, dass ich hundertmal Nein gesagt hatte, obwohl ich tatsächlich Ja meinte.

»Dev …«

»Ich möchte nirgendwo anders sein. Und jetzt lass uns etwas ansehen, das dich vielleicht ein bisschen zum Nachdenken bringt. Wie klingt das?«

»Schrecklich«, gab ich zu.

Erneut lachte er. »Gut. Zeig mir, dass ich es dir wert bin. Leide ein wenig mit mir.«

Wir entschieden uns für einen Kompromiss zwischen den BBC-Nachrichten und meinen Fernsehshows.

Eine Quizsendung namens *Have I Got News for You*.

Vermutlich sollte sie lustig sein. Die Zuschauer – und auch Devon – lachten jedenfalls.

Aber für mich war sie lediglich eine weitere Erinnerung daran, dass er eigentlich nicht hierher und zu mir gehörte. Dass ich ihm einen großen Gefallen täte, wenn ich ihn freigäbe und ihn sein Leben an Louisas Seite führen ließe.

Und außerdem konnte ich nicht oft genug betonen, dass ich die Sache sowieso und in jedem Fall vermasseln würde.

»Ich werde immer noch verfolgt«, gestand ich aus heiterem Himmel.

Ich spürte, wie sich Devons Brustmuskeln an meinem Rücken anspannten und sein Puls sich beschleunigte.

Ich schloss die Augen und fuhr fort: »Ein Motorrad hat mir heute im Straßenverkehr den Weg abgeschnitten, und der Fahrer hat mir einen Zettel auf die Windschutzscheibe geknallt. Darauf stand, dass ich Boston verlassen soll. Und dass es die letzte Warnung sei. Das Merkwürdige ist …« Ich atmete tief durch. »… dass ich zwei verschiedene Drohungen erhalten habe. Einerseits heißt es, sie wollen mich umbringen, andererseits soll ich abhauen. Es ist beinahe, als gäbe es zwei Gruppen, die wollen, dass ich verschwinde, aber aus unterschiedlichen Gründen. Leute, die nichts miteinander zu tun haben.«

»Zwei?«, wiederholte er mit kalter, nachdenklicher Stimme.

»Zwei.«

»Fuck.«

Dieses Fuck war vielsagend. Zumindest klang es so. Aber wie war das möglich? Wie konnte er eine Ahnung haben, wer hinter mir her war?

Devon stand auf und stieg mit geradezu roher Kraft in seinen Slip. »Wir rufen die Polizei an, und zwar genau jetzt.«

Ein bitteres Lachen blieb mir im Hals stecken. Ich wollte ihm sagen, dass ich bereits dort gewesen war und Anzeige erstattet hatte – ohne Ergebnis.

Der eingebildete, herablassende Ton, den er mir gegenüber an den Tag legte, erinnerte mich daran, warum man Männer – genau wie Kinder – sehen, aber nicht hören sollte.

»Du kannst mir nicht vorschreiben, was ich zu tun habe.« Ich sprang auf und ging rasch in die Küche.

In meinem Bauch ließ Baby Whitehall einen Sturm losbrechen, um mir mitzuteilen, dass sie genauso verängstigt und zornig war wie ich.

Devon lachte höhnisch. »Oh doch, das kann ich, und das tue ich auch, verdammt noch mal. Du wirst beim Polizeirevier Anzeige erstatten, ich werde dich dorthin begleiten, und was das *Madame Mayhem* betrifft, befindest du dich offiziell im Mutterschutz.«

Seine Worte verhießen nichts Gutes für meinen Grundsatz, niemals einem Mann die Kontrolle zu überlassen.

Ich lachte schrill und kehrte zu alten Gewohnheiten, alten Grenzen, sehr alten Dialogen einer Frau zurück, die ihre Vergangenheit einfach nicht loslassen konnte. »Oh, Devon. Du bist echt süß, wenn du dir einbildest, Macht über mich zu haben.«

»Hier geht es nicht um mich und meine Macht. Es geht um deine Sicherheit. Du wirst zur Polizei gehen.« Der Ausdruck seiner Augen brach mir beinahe das Herz. Ich hätte geschworen, dass er kurz vorm Weinen war. Er würde gleich weinen vor Frustration, weil er mich einfach nicht erreichen konnte.

Jetzt ist ein guter Zeitpunkt, um damit aufzuhören.
Atme tief durch.

Sag ihm, dass du bereits bei der Polizei warst und dass es nicht funktioniert hat.

Vielleicht könnt ihr gemeinsam eine Lösung finden.

Aber dann dachte ich an Mr Locken, der mir ein Stipendium an der UCLA versprochen … der mir beteuert hatte, wie sehr ihm an mir lag.

Und Dad. Auch an ihn dachte ich.

Aus irgendeinem Grund schmerzte mich diese Erinnerung am meisten.

»Ach ja?« Ich nahm eine Müslipackung von der Küchentheke und schüttete den halben Inhalt in eine Schüssel. »Ich denke, das bleibt abzuwarten.«

Er drehte sich um und ging mit steifen Schritten auf sein Arbeitszimmer zu. Kurz darauf hörte ich, wie die Tür zugeschlagen wurde.

»Ich ertrage sie einfach nicht mehr!«, brüllte er dahinter.

Die Müslipackung glitt mir aus den Fingern, der Inhalt verteilte sich auf dem Fußboden.

Ich drückte die Stirn auf die kühle Theke und schloss die Augen.

Beinahe.

Du hast beinahe gewonnen.

Aber eben nur beinahe.

27. KAPITEL

Belle

Vierzehn Jahre alt

Dad kauft einen Baseballschläger, um die Jungs zu verscheuchen.

»Das ist eine gute Strategie.« Über den Auflauf und die Limoflasche hinweg stößt er mich zur Abendessenszeit mit dem Ellbogen an und zwinkert mir zu. »Ihr beiden seid groß geworden, ihr seid keine Kinder mehr. Ich brauche eine wirksame Waffe, um die Jungs zu verjagen. Was meinst du, Persy? Werde ich sie alle schlagen?«

Sie kichert, nimmt mit der Fingerkuppe einen Krümel auf und knabbert daran. »Du kannst alles, Dad.«

»Was meinst du, Belly-Bell? Glaubst du, dass dein alter Herr es noch draufhat?«

Ich stochere mit meiner Gabel in dem Grüne-Bohnen-Auflauf herum und versuche, ein Lächeln aufzusetzen.

Mein fünfzehnter Geburtstag steht bevor, und ich weiß nicht, wie ich Dad beibringen soll, dass der einzige sogenannte Junge, mit dem ich etwas habe, ein dreißigjähriger, verheirateter Vater ist, der offenbar nicht begreifen will, dass die Sache zwischen uns vorbei ist.

Es ist jetzt drei Wochen her, seit der Coach die Arbeit wiederaufgenommen hat. Seitdem hat er jeden Tag versucht, mich irgendwo in die Enge zu treiben. Ich gebe mir große Mühe, ihm auszuweichen, aber es wird immer schwieriger. Das Problem ist, dass ich es niemandem erzählen kann. Wenn er nicht verheiratet wäre vielleicht … wenn nicht alle um sein Baby herumscharwenzeln würden, das seine Frau neulich in ihrem neuen blauen Auto mit zur Schule gebracht hat. Sie schob Stephen in einem kleinen Kinderwagen und blieb für jeden stehen, der leise auf das Baby einreden wollte. Und als der Coach sie sah, wirkte er sehr nervös – beinahe als wollte er sich rechtfertigen –, gab ihr aber trotzdem einen Kuss auf den Mund, bevor er sie ins Lehrerzimmer schob.

Dass es ein Coach und eine Schülerin miteinander treiben, ist schändlich genug, aber dann auch noch eine Familie zerstören? Nein danke.

»Entspann dich, Dad«, sage ich schließlich. »Ich habe mit dem ganzen Datingkram nichts zu tun.«

»Das wird sich irgendwann ändern.« Dad seufzt bedauernd.

Meine Mutter häuft ihm noch mehr Auflauf auf den Teller und sagt lachend: »Lass sie in Ruhe, Schatz. Vielleicht ist sie noch nicht so weit.«

Allmählich glaube ich, dass ich niemals so weit sein werde.

Am nächsten Tag hat Coach Locken schlechte Laune. Er macht Fehler. Schreit uns beim Training an. Lässt uns einhundert Liegestütze machen, weil wir angeblich zu spät gekommen sind, obwohl das überhaupt nicht stimmt.

Das Training ist eine Qual. Mein Knie bringt mich um, aber ich wage nicht, mich zu beklagen, denn ich will seine Hände nicht in meiner Nähe haben, also halte ich durch, obwohl es dermaßen wehtut, dass ich kaum laufen kann.

»Penrose, komm in fünf Minuten in mein Büro«, schnauzt er mich an, als wir fertig sind. Ich spritze mir Wasser in den Mund und starre ihn mit unverhohlener Feindseligkeit an.

»Geht nicht, Coach. Ich muss meine kleine Schwester von der Bibliothek abholen.«

Was nicht direkt gelogen ist, obwohl Persy es gewöhnt ist, auf mich zu warten.

»Dann muss sie eben warten.« Er stürmt los zu seinem Büro.

Stöhnend folge ich ihm. Ich muss die Zähne zusammenbeißen, um wegen des Schmerzes im Knie nicht zu schreien. Meine Muskeln sind angespannt. Seit Wochen hat er mich nicht mehr massiert. Als wir sein Zimmer betreten, schließt er erneut die Tür ab.

Diesmal empfinde ich nichts als Furcht. Ich bin in der Defensive, meine Sinne sind in höchster Alarmbereitschaft.

»Setz dich«, befiehlt er.

Ich gehorche. Er lehnt an seinem Schreibtisch, die Arme über der Brust verschränkt. Ich blicke in die andere Richtung. Auf keinen Fall werde ich weinen, egal, was passiert.

Er legt mir eine Hand auf den Oberschenkel. Ruckartig hebe ich den Kopf und begegne seinem Blick.

»Lass das«, fauche ich.

»Oder?« Er zieht die Augenbrauen hoch. »Wir wissen beide, dass du niemandem erzählen kannst, was wir getan haben. Ich bin verheiratet, das macht dich zu einem kleinen Flittchen. Niemand wird dir glauben, Emmabelle. Dein Wort stünde gegen meines, und ich arbeite an dieser Schule, seit ich das College abgeschlossen habe. Ich bin beliebt und allseits respektiert. Komm einfach über dein belangloses kleines Drama hinweg und finde dich damit ab, dass es genau so laufen wird. Ich werde noch eine Zeit lang mit Brenda zusammenbleiben müssen.«

»Von mir aus kannst du ewig mit ihr zusammenbleiben.« Ich springe auf und schaffe es mit Mühe, nicht zusammenzuzucken, als mein Knie unter der Belastung beinahe zusammenbricht. »Damit habe ich nichts zu tun. Für mich ist die Sache erledigt.«

»Da täuschst du dich.« Seine Finger schließen sich um meinen Arm.

Ich will mich seinem Griff entziehen, aber er zieht mich mit Gewalt zurück. Er wird einen blauen Fleck hinterlassen … und ich glaube, es ist ihm egal.

Panik schnürt mir die Kehle zu. Die Sache gerät außer Kontrolle. Ich brauche einen Ausweg. Ich zerbreche mir den Kopf, was ich sagen soll, damit er mich in Ruhe lässt.

»Ich habe einen Freund«, platze ich heraus.

Er mustert mich mitleidig und legt den Kopf schräg. »Oh bitte, beleidige nicht meine Intelligenz. Wir wissen beide, dass Ross Kendrick schwul ist.«

»Es ist nicht Ross!«, protestiere ich. »Es ist jemand anders. Er geht aufs College, und er tritt dir in den Arsch, wenn du auch nur versuchst, dich mir zu nähern!«

»Ach ja?«

»Ja.«

»Wie heißt er?«

Mit wildem Blick suche ich das Bücherregal hinter seiner Schulter ab. *Renn wie der Wind* von Jeff Perkins ragt aus der Reihe heraus.

»Jeff«, sage ich, als ich endlich meine Stimme wiederfinde. »Er heißt Jeff, und wir sind verliebt. Und weißt du was? Er spielt Football und ist einfach riesig. Er kann dir richtig in den Arsch treten, wenn du auch nur versuchst, mich anzufassen!«

Ich wirble herum und versuche, zur Tür hinauszustürmen, ehe er mir weitere Fragen über Jeff stellt, aber er packt mich von hinten an meinem Hoodie und nimmt mich in den Schwitzkasten, seine Lippen berühren meine Ohrmuschel.

»Nun, dann sag diesem Jeff, er soll sich verziehen, denn du hast schon einen Freund.«

Ich weine nicht, aber ich versuche mich auch nicht aus seinem Griff zu befreien. Zu groß ist meine Angst, dass er mich umbringt, hier und jetzt.

»Und jetzt sag mir, Emmabelle, hat er dich gefickt?«

Ich weiß, dass ich Nein sagen sollte. Es ist keine gute Idee, den Bären zu reizen. Aber ich kann es nicht ändern. Ich glaube, ich bin einfach so gepolt, dass ich immer zurückschlagen werde.

»Ja«, sage ich. »Das hat er. Ein paarmal schon. Es war großartig.«

Steve lässt mich unerwartet los, und ich stolpere zur Tür, schließe sie mit zitternden Fingern auf und schieße aus dem Raum hinaus wie ein Pfeil.

Das war knapp, denke ich. Und noch Stunden nach dem Vorfall ringe ich nach Luft.

Denn ich weiß, dass da noch mehr kommen wird.

28. KAPITEL

Devon

Sie würde nicht zur Polizei gehen.

Davon war ich ebenso überzeugt wie von der Tatsache, dass die Sonne auch am nächsten Tag im Osten aufgehen würde. In der Astronomie gab es eine Menge unergründliche Phänomene.

Sweven hingegen war so zuverlässig wie eine Schweizer Uhr.

Vielleicht glaubte sie an diesem Abend sogar, sie würde zur Polizei gehen, aber am nächsten Morgen würde sie aufwachen und gegen die Vorstellung rebellieren, dass sie vorsichtig oder ängstlich oder eingeschüchtert sein sollte.

Es machte mir nicht das Geringste aus, dass ich ihr Vertrauen missbrauchte, indem ich Sam anrief, sobald sie eingeschlafen war. Auf dem Balkon vor meinem Schlafzimmer, von dem aus ich die Skyline von Boston sehen konnte, zündete ich mir eine selbstgedrehte Zigarette an. Ich hatte sie dringend nötig. Ich stützte die Ellbogen auf das Geländer und ließ mit einem Seufzer den Kopf zwischen die Schultern sinken.

»Es ist elf Uhr abends«, begrüßte mich Sam auf seine typisch glanzlose Art und Weise.

»Du bist noch wach«, erwiderte ich trocken.

»Das konntest du nicht wissen.«

»Ich weiß alles.«

»Da ist was dran«, sagte er ernst. »Was willst du?«

»Ich habe einen Auftrag für dich.«

Das ließ ihn innehalten. Ich war der Einzige in meinem gesellschaftlichen Umfeld, der Sam Brennan und seine Crew nicht auf Abruf engagiert hatte. Genau wie mein berufliches Renommee hielt ich auch meine Hände blitzsauber.

Aber Emmabelle war dabei, das zu ändern.

Sie war dabei, eine Menge Dinge zu ändern.

Ich hörte Sam an seiner elektronischen Zigarette ziehen. »Oh, wie sind die Helden gefallen.«

»Wir fallen alle auf dieselbe Art.« Die frische Luft fuhr mir durch das Haar und peitschte mein Gesicht. Die stechende Kälte erinnerte mich an etwas, das ich am liebsten vergessen hätte. Dass ich wenige Minuten zuvor tatsächlich geweint ... oder jedenfalls ein paar echte Tränen vergossen hatte.

»Und immer ist eine Frau an dem Sturz beteiligt«, schlussfolgerte Sam.

»Obwohl ich sagen muss, dass ich eine Zeit lang geglaubt habe, ich hätte es nur mit einem kleinen Fehltritt zu tun.«

Er lachte leise in sich hinein, und vor meinem geistigen Auge sah ich ihn den Kopf schütteln, während er erneut einen Zug von seiner falschen Kippe nahm.

»Wie kann ich dir helfen?«, fragte er endlich.

»Emmabelle wird verfolgt.«

»Ash hat bereits etwas in der Richtung erwähnt«, sagte er mit entwaffnender Ehrlichkeit. »Hast du jemanden in Verdacht?«

»Einen verbitterten ehemaligen Mitarbeiter. Eine Frau, die wild entschlossen ist, mich zu heiraten ...« Ich atmete tief durch, mein Kiefer zuckte vor Verärgerung. »Und meine Mutter.«

Glücklicherweise war Sam niemand, der zu abfälligen Kommentaren neigte.

»Sie versucht schon länger, mich zu erreichen«, sagte Sam. »Emmabelle, meine ich. Ich habe ihre Anrufe nicht angenommen.«

»Warum nicht?« Ich spürte, wie mir vor Zorn das Blut zu kochen begann.

»Eine Übung in Demut.« Ich hörte, dass er die E-Zigarette auf den Schreibtisch warf, müde und frustriert wegen des unbefriedigenden Ersatzes. »Ich wollte sehen, ob sie sich an Ash oder dich wendet, um Hilfe zu bekommen. Ein bisschen weniger Hochmut würde ihr guttun.«

»Sie hat mich nicht gebeten, dich anzurufen. Ich weiche ihr zuliebe von meinen Grundsätzen ab. Tatsächlich möchte ich ausdrücklich nicht, dass du dich mit ihr in Verbindung setzt.«

»In Ordnung. Ich werde dir einen Fragebogen per E-Mail schicken. Du musst ihn vollständig ausfüllen.«

»Ich brauche so schnell wie möglich die Adresse von diesem Angestellten, Frank«, sagte ich.

»Kriegst du«, sagte Sam selbstsicher. »Aber, Devon?«

»Ja?«

»Ich bin nich billig.« Diese kastrierten Wörter machten mich fertig.

»Und ich bin nicht arm.«

»Wenn du mich ein oder zwei Monate auf Abruf hältst, bist du es vielleicht.«

»Du brauchst keine zwei Monate, um dieses Rätsel zu lösen. Außerdem hilfst du mir, für die Sicherheit der Mutter meines Kindes zu sorgen. Dafür ist mir kein Preis zu hoch.«

Ich legte auf und schnaubte verärgert.

Ich sah mich im Universum um, das mich im Gegenzug immer dichter umzingelte.

Das war das Problem mit beengten Räumen: Wenn es

schlecht lief, reichte ihre bloße Existenz, um einen hyperventilieren zu lassen.

Genauso wie man manchmal einen Pakt mit dem Teufel schließen musste, um einen Engel zu retten.

Am nächsten Tag stand ich kurz vor zwölf Uhr mittags vor Franks Haus.

Er wohnte in Dorchester. Sein Haus hatte eine Veranda, ein heruntergekommenes Dach und eine Tür mit Einschusslöchern darin.

Ich klopfte an und wischte mir die Fingerknöchel an meinem Tweedjackett ab.

Sweven wusste es noch nicht, aber sobald sie an diesem Tag das Haus verließ – wann auch immer das war –, würden ihr zwei von Sams Männern folgen.

Da Sam Franks Adresse über Nacht herausgefunden hatte, musste ich widerwillig (aber nur mir selbst gegenüber) eingestehen, dass er seinen Job gar nicht schlecht machte. Obwohl ich mir immer noch das Recht vorbehielt, ihn nicht zu mögen, und zwar aufgrund der schlichten Tatsache, dass er ein Scheißkerl war.

Obwohl ich nicht geübt in der Zusammenarbeit mit Männern war, die versucht hatten, ihre ehemaligen Arbeitgeber töten zu lassen, hatte ich das seltsame Gefühl, etwas geleistet zu haben.

Endlich hatte ich das Heft in die Hand genommen. Ich hielt mich zwar nicht für einen Ritter in Prada-Rüstung, aber trotzdem – nun war es so weit.

Die Tür öffnete sich quietschend, und direkt dahinter fiel eine Fliegengittertür zu.

Ein pickliges Mädchen im Teenageralter mit ungepflegt wirkendem Haar und einem riesigen Schwangerschaftsbauch stand vor mir, barfuß und in einer militärischen Tarnbluse, dazu löchrige schwarze Leggings. Als sie mich sah, zuckte sie zusammen und wich einen Schritt zurück.

»Frank ist nicht hier.« Sie machte Anstalten, mir die Tür vor der Nase zuzuschlagen.

Ich streckte einen Arm aus und hinderte sie lächelnd daran.

»Woher wissen Sie, dass ich Frank suche?«

Sie umklammerte den Rand der Tür und starrte mich mit wildem Blick an.

»Dachte, Sie sind ein hohes Tier bei der Polizei oder so. Frank kriegt nur von zwei Sorten Leute Besuch … Kriminelle und Cops. Und wie ein Krimineller sehen Sie nicht aus.«

Eine derart hinreißende Bestätigung hatte ich ja noch nie bekommen.

Das Mädchen hatte nicht unrecht, und das bedeutete, dass zumindest sie noch über ein paar funktionierende Gehirnzellen verfügte. Hoffentlich war sie clever genug, eine Chance zu erkennen, wenn sie an ihre Tür klopfte.

Wie zur Bestätigung meiner Vermutung kam ein lautes Knurren aus ihrem schwangeren Bauch. Sie zuckte zusammen und fuhr sich mit einer Hand durch die fettigen Haare.

»Ist das alles?« Erneut machte sie Anstalten, die Tür zu schließen.

»Haben Sie Hunger?« Ich senkte das Kinn und versuchte, ihr in die Augen zu sehen, aber vergeblich. Wer auch immer Frank war, er hatte sie erfolgreich darauf dressiert, sich von Fremden fernzuhalten.

Sie schüttelte den Kopf.

»Dagegen könnte ich nämlich etwas tun«, sagte ich freundlich.

»Ich brauche keine Almosen.«

»Meine Freundin ist auch schwanger. Unser Kind wächst in

ihrem Bauch heran. Ich fände es schrecklich, wenn sie auf Essen verzichten müsste. Für mich ist das kein Almosen, sondern eine Notwendigkeit.«

Sie presste die Lippen aufeinander. Ich erkannte, dass sie am Ende war.

Sie war hungrig. Sehr hungrig. Ihre Beine waren zwei Zahnstocher.

Das Wohnzimmer hinter ihr sah aus, als wäre es in den letzten zehn Jahren von jedem einzelnen Hausbesetzer an der Ostküste demoliert worden.

»Wer sind Sie? Was wollen Sie?«, fragte sie schließlich.

Die Tatsache, dass sie mir nicht einfach die Tür vor der Nase zuschlug, war ein gutes Zeichen.

Sie wusste, dass ich ihr Erleichterung, ein sofortiges Heilmittel für ihre Situation, verschaffen konnte.

Ich hatte ihre Aufmerksamkeit, und das war vorläufig genug.

»Ich suche Ihren Freund. Ich vermute, dass er etwas sehr Übles vorhat.«

»Keine Ahnung, wo er ist. Er ist jetzt schon seit einer ganzen Woche weg. Nimmt nicht mal meine Anrufe an. Obwohl mich das nicht überrascht.« Sie schnaubte.

»Oh.« Ich zog eine Braue hoch. Kein Urteil abzugeben war Regel Nummer eins, wenn man jemandem Informationen entlocken wollte. »Kommt das bei Frank öfter vor? Dass er Probleme macht?«

»Die Art von Problemen, die Frank nicht anzieht, muss erst noch erfunden werden. Was sind Sie eigentlich? Für einen Cop sind Sie zu gut angezogen.«

»Ich bin Anwalt.« Ich trat einen Schritt vor, in den Flur hinein, und nun nahm ich den unverwechselbaren Gestank nach Gras, Schimmel, verfaultem Essen und völliger Apathie wahr. »Glauben Sie, dass er zu Gewalt in der Lage ist?«

»Klar.« Erneut zuckte sie mit den Schultern, während ihr Magen ein weiteres Mal zu knurren begann. »Er ist schon oft in Prügeleien geraten.«

»Und Mord?«

»Wer, sagten Sie, sind Sie noch mal?« Sie musterte mich aus schmalen Augen und trat einen Schritt zurück.

Spontan würde sie mir nichts erzählen. Es war an der Zeit, dem Bullshit ein Ende zu setzen.

»Wie heißen Sie?«, fragte ich.

Viele Leute hielten Anwälte für streitlustige, aggressive Menschen. Auf manche – unprofessionelle – traf das auch zu. Aber die meisten waren gelassen. Wann immer möglich, tötete ich die Leute mit Freundlichkeit. Ich musste meine Macht nicht zur Schau stellen. Sie gehörte wie selbstverständlich zu mir.

»Ich … äh …« Sie ließ den Blick schweifen, als gäbe es etwas – jemanden – zu sehen, der sie daran hindern könnte, die Hilfe anzunehmen, die ich ihr angeboten hatte.

Hinter mir bellten in irgendjemandes Hinterhof angekettete Hunde und versuchten, über den Zaun zu springen. In der Ferne weinte ein Baby.

»D…donna«, stotterte sie. »Ich heiße Donna.«

»Haben Sie einen Hausnamen, Donna?« Ich holte das Scheckbuch und einen Montblanc-Füller aus der Innentasche meines Jacketts.

»Wie meinen Sie das?« Sie verlagerte das Gewicht von einem Fuß auf den anderen und beäugte mich nun unverhohlen. Als könnte sie, nachdem sie einmal über die mentale Schranke gesprungen war, nicht mehr aufhören, mich anzustarren.

»Einen Nachnamen.« Ich lächelte.

»Oh. Ja. Hammond. Donna Hammond.«

»Ich schreibe Ihnen einen Scheck über zweitausend Dollar

aus und vertraue darauf, dass Sie das Geld für Lebensmittel ausgeben, Donna.« Während ich noch sprach, schrieb ich bereits, blickte ihr jedoch weiterhin in die Augen.

Sie wirkte wie hypnotisiert, und es deprimierte mich, zu wissen, wie sehr sich das Leben ihres Kindes von unserem unterscheiden würde.

Mein Kind würde sich nie fragen müssen, woher die nächste Mahlzeit kommen sollte, oder mit unbehandelten medizinischen Problemen fertigwerden, weil wir nicht in der Lage waren, die Rechnung zu bezahlen, die eine Behandlung mit sich bringen würde.

Ich riss den Scheck von dem Block ab und hielt ihn ihr hin. Bevor sie ihn mir aus den Fingern nehmen konnte, hob ich den Arm und hinderte sie daran.

»Unter einer Bedingung.«

»Ich wusste es«, sagte sie verschnupft und entblößte die Zähne. »Und die wäre?«

»Ich gebe Ihnen diesen Scheck. Ohne Fragen zu stellen. *Aber*«, sagte ich gedehnt. »Ich werde Ihnen einen Scheck über zehntausend Dollar geben *und* Ihnen einen Platz in einem Frauenhaus sichern, wenn Sie zwei Dinge tun.«

In fieberhafter Hektik sah sie sich um und leckte sich über die Lippen. »Okay. Aber nur mit Kondom. Krankheiten kann ich nicht gebrauchen.«

Glaubte sie tatsächlich, dass es mir darum ging? Um Himmels willen, ich besaß Slipper, die älter waren als sie.

»Ich will keinen Sex von Ihnen, Donna. Ich möchte, dass Sie mir sagen, wo sich Ihr Freund aufhält. Rufen Sie mich an, sobald Sie von ihm hören.« Ich holte eine Visitenkarte heraus und gab sie ihr. »Und versprechen Sie mir, dass Sie Ihre Taschen packen und diese Wohnung verlassen werden. Ich schicke Ihnen jemanden, der Sie in ein Frauenhaus bringt.«

»Abgemacht«, sagte sie.

Ich gab ihr den Scheck. Mit zitternden Fingern griff sie danach und blickte erneut zu mir auf.

»Aber was ist, wenn ich nie wieder von ihm höre? Er nimmt meine Anrufe nicht an. Werden Sie den Scheck dann sperren?«

Ich schüttelte den Kopf. »Nicht wenn Sie Ihren Teil der Abmachung einhalten und ihn ein für alle Mal verlassen.«

»Das werde ich. Ich meine, ich mache es«, korrigierte sie sich selbst. »Er hat mich beschissen. Ich werde ihm nie verzeihen, was er mir und meinem Baby angetan hat.«

Ich steckte das Scheckbuch wieder in die Innentasche und schenkte ihr ein schiefes Lächeln. Auch wenn Belle nicht vor Frank in Sicherheit war, hatte ich seine Ex-Freundin retten können, und das war immerhin etwas.

Auf dem Rückweg ins Büro rief ich Sam an. Er meldete sich beim ersten Klingeln.

»Wenn es um Frank geht – ich versuche noch, ihn zu finden. Er ist unter dem Radar durchgeschlüpft.«

Ich umklammerte das Lenkrad. Es gefiel mir nicht, im Nachteil zu sein, und genau dort befand ich mich.

»Überprüfst du auch Louisa und meine Mutter?«

»Ja.« Ich hörte Sam auf seinem Laptop herumklicken. »Und bisher kann ich sie nicht ausschließen. Da hängt eine Menge Kohle an diesem gottverdammten Testament, das du ignorierst, und alles ist an Vermögenswerte und Wertgegenstände gebunden. Die Motivation deiner Mutter ist mir völlig klar.«

»Was ist mit Louisa?«

»Ah, diese verdammte englische Sahneschnitte«, stieß Sam hervor. »Ja, die kommt auch noch infrage. Ihre Familie scheint nicht halb so wohlhabend zu sein, wie sie vorgibt. Ich habe mir ein paar Auszüge von dem Schweizer Konto besorgt, das sie benutzen. Was sie bei HSBC in Großbritannien auf privaten und Geschäftskonten stehen haben, reicht nicht aus, um ihren Lebensstil auch nur für die nächsten fünf Jahre zu sichern. Ich verstehe also, warum Butchart es dermaßen eilig hat, dich zu heiraten. Sie muss ihre eigene und die Haut ihrer Brüder retten. Die Bargeldbestände schmelzen dahin.«

»Wow, das ist eine miese Show.«

»Allerdings, Dr. Watson.«

»Wie konnte es mit mir nur so weit kommen?«, fragte ich mich laut.

Zwei Jahrzehnte lang hatte ich sorgfältig darauf geachtet, mich nicht in Schwierigkeiten bringen zu lassen, und nun schienen die Probleme mich auf Schritt und Tritt zu verfolgen.

»Na ja, du hattest auf der anderen Seite des großen Teichs unerledigte Geschäfte, wie ihr Briten das gern nennt, die Frau, mit der du zusammen bist, ist eine gottverdammte Gefahr und sollte nicht sich selbst überlassen bleiben, und obendrein scheinst du auch noch einen goldenen Schwanz zu haben, weil alle scharf darauf sind.«

»Mein Schwanz will nur Emmabelle«, erwiderte ich unwirsch. »Ist das nicht traurig?«

»Geradezu tragisch, verdammt.«

»Versprich mir eines«, sagte ich.

»Nein«, antwortete Sam rundheraus. Ich redete trotzdem weiter.

»Belle darf nichts passieren.«

Am anderen Ende der Leitung herrschte Schweigen. Ich verlangsamte meinen Bentley und kam an einer Ampel zum Stehen. Endlich sagte er etwas.

»Emmabelle wird nichts zustoßen. Du hast mein Wort.«

29. KAPITEL

Belle

Fünfzehn Jahre alt

Letztendlich verbringe ich die gesamten Sommerferien in Southie.

Mom und Dad sind enttäuscht, dass ich nicht in ein Trainingslager gefahren bin. Noch enttäuschter sind sie, weil ich nächstes Jahr mit dem Crosslaufen aufhören will. Sie werden es überleben.

Persephone und Sailor blühen auf und verwandeln sich in kleine Frauen. Das ist schön zu sehen, obwohl ich mich noch nie unwohler in meiner Haut gefühlt habe als jetzt. Ross, inzwischen fünfzehn, hat seinen ersten nassen Kuss erlebt. Mit einem Typen namens Rain, der mit seiner Familie zur selben Zeit am Cape Urlaub machte, zu der auch Ross mit seiner Familie dort war. Sie haben ihre Telefonnummern ausgetauscht, aber als Ross wieder zu Hause war und ihn anrufen wollte, merkte er, dass eine Ziffer fehlte. Deswegen lacht und weint er bereits seit Tagen.

Ich hingegen habe es mir zur Aufgabe gemacht, mich in ein Chamäleon zu verwandeln. Ich habe angefangen, mich zu schminken und mit meinen Haaren und Klamotten herumzuexperimentieren. Alles nur, um mich wohler in meiner Haut zu fühlen. Das Gute an diesem ganzen Jahr ist, dass mein Knie nicht mehr leiden muss. Es tut zwar noch weh, fühlt sich aber nicht mehr an wie der Tod.

Ich komme gerade von Ross zurück, den ich zu Hause besucht habe. Scherz beiseite, er ist ziemlich enttäuscht wegen der Sache mit Rain. Ich wünschte, ich könnte ihm erzählen, dass es beim ersten Kuss weitaus schlechter hätte laufen können. Aber ich weiß, dass er ausrastet, wenn ich den Coach erwähne, und ehrlich gesagt ist es mir auch nicht mehr so wichtig. Es ist vorbei. Erledigt.

Ich wippe im Rhythmus von *Hate to Say I Told You So* von The Hives mit dem Kopf und versuche, mich selbst aufzuheitern. Vielleicht frage ich Persy und Sailor, ob sie Lust haben, ins Kino zu gehen oder so. Um sich einen Zuckerrausch von der Limo zu holen und Popcorn zu essen.

Ich nehme den Durchgang, die Abkürzung zu unserer Wohnung, als ein blaues Auto vorfährt und mir den Ausgang auf der anderen Seite versperrt. Das Blau trifft mich so unvermittelt wie ein Schlag in die Magengrube.

Brenda?

Ich reiße mir die Ohrhörer heraus, drehe mich um und renne los, ohne es herauszufinden. Ich höre, wie hinter mir eine Wagentür geöffnet und wieder zugeschlagen wird. Mein Knie zwingt mich, langsamer zu laufen, aber ich bin immer noch teuflisch schnell. Ich muss nur die Main Street erreichen, dann habe ich es geschafft. Sie kann mir nichts tun.

Aber dann fühle ich eine Hand an meinem Hals, und ich werde in den Durchgang zurückgezogen, während ich schreie und um mich trete. Ich erkenne, dass es gar nicht Brenda ist. Brenda wäre nicht schneller gerannt als ich. Und ihre Handflächen würden sich nicht dermaßen rau anfühlen.

»Hallo, kleine Lügnerin. Na, wo ist Jeff? Ich habe dich den ganzen Sommer über im Auge behalten, und du hast dich mit keinem einzigen Jungen getroffen, trotz dieses nuttigen neuen Looks.«

Beim Klang seiner Stimme möchte ich mich übergeben. Ich fange wild an zu schreien und lasse die Fäuste wirbeln.

Er hält mir den Mund zu. Ich fühle die Finger des Coaches in meinem unteren Rücken, während er seine Gürtelschnalle öffnet. Mir den Minirock hochzieht.

Nein, nein, nein. Nein!

»Na, na, na. Wenn ich mit dir fertig bin, kannst du ficken, mit wem du willst, aber entjungfern werde ich dich, Süße. Lass mich nur eben ein Kondom rausholen.«

Als ich das Wort Kondom höre, erwacht erneut die Wut in mir. Ich schaffe es, mich umzudrehen und ihm die Fingernägel in die Augen zu bohren. Augenblicklich lässt er mich los, und ich rufe erneut um Hilfe. Halb blind springt er auf mich zu und drückt mich auf den Boden. Der erste Schlag landet auf meinem Kinn und schockiert mich dermaßen, dass ich verstumme, obwohl mein restlicher Körper sich noch immer aus seinem Griff zu befreien versucht.

»Okay, dann eben ohne Kondom. Verfluchte Schlampe.« Er spuckt mir ins Gesicht.

Ich kämpfe noch immer, obwohl ich weiß, dass ich den Krieg verloren habe.

Dass all meine Soldaten gefallen, die Pferde tot und das Schlachtfeld blutgetränkt ist.

Ich kämpfe weiter, als er mich bricht.

Als er mich nimmt.

Als es nichts mehr gibt, worum ich kämpfen könnte.

Ich kämpfe weiter, denn ich kenne keine andere Methode, um zu überleben.

An dem Morgen nach dem Streit mit Devon tappte ich barfuß zu seinem Bett, um mich bei ihm zu entschuldigen, aber um halb sieben war er bereits weg.

Ich putzte mir die Zähne, schlüpfte in mein weißes Minikleid, das meine Waden betont, und aß ein bisschen Toast mit Avocado. Danach fuhr ich zu einem anderen Polizeirevier als dem, das ich zuvor aufgesucht hatte, und weil ich ein braves Mädchen war, erstattete ich dort erneut Anzeige, diesmal bei einer Polizistin, die sehr viel kompetenter wirkte und sich sehr viel stärker darüber aufzuregen schien, was seltsamerweise dazu führte, dass ich mich besser fühlte.

Gegen Mittag hatte ich alles erledigt und begann mich allmählich zu langweilen. Ich wusste, dass Sam Brennan, den ich stellen und von dem ich verlangen wollte, mich als Klientin zu akzeptieren, nicht vor acht Uhr abends im *Badlands* eintreffen würde, also musste ich mir noch ziemlich lange die Zeit vertreiben.

Ich machte beim *Madame Mayhem* halt, um ein paar Akten durchzusehen und das Personal zu überprüfen. Devon wollte nicht, dass ich das Lokal betrat, aber ich hatte meine Pistole, Kenntnisse in Krav Maga, und dann war da noch Simon.

Ich gab es nur ungern zu, aber es war gar nicht so übel, einen Bodyguard von der Größe eines Politikeregos zu haben.

Bewaffnet mit meinem Laptop und einem Lächeln tauchte ich im Backoffice meines eigenen Nachtclubs auf.

»Schätzchen, ich bin wieder da!«, verkündete ich Ross, dem daraufhin beinahe die Augen aus dem Kopf fielen. Er stürmte auf mich zu und schüttelte Kopf und Fäuste gleichzeitig.

»Verdammt noch mal, was machst du denn hier?«

»Arbeiten?«

»Unter diesen Umständen?« Er legte mir sanft eine Hand auf den Bauch – in dem jetzt ein kleiner Mensch zuckte und strampelte und alle möglichen großartigen Dinge tat, vor allem nachts – und schnappte nach Luft.

»Ja. Hast du erwartet, dass ich einfach die Verantwortung abgebe und untertauche?«

»Ich erwarte von dir, dass du für dich und das Wohlbefinden deines Kindes sorgst!«

»Ich sehe mir nur ein paar Stunden lang Tabellen an.«

»Weib, du bist keine Buchhalterin. Die Welt wird nicht untergehen, wenn du heute die Vorräte an belgischem Bier nicht überprüfst. Und tut mir leid, dir das eröffnen zu müssen, aber wir kommen hervorragend ohne dich zurecht.«

Als meine Stimme aus dem Hinterzimmer hinausdrang, tauchte wie von Zauberhand Simon auf.

Die Behauptung, dass er offensichtlich nicht glücklich war, mich zu sehen, war die Untertreibung des Jahrhunderts.

»Sie sind da.« Simon blieb an der Tür stehen, und seine ganze Haltung strahlte Enttäuschung aus.

»Ihnen auch einen schönen Tag, Si!«, sagte ich breit lächelnd.

»Was dagegen, wenn ich zusammen mit Ihnen in Ihrem Büro arbeite?«, fragte er, blickte aber Ross an, als wollte er sagen: *Ich trete ihr die Tür ein, wenn sie sich weigert.*

Lächelnd winkte ich ab. »Klar, was immer Sie und Ihren verklemmten Chef glücklich macht.«

»Sie sind selbst das größte Gesundheitsrisiko für sich. Ich bin kurz davor, zu kündigen.« Ross schlug sich mit der Hand vor die Stirn, bevor er zurück an die Theke stapfte, um dort eine Lieferung alkoholischer Getränke auszuladen. »Oh, und ich werde es Ihrem Liebhaber sagen!«

Ich nahm vor meinem Schreibtisch Platz und klappte meinen Laptop auf. »Nur zu, Verräter!«

Erneut steckte Ross den Kopf zur Tür herein und grinste wie ein Idiot. »Also *ist* er dein Liebhaber … Mädchen, ich bin *so was von* eifersüchtig!«

Ich reduzierte mein Arbeitspensum gerade stark, indem ich uns die Shows einer Burlesquetruppe aus Louisiana sicherte, die den Sommer über zu Besuch sein würde, da klopfte es an meiner Tür.

Ich rollte auf dem Stuhl zurück und dehnte meine Muskeln. »Gott sei Dank. Ich könnte eine kleine Ablenkung gebrauchen. Vielleicht etwas zu essen. Was meinen Sie, Si, gibt es etwas zu essen?«

Simon, der kaum zwei Meter von mir entfernt saß und pflichtschuldigst vorgab, ein wenig Ablage zu machen, obwohl es in meinem Büro nur sehr wenig abzulegen gab, Simon also erhob sich von seinem Platz auf dem Boden und klopfte sich den Staub von den Jeans. Er bedeutete mir mit einer Hand, sitzen zu bleiben, und ging zur Tür.

»Hat Ihnen schon mal jemand gesagt, dass Sie analfixiert sind, Si? Machen Sie sich mal ein bisschen locker.«

Baby Whitehall zappelte zustimmend in meinem Bauch herum, und ich schloss für einen Moment die Arme darum.

»Ja, gutes Argument, Baby Whitehall, ich weiß. Mommy ist auch nicht perfekt. Aber du musst zugeben, dass ich der Perfektion zumindest nahekomme.«

»Hier ist eine Frau, die Sie sehen will«, sagte Simon kurz angebunden und versperrte mir mit seinen RoboCop-Schultern den Blick auf die Besucherin.

»Sieh an, sieh an, ich bekomme Besuch.« Ich verschränkte die Finger. »Ist es Pers oder Sailor? Ash arbeitet, sie kann es also nicht sein. Wie dem auch sei, sie dürfen nur hereinkommen, wenn sie essbare Geschenke dabeihaben.«

»Ich glaube, Sie sollten dieses Treffen lieber auslassen. Es ist kein Privatbesuch.« Simons Gesicht war derart angespannt, dass ich glaubte, er würde gleich explodieren.

»Wer ist es?«

»Miss Penrose …«

Warum bestand er immer noch darauf, mich Miss Penrose zu nennen, obwohl ich längst Si zu ihm sagte? Warum konnte er nicht lockerer sein? Und wo zum Teufel hatte Devon diesen Typen eigentlich aufgegabelt?

»Wer. Ist. Es?«, wiederholte ich gereizt, denn ich war es allmählich leid, mir von Männern vorschreiben zu lassen, was ich tun sollte.

Simon atmete tief durch und legte genervt den Kopf in den Nacken. »Louisa Butchart.«

»Lassen Sie sie hereinkommen, und gehen Sie raus.« Meine Stimme war eiskalt.

»Aber …«

»Tun Sie es, Si. Ehe ich Sie aus dem Lokal werfe. Sie wissen, dass ich dazu imstande bin.«

Außerdem wusste er, dass ich es tun *würde*.

Für eine Sekunde blickten wir uns in die Augen. Mit einem Seufzer verließ er schließlich mein Büro. Allerdings konnte ich seinen Kopf noch sehen, der vom Flur aus ins Büro spähte und in der Nähe blieb.

Louisa kam hereinspaziert, stylish ausgemergelt in einem plissierten Mantelkleid von Alexander McQueen.

Ich war nicht eingeschüchtert. Nur stinksauer, weil sie immer wieder auftauchte wie ein Fleck in der Unterhose, sobald ich sie aus meinen Gedanken zu vertreiben versuchte.

»Louisa! Was für eine entzückende Überraschung! Haben Sie sich auf dem Weg zu Chanel verlaufen?« Ich setzte mein bestes Leck-mich-Lächeln auf.

»Oh, Emmabelle! Ich liebe Ihr Kleid! Wie heißt es doch gleich genau? Victoria's Secret *Fick-mich-im-Dunkeln?*«, fragte sie gedehnt und pflanzte ihren knochigen Hintern auf den Rand des Stuhls.

Ihre Vintagetasche von Hermès verriet mir, dass sie es ernst meinte. Niemand hatte einen Grund, eine Handtasche für zweihundertfünfzig Riesen spazieren zu tragen, wenn das, was sich darin befand, nicht ebenso eindrucksvoll war.

»Wem oder was verdanke ich diesen Besuch?«, schnurrte ich, um sofort zur Sache zu kommen.

»Ich glaube, die Antwort auf diese Frage ist uns beiden bekannt, warum überspringen wir also nicht einfach den Teil, bei dem ich Ihre Intelligenz beleidige und Sie mir die Zeit stehlen?«

»Klingt gut.« Ich drehte mir spielerisch eine Haarsträhne um den Finger. »Sie hegen also nach wie vor die Hoffnung, meinen Freund in die Finger zu bekommen?«

Ich hatte keine Ahnung, warum ich vor ihr auf diese Art von ihm sprach, aber es fühlte sich richtig an. Die Bezeichnung. Das Gewicht dieses Wortes. Außerdem hatte mich Devon wenige Tage zuvor als seine Freundin bezeichnet, also lag ich vermutlich nicht völlig daneben. Obwohl er mich im Augenblick mit großer Sicherheit am liebsten umbringen würde.

»Freund?«, schnaubte sie verärgert. »Devvies Familie wird Sie niemals akzeptieren. Tatsächlich wird es keine Familie mehr *geben*, die Sie akzeptieren könnte, wenn erst einmal alles erledigt ist. Devon scheint tough und unerbittlich zu sein, wenn es um seine Mutter geht, aber glauben Sie mir, er hat die Hälfte seines Lebens damit verbracht, ihr jeden Wunsch von den Augen abzulesen. Familie ist alles. Wenn Sie ihn wirklich mögen, nehmen Sie ihm seine nicht weg. Ein Baby ist nicht genug, um all das zu ersetzen, was er verlieren würde.«

Diese Frau hatte wirklich Eierstöcke – der Begriff Eier legte nahe, dass Frauen nicht couragiert waren, eine Vorstellung, die ich komplett ablehnte. Schließlich waren es nicht Männer, die einen Menschen von der Größe einer Wassermelone aus ihrer Harnröhre pressten.

Ich schlug mir eine Hand vor die Brust und tat schockiert.

»Mir war nicht bewusst, dass ich sein Leben zerstöre. Bitte erlauben Sie mir, sofort Abhilfe zu schaffen, indem ich in ein tropisches Land ziehe und einen anderen Namen annehme, damit er mich nicht finden kann.«

Ich sprach die Worte – ihr ahnt es schon – mit einem falschen englischen Akzent aus.

»Spielen Sie nicht die Dumme. Wir wissen beide, dass seine Beziehung zu Ihnen das Einzige ist, das unserer Hochzeit im Weg steht«, stieß Louisa ungeduldig hervor.

»Na und?« Ich gähnte. »Wir sind beide erwachsen und damit einverstanden. Und ich weiß nicht, ob Sie es bemerkt haben, aber in gewisser Weise sind wir gerade dabei, gemeinsam einen riesigen Schritt zu gehen.«

»Dieser *Schritt* hat in Ihrer Situation nicht das Geringste zu bedeuten. Sie heiraten nicht. Sie lieben ihn nicht, ich hingegen sehr wohl. Er bedeutet Ihnen nichts.«

Diesmal schnitt mir jedes ihrer Worte wie eine Scherbe ins Fleisch, denn ich merkte, dass nichts davon stimmte.

Dennoch konnte ich Devon meine Gefühle nach wie vor nicht gestehen, ganz zu schweigen von diesem Teufelsweib hier.

»Worauf wollen Sie hinaus?« Ich trommelte auf dem Deckel meines Laptops herum und verdrehte die Augen.

»Lassen Sie ihn gehen. Sagen Sie ihm, dass Sie nichts mit ihm zu tun haben wollen. Machen Sie den Weg frei, damit er zu seiner Familie, seiner Schwester, zu mir zurückkehren kann. Das ist sein Schicksal. Dafür ist er auf die Welt gekommen.«

»Er ist auf der Welt, um seine eigenen Entscheidungen zu treffen.«

»Nein, das trifft vielleicht auf *Sie* zu. Eine Bürgerliche ohne Vermächtnis oder Verantwortung. Devon ist zu Größerem berufen.«

Die Empörung trieb mich vom Stuhl. Als Zugabe hob ich beide Hände.

»Ich soll ihm also sagen, er soll sich verpissen, damit Sie ihn heiraten können? Nennen Sie mir einen gottverdammten Grund, warum ich das tun sollte.«

»Also gut. Ich gebe Ihnen eine Million Gründe.«

Louisa knallte ihre Handtasche zwischen uns auf meinen Schreibtisch und nahm einen bereits ausgestellten Scheck heraus.

Ich musste mehrmals schnell blinzeln, um mich zu vergewissern, dass ich die Zahl richtig gelesen hatte. Jep. Na klar. Eine Million Dollar, auszuzahlen an Emmabelle Petra Penrose.

Ich drehte meinen Daumenring, ohne den Scheck anzurühren, der nun zwischen uns auf dem Schreibtisch lag. Ich biss mir auf die Unterlippe.

Meine Wut verwandelte sich in Besorgnis und Beklemmung. Woher kannte sie meinen zweiten Vornamen?

Wie lange versuchte sie bereits, mich aus Boston zu vertreiben?

Und fühlte sich all das nicht ein bisschen zu … *vertraut* an? So als wäre Frank möglicherweise nicht der Einzige, der mir drohte.

Ich versuchte, sachlich darüber nachzudenken und zu tun, was für mich und das Baby das Beste war.

Devon *war* ein Risiko. Ich empfand alles Mögliche für ihn. Dinge, die ich nicht fühlen sollte. Wenn er Louisa heiratete, musste ich mir seinetwegen keine Sorgen mehr machen. Ich würde nie wieder einen verheirateten Mann anfassen, egal, ob tot oder lebendig. Das Problem wäre gelöst.

Und während wir über die Vorteile sprachen, die es mir bringen würde, das Geld anzunehmen, wurde mir klar, dass ich ausgesorgt hätte. Ich konnte das *Madame Mayhem* behalten und dennoch sehr viel weniger arbeiten. Für meine Sicherheit sorgen, ohne dass ich durch Reifen springen, eine Waffe tragen und Sam Brennan anflehen musste, meine Anrufe entgegenzunehmen.

Ich könnte Ross die Verantwortung für den Club übertragen, die ich ohnehin allmählich satthatte – sich anzüglich und schockierend zu verhalten war offenbar ein Vollzeitjob –, und mir ein neues Unternehmen aufbauen.

Vielleicht eine Haute-Couture-Boutique oder ein Büro für Innenarchitektur.

Und dann waren da die Nachteile.

Auch davon gab es zahlreiche.

Vor allen Dingen wollte ich nicht, dass Louisa gewann.

Sie setzte mich unter Druck, und Schikane kam bei mir nicht gut an.

Der zweite Nachteil bestand darin, dass es Devon gegenüber nicht fair war.

Es stand mir nicht zu, für ihn zu entscheiden, wen er heiraten würde oder nicht.

Letztlich aber war eines entscheidend: Sowohl Louisa als auch Ursula konnten hinter den Drohungen gegen mich stecken, und indem ich mich auf diesen Deal einließ, konnte ich mein Kind schützen.

Ich musste lediglich meine Karten geschickt spielen und sichergehen, dass weder mein Baby noch Devon in dieser Situation den Kürzeren zogen.

Ich griff nach dem Scheck und ließ ihn lächelnd vor Louisas Gesicht einfach fallen.

Zeit, mit harten Bandagen zu kämpfen.

»Tut mir leid, keine Chance, Prinzessin. Dev und ich haben einen Vertrag geschlossen. Ich habe bereits zugestimmt, dass er zum Leben des Kindes dazugehören und sich das Sorgerecht mit mir teilen wird. Und ich beabsichtige, zu meinem Wort zu stehen.«

»Oh Devvie«, seufzte Louisa und massierte sich die Schläfen. »Musstest du dir unbedingt die einzige Hure mit einem Herzen aus Gold aussuchen …«

»Ich bin keine Hure«, zischte ich. »Aber ich erkenne ein Miststück, wenn ich eins sehe.«

»Er wird zum Leben des Kindes dazugehören.« Sie schob mir den Scheck ein weiteres Mal zu. »Ich gebe Ihnen mein Wort. Wir wissen beide, dass wir ihn davon nicht abhalten können. Aber er wäre trotzdem mit mir verheiratet.«

»Super. Was genau wollen Sie dann von mir?«, fragte ich.

»Verlassen Sie ihn«, sagte Louisa seelenruhig. »Den Rest erledige ich. Aber bitte … beenden Sie die Sache einfach. Ich kenne Frauen wie Sie. Sie haben keine Zukunft mit ihm zusammen. Sie nehmen ihn nicht ernst, Ihre Absichten sind nicht sauber …«

»Aber Ihre sind sauber?«, fiel ich ihr ins Wort.

Angewidert verzog sie das Gesicht.

»Er ist kurz davor, alles zu verlieren, wofür seine Familie seit Jahrhunderten gearbeitet hat.«

Es war sinnlos, sich über dieses Thema mit ihr zu streiten, das hatte Devon selbst zugegeben.

Letztlich passten er und ich nicht zueinander. Zu mir würde niemals jemand passen.

»Ich nehme das Geld und verlasse ihn, aber ich verstoße ihn

nicht aus dem Leben des Kindes, und ich werde auch nicht aus Boston wegziehen.«

Es erstaunte mich, wie sehr ich mich selbst in diesem Augenblick hasste.

Weil ich mich als ebenso schlecht erwies wie die Leute, die mir tiefe Wunden geschlagen hatten.

Die Mr Lockens dieser Welt, ohne Tugend, Moral oder Ausrichtung im Leben.

»Gut. Sehr gut. Das reicht mir. Wann werden Sie das tun?«, fragte Louisa.

Benommen ließ ich den Scheck in der Handtasche unter meinem Schreibtisch verschwinden. Ich fühlte mich, als machte ich eine außerkörperliche Erfahrung. Als wäre die Person, die dieser Frau jetzt gegenübersaß, nicht ich.

Es ist für alle das Beste.

Er würde dich nur verletzen.

Jeder Mann, dem du vertraut hast, hat das getan.

»Heute.«

»Gut. Dann sorge ich dafür, dass ich erreichbar bin, wenn er meinen Trost braucht.«

Sie stand auf und klatschte einmal in die Hände. »Ursula wird sich sehr über diese Neuigkeit freuen.«

»Oh, da bin ich mir sicher.« Ich war kurz davor, einfach umzukippen und mich zu übergeben.

»Sie haben die richtige Entscheidung getroffen«, versuchte sie mich zu beruhigen.

Mit einem schwachen Kopfnicken zeigte ich zur Tür. Ich konnte kaum atmen, geschweige denn sprechen.

Louisa ging aus dem Zimmer, schloss die Tür hinter sich und ließ mich mit dem Gewicht meiner Entscheidung zurück, die, das wusste ich ohne jeden Zweifel, meine Seele zermalmen würde, bis nichts mehr davon übrig war.

30. KAPITEL

Belle

Er würde mich nicht gehen lassen.

Das wusste ich mit Sicherheit.

Trotz seiner Liebenswürdigkeit – und Devon Whitehall war ein Gentleman reinsten Wassers – reagierte er auf Bullshit allergisch, und wir wussten beide, dass ich ihm eine üppige Portion Schwachsinn vorsetzte, die keiner von uns verdient hatte.

Also nahm ich den Weg des Feiglings. Ich schrieb ihm einen Brief.

Ich redete mir ein, das sei in Ordnung. Später würde ich mich hinsetzen und von Angesicht zu Angesicht mit ihm sprechen. Ich brauchte nur ein bisschen Zeit, um alles zu verdauen. Außerdem war es besser, wenn ich nicht in Boston blieb, jetzt, da es vermutlich zwei verschiedene Kräfte gab, die mich aus der Stadt zu vertreiben versuchten.

Devon würde schon klarkommen. Das tat er immer, stark, von der Sonne verwöhnt und golden, wie er war. Mit seinem Titel, dem scharfen Verstand und diesem gedehnten, mürrischen Akzent würde er es schaffen.

Mist, ich beging den größten Fehler meines Lebens, und ich tat es für meine Tochter. Ihre Sicherheit hatte oberste Priorität.

So fühlte es sich also an, einen Menschen zu lieben.

Bevor ich ihn überhaupt kannte. Bevor sie auch nur auf der Welt war.

Ich beschloss, Devon einen handgeschriebenen Brief zu hinterlassen. Ich wollte ihm die Nachricht auf eine persönliche Art und nicht kurz angebunden überbringen.

Schließlich war er immer nur gut zu mir gewesen.

Ich brauchte vier Stunden, um etwas zu Papier zu bringen, das ich nicht total verabscheute.

Lieber Devon,

danke für deine Gastfreundschaft und deine Bereitschaft, mit meiner Art von Bullshit klarzukommen, der, geben wir es zu, 99,99 % der Menschheit zu viel wäre.

Die Sache ist die: Ich glaube, dass unser Zusammenleben keinem von uns beiden guttut.

Ich mache dich unglücklich, und mir ist dabei unbehaglich zumute.

Die Gefühle, die du in mir weckst, geben mir das Gefühl, schutzlos zu sein, und das macht mir Angst.

Und was dich betrifft: Ich weiß, dass du gestern Abend kurz davor warst, ein Loch in die Wand deines Schlafzimmers zu schlagen, nur wegen mir.

Ich weiß, es ist alles ziemlich schwierig, aber du sollst wissen, dass ich heute Anzeige erstattet habe und die Polizei schon an der Sache dran ist. Ich verspreche, immer meine Waffe bei mir zu tragen und mich nicht in Gefahr zu begeben, aber ich kann das hier nicht mehr.

Ich habe Angst, dass der Stress sich auf das Baby übertragen würde, wenn wir unsere Beziehung fortführen, und sie muss für mich an erster Stelle stehen. Vor dir. Vor mir.

Ich bin sehr glücklich, dass wir gemeinsam auf diese Reise gegangen sind, und ich wünsche mir sehr, dass wir Freunde bleiben.

Vor diesem Hintergrund werde ich einen Schritt zurücktreten und versuchen, in mich zu gehen, um den Anstand und das Vertrauen zu finden, die du verdient hast.

Alles Liebe,
Belle

PS: Du solltest Louisa heiraten. Sie liebt dich.

31. KAPITEL

Belle

Fünfzehn Jahre alt

Die zehnte Klasse beginnt mit einem Pony.

Nicht zu verwechseln mit einem Pferd.

Hinter der Idee steckt natürlich Ross.

»Der Pony steht dir super. Ich liebe deine Haare, man kann fantastisch mit ihnen arbeiten. Meine eigenen Stirnfransen muss ich jeden Morgen glätten«, stöhnt Ross.

Wir haben einen Deal – ich schneide uns beiden einen Pony, wenn er sich bereit erklärt, mit mir zum Krav Maga zu gehen. Der Kurs findet dreimal wöchentlich statt. Die Trainer sind unseren Anblick leid. Aber ich lege mein Schicksal nicht länger in die Hände von Menschen, die ich nicht kenne.

Auf den Fluren, in den Klassenräumen, in der Cafeteria … Überall halte ich nach Coach Locken Ausschau. Ich werde nicht zulassen, dass er mir so etwas noch einmal antut, und ich werde mich rächen.

Ich habe genug Dokus und Nachrichten gesehen, um zu wissen, dass es nichts nützen wird, ihn den Behörden auszuliefern. Ich muss das Gesetz in die eigenen Hände nehmen. Denn egal ob er ungestraft davonkommt oder nicht, mein Leben ist auf jeden Fall für immer im Arsch.

Ich weigere mich, das Mädchen zu sein, das mit seinem

Coach rumgemacht hat. Das sich monatelang von ihm hat lecken lassen und dann – ups! – auf einmal Angst bekam und zu Mommy und Daddy gelaufen ist, als er ihm die Jungfräulichkeit nahm. Nein. Scheiß drauf. Ich bin ein Mädchen mit einem Plan.

Coach Locken hält sich von mir fern.

Ein Monat folgt auf den anderen, und ich fange beinahe wieder an zu atmen.

Dann, früh an einem strahlenden Samstagmorgen, als Mom unten Pfannkuchen zubereitet, Dad gerade die Zeitung liest und Persephone mit Sailor telefoniert, passiert etwas.

Es ist seltsam, dass es passiert, denn alles andere an diesem Samstag ist absolut gewöhnlich. Alltäglich. Der Duft der Pfannkuchen kriecht unter dem Türschlitz in das Badezimmer hinein. Dasselbe gilt für Persephones Lachen, während sie mit Sailor darüber spricht, wie unerträglich romantisch unsere jeweiligen Eltern sind (Sailor ist leider ebenfalls der Sprössling zweier Menschen, die wirklich aufhören sollten, einander in der Öffentlichkeit zu befummeln).

Ich bekomme eine Textnachricht von Locken.

Ich mache es noch einmal, wenn du es jemandem erzählst. Sei gewarnt.

Betrachtet mich als gewarnt.

Ich bin kurz davor, mich zu übergeben.

Aber ich glaube, ich weiß, warum er sich sicher genug fühlt, mir so etwas zu schreiben – er weiß, dass die Behörden ein Stück Dreck sind. Die Schulbehörde würde mir niemals glauben. Bei der Polizei hier im Ort arbeiten jede Menge Schulfreunde von ihm – Leute, mit denen er ein Bier trinken geht –, und Southie ist einfach kein Ort, an dem man zur Polizei geht. Hier regelt man seine Angelegenheiten selbst.

Ich pinkle in die Toilette. Ich habe das Gefühl, fertig zu sein – meine Blase ist leer, das weiß ich, weil ich seit zehn Jahren und ohne Pause jeden Tag mehrmals pinkeln gehe –, aber aus irgendeinem Grund tropft es weiter aus mir heraus. Die Krämpfe in meinem Bauch sind schlimm, es ist, als zögen sich meine Eingeweide zusammen, um etwas aus mir herauszuspülen.

Ich senke den Blick zwischen meine Beine und runzle die Stirn. Ein Strahl Blut kommt heraus. Ich schaue blinzelnd in die Toilettenschüssel, spreize die Schenkel und sehe einen Klumpen von ... irgendetwas.

Oh Gott.

Oh Gott.

Oh mein Gott.

Ich beuge mich vor und erbreche mich auf die Fliesen. Ich zittere. Nein. Das kann nicht sein. Ich greife über meinen Kopf, ziehe ein Handtuch aus einem Regal und stopfe es mir in den Mund, um meine Schreie zu dämpfen. Ich winde mich auf dem Boden und schreie in das Handtuch hinein.

Ich weine und weine.

Ich war schwanger.

Dieser Scheißkerl hat mich geschwängert.

Natürlich hat er das.

Aber ... Warum habe ich das Baby verloren?

Ich rechne zurück, und mir wird klar, dass ich in der sechsten Woche war. In der letzten Woche der Sommerferien war ich gestürzt. Aber trotzdem ... wie? Warum? Wie konnte das sein?

Dies ist der Augenblick, in dem ich erkenne, dass ich nicht mehr ich selbst bin.

Dass ich vielleicht niemals wirklich ich selbst sein werde, weil ich keine Zeit hatte, herauszufinden, wer ich war.

In diesem Moment denke ich, dass mein Glaube an die Menschheit unwiederbringlich verloren ist.

Dass es schlimmer überhaupt nicht mehr werden kann.

Und dann wird es schlimmer.

32. KAPITEL

Devon

Ich würde jemanden umbringen, verdammt noch mal, und dieser Jemand würde nicht Emmabelle Penrose sein, obwohl sie der Mensch war, der meinen Zorn am meisten verdient hatte.

Ich knüllte den handgeschriebenen Brief zusammen, warf ihn in den Papierkorb, schnappte mir meine Schlüssel von der Kücheninsel und stürmte zur Tür.

Auf dem Weg die Treppe hinunter nahm ich immer zwei Stufen auf einmal und wäre auf dem Weg zu meinem Bentley um ein Haar gestolpert.

Erst vor Swevens Wohnung, für die sie nach wie vor Miete zahlte, blieb ich stehen. Das Dreckloch von der Größe einer Streichholzschachtel, aus der ich sie gerettet hatte wie einen mit Flöhen übersäten Welpen.

Ich hämmerte an die Tür, bis meine Fäuste rot und wund waren. Keine Antwort.

»Mach die Tür auf, Emmabelle! Ich weiß, dass du da bist!«

Ein Nachbar kaum aus seiner Wohnung geschlurft, in einem Bademantel à la *The Big Lebowski*, einen Joint im Mundwinkel.

»Sie verschwenden Ihre Zeit, Mann. Sie wohnt schon seit ein paar Monaten nicht mehr hier. Ist zu ihrem reichen Freund gezogen.« Der Nachbar zog an seinem Joint und legte den

Kopf schief. »Wenn ich genauer darüber nachdenke, sah er Ihnen ziemlich ähnlich.«

Sie war nicht nach Hause zurückgekehrt.

Mein nächstes Ziel war das Anwesen von Persephone und Cillian.

Den ganzen Tag lang versuchte ich Belle zu erreichen. Sie ging nicht ans Handy.

Da ich mich von ihrer mangelnden Erreichbarkeit nicht abschrecken lassen würde, hinterließ ich jede Menge Voicemails, während ich mich in der Rushhour im quälend zähen Verkehr von Boston dahinschleppte.

»Hallo, Liebling, hier ist dein Freund. Der, den du gerade mit einem verdammten Brief verlassen hast. Ja, genau der, dessen Baby du im Bauch hast. Wenn du glaubst, dass wir nicht darüber reden werden, täuschst du dich, und zwar schwer. Ach übrigens: Was ist eigentlich aus der Tatsache geworden, dass es da draußen ein paar Leute gibt, die dich UMBRINGEN wollen? Ruf mich zurück. Küsse. Dev.«

Und dann:

»Sweven. Ich hoffe, du verbringst einen schöneren Abend als ich. Wo bist du? Und wenn du mir auf diese umständliche Art mitteilst, dass dich Louisas Anwesenheit stört, schlage ich vor, dass wir einen Lebensberater oder einen Sprechtrainer engagieren, um an deiner Kommunikationsfähigkeit zu arbeiten. Ruf mich zurück.«

Und zu guter Letzt:

»Emmabelle *fucking* Penrose. Geh endlich an dein verdammtes Handy!«

An diesem Punkt begann die Eskalation.

Bei Persy und Cillian angekommen schlug ich derart heftig mit dem Türklopfer, einem Löwenkopf aus Messing, an die Tür, dass er sich aus der Halterung löste und auf dem Boden landete. Die Schwester meiner Freundin (ja, das war sie immer noch), teilte mir mit aufrichtigem Bedauern in der Stimme mit, dass ihre Schwester nicht da war.

»Sagst du das, weil du das verdammte Weibsbild versteckst oder weil sie wirklich nicht hier ist?« Hechelnd wie ein Hund stand ich auf der Schwelle.

»Meine Frau hat gesagt, dass ihre Schwester nicht hier ist.« Cillian erschien hinter Persephone an der Tür und legte ihr beschützend einen Arm um die Schulter. »Bezeichnest du sie etwa als Lügnerin?«

»Nein, aber ich bezeichne dich als unerträglichen Schwachkopf.« Mir war jede Form von Etikette und Manieren abhandengekommen, und ich hatte mich auf Feindseligkeit verlegt. »Ich habe nämlich durchaus Grund zu glauben, dass hier jemand etwas vor mir verbirgt. Die beiden stehen sich nah. Sie würden sich gegenseitig decken.«

»Tatsächlich …«, Persy straffte die Schultern und wirkte dadurch ziemlich hochmütig, »… würde ich selbst gern wissen, wo sie ist. Ich mache mir Sorgen um sie. *Sie* nimmt die Drohungen vielleicht nicht ernst, *ich* tue das sehr wohl.«

»Frag Sailor und Aisling«, riet ich ihr, hastete aber bereits zu meinem Wagen zurück, um zu Sailor zu fahren. »Sag mir Bescheid, wenn du irgendwas hörst.«

»Mache ich«, rief sie mir von ihrem Standort an der Tür nach.

Bei Sailor Fitzpatrick zu Hause war Sweven auch nicht. Sie war nicht bei Aisling Brennan. Und auch nicht im *Madame Mayhem*. Sie war einfach *nirgendwo* zu finden.

Es war, als hätte ein Erdloch sie verschluckt.

Ich rief Brennan an. Schließlich bezahlte ich ihn dafür, dass er sie beschatten ließ, fester Freund des Jahres, der ich war. Als er sich nicht meldete, beschloss ich, ihm einen Besuch abzustatten. Für den Preis, den ich ihm zahlte, sollte Emmabelle nicht nur in Sicherheit sein, sondern es warm und gemütlich haben, regelmäßige Pediküren und drei Mahlzeiten am Tag bekommen.

Ich platzte ins Spielzimmer des *Badlands* hinein und warf einen Pokertisch um. Sam organisierte gerade ein Pokerspiel zwischen zwei Senatoren und einem Wirtschaftsmagnaten. Rasselnd landeten die Chips auf dem Boden.

Er blickte auf.

»*What the fuck?*«

»Der *fuck* ist, dass du mich über den Tisch gezogen hast. Ich habe dir einen Vorschuss gegeben, damit du meine Freundin überwachst. Blitzmeldung: Vor einer Sekunde habe ich dich engagiert, und schon habe ich nicht die geringste Ahnung, wo sie ist.«

Sam führte mich in sein Backoffice. Wir eilten einen dicht bevölkerten schmalen Flur entlang, vorbei an Männern, die unbedingt stehen bleiben und sich mit uns unterhalten wollten. Ich scheuchte sie weg wie Fliegen.

»Hältst du endlich deine Klappe? Ich habe einen Ruf zu verlieren, gottverdammt.«

»Wo ist Emmabelle?«, stieß ich zwischen zusammengebissenen Zähnen hervor. Wir erreichten sein Büro, ich knallte die Tür hinter uns zu und begann sofort, den Raum zu verwüsten. Ich warf seine Couch um, zog an einem Raffrollo und schlug mit der Faust ein Loch in ein Porträt von Troy Brennan – eine Beleidigung, auf die wahrscheinlich Tod durch Steinigung stand.

»Ich versuche seit Stunden, dich zu erreichen. Jeder Anruf landet direkt auf Voicemail.«

»Ich war damit beschäftigt, Dick und Doof Honig um den Bart zu schmieren«, versetzte Sam, holte sein Handy aus der

Gesäßtasche und tippte eine Nummer ein. »Und jetzt werde ich meine Jungs anrufen und hören, was los ist.«

Die gute Nachricht war, dass Sams Männer sich sofort meldeten.

Die schlechte war, dass sie Belle verloren hatten.

»Was soll das heißen: Sie haben sie *verloren?*« Meine Stimme wurde lauter, und auf einmal riss ich seinen Apple-Bildschirm vom Schreibtisch und schmetterte ihn gegen die Wand. »Sie ist kein Gedankenfaden, verdammt. Keine Nebenhandlung in einem Buch. Keine Sonnenbrille. Eine dreißigjährige Frau *verliert* man nicht einfach.«

»Sie hat sie reingelegt«, sagte Sam und wirkte angesichts dieser Enthüllung leicht erstaunt. Seine Augen waren geweitet, sein Mund stand offen. Ich begriff, dass ihm so etwas nur selten passierte.

»Offenbar hat sie gemerkt, dass ihr jemand folgt, und dann hat sie sie abgehängt.«

»Ja, sie ist clever«, sagte ich wutschnaubend. Himmel, konnte Belle nicht ein bisschen weniger scharfsinnig sein?

Sam blickte finster. »Du warst das Genie, das ihr nicht sagen wollte, dass ich sie überwachen lasse. In meiner ganzen Laufbahn ist es noch niemandem gelungen, unter meinem Radar hindurchzuschlüpfen.«

»Wow, danke für den *fucking* Funfact.« Ich packte ihn am Hemdkragen und zog ihn so dicht zu mir heran, dass unsere Nasen sich berührten. »Entweder findest du meine Freundin noch heute Abend, oder ich sorge höchstpersönlich dafür, dass du und der Staatsanwalt, der dich deckt, bis ans Ende eures erbärmlichen Lebens vor Gericht steht, um euch für jedes Verbrechen zu verantworten, das ihr in den letzten zwanzig Jahren begangen habt.«

Mit steifen Schritten verließ ich den Club und begab mich

zu dem einzigen Menschen, der womöglich etwas wusste – Louisa.

Louisa erwartete mich in einem winzigen Body aus cremefarbener und schwarzer Spitze, dazu trug sie ein Korsett, in dem ihre Taille genauso wenig existent war wie mein Bedürfnis, sie zu ficken.

»Hallo, Darling. Schön, dich zu sehen.«

Sie trat von der Tür zurück, damit ich hereinkommen konnte. Sobald ich sie hinter uns geschlossen hatte, nagelte ich sie mit einem Blick fest, der ihr deutlich machte, dass für uns auf keinen Fall eine Fickveranstaltung auf dem Programm stand.

Kenne dein Publikum, Mädchen.

»Zieh dir was über.«

»Was denn zum Beispiel?«, fragte sie und blinzelte träge.

»Meinetwegen einen Regenmantel, verdammt. Sehe ich etwa aus wie ein Stylist?« Ich griff nach einem Kleidungsstück, vermutlich ein Morgenmantel, das über einer Stuhllehne hing, und warf es ihr zu. Rasch hüllte sie sich darin ein und atmete hörbar durch.

»Was ist los?« Sie ging zur Hausbar und goss uns Drinks ein.

»Was hast du getan?«

Überraschenderweise klang es gut. Ironisch. Geschäftsmäßig. Nicht so, als wäre ich kurz davor, einen Mord zu begehen, auf den die Todesstrafe stand.

»Wie meinst du das?« Mit zwei Gläsern Whiskey in Händen kam Louisa auf mich zu und reichte mir eins davon. Ich nahm weder die Geste noch den Drink zur Kenntnis.

»Was hast du getan?«, wiederholte ich.

»Devvie, hör um Himmels willen auf, dich dermaßen sonderbar zu benehmen.«

Sie trat einen Schritt zurück.

Ich trat einen Schritt vor.

Ich hatte keine Ahnung, was ich hier tat, und ich wollte es auch gar nicht wissen.

Sweven brachte Gefühle in mir zum Vorschein, die ich nicht genauer erkunden wollte.

Ich war immer ein besonnener Mensch gewesen. Ruhig. Voller Selbstvertrauen.

In diesem Augenblick war ich nichts davon.

»Was. Hast. Du. Getan?« Ich nahm ihr beide Gläser aus den Händen, stellte sie auf einer Anrichte ab und drängte sie an die Wand. Wir waren nur Zentimeter voneinander entfernt.

Bedrohung lag in der Luft, sogar Gewalt. Sie spürte es.

Die Spannung in Louisas Körper gab kaum merklich nach, und endlich fragte sie: »Wie viel weißt du?«

»Genug, um zu wissen, dass es nach deiner Beteiligung riecht.«

Sie reckte das Kinn. »Was ich getan habe, mag unethisch sein, aber es ist mit Sicherheit nicht illegal.«

»Nicht illegal?« Yep. Jetzt schrie ich sie an. Durch den Aufprall meines Atems flogen ihre Haare zurück. »Sie wird verfolgt! Sie ist auf der Flucht!«

»Jemand *verfolgt sie?*« Louisa wirkte aufrichtig überrascht. »Ich habe nichts dergleichen getan. Ich würde niemals jemanden beauftragen, eine Frau zu belästigen, schon gar nicht eine schwangere. Das verstößt gegen alles, woran ich glaube.«

Na klar, du bist eine Heilige, sagte ich ihr mit meinem Blick.

Sie zog die Brauen auf eine Weise hoch, als wollte sie erwidern: *Nagle mich nicht darauf fest, Arschloch.*

Ich beschloss, sie von der Liste der Verdächtigen zu streichen. *Vorläufig.* Unter den gegebenen Umständen hatte ich mit Frank und meiner Mutter bereits genug zu tun.

»Aber du *hast* etwas getan«, wiederholte ich.

»Nur eine Kleinigkeit«, erwiderte sie. »Wirklich unerheblich. Eine winzige Kleinigkeit.«

»Was hast du gemacht?«

»Devvie …«

»Jetzt!«

»Die Idee stammt von deiner Mutter.« Sie grub sich die Fingernägel in die Fäuste und sah furchtbar verlegen aus. Ich starrte auf ihre Wange, weil sie mir nicht in die Augen blicken konnte.

»Was hast du gemacht?«, fragte ich zum hundertsten Mal.

»Das kann ich dir nicht sagen. Du wirst mich hassen.«

»Zu spät. Das tue ich bereits. Und jetzt zum letzten Mal, ehe ich dafür sorge, dass du den Tag verfluchst, an dem du geboren wurdest: Was ist zwischen heute Morgen und jetzt passiert, das meine Freundin dazu gebracht hat, mich zu verlassen?«

In dem Augenblick vor ihrem Geständnis war es, als würde die gesamte Luft aus dem Raum gesogen.

»Ich habe sie bezahlt.«

Jetzt war es raus. Das Geständnis.

Und gleich darauf fuhr Louisa fort und gab zögernd einen weiteren Informationsfetzen preis.

»Es ist Ursula, Devvie. Sie war unerbittlich. Völlig verstört. Die Zeit läuft ab. Sie wurde nervös … war geradezu am Boden zerstört und …« Sie schüttelte heftig den Kopf und machte Anstalten, mein Gesicht zu berühren. Ich wehrte sie ab.

»Und?«

»Und sie hat ihr einen Scheck über eine Million Dollar ausgestellt.«

»Verdammter Mist.«

»Und Emmabelle hat ihn *genommen*«, fügte Louisa verzweifelt hinzu, während sie ihre kleinen Fäuste um den Stoff meines Anzughemds schloss. »Sie hat den Scheck angenommen, Devon. Was sagt das über sie aus? Sie liebt dich nicht, braucht dich nicht. Sie nimmt dich überhaupt nicht wahr, und ich sehne mich Tag für Tag nach dir.«

Sie sagte die Worte in mein Hemd, unfähig, mich dabei anzusehen.

»Du bist mein erster und mein letzter Gedanke, Devvie. Ich habe dich immer im Kopf. Dich zu lieben ist wie atmen für mich. Es ist zwingend. Erlaube mir, dich zu lieben. Bitte. Gib mir nur eine Chance, und ich werde alles für dich sein, was du brauchst.«

»Du kannst nicht alles sein, was ich brauche.« Ich trat zurück, sodass sie ins Stolpern geriet, sich aber gleich wieder fing. »Denn du bist nicht die Frau, die ich liebe.«

Ihre Augen waren geweitet und voller Tränen. Ich ging zu einem kleinen Esstisch hinüber, nahm ihr Handy und reichte es ihr.

»Und jetzt rufst du deinen Piloten an, der auf Abruf für dich bereitsteht, und sagst, dass du heute Nacht noch fliegst. Geh zurück nach England. Und setze nie wieder einen Fuß in diese Stadt. Nicht solange ich am Leben bin. Und solltest du jemals zurückkommen …«

Ich verstummte und dachte nach. Louisas Gesicht war nun von Make-up und Tränen entstellt. Ein Mix, der sie leicht komisch aussehen ließ, als wäre sie ein lange verschollenes Bandmitglied von *Cradle of Filth*.

Es fühlte sich nicht gut oder richtig an, sie dermaßen zu vernichten, aber ich hatte keine Wahl. »Darling«, sagte ich, umfasste ihre Arme und senkte meine Stimme zu einem Flüstern. »Ich werde dich niemals heiraten. Nicht in diesem Leben und auch nicht im nächsten. Ob Emmabelle von der Bildfläche verschwunden ist oder nicht, ich bin der Typ, für den es nur alles oder nichts gibt. Mit ihr will ich alles. Mit dir hingegen …« Ich ließ sie den Satz in ihrem Kopf vervollständigen, ehe ich hinzufügte: »Wenn du dich in meine Beziehung mit meiner Freundin einzumischen versuchst – und sie ist nach wie vor meine Freundin, täusch dich nicht, auch wenn sie es noch nicht weiß –, werde ich dafür sorgen, dass sowohl deine Familie als auch dein Erbe zerstört werden. Ich werde dafür sorgen, dass jeder erfährt, dass Byron eine historisch bedeutsame Kirche abgerissen hat, um seine Geliebte nur einen Katzensprung von seinem Landsitz entfernt unterzubringen. Es wird bekannt werden, dass er dem Abgeordneten Don Dainty unter der Hand Geld gezahlt hat, um günstigere Steuergesetze zu erwirken, und wir wollen auch nicht vergessen, dass dein lieber Bruder Benedict eine Vorliebe für minderjährige Mädchen hat. Deine Familie ist durch und durch korrupt, und ich bin gewillt, jedes Fehlverhalten aufzudecken, zu dem es im Lauf der Jahre gekommen ist, wenn du mir nicht hier und jetzt dein Wort gibst, dass du diese Sache sofort beendest.«

So viel Dreck, und alles war Sam Brennan und seiner Detektivarbeit zu verdanken. Vielleicht war er letztlich doch einen Teil seines Honorars wert.

Ich erkannte, dass Louisa allmählich begriff.

Es traf sie heftig. An derselben Stelle, an der mich eines Tages die Erkenntnis getroffen hatte, dass mein Vater mich nicht liebte. Obwohl es inzwischen so aussah, als liebte mich meine gesamte Familie nicht.

Auch Mum hatte mich betrogen.

Von außen betrachtet hatte sich nichts verändert. Louisa war immer noch Louisa. Gertenschlank und zierlich, eine perfekte, makellose Feder im Wind. Aber ihre Augen funkelten nicht mehr, sondern waren trüb. Ihr Mund wurde starr. Das Glitzern in ihrer Iris war verschwunden.

»Antworte mir«, sagte ich leise und schloss mit sanftem Druck eine Hand um ihren Kiefer. Die Worte purzelten ihr über die Lippen, als hätten sie direkt dahinter gewartet, endlich herauskommen zu dürfen.

»Ich verstehe, dass du mich nie mehr wiedersehen willst, Devon.«

Und zu meiner Überraschung verbarg sich unter diesen Worten glimmende Kohle, die dort, wo einst Flammen gelodert hatten, noch heiß war.

Sie war wütend. Trotzig.

Ich hoffte, dass sie aus der Asche auferstehen und einen anderen finden würde.

Ich drehte mich um und machte mich auf den Weg zum Flughafen.

Ich musste einen Flieger erwischen.

Unterwegs rief ich mehrmals bei Emmabelle an und hinterließ weitere Nachrichten, auf die jeder Serienmörder stolz wäre.

»Du bist echt verrückt, wenn du glaubst, dass ich dich gehen lasse. Du hast vom ersten Augenblick an mir gehört. Als du dir meiner Existenz noch gar nicht bewusst warst. Als ich deiner Schwester eine harte Vereinbarung vorsetzte, die sie besser nicht unterschrieben hätte.«

Und dann:

»In der Nacht, in der wir in Cillians Hütte zum ersten Mal miteinander geschlafen haben, zog ich zum ersten Mal überhaupt in Erwägung, meinen Pakt mit mir selbst – dass ich niemals heiraten würde – zu brechen. Ich weigere mich, die einzige Frau zu verlieren, die diesen Wortbruch wert ist.«

Sowie:

»Herrgott noch mal, ich liebe dich.«

Während ich durch Stadtviertel, zwischen Wolkenkratzern

hindurch und durch Hunderttausende Leben raste, die mich nichts angingen, dachte ich über etwas nach, das Louisa vor meinem Aufbruch zu mir gesagt hatte.

Es stimmte, dass Belle mich nicht liebte.

Aber ich liebte sie, und vielleicht war das genug.

33. KAPITEL

Belle

Fünfzehn Jahre alt

Ich flirte mit der Sechzehn.

Und die ist das Einzige, womit ich flirte.

Mein Leben ist auf wohlige und zugleich widerwärtige Art langweilig.

Ich habe keine Dates. Ich pflege keine Kontakte außer denen zu meiner Schwester, Sailor und Ross, aber ich schwinge große Reden und zeige der Welt mit tödlicher Entschlossenheit, dass mit Emmabelle Penrose alles in bester Ordnung ist. Dass ich ein unbesiegbares, unbekümmertes Mädchen bin.

Und manchmal, an guten Tagen, glaube ich mir diesen Bullshit sogar für ein paar Minuten.

Coach Locken hingegen ist gar nicht gut drauf.

Brenda, seine Frau, ist wieder schwanger, obwohl der kleine Stephen ... Moment ... erst etwas mehr als ein Jahr alt ist. An sich ist das für Erwachsene keine schlechte Nachricht.

Die Tatsache, dass er eine Affäre mit einer Lehrerin hat, ist es allerdings sehr wohl.

Miss Parnell ist meine zweiundzwanzig Jahre alte Vertretungslehrerin – und seine neueste Freundin.

Der Showdown am Schultor letzte Woche war legendär. Sogar ich war sauer und aufgeregt.

Brenda hielt am Straßenrand, Stephen junior schlummerte noch auf der Rückbank. Sie trieb die liebe Miss Parnell in die Enge und ohrfeigte sie vor der gesamten Schülerschaft. Die arme Miss Parnell hatte keine Chance. Sie fing einfach an zu weinen. Ihr Schluchzen wurde noch heftiger und lauter, als Brenda sie anschrie: »Wussten Sie, dass er mich wieder geschwängert hat? Wussten Sie das? Und hat er Ihnen erzählt, dass wir uns getrennt haben, als ich mit Stevie schwanger war? Denn dieser Scheißkerl hat mich zu meiner Mom geschickt und behauptet, er. müsste mit dem Kammerjäger durch das Haus gehen und alles desinfizieren, bevor das Baby kommt. Er ist an jedem gottverdammten Wochenende nach Jersey gefahren, um mir an die Wäsche zu gehen.«

Wow. Brenda war überhaupt nicht die liebe, nette Frau, die ich auf dem Verlobungsfoto gesehen hatte. Trotzdem gibt mir das ein besseres, leichteres Gefühl, wenn ich daran denke, was ich Coach Locken bald antun werde. Ich habe keineswegs vergessen und vergeben. Ich warte nur auf den richtigen Augenblick, darauf, dass auf dem Kalender noch mehr Wochen und Monate zwischen uns liegen, sodass ich nicht in Verdacht gerate, wenn die Zeit gekommen ist.

Jetzt gehe ich von der Schule nach Hause, und das Leben kommt mir ein kleines bisschen besser vor. Erstens wurde Locken nach diesem Showdown gefeuert und arbeitet nicht mehr an meiner Schule, was großartig ist. Zweitens sind die letzten beiden Stunden ausgefallen, sodass ich früher als erhofft in einen Nachmittag mit panierten und gebratenen Ravioli (die tiefgefrorenen von *Trader Joe's*) und Wiederholungen der *Ricki Lake Show* abtauchen kann. Oder wie manche es nennen: in den Himmel.

Persy sollte frühestens in zwei Stunden nach Hause kommen, Dad ist bei der Arbeit (ist er das nicht immer?), und Mom hat sich endlich bereit erklärt, zur Therapie zu gehen und sich mit ihren dunklen Phasen auseinanderzusetzen, darum ist sie quer durch die Stadt gefahren und wird vor dem Abend nicht wieder zurück sein.

Ich schließe die Haustür auf, glücklich, weil ich weiß, dass es Coach Locken richtig mies geht, wo auch immer er im Augenblick sein mag. Ich streife meine Sneakers ab, lasse noch an der Tür den Rucksack von meinen Schultern gleiten und tappe barfuß durchs Wohnzimmer. Gleich werde ich mich um die Ravioli kümmern. Erst gehe ich pinkeln. Ich hasse es immer noch, zum Pinkeln ins Badezimmer zu gehen. Es ist, als hätte ich eine Posttraumatische Belastungsstörung und würde mit einer zweiten Fehlgeburt rechnen, obwohl ich weiß, dass ich nicht schwanger bin. Aber wie viel Zeit auch vergehen mag … obwohl es so aussieht, als hätte ich in meinem Leben ein neues Kapitel aufgeschlagen … Ich kann nicht anders, ich hasse Locken für das, was er mir angetan hat. Was er mit meinem Körper gemacht hat. In meiner Vorstellung ist es durch die Art, wie er mich genommen hat, dazu gekommen. Es war so brutal, so hektisch … Ich bin mir sicher, dass er dabei irgendeine Art von Schaden angerichtet hat.

Ich gehe am Schlafzimmer meiner Eltern vorbei und sehe, dass die Tür nur angelehnt ist. Was mich nicht schockiert, weil in diesem Haus ohnehin das Chaos regiert und wir keine Regel haben, die besagt, wann Türen offen oder geschlossen zu sein haben. Ich schlendere gerade daran vorbei, da höre ich ein leises Stöhnen und bleibe wie angewurzelt stehen.

Oh Mist. Sie sind da.

Sie sind da, und sie schlafen miteinander.

Es ist schlimmer, als ich dachte. Ihre Liebe zueinander kennt keine Grenzen. Kann mich bitte jemand erschießen?

Ich drehe mich um und will eigentlich auf Zehenspitzen zurück in die Küche schleichen und vielleicht in die Spüle pinkeln, damit ich mir diesen Mist nicht anhören muss und noch stärker verletzt werde, wenn ich die Stimme meines Vaters höre.

»Oh, Sophia.«

Sophia? Wer zum Teufel ist Sophia?

Meine Mom heißt doch Caroline.

Was um alles in der Welt …?

Ich husche zurück und drücke mich an die halb offen stehende Tür, spähe durch den Spalt und blinzele, bis ich das Bild scharf sehen kann.

Mein Dad liegt auf dem Bett, und auf ihm, mit dem Rücken zu mir, sitzt eine Frau, die definitiv nicht meine Mutter ist. Lange rote Haare. Schlanke Figur. Sommersprossen auf den Schultern. Sie reitet auf ihm.

Dad betrügt Mom.

Das perfekte Märchen, an das ich als Kind zu glauben gelernt habe, ist nur eine Lüge.

Alle Männer sind Betrüger.

Alle Männer sind unzuverlässig.

Alle Männer sind Dreckskerle.

Ich tappe zur Tür zurück und schlüpfe aus der Wohnung. Auf dem Weg zum Dach unseres Hauses nehme ich immer drei Treppenstufen auf einmal.

Ich springe nicht, obwohl ich es gern täte.

Aber ich trage unerledigten Groll mit mir herum, um den ich mich kümmern muss.

Und was Dad betrifft … Ich werde ihm niemals verzeihen.

34. KAPITEL

Belle

Ich wurde verfolgt.

Ich merkte es, als ich in den Rückspiegel blickte und den unauffälligen schwarzen Sedan, der seit einer Weile immer vier Wagen hinter mir fuhr, egal, wie häufig ich die Spur wechselte, aus Boston hinaus und auf die Autobahn gleiten sah.

Da ich nicht wusste, wer es war – Frank? Louisa? Devons Mom? Der Teufel höchstpersönlich? –, beschloss ich, ihn abzuhängen.

Dies schien mir ein schlechter Tag, um zu sterben und im Wald verscharrt zu werden.

Eine Zeit lang wechselte ich zwischen den Fahrbahnen hin und her und spürte, wie mir der Schweiß auf die Stirn trat, während ich mir eine Strategie zurechtzulegen versuchte. Wie konnte ich diesen seltsamen Wagen nur loswerden?

Und auf einmal war es mir klar.

Ich setzte den Blinker, um nach rechts zu einer der kleinen Städte im Großraum abzubiegen, und wartete geduldig in der Autoschlange. Mein Stalker tat dasselbe. Als es grün wurde, beging ich eine schreckliche (und damit meine ich: eine *verdammt* schreckliche) Verkehrswidrigkeit. Ich fuhr einfach geradeaus weiter, anstatt rechts abzubiegen, und raste in eine stark befahrene Kreuzung. Fahrer vollführten Vollbremsungen und hupten wütend, aber als ich mich umsah, hatte ich den schwarzen Sedan weit hinter mir gelassen. Inmitten eines Meeres von Fahrzeugen saß er in einem höllischen Stau fest.

Ich fuhr weiter, immer weiter, ohne zu wissen, wo ich am Ende landen würde.

Und dennoch wusste ich aus irgendeinem Grund bereits, wohin ich fahren würde.

Alles gleichzeitig.

Zum ersten Mal, seit ich achtzehn Jahre alt war, wohnte ich wieder bei meinen Eltern.

Ich konnte mir selbst nichts mehr vormachen. Bliebe ich jetzt noch in Boston, wäre das Ausdruck eines Todeswunsches. Genauso gut hätte ich mir ein Schild mit der Aufschrift *Ich arbeite bei Doof* auf die Stirn kleben können, mit einem Pfeil, der auf mein Gehirn zeigt.

Mehrere Leute wünschten sich meinen Tod. Und ich hatte gerade meine Seele an den Teufel in Stilettos verschenkt.

Es war Zeit, unterzutauchen und mir einen Schlachtplan zurechtzulegen.

Meine Eltern lebten in dem Ort, an dem der Sexappeal gestorben war, auch bekannt unter dem Namen Wellesley, Massachusetts.

Einige Jahre zuvor hatten sie aufgeregt verkündet, dass sie genug Geld zusammengespart hatten, um sich ihren lebenslang gehegten Traum zu erfüllen und langweilige Rentner zu werden. Sie kauften ein salbeigrünes Haus im Kolonialstil mit farblich passendem Dach, roten Fensterläden und einem Schaukelstuhl auf der Veranda und zogen aus Southie weg.

Persy und ich nannten es das Lebkuchenhaus, aber nur eine von uns tanzte dort begeistert jedes Jahr an Weihnachten an, um glückliche Familie zu spielen.

»Oh, Belly-Belle, ich bin so froh, dass du wieder bei uns bist, auch wenn die Umstände nicht gerade ideal sind.« Mom steckte den Kopf zu der Doppeltür zum Garten hinaus und lächelte entschuldigend.

Ich saß am Rand des Pools, auf den sie dermaßen stolz waren, tauchte meine Füße ins Wasser und wackelte mit den Zehen.

»Wie gesagt, Mom, es ist alles in Ordnung.«

»Nichts ist in Ordnung, wenn du dir deine Wohnung nicht mehr leisten kannst.«

Mit einer Schüssel Wassermelonenstücke, gewürzt mit frischem Fetakäse und Minze, trat sie in den Innenhof hinaus.

Sie stellte die Schüssel neben mich an den Rand des Pools und fuhr mit einer Hand über das gelbe Lycra meines Badeanzugs. Ihre Finger verweilten auf meinem runden Bauch.

»Ich bin bei euch eingezogen, weil ich mal einen Gang runterschalten wollte, nicht weil ich mir die Miete nicht mehr leisten kann.« Ich wählte ein hübsch geschnittenes Stück Melone – quadratisch und in einem spitzen Winkel geschnitten – und steckte es mir in den Mund. Es war eiskalt. »Jeder, den ich kenne, hat mich angefleht, dem *Madame Mayhem* fernzubleiben. Sie glauben, dass es dem Baby nicht guttut, wenn ich den ganzen Tag auf den Beinen bin.«

Mom hatte keine Ahnung, dass jemand hinter mir her war.

Sie wusste auch nichts von den Briefen.

Sie wusste nicht, dass ich in den Wochen zuvor bei Devon gewohnt hatte.

Sie wusste überhaupt nichts.

Um sie zu schützen, beließ ich es dabei.

Es wäre sinnlos, nahezu grausam, sie zu beunruhigen.

Und noch etwas steckte hinter der Entscheidung, meiner Mutter nur das Allerwichtigste über die Umstände meiner

Schwangerschaft mitzuteilen: Ich vermutete, dass sie es nicht verstehen würde.

Ehrlich gesagt fragte ich mich sogar, ob ich selbst genau verstand, was mir in letzter Zeit zugestoßen war.

»Bist du sicher, dass alles okay ist?« Sie fing an, die blonden Locken zu entwirren, die sich in meinem Ohrring verfangen hatten, so wie sie es auch getan hatte, als ich noch ein Kind war. »Du bist schon ein paar Tage hier und hast uns immer noch nicht gesagt, was genau der Grund dafür ist.«

»Kann ich mich nicht einfach mal bei meiner Familie ausruhen?«

»Seit deinem sechzehnten Geburtstag kann ich mich an keinen Abend erinnern, an dem du nicht ausgegangen bist.«

Na ja, Mom, in dem Alter habe ich alles Mögliche getan, um mich so gut wie möglich von der Realität meines Lebens abzulenken.

Tatsächlich war ich noch ein halbes Jahr zuvor durch die Clubs gezogen. Ich hatte mich vierzehn Jahre lang abgelenkt, ehe Devon auftauchte und mich zwang, stehen zu bleiben und mir genau anzusehen, was aus meinem Leben geworden war.

Ich schob mir ein weiteres Stück Wassermelone zwischen die Lippen und betrachtete Moms Schwarzäugige Susannen auf der anderen Seite des Pools. Sie hatten die Stängel gereckt wie Hälse, die in die Sonne blicken wollten, und die Blüten strahlten im Sonnenlicht.

»Komm mit mir zum Bauernmarkt. Dort wirst du meine neuen Bridgefreundinnen kennenlernen«, schlug Mom vor.

»Meine Güte, Mom, glaubst du wirklich, dass ich dir das abkaufe?«, versetzte ich, die Hände unter den Hintern geschoben.

»Na komm, Belly-Belle. Ich sehe doch, dass dich etwas bedrückt.«

»Du *siehst* das?« Stirnrunzelnd betrachtete ich meine Zehen. »Wie denn?«

»Eine Mutter spürt so etwas nun mal.«

Würde auch ich einfach so, ohne jedes verräterische Anzeichen, wissen, dass meinem Baby etwas fehlte, wenn es erst mal auf der Welt war? Würde mir mein Bauchgefühl mitteilen, dass etwas nicht stimmte? Würde ich die Schwingungen bemerken wie Rauch von einem Feuer, ehe die Erde unter ihren Füßen zu brennen begann?

»Ja«, sagte meine Mutter, als hätte sie meine Gedanken gelesen. Sie legte mir eine Hand auf den Rücken. Am liebsten hätte ich mich in Embryostellung auf ihrem Schoß zusammengekauert und geweint. Auf einmal holten mich die vergangenen Monate ein, und ich war erschöpft.

Größer als meine Furcht vor den Leuten, die hinter mir her waren, größer als meine Wut auf mich selbst, weil ich mich auf den Deal mit Louisa eingelassen hatte, war meine Sehnsucht nach Devon.

Ich vermisste ihn so sehr, dass ich mich in den letzten Tagen nicht hatte überwinden können, mein Handy einzuschalten und nachzusehen, ob ich Nachrichten von ihm bekommen hatte.

Ich vermisste sein schroffes, elegantes Lachen und die lebhafte Art, wie sich beim Reden seine dunkelblonden Brauen bewegten.

Ich vermisste seine Küsse und die Fältchen um seine Augen, wenn er schelmisch grinste, ich vermisste es, zu hören, wie er den Typen aus dem Minimarkt unter seiner Wohnung den *newsagent* nannte, als wäre der ein Nachrichtensprecher der BBC und nicht einfach ein Macho, der überteuerte Milch und Zigaretten verkaufte.

Kurz gesagt, er fehlte mir.

So sehr, dass ich mich nicht traute, nach Boston zurückzufahren.

So sehr, dass ich kaum zu *atmen* wagte.

Mom legte den Arm um mich, zog mich an ihre Brust und gab mir einen Kuss auf den Scheitel. »Ja, du wirst es merken, wenn deinem Kind etwas zu schaffen macht, und ich hoffe, es wird dir sagen, was es ist, damit du ihm vielleicht helfen kannst. Wie es der Zufall will, habe ich zwei äußerst unabhängige Mädchen großgezogen. Du noch mehr als deine Schwester. Du warst immer schon ein Hitzkopf. Du hast Persephone geholfen, ehe ich sie erreichen konnte – in der Schule, bei den Hausaufgaben, bei ihren Freundschaften. In gewisser Weise warst du bereits ein Elternteil für sie. Du wirst eine wundervolle Mutter sein, Belly-Belle, und bald wirst auch du das traurigste aller Geheimnisse entdecken.«

»Hmm?«, fragte ich und schmiegte mich an ihr Shirt.

»Du bist nur so glücklich wie dein am wenigsten glückliches Kind.«

Sie drückte mir einen weiteren Kuss auf den Scheitel.

»Sag mir, was los ist, Belle.«

»Ich werde schon damit fertig, Mom.«

Sie lehnte sich zurück und umfasste meine Schultern, ihr Blick bohrte sich in meinen.

»Dann tu das, Liebes. Lauf nicht davor weg, was immer es auch ist. Sieh der Sache ins Auge. Denn was auch passiert, du bist nicht mehr nur für dich allein verantwortlich.«

Ich legte mir eine Hand auf den Bauch.

Baby Whitehall reagierte mit einem Tritt.

Ich bin für dich da, mein Mädchen.

Zwanzig Minuten nachdem meine Mutter zum Bauernmarkt gefahren war, um sich mit ihren Bridgefreundinnen zu treffen (allein bei dem *Gedanken* schrumpfte meine Jugend in sich zusammen), nahm ich die Melonenschüssel, stieß die Fliegengittertür auf und schlüpfte ins Haus. Es war glühend heiß, denn einige Tage zuvor hatte die Klimaanlage den Geist aufgegeben und war noch nicht wieder in Gang gebracht worden. Hinten im Haus befand sich ein klaffendes Loch von der Größe eines Gullideckels und wartete darauf, repariert zu werden.

Ich fühlte mich hier immer noch seltsam. Obwohl das Haus nicht mehr neu war, wirkte es so auf mich. Noch spiegelte es den Charakter seiner Bewohner nicht wider, und es fehlte an Erinnerungen, Nostalgie und den vertrauten Gerüchen, die einen in die Kindheit zurückversetzen.

Ich wusch die Schüssel ab und dachte über Moms Worte nach. Mich meinen Problemen stellen.

Die letzten Tage hatten mir etwas klargemacht.

Ich wollte keine Million. Ich wollte Devon.

Ich war es leid, vor den Leuten zu fliehen, die mich verfolgten. Und deshalb *brauchte* ich Devons Hilfe.

Ja, ich hatte endlich begriffen, dass ich Hilfe brauchte. Hiermit konnte ich nicht allein fertigwerden. Und seltsamerweise fiel es nicht einmal besonders schwer, mir das einzugestehen. Vielleicht konnte aus dem Mädchen, das Mr Locken viele Jahre zuvor verblutend zurückgelassen hatte, ja doch noch eine Frau werden.

Die Haustür wurde geöffnet und wieder geschlossen, und das Pfeifen meines Vaters erfüllte die Luft.

John Penrose konnte jeden Song, der zwischen 1967 und 2000 herausgekommen war, vom Anfang bis zum Ende pfeifen. Und er machte es gut. Als Persy und ich noch klein waren, spielten wir häufig Melodienraten. Manchmal ließ ich sie gewinnen. Aber nicht oft.

»Hallo, meine Süßen, ich bin wieder da!«

Er erschien in der Küche, groß, breitschultrig und noch immer irgendwie attraktiv – wie Harrison Ford mit mehr Falten und weniger definierten Muskeln. Er stellte Stoffbeutel voller Zitronen neben mich auf die Theke und grinste von einem Ohr zum anderen.

»Hallo, meine Liebe.«

Er drückte mir einen Kuss auf die Stirn, zog seinen Gürtel über den Bauch hoch, der allmählich wie die Plauze eines alten Mannes und nicht mehr wie der Bauch einer Vaterfigur aussah, und riss auf der Jagd nach seinem abendlichen Bier die Kühlschranktür auf. »Wo ist deine Mama?«

»Ausgegangen.« Ich lehnte an der Theke und trocknete mir mit einem Handtuch die Hände ab. Ich sagte ihm nicht, wo sie hingefahren war. Bis zu diesem Tag enthielt ich meinem Vater Informationen über meine Mutter vor in dem Versuch, sie geheimnisvoller und verlockender erscheinen zu lassen. Was allerdings wenig Sinn ergab. Sie war wie ein offenes Buch für ihn ... immer ehrlich, geradeheraus und verfügbar.

Sie war all das, was ich nicht sein wollte. Mein Vater zweifelte nie an ihrer Liebe zu ihm.

Dad schloss den Kühlschrank, ließ sein Bud Light aufploppen und lehnte sich an die andere Seite der Küchentheke.

»Wie geht's dir, Kleine? Was macht das Baby?« Er trank einen großen Schluck Bier.

Bring es in Ordnung, drängte Moms Stimme in meinem Kopf.

Hier gingen sie dahin, Nichts und sein bester Freund Nada.

»Du hast Mom betrogen.«

Die Worte klangen dermaßen banal und alltäglich, dass ich lachen musste, weil es so einfach war, sie auszusprechen. Das Lächeln im Gesicht meines Vaters blieb intakt.

»'tschuldigung?«

»Du hast Mom betrogen«, wiederholte ich, und auf einmal spürte ich meinen Puls überall pochen. Am Hals, an den

Handgelenken, hinter den Lidern, in den Zehen. »Versuch nicht, es zu leugnen. Ich habe dich gesehen.«

»Du hast mich *gesehen*?« Dad stellte seine Bierflasche auf die Theke, verschränkte die Arme über der Brust und kreuzte die Fesseln. »Wann und wo, wenn ich fragen darf? Wir verkehren nicht gerade in denselben Kreisen.«

Er klang eher belustigt als beunruhigt; in seiner Stimme lag keine Spur von Aggression.

»In deinem und Moms Bett. Eine Dame mit dunkelroten Haaren. Okay, ich sage zwar Dame, aber was ich eigentlich meine, ist eine Schlampe. Drüben in Southie.«

Und da wich ihm das Blut aus dem Gesicht.

Er wirkte blass. Ernst. *Ängstlich.*

»Emmabelle«, flüsterte er. »Das war …«

»Vor fünfzehn Jahren«, beendete ich den Satz für ihn. »Ja.«

»Wie …?«

»Ich kam früher von der Schule nach Hause und bin bei dir reingeplatzt. Ich habe nichts gesagt, weil ich Angst hatte. Aber ich habe sie auf dir gesehen. Ich habe gehört, wie du ihren Namen geflüstert hast. Und ich habe ihn nie vergessen. Also Dad, wie geht es *Sophia* heute?«

Sophia.

Die Frau, die ich mit Sicherheit irgendwann im Supermarkt, in den Parks und auf der Rolltreppe bei Target gesehen hatte. Die Nutte, die die Ehe meiner Eltern ruiniert hatte, ohne dass meine Mom je davon erfuhr. In manchen Nächten hatte ich wach in meinem Bett gelegen und gedacht, dass ich sie am liebsten umbringen würde. In anderen Nächten fragte ich mich, warum sie so geworden war. Warum sie sich mit einem Mann vergnügen musste, der nicht zu haben war.

»Ich …« Nun blickte er sich um und wirkte auf einmal verloren, als wären wir gerade in den Raum versetzt worden, in dem es passiert war. »Ich weiß es nicht. Ich habe seit Jahren keinen Kontakt mehr zu ihr. Seit *Jahren.*«

Er griff nach der Theke hinter sich und stieß dabei sein Bier um. Die Glasflasche zerbrach auf dem Boden, gelbweiße Flüssigkeit lief wie ein goldener Fluss zwischen uns hindurch.

»Seit wie vielen Jahren?«, fragte ich.

»Fünfzehn!«

»Lüg mich nicht an, John.«

»Zehn.« Er schloss die Augen und schluckte heftig. »Ich habe sie seit zehn Jahren nicht mehr gesehen.«

Er war mit ihr zusammengeblieben, bis ich einundzwanzig war.

Das war kein Seitensprung. Es war eine Affäre, natürlich war es das. Einen Seitensprung hätte er nicht mit nach Hause genommen.

»Warum?«, fragte ich.

Ich wollte wissen, was in seinem Leben fehlte. Mom war wunderschön, treu und lieb. Persy und ich waren wohlgeratene Töchter. Klar, wir hatten Probleme, die hatte schließlich jeder – Geldsorgen, Moms Schwester, die an Krebs starb, solche Sachen. Dinge des *Lebens.* Dinge, die wir gemeinsam durchstanden.

»Warum ich deine Mutter betrogen habe?« Er wirkte verblüfft.

»Ja. Ich will es wissen.«

Keiner von uns machte Anstalten, das Chaos auf dem Fußboden zu beseitigen.

Er rieb sich den Nacken, stieß sich von der Küchentheke ab und begann, auf und ab zu gehen. Ich folgte ihm mit dem Blick.

»Hör zu, es war damals alles nicht so einfach, okay? Von dem Moment an, als deine Mama ihren Job aufgab, um sich um euch beide und um Tante Tilda zu kümmern, möge sie in Frieden ruhen … Von da an war ich nicht einfach der Hauptverdiener … Ich war der alleinige Versorger der Familie. Und es gab Arztrechnungen und einen Kühlschrank, der gefüllt werden musste, Mäuler, die gestopft werden, Versicherungen und eine Hypothek, die bezahlt werden mussten. Persy hatte Ballettunterricht, du hattest die Leichtathletik. Eins kam zum anderen, und ich …« Er verstummte und hob hilflos die Arme. »Ich hatte das Gefühl unterzugehen. Zu versinken. Deine Mutter wollte mich nicht mehr anfassen. Ich fühlte mich zu schuldig, um auch nur darum zu bitten. Sie musste zusehen, wie ihre Schwester immer weniger wurde und schließlich verschwand. Ich kam mir eher wie ein Hausangestellter vor als wie der Mann im Haus. Und dann kam Sophia.«

»Ich nehme an, das soll ein Wortspiel sein«, murmelte ich sarkastisch.

Er ignorierte die Spitze. »Sophia und ich haben in demselben Bürogebäude gearbeitet. Anfangs haben wir nur mittags zusammen gegessen, ganz unschuldig.«

»Davon bin ich überzeugt«, sagte ich lächelnd. Ich war überrascht, dass ich nicht verbitterter hätte sein können, wenn mir all das passiert wäre. Mit Devon.

Devon gehört dir nicht. Er wird eine andere Frau heiraten, wahrscheinlich innerhalb der nächsten Monate. Entschuldige dich überschwänglich und zerreiß den Scheck in kleine Schnipsel oder dreh dich um und leb dein Leben.

»Sie machte damals gerade eine chaotische Scheidung durch«, erklärte Dad.

»Freundschaftliche Scheidungen sind nun mal schwer zu haben«, sagte ich spöttisch. »Und dann die Tatsache, dass du es in Moms Bett getan hast. Dafür braucht man echt Eier. Auch ein Wortspiel übrigens.«

»Emmabelle«, tadelte er mich leise. »Ob du es glaubst oder nicht, ich habe es dort getan, weil ein Teil von mir sich gewünscht hat, erwischt zu werden. Aber du musst mich auch zu Wort kommen lassen.«

Ich schürzte widerwillig die Lippen und ließ zu, dass er weitersprach.

»Ich war für sie da, und sie war für mich da. Sie war völlig fertig. Ich hatte das Gefühl, bald draufzugehen. Zu dieser Zeit hatten deine Mutter und ich uns auseinandergelebt, bis ich schließlich nicht mehr wusste, wie es sich anfühlte, ihr Partner zu sein, ihr Liebhaber. Aber es war kompliziert. Ich habe deine Mom immer noch geliebt. Ich wollte glauben, dass ich sie am Ende zurückbekommen konnte. Unsere Liebe lag nur auf Eis.«

Was zum Teufel redete dieser Mann da? Liebe war kein Gegenstand, den man an die Pinnwand heften konnte, um später darauf zurückzukommen. Sie war keine Folge-E-Mail, die sich im Vorhinein planen ließ.

»Die Timeline sagt da aber was anderes.« Ich versuchte, höhnisch zu grinsen. Tante Tilda starb, als ich gerade im Teenageralter war. Als Dad sich von Sophia trennte, war ich einundzwanzig.

»Manchmal gibt einem das Leben das Tempo vor«, räumte er ein. Er bückte sich, um die großen Glasscherben vom Boden aufzuheben, und starrte darauf, als wollte er sich eine in den Hals rammen.

»Ich wünschte, ich könnte mir meine eigenen Handlungen auch so leicht verzeihen«, flüsterte ich.

»Ich verzeihe mir nicht. Ich habe mich lange gehasst. Nach dem Tod deiner Tante habe ich viele Male versucht, mich von Sophia zu trennen. Und manchmal ist es mir sogar gelungen. Aber sie kam immer wieder an. Und manchmal habe ich sie hereingelassen, wenn deine Mutter und ich Probleme miteinander hatten.«

»Du bist ein Drecksack.« Die Worte, die aus meinem Mund kamen, schockierten mich. Obwohl sie durchaus gelegentlich einen Gastauftritt bei mir hatten (die Obszönität und ich waren enge Freundinnen), hatte ich sie doch nie zuvor gegenüber einem Familienmitglied benutzt. Die Familie war etwas Heiliges. Bis zu diesem Zeitpunkt.

»Das war ich«, gab er zu. »Aber schließlich, nach neun Jahren Affäre, bin ich ihr entkommen. Ich habe meinen Job gekündigt und die Schlösser hier im Haus ausgetauscht. Ich habe ihr gesagt, dass ich ihr das Leben zur Hölle machen würde, wenn sie auch nur in die Nähe deiner Mutter käme oder einen Versuch unternähme, es ihr zu erzählen.«

»Nett.«

Er warf das Glas in den Mülleimer unter der Spüle und stupste mit seinem Stiefel die Reste an, die noch auf dem Boden lagen.

»Wenn du es die ganze Zeit gewusst hast, warum hast du es deiner Mutter nicht gesagt?«

»Was glaubst du, warum?«

»Sie hätte mich umgebracht.« Dads Oberkörper verschwand in der Speisekammer und kam mit einem Wischlappen für das Bier wieder heraus, wobei er mich nicht eine Sekunde aus den Augen ließ. »Und dann hätte sie mich verlassen. Nicht in dieser Reihenfolge.«

Ich schnaubte. »Von wegen.«

»Wie meinst du das?« Er fing an zu wischen.

»Mom hätte dich niemals verlassen. *Darum* habe ich es ihr nicht gesagt«, brachte ich heraus, und die Gefühle trugen meine Stimme, als wären sie der Wind. Sie gewannen an Höhe, wurden zum Sturm.

Die Gründe, warum ich meiner Mutter all das jahrelang verschwiegen hatte, waren nicht selbstlos. Es ging mir nicht darum, sie zu beschützen.

Ich hatte Angst, dass sie bleiben und ich nicht mehr in der Lage sein würde, ihr in die Augen zu sehen.

Ich fürchtete, dass ich dermaßen von ihr enttäuscht sein würde, derart wütend über ihre Entscheidung, dass es unsere Beziehung beeinträchtigen würde.

Indem ich ihrer Entscheidung nicht traute, beraubte ich sie der Möglichkeit, überhaupt eine zu treffen.

»Doch, das hätte sie.« Dad hörte auf zu wischen und stützte die Stirn auf das Ende des Besenstiels. Er schloss die Augen. »Sie wäre gegangen. Sie hatte ohnehin bereits in Erwägung gezogen, das zu tun, ganz unabhängig von meiner Untreue.«

Sein Kopf neigte sich nach vorn, er ließ die Schultern sinken, und dann … fing er an zu weinen.

Ließ sich vor mir auf dem Boden nieder.

Seine Knie landeten in dem goldenen Strom aus Bier.

Mein Vater weinte nie.

Nicht beim Tod meiner Tante oder als meine Großeltern starben, nicht einmal, als er Persephone zum Traualtar schreiten sah, an der Hand ihres Schwagers, weil Dad am Bein operiert worden war und nicht gehen konnte.

Er war keine Heulsuse. *Wir* waren keine Heulsusen. Und doch kniete er vor mir und schluchzte.

»Es tut mir leid, Belly-Belle. Es tut mir so leid. Nie in meinem Leben hat mir etwas dermaßen leidgetan. Ich kann mir nicht mal vorstellen, wie es für dich gewesen sein muss, es auf diese Art herauszufinden.«

»Es war schrecklich.«

Aber seltsamerweise nicht ganz so schrecklich wie der Anblick, den mein Vater in diesem Augenblick bot.

Ich meine, ein Teil meines Selbst hasste ihn immer noch wegen der verdrehten Vorstellung von Partnerschaften, die er mir eingepflanzt hatte, aber andererseits war er der Mensch, der sich um uns kümmerte.

Er war es, der mir alles kaufte, was ich mir wünschte – soweit es im Rahmen seiner Möglichkeiten lag –, und der mir beim Abzahlen meines Studiendarlehens half.

Er war einer der Investoren, als ich das *Madame Mayhem* eröffnete, und einmal hatte er einem Mann mit der Faust ins Gesicht geschlagen, der mir einen Heiratsantrag machte, als wir alle in den Ferien am Cape waren.

Er hat mich nie in Speiseaufzüge gesperrt und hat mich weder missbraucht noch vernachlässigt.

Er hat üble Sachen gemacht, aber es war nie seine Absicht, *mir* übel mitzuspielen.

»Falls es dich tröstet: Ich konnte nicht essen, ich konnte nicht schlafen, und lange Zeit konnte ich nicht einmal funktionieren, nachdem die Beziehung zwischen Sophia und mir zu Ende war. Und nach einigen Jahren habe ich deiner Mutter davon erzählt.«

»Moment mal, Mom weiß Bescheid?« Ich griff nach dem Saum seines karierten Hemds und zog ihn hoch, sodass wir auf Augenhöhe waren. Seine Augen waren vom Weinen geschwollen und gerötet. »Aber du hast doch gesagt, sie hätte dich verlassen, wenn du es ihr gesagt hättest.«

»Sie *hat* mich verlassen.«

»Das hat sie mir nie erzählt.«

»Hast *du* ihr alles erzählt?« Er sah mir vielsagend ins Gesicht und zog eine Braue hoch.

Guter Einwand.

Er rieb sich mit den Fingerknöcheln über die Wange. »Kurz nach deinem Collegeabschluss hat sie mich aus dem Haus ge-

446

worfen. Damals wart ihr gerade ausgezogen, du und Persy. Ich denke, sie hat gewartet, bis ihr beide weg wart, weil sie euch nicht traumatisieren wollte. Acht Monate lang habe ich in einer Mietwohnung zwei Blocks weiter gelebt und versucht, sie zurückzugewinnen.«

»Super, Mom«, flüsterte ich. »Ich hoffe, du hast dir was gegönnt.«

»Zwei Monate lang hatte sie eine Affäre mit einem Yogalehrer des örtlichen YMCA. Als wir wieder zusammen waren, musste ich nur am YMCA vorbeifahren, um dermaßen wütend zu werden, dass ich schwor, wir würden zusammen aus dem Postleitzahlengebiet wegziehen, nur um dieser Erinnerung zu entkommen.«

»*Das* ist der Grund, warum du in die Vorstadt gezogen bist?« Er nickte.

»Und warum ist sie zu dir zurückgekommen?« Ich bemerkte, dass ich ihn immer noch an seinem Hemd festhielt, was mich aber nicht daran hinderte, die Faust noch fester zu schließen.

»Ihr ist etwas sehr Unangenehmes passiert.«

»Was denn?«

»Ihr ist wieder eingefallen, dass sie mich liebte, und indem sie mich mied, bestrafte sie nicht nur mich, sondern auch sich selbst.«

Ich ließ sein Hemd los und wich zurück.

Die Sehnsucht nach Devon brandete in mir auf. Tat ich nicht gerade genau dasselbe? Uns beide bestrafen, weil ich mit der Aussicht, mich zu verlieben, nicht zurechtkam? Damit, einem anderen Menschen zu vertrauen?

Die Beziehung meiner Eltern war alles andere als perfekt. Sie war gespickt mit Untreue, schlechten Jahren und anderen Menschen.

Aber. Sie. Funktionierte. Dennoch.

»Ich hoffe, dass du mir mit der Zeit vergeben kannst«, sagte Dad. »Und falls nicht, Belly-Belle, dann lass dir eines gesagt sein: Ich werde mir selbst niemals verzeihen.«

Ich brauchte Zeit zum Nachdenken.

»Danke für das Gespräch. Ich gehe jetzt los und weine ein bisschen in mein Kissen«, verkündete ich und holte mir auf dem Weg nach oben zum Gästezimmer eine Tüte Schokobrezeln aus der Speisekammer.

Ich trug noch immer meinen kanariengelben Badeanzug.

An der Treppe blieb ich stehen und hielt mich am Geländer fest, als ich den Kopf drehte, um meinen Dad anzusehen. Er stand noch immer an derselben Stelle in der offenen Küche.

»Eine Frage noch.« Ich räusperte mich.

»Ja?«

»Was stimmte mit Sophia nicht?«, brachte ich mühsam heraus. »Warum war sie so verkorkst?«

»Sie konnte keine Kinder bekommen«, sagte er todernst. »Das stimmte mit ihr nicht. Darum hat ihr Mann sie verlassen. Er hat drei Monate später eine andere Frau geheiratet und drei Söhne mit ihr bekommen.«

Auch die arme Sophia hatte die Liebe abgeschrieben.

Und am Ende alles verloren.

Vielleicht war es das, was passierte, wenn man auf die Liebe verzichtete.

35. KAPITEL

Belle

Achtzehn Jahre alt

Besessenheit ist eine merkwürdige Sache.

Manchmal ist sie fantastisch.

Und manchmal entsetzlich.

Künstler zum Beispiel. Sie sind von ihrer Arbeit besessen, oder? Die Rolling Stones, die Beatles, Steven Spielberg.

Sie reißen sich den Arsch auf, damit jede Note sitzt; jedes Wort in einem Drehbuch, jede Aufnahme muss perfekt sein. Dafür muss man besessen sein.

Und dann gibt es noch andere Arten von Besessenheit.

Nehmt mich zum Beispiel. Ich durchlebte meine Teenager- jahre und trug ein dunkles, entsetzliches Geheimnis mit mir. Mein Laufcoach missbrauchte mich sexuell und vergewaltigte mich schließlich. Am Ende erlitt ich durch den Stress und das Trauma, das er mir zugefügt hatte, eine Fehlgeburt.

Seht ihr, diese Art von Besessenheit ist nicht so gut.

Die letzten drei Jahre habe ich damit verbracht, meine Ra- che zu planen, und nun ist der Tag endlich gekommen.

Ich habe Steve Locken im Lauf der Jahre genau beobachtet.

Er zog von Boston nach Rhode Island, um neu anzufangen. Brenda verließ ihn kurz vor der Geburt ihres zweiten Soh- nes, Marshall. Sie lebt inzwischen wieder in New Jersey und ist mit einem Typen namens Pete verheiratet. Sie haben eine gemeinsame Tochter. Offenbar ist sie glücklich. So glücklich, wie man sein kann nach allem, was sie mit ihrem Ex durchmachen musste.

Ich weiß, dass Locken seine Söhne nur selten sieht. Dass er an einer Schule in Rhode Island arbeitet und eine Freundin namens Yamima hat.

Und ich weiß, dass er immer noch junge Mädchen sexuell missbraucht.

Das ist es, was zwanghafte Menschen tun. Sie graben und graben immer weiter. Bis ihre Fingernägel abgebrochen und die Fingerkuppen wund sind.

Ich schnüffle herum. Besuche die Social-Media-Seiten einiger Mädchen aus seinem Team.

Sie posten etwas über ihn.

Sie teilen Fotos von ihm.

Sie haben geheime Gruppen, in denen es um ihn geht.

Eine hat sogar vor ihren Freundinnen damit angegeben, dass sie ihm eines Tages nach dem Gruppentraining einen runtergeholt hat, am helllichten Tag, weil sie dermaßen geil aufeinander waren.

Mit anderen Worten: Mein Gewissen ist rein. Steve Locken verdient es nicht, zu leben.

Und hier wird die Sache ein bisschen brenzlig. Ich habe noch nie einen Menschen getötet. Aber ich habe die letzten drei Jahre meines Lebens damit verbracht, dreimal pro Woche Krav Maga zu trainieren, und mit der Glock 22 meines Vaters schieße ich im Wald auf Dosen, die in einer Reihe auf Baumstämmen stehen. Massachusetts hat verrückte Waffengesetze, aber mein Dad hat vor seinem Bürojob bei der Polizei gearbeitet.

Die Glock liegt in meiner Handtasche, genau jetzt, während ich nach Rhode Island fahre.

Es ist ein schöner Sommertag. In wenigen Tagen breche ich zum College auf. Ich weiß, dass Yamima, Steves Freundin, die Stadt verlassen hat, um an einer Tagung teilzunehmen. Sie ist Immobilienmaklerin, und während der Tagung teilt sie sich ein Zimmer mit Brad, ihrem Kollegen, der dumm genug ist, es in seinem Facebook-Profil zu erwähnen.

Wie man in den Wald hineinruft, so schallt es auch wieder heraus.

Steve ist allein zu Hause. Er trinkt jeden Abend zwei Flaschen Bier bei einer Sportsendung. Ich habe ihn in den Sommerferien gründlich beobachtet, habe mich in der Nähe seines hübsch renovierten Hauses im Craftsman-Stil im Gebüsch versteckt, nachdem ich meinen Eltern erzählt hatte, ich würde Doppelschichten in einer Burgerklitsche schieben, um fürs College zu sparen.

Steve hat nirgendwo um sein Haus herum Kameras installiert. Eines Tages habe ich belauscht, wie er zu Yamima sagte, dass solche Kameras immer mit dem Internet verbunden seien, und er wolle nicht, dass jemand Aufnahmen von dem an sich bringe, was in seinem Haus vor sich ging.

Steve steht jeden Morgen um fünf Uhr fünfundvierzig auf und bricht um sechs zu einem Lauf über zwölf Kilometer auf.

Und darum schlüpfe ich heute in sein Haus hinein, nachdem er hinausgeschlüpft ist. Während sein Garagentor hinunterrollt, nachdem er in seinem Wagen das Viertel verlassen hat und zu dem Wanderweg fährt, wo er läuft, schleiche ich mich in die Garage. Ich öffne sämtliche Flaschen Corona Premium, die in dem Kühlschrank in seiner Garage stehen, und gebe zerstoßene Schlaftabletten und ein bisschen Rattengift hinein, setze die Deckel mit dem Kronkorken-Verschließer, den ich mitgebracht habe, wieder auf die Flaschen, damit sie neu aussehen, und drehe sie kurz auf den Kopf.

Als ich erneut durch Steves Viertel fahre, ist es beinahe Mitternacht.

Ich umrunde das Craftsman-Haus, stapfe durch die dichten Büsche, die seinen Pool umgeben. Ich kann ihn hinter der Glasdoppeltür seines Wohnzimmers sehen, ohnmächtig von den Drinks und dem Ambien. Mit Handschuhen und Sturmhaube bekleidet mache ich mich vorsichtig am Schloss der Fenstertür zu schaffen, wobei ich ihn aufmerksam beobachte, falls er aufwacht.

Er schläft weiter.

Ich stoße die Tür auf und gehe direkt auf ihn zu. Er liegt ausgestreckt auf einer weinroten Couch, im Fernsehen läuft die Wiederholung eines Footballspiels. Ich ziehe einen Handschuh aus und halte ihm den Zeigefinger unter die Nase, spüre den schweren Hauch seines Atems.

Noch nicht tot. Schade.

Ich werde die Pistole nur im Notfall benutzen. Die Schweinerei wäre zu groß, und ich will nicht in Schwierigkeiten geraten. Stattdessen werde ich es wie einen Unfall aussehen lassen.

Steve hatte immer gesagt, eine schlechte Angewohnheit sei wie ein platter Reifen. Man kommt nicht sehr weit, ohne ihn zu wechseln. Also bin ich ein großes Mädchen, betrachte die Sache aus allen Blickwinkeln und schmiede einen Plan.

Ich gehe in die Hocke und nehme Steves Hand. Sie fühlt sich schwer und hart an. Natürlich will ich es tun wie im Film. Ihn an einen Stuhl binden und ihn mit unserer gemeinsamen Vergangenheit konfrontieren. Ich will ihm ins Gesicht spucken und ihm einen Faustschlag versetzen, ich will ihn zum Weinen und Betteln bringen, er soll sich in die Hose machen, während ich auf Zehn-Zentimeter-Stilettos davonstolziere.

Aber ich kann es mir nicht leisten, dabei erwischt zu werden. Nicht wenn ich versuche, mein Leben wieder zusammenzusetzen. Vielleicht werde ich Männern nie wieder vergeben, dass sie Männer sind – der Zug ist abgefahren. Ich werde nie heiraten, mich niemals verlieben, nie wieder einem Menschen mit Schwanz eine Chance geben –, aber ich kann immerhin weitermachen.

Ich halte seinen Kopf fest in beiden Händen und bringe seinen Körper in eine zusammengekrümmte Stellung, wobei ich überlege, wie es aussehen würde, wenn er versehentlich auf den gläsernen Couchtisch vor sich gefallen wäre. Die nächsten Minuten bin ich damit beschäftigt, seinen schlaffen Körper auf der Couch hin- und herzubewegen und den Couchtisch leicht zu drehen, damit sein Kopf auf die scharfe Kante trifft.

Dann trete ich hinter das Sofa, fasse Steve bei den Schultern und stoße seinen Körper mit aller Kraft nach vorn. Sein Kopf knallt auf die Ecke des Couchtisches.

Glas zerspringt.

Sein Gesicht muss total zerschnitten sein, aber ich kann es nicht sehen, weil er mit dem Gesicht nach unten liegt.

Überall ist Blut.

Sehr viel Blut.

Er bewegt sich immer noch nicht, zuckt nicht einmal zusammen, und ich vermute, er bekommt nicht mit, dass er stirbt, weil seine Ohnmacht sehr tief ist. Vor Enttäuschung zieht sich mein Herz zusammen, darum sage ich mir: *Okay, er hat zwar nicht mitbekommen, dass er für seine Taten bezahlt, aber wenigstens kann er jetzt keiner anderen mehr etwas antun.*

»Adieu, du Scheißkerl. Hoffentlich holt dich der Teufel.«

Unbemerkt verlasse ich das Haus und fahre zurück nach Boston.

Zu meinem neuen Leben.

Meinem neuen Selbst.

36. KAPITEL

Devon

»Mr Whitehall, Ihr Wagen wartet.«

Ich ließ mich auf die Rückbank des auffälligen Gefährts fallen und fuhr fort, Sam Brennan bei unserem transatlantischen Telefonat anzuschnauzen.

»Du hast gesagt, Simon sei dir wärmstens empfohlen worden.« Mir war bewusst, dass ich erstens vorwurfsvoll, zweitens abgehackt und drittens völlig geistesgestört klang. »Er ist ein Witz, Ende der Durchsage. Wo war er, als Belle angegriffen wurde? Als sie verfolgt wurde?«

Ich kam mir vor wie eine Helikoptermutter, die einen Leistungskurslehrer davon zu überzeugen versucht, dass in diesem Jahr *ihre* Mary-Sue den Scholar Award bekommen sollte. Meine komplette Verwandlung vom gelassenen Pragmatiker zu diesem hysterischen, unlogischen, brodelnden Fiasko war auch mir selbst nicht entgangen.

Der junge Fahrer nahm auf dem Fahrersitz des Rolls-Royce Phantom Platz. Mum liebte es, den Wagen zur Schau zu stellen, wenn sie glaubte, es seien Paparazzi in der Nähe. Jede Wette, sie war der Meinung, die Paparazzi seien auf der Suche nach mir. Sie hatte keine Ahnung, dass ich nach England gekommen war, um sie à la Der Hulk verbal zu Boden zu schleudern und ihr einige für sie mehr als schlechte Nachrichten zu überbringen.

Sie glaubte, ich sei gekommen, um meine Verlobung zu verkünden.

»Er war genau da, wo er sein sollte«, konterte Sam treffend. »Im *Madame Mayhem*, dem einzigen Bereich, für den er laut Vertrag zuständig war. Wolltest du, dass er sie *stalkt*?«

Ja.

»Nein«, sagte ich verächtlich und schnippte unsichtbaren Schmutz weg, den ich unter einem Fingernagel hervorgeholt hatte. Der Fahrer fuhr vom Flughafen in Heathrow langsam in den unerträglichen Londoner Verkehr hinein. Ich liebte meine Hauptstadt, aber es musste einfach mal gesagt werden: Alles westlich von Hammersmith hätte von London abgetrennt und ordnungsgemäß an Slough verschenkt werden sollen.

»Praktischerweise war er aber jedes Mal abwesend, wenn sie in Schwierigkeiten geriet.«

»Er hat die verdammte Ablage erledigt, um einen Vorwand zu haben, in ihrer Nähe zu bleiben! Es handelt sich um einen hervorragend ausgebildeten ehemaligen Agenten der CIA.« Am anderen Ende der Leitung krachte Sams Faust in einen Gegenstand, der daraufhin in Stücke zersprang.

Ich hielt das Handy von meinem Ohr ab und betrachtete es spöttisch. Vor Kurzem (und mit vor Kurzem meine ich vor zehn Minuten) hatte ich beschlossen, kein Raucher mehr zu sein. Es gab einfach keine Rechtfertigung dafür, einer derart schädlichen Gewohnheit zu frönen. Mein ungeborenes Kind verdiente etwas Besseres als eine erhöhte Wahrscheinlichkeit, Asthma zu bekommen, und ein Haus, in dem es roch wie in einem Striplokal.

»Jedenfalls will ich wissen, wo sie im Augenblick ist«, sagte ich kühl. »Was haben deine Männer für mich? Leg los.«

»Sie ist bei ihren Eltern.«

»Und …?«

»Und in Sicherheit.«

»Sie hasst ihren Vater«, murmelte ich, eine Tatsache, die nicht für Sams Ohren bestimmt war. Ich war besorgt. Nicht weil Belle möglicherweise unglücklich mit der Situation war – die kleine Hexe hatte ein paar Unannehmlichkeiten verdient nach allem, was sie mir zugemutet hatte –, sondern ich machte mir Sorgen um die Sicherheit ihres Vaters.

»Vaterkomplex, hm?« Sam lachte finster. »Das konnte ich aus mehreren Kilometern Entfernung ja nicht sehen.«

»Zieh Leine.«

»Hab zwar keine Ahnung, was das heißen soll, aber danke gleichfalls, *Kollege*«, gab er mit einem unseligen, aber auf bizarre Art richtigen australischen Akzent zurück.

»Falsche Nationalität, Blödmann. Sorg dafür, dass sie sie diesmal nicht aus den Augen lassen«, ermahnte ich ihn. »Wenn sie sie noch einmal verlieren, werden Köpfe rollen.«

»Wessen Köpfe?«

»Deiner zuerst.«

»Soll das eine Drohung sein?«, fragte er.

»Nein«, gab ich ruhig zurück. »Es ist ein Versprechen. Boston mag dich fürchten, Brennan, aber ich tue es nicht. Beschütze meine Frau, oder lass meinen Zorn auf dich niedergehen.«

Darauf folgte eine Sekunde Stille, in der Sam vermutlich darüber nachdachte, ob er in den Krieg ziehen oder sich einfach aus dem Streit herauswinden sollte.

»Pass auf, sie traut sich nur selten aus dem Haus«, sagte er schließlich. »Ich halte es zu diesem Zeitpunkt für übertrieben, Leute um das Haus herum in Stellung zu bringen. Das wäre fast kontraproduktiv. Denn nach Lage der Dinge weiß nur eine Handvoll Leute, wo sie ist. Wenn wir sie überwachen, erregen wir möglicherweise nur mehr Aufmerksamkeit.«

Das überraschte mich. Belle war der Typ erlebnishungrige Frau, der eine öffentliche Orgie im Vatikan organisieren würde. Und ich konnte mir nicht vorstellen, dass es in ihrem Elternhaus viele Attraktionen gab. Dennoch war es eine gute Nachricht.

Ich würde mich mit Sweven auseinandersetzen, sobald ich wieder in Boston war, was innerhalb der nächsten vierundzwanzig Stunden der Fall sein sollte.

»Okay. Keine Überwachung.«

»Halleluja.«

»Es war ätzend, mit dir Geschäfte zu machen.«

Er legte einfach auf. *Wichser.*

Ich lehnte mich auf dem Ledersitz zurück und trommelte auf meine Knie, während ich London betrachtete, das draußen am Fenster vorbeischwirrte. Das typische Grau überall, das Alter dieser Stadt, die Kriegen, Seuchen, Feuersbrünsten und Terrorangriffen getrotzt und sogar Boris Johnson als Bürgermeister überlebt hatte (dies ist kein politisches Statement; ich fand den Mann nur immer schon zu exzentrisch, um etwas anderes als ein Partyclown zu sein.)

Ich dachte daran, wie ich Louisa in Boston zurückgelassen hatte. Ihre tränenerstickte Stimme, die roten Augen, ihre schlaffe Haltung. Ich dachte daran, dass ich sie nie wiedersehen, mich nie mehr bei ihr entschuldigen oder mich erklären musste – und daran, dass ich sehr froh war, mich nicht mehr für eine Entscheidung zu hassen, die ich im Alter von achtzehn Jahren getroffen hatte.

Ich war nicht fair zu ihr gewesen.

Anderseits war mein Vater auch nicht fair zu *mir* gewesen.

Als Erwachsener hatte ich mein Leben mit Reue für das verbracht, was ich ihr angetan hatte. Ich tat Buße, indem ich mir Dinge versagte. Es war an der Zeit, endlich loszulassen.

Zeigt mir einen Menschen, der noch nie eine Verfehlung begangen hat, und ich zeige euch einen Lügner.

»Sir ...« Der junge Mann am Steuer suchte im Rückspiegel nach meinem Blick.

Ich drehte das Gesicht zu ihm und zog eine Braue hoch.

»Darf ich Sie etwas fragen?«

Er hatte einen altmodischen Cockney-Akzent, der mir bisher nur in Filmen begegnet war.

»Sicher.«

»Wie ist es in Boston im Vergleich zu England?«

Ich dachte an das Wetter – es war besser.

Die U-Bahn – das T war nicht halb so zuverlässig wie die Tube.

Die Leute – waren in beiden Städten schnodderig und leicht hochnäsig, weder in London noch in Boston wurde lange herumgequatscht.

Kulturell war London überlegen.

Kulinarisch war Boston besser.

Aber letztlich spielte all das keine Rolle.

»Boston ist mein Zuhause«, hörte ich mich sagen. »Aber London wird immer meine Gebieterin sein.«

Und genau an diesem Punkt wurde mir klar, dass mein Zuhause dort war, wo Emmabelle Penrose war, und dass ich in diese nervtötende, aufreizende, schrecklich unberechenbare Frau verliebt war. Dass Sweven tatsächlich mehr war als eine Eroberung oder ein Spiel, etwas, das ich nur deshalb haben wollte, weil ich es nicht bekommen konnte. Sie war der Gipfel. Das Finale. Die *Eine*.

Und wenn sie davon nichts wusste.

Musste sie erfahren, dass ich sie liebte.

Ich musste es ihr sagen.

Vermutlich kann man von einem Überraschungsbesuch bei meiner Mutter sprechen, nicht weil sie mich nicht erwartet hätte – das hatte sie –, sondern weil ich fälschlich behauptet hatte, ich käme auf dem Weg zu einem alten Freund nur auf einen Boxenstopp in Surrey vorbei.

Wer mich kannte, wusste, dass ich mit niemandem aus meinem vorherigen Leben in Kontakt geblieben war. Mum kannte mich nicht besonders gut, deshalb kaufte sie mir die Story ab.

Schlimmer noch: Im Grunde kannte ich *sie* nicht mehr.

Aber bald würde ich einen Blick auf ihr wahres Selbst erhaschen.

Ich würde unangemeldet in Whitehall Court Castle auftauchen und sehen, wie die Lage war, wenn sie mir nichts vorspielten.

Ich stieß die große Doppeltür auf. Zwei Diener hatten sich hektisch an meine Fersen geheftet und wurden handgreiflich bei dem Versuch, mich vom Betreten des Herrenhauses abzuhalten.

»Bitte, Sir! Sie werden nicht erwartet!«

»Mr Whitehall, ich flehe Sie an!«

»Mein Haus, meine Angelegenheit.« Ich schneite ins Haus, meine Slipper klickten auf dem goldenen Marmor, bis ich den Salon erreicht hatte. Die Balken über meinem Kopf umzingelten mich wie Bäume in einem Wald.

»Devon!«, schrie Mum auf und erhob sich blitzschnell von dem französischen viktorianischen Sofa aus dem 19. Jahrhundert, in der Hand eine Champagnerflöte. Wie angewurzelt blieb ich in der Tür stehen und ließ die Szene auf mich wirken.

Geschäftig liefen Diener hin und her und entfernten ein Gemälde von Rembrandt van Rijn und teure Möbel aus dem Raum, ein Stück nach dem anderen, um ihn nackt und karg aussehen zu lassen. Cecilia saß vor dem Flügel und sah absolut nicht aus wie eine Frau, die wegen Selbstmordgefährdung unter Aufsicht stand, sondern eher wie jemand, der mit Vergnügen selbst einen Mord begehen würde, falls jemand sie bei ihrer Freizeitgestaltung zu stören drohte. Sie trug ein Kleid von Prada – aktuelle Saison –, und neben ihr saß ihr sogenannter Ruin, Drew, der offenbar zufrieden an ihren blonden Locken gespielt hatte, ehe ich den Schauplatz betreten hatte.

»Devon?«, fragte ich mit spöttischer Miene. Als ich mich meiner Mutter näherte, stellte sie ihr Champagnerglas beiseite und schob nun die Bediensteten aus dem Raum, schubste sie in den riesigen Flur, um ihre Fehltritte zu vertuschen. Ich sollte glauben, das Haus sei leer und würde bald zerfallen, und sie sei dermaßen arm, dass sie demnächst vor einem leeren Kühlschrank stehen würde. »Was ist denn nur aus *Devvie* geworden?«

Als der letzte Hausangestellte zur Tür hinaus war, stürzte sich meine Mutter auf mich und drückte mich aufschluchzend an sich. »Es ist so schön, dich zu sehen. Wir haben dich erst zum Dinner erwartet. Ist mit deinem Freund in Surrey alles in Ordnung?«

»Den Freund in Surrey gibt es nicht, das ist also schwer zu sagen«, sagte ich gedehnt. Ich schüttelte sie ab und schlenderte zu dem Barwagen aus dem Regency, wo ich mir ein großzügiges Glas Brandy einschenkte.

»Es ist nicht das, wonach es aussieht.« Nun war es Cece, die vom Piano aufstand und mit gerötetem Gesicht auf mich zugelaufen kam. Sie verdrehte den Saum ihres Kleides in den Fäusten. »Ich meine … also … Es ist natürlich schon das, wonach es aussieht, in gewisser Weise vermutlich, aber du sollst nicht glauben, dass unser Kampf nicht echt ist. Wir wollten dir einen Schubs geben.«

Ich kippte den Brandy und deutete mit dem leeren Glas auf meine Schwester. »Bist du suizidgefährdet?«, fragte ich rundheraus.

Sie zuckte zusammen. »Ich … ähm … nein.«

»Warst du jemals suizidgefährdet?«

Sie wand sich. »Es gab Momente, da war ich deprimiert …«

»Willkommen im Leben. Das ist ein Haufen Mist und nicht das, wonach ich dich gefragt habe.«

»Nein«, gab sie endlich zu.

Ich verlagerte den Blick von ihr auf ihren Mann, der sich mühsam vom Klavierhocker erhoben hatte und zu uns herübergewackelt kam. Er trug noch einen Seidenpyjama, der nichts für seine Oberschenkel tat. Das hier waren die Leute, um die ich mir in den letzten zwanzig Jahren Sorgen gemacht hatte. Die Leute, denen ich Schecks und Briefe geschickt hatte. Die Familie, über die ich mir den Kopf zermartert hatte.

»Drew … Ich darf dich doch Drew nennen?«, fragte ich mit gewinnendem Lächeln.

»Nun, ich …«

»Na, egal. Ich wollte nur höflich sein. Ich werde dich nennen, wie ich will, verdammt. Behandelst du meine Schwester anständig, Arschloch?«

»I…ich glaube schon.« Er trat unbehaglich von einem Fuß auf den anderen und sah sich um, als handelte es sich um einen Test mit einer vorgegebenen Antwort, auf den er sich nicht vorbereitet hatte.

»Hast du je in deinem Leben einen Job gehabt?«

»Nach der Uni war ich der Wirtschaftsberater einer gemeinnützigen Organisation.«

»Kanntest du jemanden aus dem Vorstand?«

Er zuckte zusammen. »Zählt mein Dad auch?«

Keine Ahnung, ist die Queen Engländerin?

»Hast du gesundheitliche Probleme, die dich am Arbeiten hindern?«

»Mein Magen rebelliert schnell, wenn ich nervös bin.«

»Sehr schön. Arbeite, damit du einen Gehaltsscheck bekommst, und du hast keinen Grund mehr, nervös zu sein.«

Dann nahm ich meine Mutter ins Visier. Ihrer finsteren Miene nach zu urteilen hatte sie erfasst, dass ihr in unmittelbarer Zukunft weder frohe Botschaften noch Konfetti oder Shopping zur Unterhaltung bevorstanden.

»Ihr kämpft nicht«, sagte ich.

»Ich werde kämpfen, wenn du Louisa nicht heiratest.«

»Verkauf die Wertgegenstände, die du besitzt.«

»Die Familienschätze?« Ihre Augen weiteten sich.

»Familienschätze sollten die Beziehungen sein, das Lachen und die Unterstützung, die man einander gewährt. Nicht Gemälde und Statuen. Ich schlage vor, du suchst dir einen auskömmlichen Job oder findest zumindest heraus, ob du Anspruch auf Arbeitslosengeld hast, denn ich werde auf keinen Fall eine Frau heiraten, die nicht Emmabelle Penrose ist, verdammt noch mal.«

Ich war geladen und entsichert, bereit, auf meine Mutter loszugehen, weil sie Leute geschickt hatte, die Sweven bedrohten. Da ich durchaus zu Schlussfolgerungen in der Lage war, hätte ich hohe Beträge darauf verwettet, dass etliche der jüngsten Vorkommnisse auf Anordnung meiner Mutter geschehen waren.

»Bitte, ich kann diesen Namen nicht mehr hören!« Mum hielt sich die Ohren zu und schüttelte den Kopf. »Diese Frau hat alles ruiniert. Einfach *alles*.«

»Ist das der Grund, warum du Leute auf sie angesetzt hast?« Ich lehnte an der Wand, eine Hand in der vorderen Hosentasche.

»Wie bitte?« Sie schlug sich eine Hand vor die Brust.

»Du hast gehört, was ich gesagt habe.«

Wir sahen einander in die Augen. Niemand blinzelte. Während sie mir noch immer ins Gesicht starrte, sagte sie: »Cece, Drew, geht hinaus.«

Sie huschten davon wie Ratten, die das Schiff verlassen. Ich legte den Kopf schief und betrachtete die Frau, die mich auf die Welt gebracht und sich nicht mehr um mich gekümmert hatte, als ich meinem Leben nicht die Form gab, die zu ihrer Vision, ihren eigenen Träumen passte. Ich fragte mich, wann genau ich für sie zu einem reinen Werkzeug geworden war. Als Teenager? Auf dem College? Als Erwachsener?

»Wen hast du engagiert?«, fragte ich eisig.

»Sei nicht so theatralisch, Devvie.« Sie versuchte meine Frage mit einem Lachen abzutun, griff nach dem Champagnerglas auf dem Tablett neben ihr und drehte es herum. »So war das nicht.«

»Wie war es dann?«

»Ich … na ja … ich habe wohl tatsächlich einen Mann engagiert. Er heißt Rick. Er sagte, er treibe Schulden ein und ähnliche Dinge. Er hat in der Gegend um Boston ein paar Leute, die Aufträge für ihn erledigen. Er sollte ihr nur Angst machen und ihr keinen Schaden zufügen, Gott bewahre. Immerhin ist sie mit meinem Enkelkind schwanger, nicht wahr? Das bedeutet mir schließlich etwas.«

Ihr erstes Enkelkind bedeutete ihr in etwa so viel wie mir das Leben und die Würde von Buckelzikaden in Turkmenistan.

»Ruf ihn sofort an. Ich will mit ihm reden.«

»Er wird nicht mit mir sprechen.« Sie hob die Hände und ging zu dem Sofa hinüber, auf dem sie wenige Minuten zuvor gesessen hatte. Sie holte eine dünne Zigarette aus ihrer Handtasche und zündete sie an. »Er nimmt meine Anrufe nicht mehr entgegen. Ich habe alles versucht. Bei unserem letzten Telefonat sagte er, jemand sei in den Fall verwickelt worden. Irgendein bürgerlicher irischer Name. Er meinte, mit dem wolle er sich nicht anlegen. Seitdem habe ich nichts mehr von ihm gehört.«

Sam Brennan.

»Ist er immer noch an dem Fall dran?«, fragte ich.

»Nein.«

»Gib mir seine Kontaktdaten, nur für alle Fälle.«

Ich würde sie an Sam weiterleiten, der Rick mitteilen sollte, dass er in einem Leichensack weggetragen werden würde, sollte er sich Emmabelle noch ein einziges Mal nähern.

Mum verdrehte die Augen, steckte sich die Zigarette in den Mund und kritzelte etwas auf einen Notizblock auf dem Beistelltisch neben dem Sofa. Sie riss ein Blatt von dem Block ab und reichte es mir.

»Da. Zufrieden?«

»Nein. Er ist ihr also gefolgt?«

»Ein paarmal hat er andere Leute an seiner Stelle geschickt. Einem davon ist sie in ziemlich ungehobelter Weise entgegengetreten, um ehrlich zu sein.«

»Und er hat ihr Briefe geschickt?«

Mummy runzelte die Stirn, zog erneut an ihrer Zigarette und verschränkte die Arme vor der Brust. »Nein. Darum habe ich ihn nicht gebeten, und ich bezweifle, dass er sich solche Freiheiten herausgenommen hat.«

Das bedeutete, dass noch jemand hinter Sweven her war, genau wie ich vermutet hatte.

Ein zweiter Jemand.

Frank.

Ich musste die Sache hier zu Ende bringen und wieder nach Hause fahren.

»Seit wann ist Rick ihr auf den Fersen?«

Ich wollte wissen, wann all das angefangen hat. Mum sah mich schuldbewusst an.

»Na ja …«

»Na ja?«

»Bevor sie schwanger wurde«, gab Mutter zu, und sie ließ die Schultern hängen, als sie an ihrer Kippe zog. »Nach dem Tod deines Vaters hat Rick für mich überprüft, ob es irgendwelche Hürden gab, die deiner Ehe mit Louisa im Weg stehen könnten. Er sagte, du seist ganz vernarrt in diese Penrose. Darum wollten wir dafür sorgen, dass sie von der Bildfläche verschwindet.«

»Wirklich sehr stilvoll.«

»Können wir vielleicht darüber reden, was aus mir und deiner Schwester werden soll, nachdem du nun offiziell beschlossen hast, uns im Stich zu lassen?« Sie schnaubte. »Denn diese Sache mit Emmabelle ist nicht grundlos passiert. Du musst meinen Standpunkt verstehen. Du bist im Begriff, das gesamte Familienvermögen in der Toilette hinunterzuspülen, nur um deinem Vater eins auszuwischen.«

»Nein, ich bin im Begriff, das Familienvermögen in der Toilette zu versenken, weil es an eine Bedingung geknüpft ist, der niemand zustimmen sollte. Und auch weil ich in eine andere Frau verliebt bin und mich weigere, mein Lebensglück zu opfern, damit ihr, du und Cece, schicke Autos fahren und monatelang Urlaub auf den Malediven machen könnt.«

»Devon, sei doch vernünftig!« Sie drückte die Zigarette aus, Rauch kam noch über ihre Lippen, als sie bereits eilig auf mich zukam. Sie schien es mit einem Mix aus liebevoller Strenge und Unterwürfigkeit zu versuchen, was dieses ziemlich seltsame Gespräch erklärte. »Du fackelst ein Vermächtnis ab! Das Einzige, das dir noch bleiben wird, ist der Titel.«

»Der Titel interessiert mich auch nicht besonders«, sagte ich gleichmütig.

»Wie kannst du es wagen!« Sie schlug mir mit beiden Fäusten auf die Brust. »Du bist nachtragend und unvernünftig.«

»Ich habe versucht, vernünftig zu sein. Aber mit Leuten wie euch kann man einfach nicht reden. Du bist allein, Ursula. Wenn du Geld haben willst, verdien es dir. Oder besser noch: Such dir eine arme Sau, die bereit ist, dich zu heiraten. Und bei dieser Gelegenheit mache ich dich auf etwas aufmerksam: Wenn du jemals wieder den Versuch unternimmst, der Mutter meines Kindes zu schaden, werde ich dir ein Ende setzen. Und das meine ich wörtlich. Ich werde dem Leben, so wie du es kennst, ein Ende setzen. Richte das bitte auch Cece und Drew aus. Oh, und *alles Liebe* natürlich.« Manieren waren nun mal Manieren.

»Das kannst du uns nicht antun.« Meine Mutter fiel auf die Knie und umklammerte meine Fesseln. Tränen begannen zu fließen. Mit einer Mischung aus Ärger und Ekel starrte ich auf ihren Hinterkopf. »Bitte, Devon, bitte. Heirate Louisa und lass dich wieder scheiden. Nur für kurze Zeit. Ich … ich … ich überlebe das sonst nicht. Ich kann das einfach nicht.«

Ich schüttelte ihre Umarmung ab und wich zurück.

»Das geht mich nichts an.«

»Weißt du …« Sie blickte auf, ihre Augen glänzten vor Irrsinn, Zorn und Verzweiflung. Sie waren dermaßen groß und manisch, dass ich glaubte, sie würden gleich aus den Höhlen treten. »Ich wusste Bescheid. Damals, als er dich in den Speiseaufzug gesperrt und den Strom abgestellt hat, sodass die Pumpen nicht funktionierten … Daran waren wir beide beteiligt.«

Ekel kroch mir über die Haut.

Meine Mutter wusste, dass mein Vater vor vielen Jahren versucht hatte, mich umzubringen, und sie war an dem Plan beteiligt gewesen.

Unsere ganze Beziehung, wie ich sie kannte, war eine Lüge. Sie hatte sich nie um mich geschert. Sie hatte einfach auf den richtigen Moment gewartet, weil sie wusste, dass mein Vater eines Tages sterben würde, und sie wollte sich gut mit mir stellen, als sie mich bat, Louisa zu heiraten.

Ich lächelte kalt und entfernte mich noch weiter von ihr. »Betrachte das Erbe als ausgeschlagen. Du bist jetzt arm, Mutter. Obwohl du das im Grunde dein Leben lang warst. Im großen Ganzen der Dinge bedeutet Geld überhaupt nichts, wenn dir jede Redlichkeit fehlt. Erspare uns beiden den Ärger und die Peinlichkeit, und ruf mich nicht mehr an. Von jetzt an werde ich deine Anrufe ignorieren.«

37. KAPITEL

Belle

Ich kam mir vor wie ein seltener Vogel, wie eine Explosion aus Farben, High Heels und haarsträubenden Klunkern, als ich meinen Koffer aus Krokodilleder-Imitat hinter mir herzog und in das Vorstadthaus meiner Eltern schlich. Ich spürte die Blicke der Nachbarn hinter ihren Raffrollos und den empfindlichen Jalousien heiß in meinem Nacken.

Ich war mir sicher, dass es für eine dreißig Jahre alte ehemalige Partylöwin in den Vororten von Boston eine Menge zu tun gab.

Leider hatte ich nicht die leiseste Ahnung, was das sein könnte.

Obwohl das letztlich egal war. Im Augenblick konnte ich meine Sorgen nicht bei einer Party über den Dächern der Stadt wegtanzen oder mich bis zum Gehtnichtmehr betrinken *(was bist du nur für eine Spaßbremse, Baby Whitehall)*. Ich konnte mir nicht mal eine Shoppingorgie gönnen und auf die Art enden lassen, wie jede Shoppingorgie enden sollte ... indem man eine Portion Mini-Hotdogs im Teig-Käse-Mantel von *Wetzel's Pretzels* mampfte, während man mit einhundertfünfzig Einkaufstüten jonglierte, deren Griffe sich einem in die Unterarme gruben.

Wellesley war nicht gerade für seine Einkaufszentren und kulturellen Wahrzeichen bekannt.

Oder überhaupt für irgendetwas, abgesehen von der Tatsache, dass es in der Nähe von Boston lag.

Aber am meisten deprimierte mich die Tatsache, dass ich nicht einmal *Lust* hatte, auf öffentlichen Toiletten mit Rockstars eine Linie Koks zu ziehen oder in einer Karaokebar *Like a Virgin* zu singen, während meine Freunde erst bedenklich schwankten und dann umkippten. Danach stand mir absolut nicht der Sinn. Ich wünschte mir langweilige, sonderbare Dinge. Zum Beispiel wollte ich mich neben Devon auf seine verdammte Achttausend-Dollar-Couch kuscheln. (Natürlich habe ich sie gegoogelt. Wofür haltet ihr mich, für eine Anfängerin?)

Ich wollte seine öden vierstündigen Dokus über nachhaltige Plastiktüten und Killerschnecken sehen.

Ich lag in Embryonalstellung auf dem Bett im Gästezimmer, als mein Dad anklopfte. Mom war ausgegangen – sie gehörte nun zu den Damen, die an Benefiz-Essen im Ort teilnahmen. Der Witz war natürlich, dass die Ladys überhaupt keinen Lunch zu sich nahmen. Sie kauten nur auf Salat ohne Dressing herum und sprachen über ernste Themen wie die Dukan- oder die Searsdiät.

Wahrscheinlich wollte Dad wissen, ob wir weiterhin im Gespräch blieben.

Taten wir das?

»Belly-Belle«, säuselte er. »Ich gehe gleich fischen. Wie wär's, wenn du deinem alten Herrn Gesellschaft leistest? Ein bisschen frische Luft und gesüßter Eistee können nicht schaden.«

»Danke, ich passe«, murmelte ich in mein Kissen.

»Ach komm schon, Große.« Ich bewunderte seine Fähigkeit, so zu tun, als hätte es den Tag zuvor nicht gegeben, und mir gleichzeitig *wegen* dieses Tages in den Hintern zu kriechen.

»Ich bin heute beschäftigt.«

»Danach sieht es aber gar nicht aus.«

»Du weißt nichts über mein Leben, Dad.«

»Ich weiß alles über dein Leben, Belly-Belle. Ich weiß über deine Clubs Bescheid, über deine Dates und deine Freunde und auch über deine Ängste. Zum Beispiel weiß ich, dass es dir im Augenblick richtig mies geht, und das liegt bestimmt nicht nur an mir. Du hast ein Leben lang so getan, als wäre etwas nicht passiert. Und es frisst dich auf. Komm, lass dir helfen.«

Das Problem war nur, dass er mir nicht helfen konnte.

Dem hoffnungslosen Fall namens Emmabelle Penrose konnte niemand helfen.

Der heißen Frau, der es letztlich viel weniger um Sex als um Intimität ging. Ich wollte wissen, wie es sich anfühlte, zu jemandem zu gehören. Aber nicht zu irgendjemandem, sondern zu einem teuflischen Lebemann mit blauen Augen.

»Mann, warum bist du nur so besessen von mir«, stöhnte ich, quälte mich aus dem Bett und schlurfte durch das Zimmer. Ich zwängte mich in sehr knappe Jeansshorts und ließ wegen Baby Whitehall die Knöpfe offen, dann warf ich mir ein ausgeleiertes, gerafftes weißes Top über. Ich sah zwar nicht aus, als wäre ich bereit, nach etwas anderem als Komplimenten für meine Mörderbeine zu fischen, aber was soll's, ich war bereit.

Die Fahrt zum Lake Waban verlief schweigsam, nur unterbrochen von Dads Fragen nach Devon, meinem Job und Persy. Ich beantwortete sie mit der Begeisterung einer Frau, die dem Todestrakt gegenübersteht – und mit genauso viel Munterkeit in der Stimme. Gleich nach der Ankunft mietete er ein Boot, schleuderte seine Angelausrüstung hinein und ruderte in die Mitte des Sees hinaus.

Auf dem Wasser beklagte ich mich über meinen zu frühen

Mutterschaftsurlaub vom *Madame Mayhem*. Dad sagte, die Arbeit lenke einen vom Leben ab, nicht das Leben von der Arbeit, und meine Prioritäten seien völlig falsch gesetzt. Es klang wie ein verpfuschtes inspirierendes Zitat von John Lennon, aber er gab sich solch große Mühe, dass ich nicht mit ihm schimpfen wollte.

»Und außerdem müssen wir diesen Devon kennenlernen.« Dad drehte seine Baseballkappe nach hinten, um mich zum Lachen zu bringen, aber vergebens.

»Warum?«, fragte ich naserümpfend. »Wir sind nicht zusammen.«

»Aber ihr werdet zusammen sein.« Dad drehte die Angelrolle und zog daran, als im Wasser etwas hochschnellte und zu entkommen versuchte.

Ich schnaubte nur und sah zu, wie er den Fisch aus dem Wasser zog … ein hilflos aussehendes Ding mit silbrigen Schuppen. Dad griff nach einem Filetiermesser, schnitt dem Fisch in den Hals und ließ ihn über dem Wasser ausbluten. Das Tier hörte auf zu zappeln und ergab sich in sein Schicksal. Dad wickelte es in Frischhaltefolie ein und warf es in einen mit Eis gefüllten Behälter.

»Woher weißt du das?«, fragte ich.

Er zog die Brauen hoch. »Was meinst du? Wie man fischt?«

»Nein, dass Devon und ich schließlich doch ein Paar sein werden.« Unbehaglich verlagerte ich auf der anderen Seite des Bootes das Gewicht.

»Oh, ich weiß es einfach.«

»Das ist keine Antwort.«

»Aber natürlich ist es das, Liebes.« Er lächelte mich liebevoll an und reichte mir das Filetiermesser und eine Packung Desinfektionstücher, mit denen ich es sauber machen sollte. »Und noch dazu eine gute.«

Nachdem wir etwa eine Stunde geangelt hatten, stießen wir auf einen von Dads neuen Freunden aus der Stadt. *Buchstäblich.* Unser Boot stupste seines an, während er versehentlich in unsere Richtung trieb. Dad griff sofort nach mir und sorgte dafür, dass ich nicht ausrutschte oder mich verletzte. Dann lachte er, und seine Augen begannen zu leuchten.

»Hey, Bryan.«

»John! Ich dachte, ich hätte dich da draußen gesehen.«

»Das Wetter ist zu gut, um auf eine Bootsfahrt zu verzichten. Kennst du meine Tochter schon?« Der Stolz in Dads Stimme war nahezu greifbar, und mir liefen vor Freude kleine Schauer über den Rücken.

»Kann ich leider nicht behaupten, Ma'am.« Bryan kippte seinen Strohhut nach unten.

Darauf folgten eine Vorstellung und ein halbstündiges Gespräch übers Fischen. Ich gähnte und sah mich um. Ich verstand, dass manche Menschen die Natur und die Stille genossen. Ich persönlich könnte allerdings nirgendwo leben, wo die Luft allzu sauber und die Kriminalität nicht wenigstens ein bisschen außer Kontrolle geraten war.

Ich beschloss, nun doch mein Handy einzuschalten und meine Nachrichten zu checken. Das hatte ich seit Tagen nicht getan, obwohl ich das Festnetz meiner Eltern benutzte, um Persy, Ash und Sailor anzurufen.

Ich scrollte mich gerade durch mein Handy, da ploppte auf dem Display eine Nachricht auf. Sie war erst vor zwanzig Minuten gekommen.

Devon: Wo bist du?

Okay, es war an der Zeit, die Suppe auszulöffeln. Oder eher den ganzen See.

Belle: Fischen.

Devon: FISCHEN?

Belle: Ja.

Devon: Ist das ein Code für irgendetwas?

Belle: Hör auf, an schmutzige Sachen zu denken.

Devon: Hey, du warst es, die mich dazu gebracht hat, schon vergessen?

Devon: Du hast dich für einiges zu verantworten, junge Frau.

Belle: Uff. Nenn mich noch mal jung. Gerade hat mich jemand mit Ma'am angesprochen.

Devon: Gib mir seine Kontaktdaten. Ich kümmere mich drum.

Devon: Wo genau fischst du denn?

Ich hob den Blick von dem Display und sah mich um. War *Mitten im Nirgendwo* eine hinreichende Antwort?

Belle: Spielt keine Rolle. Ich komme zu dir. Wir müssen reden.

Ich würde ihm sagen, dass ich einen schrecklichen Fehler begangen hatte, dass es mir leidtat, dass ich eine Idiotin war (Letzteres würde ich höchstwahrscheinlich *zweimal* sagen), dass ich den Scheck von Louisa bekommen und ihn sofort verbrannt hatte und dass er mich bitte, bitte, *bittebittebitte* zurücknehmen sollte.

Ich hatte meine Lektion gelernt. Dad hatte mir Wunden zugefügt, und Mr Locken hatte mich ausgenutzt, aber offensichtlich schlug hinter meiner dicken Fassade immer noch ein Herz. Und dieses Herz gehörte ihm.

Devon: Komm nicht.

Belle: …?

Aber er antwortete nicht.

Komm nicht.

Keine Erklärung, kein Garnichts.

Also würde ich *natürlich* zu ihm fahren.

Ich würde hinfahren, nur um ihn zu ärgern! Scheißkerl. Ich würde jetzt gleich zu ihm fahren. Okay, vielleicht würde ich mir etwas Würdevolleres anziehen als superenge Jeansshorts, die ich nicht zuknöpfen konnte, und ein Shirt, das deutlich verkündete: *Ich habe die letzten Tage mit meinen besten Freundinnen, Sprühkäse und* Let's Dance *verbracht.*

»Dad, ich muss weg.«

Dad und Bryan führten eine kurze, aber vielsagende Unterhaltung nur mit ihren Augenbrauen, verblüfft, dass jemand etwas anderes tun wollte, als träge mitten in einer großen Wasserpfütze zu sitzen und darauf zu warten, dass Fische anbissen.

»Okay, Liebes. Dann lass uns einpacken.«

»Nein, ich fahre allein.«

»Bist du sicher?«, fragte mein Vater.

Es wäre sinnlos, mich von ihm begleiten zu lassen. Ich würde mich umziehen und ohne Umwege nach Boston fahren, um Devon Whitehall zu bitten, mich zu lieben und mir zu erlauben, zu ihm zurückzukehren.

»Absolut.«

»In Ordnung. Du kannst den Wagen nehmen. Bryan wird mich nach Hause bringen.«

»Fantastisch. Was für ein toller Typ.« Nicht supertoll, weil er mich Ma'am genannt hatte, aber auch nicht der schlechteste, nehme ich an.

Dad ruderte ans Ufer zurück, drückte mich auf den Fahrersitz und gab mir einen Kuss auf den Scheitel. »Pass auf dich auf, Kind.«

Ich raste zum Haus meiner Eltern zurück. Unterwegs sagte ich mir immer wieder, dass alles in Ordnung kommen würde. Ich würde direkt zu Devon fahren und die ganze Zeit meine Pistole bei mir haben. Ich würde in Sicherheit sein und vielleicht die Frage ansprechen, ob wir irgendwohin ziehen konnten, wo nicht die Hälfte der Bevölkerung darauf aus war, mich umzubringen.

Bei meinen Eltern angekommen schloss ich als Erstes die Tür zweimal ab und warf dann meine Tasche auf einen Beistelltisch. Auf dem Weg hinauf ins Gästezimmer legte ich meine Kleidung ab. Ich hatte bereits beschlossen, das smaragdgrüne Minikleid anzuziehen, das meine Augen – und Brüste – hervorhob.

Ich tappte barfuß über den Holzboden und blieb an der Schwelle zum Gästezimmer stehen.

Jemand saß auf dem Rand meines Bettes.

Ich zuckte zurück und unterdrückte den Drang, laut zu schreien, um jemandes Aufmerksamkeit zu erregen.

Frank.

Ich machte auf dem Absatz kehrt, rannte die Treppe hinunter und in den Flur, um meine Pistole aus der Handtasche zu holen. Er packte mich bei den Schultern und zog mich zurück. Meine Füße hingen in der Luft. Mein Rücken knallte an seine Brust. Er nahm mich mit einem Arm in den Schwitzkasten und drückte zu, sodass ich keine Luft mehr bekam. Ich grub ihm die Fingerkuppen in den Arm und krallte mich fest, um ihn zum Loslassen zu bewegen. Ich versuchte zu schreien, aber aus meinem Mund kam nur ein leises, gequältes Fauchen.

Baby Whitehall, dachte ich verzweifelt. Ich muss mein Baby retten.

Ich machte Gebrauch von meinen Krav-Maga-Kenntnissen und griff hinter mich, um seinen anderen Arm in die Finger zu bekommen, aber er war schneller, packte meine Hände und drückte sie hinter meinem Rücken zusammen.

»Von wegen. Du hast mein Leben ruiniert. Höchste Zeit, dass ich mich revanchiere.«

Sein Atem streifte die Seite meines Halses. Er roch streng nach Tabak und zuckerhaltiger Limonade. Ich versuchte, ihm die Zähne in den Arm zu graben, aber er zog ihn rasch zurück, verstärkte den Griff um meinen Arm und legte die andere Hand um meinen schwangeren Bauch.

»Psst!« Seine Zähne streiften mein Ohr. »Bring mich nicht dazu, etwas zu tun, das ich bereuen werde.«

Und da spürte ich es.

Das kalte, scharfe Metall, das über die Unterseite meines Bauches fuhr.

Ich erstarrte zur Statue. Ich schloss die Augen, die Atemluft rasselte in meiner Lunge.

Er würde mir einen vorzeitigen Kaiserschnitt verpassen, wenn ich nicht tat, was er von mir verlangte.

Das Baby zappelte in meinem Bauch aufgeregt hin und her, sie war wach und spürte meine Erschütterung.

Es tut mir leid, Baby Whitehall. Es tut mir schrecklich leid.

»Wirst du ein braves Mädchen sein?« Franks Atem fächelte meinen Hals.

Ich nickte, der bittere Geschmack von Galle explodierte in meinem Mund. Meine Mutter würde vermutlich erst in zwei Stunden nach Hause kommen, und Dad konnte gut und gern den ganzen Tag am See verbringen. Persy würde nicht vorbeikommen, ohne sich vorher anzukündigen.

Ich war offiziell und komplett geliefert, und zwar so was von.

»Na also, geht doch.« Frank schubste mich vorwärts, sodass ich die erste Stufe hinunterstolperte. Schweigend stiegen wir die Treppe hinab, wobei mir vor Angst die Knie schlotterten.

Er setzte mich vor den Kamin, holte eine Rolle strapazierfähiges Klebeband aus der Gesäßtasche seiner Jeans und fesselte mich damit an Handgelenken und Füßen, sodass ich reglos auf der Couch saß. Er schnitt mir das Shirt vom Körper; durch den Stoff hindurch hinterließ die Klinge rote Spuren auf meiner Haut. Ich trug nur noch Slip und BH.

»Du bleibst hier.« Er wedelte mir mit dem Zeigefinger vor dem Gesicht herum, dann stapfte er durch das Haus und verbarrikadierte die Türen. Er musste lediglich ein paar Stühle vor die Eingangs- und Hintertür schieben. Dad mit seiner Der-Feind-ist-schon-da-Mentalität hatte das Haus weltkriegssicher gemacht.

Ich wusste, dass es keinen Weg hinein oder hinaus gab, ohne es vorher niederzureißen.

Frank steckte die Schlüssel, mit denen ich die Türen doppelt abgeschlossen hatte, in seine Hosentasche, ging zu einem Fenster und klopfte mit den Fingerknöcheln daran.

»Dreifach verglast.« Er stieß einen Pfiff aus, zog die Brauen hoch und nickte mir anerkennend zu. »Gut gemacht, John Penrose. Diese Dinger sind sauteuer.«

Er kannte den Vornamen meines Vaters. Ich wette, der Scheißkerl hatte eine Menge über mein Leben in Erfahrung gebracht, seit er herausgefunden hatte, dass ich hier war.

Ich scannte die Umgebung. Höchste Zeit, kreativ zu werden. Der einzige Ausweg führte durch die Rohre der zentralen Lüftungsanlage. Sie waren so groß, dass ich durch sie hindurchkriechen konnte, aber ich würde trotzdem vorher die Öffnung herausreißen müssen, was praktisch unmöglich war, weil meine Hände und Füße gefesselt waren.

Franks Blick wanderte zu derselben Lüftungsöffnung, die auch ich betrachtete. Er lachte in sich hinein. »Denk nicht mal dran. Und jetzt reden wir.«

Mit großen Schritten ging er zu dem Ruhesessel gegenüber der Couch, auf der ich saß, und nahm darin Platz. An den geöffneten Doritotüten und den aufgerissenen Limodosen erkannte ich, dass er es sich vor meiner Ankunft hier gemütlich gemacht hatte.

Wenigstens wusste ich jetzt, wer mir in den vergangenen Monaten das Leben zur Hölle gemacht hatte.

Ich wartete darauf, dass Gott auftauchen und mir versichern würde, dass meine Zeit noch nicht gekommen war, denn alles andere deutete ganz klar auf mein frühes und tragisches Ableben hin.

Pfui. Von einem wütenden ehemaligen Mitarbeiter kaltgemacht zu werden war eine verdammt peinliche Art zu sterben.

»Was kann ich für dich tun, Frank?«, fragte ich geschäftsmäßig, was mir angesichts der Umstände nicht ganz leichtfiel.

Baby Whitehall flatterte wie verrückt in meinem Bauch herum, und in einem Mix aus Verzweiflung und Heiterkeit dachte ich daran, wie sehr ich mir wünschte, dass dies hier weiterging. Das Flattern. Die Tritte. Und das, was danach kam. Zum ersten Mal in meinem Leben gab es etwas, wofür es sich zu kämpfen lohnte. Etwas hoch zwei.

Denn da war auch noch Devon. Und sosehr ich mich davor fürchtete, es mir selbst einzugestehen – er war anders als die Männer, die mich im Stich gelassen hatten. An dem Tag, an dem ich mich an meinem Coach gerächt hatte, hatte ich meine Seele an den Teufel verkauft. Um sein Leben zu beenden, hatte ich mit meiner Jugend, meiner Freude, meiner Unschuld bezahlt. Da mir diese drei Eigenschaften fehlten, war es mir unmöglich, mich an einen Mann zu binden. Aber Devon Whitehall war nicht einfach ein Mann. Er war viel mehr.

»Für den Anfang kannst du mir erzählen, was zum Teufel ich dir getan habe!« Frank griff nach dem Messer, mit dem er mich bedroht hatte, und zeigte von der anderen Seite des Wohnzimmer aus damit auf mich. Er spie die Worte förmlich aus. »Warum hast du mich gefeuert, als meine Freundin schwanger zu Hause saß? Die Arztrechnungen meiner Mutter … Sie starb zwei Wochen, bevor du mich entlassen hast, weißt du das nicht? Ich habe mir eine Woche frei genommen. Du hast mir nicht mal eine Beileidskarte geschickt. Nichts.«

Ich schürzte die Lippen, schloss die Augen und dachte an den betreffenden Zeitraum zurück. Als ich nicht arbeitete. Sondern Partys feierte. *Heftig.* Es gab eine Reihe von Hauspartys, dann Wohltätigkeits-Events, ein letztes gemeinsames Wochenende unter Freundinnen in Cabo in Mexiko für Persy und Aisling, bevor die beiden entbanden. Ich hatte mich darauf verlassen, dass Ross im *Madame Mayhem* nach dem Rechten sehen würde, und kümmerte mich nicht weiter darum, was im Leben anderer Leute vor sich ging. Ich war damit beschäftigt, mich zu zerstreuen, denn auf diese Art kam ich zurecht, wenn Erinnerungen an Mr Locken und das, was ich ihm angetan hatte, wieder an die Oberfläche drängten. Ich kümmerte mich um nichts und niemanden außer um mich selbst.

Und das Schlimmste war … Ich konnte mich nicht erinnern, je gehört zu haben, dass Franks Mom gestorben war.

»Mein Beileid.« Ich versuchte, ruhig zu klingen, aber die Worte purzelten mir nur so aus dem Mund. »Ich meine es ernst. Aber ich wusste weder das mit deiner Mutter noch mit deiner Freundin, Frank, ganz ehrlich. Und schon gar nicht, dass du Schulden hast. Ich habe immer mindestens dreißig Mitarbeiter auf der Gehaltsliste stehen. Alles, was ich wusste, war, dass du eine der Tänzerinnen begrapscht und belästigt hast.«

»Das hat sie jedenfalls behauptet.« Er knallte das Messer auf den Couchtisch zwischen uns. Die Klinge prallte auf das

Glas; die Platte zerbarst geräuschvoll. »Und du bist losgegangen und hast jedem Lokalreporter erzählt, ich hätte versucht, sie zu vergewaltigen. Ich bekam keinen Job mehr. Nicht mal einen befristeten. Nicht mal als Tellerwäscher! Du hast mich gedemütigt.«

Ich schluckte einen Aufschrei hinunter.

Baby Whitehall fühlte sich an wie Finger, die in meinem Bauch Klavier spielten und von links nach rechts und dann wieder nach links liefen.

»Frank, ich habe dich *gesehen*«, sagte ich aufgebracht. »Deine Hand lag auf ihrem Hintern. Die andere hattest du ihr zwischen die Beine geschoben.«

Ich erinnerte mich daran, wie die beiden reagierten, als ich hinzukam. Sie war in Tränen aufgelöst, er offenbar in einem Schockzustand.

»Ich habe sie nicht belästigt.« Frank fuhr aus dem Sessel hoch, griff nach einer Limonadendose und knallte sie an die Wand. Orangefarbene Flüssigkeit spritzte darauf wie ein abstraktes Gemälde und tropfte auf den Boden. Ich wollte glauben, dass Nachbarn den Tumult vielleicht mitbekommen und Hilfe holen würden, aber ich wusste, dass die Häuser zu weit voneinander entfernt standen. Verdammte Mittelschicht-Vorstadt.

»Wir hatten eine Affäre miteinander. Christine und ich hatten was miteinander. Ich besorgte es ihr gerade mit der Hand, als du hereingeplatzt bist, und sie bekam es mit der Angst, weil sie wusste, dass du eine Chefin bist, die nicht lange fackelt, und auch weil jeder im Club wusste, dass meine Freundin schwanger war. Sie wollte nicht als Schlampe dastehen oder als eine, die eine Familie zerstört, obwohl sie beides war, das nur fürs Protokoll. Und darum hat sie diese Geschichte erfunden, dass ich sie belästigt hätte!«

Seine Beschreibung von Christine nahm ich ihm äußerst übel, obwohl ich mit ihrem Verhalten nicht einverstanden war. Dazu gehörten immer zwei, und niemand hatte dieses Arschloch gezwungen, sich auf eine Affäre mit ihr einzulassen. Natürlich war dies wohl kaum der richtige Zeitpunkt, um ihn mit der Wahrheit zu konfrontieren.

»Das habe ich alles nicht gewusst.« Ich fand es schrecklich, wie kleinlaut ich war.

»Ja, klar, weil du dir nie die Mühe gemacht hast, dich auch nur im Geringsten für etwas anderes als deinen Club, deine Partys, deine Klamotten und deine One-Night-Stands zu interessieren. Christine war hinter mir her. Sie wusste, dass ich Zugriff auf Ross' Kalender und den Dienstplan hatte. Ich habe daran herumgebastelt und ihr mehr Stunden und bessere Schichten gegeben, wenn er gerade nicht hinschaute.« Frank holte sein Messer aus dem Ozean aus geborstenem Glas mitten im Wohnzimmer und wischte es an der Seite seiner Jeans ab.

Ich rutschte unbehaglich auf der Couch hin und her. Das Klebeband schnitt mir in die Handgelenke, und ich wollte die Beine ausstrecken.

»Hör mal, Frank, es tut mir leid, wenn …«

»Ich bin noch nicht fertig«, brüllte er mir ins Gesicht. Seine Wangen waren gerötet, sein Blick flackerte vor Wut. »Ich habe alles verloren. Meine Freundin hat es herausgekriegt … natürlich! Am Ende bin ich in aller Öffentlichkeit gefeuert worden, und niemand wollte mich mehr einstellen. Wenn wir das Haus verließen, lungerte immer ein Reporter oder ein Fotograf in der Nähe herum, weil alle scharf auf Katastrophenstorys von Typen mit einer schwangeren Freundin im Teenageralter sind, die eine Burlesquetänzerin belästigt und dafür von der Clubmanagerin einen Arschtritt bekommen haben. Meine Freundin hat mich nicht verlassen, aber sie konnte den Mist einfach nicht auf sich beruhen lassen, verdammt noch mal. Christine, diese Schlampe, hat die Burlesqueshow verlassen, ist zurück nach Cincinnati gezogen und hat irgendeinen alten Wichser geheiratet. Er wird eine hübsche Überraschung erleben, wenn ihm klar wird, dass das Baby, das sie für ihn im Ofen hat, von mir ist. Und ich? Ich bin süchtig nach Fentanyl geworden. Weil … na ja … warum auch nicht, verdammt?« Er kicherte tonlos.

Oh Mann.

»Wenn du mir das erzählt hättest …«

»… hättest du gar nichts getan«, schnauzte er mich an, und ich wusste, dass er recht hatte. »Du hasst Männer. Das weiß doch jeder. Wirklich jeder!«

Am liebsten hätte ich mich übergeben. Ich war also die ganze Zeit zumindest teilweise für den Zustand seiner Freundin verantwortlich gewesen. Ich erinnerte mich daran, wie ich ihr bei *buybuy BABY* begegnet war. Wie verzweifelt sie ausgesehen hatte.

Er fing an, beim Reden gegen Sachen zu treten, fest entschlossen, mich und alles, was mir gehörte, so weit wie möglich zu zerstören. »Zu Hause wurde es richtig schlimm. Nach einer Weile bin ich einfach auf und davon. Genau wie mein Vater vor meiner Geburt. Damit bin ich nie klargekommen. Und jetzt hat sich der Kreis geschlossen, deinetwegen, kapierst du das? Du hast dafür gesorgt. Mein Sohn wird mit nichts auf diese Welt kommen, während dein Kind schon bei seiner Geburt alles haben wird. Und warum? Weil du ein hübsches Gesicht hast? Einen straffen Arsch? Weil deine Schwester einen reichen Typen geheiratet hat und ihr beiden jetzt den ganzen Tag herumstolziert wie Millionärinnen?«

Ich wusste, worauf seine Worte hinausliefen, und das gefiel mir nicht. Es gefiel mir absolut nicht.

»Du warst derjenige, der mich verfolgt hat. Aber … aber wer war der Mann, der mich im *Madame Mayhem* bedroht hat?«

»Mein Stiefvater«, sagte Frank schulterzuckend. »Hat mir einen Gefallen getan. Guter Typ, was?«

»Und der Mann im Boston Common?«

»Boston Common?« Er runzelte die Stirn. »Da war keiner für dich.«

In meinem Kopf drehte sich alles. Mehrere Leute waren hinter mir her. Aber Frank hatte gerade einen Lauf und war nicht unbedingt in der Stimmung, mir noch mehr Fragen zu beantworten.

»Nun, ich bin hier, um dir etwas zu sagen. Sollte mein Baby keine Zukunft haben … und ich kann ihm bestimmt keine geben …« Er setzte mir die Messerklinge auf die Herzgegend und zog sie auf der Haut hinunter zu meinem Bauch, während er vor mir in die Hocke ging. »Dann wird auch deins keine Zukunft haben.«

»Frank, bitte …«

Auf meinem Bauch machte das Messer halt.

Er lächelte, während er mir die Klinge in die Haut bohrte, bis sie aufriss.

Und in diesem Augenblick stürzte eine Wand des Wohnzimmers ein.

Devon

Ich kam bei dem Vorstadthaus der Penroses an und sah den Pick-up von Belles Vater davorstehen. Obwohl ich nicht unbedingt vorhatte, Mr Penrose für mich zu gewinnen, indem ich ihm erklärte, dass meine Mutter Leute losgeschickt hatte, die seine Tochter bedrohen sollten, und dass ich kurzzeitig vorgehabt hatte, eine andere zu heiraten, würde ich irgendwie mit ihm umgehen müssen. Natürlich erst, nachdem ich Belle darüber informiert hatte, dass wir noch in dieser Woche heiraten und dem ganzen Unsinn ein Ende setzen würden.

Entschlossen ging ich zur Tür und hob die Hand, um anzuklopfen.

Genau in diesem Augenblick hörte ich im Innern des Hauses etwas krachen. Es klang wie splitterndes Glas. Ich ging zu einem der Fenster und spähte hinein.

Belle saß auf der Couch, beinahe nackt und mit Klebeband gefesselt, während auf einem Glashaufen ein Typ stand, der aussah wie Frank. (Ich hatte den Mann nie gesehen, aber ich sag's noch einmal: logisches Denken.) Vor seinen Füßen lag ein Messer. Ich presste die Hände an das Glas und fing an zu schreien, aber sie hörten mich nicht. Am Durchmesser der Scheibe und daran, dass ich die beiden nur verschwommen sehen konnte, erkannte ich, dass das Glas zu dick war, um es einzuschlagen.

Ich stürmte zur Tür zurück und versuchte, das Schloss aufzubrechen, aber es ließ sich nicht bewegen. *Fuck.* Auch die Tür selbst war ausgesprochen stabil. Es war eine dieser Sicherheitstüren aus Stahl, die Cillian am Tag von Astors Geburt in seiner Villa hatte einbauen lassen. Das Ding hätte ich nicht mal mit dem Quadrizeps von The Rock eintreten können.

Hektisch umrundete ich das Haus auf der Suche nach einer Möglichkeit, mir Zutritt zu verschaffen. Ich legte den Kopf in den Nacken und versuchte herauszufinden, ob die Fenster im ersten Stock offen standen oder vielleicht nicht dreifach verglast waren. Fehlanzeige.

Nach einer kurzen Überprüfung war mir klar, dass es nur eine Möglichkeit gab, ins Haus zu gelangen: durch die Belüftungsanlage. Allerdings gab es da ein Problem. Beengte Räume waren nicht gerade meine besten Freunde.

Ich starrte auf die Abluftöffnung an der Seite des Hauses und rief mir ins Gedächtnis, dass ich keine Wahl hatte. Entweder würde ich in einem Raum sterben, der kleiner als der Speiseaufzug war, oder Belle … *Fuck*, ich konnte nicht mal daran denken, was ihr zustoßen könnte.

Ich holte mein Handy aus der Hosentasche, rief 911 an und erklärte die Situation. Dann gab ich die Adresse durch, duckte mich und kroch in die Aushöhlung in der Wand.

Es war nicht die Art Lüftungskanal, die man in Filmen sieht, dieses endliche Labyrinth mit eckigen Rohren, durch die man bequem hindurchkriechen konnte. Diese hier waren rund und eng, sie hielten mein Gewicht nur aus, weil sie zwischen Ziegelsteinen verliefen. Die Oberfläche war uneben. Es fühlte sich an, als schöbe ich mich in einen Darmausgang. Auf Ellbogen und Knien robbte ich hindurch; Staub, Schimmel, Dreck und Milben setzten sich auf meinem Cucinelli-Anzug ab, der bald nicht mehr dunkelblau, sondern grau war.

Schmerz steckte mir in der Kehle, und jeder einzelne Muskel meines Körpers zitterte vor Anspannung. Nie hätte ich geglaubt, dass ich mich in eine solche Lage bringen würde. Aber ich musste. Ich musste sie retten. Um den Schmerz zu lindern, schloss ich fest die Augen und kroch so schnell wie möglich weiter. Manchmal landete ich in einer Sackgasse und manövrierte nach links, nach rechts, nach oben oder unten, bis ich die nächste Biegung fand, die mich auf die andere Seite bringen würde.

Du wirst nicht sterben.

Du wirst nicht sterben.

Du wirst nicht sterben.

Ich trieb mich an, robbte schneller, während meine Beine sich verkrampften und mein Bizeps zu schmerzen begann. Nach wenigen Metern hörte ich erneut Stimmen. Erst jetzt wagte ich die Augen zu öffnen. Schweiß und Staub brannten in ihnen. Das Gebläse der Klimaanlage schaute mich an. Ich war beinahe am Ziel.

Die Stimme kam von unten.

»Wenn du mir das erzählt hättest …«, setzte Emmabelle an, und ihre Stimme verriet Tapferkeit und Stärke und alles, was ich so sehr an ihr liebte.

»… hättest du gar nichts getan«, brüllte er.

Ich schob mich weiter vor, wand mich wie ein Wurm auf die Öffnung des Luftkanals zu.

»Nun, ich bin hier, um dir etwas zu sagen. Sollte mein Baby keine Zukunft haben … und ich kann ihm bestimmt keine geben … dann wird auch deins keine Zukunft haben …«

Er hatte den Satz kaum beendet, da schlug ich mit der Faust gegen die Öffnung des Lüftungsschachts, stürzte hinaus und riss dabei die halbe Wand mit ein.

Mühsam rappelte ich mich auf, obwohl ein heftiger, tränentreibender Schmerz in meinem linken Bein mir sagte, dass ich es mir mit ziemlicher Sicherheit gebrochen hatte.

Frank drehte sich um, und ich nutzte den Überraschungsmoment, um auf ihn zuzuspringen, mich mit meinem gesamten Gewicht auf ihn zu stürzen und nach seinem Messer zu greifen. Unglücklicherweise hatte er den Vorteil, dass er sich nicht Sekunden zuvor kriechend den Weg in dieses Zimmer hatte bahnen müssen. Er stach mir mit dem Messer in die Schulter und drehte es um. Knurrend stieß ich ihm die Finger in die Augen. Ich hatte keine Ahnung, was ich da tat. Ich wusste nur, dass ich nicht sterben würde, bevor ich wusste, dass Emmabelle in Sicherheit war.

Aus dem Augenwinkel sah ich, wie Belle unbeholfen von der Couch in die Küche hopste, weil sie an Hand- und Fußgelenken gefesselt war. Von einer Stelle unterhalb ihres Bauchnabels lief ein Rinnsal Blut hinunter und verschwand in ihrem Slip. Mein Verstand schaltete in den höchsten Gang. Wenn diesem … wenn *meinem* Baby etwas passierte …

»Ahhh!«, brüllte Frank und ließ das Messer los – das nebenbei bemerkt immer noch in meiner Schulter steckte, verdammt – und ruderte hilflos mit den Armen. »Meine Augen! Meine Augen!«

Unter uns hatte sich eine Lache aus warmem Blut gebildet, und ich wusste, dass es mein Blut war. Ich konnte nicht mehr. Ich konzentrierte mich und versuchte, ihm ein Auge herauszureißen, was nicht so einfach war, wie sein Schrei vermuten ließ, denn seine Augenhöhlen bestanden aus reinem, dichtem Knochenmaterial, das ich aufbrechen musste.

»Hör auf!«, schrie Frank. »Hör auf!«

Aber dann war er es, der aufhörte.

Tatsächlich fiel er direkt auf mich und trieb mir das Messer im Fallen noch tiefer in die Schulter.

In seinem Rücken steckte ein Steakmesser. Und über ihm ragte, heftig atmend, Emmabelle auf.

Jetzt, beschloss ich, war der perfekte Zeitpunkt, mich der Bewusstlosigkeit zu ergeben.

Und genau das tat ich.

38. KAPITEL

Devon

Ich erwachte in einem Krankenhausbett.

Alles tat weh.

Alles außer meiner Schulter, die ich überhaupt nicht mehr fühlte. Stirnrunzelnd riskierte ich einen Blick darauf und sah, dass sie verbunden worden war und in einer Schlinge steckte.

Ich ließ den Blick durch den Raum wandern, der mir unendlich groß erschien, mit Schränken aus hellem Eichenholz und medizinischen Geräten überall.

Cillian stand vor einem Fenster, von dem aus der Parkplatz zu sehen war, und telefonierte leise. Hunter saß neben ihm in einem Lehnstuhl und tippte etwas in seinen Laptop, und ich hörte Sams Stimme, die aus dem Flur hereindrang.

Meine Freunde waren da.

Meine Familie natürlich nicht.

Aber was mir wirklich Sorgen machte, war Sweven.

»Emmabelle.«

Das war das erste Wort, das aus meinem Mund kam.

Cillian drehte sich zu mir, sein typischer kalter Blick fuhr mir über die Haut wie ein Eiszapfen.

»Es geht ihr gut«, versicherte er. »Persephone hat es irgendwann geschafft, sie von dir loszueisen, damit sie untersucht werden konnte. Die Ärzte halten sie unter Beobachtung.«

»Ich muss sie sehen.«

»Sie liegt drei Zimmer weiter.« Hunter blickte von seinem Laptop auf und klappte ihn zu.

Ich sah ihm unverwandt ins Gesicht und wiederholte: »Ich *muss* sie sehen.«

»Okay, okay. Eine verrückte Frau mit einem riesigen Vaterkomplex, kommt sofort«, murmelte Hunter, legte seinen Laptop auf den Tisch aus heller Eiche und huschte aus dem Zimmer.

Ich schloss die Augen und ließ den Kopf wieder auf das Kissen sinken. »Ist das alles, was ich für meine blöde amerikanische Krankenversicherung bekomme? Fehlt nur noch eine Obstschale, und es wäre eine Küche im Stil der Neunzigerjahre.«

»Sei froh, dass das Holz um dich herum kein Sarg ist«, versetzte Cillian.

Die Tür öffnete sich, und Sam kam herein. Ich war noch nie aufrichtig erfreut gewesen, diesen Typen zu sehen, aber jetzt war ich geradezu enttäuscht. Ich hatte Belle erwartet.

Das Smartphone noch in der Hand schloss er die Tür hinter sich. »Du wirst dich sicher freuen zu erfahren, dass meine Dienste nicht länger nötig sind. Simon ist auch raus. Frank ist tot – dank der geistesgestörten Frau, in die du verliebt bist –, und Rick Lawson, der Mann, den deine Mutter engagiert hat, wird gerade versorgt.«

Ich wusste, dass *versorgt* das Codewort für *auf dem Weg in die Leichenhalle* war. Brennan war ein überaus produktiver Killer. Sollten wir es in den Staaten jemals mit dem Problem der Überbevölkerung zu tun bekommen, war er zweifellos der Mann, der die Sache in Ordnung brachte.

»Ich muss sie sehen.« Ich beschloss, mir selbst nachzuplappern wie ein Papagei, bis Belle endlich vor mir stand, lebendig, gesund und hochschwanger. Nach wie vor brachte ich es nicht über mich, einen der drei zu fragen, ob es dem Baby gut ging. Die Frage kam mir zu intim vor, und ich befürchtete, ich würde heulen, egal wie die Antwort ausfiel.

»Persephone schiebt sie gerade im Rollstuhl über den Flur«, sagte Sam.

Rollstuhl?

»Da sind wir. Macht bitte Platz«, zwitscherte Persy genau in diesem Moment. Cillian öffnete ihr rasch die Tür, und sie kam herein, Sweven vor ihr im Rollstuhl sitzend.

Emmabelle sah müde aus in dem blassblauen Krankenhaushemd. Sie hatte die Hände im Schoß gefaltet, daher konnte ich ihren Bauch nicht sehen.

Persephone schob den Rollstuhl an den Rand meines Krankenhausbetts.

Ich schluckte heftig, mein Inneres schien zu brennen.

»Geht raus. Ich muss mit Belle reden.«

Alle taten, worum ich gebeten hatte.

Belle starrte mich einen Moment an, langsam blinzelnd, als wäre ich ein völlig Fremder für sie.

Verdammt noch mal, hoffentlich hatte sie nicht das Gedächtnis verloren. Ich hatte gerade eine heroische Tat vollbracht, womöglich die einzige Heldentat in meinem ganzen Leben – Vergangenheit, Gegenwart und Zukunft –, und ich wollte, dass sie es erfuhr, damit wir aufhören konnten, unsere Zeit zu verschwenden.

»Das Baby …«, setzte ich an, verstummte aber gleich wieder. Ein Teil meines Selbst fürchtete sich davor, es zu erfahren. Schließlich *hatte* ich Blut gesehen, ehe ich im Haus ihrer Eltern das Bewusstsein verlor.

Sie beugte sich vor und ließ ihre kalte, feuchte Hand auf meiner warmen, auf dem Bett liegenden Hand ruhen. »Es geht ihm gut.«

Ich nickte ernst und biss die Zähne zusammen, damit ich nicht vor Erleichterung wie ein kleines Mädchen zu schluchzen begann.

»Gut. Und du? Wie geht es dir?«, fragte ich.

»Mir geht's auch gut.«

»Schön.«

Schweigen. Ich versuchte, die Finger zu bewegen und meine Hand auf ihre zu legen. Aber mein Arm und meine Schulter rührten sich nicht vom Fleck.

»Bin ich gelähmt?«, fragte ich im Plauderton.

»Nein.« Sie lächelte, ihre Augen glänzten. »Aber du stehst unter starken Schmerzmitteln, Mann.«

»Fantastisch«, sagte ich mit müdem Lächeln.

Und dann lachten wir beide.

»Du bist wegen mir in einen Lüftungsschacht gestiegen«, brachte Belle mühsam heraus. »Dabei leidest du unter Platzangst.«

Endlich erhielt ich Anerkennung für meine Größe.

»Du warst in Gefahr«, sagte ich und zuckte die gesunde Schulter. »Da versteht sich das von selbst.«

Nun brach sie in Tränen aus. Sie vergrub den Kopf in dem Leinentuch neben meinen Beinen, ihr ganzer Körper bebte vor Schluchzen.

»Es tut mir so leid, Devon. Ich habe alles vermasselt, nicht wahr?«

»Oh, psst, Liebling. Natürlich nicht.« Ich unternahm einen weiteren Versuch, meine Hand zu bewegen – was mir diesmal gelang –, und strich ihr übers Haar.

Nur fürs Protokoll: Natürlich hatte sie die Sache in den Sand gesetzt, aber ich war zu sehr Gentleman, um ihr das zu sagen.

»Was meinst du eigentlich genau, wenn du sagst, du hättest alles vermasselt?« Ich räusperte mich.

Sie blickte auf, wischte sich mit dem Ärmel die Tränen ab und schniefte. »Ich habe einen Scheck von Louisa angenommen …« Sie hickste.

»Ich weiß«, sagte ich und strich ihr noch immer über die Wange. »Sie hat es mir erzählt.«

»Und dann bin ich abgehauen, ohne dir zu erklären, warum.«

»Ja. Ja. Ich war die ganze Zeit dabei, schon vergessen?«, fragte ich und lächelte.

Sie zögerte. Legte den Kopf schief. Runzelte die Stirn.

»Devon, warum bist du nicht wütend auf mich?«, wollte sie wissen. »Du darfst so ein Verhalten nicht einfach hinnehmen. Was bist du, ein Fußabtreter?«

»Nein, ein Fußabtreter bin ich nicht«, sagte ich belustigt. »Aber ich bin in eine Frau verliebt, die als kleines Mädchen ein schweres Trauma erlitten hat. Die Liebe hat dich sehr oft enttäuscht, daraus hast du nie ein Geheimnis gemacht. Ich war es, der dich aus deiner Komfortzone gedrängt hat.«

»Meine Komfortzone hat mich genervt.« Sie zog eine Braue hoch und sah schon wieder beinahe wie sie selbst aus. Mühsam unterdrückte ich ein Lachen und legte den Kopf auf das Kissen, während ich sie eingehend betrachtete.

»Ich weiß, Sweven.«

»Ich dachte schon, du würdest mich nie wieder so nennen.« Erneut füllten sich ihre Augen mit Tränen.

»Warum?« Jetzt lachte ich wirklich.

»Weil ich gesagt habe, dass du eine andere heiraten sollst.«

»Ich weiß nicht, wie ich es dir beibringen soll …«, ich verschränkte meine Finger mit ihren, »… aber ich werde nicht jeden Befehl, den du mir gibst, auch pflichtbewusst ausführen.«

Darauf folgte nachdenkliches Schweigen, und währenddessen wurde uns beiden bewusst, dass wir Glück hatten, hier in diesem Raum und am Leben zu sein.

»Ich habe den Scheck verbrannt«, schniefte sie endlich.

»Ich weiß.« Ich zweifelte nicht im Geringsten daran, dass sie sich weigern würde, Geld von Louisa anzunehmen, auch wenn sie für eine Sekunde oder zwei in Versuchung geraten war. Und darum kämpfte ich auch weiterhin um sie, obwohl die Lage düster war. »Warum sitzt du im Rollstuhl?«

»Krankenhausrichtlinien.«

»Warum hast du deine Pistole nicht benutzt?«, fragte ich wie aus heiterem Himmel.

Sie zuckte zusammen. Meine Frage versetzte uns beide wieder in die Situation zurück, in der Frank sie angegriffen hatte.

»Meine Angst, dich versehentlich umzubringen, war zu groß. Ich wollte kein Risiko eingehen.«

»Das ist das Romantischste, das du je zu mir gesagt hast.«

»Und außerdem ...«, sie atmete durch und schloss die Augen, »... bin ich in dieser Hinsicht alles andere als unschuldig.« Sie schlug die Augen wieder auf, und jetzt sah sie anders aus. Vielschichtig, mächtig, gefährlich. Eine Walküre. Ich schwöre, in diesem Augenblick war sie fünfzehn Zentimeter größer als ich. »Ich kenne die Konsequenzen und Verwicklungen, die es mit sich bringt, jemandem das Leben zu nehmen. Ich wollte es nicht tun, bevor kein Weg mehr daran vorbeiführte.«

Sie zog sich hoch auf das Bett und kuschelte sich an mich. Ihr harter, runder Bauch drückte an meine Seite. Mein Schwanz zeigte seine Wertschätzung, indem er sich erhob. Sie schlang die Arme um mich, wobei sie meine Schulter sorgfältig aussparte, und drückte mir ihre Lippen aufs Ohr.

»Devon Whitehall, du bist der schönste, lustigste, klügste, geistreichste, eleganteste Mann auf dieser Welt, und ich bin total in dich verliebt. Und zwar, seitdem wir uns das erste

Mal begegnet sind. Und es schmerzt mich zu sagen, dass dir vermutlich kein Mann jemals das Wasser reichen kann, weshalb ich auch gleich aufhören kann, dagegen anzukämpfen.«

»Verdammt richtig.« Ich drehte mich zu ihr und küsste sie sanft auf den Mund. »Sweven …«

»Nein«, sagte sie.

Stirnrunzelnd zog ich mich von ihr zurück. »Du weißt doch gar nicht, was ich dich gerade fragen wollte.«

»Doch, das weiß ich, und die Antwort ist Nein. *Ich* will dir diese Frage stellen. Aber ich will es auf angemessene Art tun. Indem ich mich vor dich hinknie.« Belle schürzte die Lippen.

»Es gibt weitaus interessantere Dinge, die du auf Knien für mich tun kannst, Süße. Erlaube mir diese Schwäche.«

»Geht nicht, du heißer Typ.« Sie beugte sich zu mir herüber, um mir einen Kuss auf die Nase zu geben, dann biss sie spielerisch hinein. »Aber ich liebe dich trotzdem.«

»Ich dich auch.«

»Devon …« Sie zögerte. *Oh nein*, dachte ich. Ich konnte nicht mehr.

»Ja, mein Schatz?«

»Darf ich dir etwas sagen?«

»Natürlich.«

»Frank ist nicht der einzige Mensch, den ich umgebracht habe. Ich möchte dir einfach reinen Wein einschenken, bevor wir den nächsten Schritt gehen.«

Mist. Okay, wenn wir eine Leiche loswerden mussten, dann war es eben so. Ich persönlich war kein Fan davon, Leute umzubringen, aus welchem Grund auch immer, aber Belle zuliebe … na ja, ich meine, was bleibt einem Mann denn da anderes übrig?

»Ich kümmere mich darum«, sagte ich kurz angebunden.

Sie sah mich seltsam an und fing auf einmal an zu lachen. Was war daran lustig? Aber dann fuhr sie fort: »Nein, nein. Nicht vor Kurzem. Das ist vor langer Zeit passiert. Es war der Mensch, der mich missbraucht hat.«

»Dein Dad?«, fragte ich verwirrt.

Nun wirkte sie durcheinander. »Mein Dad? Nein, der hat mich nicht missbraucht.«

»Ich dachte, ihr beiden hättet eine merkwürdige Beziehung zueinander.«

»Ja. Ich war ihm lange böse, weil er meine Mom betrogen hat.«

»Oh«, sagte ich, weil mir nichts Besseres einfiel. »Okay, erzähl mir von dem anderen.«

Und das tat sie.

Sie erzählte mir von Mr Locken, von ihrer Jugend, dem Überfall, von ihrer Fehlgeburt und ihrer Rache. Und am Ende nahm ich sie in die Arme und küsste sie mit einer derartigen Wildheit, dass ich glaubte, wir würden beide bei lebendigem Leib verbrennen.

»Du liebst mich also noch?«, fragte sie unsicher.

»Liebe ist ein sehr schwacher Ausdruck für das, was ich für dich empfinde, Sweven.«

»Danke, dass du mir den Appetit verdorben hast. Du solltest eine eigene Diät auf den Markt bringen.« Sailor kam mit großen Schritten in den Raum, gefolgt von Persephone und Aisling, deren Ehemänner nicht lange auf sich warten ließen. Auf einmal war das Zimmer voller Leute, die für mich da gewesen waren, und erst in diesem Augenblick wurde mir klar, dass ich tatsächlich eine Familie hatte. Wir waren nur nicht blutsverwandt.

»Wollt ihr beiden heiraten?« Sam lehnte sich an das Fußende meines Betts und legte Aisling einen Arm um die Schulter.

»Noch nicht, erst muss ich ihm einen Antrag machen.«

Belle lehnte den Kopf an meine Schulter, und es tat höllisch weh, aber ich sagte natürlich kein Wort.

»Seht euch das an. Noch nicht mal verheiratet, und schon hat sie in dieser Beziehung die Hosen an.« Hunter zeigte lachend mit dem Daumen in Belles Richtung.

»So wie ich Devon kenne, wird es ihm gelingen, sie ihr wieder auszuziehen.« Cillian lächelte – und sah für eine Sekunde beinahe menschlich aus.

Alle lachten.

Dies war das Wesen einer Familie.

Zwei Wochen später landete ich in England.

Diesmal mit Belle.

Sie war im letzten Schwangerschaftsdrittel, die perfekte Zeit, um zu reisen … jedenfalls Dr. Bjorn zufolge.

»Ich weiß nicht, was schlimmer ist, die Verstopfung oder das Sodbrennen.« Die Liebe meines Lebens wurde poetisch, als sie sich in den Range Rover gleiten ließ, der in Heathrow auf uns wartete. Diesmal hatte ich mich entschieden, selbst um London herumzufahren. Ich erledigte meine Geschäfte lieber, ohne Gefahr zu laufen, von den Boulevardzeitungen entdeckt zu werden.

»Sobald wir zu Hause sind, werde ich Joanne bitten, einen Termin bei Dr. Bjorn zu machen.« Ich drückte ihr einen Kuss auf die Seite ihres Kopfes und ließ den Motor an.

»Danke.«

»Verspürst du irgendwelche Gelüste? Möchtest du etwas Bestimmtes essen?« Ich machte einen Schlenker und steuerte den Range Rover in eine Schlange von einer Meile Länge, um das Flughafengelände zu verlassen.

»Zählen True-Crime-Podcasts und Kohle als Gelüste?«

»Sweven.«

»Entspann dich«, sagte sie, gähnte und fasste ihre eisblonden Locken zu einem hohen Dutt zusammen. »Keine seltsamen Gelüste. Außer Sex.«

In dieser Hinsicht kam ich ihr nur zu gern entgegen.

Sobald wir aus dem Krankenhaus entlassen waren, war Belle wieder in meine Wohnung gezogen, und diesmal gab es keine Spielchen mehr zwischen uns. Auch keine verrückten Stalker übrigens, eine sehr angenehme Entwicklung. Leider machte die Frau es mir noch immer nicht leicht. Zwei Wochen waren vergangen, seit ich ihr in der Klinik beinahe einen Antrag gemacht hätte, und bisher hatte sie die Frage noch nicht gestellt. Ich versuchte, ihre feministischen Werte zu respektieren, und befürchtete insgeheim vielleicht auch, sie würde mir die Eier abreißen, wenn ich sie noch einmal fragte.

»Oh! Könntest du Joanne bitten, Dr. Bjorn zu fragen, ob es normal ist, dass meine Fesseln den Umfang von Wasserflaschen angenommen haben?«

Ich merkte, dass Belle in der Stimmung war, sämtliche Arten aufzuzählen, wie Baby Whitehall ihren Körper in ihr ganz persönliches *Motel 6* verwandelt hatte, da fiel ihr Blick plötzlich auf London. Sie atmete tief ein, und ihre Pupillen weiteten sich, bis sie ihre himmelblaue Iris beinahe verschluckten. »*Holy Shit*, Dev. Hier sieht es ja aus wie an einem Drehort für *Harry Potter*.«

Ich sah mich um und erblickte unendlich wirkende Siedlungen aufeinandergestapelter, enger Sozialwohnungen.

»Wenn sie schon mal dabei ist, werde ich Joanne auch gleich bitten, einen Termin beim Optiker für dich zu machen.«

»Sei still. Es ist *hübsch*.«

»Was *hübsch* ist, zeige ich dir, sobald wir das Büro meines Notars in Knightsbridge verlassen.«

»Eigentlich …«, sie drehte sich zu mir und lächelte, »… wollte ich alleine auf Einkaufstour gehen. Ich muss blitzschnell durch die Geschäfte rasen, um noch alles zu bekommen, was ich brauche.«

»Mein Termin dauert nur ein paar Stunden«, sagte ich stirnrunzelnd.

Obwohl Frank und Rick von der Bildfläche verschwunden waren, befürchtete ich nach wie vor, dass jemand Emma im Visier hatte. Louisa war irgendwo dort draußen, verbittert, weil ihre Mission gescheitert war.

»So gern ich mir anhören würde, wie zwei alte Knacker Millionen Pfund auf diverse karitative Einrichtungen verteilen …«, sie klimperte theatralisch mit den Wimpern, als ginge damit ein Traum für sie in Erfüllung, »… ich glaube, ich komme klar.«

Ich würde Harry Tindall aufsuchen, um mein Erbe auf Wohltätigkeitseinrichtungen meiner Wahl zu übertragen. Wenn der Reichtum von Whitehall den Bach runterging, sollte er zu Organisationen gespült werden, die mir etwas bedeuteten.

»Es gibt niemanden, der auf dich aufpasst«, gab ich zu bedenken.

Sie zog eine Braue hoch. »Hi, freut mich, dich kennenzulernen. Mein Name ist Belle. Ich lebe schon seit dreißig Jahren allein, und ich lebe *immer noch*.«

»Mit Mühe und Not«, gab ich spöttisch zurück.

»Ich gehe shoppen«, bekräftigte sie.

»Ich werde nicht noch einmal in eine Lüftungsanlage für dich kriechen«, warnte ich sie, wusste aber bereits, dass ich nachgeben würde.

»Was? Nicht mal in einen Speiseaufzug?« Bevor ich antworten konnte, tätschelte sie sich den Bauch. »Keine Sorge,

Baby Whitehall. Sobald dieser alte Mann aus dem Weg ist, werden wir fossilen Brennstoff verschleudern und Krimis verschlingen.«

Ich ließ sie gehen.

Diesmal in dem Wissen, dass sie zurückkommen würde.

Das Treffen mit Harry Tindall zog sich über dreieinhalb Stunden hin.

Ich checkte in regelmäßigen Abständen mein Handy, um mich zu vergewissern, dass mit Belle alles in Ordnung war. Und mit »regelmäßigen Abständen« meine ich ungefähr alle fünfzehn Sekunden.

Produktiv war das Meeting in dem Sinne, dass ich mich vergewissern konnte, dass das Whitehall-Vermögen dem Britischen Roten Kreuz, BHF und Macmillan Cancer Support gespendet worden war. Wäre es nach Edwin Whitehall gegangen, wäre das Geld direkt an Jagdvereine, Tierversuchslabore und diverse Terrorgruppen gegangen. Der Mann hatte weniger Herz als eine Qualle gehabt, und ich zweifelte nicht eine Sekunde an seiner Fähigkeit, die Bedingungen menschlichen Lebens zu verschlechtern, selbst aus dem Grab heraus.

»Die Steuererleichterung wird erheblich sein.« Tindall schnurrte beinahe, als er den drei Tonnen schweren Haufen Dokumente auf seinem Schreibtisch zu einem sauberen Stapel ausrichtete. »Ich hoffe, Ihr Wirtschaftsprüfer in den Staaten versteht das Beste daraus zu machen.«

Ich stand auf. »Ich tue das nicht um des Geldes willen.«

»Ich weiß«, sagte er entschuldigend, »und das ist sehr erfrischend.«

Ich steuerte auf die Tür zu, ungeduldig, zu Emmabelle zurückzukehren.

»Devon, warten Sie.«

Tindall stand auf und ging schwerfällig zur Tür. Er schnitt eine Grimasse, als würde er gleich etwas sagen, das er eigentlich für sich behalten sollte.

An der Schwelle blieb ich stehen und sah ihn an. Ich wusste, dass er nicht sonderlich beeindruckt davon war, wie ich mit diesem Testament umging, und ehrlich scherte ich mich einen feuchten Dreck darum.

Er zwirbelte seinen Oberlippenbart, die Geste eines Schurken, und ich musste ein Lachen unterdrücken.

»Ich wollte Ihnen nur sagen, dass Sie sich im Großen und Ganzen fantastisch gemacht haben, wenn man Ihre … *Erziehung* bedenkt. Oder vielmehr den Mangel an Erziehung. Edwin war ein lieber Freund, aber er war auch ein schwieriger Mensch.«

»Die Untertreibung des Jahrtausends.« Ich klopfte ihm auf die Schulter. »Nichtsdestotrotz weiß ich Ihre Worte zu schätzen.«

»Nein, wirklich.« Er fasste nach der Tür, stellte sich vor mich und versperrte mir den Ausgang. »Ich bin jedenfalls froh, dass Sie dem Druck standgehalten haben. Die Butcharts sind … ein exzentrischer Haufen. Ich würde mein Schicksal nicht mit ihrem verknüpfen wollen.«

»Man sollte denken, Sie hätten sich gewünscht, dass Louisa und ich die Hochzeit des Jahrzehnts feiern.« In seiner Eigenschaft als Freund meines verstorbenen Vaters, versteht sich.

»Das wäre ein Irrtum«, sagte Tindall und senkte bescheiden den Kopf. »Sie sind nun ein Marquis, Devon. Sie brauchen niemanden mehr, der Ihren Titel bestätigt.«

»Tatsächlich brauche ich auch den Titel nicht«, sagte ich.

Lächelnd trat ich aus der Tür und spürte bereits, wie sich meine Lunge mit frischer Luft und noch etwas anderem füllte.

Etwas, das ich nie zuvor empfunden hatte.

Freiheit.

Obwohl ich jammerte, dass ich lieber eine langwierige und leidenschaftliche Affäre mit einem Mixer eingehen würde, bestand Emmabelle darauf, dass wir meine Mutter in Whitehall Court Castle besuchten, ehe wir das Vereinigte Königreich verließen.

»Der letzte Mensch, den sie sehen will, bin ich«, stöhnte ich, als ich wie ferngesteuert nach Kent fuhr. Ich warf einen Blick auf Belle. Sie war unter grün-goldenen Einkaufstüten von Harrods begraben. »Tatsächlich bist *du* der letzte Mensch, den sie sehen will«, korrigierte ich mich und lachte leise. »Du erinnerst sie an all das, was bei ihrem Plan schiefgegangen ist. Wenn du eine Umarmung und eine spontane Babyparty erwartest, steht dir eine Enttäuschung bevor.«

»Die kann deine Mutter sich sonst wohin stecken.« Sweven verdrehte die Augen und überprüfte im Außenspiegel ihren scharlachroten Lippenstift. »Ich will sehen, wo du aufgewachsen bist.«

»Obwohl ich diesen Ort hasse?«

»*Vor allem*, weil du ihn hasst.«

Kurz vor Einbruch der Dunkelheit kamen wir an. Die sanfte grüne Hügellandschaft von Kent tauchte auf. In der Entfernung erblickte ich das Schloss. Es wirkte dunkler, als ich es in Erinnerung hatte, und schien sich in sich selbst zurückzuziehen wie ein welkendes Veilchen.

Als wüsste es, dass ich dem Namen Whitehall den Rücken gekehrt hatte ... und als würde es mir das nicht verzeihen.

»Verdammt, Bro. Dagegen sehen die Fitzpatricks aus wie die Arschlöcher weiter unten an der Straße, die sich einen Pool leisten konnten und die Ferien nicht zu Hause verbringen mussten.« Belle lachte. »Reich wie in Mommy-kann-ich-zum-Frühstück-ein-Diadem-mit-Diamanten-bekommen.«

»Hätte ich mit meinem Wohlstand prahlen sollen?« Mit hochgezogenen Augenbrauen musterte ich sie von der Seite.

»Willst du mich verarschen?« Sie schlang mir die Arme um den Nacken und gab mir einen Kuss auf die Wange. Harrods-Tüten, Symbole der Liebe, kippten zwischen uns um. »Ich hatte schon vor dem durchschnittlich reichen Devon eine Heidenangst. Kannst du dir vorstellen, wie sehr es mich eingeschüchtert hätte zu wissen, dass ihr Leute beschäftigt, die euch den Hintern abwischen, und andere, deren einziger Job es ist, kalte Luft auf euren Tee zu blasen?«

An diesem Punkt verlor ich den Faden. Was wollte sie mir damit sagen?

Vor dem Eingangstor hielt ich den Range Rover an, stellte den Motor ab und stieg aus. Sweven umrundete die Kühlerhaube und gesellte sich zu mir.

Im Grunde handelte es sich nach wie vor um meinen Besitz. Wenige Wochen zuvor hatte ich noch geplant, ihn meiner Mutter zu überschreiben. Nun hatte sie auch dieses Privileg verloren. Nennt mich kleinlich, aber mir gefiel absolut nicht, dass sie jemanden geschickt hatte, der meine Freundin verjagen sollte. Darum besagte die derzeitige Abmachung, dass Mum, Cecilia und Drew bis zum Ende des Monats von hier zu verschwinden hatten, verdammt. Wohin, wusste ich nicht … und wollte es auch nicht wissen.

Als ich die Lastwagen bemerkte, griff ich nach Belles Hand. Drei davon standen mit geöffneter Heckklappe in Reih und Glied vor dem Eingang. Junge Typen in Overalls riefen einander etwas auf Polnisch zu, während sie Möbel in die Wagen luden.

»Devon?« Die Stimme meiner Schwester ertönte aus dem

Wald. Ich drehte mich um und sah sie hinter der dicken Gardine aus Bäumen hervorkommen, wobei sie mit einer Hand ihre Röcke anhob. »Bist du es wirklich?«

Eilig kam sie auf mich zu. Mir schlug das Herz bis zum Hals. Nur für eine Sekunde sah sie aus wie die Cece, mit der ich aufgewachsen war. Die ich an den Beinen festgehalten und mit deren üppigen blonden Locken ich den Boden gefegt hatte wie mit einem Besen, wobei sie heftig gekichert hatte. Auf deren nacktem Bauch ich Lippenfürze gemacht und ihr befohlen hatte, nicht mehr zu pupsen. Ich brachte ihr bei, mit den Fingern zu schnippen und *Patience* von Guns n' Roses zu pfeifen – nicht nur den Refrain.

»Cecilia, das hier ist meine Partnerin, Emmabelle.«

Wie angewurzelt blieb meine Schwester stehen und musterte Belle von Kopf bis Fuß. Ich sah Sweven mit ihren Augen. Eine atemberaubende Selfmadefrau, gekleidet, als wäre sie bereit zum Fotoshooting für ihr erstes *Vogue*-Cover.

»Hi.« Cece lächelte und reichte Belle zögerlich die Hand. Belle nutzte die Gelegenheit, um sie an sich zu ziehen und herzhaft zu drücken.

»Sie sind schön«, platzte Cecilia heraus, nachdem sie sich aus Belles Umarmung herausgewunden hatte.

»Danke! Und Sie … haben einen Pogostick in der Hand?« Belle schob die Unterlippe vor, ihre Augen weiteten sich kaum merklich.

Cecilia lachte, und ich bemerkte, dass sie tatsächlich einen Sprungstab in der Hand hielt. Augenblicklich hellte sich meine Stimmung auf. »Mit diesen Dingern sind wir immer durch den Wald gerannt, um es schwieriger zu machen«, erklärte ich. »Ich habe jedes Mal gewonnen.«

»Jedes. Einzelne. Mal.« Cecilia stöhnte und boxte mir spielerisch gegen den Arm. »Sogar nachdem er bereits im Internat war und ich täglich geübt habe. Sobald er nach Hause kam, ging er mit mir raus und ließ mich Staub fressen. Ich wollte es noch ein letztes Mal tun, bevor … na ja …« Cecilia drehte sich zu mir und lächelte mich an. In ihrem Blick lag Traurigkeit, aber weder Zorn noch Bosheit.

»Zieht ihr schon um?«, fragte ich.

Sie nickte. »Mum kann es sich nicht leisten, hierzubleiben. Die Rechnungen sind einfach zu hoch. Es gibt keinen Grund, das Unausweichliche hinauszuzögern. Sie zieht nach London, um bei einer Freundin zu wohnen.«

»Was ist mit dir und Drew?«

Cece wischte sich die verschwitzten blonden Locken aus der Stirn. »Drew hat einen Job gefunden! Hättest du das für möglich gehalten?«

»Nein«, sagte ich gleichmütig.

Cece lachte. »Doch! Er wird alles von der Pike auf lernen. Als Verwaltungsassistent bei einer Privatbank in Canary Wharf. Kannst du dir vorstellen, dass er Kaffee kocht und den Leuten die saubere Wäsche aus der Reinigung holt?«

Tatsächlich konnte ich das nicht, war aber trotzdem froh, dass er von seinen Fähigkeiten Gebrauch machen wollte.

»Ich habe mich an der Uni eingeschrieben. Ich denke, ich werde Tierärztin.« Sie lächelte verlegen.

»Ich zahle dir das Studium«, sagte ich. Schließlich hatte sich Cece nicht an Mums und Louisas Plänen für Belle beteiligt.

»Danke dir.« Sie streckte eine Hand aus und drückte meinen Arm. »Aber soweit ich weiß, hat ein kleines Studiendarlehen noch niemanden umgebracht, und es ist an der Zeit, dass ich etwas ganz allein tue, findest du nicht?«

Mum beschloss, ihren großen Auftritt ausgerechnet bei dieser denkwürdigen Szene hinzulegen. Sie kam mit einer Kiste voller Krimskrams aus dem Haus.

»Cecilia? Was um alles in der Welt ist das für ein Tumult? Ich …«

Belle drehte sich um und sah ihr ins Gesicht. In der Sekunde, in der sich ihre Blicke trafen, wurden mir zwei Dinge klar:

1. Sie wussten beide, wer die jeweils andere war.
2. Falls eine die andere töten wollte, würde ich mein Geld auf Sweven setzen und es nicht einmal als riskante Investition betrachten.

»Oh.« Mutter stellte die Kiste ab und schlug eine Hand vor den Mund, als stünden wir beide nackt auf ihrer Zufahrt.

Meine Mutter konnte den Blick nicht von Emmabelles Bauch abwenden. Die hingegen rieb ihn beschützend, als würde die Frau vor ihr gleich versuchen, ihr das Baby wegzunehmen, wenn sie nicht genau aufpasste. Ihr Bauch wies noch immer eine flache, blasse Narbe von dem Martyrium mit Frank auf, aber Belle hatte mir gesagt, dass sie jetzt alles noch mehr liebte. Die Geschichte hinter ihrer Schwangerschaft. Wie außerordentlich kostbar unser Kind war.

»Belle wollte sehen, wo ich aufgewachsen bin, bevor wir zurückfliegen. Ich habe mich heute um das Testament gekümmert. Es ist alles erledigt.« Ich legte meiner Freundin einen Arm um die Schulter.

Meine Mutter blickte nach wie vor mit verlangendem Blick auf Belles Bauch.

»Ich hoffe, es ist jetzt nach deinem Geschmack.« Sie machte einen Schritt auf den Bauch zu – und auf die Frau, zu dem er gehörte – und nahm Belle zum ersten Mal zur Kenntnis. »Es steht euch alles zur Verfügung. Wir ziehen aus. Du erwischst uns nicht gerade zum passendsten Zeitpunkt. Tut mir leid, dass ich euch keine Erfrischung anbieten kann. Meine Küchen sind alle eingepackt.«

»Es ist natürlich ungünstig, wenn *alle* Küchen eingepackt sind. Ich lasse immer … na ja, ungefähr drei voll ausgestattete zurück. Nur für den Fall der Fälle.« Emmabelle bedachte sie mit einem katzenhaften Lächeln und holte einen Lutscher hinter ihrem Ohr hervor – wie eine Zigarette –, wickelte ihn aus und schob ihn sich seitlich in den Mund.

Sie war eine Schwindlerin. Ein unerwarteter Regenbogen in einem trostlosen grauen Gemälde. Eine Frau mit vielen Gesichtern, vielen Formen und vielen Hüten.

Fasziniert verschlang Mutter sie mit den Augen. »Sind alle Amerikanerinnen sarkastisch?«

»Nein, Ma'am. Nur die guten.«

»Ihr Akzent klingt sehr … *faul*.«

»Sie sollten mein Trainingsprogramm sehen.« Belle sog heftig an dem Lolli und sah sich um, als überlegte sie, was sie mit Haus und Grund anfangen wollte. »Oh, und Ihrer klingt, als wären Sie auf der Welt, um kleine Kinder auszuschimpfen, die um eine zweite Portion Porridge bitten.«

Das entlockte mir ein Prusten.

»Ich hörte, dass Sie Stripteasetänzerin sind.« Mutter reckte das Kinn, aber es wirkte nicht im Geringsten herausfordernd. Nur fasziniert.

Ich trat einen Schritt vor, bereit, ihr verbal eine Tracht Prügel zu verpassen.

Belle legte eine Hand auf meine.

»Ich bin keine Stripperin, aber da ich einige kenne, kann ich Ihnen sagen, dass keine Stripperin, der ich je begegnet bin, jemals mit dem Begleichen ihrer Rechnungen in Rückstand gerät. Die meisten machen den Job, um selbst für ihre Collegegebühren aufzukommen oder einfach um schnell viel Geld zu verdienen. Jede Menge Trinkgeld. Verurteilen Sie es nicht, bevor Sie es ausprobiert haben.«

Meine Mutter nickte. Gegen ihren Willen war sie beeindruckt.

»Sie sind anders, als ich Sie mir vorgestellt habe.«

»Daran hätten Sie nie zweifeln sollen. Ihr Sohn hat einen großartigen Geschmack.«

Meine Mutter wandte sich an mich.

»Ich hasse sie nicht, Devvie«, sagte sie, und es klang ziemlich resigniert.

»Ich wünschte, ich könnte dasselbe über Sie sagen, Mrs Whitehall.« Belles Stimme erregte ihre Aufmerksamkeit, und ihre Blicke begegneten sich. »Aber Sie haben die Liebe meines Lebens verletzt, und wir haben einen offenen Streit zu schlichten.«

»Das werden wir.« Mum nickte kurz und bewegte sich geradezu behutsam auf uns zu. »Darf ich Ihren Bauch berühren? So ein schöner, praller Babybauch. Und wenn ich uns beide so ansehe, weiß ich einfach, dass dieses Kind wunderschön sein wird.«

»Sie dürfen ihn anfassen, Mrs W«, sagte Sweven. »Aber auf meiner Schwarzen Liste stehen Sie trotzdem.«

Grundgütiger, ich liebte diese Frau.

Meine Mutter legte die Hände auf Belles Bauch und blickte lächelnd zu ihr auf. »Sie tritt.«

»Woher weißt du, dass es ein Mädchen ist?«, fragte ich.

»Eine Frau weiß so etwas eben.« Sie wich zurück und bedachte uns mit einem rätselhaften Lächeln.

Mehr gab es eigentlich nicht zu sagen. Dies war weder Teil einer Versöhnung, noch war es ein Friedensangebot. Es war ein ruhiger, würdiger Abschied. Ein Abschied, der zwei Jahrzehnte früher hätte stattfinden sollen.

Meine Mutter nahm meine Hände in ihre, und ich ließ es zu. Ein letztes Mal.

»Du sollst wissen, Devon, dass ich dich wirklich liebe. Auf meine eigene komplizierte Art.«

Ich glaubte ihr.

Aber manchmal war ein bisschen Liebe einfach nicht genug.

39. KAPITEL

Devon

»Wie kommt es, dass die meisten Airlines keine erste Klasse mehr haben?« Auf dem Heimflug später an demselben Abend saß Emma neben mir und schmollte. Sie mampfte Trockenfrüchte.

Ich blätterte eine Seite im *Wall Street Journal* um und trank einen Schluck Virgin Bloody Mary, möglicherweise die einzige *virgin*, die ich je genossen hatte. Ich hätte Lust auf einen Whiskey gehabt, aber Belle war die Sorte Frau, die darauf bestand, dass ich ihr zuliebe ebenfalls nüchtern blieb.

»Erstens gab es kaum einen Unterschied zwischen der ersten Klasse und der Businessclass. Und wenn du bedenkst, dass Plätze in der Businessclass per se als berufsbedingte Spesen gelten, wirst du verstehen, warum sich die meisten westlichen Airlines diese Unterscheidung sparen. Warum fragst du?« Ich sah sie von der Seite an.

Sie rutschte unbehaglich auf ihrem Sitz herum und blickte nach links und rechts.

»Hier ist nicht genug Fußraum.«

Ich klopfte auf meinen Schoß, faltete die Zeitung zusammen und klemmte sie mir unter den Arm. »Leg deine Füße hier ab. Problem gelöst.«

»Nein, nicht dafür. Oh Mist. *Fuck*. Ich meine … Das ist doch Bullshit«, sagte sie spöttisch und rieb sich die Stirn.

»Mach weiter.« Ich lehnte mich zurück. »Ich liebe es, wenn du mir süße Worte zuflüsterst.«

Aber sie tat es nicht. Sie wartete, bis wir genau auf halber Strecke zwischen dem Vereinigten Königreich und den Vereinigten Staaten waren. Unter uns befand sich nichts außer der gigantischen, tiefen Weite des Atlantiks. Was uns in der Luft hielt, war ein kleines Metallrohr und unser Glaube. Und auf einmal begriff ich genau, welche Analogie sie anzuwenden versuchte.

Dass es in einer Ehe um Geben und Nehmen ging.

Darum, Zugeständnisse zu machen und sich auf halbem Weg entgegenzukommen.

»Okay. Bitte hass mich nicht, wenn ich es vermassele. Oder wenn ich nicht aufstehen kann oder so. Dieses Baby verändert meinen Schwerpunkt.« Belle holte ein viereckiges Ding aus Samt aus ihrer Handtasche und stand auf, ehe sie sich mühsam auf ein Knie niederließ und vor Verdruss stöhnte.

Ich straffte den Rücken, denn jede Faser meines Körpers sagte mir, dass ich jetzt sehr aufmerksam sein sollte.

Die Passagiere der Businessclass richteten ihren schläfrigen Blick auf uns.

»Devon Whitehall, du bist der beste Mensch, dem ich je begegnet bin, im Großen wie im Kleinen. Ich bin in dich verliebt, seit sich unsere Blicke zum ersten Mal gekreuzt haben. Ich möchte mit dir alt werden, mit dir durch dick und dünn gehen und deinen Namen tragen. Ich weiß, in den letzten Monaten war ich … schwierig, aber ich verspreche dir, dass ich eine andere Frau geworden bin. Bitte, würdest du mir die Ehre erweisen und mein Ehemann werden?«

»Ja.«

Es gab noch mehr zu sagen.

Aber vorläufig schien dieses eine Wort alles zusammenzufassen.

Die Leute auf den Sitzen neben uns applaudierten. Eine Frau machte mit ihrem Handy ein Foto von der Szene. Aber irgendwie war es mir völlig egal, ob wir auf dem Cover eines Boulevardblatts landen würden.

»Oh, Dev.« Belle schlug die Hände vor den Mund, und ihr kamen die Tränen. »Das ist einfach wundervoll. Und kannst du mir jetzt bitte helfen, wieder aufzustehen?«

Epilog

Belle

»Wusstest du, dass ein männlicher und ein weiblicher Seeteufel bei der Paarung miteinander verschmelzen und für immer körperlich verbunden bleiben? Wenn das Männchen eine willige Partnerin findet, beißt es sich in ihr fest und vereinigt sich mit ihr. Er verliert seine Augen und den Großteil seiner inneren Organe, ehe er an ihren Blutstrom angeschlossen ist.« Devon streichelt mir liebevoll die Hand und mustert mich von seinem Platz an meinem Krankenhausbett aus.

»Wow«, sage ich trocken und halte die Luft an, um den Schmerz zu unterdrücken. »Kommt mir vertraut vor.«

Ich wende mich an die Schwester-die-so-tut-als-wäre-sie-nicht-da. Sie strahlt uns beide an, als hätte *sie* soeben entbunden, und hängt mein Kurvenblatt wieder an den Rand des Bettes. »Ich hatte gerade noch eine Wehe, und die war fiiiiiees.«

So fies, dass ich glaubte, sie würde mir den Bauch zerreißen.

»Wann kommt Dr. Bjorn?«, fragte Devon, zum Handeln bereit. »Meine Frau hat Schmerzen.«

»Ihre Frau ist nicht die Erste, die ein Kind bekommt«, bemerkt die Schwester-die-gleich-eine-Faust-ins-Gesicht-bekommt mit sanfter Stimme. Sie macht Anstalten, die Kissen in meinem Rücken wieder aufzuschütteln. »Zwei Ärzte waren zur Untersuchung hier und haben bestätigt, dass alles in bester Ordnung ist. Dr. Bjorn steckt noch im Verkehr fest. Er wird in wenigen Minuten hier sein. Sie können sich immer noch für eine Epiduralanästhesie entscheiden.« Schulterzuckend blickt sie auf mich herab.

»Sie machen wohl Witze. Dieses Kind soll wissen, wie sehr ich seinetwegen gelitten habe. Dann habe ich es für immer gegen sie in der Hand.«

Die Schwester lacht.

Ich weiß nicht, warum.

Ich scherze *nicht*.

»Liebling, es ist alles in Ordnung. Wir haben noch Zeit«, beruhigt mich Devon und streicht mir die Haare aus dem Gesicht. Es ist alles schön und romantisch, und doch bin ich kurz davor, ein vier Kilogramm schweres menschliches Wesen aus mir herauszupressen, und zwar ohne Medikamente.

Ich schlage nach seiner Hand. »Geh und hol Dr. Bjorn.«

»Wie Sie wünschen, Mrs Whitehall.« So schnell wie nur möglich stürmt er aus dem Raum, und ich bleibe mit der Schwester-die-mich-ansieht-als-hätte-ich-den-Verstand-verloren zurück.

Devon und ich haben kurz nach unserer Rückkehr aus Europa geheiratet. Es war eine kleine, intime Feier im *Madame Mayhem*. Die Brautjungfern trugen rote Dessous und Strapse und konnten sich nicht einmal darüber beschweren. Meine Hochzeit, meine Regeln. Sam Brennan hätte beinahe die Wände eingeschlagen, als er sah, wie mich seine Frau in Dessous durch den Flur führte.

Es läuft wirklich fantastisch zwischen uns. Beinahe zu gut. Manchmal wache ich morgens auf und denke: *Heute ist der Tag, an dem ich es vermassele und ihn im Stich lassen werde.* Oder auch: *Heute ist der Tag, an dem er mich verlässt.* Weil er endlich versteht, dass ich zu beschädigt, zu gebrochen oder einfach *zu viel* bin.

Aber irgendwie passiert nichts dergleichen, und ich beende den Tag immer auf dieselbe Weise: halb auf meinem Ehemann liegend, während wir uns die Geschichten und Erlebnisse des Tages erzählen, fernsehen, lachen und einander nach und nach enthüllen, wer wir wirklich sind.

Ich weiß, dass irgendwann der Tag kommt, an dem ich nicht mehr befürchten werde, dass auch er mich brechen wird. Dieser Tag ist vielleicht nicht heute oder morgen, aber er wird kommen.

Schließlich ist Devon Whitehall der Mensch, der mir die wichtigste Lektion im Leben erteilt hat – dass man trotz allem immer noch glauben und vertrauen kann.

»Ich habe einen Arzt geholt.« Devon platzt ins Zimmer, er keucht. »Sogar einen, den du kennst.«

»Ist es Dr. Bjorn?«, blaffe ich ihn an und winde mich auf dem Krankenbett. »Bin das nur ich oder ist das Baby schon halb draußen?« Zwischen meinen Beinen passiert etwas, aber aus offensichtlichen Gründen bin ich körperlich nicht in der Lage, mich zu bücken und nachzusehen.

»Besser«, sagt Devon, und da erscheinen auch schon er und Aisling vor mir.

Mir fällt die Kinnlade runter. »Ich lasse nicht zu, dass dieses Biest meine Vagina sieht!«

Aber sie geht bereits zu dem kleinen Waschbecken hinüber, wäscht sich die Hände und streift ein paar frische Plastikhandschuhe über. »Ich habe schon Schlimmeres gesehen.«

»Oh, das meine ich nicht. Meine Vagina sieht fantastisch aus. Ich bin nur nicht bereit, unsere Beziehung auf das nächste Level zu heben«, sage ich und schnaube beleidigt.

Aber dann kommt die nächste Wehe, ich schreie laut, und Devon und Aisling eilen zu mir.

»Sweven«, bringt er schmerzerfüllt heraus und wischt mir

liebevoll den Schweiß von der Stirn. »Es tut mir schrecklich leid, dass ich dich in diese Position gebracht habe.«

»Du hast mich in siebenundzwanzig verschiedene Positionen gebracht, deshalb sind wir hier«, versetze ich.

»Willst du meine Hilfe immer noch nicht?« Aisling zieht eine Braue hoch. »Ich rufe dir nämlich gern einen anderen Arzt.«

»Dr. Lynne ist hier«, meldet sich, wenig hilfreich, Schwester Dich-hat-niemand-gefragt zu Wort. Ich kenne Dr. Lynne nicht. Und Dr. Bjorn ist offensichtlich noch damit beschäftigt, dem Bostoner Verkehr zu trotzen.

»Na schön!« Ich hebe beide Hände. »In Ordnung. Hol einfach dieses Baby aus mir heraus, Ash!«

Devon greift nach meiner Hand, Aisling macht sich an die Arbeit, und zwanzig Minuten später – als Dr. Bjorn gerade den Raum betritt und sich wortreich entschuldigt – wird Nicola Zara Constance Whitehall geboren (und bevor ihr fragt: *Natürlich* habe ich Constance hinzugefügt, damit jeder weiß, dass sie ein Mitglied des Königshauses ist).

Ich übertreibe nicht, wenn ich sage, dass mein Neugeborenes das hübscheste ist, das ich je gesehen habe. Mit glatter, rosiger Haut, leuchtenden Augen und den rosigsten Lippen *ever*. Sie ist zerbrechlich, unschuldig und vollkommen. Ich will sie vor jedem nur denkbaren Übel beschützen. Ich weiß, dass das nicht geht, aber zumindest vorläufig kann ich es tun. Später, wenn sie heranwächst, kann ich nur versuchen, sie zu einer genauso starken Frau zu erziehen, wie ihre Mutter es ist.

»Meine Güte, sie sieht genauso aus wie ihre Mutter.« Devon küsst erst mich, dann Nicola, und am Ende schließt er Aisling fest in seine Arme.

Mit meinem schönen Baby auf dem Arm und meinen

Freunden und der Familie, die draußen warten, weiß ich eines ganz genau – es wird nicht alles in Ordnung kommen.

Denn es ist bereits perfekt.

Devon

Ein halbes Jahr später

Ich vermache Whitehall Court Castle der English Heritage Foundation. Es wird ein Museum. Ein Teil meines Selbst – ein extrem winziger Teil – ist traurig, weil ich auf den Titel eines Marquis verzichte. Weil ich nicht in England sein werde, um sicherzustellen, dass Nicola irgendeinen Titel erbt. Aber der allergrößte Teil von mir ist froh, dass ich mit diesem Ort, den ich niemals wirklich ein Zuhause nennen konnte, nichts mehr zu tun habe.

Nicola wird rasch größer. Zurzeit trägt sie einen Schopf weißer Locken, der verdächtig an Ramen-Nudeln erinnert. Sie versucht ihren Gaumen in alles zu versenken, was ihre pummeligen Händchen zu fassen bekommen, und sie ist die reinste Wonne.

Emmabelle arbeitet seit einem Monat wieder. Sie hat Ross offiziell zum Manager des *Madame Mayhem* ernannt und konzentriert sich nun auf ihr neuestes Projekt. Sie hat eine gemeinnützige Organisation für Frauen und Männer gegründet, die sexuelle Gewalt erfahren haben, sorgt dafür, dass sie eine Therapie erhalten, und hilft ihnen, Arbeit zu finden und wieder auf die Füße zu kommen.

Ihre neue Sekretärin – die Simon ersetzen und sich um die Ablage und die Verwaltungsarbeiten kümmern soll – ist tatsächlich Donna Hammond, Franks Ex-Freundin. Sie hat jetzt einen kleinen Jungen. Er heißt Thomas, und manchmal, wenn er und Nicola in demselben Raum sind, starren sie einander mit geweiteten Augen an, die aussehen, als wollten sie sagen: *Moment mal, du bist ja auch ein kleiner Mensch.*

Jetzt hole ich meine Frau von ihren Eltern ab. Nicola schläft friedlich im Fond meines Bentleys. Ich treffe meinen Schwiegervater beim Wässern der Pflanzen auf der Veranda an und lasse das Fenster auf der Beifahrerseite hinunter.

»Hey, John, sagst du Belle bitte, dass ich draußen bin?«

Er blickt von seinen Blumen auf, lächelt und nickt. Er lässt den Schlauch ins Gras fallen, geht ins Haus und kommt mit meiner Frau zurück. Die beiden gehen untergehakt, und er öffnet ihr die Beifahrertür und gibt ihr einen Kuss auf die Schläfe, ehe er einen Schritt zurücktritt.

»Fahr vorsichtig«, weist er mich an, späht zu Nicola auf der Rückbank und lächelt. »Sie wird so schnell groß.«

»Werden sie das nicht alle«, murmelt Belle.

»Ich liebe dich, Belly-Belle.«

»Ich dich auch, Daddy.«

Belle und ich fahren zum Logan International Airport. Während der Fahrt krampft sich mein Magen zusammen.

»Alles wird gut«, beruhigt mich Belle und reibt meinen Oberschenkel.

»Ich weiß. Es ist nur schon eine Weile her.«

»Sie ist immer noch deine Familie«, stellt meine Frau fest.

Und das weiß ich natürlich.

Als wir den Flughafen erreicht, Nicola aus dem Autositz genommen und sie in die Babytrage gesetzt haben, die Belle sich umgeschnallt hat, steuert meine Frau automatisch auf die Treppe vom Parkplatz zum Erdgeschoss zu.

»Nein.« Ich greife nach ihrer Hand und drücke sie. »Lass uns den Fahrstuhl nehmen.«

Ihr Kopf fährt herum, ihre Stirn ist gerunzelt. »Sicher?«

»Definitiv, Liebling.«

Wir warten am richtigen Gate, und obwohl ich die Leiden meiner Familie hinter mir gelassen habe, bin ich unruhig. Kurz nachdem ich die Herrschaft über das Anwesen übernommen hatte, ließ ich den Speiseaufzug zumauern. Das besänftigte meine Klaustrophobie, aber sie war immer noch vorhanden.

Als Cecilia mich anrief und fragte, ob sie kommen und Baby Nicola sehen dürfe, sagte ich Ja. Schließlich ist sie weder meine Mutter noch mein Vater. Sie hat nie versucht, mich umzubringen. Als ich Belle fragte, ob ich Cecilia anbieten soll, für ihren Flug und die Unterkunft aufzukommen, sagte sie: »Auf keinen Fall. Sie soll beweisen, dass sie sich geändert hat.«

Und das hat sie. Cecilia hat die gesamte Reise mit dem Geld bezahlt, das sie mit der Arbeit in einer Bibliothek in der Nähe der Universität verdient, die sie besucht. Sie ist eine andere Frau geworden.

Als ich meine Schwester aus dem Gate des Terminals kommen sehe, stürme ich auf sie zu, und mir wird leichter ums Herz. Sie sieht aus wie immer – hat vielleicht ein paar Pfund verloren –, aber ihr Lächeln ist anders. Echt. Unbeschwert.

Wir kommen uns auf halbem Weg entgegen und umarmen uns dermaßen fest, dass wir einander beinahe die Rippen brechen. Sie weint an meiner Schulter. Ich lasse sie. Ich weiß, dass sie sich genauso fühlt wie ich. Verwaist. Am Ende, als alles erledigt war, kehrte Ursula auch ihr den Rücken und ging nach London, um bei einer Freundin zu wohnen.

»Danke, dass du mir noch eine Chance gibst«, flüstert Cece an meiner Schulter.

»Danke, dass du noch eine wolltest.«

Ich fühle die Hand meiner Frau auf meinem Rücken. Sie

unterstützt mich, umarmt mich von hinten, sorgt dafür, dass ich niemals aus dem Gleichgewicht gerate.

»Komm«, sagt Belle leise. »Lass uns neue Familienerinnerungen erschaffen.«

Und das tun wir.

Danksagung

Das Problem bei einem lieben Abschiedsgruß besteht darin, dass man eigentlich nie wirklich dazu bereit ist. Die *Boston-Belles*-Reihe fiel mir leicht in dem Sinne, dass sich die Beziehungen zwischen den Charakteren praktisch von selbst ergaben. Sobald ich sie zusammen in einen Raum steckte, fanden die Figuren zusammen und kamen miteinander zurecht. Das machte mir die Sache einerseits leicht, bereitete mir andererseits aber auch Sorge, denn wie verabschiedet man sich von Menschen, die man beinahe als Familienmitglieder empfindet?

Meine Figuren sind rein fiktional. Die Leute, die mir geholfen haben, sie zum Leben zu erwecken, sind dagegen ausgesprochen lebendig. Sie sind talentiert, fleißig und haben eine Runde Applaus verdient.

Zuallererst möchte ich Tijuana Turner danken, die meine persönliche Assistentin, Alphaleserin, mütterliche Supermanagerin und alles dazwischen ist. Ich danke den Frauen um uns herum, die mich bedingungslos und mit unbedingter, heißer Liebe unterstützen: Ratula Roy, Vanessa Villegas, Yamina Kirky, Marta Bor und Sarah Plocher.

Dank geht an meine Grafikdesignerin, die immer die perfekte Idee hat, und an Stacey Blake, meine Formatiererin, die alles, was sie anfasst, mit magischem Staub überzieht – vielen Dank euch beiden.

Ich danke meinen Lektor:innen Cate Hogan, Mara White, Max Dobson und Sarah Plocher. Ohne euch hätte ich es nicht geschafft (und ich meine euch wirklich alle. Ihr entsprecht ungefähr der Einwohnerzahl von anderthalb Dörfern).

Kimberly Brower, meiner Agentin, danke ich dafür, dass sie viel mehr als eine Agentin für mich ist. Ich hoffe, du weißt, wie sehr ich dich schätze.

Ich möchte den Blogger:innen und Leser:innen danken, die diese Reihe unterstützt und die in besonderer Weise an mich geglaubt haben. Ihr seid die Besten, und ich kann mir mein Leben ohne euch nicht mehr vorstellen.

Und zu guter Letzt bin ich sehr dankbar, wenn ihr euch ein paar Minuten Zeit nehmt, um eine kurze, ehrliche Rezension zu schreiben.

Passt auf euch auf und bleibt auf dem Laufenden. Dies ist das Ende, aber es ist auch der Beginn einer funkelnagelneuen Reihe …

xoxo,
L.J. Shen

Die neue Reihe von L. J. Shen: sexy, verboten, unwiderstehlich

Band 1 der *Cruel Castaways*-Trilogie
erscheint am 23.12.2022!

*Bereits mit unserem ersten Kuss waren wir
dem Untergang geweiht …*

L. J. Shen
ALL SAINTS HIGH –
DIE PRINZESSIN
Aus dem amerikanischen
Englisch von
Anja Mehrmann
448 Seiten
ISBN 978-3-7363-1123-7

Daria Followhill ist reich, wunderschön und das beliebteste
Mädchen der All Saints High. Sie müsste sich wie eine Prinzessin
fühlen. Doch ihr Leben ist alles andere als perfekt. Seit sie vor
vier Jahren aus Eifersucht die Zukunft der gleichaltrigen Silvia
Scully zerstört hat, plagen sie schlimme Schuldgefühle. Als sie
nun erfährt, dass Silvias Zwillingsbruder Penn nach dem Tod seiner Mutter kein Zuhause mehr hat, sorgt sie kurzerhand dafür,
dass ihre Eltern Penn bei sich aufnehmen. Und obwohl er keinen
Zweifel daran lässt, dass er Daria hasst, ist sie machtlos gegen das
heftige Kribbeln zwischen ihnen. Dabei weiß sie, dass seine Liebe
sie zerstören könnte …

LYX

Stell dir vor: Dein unvergesslicher One-Night-Stand entpuppt sich als dein neuer Boss

L. J. Shen
DIRTY HEADLINES
Aus dem amerikanischen
Englisch von
Patricia Woitynek
416 Seiten
ISBN 978-3-7363-1530-3

Als Judith Humphrey sich aus dem Bett ihres unglaublich guten One-Night-Stands schleicht, ist sie fast ein wenig enttäuscht, dass sie den attraktiven Unbekannten niemals wieder sehen kann. Hat sie doch sein gut gefülltes Portmonnaie mitgehen lassen. Aber Jude läuft dem Mann, der immer noch ihre Gedanken beherrscht, schneller wieder über den Weg, als ihr lieb ist. Denn er ist niemand anderes als Célian Laurent: stadtbekannter Playboy, Erbe eines millionenschweren Medienunternehmens – und Judes neuer Boss …

»DIRTY HEADLINES ist eine heiße Enemies-to-Lovers-Romance mit Office-Setting.« LAURELIN PAGE

LYX